苏晓晖◎著

敦煌文艺出版社

**图书在版编目（CIP）数据**

生灵王 / 苏晓晖著 . -- 兰州 : 敦煌文艺出版社，2022.12

ISBN 978-7-5468-2289-1

Ⅰ . ①生… Ⅱ . ①苏… Ⅲ . ①幻想小说－中国－当代
Ⅳ . ① I247.5

中国版本图书馆 CIP 数据核字 (2022) 第 230746 号

# 生灵王

苏晓晖　著

责任编辑 : 张家骝
封面设计 : 叶萌锞　罗连芹
插　　图 : 苏晓晖

敦煌文艺出版社出版、发行
地址 :（730030）兰州市城关区曹家巷 1 号
邮箱 : dunhuangwenyi1958@163.com
0931-2131579（编辑部）
0931-2131387（发行部）

三河市龙大印装有限公司印刷
开本 880 毫米 ×1230 毫米　1/32　印张 25.5　字数 470 千
2023 年 2 月第 1 版　2023 年 2 月第 1 次印刷
印数 : 1~1000 册

ISBN 978-7-5468-2289-1

定价 : 98.00 元

# 前情提要

水族少年寒霄拥有一股超常的能量，他被蓝鲨帅关押在海底石室已经有十二年。

西海海水突然变得浑浊，鱼类也大批死亡，寒霄发现自己拥有的能量能够改变水质和挽救鱼类，他决定出逃，用自己的力量救治族民。

逃出石室的寒霄遇到了作为兽奴被送来西海的男孩阿星和安泰，三人成了患难与共的朋友。

在出逃的过程中，寒霄查明西海鱼类死亡、族民患怪病竟然是雷龙王攫取了水中灵气的缘故，但他又发现，海水中还存在着一股怪异的毒素。

雷龙王千方百计地想要得到寒霄的能量，对他一路追杀，寒霄和阿星还有安泰同雷龙王进行了艰难的斗争。

蓝鲨帅为了救寒霄而被雷龙王重伤，他临死说出了一个秘密：寒霄不是水族人，而是十二年前被他掳来西海的兽族人，蓝鲨帅让自己的坐骑虎王鲨送寒霄三人出

海登陆。

　　这个时候，毒源的真相被揭开，大批水族难民等待解救，寒霄在走与留、自己活命和拯救他人之间挣扎。

　　寒霄牺牲自己解救了西海族民，水族的奇人异士们赶到，将他救起。

　　在大家的护送下寒霄和阿星、安泰登上了陆地，前往陆兽族领地。

　　寒霄、阿星和安泰三个人出水登陆来到兽族领地，寒霄看到兽族领地植被枯萎，风沙化严重，环境十分恶劣。三人遇到了古怪的老人千年不动仙。

　　经过一番波折，寒霄终于查明了流去西海的毒源——竟然是兽族的金狮太子勾结天翼族制造灵水过滤下来的滓渣。他还看到禾苗在被浇灌了灵水以后，疯狂生长的诡异情景。

　　金狮太子见寒霄发现了自己的秘密，将他打得奄奄一息。寒霄找到千年不动仙，在他的帮助下恢复了灵力。

　　寒霄决定去求见陆兽族王，请他下令停止制造灵水。

　　经过重重困难，寒霄终于见到虎王，虎王却告诉寒霄，兽族的生息源已经枯竭，用灵水催生庄稼也是没有办法的事。

　　寒霄决定用原生木灵力恢复生息源，他在灵虫、花叶等族的族人协助下终于让生息源重生，一时间兽族人

都奉他为英雄。

　　生息源的再生粉碎了天翼族的阴谋，他们在金狮太子的身上种下了恶蛊"恨种子"，想借机引发祸乱。

　　金狮太子由此变成毒兽，寒霄、阿星和安泰同毒兽大战，最终杀死了它。

　　虎王却以谋杀王族的罪名将寒霄关进了大牢，言行怪异的虎王，身上又隐藏着什么秘密？

　　天翼族即将来攻，陆兽族将如何应对？

# 目　录

# 序　章

## 陆空两战（一）

　　陆兽族乾华殿上吵得不可开交。

　　一群面目古板的老臣满是怒气地站在大殿的一侧，十几位英气勃勃的年轻将领毫无惧色地站在另一旁。

　　金狮太子死了，天翼族的灵水交易被搅黄。再说陆兽族生息源恢复，天翼族少了要挟陆兽族的最大条件，霓凰王大怒，要虎王交出罪魁祸首寒霄，虎王却含糊其辞，不肯拱手交人。一怒之下霓凰王发下战书，说是三天以后同陆兽族开战。

　　陆兽族哗然。

　　主和派请求虎王把寒霄交出去，他们反复强调陆兽族现在族力微弱，根本抵挡不了灵州最强族的进攻；主战一派的将领们则认为要寒霄不过是个借口，天翼族早就对陆兽族虎视眈眈，一味忍让根本不可能消除他们吞

并陆兽族的野心，他们恳请虎王正面迎敌，抗击鸟人的侵略！

虎王听着他们的争吵，用力按着太阳穴，很久才说出一句话。

"那就迎战。不过——"

喧闹的大殿顿时安静下来。

虎王抬起头来看着年轻的将领们，"如果失败了，本王就以军法处置你们！"

将领们"扑通"跪倒在地，"如果战败，末将愿接受任何处置！"

"我还没说完，"虎王身体向后靠上鎏金虎纹椅，一字一句地说，"陆兽族不能因小失大，若此战失败，我会将寒霄交给天翼族。"

主和派们原本僵硬的脸上露出了得意的笑容。

年轻的将领们面面相觑，不知道这头是磕还是不磕。磕了的话就是答应这个条件，不磕的话就等于反悔，他们不知道虎王为什么会前后矛盾，但是他们知道如果将寒霄交出去的话，陆兽族那才是真正要完了。

忽然他们像是想到了什么，互相对视了一下，然后把头一磕到底，起誓说："末将定会赢得此战！"

主和派一帮老臣们嗤之以鼻："赢？你们拿什么赢！"

面对着对冷嘲热讽，将领们置若罔闻，他们心里又是激情澎湃，又是替寒霄叫屈：小小年纪既是筹码又

是幕后指挥，不知道他若晓得了自己的多重身份会有何感想？

　　陆兽族领地，墨扇林，瀛关。

　　太阳高挂，空气中却好像蒙了一层沙尘，光线有些暗淡。这个时候还没进六月，却有说不出来的闷热，让人窒息。一片片巨大的黑色扇形叶子向下垂着，纹丝不动，偶尔有几声虫鸣响起，很快又恢复了沉寂。

　　陆兽族十将尉骑在马上，目视上空，双手紧攥缰绳和兵器。少年们的脸上满是期待与坚毅。阵前，两位将军率众而立，一位身材高大，古铜色的面孔，头盔上的徽识是牛；一位身材修长，脸若白玉，发髻上佩戴着马的徽识——大将军东辕和千里。

　　漆黑的扇叶林里，无数眼睛熠熠发光，似是黑暗中蓄势待发的猛兽——银锋、逐电、无形蜷蹲着，两眼眨也不眨地注视着外面的情况。

　　逐电身边半跪着一个少女，十六七岁的年纪，穿着一身火红的皮裙，长发波浪一样垂到腰下，她蜜色的皮肤，眼睛很大，眉间满是英气。她看了银锋、逐电和无形一眼，从鼻子里哼出一句："我为什么要听他的？到现在连人的影子都没看见，却让我们在这里趴着受罪。"

　　无形像是没听见一样，银锋皱了皱眉没说话。逐电

哼了一声，不屑地看着她："你还别瞧不起他，他能耐大着呢！"

少女"哧"的一声："堂堂悍兽帮竟然要让一个毛头小子指挥，老大怎么想的？"

逐电又哼了一声："跟我说干吗？问老大去啊！"

红裙少女狠狠瞪了他一眼。

"红豹女，你要是没胆呢，就老老实实待着，"逐电用眼角斜她，"——你是没衣服了吗？来打仗还穿皮裙？"

红豹女骂："闭嘴！"

突然，窸窣声响起，一只小老鼠灵活地蹿过来，灰光闪烁，一个小脸尖下巴的少年现出身来，他噌地躲在银锋身后，两只眼睛滴溜溜地向林子外面窥视。

逐电"咦"了一声："是你小子，你怎么跑到这里来了？"

少年观察了一会儿，感觉到暂时没有危险，冲着逐电翻了翻眼睛，"你来行，我来就不行？"

逐电："啐，我说你……"

银锋问："阿星，你是偷跑来的吧，你家人知道吗？"

这尖脸少年就是阿星。他撇了撇嘴："看这话问的，你都说是偷跑了我家人能知道吗？"

刚说完，又是一阵索索声，一个圆滚滚的东西顶着厚厚的尘土和树枝挤了进来。

圆滚滚使劲抖了两抖，用作伪装的脏东西簌簌落下

来，一头胖胖的疣猪露出了脑袋，灵力光闪过，疣猪变成了一个健壮的方脸少年。

这当然就是安泰了。

银锋忍不住扶起了额头。

"你们两个来干什么？"逐电冲着他们瞪眼睛，"这地方是你们能来的？"

阿星嘻嘻笑："咱们不是要跟天翼兵打仗吗？我们也来帮忙。"

银锋瞅着他们："你们不是士兵怎么能随便参战？"

"你们不也不是吗？"阿星噘着嘴，"不是士兵就不能打仗了？抗击外敌，人人有责，哥哥他要是知道也一定会来的，可惜他现在被关在十二重牢。"

安泰跟着用力点头。

逐电哼了一声："他要是知道你们来了的话还能好好指挥？净添乱！"

银锋叹了一口气："没错，他最担心的就是你们两个，你们在这里他会分心……"

阿星瞪大了眼睛："你说什么？什么指挥，什么分心？"

银锋和逐电立刻意识到自己说漏嘴了，逐电尴尬地嘿嘿笑了两声，银锋连忙改口："我是说这里很危险，天翼人凶狠毒辣，你们万一受伤，寒霄他一定会很难过的。"

阿星低下头："他被关着怎么会知道？再说我们哪有那么菜？"他一扫难过的情绪，两只眼睛亮晶晶地望

着银锋，"不是还有银锋大哥、逐电大哥你们罩着吗？我们不会有事的。"

安泰不同意："我们也有本事啊，怎么能靠别人？就算是受伤，那也是男子汉的荣耀。"

"还荣耀呢！"逐电"哧"的一声，"要说罩着也是官家罩着你们哪，我们一帮土匪算什么？"

突然一个骄横的女声打断了他们："烦死人了，嚷什么嚷，这会儿也不噤声了？"

是红豺女。

阿星怒了，指着红豺女："这婆娘是谁啊？"

"嘘，都别吵了！"银锋将手指比在嘴唇上，凝重地说，"来了！"


没有一丝风，空气越发灼热。

突然，那层淡淡的沙尘扭曲起来，在半空中旋转，成了一个个模糊的漏斗状。马嘶叫起来，脖子后仰，前蹄抬起，兽兵连忙拉缰绳勒住。

"来了，天翼族来了——"一匹骏马疾速奔驰而来，马上探哨的声音因为惊急破了音。

天空像是被遮上了一张巨大的黑色布幔，太阳瞬间失去了光芒，在阴影的笼罩下，大地一片暗淡。

——他们终于来了。

云团中飞来三头大型飞骑，右边是朱翎蕉翅鸟，左

边是黑腹蛇鹈，中间是一头巨大的鹗。

逐电压低声音问银锋："朱翎蕉翅鸟上穿红衣服的娘们我认识，是五天将赤霞，那两个丑八怪是谁？"

中间坐在鹗上的那个人，嘴的部分向前高高凸起，一张脸惨白惨白的。在他左边黑腹蛇鹈上坐着的，是一个身材瘦长的男子，脖子像蛇一样扭曲着，两只眼睛几乎瞪出眶。

银锋仔细辨认："脖子长得像蛇的是三天将；白脸的那个是大天将，原身有杀人鸟之称的鹗。"

逐电"呸"地将嘴里的草茎吐到地上："管他是谁，我叫他有来无回！"

红豺女不屑地哼了一句："又蛤蟆大吹气。"

"屁！"逐电恶狠狠地盯着悬浮在高空之上的天翼兵，"快十年了，我就等着这一天，你说我吹牛？"

"那个，银锋哥哥……"阿星的两条腿抖着，"待会儿你们在前面，我跟在后面哈。"

逐电嗤笑："还没开打呢就吓成这样了？出息！"

阿星颤着音回了他一句："才没害怕呢，我就是……我就是一看到鹰啊雕啊之类的腿就不由自主地抖……"

银锋瞥了他一眼，见小孩的脸都白了。老鼠怕鹰雕类猛禽，这是千百年来刻在骨子里的恐惧，不是说想不怕就能不怕了的。然而在金狮太子变成毒兽为祸族民的时候，这小孩却不顾生死，将自己的原身送到大天将嘴

边，只为转移敌人的注意力，拿到毒蛊母种子交给寒霄。

那时的他，得需要多大的勇气啊。

银锋说："那好，你跟在我和逐电或者无形身边，不许跑远了。"不为别的，为了寒霄也得把这两个家伙照顾好。

"好的！"阿星顿时两眼放光，连连点头，"银锋哥哥最好了！"

大天将的声音遥遥传来，距离虽然远，但在场的每一个人却都听得非常清晰，那声音又钝又闷，像是要把人的耳膜击穿："我听说，破坏制造灵水、挑拨我天族和陆兽族关系的，是一个叫寒霄的小子，而且，他还恢复了你族的生息源？"

东辕将军冷冷地回答："没错，请问大天将有何指教？"

"我代表凰王陛下再问你们一遍——导致这一切的罪魁祸首是寒霄，把他交出来，咱们一切好说，我们现在就可以撤兵，否则……"

陆兽兵中立即产生了一阵小小的骚动。

逐电重重地哼了一声："这些个制造噪声的是什么意思，想把寒霄交出去？怕死的软骨头，天翼族这种伎俩又不是一次两次了，定磐城那帮老不死的一个劲地送钱送东西求和，他们还不是照样翻脸不认人！"

阿星哼了一声，跟口说："就是，这些人就是墙头

草，都忘了哥哥复活生息源的事了吗？"

千里将军稳稳地坐在马背上，不卑不亢地说："这件事早在天翼族下战书的时候，我主虎王就已经有了定夺——你们不用再说了。"

阿星用力拍了下手掌，激动得差点站起来："千里大哥帅啊！"

"呵呵呵呵，骨头变硬了啊，是谁给你们的胆子？"阴冷的笑声响起，大天将抬起右手用力一摆，"我就看看你们能不能硬到底！"

东辕大将军抬手，厉声喝道："迎战！"

尖利的鸣叫声响起，天翼兵刀戟如林，急风骤雨般冲了下来，兽兵举刀相迎，战场上兵器交击声、喊杀声顿时响成一片。

然而双方交战没多久，陆兽兵们开始感觉吃力起来。

天翼兵处在上空优势，能够全方位攻击并锁死对方的进攻，而且他们一向自诩天族，从来不把他族的人放在眼里，早就养成了残忍冷酷的性子，作战时心里只有杀戮，所以攻击力能够发挥到原有实力的几倍。

而陆兽兵本身数量就少，战斗力差，再加上多年养成的畏惧心理，出现这种情况也在预料之中。

陆兽兵不住地往后退，天翼兵眼中透着嗜血的光芒，挥起长刀利刃，向着下方砍过去，惨叫声顿时此起彼伏。更有残忍的直接变出原身，两只锐利的爪子猛地

抓起人，飞到高空再狠狠地扔下来。

噩梦一样的记忆笼罩下，有人开始后退逃窜。

"不能退！"东辕和千里两位将军一面奋力杀敌，一面大声叫喊，"退者严惩！为了兽族枉死的战士和族民，为了无数的冤魂，我们要死战到底！"

但依旧止不住败势，陆兽兵像潮水一样向后涌。

赤霞坐在朱翎蕉翅鸟上，讥笑着对大天将说："我就知道，又是逞一阵英雄，然后送地贡东西——他们都厌惯了，这一战根本就不值当大哥您亲自来。"

墨扇林里，红豺女又恨又怒，仰起头就要站起来，就连逐电也绷紧了上半身，脸上没了那副吊儿郎当的模样。

逐电双拳一攥，铁钩从手臂上弹出来："这他娘的太狠了，就算他们是定磐城的走狗，那也是咱们陆兽族人，还轮不到鸟人欺负！"

安泰拽出大盖锅："逐电大哥，我们杀出去吧！"

阿星虽然小脸发白，但还是用力攥紧了鼠尾链，跟着点头。

银锋冲着他们摆摆手："蹲下，再等等。"

"那小子是不是给你下迷魂药了？"红豺女把锦红索套抓在手里，恨恨地说，"要等到什么时候，他们把定磐城拿下以后吗？"

银锋冷冷地看着他们："暴震大哥的命令，一切听他指挥，你们有意见？"

　　一句话噎得逐电和红豺女没了声，两个人狠狠地瞪了银锋一眼，蹲下了。

　　陆兽兵纷纷向瀛关逃去，天翼兵举着刀戟紧追不舍，突然，"啪"的一声，一只信号弹箭矢般蹿上高空，外壳猛地炸裂，噼啪声中，一大片白色雪花夹杂着冰晶纷纷扬扬地落了下来。

　　毫无预兆地，墨扇林里射出了无数利箭和暗器，天翼兵一股劲地冲杀，根本没料到有埋伏，连忙挥动兵器去挡，哪知道，混在利箭里面的，却不是普通暗器。

　　竟然是一个个石灰包。

　　石灰包啪啪炸开，粉末散射出来，扬了天翼兵一头一脸。石灰进眼，天翼兵被烧得哇哇大叫，也顾不上追击了，一个个用力拍打着脸，身子顿时失去了平衡，在空中左右摇摆。

　　银锋这时候才一挥手，简单地说了一个字："上！"

　　逐电、红豺女早就等不及了，率先从林子中蹿出来，和其他悍兽帮兄弟一起，向着停滞在半空中的天翼兵扑过去。

　　悍兽帮大多都是狼、豹、豺、鬣狗、貂之类的猛兽，弹跳力非常强，而且牙利爪尖，很适合这种高度的扑杀。

　　一时间天翼兵惨叫声、厉骂声连成一片。

　　大天将、三天将和五天将一下怔住了，大天将一挥

手：“大家先后撤！”

不愧是大族强兵，遭受这样的重创，眼睛看不见，却还是训练有素地抓紧兵器，纵身飞上高空，向后撤退。

可是这时候，第二只信号弹飞上了天。

几百个圆形木轮蓦地飞了出来，闪电般冲进刚刚退出瀛关口的天翼兵群里。

大天将的脸色顿时变了，他冲口喊出：“是石火转轮弩，不准用兵器砍……”

已经晚了。

天翼兵一向好勇斗狠，遇物就砸，见人就砍，就算是刚才吃了一顿大亏都没能让他们有半点收敛，他们见只不过是普通的木头轮子，早就高高举起了兵器。

木轮应声而裂，露出内里来。

里面竟然还藏着一只铁轮！铁轮上突然伸出八只小弩，接着，铁轮如风催着一样飞速旋转，无数倒钩铁镞、短尖钢矢闪电般飞出来，向着天翼兵射过去。

又是一阵惨叫，此起彼伏。

被射到的天翼兵从高空坠落，被陆兽兵当场俘虏。

天翼兵再后退，却从堆叠的山石后面射出长箭来，猝不及防之下，又有无数人中箭。

三天将怒喝：“下贱的蛮人，反了！”一带缰绳，黑腹蛇鹈立即俯冲下去。

谁知道才冲下一半，黑腹蛇鹈突然一个停滞，尖鸣

着倒头向下栽去。

——一条红色的索套缠住了它的爪子，索套上的铁帽里伸出了钩子，狠狠刺进了黑腹蛇鹈腿中。

三天将刚刚翻身飞起来，一杆银枪就顺势刺到了——是千里将军。

主动变成了被动，三天将只好举起手中钢剪仓促应战。

赤霞怒喝一声，锦雉火绫蛇一样飞舞，向红豺女扑过去，两个人立刻战到一起，红影飞纵跳跃，像是两团烈火在燃烧。

安泰早就冲了出去，举起大盖锅对着一个坠落在地上的天翼兵狠狠拍下去。阿星见安泰捡到了漏，胆子也大了起来，挥着鼠尾链向另一个落单的天翼兵动了手。

但两人毕竟年纪小、经验少，虽然乘人之危将对方打了个措手不及，但天翼兵很快反应过来，开始凶悍地反击。阿星被打得连连后退，连招架都招架不了，他一急，抱着头变出原身，躲开了致命一击。

小老鼠吱溜溜乱窜，天翼兵的刀根本砍不着他，正得意着，忽然看见安泰被天翼兵砍得手忙脚乱，他眼珠转了转，"吱"地蹿过去，一口咬住天翼兵的腿。哪知道一下差点把牙给硌掉，原来他忘了人家穿着盔甲，上上下下都被严严实实地包裹着。他又气又急，抱着天翼兵的腿"哧溜"一下蹿了上去。

一声惨叫响起来，天翼兵"哐当"摔了兵器，两只

手捂着裆坐倒在地上，脸痛得皱成一团，咬着牙用力向自己两腿间拍打。

小老鼠飞窜出来，灰光一闪变回人身，向着地上拼命吐唾沫："呸，臭死了，一年没洗澡了吧！"

安泰获救，几步过来，握着大盖锅愣愣地看着他："什么臭？"

"你说什么啊，"阿星嫌弃地说，"真够笨的。"

安泰突然明白过来，他满脸的不敢置信："你，你竟然咬人家的……你怎么能这样？"

"你还有意见啊？"阿星瞪大了眼睛，"我可都是为了救你呢。"

"那也不能这样干，男子汉要光明正大……"

"喊，那命早就没了，你光明正大地杀一个鸟人给我看看？"

趴在地上的天翼兵爬起来，咬牙切齿地举起刀，怒吼着，和其他几个天翼兵一起向他们扑过来，阿星扭头一看，吓得缩起脖子，拉上安泰就跑，安泰却挣开他，举着锅迎敌。

两个人瞬间被包围，忽然，嗖嗖几支银箭飞射过来，天翼兵身体一僵，踉跄着倒了下去，银锋几步跃过来，喝道："叫你们不要离我太远没听见吗！"

"谢谢银锋大哥……我们没有啊，"阿星分辩，"是你自己……"

怒吼声传来，银锋转过身，不远处两个悍兽帮兄弟正被一群天翼兵围攻，他上前几步，抬起手臂，对准他们。

阿星嘟囔着，坚持将没说完的话说完："……越跑越远的。"

这时他和安泰却没注意到，身后危险再度袭来。

一个天翼仟长，虽然受了重伤却依旧悍猛，他已经杀红了眼，面目狰狞可怕，长刀滴着鲜血，接连砍翻两个兽兵，向着阿星和安泰直劈过来。

阿星和安泰猛地转身，刀已经架在他们头顶上。

突然，一道寒冰气飞射过来，在他们面前砰地爆射。

仟长的身体顿时一僵，两只手上泛起了霜花，银芒闪耀，一把晶莹剔透的冰剑划过，长刀顿时断成两半，一道青色的影子风一样拂过来，仟长闷哼一声，顿时满身银白地倒在了地上。

阿星和安泰呆住了，他们回过神来，惊魂未定地到处搜寻那个身影，这时银锋飞跃过来，拽着他们冲了出去。

阿星磕磕巴巴地问："银锋大哥，刚才那个人是……是……"

银锋将手指竖起来，在嘴唇上打了个"噤声"的手势。

阿星立即明白过来，大张着嘴看看安泰，又看看银锋，兴奋地低声喊起来："太好了，是他，是他！这下我不怕啦！"

安泰奇怪地问，"谁？"

阿星趴在他的耳边说了几个字，安泰也是又惊又喜，根本控制不住自己的表情："真的吗？"

阿星得意又骄傲地说："当然是真的！你没看见那个鸟人身上的冰花吗——我就知道，他是无所不能的！"

一场混战。

大天将坐在巨鹦上没有动，湛蓝的脸上满是阴鸷，"机关宗、悍兽帮……这些早就和定磐城决裂的宗族帮派为什么会突然出现——我为什么没有获取这个消息？是谁在幕后指挥？不可能是东辕和千里，这两头牛马的本事我知道……"他咬了咬牙，一带缰绳，巨鹦尖声嘶鸣着向东辕将军俯冲过去。

一战到黄昏。

暮色笼罩下来，大天将坐在巨鹦上呼呼喘气。

这一仗，天翼兵共折损两万多人，占总兵力的一半，天翼族三十年来第一次败给了陆兽族，说出去恐怕灵州十族都没人会相信。

赤霞腿上鲜血淋漓，钢剪断成两截，两个人一齐望着大天将："这帮兽族蛮子竟然知道用计！大哥，怎么办，要再攻吗？"

大天将把破碎的头盔抓在手里，捏得咔咔作响："先退！"

赤霞和三天将一脸绝望和惊恐："战败回族，凰王一定会让我们生不如死啊！"

"那也必须退，"大天将闭上眼睛，"他们这次，是做了充分准备的。"

一声长鸣，天翼兵潮水般向后涌去。

阿星惊喜地大叫起来："天翼兵退了，天翼兵退了！"

陆兽兵也是既吃惊又兴奋，大家沉寂了片刻，突然发出一阵惊天动地的欢呼。

阿星拉起安泰就跑，嘴里喊着："走，我们去找他！"

瀛关道墨扇林边，凭空出现了一个身影，那是个瘦削颀长的少年，身披浅青色斗篷，头和脸都被兜帽遮住了，看不见模样。

见阿星和安泰一路飞奔，他连忙上前几步，伸手接住他们。

"你们没事吧？"声音清朗如同山泉，透着忧心和关切，阿星和安泰扑过去紧紧地抱住他，又是笑又是跳。

"哥……"一个字才出口又被憋了回去，阿星高兴得不行，使劲摇头："没事，都是鸟人的血，我们一点也没伤着。"

一声轻叹响起，浅青色斗篷下伸出一只修长的手，给他们擦去脸上的血污，似乎感觉到时间紧迫，在检查他们有没有受伤的同时，少年向两个人传授对敌之道：

"……要顾及自己的后背，不要让敌人有可乘之机，你们两个的兵器一件擅长远攻，一件适合近战，可以相互配合，取长补短……"

东辕和千里骑着马飞奔过来，翻身落地，向着少年迎过去。

少年打住话头，转过身向两位将军行礼，东辕将军连连说："不用了，用不着这些繁文缛节。"他拍着少年的肩膀："了不起啊，这一仗全靠你指挥有方！"

少年还没答话，阿星喜气洋洋地说："那当然，我哥哥是谁！"

这个身披淡青色斗篷的少年就是寒霄了。他和银锋、逐电几个人从十二重牢里潜出来后，为防止被别人发现，用斗篷严严实实地遮住了自己。

他用最短的时间制订了对敌计划，然后找到东辕、千里两位将军，和他们达成共识，又说服银锋、逐电以及悍匪三大帮派与陆兽军合作，定下了最终作战方案。经过两昼夜高效率的安排，一切妥当，陆兽军和匪帮首次联手对抗天翼兵。

只是他没想到阿星和安泰会跑了来，他一边注意两个孩子的安全一边指挥，的确很分心，但人已经来了，再让他们回去也是不可能的。

他将视线移到东辕、千里身上，发现两人都负了伤，尤其是东辕，胸甲被大天将的铁拐打得粉碎，鲜血

濡湿了大片衣服。两人的实力远远比不上大天将和三天将，只不过是豁出了命去厮杀而已。

寒霄伸出手，蕴出木灵力给他们止血、愈合伤口。

这位东辕将军，心胸宽阔，无私大义，明明是凭借着他和千里将军的威望才能够服众，进行调派掌控，却把功劳全记到别人身上。

寒霄轻轻摇头："是大家携手作战的结果，更多亏了机关宗和悍兽帮出手。"他这是在提醒，机关宗和悍兽帮的功劳不可埋没。

东辕将军的脸上有一瞬间的尴尬，千里将军微笑着点头："没错，我们不能再用从前的眼光看人，这次能够得胜，他们的确起了关键性的作用。"

站在不远处的银锋、无形和逐电听到这话，银锋和无形虽然还绷着脸，但眼里却露出得意的神色。逐电哼了一声："老马说话还算公道，这回要是没有咱们，他们吃屎去吧。"

"还有，"逐电捅捅银锋，用眼角瞥着十将尉，"你们瞅瞅，那十个小的还是不服。"

果然，少年们的脸上满是轻视，有人甚至当作没看见他们，只是自顾自地议论着。

"计较这些干什么，"银锋瞪了他一眼，"要是没有他们，咱们也未必能胜得了，还是以大局为重吧。"

"你就喜欢对我讲大道理。"逐电讨了个没趣，讪讪

着，又捅了一下红豹女，冲着寒霄努了努嘴："你不是想见见他吗？喏，那个就是。"

红豹女看了一眼那披着斗篷的身影，不屑地说："弱鸡似的，包头捂面的是长得太丑没脸见人吗？"

银锋忍不住皱眉："他是从十二重牢逃出来指挥这次作战的，现在还是戴罪之身，你要他敲锣打鼓地公布自己的身份吗？"

逐电突然站直了身子："喂，那头牛和那匹马过来了，干什么他们……"

银锋转头，东辕和千里将军已经来到他们面前，两位将军向着他们深深地躬身行礼："多谢你们以及各位兄弟联手协助，这次天翼兵大败，首功应该归你们。"

银锋、无形和逐电怔住了。

一直以来，陆兽族上上下下都蔑称他们是"流匪"，对他们如过街老鼠似的又打又杀，哪里这样尊重过？

三个人手忙脚乱地回礼："都是一族弟兄，别客气，别客气！"

红豹女"哧"的一声，往旁边挪了一步。

东辕看向寒霄，颇为感激地说："是他让我明白了不论出身，唯才是举；以彼长补己短，上下一心才能胜的道理，我很惭愧。"

银锋点头："没错。我们从前只知道好勇斗狠，从不去想和兄弟们一起携手。寒霄他年纪虽然小，但心胸

宽、眼界广，我由衷地佩服。"

大家客套了一番，气氛是从未有过的和谐。寒霄走过来："首战虽然告捷，但更大的忧患还在后面，咱们还得继续做迎敌的准备。"

"没错，天翼人肯定不会罢手，"大家望着他齐声说，"一切听从安排！"

寒霄压低声音说了几句话，后来觉得只凭嘴说不够清楚，索性蹲下身，捡起一根树枝，在地上不停地勾画起来。

红豺女起初冷冷地站在一旁，后来也忍不住凑了过来。

## 陆空两战（二）

拂晓，天边刚刚透出一丝亮光，一声急促的喊叫划破了天际："天翼族又来攻了——"

如同滚滚乌云，黑压压地扑来，东辕抬头看了一阵，转头对寒霄说："你说得没错，果然他们目标是那里。"

——没有一丝停滞，十万天翼兵直扑陆兽族都城定磐城。

一切都在寒霄的预料之中。

天翼族称霸灵州几十年，怎么可能咽下这口气？一战失败，势必会再攻。为什么确定他们一定会直接攻击定磐城？因为他们睚眦必报的性格，他们想给予陆兽族

最直接的震慑，而且定磐城磁石阵失效的消息早就传播开来，他们会认为那里是难以防守的。

寒霄对阿星和安泰说："不要离开我太远！"两个孩子连忙点头，寒霄轻轻掀起兜帽的一角，望着那片倾轧而来的黑云，伸出手，将一只信号弹弹上了天空。

天翼兵们来势汹汹，但还未到达目的地便又遭到了伏击。

定磐城外三百里的离合道，机关宗正埋伏在那里。

天翼兵看见又是无数木轮盘旋着飞上高空，一个个冷笑着飞开躲避，不去碰它们，可是意想不到的事发生了。

几百个木轮相互碰撞，发出一片"嗒嗒"的响声，每只轮子的上方竟然都射出一张网来，每张小网的边缘都装着钩子，钩子连接到一起，瞬间组成大网，天翼族前半部分兵将飞了过去，后半部分却被罩在网下面。

慌乱的天翼兵条件反射地举起刀戟去砍网，这个时候石火转轮弩才真正地被触发，利箭硬矢一阵乱射，混乱的惨叫声中，又有无数天翼兵坠落了下去。

大天将回过头去，惊怒得脸都变成了青色，他恨恨地叫了一声："弩网重组！他们是把机关宗的老祖宗都搬出来了吗？"

"弩网重组"相当于石火转轮弩的升级版，最厉害的地方是能够把敌人准确无误地网罗在它的射程内，再

像捕捉网里的鱼一样赶尽杀绝。这种机关之中套机关，制作起来非常复杂麻烦，但命中率相当高，是机关宗的镇宗之宝。

突然，从高空上传来一个低沉的声音："不必管，我已经让六天将去接应。"

漫天漫地的天翼兵队首，一头青色大鹏伸展着巨大的双翼，大鹏背上，站着一个人。

青色盘云铁羽铠，肩上披着长长的披风；身材颀长高大，面罩遮脸，一双眼睛在面罩后面闪着幽蓝的光。他看也不看大天将，下巴向着定磐城一挑："我们的目标，是那里。"

大天将躬身说："是，三亲侯！"

定磐城上方，天翼兵像是巨浪一样压下来，面罩人轻轻挥手："放火箭。"

昏暗之中，火箭像是赤红的流星雨，呼啸着飞下来，石屑纷飞，烟尘迸发，房屋楼阁燃起熊熊大火，陆兽兵们惨叫着四处逃窜，重伤的、被射死的不知道有多少。

大天将、三天将和五天将忍不住得意地笑起来，他们驱赶着飞骑冲了下去，三位天将同时出手，陆兽兵瞬间又是死伤一片。天翼兵们一齐大声喊："三亲侯出马，天翼必胜！"

三亲侯看着连续在高空炸裂的信号弹，阴沉地说："我，也该去会会那个真正的幕后指挥了。"

　　青色大鹏鸟在空中盘旋了很久，青鹏侯透过层层沙尘，目光慢慢锁定在墨扇林旁边、骑着一匹普通骊马、全身严实地罩在一条淡青色斗篷下的瘦削身影上。

　　那是一个非常不起眼的少年。

　　寒霄有条不紊地下令。

　　"石盘阵下的磁场只能支撑一会儿，趁幻形宗施展幻术，东辕将军您带人将天翼族前军引开。"

　　"天翼右军伤亡较大，但左军实力尚存，千里将军请您带人与悍兽帮接洽，协同他们主攻天翼左军。"

　　"银锋、逐电两位大哥，掩护主力，阻截中下层和散落的天翼兵。"

　　部署周密，安排妥当，斗篷下的少年如果不露出脸来，没有人会想到他才只有十三岁。

　　定磐城上方的石盘缓缓转动起来，越转越快，火箭被弹射开来，反射向天翼兵。天翼兵们全身着火，一个个哀号着坠落了下去。

　　一阵翅膀拍打声响起来，寒霄感觉到一股极其强大的力量瞬间靠近，他骤然转身。

　　一头青色的大鹏小山丘般压下来，大鹏拍打着翅膀降落到地上，从上面缓缓飘下一个人，悬空站立在他面前。

　　寒霄看着他头盔上的青鹏徽识，有一刹那的僵滞，

然后平静地说："寒霄见过青鹏侯。"

天翼族五亲侯之一，排位第三，原身是青鹏，灵力属性是雷电。

但是，这位青鹏侯远远没有介绍的那样简单——残忍狠辣、冷酷无情，不给对手一丝存活的机会，因此，陆兽族将士给他取了个外号——杀人机器。

青鹏侯高大的身影一步步逼近："怎么，连真面目都不敢露出来？陆兽族都是这种畏首畏尾的孬种吗？"

略微犹豫了一下，寒霄伸手摘下兜帽。

有些瘦，清秀的脸上尚留着一丝稚气，眼神中却是跟年龄极不相符的冷冽和坚毅。

寒霄重新拉上兜帽，遮严了头脸。

"真是年少不知畏。"青鹏侯的声音中透出一丝轻蔑，"归顺天翼，我保你一世权势荣华。"

寒霄没有说话，他望了望不远处，见阿星和安泰跟一名天翼兵斗得正酣，两个小孩还把刚教给他们的战术给用上了，打得对方连连后退，因为太过投入，他们并没有注意到这边的情况。他目光一转，瞥到千里就在不远处，提高声音叫道："千里将军！"听到他的喊声，千里反手砍倒一名天翼兵，跃了过来。

看清寒霄对面悬空站着的人后，千里将军忍不住倒吸一口凉气，"青鹏侯？"

青鹏侯连眼角余光都没有给他半分。

寒霄说："将军，请帮我保护好阿星和安泰，带他们走远些。"

"怎么，你要……"千里将军立刻明白了他的意思，不可置信地看着他，"你自己怎么对付得了他？我和你一起！"

只是对付天将，就已经捉襟见肘，他的实力跟青鹏侯差得太远。寒霄摇摇头，眼神中是斩钉截铁的拒绝。

现在寒霄是最高指挥，千里将军只好点头答应，心想等把阿星和安泰引到一个较为安全的地方后，再来帮忙。

青鹏侯冷冷地看着寒霄，哼了一声："这就是不肯了？"

"是。"寒霄平静地说，"临阵叛变，人人不齿。"

"临阵？"青鹏侯"哧"的一声，"你原身都现不出，站的什么阵？"

寒霄淡淡地说："就算不能确定族属，也不能朝三暮四，反复无常。"

"好，这是你自己选的。"青色的袍子无风自动，他出手了。

寒霄的速度丝毫不比他慢，右手闪电般挥出，一蓬细碎银光射了出去。

在十二重牢，寒霄专心修复寒冰灵力，在无字书中小人挥出暗器姿势的启发下，他创造出了自己的暗器——立僵冰符。

　　将空气中的水分瞬间凝结成冰片，射进人体重要穴位，封冻敌人各个关节，是一种适合远距离攻击且极为精准的暗器。

　　青鹏侯衣袖一挥，冰屑炸射，银片四散，立僵冰符变成细细的银粉撒落下来。

　　新创的暗器在他面前竟然不堪一击。

　　寒霄不敢有丝毫停歇，银光爆闪，雪雾弥漫，冽寒剑猛地刺了出去。

　　青鹏侯冷笑一声，挥手，一道蓝色雷电直劈下来，寒霄飞身躲过，转而攻击他身后，但是雷电蓦地爆炸，寒霄只觉得眼前一片刺眼的亮白，身上一阵麻痛，整个人被炸飞出去。

　　寒霄直退出几十米才刹住身体，站在半空中呼呼喘息。

　　两只手麻痹得几乎抓不住剑——实在是太强了，连靠近他都不能，更别说出手了。

　　这就是亲侯的实力。

　　落紫云的灵力已经深不可测了，但青鹏侯要比她强横几倍。

　　寒霄全身蕴起寒冰灵力，右手凝聚起冰盾，向着刺啦作响的滚滚雷电迎了上去，冰盾瞬间碎了，裂成一块块冰碴。

　　青鹏侯冷笑一声，居高临下地站在空中，眼中满是

轻蔑。

可是这时，他发现寒霄不见了。

青鹏侯冷哼："你以为幻形宗把你藏起来，我就没办法了？"

"以你的速度根本不可能飞远。"青鹏侯全身突然燃起了湛蓝色的火焰，火苗砰地涨了大几倍，在他的身体周围凝聚成一轮耀眼炫目的巨大光圈。

已经隐身的寒霄忍不住吃了一惊。

——青鹏侯的绝技惊雷圈。传说天翼族三亲侯的惊雷圈能劈山斩海，一旦触碰上必死无疑。它还有一个厉害的地方就是追踪，不论敌人跑到哪里，它都会紧随其后，把敌人烧成灰烬。

寒霄攥着隐符迅速向后飞，惊雷圈闪着电光火花已经来到面前。

"哧——"寒霄的衣摆被削下一块来。

他顿时被惊出了一身冷汗。

青鹏侯指尖一挑，惊雷圈瞬间一分为二，向着寒霄左右夹击。

隐身毫无作用，寒霄索性显出身形，洌寒剑上的寒气瞬间涨了几倍，一片亮白爆射出来。

青鹏侯用眼角斜睨着他："我给过你机会，是你自己亲手葬送了。"

惊雷圈所到之处飞沙走石，树干碎裂，下方的陆兽

兵被边缘光芒扫到，瞬间变成焦炭。

一道血花飞溅出来，寒霄的左肩被撕开了一道大口子。

他已经被逼到生死边缘。

"吼——"

地面突然传来一阵颤动，像万马奔驰，又如同地震突然发作，吼叫一声接着一声，耳朵都要被震聋了。

一头黑熊一步步走了过来。

两只眼睛通红，全身毛发如同钢针，身高足有十米，像是一座黑色的铁塔。

火箭、刀戟对它没有半点用处，到是天翼兵被它的巨型巴掌一拍，瞬间死伤一大片。

逐电高兴地大喊："大哥，是大哥来了！"

这头巨熊就是悍兽帮的首领暴震。

暴震走过来，挥开挡在面前的天翼兵，巨掌直接拍向青鹏侯。

青鹏侯身体被扫得歪歪斜斜，急忙后退，衣袖一挥，惊雷圈闪着霹雳电光，向暴震旋卷过去。

"刺啦啦"，骨肉磨挫的声音响起，惊雷圈卷过的地方，扬起一片血花，暴震的胳膊、肩膀被划裂，伤口深到几乎露出骨头。

"大哥！"

"大哥——"

"真有不怕死的，以为个子大就能挡得住吗？"青

鹏侯冷笑一声，惊雷圈呼啸着劈下。

逐电、红豹女及悍兽帮的兄弟们一齐高声惊叫，银锋一声令下，箭、镖、钎、火弹一齐发射，但是没用，利器在触碰到那蓝色的光圈后立即变成粉末。

"你们都退开！"

暴震怒吼一声，护体光影在面前形成，他拔起一棵千年铁檀木，向青鹏侯扫过去。

这种比生铁还要硬十倍的树木附着了暴震的灵力，力量大得惊人，惊雷圈立即返回，挡在青鹏侯的面前。

惊雷圈极速转动，木屑雪花般迸飞，铁檀木迅速变短，但这强悍无比的冲击力同时消耗着惊雷圈的能量，在铁檀木只剩下最后一截时，惊雷圈的灵力光也暗淡下来。

剩下的那截铁檀木硬生生戳到了青鹏侯面前，青鹏侯被逼得后退躲闪，但这时暴震的腿也被惊雷圈生生剐去了一块肉，鲜血喷涌如泉。

战前安排的时候，暴震说绝不会露面，寒霄也不勉强，只是请他坐镇三大匪帮指挥，因为这些刺儿头除了自家头领和宗主的话谁也不听。

至于暴震为什么拒绝出手，这里面有个缘故。

熊宗一脉早年受到奸臣的迫害，早已和陆兽王族决裂，与天翼之战是族与族之间的生死荣辱之争，他参与；但让他跟官家联手，他还是不情愿的。

　　暴震怒吼一声，护体光影在面前形成，他拔起
一棵千年铁檀木，向青鹏侯扫过去。

他此刻现身，还是原身，寒霄知道他只是为了自己。

望着殊死拼斗的暴震和银锋、逐电他们，寒霄狠狠咬牙——趁现在！

手背上的隐符闪烁起来，借着它的力量，寒霄几个隐现接近了青鹏侯。

凝聚惊雷圈非常耗灵力，如果想发动第二轮，必须要有一段时间汇聚灵力，这时会出现一个短暂的空当——从前青鹏侯根本不用再发，因为和他对阵的人，都在他第一次出手的时候就已经变成圈下冤魂了。

所以说，现在是动手的最佳时机。

那边，青鹏侯被逼得不住后退，在战场上一向稳如泰山的他，哪经历过这样狼狈的处境？

"砰！"他一掌拍开檀木，刚要凝出惊雷圈，突然，一阵异样的风带着透彻心扉的寒意袭了过来——有人偷袭！

青鹏侯迅速反手击过去，可是却被那个人轻巧地躲开了，青鹏侯冷哼一声，右手食中二指并拢，电火噼啪炸响，惊雷圈就要再度形成。

突然，他感觉到一丝不对头。

他看向自己的手掌，发现刚凝起来的惊雷圈竟然倒转起来。

而且旋转得越来越快，光圈也越来越大，但劈出的方向竟然是——他自己！

　　就在这短短几分钟，寒霄已经找到了对付惊雷圈的办法。

　　在四重牢的时候，透明无字书上的小人曾经教过他一招"反推手"，当然小人没告诉他是什么招式，名字是他自己取的。

　　实际上就是遇到强敌的时候，把敌人的招数反过来用，以柔克刚，将凌厉的招式化开，从而使自己摆脱险境。

　　类似推手一样。

　　惊雷圈威力太大，必须想其他的办法，在一刹那，他想到了反推手。不过惊雷圈的力量太过凌厉，反推手根本接近不了它，所以还得再加上另外一个辅助手段。

　　他把千年不动仙教他的吸取灵力的"邪法"用了进去。

　　刚逃出西海登上陆地的时候，他全身没有一丝灵力，被金狮太子的走狗殴打、七天将缝叶莺侮辱，千年不动仙教他从自然界中吸取灵气作为引子，再循环生成灵力。当时他万分反感，那在他看来等于掠夺、等于偷，和雷龙王卑鄙的行径无异，他只用过一次就再也没用。现在把它拿来对付敌人，也算是以恶制恶，用得其所了吧。

　　——以汲取灵力之法作为媒介，破坏惊雷圈生成的源头，让它的构建顺序产生紊乱，再以"反推手"逆转方向。

不过，他也没有十足的把握，但危急关头，必须搏上一搏。

他看到了青鹏侯错愕的眼神，以及他慌乱的动作，还有从这不世杀神身上迸出来的鲜血——他成功了！

"三亲侯！"

"三亲侯受伤了！"

大天将、三天将和五天将一起飞过来，看到青鹏侯肩膀血流如注，大天将和三天将怒喝着，举起兵器向寒霄招呼过去。青鹏侯按着肩膀踉跄后飞，有天翼兵要去扶他，却被他挡开。

"三亲侯……"赤霞焦急地禀报，"情况不妙，六天将在后方破除了重组网，但是……但是又遭到了珠弩车的伏击，六天将重伤……"

青鹏侯怔住了："什么？"

如果说弩网重组是一步妙棋，那珠弩车就是机关宗的杀招了。

十族人都听说珠弩车厉害，但究竟厉害到什么程度，大多数人都没见过。

一百年来珠弩车只出现过两次，分别是陆兽对天翼、陆兽对水族的大战中。在珠弩车的帮助下，陆兽族大获全胜。它的厉害之处就在于水陆空都可以使用，构造极其巧妙，能够连续发射碗大的钢弹和长枪一样的强

箭，射程远，冲力大，他族兵马装备再精良也抵挡不住它的攻击。

"早在几十年以前我们就离间了虎王和机关宗啊，机关宗的人被杀了不知多少，他们怎么可能为陆兽族出头？"赤霞难以置信地说。

突然又有飞探来报："有人在施幻术，我们好多兄弟都中招……"

青鹏侯和三天将一齐看过去，定磐城上方火焰漫天，赤红的火光中，突然出现了一个个黑色孔洞，无数天翼兵身体倾斜着，被旋卷进去。

——幻形宗。

三亲侯怒喝："传六天将破除幻象！"

他突然想到，这种程度的幻术应该是幻形宗的元老出动了，六天将根本招架不了。

突然想到了什么，青鹏侯疾速拔高，悬立在上空。

攻打定磐城是他的主要目标，倘若定磐城被破坏，此战就算胜利。原本他还计划着，如果对方反抗就以此为借口攻进去，反正陆兽族这块肉早晚要吃进嘴里，恰好可以借这个机会一举拿下。

但是……

他惊愕地发现，定磐城内墙，石柱上的巨大石盘正在滴溜溜地旋转，空气抖动，卷起骤风，在上方形成了一个巨大的漩涡，火箭被纷纷弹射开来。

磁石阵恢复了？

这是什么时候的事，为什么没有探子的信报？

青鹏侯俯瞰下方，见天翼兵正在节节败退，他死死攥住胳膊上的伤口，指节用力到发白泛青。

一切都成了空想。

# 生灵王

## （上）天翼深渊

# 一　黑衣怪

陆兽军大胜，将士们一片欢呼。寒霄却没有感到丝毫喜悦，他眼望远方，一动不动地站着，任风沙撕扯着斗篷。

他感到无比疲惫，甚至有一丝茫然。

除了筹谋指挥，他也协同作战，尤其和青鹏侯的对决，他已经竭尽全力。天翼军败走，他又为暴震愈合了伤口，暴震没说什么，伤还没有完全好就摆摆手离开了。但红豺女却在一旁骂，说很多兄弟在此战中送了命。

其实，就算红豺女不骂，他也早就心痛不已。

放眼望去，尸横遍野，满目血色。

烽火燃不息，征衣卷残血，杀人如剪草，黄沙掩白骨。战争为了什么？为的是抵抗强权，不让无辜的人遭受欺凌和压迫，他只是想和陆兽兵一起赶走天翼兵，还陆兽族民一个公道，没想到最后看到的是这样惨烈的情景。

死的人太多了。

他第一次领略到了战争的残酷。

阿星和安泰年纪还小，想不到这么多，两个孩子高兴得手舞足蹈，连蹦带跳。陆兽兵更不用说，几十年来第一次赢了天翼族，大家高呼呐喊，像是狂欢。

银锋、逐电和无形走到寒霄身旁。

银锋不知道他在想什么，呼了一口气，问："你现在，是想走还是要留？"

寒霄回过神来，看向他。

银锋说："这次虽然陆兽族胜了，但你是从牢里逃出来的，定磐城那帮人不知道会不会赦免你的罪，他们的嘴脸我很清楚，我担心……"

寒霄忽然想到，银锋他们是不会跟陆兽将士们走到一起的，匪帮们跟定磐城之间的仇恨就像是天堑一样，在短时间内无法化解，这次也只不过是抵御天翼才暂时联手，战斗结束后他们必定会离开。

逐电说："没错，他们最拿手的就是害人，你今天帮了他们，说不定他们明天就翻脸。你跟我们走吧，咱们一起照样可以打天翼人，我把悍兽帮老二的位子让给你坐！"

见寒霄沉默，银锋又劝："你的头脑，再加上我们的战力，我们将比从前更壮大，说不定……"

"端了他们的老窝，换咱们当王！"逐电又插嘴。

"你来说吧，我不说了。"银锋直皱眉，"你比谁都

能耐。"

"别别，"逐电讪笑，"你来你来，我闭嘴还不行吗？"

"我知道你们是为我好，但……我不能跟你们走。"寒霄说。

他也曾想过跟他们一起纵横驰骋，放马山水，过恣意洒脱的生活，可是，现在还不能。

"你要留下来？"银锋问，"你嫌弃我们是土匪？"

"不，我从不以身份取人，"寒霄说，"更何况我有什么资格嫌弃别人。"

"我知道了，"逐电仿佛明白了什么似的，"是红豹女那婆娘乱嚼舌头让你膈应了吧？你甭跟她一般见识，女人不都嘴碎吗？等会儿我去骂她！"

"跟她没关系。"

逐电瞪大了眼睛："那你就是想给那帮奸贼卖命喽？"

"……"

"我真是错看了你，"逐电满脸怒气，"可别怪我没提醒你，那顶官帽可不是那么好戴的，当心把你的脖子压断了。"

"你闭嘴！"银锋骂。他看着寒霄："你决定了？"

"是。"

"欸你……"逐电又要说难听的话，被银锋拉住，他淡淡地说，"人各有志，我们走吧。"

"等一下，"寒霄拦住他们，"我还有话要说。"

"什么？"银锋的眼中燃起一丝亮光，转过身。

"陆兽族自己人不能起内讧，一旦分裂，外族很容易乘虚而入。"寒霄诚挚地说。

逐电立即暴躁起来，想要骂，偏偏对着他又发作不起来，只好重重地哼了一声。

银锋面无表情地说，"怎么做我们心里有数，不用你提醒，反倒是你——你露过脸，现在老病虎应该已经知道了你出逃的消息……你自己保重吧。"扔下这句话，他和逐电带着各自的兄弟离开了。

寒霄怔住了。

"哥哥！"阿星听到争吵声，又见银锋、逐电走的时候满脸怒气，赶紧和安泰凑过来，嗫嚅地问，"你怎么跟银锋大哥他们吵架了？"想了想说，"其实你留下来挺好的，我就盼着你留下来，你这次立了大功，说不定虎王陛下能封你做将尉呢！"

"我从来没想过要做将尉。"

"那你是为什么呀？"既不跟银锋他们走，也不跟官家一边，阿星想不明白自家哥哥干吗要两头得罪人，吃力不讨好。

寒霄没有回答，他望着一片狼藉的战场："你们先回去吧。"

阿星用脚尖蹭着地："我不回去，我跟安泰要和你在一块！对吧，安泰？"

安泰连连点头。

寒霄没有再多说什么，他转身向墨扇林走过去。

天翼俘虏已经被押走，陆兽伤兵也大多被抬去治疗，一队士兵来回穿梭，在搬运着尸体，阿星和安泰看见也跑过去帮忙。

寒霄的脚步滞了滞，默默走向小山般堆积的天翼兵尸体。

血腥味充斥着整个空间，有几声呻吟传出来，寒霄仔细看过去，发现还有重伤没死的天翼兵——三亲侯及部下撤退的时候根本没有理会他们。

突然，身后有人发出一声沙哑的嘶叫。

"……荣翠……荣宝……"

寒霄蓦地转身，见尸堆中伸出一只手，那只手沾满了鲜血，颤抖着，竭尽全力想要抓住什么。

"我不想死……"

寒霄蹲下身去，伸手挪动压在他上面的尸体。几个陆兽兵看见了，不知道发生了什么事，也过来帮手。

天翼兵的样子完全暴露在大家面前。

一条又深又长的伤口贯穿了整个胸膛，身上的血已经凝固，灰褐色的灵力闪烁个不停，原身红喉鹛鸫的光影已渐渐显现，这是十族生命体濒死前的表现。

"……荣翠……荣宝……我不能死……"

寒霄开口问："荣翠和荣宝是你什么人？"

"妹妹和弟弟……一个六岁……一个才三岁……"天翼兵像是抓住了救命稻草，拼命向寒霄伸着手，"我不想死……我不能死……爹娘早就走了……"

围站在一边的陆兽兵们冷冷地笑了。

一个兽兵狠狠踢了他一脚："就你有兄弟姐妹吗？你们在发动战争的时候有没有想过我们的兄弟姐妹也会死，我们也会有无数人无家可归？"

天翼兵被这一踢，立即昏死过去，那个陆兽兵抽出还滴着血的刀，要一刀了结他。

"住手。"寒霄挡在天翼兵面前。

兽兵怒了，用刀指着他喝问："你是哪个，敢拦我们！"

寒霄伸手拉下了兜帽。

"是你，寒霄？"

"你怎么会在这里？"

几个兽兵怔住了，其中一个喝道："寒霄，咱们知道你能耐，救活了生息源，对咱们陆兽族有大恩，但你这是什么意思？"

寒霄不说话，扶起天翼兵，手掌蕴起绿芒，按在他的胸口上。

这天翼兵虽然是个战士，但他还是位哥哥，如果他说的是真的，那两个年幼的弟妹岂不成了孤儿？

几个陆兽兵震惊了，愣了好大一会儿才回过神来，怒喝道："寒霄，你是这要救我们的敌族，我们最大的仇家？就连那些土匪都知道对付天翼人只有一个字，那就是'杀'！你竟然要救他？"

寒霄沉默着不说话。

腥臭的血污沾在他的衣服上，他没有半点厌恶，绿色光芒向四周圈圈波动，那道狰狞的伤口在慢慢缩小、愈合。

天翼兵缓缓睁开了眼睛，看清这一幕后，脸上现出了极度震惊的表情，大张着嘴巴说不出话来。

寒霄收回手："天翼族政令严苛，你回去也没有活路，我救你，是想让你安顿好你的家人。"

天翼兵颤巍巍地爬起来，嘴唇嚅动着，想要对寒霄拜下去，寒霄拦住他："不用了。你好自为之，走吧。"

兽兵们哐啷啷抽出兵器，指着寒霄："你干什么，疯癫了？""敢放他我就跟你拼了！"寒霄眼神黯淡，说："对不住了。"反手挥出一蓬寒冰气，兽兵们被逼得纷纷后退。

天翼兵感激地看了寒霄一眼，脚下一用力，歪歪斜斜地飞上天空。

陆兽兵们围了上来，年轻的脸上是极度的愤怒："寒霄！天翼人是我们几百年来的仇人，你不知道吗？"

"天翼人狡猾得很，他明明是在骗人，你鬼迷心

窍了？"

"他们心狠手辣，救他们就等于杀自己人！"

陆兽兵们挥舞着拳头，几乎要砸到寒霄脸上，寒霄一动不动地站着，任由他们发泄——他们说的是实情，这么多年来天翼族的侵略和压迫人神共愤，就算骂出更难听的话都不为过，但是他实在没办法不救那个天翼兵，他不想那两个孩子再失去唯一的依靠。

刚运完一具尸体的阿星和安泰看到这情形赶紧冲过来："干什么？不准这样对我哥哥！"两个孩子奋勇上前扒拉开兽兵，"我哥哥怎么你们了？咱们能打赢这场仗全靠他指挥，你们不感谢还冲他张牙舞爪的，是人吗？"

"胡说！"一个陆兽兵骂道，"他有这能耐吗？明明是东辕和千里将军指挥的！"

"明明就是我哥哥！是他想瞒着你们，不让东辕和千里大哥说的！"

"颠倒黑白！咱们打仗的时候，他还被关在十二重牢里，这会儿不知道怎么偷跑出来，咱们还没禀报虎王来抓他呢！"

"他放跑了天翼兵，这样的奸贼你还向着他吗？"

"救活了鸟人还护着他，他跟鸟人们有什么关系？"

"放走了天翼兵？"阿星和安泰一下愣住了，他们看向寒霄，"哥哥……他们说的都是真的？"

寒霄平静地说："是。"

　　阿星和安泰目瞪口呆，他们难以置信地望着寒霄："这……这是为什么呀？"

　　寒霄沉默着没有回答。

　　阿星哑口无言，任他再牙尖嘴利也不知道该怎么为寒霄辩解了。

　　几个兽兵额头青筋暴突，眼都红了，向寒霄三人挥舞拳头，阿星小脸发白，忍不住抽出鼠尾链对准他们："你，你们别靠近了，再这样我就不客气了！"

　　一个矮壮的陆兽兵阴阳怪气地说："咱们不和他们在这里耗！人家有疣猪和飞鼠两位老将军撑腰，咱们敢怎么样？"

　　其他兽兵一起嚷嚷："我们去禀告陛下！"

　　"没错，把寒霄私通天翼人的丑恶行径禀告上去！"

　　"你给我等着！"陆兽兵们狠狠地瞪了寒霄一眼，愤愤地走开了。

　　阿星害怕了，他叫道："哎，你们别这样，哥哥恢复生息源的时候你们怎么不说了？"他急得两手乱挥，"大哥，我叫你们大哥啦，你们别去告诉虎王啊！"

　　寒霄拉住他，摇了摇头。

　　阿星哇哇直喊："哥哥怎么办？陛下要是知道了很快就会派人来抓你的，你可是偷跑出来的啊！"

　　寒霄不说话，转身走向另外一个尸堆。

　　有奄奄一息，没来得及被抬去救治的陆兽兵，也有

昏死过去但心脏还跳动着的天翼兵，寒霄将颤抖的手按在他们的胸膛上。

阿星和安泰大眼瞪小眼，阿星急得直跺脚，"哥哥，你这到底是为什么啊？你救咱们陆兽人理所应当，可……你别管天翼人了，成吗？"

寒霄无动于衷，阿星只好对安泰说："这样下去不行，咱们去找你爷爷吧，等会儿陛下来抓人，让他给哥哥说句话！"

"好，我们快点，我爷爷这会儿应该还在家！"

两个人各自找了匹马，骑上飞驰而去。


寒霄擦了把额头上的虚汗。之前跟青鹏侯对决已经耗去不少灵力，这会儿又连续救人，身体严重亏空，刚站起来就感觉到一阵头晕目眩。

落叶打着旋儿飞过来，扑在他身上，突然，他感觉到一阵异样的气息逼来。

有不速之客，不是陆兽族人。

寒霄转过身，对着林子边的一块大石喝了一声："是谁？出来！"

风呜呜地刮过，片刻后，从大石后面走出……不，飘出一条黑影来。

脊背佝偻，身材臃肿，全身上下被一条宽大厚重的幔幕覆盖着，诡异得像是来自地府的恶灵。

空气刹那间凝固了。

寒霄没有说话，目光一直紧紧盯在对方身上。

"你……就是寒霄？"

怪人开口了，他的声音嘶哑到了极点，像是粗糙的砂砾在来回磨挫，听得寒霄牙根泛酸。没等寒霄说话，怪人又问了一句："你刚才用的是……原生木灵力？"他一字一句地往外迸，很生疏，像是才学会说话，"……传说……原生木灵力是上古之神才拥有的力量……你是从哪里得来的？"

寒霄看着他，没有回答。

这怪人虽然体形臃肿，但从飞行姿势来看，是天翼人无疑，不过又不像天翼武官或者士兵，实在让人猜不透身份。

"……不回答……藐视我？"他抬了抬下颌，"跟我走……我有事让你做……"

寒霄沉默了片刻："你是谁，什么事？"

"……我的话服从就可以了……不准多问……"腔调中透着霸道和蛮横，像是发号施令惯了。

"如果我不跟你走呢？"

"我有一千种方法让你改变主意……"

怪人缓缓抬起戴着黑手套的手，轻轻一招。

寒霄拽出了冽寒剑。

两个天翼人飞过来，寒霄抬眼看过去，竟然是五天

将赤霞和六天将，刚才也不知道藏在什么地方，这时候一语不发，低眉顺眼地来到寒霄面前。

寒霄这才发现他们手里还抓着人，等到看清被押着的人的模样时，他全身的血液瞬间凝固了。

是阿星和安泰！

两个孩子的身体软塌塌地垂着，脑袋歪在一边，两眼紧闭，一线血水顺着眼角和口鼻流下来。

血液"轰"地涌上头，寒霄再也不能保持冷静，抬手，冽寒剑挟着凌厉的寒气，向着怪人劈过去。

"哼……"

墨色的光芒暴闪，寒霄连他怎样出手都没看清楚，就被击飞出去，狠狠地摔在地上。

没有佩戴徽识，看不见样貌，灵力深不可测，而且看起来地位极高——难道是鹰帅？传闻鹰帅佩戴铁面罩，穿黑甲……但听说她是一个五十岁左右的女人，身后还背着一对巨大的铁翼。

不是。

放眼整个天翼，寒霄都想不出这个人是谁。

"来不来随你……你也可以叫帮手……不过再犹豫的话，他们的命可就没了……"

黑色的幔幕后，怪人的眼睛闪着阴森的光芒，他冷冷地瞥了寒霄一眼，转过身，飞上天去。赤霞和六天将抓着阿星、安泰，一声不响地跟在后面，冲进了云层。

　　手里一颗信号弹都没有了，不，即便有也不能用，如果把他们惹怒了，很有可能会要了阿星和安泰的命。

　　寒霄咬着牙爬起身，顾不得擦去嘴角的血渍，捻动飞翎，跟了上去。

　　怪人还在云雾中穿梭，赤霞和六天将却已经不见了踪影。

　　寒霄一阵焦急，两个孩子被带去了哪里？会不会……不，应该不会！他强迫自己冷静下来。

　　怪人抓阿星和安泰只是当作威胁的筹码，事还没办，不可能现在撕票。他们不见了……那就只能锁定怪人这个目标了。

　　寒霄不住催动飞翎，但无论怎样加快速度，却始终追不上。

　　他直骂自己脑袋不清醒。

　　飞翎速度虽然快，但在他手里只是一件工具，哪里比得上天翼人与生俱来的飞行能力？

　　就在这时，怪人突然转过身，对着他抬起了手。彩光闪烁，黝黑的衣袖中倏地射出一条长索。

　　彩索蛇一样卷过来，将寒霄牢牢捆住，怪人手腕一抖，寒霄被猛地向前拽去——原来，怪人是嫌他速度太慢了。

　　寒霄再也忍不住，大声喝问："你把我弟弟弄到哪

里去了——"

怪人不理不睬。

方向一直往南，看来是去天翼族领地无疑了，就在这个时候，意想不到的事情发生了。

原本灰暗阴沉，像是有暴雨将要来临的天空，不知怎的云层突然拨开，透出了几缕细金的光芒。

怪人原本平稳的身体突然开始奇怪地上下浮动，寒霄诧异了片刻后明白了，他是想要躲开太阳光。

可是这哪里能躲得开。

怪人将速度提到最快。

光线越来越强，直到太阳露出了半张脸，怪人手里的彩索剧烈抖动，寒霄被拽着忽上忽下，头晕目眩，突然怪人全身猛地一颤，像是被雷劈中般发出一声号叫，在空中挣扎了几下，重重地摔了下去。

寒霄吃了一惊，连忙捻动飞翎想往上飞，但怪人跌势太猛，身体又重，他被带着一起向下坠去。

耳边风声呼呼作响，眼前一片花白，突然砰砰闷响，两人一上一下，重重地摔在一片枯草乱石上。

浑身痛得像是散了架，寒霄睁开眼，发现自己竟然趴在怪人身上，也不知对方的幔幕里面穿了盔甲还是什么，又尖又硬，几乎把他的骨头都硌断了。

不过还好，总算飞翎起了缓冲的作用，又有怪人垫底，否则肯定粉身碎骨了。

寒霄连忙从怪人身上爬起来，可是更加诡异的事发生了。

怪人猛地抱住头，在地上剧烈翻滚起来，嘴里发出嗷嗷的号叫声，如同荒原上的野兽，瘆得人头皮发麻。

绳索不住拉扯，寒霄被拽得东倒西歪，他趁机用力挣扎，挣了一会儿却发现这绳索像是有弹性一样，紧紧地捆在身上，根本挣脱不开半分。

那就把它夺下来！他顺着看过去，心里一沉——绳索的那一端，竟然牢牢地拴在怪人的手腕上。

寒霄的脸都青了。

他全身蕴起寒冰灵力，却发现，绳索在结了一层冰后，那厚厚的冰层像是被火炙烤，又迅速地融化了。

这绳索难道自带火属性？

怪人还在号叫，好像把人的心脏都锯成一片一片的，他翻滚着，后来变成不受控制地抽搐，突然，他一跃而起，向寒霄扑过来。

手套已经破碎，怪人的两只手竟然长满了黑色的甲片和骨刺！寒霄连忙向旁边躲闪，但两个人被拴在一起，又能躲到哪里去？

"啊——"

怪人野兽般地压下来，寒霄的肩膀被手爪刺穿，牢牢钉在地上，鲜红的血喷出来，星星点点溅了怪人一身。

　　那根绳索不住拉扯，寒霄用力挣扎，却发现绳
索像是有弹性一样，紧紧捆在身上，根本挣脱不开
半分。他顺着看过去，心里一沉——绳索的那一端，
竟然牢牢地拴在怪人的手腕上。

寒霄痛得几乎窒息，他全身反射般蕴起一层绿色和银色的光芒，但寒冰灵力似乎对怪人没有半点影响，反倒是木灵力，顺着那双鬼爪一样的手，传到怪人身上。

怪人像是受到电击般剧烈颤抖，他凄厉地号叫一声，拔出了手，寒霄痛得眼前一黑，差点昏过去。

怪人狠狠地抓着自己的头，幔幕被撕成了碎片，一张骇人的脸显露出来。

寒霄吃惊地瞪大了眼睛。

他见过很多丑脸。五恶司、半人半龙的雷龙王、人面兽身的金狮太子……却都远远不及这张脸惊悚。

——没有一点儿皮肤，全部覆盖着厚厚的黑色骨甲；也没有五官，眼睛部位只有两团森森光芒……

怪人拼命抓自己的喉咙，像是喘不过气来一样，最后，他凄厉地号叫一声，摔倒在地上。

寒霄用尽全力坐起来，他小心地向后挪动了一段距离，警惕地看着对方。怪人只是趴着，半天没有动静，寒霄稍微放下点心来，低下头查看伤势。

肩膀被抓出了十个血窟窿，火辣辣地痛，他咬紧牙关，蕴起木灵力。没过多久，血止住了，他艰难地伸出一只手，摸索着抽出冽寒剑，试着割绳索。

那绳索竟然比钢筋还韧，剑刃只在上面蹭出几道白痕——冽寒剑是上古神器啊，这绳索是什么材料做的？更糟糕的是，绳索反弹似的亮起了彩光，并且不断收

缩，将他捆得越来越紧，紧到勒进皮肉里。寒霄忽然反应过来，不是剑不够锋利，而是这绳索具有灵性，能够伸缩。

这一刻，他简直想仰天长叹。

他深吸一口气，把恶劣的情绪压下去，目光再次移到怪人身上。

必须先救醒他，他是找到阿星和安泰最直接的线索。

寒霄慢慢挪过去，背对着怪人。

因为胳膊和身体被捆到一起，手只能小幅活动，他凑近怪人，左手蕴起原生木灵力，刚要按上去，突然，背后划过一道诡异的光，他猛地转头，顿时全身的汗毛都竖了起来。

怪人布满硬甲的后脖颈上，竟然睁开了一只眼睛！

瞳眸是黑金色的，滴溜溜转了几下，视线定在他身上。

寒霄僵在了当场。

他稍微一动，那只眼睛就跟着转动，一人一眼就这样对峙着。

这样也不是办法，寒霄改变了姿势，他半跪着，把手抬高一些，硬着头皮按了下去。淡绿色的灵力光笼罩下来，黑金瞳突然睁得暴圆，寒霄视而不见。

原生木灵力如同温水缓缓拂过，黑金瞳像是有了困意，眼睑慢慢耷拉下来。莹莹绿光蔓延过怪人全身，那只眼睛挣扎了几下，不情愿地闭上了。

寒霄从来没有像现在这样，一边救人一边起鸡皮疙瘩。

厚厚的云层遮过来，光线再次暗淡下来，怪人慢慢睁开了"眼睛"。

他动作迟缓地爬起身，茫然地向四周扫视着，最后将视线对上寒霄。

寒霄坐在距离尽可能远的地方，全身紧绷，提防他突然暴起。

"你……你，你……"

怪人的胸膛剧烈起伏，他一只手挡住脸，另一只手戳指着寒霄："你竟然……你胆敢看我的脸！"

他的嘴巴也覆盖着厚厚的骨甲，说话的时候一动不动，声音像是从胸膛里传出来的。

寒霄皱着眉别开眼。

是我愿意的吗？如果可以，我永远都不想看到。

"没有人可以看我的真面目……我杀了你……"怪人踉踉跄跄地爬起身扑过来，寒霄后退躲闪，奈何绳索捆得太紧，寒霄被怪人一把抓在手中，喉咙被猛地扼住。

怪人的手像是一把铁钳不断收紧，寒霄听到了骨骼挤压发出的咯咯声，他勉强地说："你……要是现在杀了我，你让我办的事……就办不成了……"

"那就不办！"

怪人手上的力气加大，寒霄感到血猛地涌上头部，一股铁锈味在嘴里弥漫开来，就在这一刹那，暴戾的力量突然消失了。

怪人的手松开了，声音从他的胸腔里狠狠地传出来："敢说出去……我就把你……剁成肉泥！"

寒霄急促地咳了几声，大口大口喘气，不理他。

突然，苍穹之上传来一声高亢急促的鸟鸣，怪人像是变了"脸色"，他从地上捡起破裂的幔幕，挑出一片还算完整的，迅速包住头脸，然后抓起绳索，拽着寒霄歪歪斜斜地飞上天空。

风呼呼地在耳边刮过，不知道过了多久，寒霄瞅过去，见前方地面云气围绕，苍翠万里，中央上方似乎悬浮着几座山峰。

——天翼族领地到了。

天翼族踞灵州之南，原本是一个弱势部族，但经过几代族主励精图治、上下勠力同心，渐渐发展成今天的灵州第一强族。从前寒霄只在西海寒潭书库的《十族地舆志》上见过其大体的样子，仅仅是一张简单的线描图，就已经让他窥见天翼族地域之广阔，风物之奇特。不过今天看到它真正面貌的时候，他才发现，图上画的还比不上它的十分之一神奇。

上千种树木郁郁生长，一眼看过去尽是苍翠。林海层层堆叠，越往中心地带越高，中央的柏树像是擎天柱

一样立着。他从《十族地舆志》上得知，这片浓密广阔的树林有一个很特别的名字，叫树塔海；那些高耸入云的柏树是望天柏，共有十二棵，天翼人都居住在树上，望天柏上住的大多是天翼族的高权贵族。

早在西海的时候，寒霄就对这神秘的地域充满好奇和憧憬，想着如果有一天能来看一眼该有多好，没想到这个愿望竟然这么快就实现了，只不过，是以这种方式。

怪人的速度不断加快，突然，他身体周围出现了一圈黑色光波，空气水纹一样荡漾开来，与此同时，寒霄感觉到身体猛地震荡了一下，像是冲破了什么屏障。

记起来了。

听说天翼族外围有一层无色无形的灵气罩，作用是防御外敌入侵，相当于结界，这应该就是了，只不过，为什么是黑色的？

穿过灵气罩，距离再度拉近，景物就更清晰了。

树塔海上，凝聚着大团大团的浮云，浮云连绵起伏，像是汹涌浩瀚的海洋。浮云中间，高低不等、呈螺旋状向上排列着灰色、锈红色、雪青色、白色、黑色五座峻峭的山峰，《十族地舆志》图中标得明白，那是云中众峰。

云中众峰上，还有大片五彩云团，在霞光的映射下，真好像天上仙界一般。云团里面似乎包裹着一座庞大的建筑物，但是雾气太过浓重，看不见它的真实样貌。

传说，那就是历代凰王居住的王邸——千羽殿。

一阵刺鼻的气味扑面而来，辛辣而浑浊，寒霄还没来得及分辨这是什么味道，就听见下面一阵喧嚣声传来。黑衣怪疾速下冲，云气四下散开，寒霄看见，两队人马正在激烈地混战。

穿黑羽盔甲的是天翼兵，另一方则穿着淡银羽甲，距离越来越近，银甲军帽盔上的徽识清晰地显现出来，是天鹅。

圣天鹅家族？同官家军对战？这是……谋反！

刚想到这里，突然黑怪人的衣袖一甩，黑光烟雾般弥散开来，寒霄顿时失去了知觉。

# 二　蝙蝠少年

"哥哥，哥哥救救我们——"阿星和安泰的脸上满是鲜血，被紧紧捆着吊在空中，用力挣扎。

凄厉的哭喊声把寒霄的心都撕裂了，他大声喊："别怕，我来了！"

他拼命地想飞过去，身体却像坠了铁块一样沉重。突然，厉鸣声响起，一只披着铁甲的黑鹰扑过来，刀刃般的爪子向两个孩子抓去。

鲜血喷溅出来……

寒霄大叫一声："不——"

他猛地坐起来，发现脸上、身上全是冷汗，心怦怦跳得如同擂鼓。

原来是个噩梦，不是真的……

这可真是……太好了。

寒霄抬眼向四周望去。

光线昏暗，空气憋闷，分辨不清是在哪里。他感到

身体下面冰凉，摸过去像是一张石床。

他很快适应了光线，眼前的事物清晰起来。

空间狭小，四面都是石墙，床边是一张石桌，桌边摆了条石凳——这里是……监牢？

他翻身下床，突然，铁栅窗上探出两个脑袋。

"你醒了？"

是少女的声音。

"要喝水吗？"两个声音一起问，同时从铁栅窗伸进来两只手，每只手上都端着一个白瓷嵌银杯。昏黄的光线下，寒霄发现两个少女长得一模一样，头上佩戴着同样的林鸽徽识。

寒霄没有接，这里的东西，他哪会轻易去碰？

见他不理睬，两只手收了回去。少女们对望了一眼，寒霄的这种态度似乎让她们有些不知所措。

寒霄忽然想到，阿星和安泰生死未卜，到现在还不知身在何处，自己不能这样僵着。

他向铁栅窗走过去。

见他有所反应，两个少女激动起来，寒霄发现她们看自己的眼神非常古怪，不是敌视和轻蔑，而是好奇，甚至有一点……期待。

不等寒霄发问，少女抢先说："我们是天翼飞将，排位第八和第九。"

天翼族武将级别最高的是大帅，其次是亲侯、天

将，然后是飞将，最末是司长，这跟陆兽族水族的官职设置差不多。眼前的林鸽双将寒霄也有所耳闻，她们是十族将官中唯一的一对双胞胎、姐妹花。

天翼族是女权天下，就连武将也是女人居多，飞将的身份也不算低了，竟然被派来看守他。

林鸽姐妹见他的表情比刚才有所松动，嘴角顿时弯了起来，又问："你饿吗？或者有什么要求尽管跟我们说。"

寒霄摇摇头："一起被抓来的那两个兽族男孩在哪儿？"

两姐妹顿时卡住了："这个我们不能告诉你。"

寒霄忍不住骂自己：太心急了，问得这样直接，她们怎么可能说？

于是挑了个简单的问题："这是哪里？"

"天翼族领地啊。"

"谁抓我来的？"

两姐妹相互对视，脸上又是一阵意味不明的笑："这个也不能说！"

寒霄冷冷地瞥了她们一眼。这对姐妹，看上去人畜无害，实际上滴水不漏，再问别的，她们肯定也不会告诉自己。

他想了想，不动声色地打量起这间石牢来。

从墙壁的粗糙质地就能感觉到构造十分牢固。不过，就算破门而出，外面也一定有许多天翼兵把守，贸

然闯出去只会引起骚乱，更难脱身。

寒霄从腰上抽出笛子。

在寒水深潭的时候因为无聊，也因为喜欢，他每天都会吹上一会儿苇笛，久而久之成了习惯，到后来每天必定练习两个时辰以上，作为寂寞中的一点慰藉。但自从出海登陆，事情接踵而至，几乎连喘息的时间都没有，就暂时把这个爱好放下了。

……不知道那支曲子现在吹出来效果怎么样。

见他把笛子搁在了唇边，姐妹俩笑起来："你是闷了吗？我们早就看到你腰上别着笛子，就知道你会吹！"

登上陆地后，仅有的几次吹奏竟然都是在牢里，这意境可真是不一般，寒霄自嘲地想。

婉转的笛声在小小的囚室中响起，宛如溪流淌过树林，清风拂过树梢，林鸽双将忍不住赞叹："挺好听呀！"

时间仿佛在这委婉美妙的清音中静止了，两姐妹趴在铁栅窗上，托着腮听得如痴如醉。

当初吹这个只是为了打发时间，但他人既聪明，又肯吃苦，三四年的时间过去，竟然小有所成，达到了意想不到的效果，从那时起，他开始抱着别样的心思练习。第一次逃出石室时他才九岁，就是靠着这支曲子吹翻了鲭鱼守卫，打开石门跑出去的。

渐渐地，林鸽双将的笑容开始僵硬，眼神也呆滞起来。

——他刚才吹的，是一首催眠曲。本来只用笛子吹的效果就已经很好，他又融入了灵力，威力立刻提升了好几倍。

寒霄抬起头命令："打开门。"

双将先是愣了一下，然后开始动作迟缓地摸钥匙。

"不！"姐姐突然摇起头来，脸上出现了惊恐的神色，她按住妹妹的手叫，"不能给他……"

妹妹的表情也挣扎起来，已经抬起的手又放了下去。

寒霄冷哼一声，再次吹响，笛音猛地上了几个阶，曲子变得激昂起来，两姐妹的身体一下绷紧，脸上的表情不住变换。

终于，两人放弃了挣扎，僵硬地摘下了钥匙。

寒霄淡淡地看着她们。催眠曲对付青鹏侯这样量级的肯定不行，但对付她们却是绰绰有余。

石门发出沉重的"轧轧声"，林鸽姐妹身体僵硬，木偶似的走进来。

寒霄越过她们，来到门口小心地向外探视。石廊尽头站满了天翼兵，不过他们并没有发现这边的异样。

重新掩上门，寒霄将笛子擎在嘴边又吹了一段，然后盯着双将问："现在，你们能说那两个男孩的下落了吧？"

"他们……"双将也不对视了，但声音还是出奇地一致，"被送去望天柏……"

望天柏？送到那里去干什么？

"送到那……"两姐妹的身体突然颤抖起来，她们猛地抱住头，跪倒在地上，像是回忆起了什么痛苦的事情，连声音都断成了若干截。

"他们……他们……"两个人用力地摇晃着头，好似要甩掉什么，寒霄突然发现，她们露出的小臂上有几块深深的三角形疤痕。

石牢外有脚步声传来，糟了，一定是被天翼兵发现了！

寒霄抓紧时间询问："他们在哪一棵？"望天柏有十二棵，他没有机会一棵一棵地找。

"在……在第十一棵……"她们将自己的额头抓出了血痕。

急促的脚步声来到石牢外，"砰！"天翼兵破门而入，有人惊慌失措地叫起来："林鸽飞将……啊，不好了，寒霄，寒霄逃走了——"

石牢里只剩下两姐妹，她们依旧保持着跪在地上抱头的姿势，而寒霄已经没了踪影。

天翼兵们惊慌失措地冲了出去，大喊大叫抓人，混乱程度不亚于暴动。

人潮渐渐涌走，这时在石廊的拐角处，忽然亮起了一点黄色光芒。

寒霄松了一口气，"哧"地从衣服下摆撕下一条布条，小心地把那点光芒包扎起来，刚才，多亏它才躲过

了天翼兵的追捕。

那是陆空两战前无形送给他的隐符，是幻形宗老宗主为了他特意炼制的。

陆空大战的时候，寒霄启用过四次，但因为刚制作出来没有进行试用，因此发挥不太稳定，在第二战开始的时候突然失了效，结果被青鹏侯发现个正着，要不是躲闪得快，怕是早就被青鹏侯削掉了脑袋。

刚才在石牢，他根本没走，只不过隐身了而已，他不动声色地靠在墙角，等到天翼兵离开后才小心地摸了出去。

石廊长而曲折，地形复杂得像迷宫，其间不断有天翼兵飞过，拥挤异常，寒霄只能贴在墙壁上，以防被撞倒踩踏。

一路提心吊胆，总算隐符没有出故障，寒霄跟在一队天翼兵的后面飞了很久，终于来到了出口。

冲出石廊，他怔了一下。

天空中飘浮着大团大团的云朵，竟然是彩色的，赤橙黄绿青蓝紫，如梦如幻，如同仙境一般。他回过神来，惊奇着这罕见的景色，捻动飞翎飞了出去。

云气缥缈，轻纱一样在身边浮动；美丽的极乐鸟和小金鸾灵动地飞过，发出仙乐般的鸣叫；不时地有发着光，彩钻一样的东西纷纷扬扬地飘落，晃得人眼花缭乱。

寒霄下意识地转过身。

雾气斑斓，云烟缭绕，他看见前方彩云之上，坐落着一座宫殿，云烟吹拂开来，宫殿的样貌显露出来。

他禁不住倒吸了一口气。

琉璃做梁，美玉为墙，无数根美丽的羽毛编织成瓦盖，整座宫殿奇特瑰丽，耀眼生花，在彩虹的映照下宛如天府。

这难道是——千羽殿？

一丝疑惑和不解涌上心头，不是说外族人一律不能靠近的吗，他刚才难道不是在殿后的牢房里？

但也只是一刹那的惊讶，阿星和安泰生死不知，他没有心情欣赏这别人一辈子都难以见到的奇幻景象，掉转过头，他向着彩云外冲去。

已经是深夜，星子稀稀拉拉地洒在夜幕上。寒霄回过头去，见天翼兵们虽然出了千羽殿，但仍然在彩云层附近搜找，并没有追上来。

他辨别好方向，向西飞去。在进入灵气罩的时候，虽然只扫了一眼，但十二棵望天柏的位置已经印在脑海中，他知道路线该怎么走。

湿热的气息扑面而来，天翼族地处灵州最南边，常年炎热，这对于喜冷的他颇不适应。忽然，浑浊辛辣的味道再次扑面而来，他一阵窒息，忍不住咳嗽了几声。

他疑惑着，调动原生木灵力，将灵力凝聚在眼睛上。

那是什么？

空气中弥散着大片墨色烟气，他抬起头，天空也是如此。

他又低下头，惊讶地发现伫立在自己正下方的第五棵望天柏，黑雾缭绕，正不断向上飘散。

他将身形拔高，看到第二棵、第五棵、第九棵……全部都是黑烟冲天。

他怔住了。

再去看天翼族的植被，层层堆叠的虽然茂盛，但都透着一股不正常的绿，乌油油的，像是假叶假花。

就算疑惑到了顶点，他也提醒自己现在救人是最重要的，他命令飞翎将速度提到最快，再过两棵望天柏，就是第十一棵了。

突然，大片黑影扑过来，伴随着嘈杂的叫嚷声。

"我刚才看到他往这边跑了！"

"就在这附近，仔细找找！"

寒霄吃了一惊——被发现了？

他看着手掌，不，不可能，明明自己还处于隐身状态啊。

他降落下去，借着一棵高大椴树的遮挡，看到这队天翼兵盔甲的颜色跟千羽殿追兵的明显不一样，后者是淡淡的金色，应该是王族近卫军，而这队天翼兵则是墨蓝色的。

——不是同一批人。

忽然一阵异样袭来，他惊讶地发现，自己的手、胳膊、上半身……在一点一点地显露出来。

他连忙拆开布条，再次念起口诀，那点黄光还是暗淡下去。

隐符失效了！

好巧不巧，偏偏在这个节骨眼上。

他连忙命令飞翎再次下降——他的衣服从里到外都是雪白，太扎眼了，必须躲一下。

穿过茂密的树冠，寒霄一降到底。他环顾四周，见自己所在的地方是一片密林，昏暗闷热，密不透风。

他飞快地钻进一片灌木丛中。

这里隐蔽，躲个一时半会儿没问题，但天翼兵追得紧，要是他们搜下来，也是很容易被发现的，得想办法尽快离开。

四周树藤缠绕，根茎丛生，根本没有路，他弓着腰刚走了几步，突然"砰"地撞上了一个柔韧有温度的东西。

他马上分辨出那是人的身体。

寒霄吃了一惊，但一向沉稳的他没有出声，他迅速直起身，这时，他看到一个少年站在他的面前。

少年也非常惊讶，但他的应对能力显然也不差，只是张了张嘴，就立即闭上了。

少年望着寒霄，目光中充斥着审视和防备。

寒霄也在打量着对方。

少年比自己年纪稍大些，长相英挺，一身黑色短装，透着精干和桀骜；没有佩戴徽识，额头右边有一片形状奇特的黑色印记，被乱发遮挡住了大半，看不清是什么。

最特别的是他的眼睛，细长而上挑，眸子在黑暗中熠熠发光，看人的时候像是两把尖刃，收起目光则充斥着玩世不恭。

少年压低声音问："你也在躲天翼兵？"

也？难道他和自己是同样的处境？或者说——这些天翼兵本来是抓他的？

寒霄点了点头。

"你不是天翼族人？"

寒霄又点了一下头，看着他："你也不是。"

少年明显很意外，眼中有愠怒一闪而过，他冷冷地问："你怎么看出来的？因为我被天翼兵追？"

"不，只是感觉。"

少年盯着他，刚要说什么，寒霄举起食指："别出声，他们搜过来了。"

窸窸窣窣的声音传来，天翼兵们拨开交错堆叠的枝叶，向这边摸过来。寒霄屏住呼吸，和少年一起小心翼翼地蹲下身去。

就在这时，少年像是忍不住一样，突然爆发出一声咳嗽。他赶紧捂上嘴，但是沉闷的咳嗽声还是不可避免

地一连串迸出来。

寒霄吃了一惊，赶忙运起木灵力，按在他背上。

叫嚣声大作："在这里，他在这里！"

"还有一个人！"

"一定是他的同伙！"

寒霄暗暗叫苦，伸手从腰上抽出玉笛准备迎战。

令他没想到的是，这时，一片激烈的咳嗽声突然爆发出来，像是传染般，天翼兵们你咳我也咳，大家弯着腰咳成了一片。

这是……集体犯病？

黑衣少年好不容易止住咳嗽，低声说："跟我来！"他抓住寒霄的手，飞起到半空中。

"去哪儿？"

"先去我家躲一躲。"

"我不去。"

不由分说，"嗖"的一件东西迎面兜过来，罩在寒霄脸上。

是一件衣服，少年的外衣。

"穿上！都是你的衣服太扎眼，害得我被天翼兵发现！"

明明是你咳嗽才暴露的！

眼见天翼兵边咳边喊，已经追上来，寒霄想了一下，把衣服穿上了。敌人逼得太紧，隐符又失灵，他不熟悉地形，很难逃脱，就暂时跟着这少年看看情况再说吧。

他没有看见的是，少年的嘴角泛起一丝狡黠的笑，那笑容太过短暂，瞬间隐没在黑沉沉的夜里。

少年拽着寒霄在交错复杂的密林里飞行，忽上忽下，闪避精准，竟然没有触碰到一根树枝，灵活得像一只金龟子，而寒霄，原本想要爬着出去的……

他们的速度比天翼兵要快很多，喝叫和咒骂声渐渐远去，最后几乎听不见了。

寒霄担心着阿星和安泰，想挣脱少年："多谢你。我还有事要办，咱们就此别过吧。"

"这种时候还能办成什么事！"少年嗤笑说，"——我家到了！"

毫无征兆地，少年放开了手，寒霄猝不及防地向后跌去，他又惊又气，赶忙捻动飞翎，升起在半空中，却发现少年已经不见了。

"沉夜！你又惹麻烦了吧？看你这副倒霉样！"

一阵冷风掠过，寒霄连忙拧身，见竟然是一根铁棒，他急忙避开，哪知道一把扫帚紧跟着又拍来，枝条把他的脸颊刮得生疼，寒霄矮身一躲，挥手反击。

银白色寒冰气"砰"地炸散，痛叫声响起来："哇啊！好冷！冻死人了！"

"这是什么邪法，我的手怎么结冰了？"

"打错人了，他不是沉夜！"

"这人是谁，怎么穿着那野小子的衣服？"

黑衣少年这才从慢悠悠地高空降下来，他抱着肩膀，嘴角噙着一抹不屑的笑："眼瞎吗？没看清楚就动手，一群白痴！"

"你说谁？"

"你个混账再说一遍试试！"

几个人一起围向少年，恶狠狠地盯着他，像是要在他身上戳个窟窿。这几人穿着统一，都是黄黑相间的短褂短裤，看上去有点像虎头峰家族盔甲的颜色。

沉夜冷笑一声："好狗不挡道，起开，我要带人去见义父。"拉上寒霄就走。

身后传来阵阵辱骂声。

"呸，什么东西！"

"就是个墙头草，还这么嚣张。"

寒霄瞬间感到抓着自己的手攥紧了，力气大到指甲要掐进皮肉里。他瞥见沉夜的脸扭曲得可怕，于是用力挣开他的手，把衣服脱下来扔还给他。

把他当傻子吗？他被错认围殴也不及时阻止，还在一旁若无其事——还是，他就是故意的？

真卑鄙！素不相识、从未谋面就陷害别人！

寒霄冷冷地瞪了他一眼，转身就走。

沉夜那可怕的表情一下消失了，他换了一副嘴脸，飞过去拦住寒霄，乞求说："你别介意，我也是迫不得

已才这样做的。我义父就快要不行了……他得了和我一样的病，只不过要严重很多。在林子里的时候，我见你给我治疗的效果不错，所以就想把你请过来给他瞧瞧……"他伸手指向不远处，"他已经咳血很多天了，不信你去看看……"

顺着他指的方向，寒霄看到在粗壮的椴树上坐落着一座黑色呈圆形的房屋，木门虚掩，死气沉沉的没有一丝声息。

寒霄冷冷地看着他："你义父？"

沉夜用力点头，这时一阵激烈的咳嗽声从树屋里传出来，那人像是喘不上气立即要背过去。

沉夜巴巴地望着寒霄："我真的没骗你！"

寒霄问："你们族很多人都这样吗？"

"很多，"沉夜说，眼中却透出一股幸灾乐祸，"听说天翼高层的人也没能幸免！"

寒霄立即联想到那股辛辣浑浊的气味——有没有可能那就是天翼人得咳病的原因？

一阵怪异而浓重的酸臭味传了过来，其实寒霄刚才就闻到了，但没顾得上理会，这会儿臭气越来越重，简直到了让人窒息的地步。不同于刚来天翼领地闻到的味道，他分辨出，这是一种生物身上散发出来的体味。

他的心里突然生出了警惕，在半空中猛地停住身子。

沉夜回过头："怎么了？"

寒霄掰开他的手，淡淡地说："让开，我要走。"

沉夜的脸陡然阴沉下来，刚要开口说话，树屋里传出一个苍老的声音："阿夜……是阿夜回来了吗……咳咳咳……咳咳……"

"是我，义父你还好吧！"沉夜答应着，他看了寒霄一眼，大声说："我还带了一个朋友来，他很厉害，能治您的病……"

"哦，我……咳咳……"

突然，"咣当"一声闷响，树屋里没了声音，沉夜大叫："义父，义父，你怎么了？"

他纵身飞扑进树屋。

寒霄犹豫了一下，跟了过去。

屋里光线昏暗，只点着一盏小铜灯，寒霄看到地上趴着一个披头散发的中年人，脸歪在一边，暗红色的血染红一大块地面。

沉夜大声叫："义父，义父！"他扶起中年人，抬起头看着寒霄，"给他看一下吧，求你了！"

惨淡灯光映射下，寒霄终于看清他的额头右边，是一只黑色的蝙蝠印记。

他的原身是蝙蝠？怪不得在密林里穿行轻松异常，如同没有阻碍。他怎么会和天翼人生活在一起，还叫天翼人义父？他……可是地地道道的兽族人啊。

寒霄滞了一下，走过去蹲下身。

"拿过你义父的手来。"

"好！"沉夜答应着，将中年人的胳膊托起来。

寒霄伸出两根指头，搭在那只干枯的布满青筋的手腕上。

可是，刚一接触，寒霄就感到自己的灵力像是打开闸门的洪水一样，疯狂向外泄去！他震惊地看向那个中年人，只见他慢慢抬起头来。

姜黄色的脸上满是皱纹，一双眼睛精光四射，透着贪婪与狰狞，额头上，歪七扭八地缝了一圈线，疤痕如蛇一样蜿蜒着爬进乱发里。

寒霄猛然抽手，却发现指头像是被牢牢焊在了那个的手腕上，动不了分毫。

中年人的嘴咧开来，满口黑牙参差不齐，恶臭扑在寒霄脸上，寒霄把头扭过去，他看见沉夜抱着肩膀吊儿郎当地站着，嘴角挂着一抹阴森的笑。

"怎么样，义父，我的眼力不错吧，这小子的灵力是不是很正？"

"嗯，不错，"中年人点头，他长长地吁了一口气，脸上的皱纹似乎瞬间伸展开了，"咦，我从来没见过这样的灵力，神奇，真是神奇……"

寒霄冷冷地看着他们，手指微微蜷起，中年人突然发出一声惊叫："冷，好冷！"他哆嗦起来，黄脸瞬间变成青紫色，皮肤泛起一层白色的冰霜。

　　寒霄调了包，将寒冰灵力送进对方身体里，中年人刹那间被冻僵。

　　寒霄一抖手腕，冰冻人"咣"地摔在地上，寒霄站起来，看着满脸吃惊的沉夜，一字一句地说："卑鄙！无耻！你暗算人已经成了习惯？"

　　沉夜忍不住退后一步："这……这是怎么回事？"

　　寒霄冷笑一声，这坏小子想破脑袋也猜不出，自己同时拥有两种灵力。

　　"我记起来了。"寒霄冷冷地说，"十几年前，蝙蝠一部叛变，逃出陆兽族投靠天翼，做了天翼人的鹰犬，"他盯着沉夜，"就是你和你的族人吧？"

　　十七年前，天翼、陆兽两族大战，蝙蝠部族临阵叛变，陆兽族一败涂地。蝙蝠部族从此被钉在耻辱柱上，十族人的鄙视唾骂至今都没有停止。

　　蝙蝠族人有兽人特征，还兼具飞行能力，陆空建族伊始，他们就左右摇摆，在选择归属问题上犹豫不决，后来蝙蝠族长见兽族实力略胜一筹，便决定加入陆兽属——其实他们本来就是陆兽人，只不过一直不承认罢了。

　　陆兽族接纳了他们。

　　蝙蝠部族擅长飞行，这让所有陆兽人都望尘莫及，所以在跟天翼的战争中，他们的战力就显得无比重要，甚至成为陆兽族制胜的手段。

　　但后来陆兽族每况愈下，而天翼族却日渐强盛，蝙

蝠一族就又动了歪心思，他们后悔当初做的决定，天翼人看明白了这一点，于是暗中游说，拉拢他们。

那一战，蝙蝠部族临阵倒戈，陆兽军猝不及防下乱了阵脚，加上天翼兵夹击，陆兽军大败，死伤惨重。

不仅如此，蝙蝠族长还将陆兽军军事布防及定磐城石阵图等重大秘密，作为归附的贡礼献给了乌凰王。

陆兽军从那时起元气大伤，兽族人对蝙蝠部族恨之入骨，骂他们"墙头草，两边倒；狭路逢，不相饶"。

"你说谁是鹰犬？"沉夜的脸铁青，他磨挫着牙，发出瘆人的咯咯声，"那不是叛变，是选择！我问你，天下人谁不崇拜强者，难道你甘愿做一个总是被人随便侮辱和践踏的族的子民吗？"

被他再三地坑，寒霄也是毫不留情："别给左右摇摆、朝三暮四找借口，再不好那也是你的母族，不要以为长了一对翅膀就是天翼人了。"

"闭嘴！你根本什么都不知道，你没资格妄加评论！"沉夜"唰"地抽出两把黝黑短叉，刺向寒霄。

"戳到你的痛处了？"寒霄冷笑一声，脚下后滑，轻巧避开，"这些年来，他们把你当天翼人看了吗？"

"我让你闭嘴——"沉夜歇斯底里地大吼。他不住进攻，出手狠辣凌厉，片刻两人已经过了六七招，寒霄一挥手，寒冰气爆出，"啊！"沉夜顿时被拍飞出去，木板墙被撞得粉碎。

寒霄冷冷地哼了一声。

突然"嗖嗖"声响起，寒霄转身，无数黑黄相间的艳丽羽毛透过木板射进来，他吃了一惊，立刻调动寒冰气，凝结成弧形冰盾，护住全身。

标准的警示色——羽毛上有剧毒！

笃笃笃，屋顶也被穿透，羽毛密集得如同箭雨，寒霄心里"咯噔"一下，叫了声糟糕——下方还暴露着！

想要再凝冰盾补救，却已经晚了，脚底传来针扎一样的感觉，紧跟着泛上难言的辣痛。

他的心沉了下去。

是自己大意了。树屋建在半空，羽毛能破墙而入，怎么不能从地板下穿进来？

强烈的眩晕感涌了上来，他眼前一黑，倒了下去。

# 三　逃出鹦鹕部落

　　昏沉中，寒霄感到有重物狠狠打在身上，然后身体被翻了过来，一件尖锐的东西刺进了胸口。木灵力不断被吸走，焦急之下他感到胸口憋室，嘴里涌上一股铁锈味，剧痛袭来，他陷入黑暗之中。

　　不知道过了多久，他终于醒过来。

　　慢慢睁开眼睛，他感觉全身疼得厉害，脸上火辣辣的，有什么东西糊在眼睛上，伸手一摸，是已经干了的血痂。

　　头晕目眩，四肢酸软，他强撑着坐起来。

　　观察了一下四周，他发现自己所在的地方竟然是一个大鸟笼，不，是像鸟笼一样的圆顶牢房，四面都封了木板，只在顶部留了一个小小的窗口。

　　他轻轻地动了一下，牢房跟着晃起来，他连忙停住了动作，这房子是被吊在树上的？

　　有人从窗口处探头向里面查看，寒霄心里忍不住苦

笑了一下，自己竟然被人当鸟一样关起来了。

怪不得别人，要怪就怪自己。

轻信陌生人、判断失误、滥施同情心……不过，也是因为怀着私心，想着在异族中能够找到助力，尽快救出阿星和安泰。

——简直妄想。

看守窥探了一会儿，把脑袋缩了回去。

寒霄看了一下这牢笼，铁栅条粗得像小孩手臂，外面又有人把守，以自己现在的身体状况根本没可能逃出去，只有先恢复一下体力再说了。

对方可能认为自己已经中毒，失去行动力，所以没有捆绑，这倒是非常有利的条件。寒霄盘膝坐好，调整呼吸，开始探查自己身体的情况。

都是皮外伤，没有伤到筋骨，只是灵力被吸走了一大半。这帮人简直贪婪得可怕，从沉夜的话中可以听得出，他们做这种卑鄙的事情已经不是第一次了。

到处充斥着酸臭味、羽毛有剧毒、服装是黑黄色——如果没猜错的话，这里是冠林鹦鹕部族的巢穴。

携带毒素的鸟类并不多，仅有几种，却恰巧被自己碰上了。

鹦鹕的毒性非常强，不管是吃下去还是从血液进入身体，只要一丁点都会立刻死亡。自己之所以还能坐在这里，完全是因为身体自主启动了防御，寒冰灵力延缓

了毒素的扩散，木灵力护住了心脏。

不过也支撑不了太久。

伤口可以愈合，灵力也可以恢复，毒却没法解，他不擅长。唯一的办法是将毒素逼出去，但那需要很长时间，阿星和安泰等不了！

听说鹦鹩只有在被侵犯领地，或被威胁到生命的时候才会释放毒素保护自己，但他明明是被骗进来的……而且，为什么这老鹦鹩还会吸人灵力？

忽然，一缕淡淡的药香传进鼻中，在这充斥着酸臭味的鹦鹩巢穴里显得格格不入。门无声无息地打开了，一个人影闪进来。

寒霄睁开眼睛，玉笛飞到了手上。

一个少女站在他的面前。

跟其他人同样的服饰，斜背着一个布袋；眉眼很是秀气，只是皮肤有点偏黑黄。寒霄见到的几个鹦鹩部族的人，连同那个中年人，都是这种肤色。

"别紧张，我是来帮你的。"少女把门掩上，悄声说，"他们都被我的熏香熏倒了。"

寒霄冷冷地看着她。

"这个给你。"少女从布袋里掏出一个小小的油纸包，递过来，"这是解药，你打开放到鼻子下面闻一下……你怎么不接？"

寒霄站起来，退后一步。

"我真的是来帮你的！你吸完了药，我带你出去，现在正好没有几个人巡夜——我们部族不像鸮他们，整夜不睡……你快拿着啊。"

少女有点着急，把油纸包硬往寒霄手里塞。

寒霄一挥手，纸包被打落到地上。

"你！"

少女又是失望又是着急，蹲下身捡起来："那我先收着——你跟我走吧！"她一个人快步走到门口，轻轻打开门，"你怎么还站在那儿？快点啊！"

她想了想："我知道了，你是被骗怕了……但我说的是真话，走不走由你吧。"她率先出了门，脚下一踩树枝，轻盈地飞起在半空中。

寒霄想了想，抬脚跟了过去。

几步跨出去，迎面差点撞上一个人，原来是一直在监视他的那个鸮鹩看守，这会儿被结结实实地绑在树上，少女说的是真的。

少女见他跟上来，像是松了口气，打着手势小声喊："快到这边来！"寒霄飞身过去，她一扯寒霄，带着他躲到树后面。

几个巡夜的鸮鹩族人掠了过去。

少女从树后面闪出来，嘱咐寒霄："跟在我后面，千万别走丢了。"

少女身上也有股酸臭味，但同时又混杂着药香，应

该是她随身背着的袋子里散发出来的。只不过，两种味道混合在一起就更难闻了。

寒霄禁不住皱了皱眉。

少女注意到了他这个表情，脸上顿时闪过一丝羞惭，但她还是很快调整好情绪，装作什么也没看见，向前飞去。

寒霄跟上去，低低地说了一声："谢谢。"刚才误会她了。

少女摇摇头："没事。咱们得快点，天快要亮了。"

"好。"寒霄望着少女的背影，顿了顿，问："你是谁，为什么要救我？"

"我是鸥鹋部族的人，但我一直看不惯他们害人。"

是这样。

寒霄随着少女谨慎地飞行，暗暗恢复着灵力，没过多久，他感觉到有了些力气，身体状况也比刚才好了很多。

"请问……你们天翼的外族囚犯是不是都关在望天柏？"虽然还没脱离险境，但他实在忧心阿星和安泰，忍不住问出口。

"是……你问这个干什么？"像是听到了什么极其可怕的事，少女的脸色一下变了。

"我的两个弟弟被抓，我要去找他们。"

"你去了也是白去……"少女白着脸说，"被关进去的人，没有一个能活着出来，想救他们根本不可能。"

像一盆冷水兜头浇下，寒霄全身冰凉。

他紧紧攥起了拳。不能救也得救，他一定要找到他们，哪怕豁出这条命。他锲而不舍地问："关进去？望天柏是一棵树，怎么关进去？"

"我听说……我也只是听说，树下面有东西……"她的声音颤抖起来，"总之那里是个禁忌，就连我们天翼人都不敢轻易提起。"

禁忌？

他回忆起林鸽双将瑟瑟发抖的样子，想到阿星和安泰可能的遭遇，心如刀绞，焦灼之下，头部一阵眩晕。

两个人摸黑飞着，少女突然想起了什么："对了，你叫什么名字？"

寒霄置若罔闻。

"喂，请问你叫什么？"

寒霄回过神来："寒霄。"

"哦，寒霄，给你解药，每隔半个时辰放到鼻子底下闻一次，七次以后毒就差不多解了——你是怎么撑到现在的？一般人中毒后马上就没命了，真是不可思议……"

"天亮以后你们外族人在这里寸步难行，"她又从布袋里摸出一件东西，递给他，"这个你也拿着吧，这是用林鸥的羽毛做成的扇子，遇到危险的时候把它打开，能伪装成树干的样子，躲开敌人……"

寒霄迟疑了一下，接过来："谢谢。"

"欸，把解药也拿过去啊，先闻上一闻……"

寒霄点点头，刚要伸手，突然，一把钢叉电光石火般飞过来，将纸包劈得粉碎，药粉在空中弥漫起一片淡淡的黄雾。

一个阴沉的声音响起来："你竟然给他解药？阿璇，你好大的胆子！"

少女的脸上瞬间没了血色，她慢慢回过头来，讷讷地叫了一声："阿爹。"

黄脸中年人满脸冰碴地站在空中，他的身后跟着沉夜及一帮鹦鹤手下。沉夜一抬手，钢叉倒飞回去，落在他的手中。

寒霄微微惊讶，这族长也是强悍，竟然这么快就解开了封冻。

鹦鹤手下纷纷叫嚣："族长，我们去抓住那小子！"他们举起手中的武器，只等一声令下就冲过来。

阿璇急忙拦在寒霄前面："阿爹，求您让他走吧，您做下的恶事太多了，现在收手还来得及！"

"死丫头，你从我手上放走了多少人，啊？要不是看在你是我亲生女儿的分上，我早就一巴掌打死你了！"黄脸中年人恶声恶气地吼，"这小子的灵力世上罕有，能祛病治伤、延年益寿，放他走你觉得可能吗？再拦着的话，可就别怪我翻脸不认你这个女儿！"

阿璇摇摇头："再好，那也是别人的东西，阿爹您拿去用得心安理得吗？再说，那么多属性不同的灵力全塞在您的身体里，您能受得了？我是为您好啊。"

"闭嘴！我还用不着你个丫头片子来教我怎么做。"鹦鹩族长不耐烦地一挥手，"让开！"

"我不！"阿璇摇头。

"好，好！从现在起我没有你这个女儿，"鹦鹩族长暴怒，额头青筋突突跳动，连那圈伤疤都凸了出来，像是蜈蚣在爬。他向身后一挥手，"都给我上！"

阿璇转头对寒霄说："你快走吧，这里我拦着。"

寒霄刚要说话，突然强烈的眩晕感再次涌了上来，身体剧烈颤抖——灵力已经控制不住，鹦鹩毒发作了。

手下们扑过来，刀枪棍棒对准寒霄和阿璇。

即便是处于极度的不适中，警惕性却一直都在，寒霄一把拉开阿璇，躲开了致命的一刀。

阿璇显然不相信族人会真的对她动手，她有些发愣，直到看见那一片刀棒再次挥过来，一下清醒了。

她狠狠咬住嘴唇，抽出一条长索飞抓，奋力还击起来。

一个黑影悄无声息地摸到他们身后，举起手中尖锐的双叉，寒霄蓦地转身，冽寒剑挥出，"呛"的一声抵住。

沉夜嘴角挂着阴鸷的笑，挥叉连刺，招招凌厉，恨不得将人置于死地，寒霄强行提着一口气，凝起精神抵挡。

　　一黑一白两条身影在夜色中往来翻飞，钢叉几次擦着寒霄的喉咙而过，寒霄稳稳避开，手掌翻转，寒冰气挥出，沉夜闷叫一声，再次被拍飞出去。

　　就算灵力失去一半，就算中了剧毒，他也照样不是寒霄的对手！

　　寒霄转头去看阿璇。

　　这少女的灵力不强，根本敌不过一帮悍勇男人，突然"啊"的一声痛叫，她的后背被木棍狠狠击中。

　　寒霄飞过去，银色灵力光爆射，鹦鹩手下们全身瞬间挂上冰霜，叫都没来得及叫一声就摔了下去。

　　不是他们实力不行，而是寒霄太强，毕竟他身负两种灵力，还是上古灵力。

　　阿璇满脸惊讶，磕磕巴巴地说："你……你这么厉害？我还以为……"

　　寒霄没有说话，突然阿璇的脸色变了，她望着寒霄身后惊叫一声："阿爹，你干什么！"

　　寒霄转身，鹦鹩族长表情狰狞，对着他高高举起了铁杖！

　　寒霄退后，避了开来，手掌蕴起寒冰气，正要拍出去，突然，鹦鹩族长脑袋左侧亮起了一点金红色的光，不，确切地说，那光是在脑颅里面。

　　"哇啊啊——"鹦鹩族长惨叫一声，捂着头倒栽着摔了下去。

"阿爹，阿爹，你怎么了？"阿璇跟着冲了下去。

寒霄一怔，自己明明还没有出手啊。

忽然，寒霄感到眩晕和恶心感稍微减弱了一些，视线竟然也恢复了清晰，鹦鹣毒好像被控制住了……但这明显不是原生木灵力的作用，寒霄心里奇怪着，抬起头，见天已经快亮了。他俯望过去，阿璇跪在鹦鹣族长身旁不住地呼叫，那点金红色的光点已经消失不见。

一系列的状况让寒霄疑惑不已，他定了定神，知道自己不能在这里久待，他默默地对着那个娇小的身影说了句"谢谢"，捻动飞翎，转身冲上了高空。

——天翼族也不全是冷血无情的人，等有机会他一定来向她郑重道谢。


摆脱了鹦鹣族落的酸臭味，辛涩刺鼻的浑浊气息又冲进鼻腔。寒霄有些分神，都说十族中天翼的植被最茂盛、气候最宜人，现在看来并不如此。他有一种奇怪的感觉，总觉得这郁郁葱葱、枝繁叶茂后面隐藏着什么。

天已经完全亮了，不断有天翼兵从上空掠过。

阿璇给他的林鸥扇还是有用的，用法很简单，只要打开，就会幻化成老树干的样子，把人遮在里面。

只不过有些尴尬。

林鸥是一种胆小怯懦的鸟类，唯一的技能就是扮成枯树桩，等待着过往的小飞虫，那是它们的食物。陆

兽人形容人怕事没胆量叫"胆小如鼠"，天翼族也有个意思差不多的词"畏缩如鸥"。如果不是条件太过恶劣，他实在不想用这把扇子，虽然隐符的作用也是躲避，但怎么说也比扮树桩体面一些……

不过他心里还是十分感激那个鸥鹣少女的。

天翼兵布满了半个天空。

淡金色、锈红色、墨青色……各种颜色羽甲的巡查兵来回盘旋，时不时高鸣一声，相互交换信息。一批天翼兵降落到地面上，在林子里、灌丛中仔细搜索，不放过任何一个角落。

气氛越来越紧张。

距离第十一棵望天柏只有一里多地了，但行动也变得异常艰难，这个时候光线充足，林鸥扇又是低等宝器，在这么多人的搜索下很容易被发现，所以过了很久寒霄都没能挪动一步。

想到阿星和安泰的处境可能比他更危险、更严酷，一阵尖锐的痛涌上来，一时间呼吸都有些困难了。突然，他右手手背上一点黄色光芒闪烁起来，他顿时喜出望外——隐符恢复了！

真是太及时了。

寒霄急忙念起口诀，他"变"的那截树桩消失了。


在隐符的掩护下，寒霄很快来到望天柏下。

周围竟然没有天翼兵，这让他感到有些奇怪，难不成这里太过恐怖，连天翼人自己都不敢靠近？

阿璇明确地告诉他树下有东西，但他已经细密地检查过，地面上是平常的泥土，植被里也没发现什么异样，没有可以藏人的地方。

她说的树下面，会不会不是地上，而是……

寒霄蹲下身来，在地上一寸一寸地摸过去。

他不时地敲击一下地面，又用洌寒剑掘土，却始终没有什么发现。他开始焦灼起来，因为他拿不准隐符还能维持多久，一旦暴露，他将成为众矢之的。

突然，他感觉到了一丝不同寻常。

地表还是阴湿的，他的手掌却明显感觉到有微热的气息从地下渗出来。

正常的话，这个时间的地气应该是凉的，比地表温度要低很多——而且，他感觉到热气的量非常大，就好像下面有一个庞大的空间，一个洞或隧道之类的空间，这些气体正是从这个空间冒上来的。

阿璇说的树下面，指的应该是地下。

难道阿星和安泰在……

仅仅渗出的几丝气体就已经达到这样的热度，那洞穴下面岂不更热？他们怎么受得了？

寒霄立即用力挖掘，又把灵力灌注在剑上狠狠劈砍，地面被挖出一个大坑，可想象中的地洞却始终没有

出现。

这时候，眩晕感再度涌上来，他猛地跪在了地上，憋闷得几乎呕吐出来。

他紧紧攥起拳头。

不管中什么毒都最忌激动，情绪越不稳定，毒就发作得越快，急和怒是最要不得的。

太阳已上中天，他的影子淡淡地映在地上。

隐符的缺陷不只是随时会失效，它在把人隐去的时候，还会留下影子。寒霄望去，见天翼兵还在远处的天空上，他小小地松了口气，这个时候他发现，他的影子上面，还叠加着许多扁圆的黑影。

他抬起头，才注意到高高的树枝上，七上八下错落地吊着许多鸟巢。

有三四十个，呈长长的倒鸭梨形状——是织布鸟的巢。

只有织布鸟才能织出这样精致的巢。它们的巢很有特点，每个巢上面都有两个一上一下的洞。

扫了几眼，寒霄感觉出了不对——这是一片假巢。

每个巢都死气沉沉的，没有半点鸟鸣声，当然，只凭这点还不能说明它们是假的，也可能是鸟儿搬走了，废弃了——他发现，这些巢的洞是相通的。

织布鸟在做巢的时候会先织好大体形状，然后在巢的中下位置织底，把它封起来，最后在旁边再开一个洞

口，看上去这两个洞相通，但实际上里面是被隔开的。

如果没有隔挡，里面的小织布鸟怕是会咕噜一下掉出来。

他站起来，向旁边走开几步，打量着映在地上的扁圆影子，端详了一会儿，又换了个方向。

他发现，从他现在所站的位置来看，这三十六个巢是上下顺接排列的，它们蜿蜒着连成一条曲线，指向某个方向。他微微皱眉，弯腰捡起一块石头，对准最上面的巢洞扔了进去。

石块落了下来，像穿越隧道一般，掉进了第二个、第三个、第四个……最后"啪"地砸在地上。

像是击中了某个机关，"咔嗒"一声，距离寒霄十几步远的地方，突然旋转着打开了一个圆形的洞口。

寒霄心怦怦跳着走过去，一股闷热浑浊的气息扑面而来，洞口下漆黑不见底，仔细听，有哀号声隐隐传上来。

寒霄的心像被一只大手狠狠攥住，他没有半点犹豫，抬脚跳了下去。

"咔啦啦——"洞口合上了。

寒霄捻动飞翎悬浮在半空中，回头看去，吃了一惊。

入口处竟然是一片雪亮森寒、呈螺旋形的钢刃，钢刃和入口连接的地方装着底盘。

在跟银锋接触的这段时间里，他了解到不少种类的机关，所以立刻辨认出来，这是一个防逃逸机关，如果犯人

要逃出去，钢刃会旋转起来，眨眼间把人绞成一团肉酱。

他全身发冷，这种残忍的法子只有天翼族人才想得出来！

——必须尽快找到阿星和安泰。

他捏着飞翎向下飞，温度逐渐高起来，面前出现了一片亮光，一块巨大的岩石伸出来挡住了他的去路。绕过岩石，他怔住了。

# 四　望天柏下的秘密

猜得没错。

一个巨大的地底洞穴，极深、极宽阔，无数人戴着镣铐锁链，弯腰劳作着。

他们在向一架架铁铸的机器里倾倒着什么，机器连着弯曲的铜管，一直通到洞穴的下方。

寒霄纵身飞过去。

几个犯人看到他，脸上露出了吃惊的表情，但大部分人像是失明失聪了一样，没有半点反应，依旧埋头干活。

竟然没有一个看守？寒霄顾不上奇怪，他睁大眼睛仔细搜索，却始终没看到那两个熟悉的身影，焦急之下忍不住大声喊起来。

"阿星——安泰——"

没有回应，寒霄的心情越发焦灼，突然石壁后的角落里，一个人抬起了头。

感受到那道异样的视线，寒霄望过去。

那是一个二十多岁的女郎。一身淡紫色的衣裙，长长的头发垂落到地上，污垢和尘土沾满了脸，却依旧掩盖不住她清丽的容颜。

寒霄惊愕了。

——四亲侯落紫云！

怎么能不认得她呢？西海畔，她从碧鳄帅的手中救下他们，并送给他天鹅飞翎；陆兽族，她千里迢迢地赶来，为他接起了全身断裂的神经，再次救了他一命；她还冒着触犯族规的风险，帮助他恢复兽族的生息源……

她也算是他生命中的贵人了。

寒霄纵身飞过去，落在她身边："四亲侯，你怎么会在这里？"

突然，他想起刚被黑衣怪抓到天翼族的时候，看到圣天鹅军跟天翼兵战成一团——难道，她是因为家族谋反兵败，才被抓到这里的？

落紫云看着他不说话，她目光呆滞，脸上没有一点表情，像一具木偶。

"四亲侯，我是寒霄……你怎么了？"

她一定是受了过度的刺激。身陷囹圄，从高高的云端陡然跌落到污泥中，任谁都难以接受。但他有些不明白，在天翼，天鹅是最高贵的种属，其家族一直备受王室的宠信和重用，为什么会谋逆造反？

寒霄又唤了几声，她始终没有反应。

　　寒霄只好作罢，他站起来，向四周打量。洞穴内空气浑浊，又湿又热，犯人们一直都在默默劳作，并没有人哭叫，可自己明明听见……

　　突然凄厉的哀号又响起来，他侧耳倾听，发现像是从地下传上来的，他脑中电光一闪——难道这下面，还有人？

　　就在这时，一声鸟鸣传来，嘎哑沉闷，像是铁锤重重敲击在耳膜上，寒霄只觉得大脑"嗡"的一声。

　　犯人们的脸上顿时有了表情。

　　惊恐、慌乱，大家纷纷抱住头蜷缩在地上，像是拼命把脑袋埋进沙子里面的鸵鸟，有些人直接呆在当场，无法做出反应。

　　落紫云两眼瞪大，后退几步，贴到墙上。

　　一个巨大的黑影扑过来——身高近三米，长得丑陋无比，头颅好似一只水缸，喙如同铁钩，翅膀短小，腿却又粗又长。

　　寒霄觉得有一丝眼熟，但一时半会儿没有想起是什么鸟。

　　怪不得没有狱卒，它应该就是这里的看守了，一定是发现自己闯进来，所以现身来抓人。

　　它的身后还跟着一头相同的怪鸟，两头鸟大声叫着，怪头向前伸，尖锐的喙啄过来。

　　寒霄伸手，玉笛飞出来落在掌心，银光一闪化成

洌寒剑，向怪鸟斩去，怪鸟嘶叫一声，张开利爪，"啪"的一声脆响，寒霄感觉像是击在了钢铁上。

怪鸟桀桀叫着，翅膀带起一阵腥臭，突然身后响起一声痛苦的喊叫，寒霄转头发现落紫云跌倒在地上，用手护着头，她的胳膊上，被啄出了两个三角形的伤口，血喷溅出来。一头怪鸟正对着她，钩子一样的喙上沾染着鲜红。

寒霄的脑海中突然出现了林鸽双将惊恐的样子，以及她们胳膊上的伤痕——那伤痕和这个一模一样。

看来，她们也被关到这里过。

"四亲侯，用灵力反击，不要只想着躲！"寒霄一面抵挡怪鸟的攻击一面喊。

身上的毒素一直在作祟，对付它们已经很吃力，可落紫云有危险，他不能不管。寒霄只得将剑递到左手，右手一蓬寒冰气挥出，银光爆射，怪鸟被逼得退后了几米。寒霄又喊了一遍："四亲侯，用灵力！"

西海畔一手挫败碧鳄帅，陆兽族出手相助恢复生息源举重若轻，在寒霄眼里，落紫云是一个大敌当前也优雅从容，神仙般的人物，为什么现在这样萎靡懦弱？怪鸟虽然厉害，但也没到不可战胜的地步啊！

怪鸟抖动羽毛，冰碴哗啦啦地掉下来，它们似乎被激怒了，尖锐地鸣叫，用力拍打着翅膀。

落紫云好像有所触动，她犹豫着拿开胳膊，倚着石

壁站了起来。淡紫的光绫出现在她的手中,青莲色灵力光闪烁,她手腕一抖,光绫向着怪鸟飞射过去。

"砰!"怪鸟被击中,趔趄着向后退了几步,恶狠狠地瞪着落紫云,似乎不明白,原本已经被驯服了的人,为什么突然敢反抗了?

寒霄手上寒冰气不断挥出,逼得怪鸟连连后退。洌寒剑斩下,铁片一样的羽毛被削下来一大片,纷纷扬扬地飘落。

鸟鸣声急促地响起来,此起彼伏,又有几只怪鸟从岩石后面的阴影中飞出来,寒霄吃了一惊,两头怪鸟解决起来都这么麻烦,来这么多要怎么应付?

更糟糕的还在后面。

新来的怪鸟中有一只明显比其他的个头大,羽毛的颜色也要深很多,它仰起头尖利地叫了一声,落紫云全身猛地一颤,眼中再次露出惊恐的神情,手中的光绫瞬间消失,她竟然抱着头跪了下来。

犯人们也是一样,缩着身体瑟瑟发抖,有人直接瘫倒在地上。

怪鸟绕到落紫云身后,张开利刃一样的喙,对着她的后颈就要啄下去。

一把冰剑飞过来,"咝"的一声,怪鸟的头被劈得歪斜到了一边。

寒霄喘了口气,伸手想要把洌寒剑召回来,这时却

感到一阵腥臭的风袭来，"笃"的一声，后脑传来一阵钻心的剧痛。

　　像是被抽掉了筋骨，无力和麻痹感瞬间蔓延到全身，寒霄四肢一软，倒了下去。

　　他拼尽力气抬头，看到落紫云瘫软在地上，鲜血顺着她的后颈流了下来，他突然明白她和犯人们为什么那样害怕了，被生生啄去灵力的滋味太难受了，简直无法用语言形容！

　　想起来了……

　　他七八岁的时候，在一本叫作《古灵物志》的古籍上见到过一种鸟的图绘。

　　骇鸟——翅膀短小，下半身健硕，力大无穷。脑浆是它们最青睐的食物，喜欢用喙给猎物致命一击，把猎物的骨头击碎，吸食里面的骨髓。

　　只不过，骇鸟吃脑浆和骨髓，这怪鸟吸灵力。

　　而且，骇鸟是上古鸟类，一万多年前就灭绝了，怎么会出现在这里？

　　乖戾的鸣叫声在洞穴内回响，寒霄突然感觉到身体一轻，他竟然被怪鸟叼了起来。落紫云也被怪鸟衔进嘴里，她拼命挣扎，声音抖得不成样子："放开我，我不去……"

　　怪鸟衔着他们，掠过跪在地上抖得像筛糠一样的犯人，升上了半空。

它们拍打着翅膀，不久来到洞穴边缘。

烟雾蒸腾，热气丝丝缕缕地冒上来，同时传上来的，还有阵阵难闻的味道，以及隐隐约约的凄厉号哭声。

"啊——"

怪鸟尖喙一松，落紫云发出一声短促的恐惧至极的叫喊，和寒霄一起被丢了下去。

猜得果然没错，下面，真的还有一层。

寒霄伸手拽住落紫云，同时捻动飞翎止住坠势，两人这才没有重重摔到地上。

勉强站住，寒霄直起身来。这里空气污浊，比上面更加憋闷；同样关押了很多人，也是在不停地劳作，不同的是，他们都是……趴在地上的。

犯人们瘦骨嶙峋，很多奄奄一息地躺着，不用想就知道遭受了非人的折磨。上一层好歹还有人抬起头来看他，这些人却没有半点反应。

寒霄忍着剧痛，急切地搜寻着。

可是他失望了，没有。

他查探了一下自己的灵力，只剩下不到十分之一，他看向落紫云，见她抱着头不停后退，背靠到一面墙壁上，拼命缩着身体，恨不得把自己缩成一个纸片。

她对怪鸟已经产生了本能的恐惧。

寒霄心里有些内疚，如果刚才不是自己鼓动她反

抗，或许她不会伤得这样重。他走过去，想给她疗伤，可是灵力已经很弱，只够止血。

寒霄扶着她慢慢坐在地上。

他深深吸了一口气，这里险象环生，再不想办法恐怕连命都保不了，可剩余的那点灵力已经什么都做不了了。

他正思忖着就地取材吸收一点灵气做引子激生灵力，这个时候他却发现落紫云的表情很奇怪。

她的眼睛盯着一个地方，一直盯着，身体不住地战栗着。

骇鸟并没有追下来，她在看什么？寒霄顺着她望的方向看过去。

几百米外的石堆后面，有红光透上来，火一样耀得石头微微发红。寒霄站起身走过去，走了没多远，就感到一股非常高的热量从脚底传上来。

石堆之后，现出一条类似地裂的狭长缝隙，凄厉的号叫声变得清晰起来——原来，声音是从这里传出来的！

汗水雨滴一样从寒霄的脸颊上淌下来。

像是火炉一样，热得人头昏眼花，这样的温度绝不可能有人生存！

突然，一个低沉的声音在身后响起："没想到你能找到这里。"

寒霄僵住了。

他缓缓转过来，一个高大的身影站在他的面前。

青色盘云铁羽铠，靛蓝色长披风，面罩遮脸，一双眼睛闪着幽蓝的光。

——青鹏侯。

寒霄的脸有些发白。

他怎么会在这里？是凑巧来巡视还是发现了自己的行踪一路跟过来的？

之前灵力充沛、身体完好，都得在悍兽帮首领暴震的帮助下才勉强抵挡住惊雷圈，现在自己受了重伤，灵力所剩无几，要怎么应付？

下一秒，青鹏侯的目光越过他，投到落紫云身上。

"四亲侯，你是苦头没吃够吗，还想着反抗？"

落紫云缓缓抬起头。

她眼中的恐惧突然消失了，换上的，是惯有的冷淡，这一刻，她又恢复成了从前那个矜持自傲的四亲侯。她扶着墙壁慢慢站起来，挺直了瘦削的脊背，"三亲侯……听说你这次不仅兵败，而且败给了这个孩子……想必你的苦头也没少吃吧？"

青鹏侯一怔，双拳紧紧攥了起来。

寒霄立刻明白了她这句话的意思。

天翼族法令苛刻，兵败者都会受到严厉的惩罚，尤其是新继位的霓凰王，从来只能进不能退，只许胜不许败，战败者轻的被投进大牢，重的酷刑加身，甚至被诛杀全家也是有的，所以陆空之战时，三个天将才会露出

那样恐惧的表情。

这倒是提醒了寒霄，虽然青鹏侯看上去好好的，但很可能已经受过了刑罚，甚至被削去部分灵力也说不定。

这样说来，或许自己还有一线生机！

"别忘了你现在是什么身份。"青鹏侯冷冷地看着她，语调里透着隐隐怒气，"叛变一族，天翼罪人！"

"我是天翼罪人……你呢？"虽然身体虚弱，但落紫云毫不退让，她反唇相讥说，"夺嫡上位，鹊巢鸠占，地位再高也不过是个男儿身！"

青鹏侯大怒，身影一闪，倏地飞过来，一把掐住落紫云的咽喉："闭嘴！再敢多说一句，我就把你投下去！"

他指的方向是那道大裂缝。

落紫云的全身剧烈颤抖了一下，眼中露出害怕的神色，但她没有示弱，两眼狠狠瞪着青鹏侯，用力挣扎。

终究还是抵不过青鹏侯的力量，她被扼得脸色青紫，眼看就要昏厥过去，寒霄咬着牙挥起冽寒剑，向青鹏侯斩下。

因为用尽了全力，这一斩还是相当凌厉，冰雾夹杂着利刃般的冰屑爆射，连周围的温度都瞬间降了下来。青鹏侯被迫放开了落紫云，他后退一步，靛蓝色的灵力光爆闪，"不知道自己几斤几两吗，只剩一口气了还想救人？"

一掌拍出，"砰！"寒霄飞出十几米远，摔倒在地

上，猛地喷出一口鲜血。

他趴在地上久久不能起身，但同时感觉到，青鹏侯的灵力的确比大战的时候弱了不少，动作也变得迟缓许多。

可就算这样，自己也远远不是他的对手。

蓝色的灵力光箭矢般向寒霄射来，青鹏侯冷笑："是，我是受了一百鞭刑，被削掉大半灵力，但我照样可以把你玩弄于掌心之中！"他不停地向着寒霄挥击，蓝光闪耀，雷电噼啪乱响，"难道你不知道，来这里是自投死路吗？有人就是天生不安分，在低贱野蛮的陆兽族溅起了一点水花，就妄想在天翼也能搅起风浪，偏偏那些白痴还把你当成我的对手，简直是奇耻大辱！"

寒霄被再次击飞出去，在地上翻滚了五六圈才停下。铁锈味从他的喉咙涌上来，又一口鲜血几乎要喷出来，却被他生生咽了下去。

在这短短的时间里，他已经摸透了青鹏侯的情况。

对方已经不能使出惊雷圈，只能用雷电灵力，这是一个非常有利的条件，起码对方在短时间内不能对自己造成致命伤害；而且，他看得一清二楚，对方出招的时候，在频频露出破绽。

整个天翼族都已经知道青鹏侯惨败，还败在一个无名之辈的手中，所以他才会这样愤怒。"心不平时则失智"，人在情绪不稳定的情况下最容易暴露弱点。

寒霄看向自己的右手。

隐符只剩一点微弱的光，还时隐时现。他已经不能隐身，就算可以，在已经有了防备的天翼高手面前，也没有机会。

但他不是想用隐符逃走。

幻形宗的幻术，作用是让对方产生幻觉，这个技能难度很高，但原理简单，其实就是把自身灵力和幻技结合起来施加给对方，干扰对方的神经。

他用力撑起身体，将保护自己心脉的最后一缕木灵力，推送上右手。

已经没有别的办法，他要赌一把，做最后一搏。

"还不死心？"望着摇摇晃晃站起来的寒霄，青鹏侯冷笑一声，雷电声噼啪大作，凌厉的掌风排山倒海般拍过来。

寒霄咬牙正面迎了过去。

这能把人拍成焦炭的一掌，却没有打到寒霄身上。寒霄避开了，在那一刹那他的身形轻快得像一阵风，灵活得像一条鱼。

鱼行法。

他在西海生活了十二年，每天都是"游"，而不是"走"，就算现在重伤在身，灵力几乎耗尽，但凭着他超强的意志力支撑起来的身体反应，也要比大部分人灵活。

已经对准了，电闪雷鸣中的那角空缺，那是青鹏侯

的最大破绽所在，也是灵力最弱的地方。

寒霄举起了右掌。

"砰！"避过火花和电光，这一掌，准确地拍在了青鹏侯的胸口上。

青鹏侯一怔，继而大怒。

"是你自己找死，可怨不得我！"他咬牙切齿地举起手，掌上电流噼啪作响，对准寒霄的头部就要拍击下去！

突然，他僵住了。

一动不动，宛如一尊雕塑。

寒霄也保持着刚才的姿势，像被定住了身体。

# 五　青鹏侯的心境

青鹏侯的瞳孔在慢慢扩大，那里面，是铺天盖地的震惊。

寒霄的诧异，丝毫不亚于青鹏侯。

本来，他以为青鹏侯已经中招，正暗暗庆幸，突然，他看到面前的人和物像水波一样荡漾起伏，变得模糊起来。

没多久，扭曲的景象逐渐平静清晰，一幅画面呈现出来——雾霭漫天，赤红色的云浪翻滚，无数人悬立在高空之上。

这是什么？

寒霄怔住了，为什么现在看起来，像是自己中了幻术？

画面愈加清晰。

一片悬浮在高空中的演武场周围，天翼人层层站立

着，像是在观看赛事。

突然，一个浅黄色的窈窕身影从演武场上飘坠下来，鲜血像梅花一样点点洒落，有个少年的声音歇斯底里地大喊："阿姐——"

青衣少年扑过来，追随着那抹黄色的影子跳了下去，少年拼命伸手去抓，却只抓到一条飘扬飞舞的发带。

少年失魂落魄地飞回演武场，跪在玉石地面上，头埋得很低。周围无数道目光透着惊讶和不屑，打在他身上。

少年的相貌很英挺，脸上的表情不知道是悲伤还是震惊，显得有些扭曲。寒霄觉得他的声音很耳熟，像是在什么地方听过。

同样的低沉桀骜，只不过这个时候感觉有些稚嫩……寒霄一个激灵——是青鹏侯，他是少年时期的青鹏侯！

一个略微有些苍老的女声威严地响起。

"黛罗烟已经死了，这不正是你期望的吗？用你的话说就是'有能力者人人都可以上位，勿论男女，不管贵贱'……怎么现在倒成了这副样子？"

万众之上，黄罗伞下，婢女手握孔雀翎掌扇，侍从毕恭毕敬地站立在两旁。中间金椅上，手撑下颌，倚坐着一个人。

寒霄匆匆扫了一眼。那人身穿乌金冕服，肩披百鸟翎羽长氅，因为距离太远，看不清长相，不过就算是距

　　青衣少年扑过来，追随着那抹黄色的影子跳了
下去，少年拼命伸手去抓，却只抓到一条飘扬飞舞
的发带。

离近也是看不清，她是戴了面罩的。

虽然隔得很远，但寒霄却感觉到那人散发出来的威压如同大山江海。

突然，寒霄眼前一花，换了一幅画面。

一个身穿雪白孝服的少女紧紧搂着一个六七岁的男孩，在巨大的棺椁旁哭得肝肠寸断，几乎要昏厥过去，她怀里的男孩脸上却没有一滴眼泪。

少女抓着男孩的肩膀，泣不成声地问："阿雷，娘亲死了，你……你不伤心吗？"

小男孩阿雷瞪着一双明亮的眼睛，冷静地说："为我大天翼战死只会感到光荣，有什么好伤心的？"

少女一怔："咱们没有娘亲了，以后谁来督促咱们修习，谁来疼爱咱们啊？"

阿雷把小胸脯一挺，毅然决然地说："我已经长大了，我自己练功，也不需要人疼！"

少女怔了好久，然后把头扭过去，哭得更伤心了。

画面再次转换。

还是那个孝服少女，只不过已经换了淡黄色的素衣，她跪在大殿上，请求暂时不接任四亲侯的位子，理由是自己还没满十八岁。

传谕官斥责："黛罗烟，你好大的胆子，竟敢违抗上命！"黛罗烟只是跪着，恳求着，金椅上的王者没有说什么，站起身来拂袖走了。黛罗烟怔怔地望着那个人

的背影，惶恐着，小心翼翼地退出大殿。

黛罗烟回到家，亲手煮饭洗衣，照顾阿雷。

黛罗烟陪阿雷过招，阿雷人虽然还小，但是力气却已经蛮大了，一对锤子舞得虎虎生风，黛罗烟的胳膊上被揉出了大片淤青，她却一直微笑："没事，再来。"

阿雷一扔锤子，发脾气："这个不好使，没有刀枪用着过瘾！"

黛罗烟一点也不生气，温柔地说："好好好，阿姐一定找一把好兵器，能配得上咱阿雷的兵器。"

寒霄在一旁看着，心里难以遏制地滋生出了一股羡慕。

他看得出来，黛罗烟拖延上任，不是因为年纪小，而是为了争取多一些时间照顾阿雷，她想代替母亲，给唯一的弟弟最无微不至的爱。

如果自己也能够拥有这种亲情该有多好，不需要多，只有几天就很满足了。如果自己有阿娘的话，会不会……也像她一样温柔？

画面还在不住地闪回。

黛罗烟温柔地给阿雷梳头，生病时彻夜不睡守在他身边，还给他找来各种稀罕小玩意哄他开心……

侍女们劝她："这些事我们都可以做，小姐您不用这样辛苦的。"

黛罗烟摇摇头："父亲病逝得早，娘亲又走了，阿雷他好可怜……我这个阿姐当然要加倍地疼他。"

　　阿雷一天天长大，黛罗烟也过了二十一岁，这个年龄已经超限定三年。在凰王的命令下，黛罗烟无奈登上了四亲侯之位。

　　那天，少年阿雷把自己关在房间里，疯了似的又摔又砸。结束了继位仪式的黛罗烟回到家，无论如何都叫不开门，她郁郁地站着，不知道自己的弟弟为什么会这样失常。

　　这时候的阿雷，样貌已经跟演武场上的青衣少年重合到了一起。

　　阿雷，就是青鹏侯。

　　寒霄忽然醒悟过来——这里不是别的地方，正是青鹏侯的心境，不住更换的画面，是他一帧一帧的回忆。

　　但……自己是怎么进到这里来的？

　　本来是想将灵力和隐符凝在一起麻痹青鹏侯的神经，然后见机行事，可万万没想到竟然出了岔子，阴差阳错地进入青鹏侯的心境里。

　　这要怎么出去？命运还真是跟他开了个玩笑。


　　寒霄的视线被迫随着青鹏侯的记忆片段游走。

　　秋风瑟瑟，落叶飞舞。云中众峰之上，几万天翼兵密密麻麻地悬浮在空中，背上背着巨大铁翼的中年女人站立在一头巨大的角雕上，正进行着出征前的大检。看着她这身装扮，寒霄认出来，她就是天翼两巨头之一的鹰帅。

——原来，鹰帅是这个样子的。身为女人，钢打铁铸一般，有着凌驾于一切的王者之风，那气势，竟然不比凰王差几分。

这时阿雷突然从队伍中飞了出来，跪在云团中，请求鹰帅允许他带兵出征。

黛罗烟继任亲侯位后，他就不顾劝说离开家，应征当了一名天翼兵。因为表现出众，很快升任了仟长，后来又被提拔为天尉。

"厉惊雷，"鹰帅看了他一眼，叫着他的名字，冷冷地说，"你不知道越级的后果？"

黛罗烟急忙飞过来，想拉他走。

阿雷一下挣开她的手，大声说："有能力者人人都可以上位，勿论男女，不管贵贱！我想立军功，得到提拔和封赏！"

鹰帅哼了一声，挥手命人把他拖下去，这个时候，那个威严的声音再次响了起来。

"让他去。"

大家抬起头，等到看清来人时，呼啦啦全部跪了下去。

来人身穿乌金冕服，肩披百鸟翎羽长氅，戴着黑金面罩，气势如同大山倾轧。

原来，她就是天翼族前族主乌凰王。

她慢条斯理地说："只要你能立下奇功，我就封你做天将。"

一个男子只立一功就可以直接升为天将，这在女权至上的天翼族是非常罕见的。

黛罗烟连忙跪在乌凰王面前，小心翼翼地说："请主上原谅小弟年少鲁莽，我这就处罚他，将他关禁闭。"

"陛下，"阿雷却冷笑一声，昂着头大声说，"我不做天将，倘若此战我能带兵大破水族，我要做无上荣耀的亲侯！"

云中众峰上一片哗然。

黛罗烟身体剧烈颤抖。

她这个时候才明白，自己对弟弟的内心一无所知。他最想要的，不是珍宝灵丹，不是绝世兵器，而是亲侯的位子。

但天翼族三百年来族规规定，亲侯以上的职位必须由女子担任。如果上代亲侯意外死亡就由长女继任，没有女儿则传给外甥女或侄女，男子想要登上高位根本没有可能。

乌凰王却饶有兴味地说："天翼自建族以来，族规规定每个种属的亲侯只能由一人担任。你想上位，除了立下战功，还要打败你的姐姐黛罗烟——这你知道吗？"

黛罗烟紧紧盯着一母所生的胞弟，眼里满是期待他反悔拒绝的神情。

谁知道阿雷干脆地答："回陛下，知道。"

乌凰王低沉地笑："准了。"

　　黛罗烟单薄的身子一晃，几乎栽倒下去。

　　在同水族一战中，少年青鹏侯显露出了卓越的作战才能，他带领的先锋军一路猛进，像是一把利刃劈开了水族的屏障，在鳞甲军中纵横捭阖，配合着中军大胜水族。

　　天翼兵步步紧逼，无奈之下，水族表示臣服睦好。

　　少年带兵凯旋，乌凰王十分高兴，说只要完成第二个条件就践行承诺。

　　黛罗烟被迫在演武场跟自己的弟弟兵刃相见。

　　此时的少年，看不到阿姐失血的嘴唇和伤心欲绝的眼神，他已经完全陷入狂热之中。没几个回合，黛罗烟被利器雷丞斩当胸劈中，鲜血在高空划过一道弧形点点洒落——那把雷丞斩还是黛罗烟费尽周折，请天翼第一锻造师为少年量身打造的。

　　女子瘦弱的身躯上跳动着湛蓝的电光，从高空之上倒坠下来。

　　少年青鹏侯先是怔了一下，然后跟着跳下演武场，他没有抓住黛罗烟，于是一直冲飞下去，终于在密林中的溪水畔找到了黛罗烟的尸体。

　　少年像是如梦初醒，他歇斯底里地大吼："阿姐，你能躲开的啊——"

　　是，黛罗烟能躲开，只不过她在极度的伤心和失望之下晃了神，又或者，她根本就没想躲。

　　高空之上传来几下拍掌的声音："好，好。自古英才出少年，今天我就正式封你为四亲侯，填补黛罗烟的位子——没错，只要能为我大天翼建功立业，又何论男女贵贱？"

　　文臣武将、高权贵族小声议论："看不出来这小子还挺狠的，黛罗烟把他抚养长大，他却亲手要了她的命，真是为了往上爬什么都不顾了。"

　　"姐姐算什么，情义又算什么，哪里比得上亲侯的位子啊！"

　　"我们族的人本来不就唯权是图吗？这下更会有大批人效仿！不过这也不要紧，怕就怕那些卑贱的男人要翻天……"

　　"没错，这可是几百年来头一遭，只要开了这个口子，往后可就难刹住喽，主上这是为什么啊……"

　　树林里，少年抱着逐渐冷却的尸体，像是一尊石像，外界的任何声音都听不到了。


　　从那以后，少年不停地带兵出征，大杀四方，成了一架战争机器。

　　五年后，因为战功显赫，乌凰王特地将他的名位擢升，越过天鹅宗族，位列亲侯第三，这当然引起了天鹅宗族的不满，两宗之间的矛盾日益加深。

　　然而寒霄却发现，这个时候的青鹏侯似乎精神出

了问题，他常常彻夜难眠，好不容易睡着又从噩梦中惊醒，雕塑般坐到天亮；他还总是用力捶打自己的头部，表情痛苦，像是得了头痛病。

就在这时，画面突然中止，寒霄感觉全身像是受到了重击，大脑"嗡"的一声闷响，面前的一切波动起来，继而一点点瓦解，最后烟消云散。一阵剧烈的震动，他的两脚踩在了实地上。

憋窒闷热的洞穴中，他和青鹏侯还保持着刚才的姿势站着。

——他从青鹏侯的心境中出来了？

这时候他却发现，青鹏侯的面罩不知道什么时候不见了。

男人直直地瞪视着他，两只眼睛燃烧着湛蓝色的火焰，俊美的脸部因为愤怒而变得扭曲，双手乃至全身都爆射出蓝色的电光。

"竟敢窥视我的秘密，你……死！"

寒霄急忙撤身后退，跟他拉开距离，青鹏侯脚下一动就要扑过来，突然，他的脸色一变，愤怒、悲伤、悔恨……无数表情来回转换，他趔趄着，向后连退了十几步，"砰"地跪倒在地，双手狠狠抓住头部，发出野兽般的低吼。

他……是头痛病犯了？

"三哥！"

一个娇媚的声音传来，从空中冉冉降落下一个人影，寒霄抬起头，见是个女人。戴着银纹面罩，不知道多大年龄，身材高挑窈窕，长裙如同一汪水银在半空中铺散飘浮。

头上佩戴的徽识是——白鹭。

难道是第五位亲侯银鹭侯？

银鹭侯飞快地降落到地面，她没有理会寒霄和落紫云，两眼只是望着青鹏侯，焦灼地喊："三哥，三哥！你怎么样？"

青鹏侯像是没有听到她的话，只是用力撕扯着头发。

银鹭侯扭过头，视线锁定在寒霄身上，阴狠地问："是你把他打成这样的吗？"

这……可以说是，也可以说不是。

但他还是简单地回答："是。"

银鹭侯右手一伸，一把银色的羊角形状的武器出现在手中，"咔嗒嗒"，武器展开，瞬间组装成一把弯月形状的利刃，她的声音中透出切齿的寒意："你找死！"

"住手——"

一声喝令蓦地响起，嘶哑阴沉，寒霄吃了一惊，是黑衣怪的声音。

一个披着厚重幔幕的身影从阴暗处幽灵般出现，几十个身穿黄金羽甲的天翼兵同样无声无息地飞出来，悬

空站在黑衣怪身后。

银鹭侯连忙跪在地上行礼："主上。"

黑衣怪冷声说："晼银月，忘了我的命令了吗？"

银鹭侯全身一颤，伏在地上："主上恕罪！我……我心急之下……请饶过我这一次！"

黑衣怪冷哼一声："先放过你，今后再敢违背我的命令，就不会这么仁慈了。"

"是，是……"银鹭侯连连叩头。

金羽卫喝了一声："罪人落紫云，见到我主凰王还不跪下！"

寒霄震惊了。

这个黑衣怪，就是当今的天翼族族主——霓凰王？

不，一定是哪里出错了，一族之主怎么会是这样恐怖丑陋的怪物？传闻新凰王不是个……

突然胳膊上传来一阵尖锐的疼痛，寒霄低头，见落紫云的手指尖深深地掐进他的皮肉里，她的眼眶中似乎有晶莹在闪动，一双清亮的眸子燃起了从未见过的愤怒火焰。

金羽卫又呵斥了一声："你们两个好大的胆子，跪下！"

霓凰王抬手制止了金羽卫，他的视线扫过落紫云紧紧抓着寒霄的手，沉默了一会儿，说："寒霄，你胆子够大，你知不知道这里是天翼族的禁地？"

寒霄压抑着愤怒和焦灼，冷冷地问："我来找我的两个弟弟，他们在哪儿？"

霓凰王不回答，命令："过来，跟我走。"

"干什么？"

"你照我说的做就可以了，不准多问。"霓凰王语气霸道，没有一丝商量的余地。

寒霄忍不住皱眉："可以。但我必须先确认我弟弟的安全。"他盯着他，"他们是不是被关押在下面？"

霓凰王一愣，呵呵冷笑："你是不是以为，什么样的犯人都关在这儿？"

寒霄也是一怔："难道他们不在这里？"

霓凰王的声音没有丝毫起伏："你跟我走，事情办完了我自然会让你们见面。"

寒霄摇头。

阿星和安泰眼角嘴角流着血、脑袋像布袋一样耷拉着的样子一直在他眼前晃动，不找到他们，他一刻都不能安心。

霓凰王瞥向他的眼神阴郁暗沉，透着威胁："你敢忤逆我？"

四名金羽卫飞过来，伸手抓向寒霄，"呛"！冽寒剑挥出，逼开了他们，但同时他的身体剧烈颤动，猛地吐出一口黑血，倒在地上。

他灵力损失得太厉害，先前只凭着一股意志控制着

的鹦鹈毒，再也压制不住，完全发作了。

"中毒了？"凰王漠然问。

金羽卫凑过来查看，跪地禀报："回陛下，是鹦鹈毒。"

凰王冲寒霄喝道："你过来，我让人给你解毒。"

寒霄置若罔闻，动也不动。凰王哼了一声，透着隐隐怒气，似乎是在权衡着什么，好一会儿，摆了摆手命令："带下来。"

金羽卫领命飞上坳去，没过多久，寒霄听到两个熟悉的声音："哥哥！""哥哥——"

一阵狂喜涌了上来。

本来身体摇摇欲坠的他，像是注入了一股力量，重新站稳了身体，他用冽寒剑支撑着，抬起头来。

阿星和安泰被四个金羽卫押着，后面还跟着一个穿狱吏服饰的人，降落在他对面十几步外的地方。

没想到，费尽周折都没能找到他们，竟然这样容易就相见了。

寒霄看着两个孩子，发现他们的全身黑黢黢的，满脸脏污。阿星的衣服撕破了，安泰的头发烧焦了一大片，连一旁的狱吏也是黑头黑脸，满是灼烧过的痕迹，非常狼狈。

寒霄的心立刻悬了起来，他推开金羽卫几步奔过去，抓住两个孩子上上下下地打量："你们……这是怎么了？"

没有了金羽卫的钳制，阿星和安泰一下抱住了寒霄，抱得紧紧的。阿星连声说："我们没事儿，哥哥你别担心！"

安泰也说："对，我们没伤着。"

"可你们……"

"我们想找你，使着法子往外逃，就变成了这样了。"阿星装着满不在乎的样子说。

"这两个小子太可恶了，差点把大牢烧着了！"一旁的狱吏捂着右眼，满脸怒气地对寒霄说，"你怎么教的弟弟，简直没有一点教养……"突然他意识到不对，猛地打住话头，跪倒在地："主上，请恕我君前咆哮之罪！"

霓凰王阴沉地问："怎么回事？"

"禀主上，是这样的，"狱吏把手拿下来，但右眼还是睁不开，他只好睁一只眼闭一只眼，"这两个小子被关进牢房后没多久就醒过来了，那只老鼠先是大呼小叫地让我们放他出去，见没人理他，他就刨起墙来……"

这边阿星当然不可能闲着，他吧啦吧啦地对寒霄说："我和安泰被迷昏了，醒过来以后发现被关在一间石牢里……我们听到看守说你也被抓到天翼来了，很着急，就想着怎么逃出去找你……"

狱吏向霓凰王禀报："这耗子一直刨到深夜，突然没了声音，我从栅窗往里看，见只有小猪头一个人，又听见他喃喃自语说：'你出去以后找到哥哥就别回来了，

不用管我……'我怕耗子真打洞跑了，于是就打开牢门想看个究竟，没想到这家伙竟然没走，他的原身就趴在门框上！我刚进去，就被老鼠尿滋了一脸，眼睛火辣辣的睁不开……"

阿星对寒霄得意地说："我趴在门框上，他刚一进门就被我的尿浇了个满头！接着，我叫安泰变出原身，一起向外跑。可是他们人太多了，没跑几步安泰就被抓住了，我仗着原身小，上蹿下跳，但安泰就麻烦了……"

两个人好像在一唱一和，狱吏跪在地上继续说："我们牢记主上的吩咐，不敢伤着他们，但死耗子太机灵了，我们变出原身去抓，可回廊太窄，大家挤成一团……没办法，我只好命人去拿网子，可是这耗子一下蹿上了墙壁上的灯台……"

那怪物吩咐不能伤着他们？他为什么这么好心？

阿星叽叽喳喳地说："我听到他们说要去拿网，心里着急，于是蹿上了灯台，接连蹬翻了几盏油灯，鸟人们被烧得哇哇叫。忽然我看到墙角那里放着几大桶油，也不知道是干嘛的，灵机一动，把一盏灯踢了过去，油桶被点着了，走廊上烧起了大火，嘿嘿……"

狱吏："这耗子把咱们给犯人用刑的辣椒油给点着了，大家被烧着了衣裳头发，呛得眼睛都睁不开……"

"我趁着乱去找安泰，找是找着了，但走廊里都是

浓烟，我们什么也看不到，最后还是被抓住了。我心想这下可完了，搞出这么大的事，他们一定不会放过我们！我不怕死，但难受的是还没找到你……"阿星望着寒霄，嘴一瘪差点哭出来，"可万万没想到，他们把我们抓起来没送去砍头，竟然还让咱们见面……"

有阿星说，安泰插不上嘴，只是在旁边一个劲儿地点头。

阿星咧着嘴，像是笑又像是哭："怎么样哥哥，我厉害吧？"

寒霄心里疼得厉害，两个小家伙不顾生死，拼了命地逃跑，只是为了找自己。

"主要是我想的主意，安泰都是听我的！"阿星得意地昂起了脑袋。

寒霄仔细打量过，两个孩子并没有被伤到，他放下心来，抬起手，用衣袖给他们小心地擦脸上的污渍，并从自己衣服下摆撕下一块布条，细心地给安泰绑扎头发。

阿星哑着喉咙说："哥哥你别管我们了，倒是你，"他瘪着嘴，"你这是怎么了啊？"

"没什么。"寒霄勉强地站着，对霓凰王说，"请把他们送到地面上去，我跟你走。"

霓凰王向金羽卫摆了摆手。

阿星和安泰挣扎起来："哥哥，你要去哪儿？""我们要跟你一起！"

两个金羽卫飞过来，拉起寒霄，连同阿星、安泰一起带上坳去。寒霄下意识地回头，见落紫云孤零零地站着，倚着石壁，表情倔强。他心里一阵内疚，但现在他连自身安危都难以保证，实在没有能力顾及她。再说，这是天翼族的事，他一个外人也没有立场插手。

螺旋形状的刀刃机关"嚓"地打开，洞口出现了，金羽卫带着三个人飞上地面，出口立即关上合起，恢复成原来的土地的模样，看不出一点痕迹。

霓凰王抬了抬下巴，寒霄明白，这是在催他了。

"哥哥，你别走！"

"别丢下我们！"

寒霄看着阿星和安泰，两个孩子脸上满是焦急和惊恐。他也不想和他们分开，但那个怪物怎么可能答应？

他的声音柔和起来，安抚他们："听话，我有点事要办，你们在这里等我一下，我很快就回来。"

阿星和安泰担忧地说："可是你这个样子……"

"没事，我只是受了点轻伤，你们别担心，刚开始的时候我不是也被你们吓了一跳吗？"他看了一眼悬立在半空中，明显有些不耐烦的霓凰王，语气肯定地说："凰王是一族之主，说话一定算数，不会难为我的……你们等我。"

只要不一再地忤逆他，应该不会难为两个孩子。

阿星和安泰满脸不舍，但看到寒霄十分坚决，只好

蔫蔫地说："好吧，我们在这里等着你。"

寒霄点头，最后给了他们一个坚定的眼神，飞上天去。

眼见弟弟们的身影越来越小，最后完全看不见，寒霄拼命提着的一口气终于松懈下来。他咳了一声，浓墨般的血从嘴里喷溅出来，脸、脖颈、双手隐隐透出黑色，他蓦地后仰，跌了下去。

两个金羽卫手疾眼快，一把抓住了他。

霓凰王停住飞势，转过身，冷冷地看过来。

"你对那两个兽族人倒是挺好。"他哼了一声，飞到寒霄面前，不屑地说，"这就不行了？我还以为能撑多久……"

他伸出戴着手套的手，在寒霄胸前虚空一抓，随着手指弯曲，寒霄闷哼一声，墨汁一样的液体从他的胸口丝丝缕缕地渗出来。

液体慢慢凝聚到一起，在半空中形成不规则的一团，霓凰王五指蓦地攥起，"啵"的一声，液体化成一缕黑烟，消失不见。

乖戾的声音传进寒霄耳朵里："装什么死，还不快起来！"

剧烈地咳了几声，寒霄睁开眼睛。

眼前一片清明，眩晕和恶心感也消失了，他明白是霓凰王为自己解了毒。虽然对这个怪物依旧非常厌恶，但他还是微微躬了下身，说："谢谢。"

　　霓凰王冷哼一声，转身向前飞去，寒霄缄默着跟在后面，飞了一段，霓凰王忽然闷闷地问："你的飞翎，是落紫云给的？"

　　寒霄本能地想否认。落紫云的处境已经非常艰难，如实回答一定会让她雪上加霜，但是这点事在天翼之王面前根本隐瞒不了，回答和不回答又有什么区别？于是默不作声。

　　霓凰王突然拔高了声音："我在问你话！"

　　寒霄冷冷地说："是我拿了别人的东西，跟任何人无关。"

　　"呵，飞翎只有现出原身以后，由本人才能拔下来，我不信你有那个本事，能从她身上'拿'！"语气蛮横无理，不像一族之主，倒像是个三岁的孩子。

　　寒霄忍不住皱眉。不是找他有事吗，怎么在一根羽毛上纠缠个没完？

　　万幸的是金羽卫救了场："陛下，树塔海到了。"

　　寒霄抬起头。

　　五座俊秀的山峰飘浮在前方——云中众峰。众峰下面，树林像海浪一样层层堆叠，越往中心地带越高，那就是树塔海。

　　树木郁郁葱葱，一眼看过去满是绿色，只不过跟其他地方的植被一样，都是绿得不正常。

　　霓凰王漫不经心地摆了下手，命令金羽卫们留在原

地，他朝寒霄抬了抬下巴，示意他跟过来。

两个人降落下去，踩在树干上，霓凰王伸出手，摸上一片绿叶。

那叶子看上去又厚又硬，表面油光水滑，像是涂了一层油。

"你觉得正常吗？"霓凰王问。

"不正常。"

霓凰王看了他一眼："你知道我问什么？"

"这些植被都像是假的，"寒霄没有一句多余的话，"不止这里，我觉得整个天翼族都是这样。"他刚来的时候就发现了。

霓凰王一怔，他沉默着捏起一片叶子，手指轻轻一捻，叶子烂了，黑色的汁水流了出来。

霓凰王低声说："这汁液也是不正常的绿……"

明明是黑色的，他是色盲吗？寒霄腹诽着，忽然他意识到，这景象别人是看不到的，就像西海的毒粮、金狮太子和"食天下"镇子里怪物们身上散发的毒气，只有自己才能看得见，那是因为自己拥有上古原生木灵力的缘故。

他简单地解释了一下。

"黑色的？"霓凰王问，"为什么会变成这样？"

寒霄没有回答，却反问："这就是陛下找我来的原因吗？"

"是。"霓凰王沉闷地说,"还有······你从石牢逃出来后,发现我们族还有什么奇怪的地方?"

奇怪的地方——

路上,他不止一次地听到天翼兵剧烈地咳嗽,被骗到鹨鶒部落时看到族长在吐黑血······这是咳症,而且是陈年积年的痼疾,患的人还不在少数。

寒霄如实地说了自己的见闻和心中所想。

"没错。"霓凰王说,"我找你来,就是想让你给我弄清楚,造成这一切的原因是什么。"

"如果我查明,请你放我们走。"

"可以。"

"你会遵守诺言吗?"

低沉沙哑的嗓音带着蔑视,霓凰王说:"我是一族之主,还会说话不算话?"

是十二棵望天柏冒出的黑烟导致的——寒霄几乎脱口而出,这是他的直觉,也是他的判断。不过一贯的沉稳谨慎还是让他把话咽了下去,因为他没有任何证据。

这位乖戾的凰王必定不信是其一,更重要的是,他想给天翼族民一个真正的交代。山河能移,万物可变,他却始终改不了不愿草率敷衍的脾性。

寒霄捻动飞翎,升起在高空之上。他看到,不仅植被上笼罩着黑气,就连所谓的保护屏障灵气罩,也是墨汁一样的颜色。

　　他想了想，对霓凰王说："陛下，我想去再去一趟望天柏下的深坳，那里可能有我想要的答案。"

　　"你是说'悬鼎之渊'？"霓凰王扔掉被捻烂的树叶。

　　——原来那叫悬鼎之渊。

　　"对，我想去最底层。"

　　霓凰王用审视的目光盯着他，半晌没说话，似乎在揣度他的真正想法，好一会儿，他才阴沉地说："走吧。"

# 六　第三层

　　他们现在所处的位置距离第十一棵望天柏最近，理所当然选择再去那里。

　　回到树下，寒霄看到阿星和安泰被侍卫看守着，正坐在地上翘首以盼。两个小孩见寒霄回来很是高兴，寒霄解释了几句，让他们继续留在地面上，两人立即又瘪了脸。金羽卫触动机关，打开入口，寒霄安抚了阿星和安泰几句，和凰王一行人飞了下去。

　　下到第二层，霓凰王一摆手，金羽卫拿出几件笨重的东西，将其中一件送到寒霄面前。

　　寒霄仔细看过去，发现是一套造型奇特的盔甲，霓凰王抬抬下颌，示意他穿上。

　　寒霄接过来。

　　盔甲表面是刺眼的亮白色，很厚但不是很重，手刚碰到，一股森冷的气息透过皮肤，直渗进骨头里。

　　寒霄疑惑地扭过头去，看到金羽卫们都在一声不响

地穿戴，穿好后全身都被包裹住，只露出眼睛。他们齐齐盯过来，哦，这是在催促他快穿了。

寒霄瞟了一眼地面裂缝，见火焰般的红光忽明忽暗，灼热的气息隔着老远都能感觉到。他明白了，这盔甲是用来防热的。

金羽卫也送了一套到霓凰王面前，却被他挡开了，寒霄心想这怪物的灵力一定是火属性的，不怕热，烤不死。

寒霄也依法套上。

两名金羽卫在前面引路，一行人绕过一堆堆乱石，来到石壁边缘的入口。

红光闪烁，映在石壁上，石壁也像是被烤红了。哭号声越来越清晰，温度也越来越高，就算是穿着冰甲，也似乎能感觉到那炙热的温度。

这样的环境下如果有人，该怎么"活"？

一行人从入口处跳下，悬浮在半空之中。

一切展露无遗，寒霄的瞳孔瞬间收缩，整个人都僵住了。


坳底如同一片大湖，赤红的、凹凸不平的胶状物质不停地起伏翻滚，无数红色透明的像是魂魄一样的人影在劳作着。坳边，高低错落摆放着一排排铁铸机器，红影们摇动轮轴手柄，被烫红的机器发出吱扭声，通过一根根透明管道，将纯净的红色气体运送上去。

　　坳底如同一片大湖，赤红的、凹凸不平的胶状
物质不停地起伏翻滚，无数红色透明的像是魂魄一
样的人影在劳作着。

这是……地底灵气。

突然，有犯人从上面被扔下来，他们尖利地叫着跌下去，摔进浆液中。有人侥幸攀住了岩石壁，拼命往上爬，眼看要爬到上一层的出口了，竟然从红浆下钻出一个全身黑红、长着六只爪子、脸上有八只眼睛的怪物，敏捷地在岩壁上游走，眨眼工夫蹿到犯人身后，一把将他抓住扔了下去。

速度快到寒霄想阻止都来不及。

犯人凄厉地号叫，在红浆中拼命挣扎，然后慢慢沉下去，只留下几个黏稠的泡泡。

六爪八眼怪物的脸上透出残忍的笑，下一刻隐没在红浆中。

没多久，泡泡破裂的地方，冒出一个新的红色影子，影子麻木地蹚过红浆走向齿轮转动的机器，两只"手"抓住轮轴把手，开始和其他影子一样机械地劳动。

最初的震惊过后，寒霄心中翻涌起了愤怒，那愤怒如同熊熊火焰，几乎要把胸膛给烧着了！他僵硬地转过身，看着霓凰王。

"你……这是干什么？你还算是人吗？"

金羽卫拔出武器上前一步，厉声大喝："大胆！竟敢辱骂陛下！"

霓凰王出乎意料地没有生气，他哼了一声，漫不经

心地说："这是傀灵，它们没有意识，只知道劳作。它们的工作就是把红浆中丰富的灵气提炼出来，供给天翼的军队和结界使用……"

"我问的不是这个，"寒霄打断他，"傀灵？没有意识？之前他们可是一个个活生生的人啊！"

"这里温度太高，不炼成傀灵根本没法工作。"

"不要偷换概念！你把人命当成草芥，随意践踏，还这么心安理得！"

"什么叫随意？"霓凰王瞪了寒霄一眼，不屑地说，"这些人都是重犯，他们是罪有应得！"

"无论什么样的罪都不能这样折磨他们，你可以给他们一个痛快，直接处死！"

霓凰王愠怒了："你算个什么东西，敢教训我？"

"只是语气不好就受不了了？你考虑过他们的恐惧和痛苦吗？"寒霄忽然想到了什么，声音顿时提高，"难道十二棵望天柏下，都是……"

霓凰王冷哼一声："是啊，有什么大惊小怪的。"

"你……"

寒霄只觉得胸口堵得厉害，心脏一阵阵抽搐，他喝道："你不配当天翼王！"

"大胆！"

"放肆！"

金羽卫大声喝骂，"唰"地抽出兵器，霓凰王摆摆

手，命令他们退下。他斜睨着寒霄，森冷地问："那你说，怎样才配？"

"以人为重，仁政爱民，中兴己族，心怀天下。"

"呵呵呵呵……"霓凰王笑起来，"幼稚啊！敢问，如果你的臣民不服从你，你还要仁政，还要爱他们？"他的眼中射着冷酷的光，"你当然要先震慑他们，弹压他们，让他们乖乖地俯首听命。铁拳之下才能出政权，不用武力哪能坐稳江山！"

寒霄愤怒地说："一味镇压只会引起更激烈的反抗，得民心才能稳其位……你连这个道理都不懂吗？"

"自己都顾不过自己来，还在这里夸夸其谈。"凰王没有接他的话，嘲讽道，"你，把自己当救世主了？"

寒霄一下噎住了，是啊，自己现在都还是阶下囚，阿星和安泰的命也掌握在人家手里，的确没有实力和资格来干涉这件事。

可是，只要看见这种情形就会难以控制地心痛，在西海时这样，在陆兽族时这样，在天翼族时还是这样。

他怀疑这是与生俱来的天性，是烙刻在骨子里的一种执念，只不过遗憾的是，他现在尚没有能力拯救和庇护这些可怜的生命……

他用力攥起双拳，深深地吸了一口气。

——将来，一定要变强，而且要不断强大，强大到可以保护一切弱小！

"为什么不用你们族的生息源？"寒霄问。

"你以为我们的生息源就是好好的吗——五十年前它就开始衰弱了，到现在只供给我们族日常使用就已经很勉强了……"

什么，天翼族的生息源也出现了问题？

一道电光在寒霄脑中闪过。陆兽族生息源熄灭，天翼族的衰弱，水族的同样不容乐观……人类及各种生灵自从诞生在这片土地上也才几千年，为什么会衰败得这么快？正常来说，它至少要存活上万年的啊。

霓凰王摩挲着尖锐的指尖，望着翻腾的红浆随意地说："而地壳下面有着无比丰富的灵力，只需要稍微提炼一下就可以使用……"

"那你自己为什么不跳下去？"寒霄忍了好几忍还是没忍住，他指着傀灵，"他们永远被禁锢在这炼狱一样的地方，太残忍了！"

"谁叫他们忤逆我，这是他们应得的下场！"霓凰王的声音也提高了，嘶哑又刺耳，像是锯子在锯木头，"我不过是在废物利用！"

寒霄觉得太阳穴都是一鼓一鼓的："那你知不知道，这正是你们族出现怪异现象的原因？"

"什么？"

"傀灵们带着怨恨劳作，怨恨渗透进灵气，因而变质产生了毒性；而且灵气被过度榨取，生息源才受损出

现严重亏空，这样一来，造成开发、亏损、填补、再开发的恶性循环。"

寒霄一口气说完，呼呼喘息。

霓凰王的眼睛在幔幕后面闪着阴森的光芒："你以为凭着这一面之词我会相信？"

寒霄冷哼一声："信不信由你。"

霓凰王审视着他，目光闪烁不停，许久才阴沉地问："所以，解决方法是……"

语气透着浓重的威胁，寒霄却毫不畏惧，大胆地迎着他的目光："你明明已经知道了，还问我？"

"我要你说！"

"释放被关押的犯人和傀灵，"寒霄一字一句，清晰无比地说，"封掉十二渊。"

"……"霓凰王半晌没说话，许久才开口，"十二个，都要封吗？"

"对，一个不留。"

坳底出现了死一般的静寂，压抑得让人心悸，半晌，霓凰王才冷笑一声："这只不过是你为了解救那些贱命找的借口吧？"

"贱命？"寒霄紧紧皱起眉头，才要反驳他，突然黑影晃动，霓凰王闪到他面前，冰冷的手掌掐上他的喉咙。

他盯着寒霄，狰狞地说："你以为你是谁，可以胡说八道，你——给我去死！"

"你……干什么……"

寒霄呼吸陡然紧促，他想要拽出冽寒剑，却发现全身像被锁住了一样动弹不得。

那只铁爪抓着他狠狠往下一掼，寒霄顿时栽了下去。

"有些话，只能憋在肚子里，一辈子也别说出来——"

沙哑的声音从上面传下来，霓凰王狠狠地甩了下手，像是甩掉了一件垃圾，他转过身，带着金羽卫飞上坳去。

寒霄拼命挥动着胳膊。

霓凰王的手松开，束缚力消失，寒霄立刻捻动飞翎，在要接触红浆的一刹那止住了坠势。

好险！

红浆"咕噜噜"翻腾起来，泡沫炸裂，一个浆怪冒出来，伸出爪子抓向他。

"刺啦——"冰甲瞬间被熔穿，寒霄感到小腿一阵灼痛，他拽出玉笛化成冰剑，用力挥向浆怪，"唰！"浆怪的六只爪子被齐齐砍断，岩浆一样的血液喷溅出来。

红浆浪潮般翻滚，无数浆怪钻出来，涌向寒霄。

寒霄连忙向上纵飞，浆怪们够不到他，却不肯放弃，下一秒，它们做出了匪夷所思的动作。

一个浆怪垫在最下面，其余浆怪以极快的速度你踩我、我踩你地叠高，最后，顶端的浆怪一个蹿跳，再次抓住了寒霄！寒霄挥剑用力砍，这只浆怪跌下去了，却

又有好几只浆怪接二连三地扑上来。

寒霄猛地坠了下去，浆怪们一拥而上，寒霄顿时被层层叠叠地包围起来，变成一个红色的大球。

红球"砰"地跌进浓稠的浆液中，很快沉了下去。

突然，银白色的光芒迸射，"砰砰！"红浆爆炸，浆液溅开来，无数浆怪的残肢断臂飞了出去，白光迅速蔓延，四周竟然被冻结了一片。

红白混杂的冰面裂开，寒霄艰难地爬了上来。他的脸上、身上被烫出了一片片伤痕，冰甲被灼烧得千疮百孔，变成碎片掉落下来。他急促地喘息着，跪倒在冰层上。

温度太高，冰面在飞快融化，远处的红浆汹涌翻滚，又有浆怪冒出来。寒霄咬紧牙，捻动飞翎，再次飞了起来。

飞翎好似通晓人性，一下将寒霄带得老高，浆怪们在下面张牙舞爪，嘴里发出叽叽咕咕的怪声，但这次它们无论如何都够不着了，于是有几只蹿上了岩壁，想寻找机会抓人。

寒霄只能在半空中悬浮着。

本来灵力就所剩无几，刚才的冰封一击又耗光了仅剩的那点，如果再被浆怪抓到，就只有死路一条了。

寒霄汗如雨下，没有了冰甲的保护，才一会儿就感觉到天旋地转，呼吸困难。

得想办法上去。

伸手抹去眼睛上的汗水，他发现出口那里没有浆怪，于是就让飞翎带着他移动过去，可怪物们的反应也快，它们察觉到了寒霄的意图，迅速地向出口涌过去。

这帮混账东西。

寒霄想了想，向着石壁上一块凸出来的岩石飞过去，体力已经到了极限。他实在是太累了，需要找个地方休息一下。

才在岩石上站定，怪物们就叽叽咕咕地涌了过来——好机会！寒霄催动飞翎将速度提到最快，闪电般冲向出口。

怪物们一怔，连忙掉头，慌张中却挤成一团，有几只哇哇叫着摔了下去。等到它们散开冲过去的时候，寒霄已经不见了踪影。

——声东击西，成功了！

寒霄飞快地冲上了第二层，但是还没等他喘口气，就惊讶地发现，一团巨大的黑影笼罩下来。

面目狰狞，两只眼睛闪着红色的幽光。

骇鸟。

上方是骇鸟刀刃一样的利爪，下面是蜂拥而至的浆怪，没的选，寒霄奋力挥出洌寒剑，"噗"，一股温热的液体喷射出来，溅了他一脸。他抬起头，见骇鸟的腋窝正喷泉一样地向外冒着血。

骇鸟扑棱着短小的翅膀，凄厉地叫着扑倒在地上。

原来，他在慌乱中竟然刺中了它身体最薄弱的地方。

不知道是该惊还是该喜，他推开骇鸟巨大的尸体，翻身爬上地面。浆怪们的爪子已经伸上来，只差一点就抓到他的脚踝，他就地一个翻滚，浆怪抓了个空。

寒霄挺剑对准入口，却见那一只只血红的爪子慢慢缩了回去。

浆怪们并没有跟上来，寒霄明白了，它们只能在属于自己的地界里活动，不能越界。就像骇鸟，一直在一二层，也从没下到过渊底。

可是，第二层的状况似乎更加糟糕，十几头骇鸟拍打着翅膀，尖利地叫着扑过来，凶狠得像要把他撕成碎片。

寒霄用剑撑着身体，不住喘息。

对付浆怪，还能飞到半空中躲一躲，可这些骇鸟也会飞啊！雪上加霜的是，他不仅灵力耗尽，就连力气也用光了。

蓦地，一条浅紫色的光绫飞射过来，缠住他的腰，把他拖了过去。

透过惊慌的四下乱爬的人群，寒霄看到了一个纤秀的身影，是落紫云。

她还在这里。

望着她跌跌撞撞拽着自己在人群中奔走的瘦削身影，寒霄心里有说不出来的感激。为了救自己，她已经突破了极限。

突然，一阵嘈杂声响起，奴隶们骚乱起来，潮水般地向后躲，寒霄抬起头，发现有人被扔了下来。

几声痛叫，"犯人"先后摔落在地上，寒霄感觉他们的穿着十分熟悉，仔细看过去，忍不住一阵吃惊和意外，竟然……是他们！

鹦鹤族长、沉夜、阿璇还有几个鹦鹤族人，脸上和身上满是伤痕，正试图从地上爬起来。

他们怎么也被送到这里来了？

骇鸟们怪叫着围过去，似乎是要给新来的犯人一个下马威。大部分骇鸟涌走，寒霄和落紫云这边的压力立刻减轻。

鹦鹤族长和沉夜慌忙迎敌，两人一个用铁杖，一个挥舞双叉，奋力抵挡。鹦鹤族长看上去又黄又瘦，力气竟然不小，沉夜精悍勇猛，出手狠辣，骇鸟们一时间竟然不能把他们怎么样。

那边的阿璇就有些吃力了。

她的灵力本来就弱，在一片混乱中长索飞抓又施展不开，一头骇鸟扑过来，痛叫声响起，她的肩背被抓出了三条深深的血痕。

寒霄一下站了起来。

一只雪白的纤手伸过来拉住了他。

寒霄转头："四亲侯？"

落紫云没有说话，但她眼神中"你这个样子还怎么

145

去救人？"的意思已经十分明白。

可就算是这样，他也不能袖手旁观，那个少女救过他，他不能眼睁睁看着她死在骇鸟爪下。

落紫云攥着光绫越过了他。

"四亲侯，你……"她不是畏惧这些凶鸟吗？而且，阿璇虽然对自己有恩，但她却跟她没有交集，他不想她因为自己去勉强救人。

落紫云依旧没有说话，她用力咬了咬嘴唇，手上蕴起灵力，光绫飞了出去，准确而迅速地卷中目标，将阿璇倒拖过来。

但是这一举动立刻引来大批凶狠的目光，十几头骇鸟叫嚣着，扬起了利爪。

一场混战。

寒霄拼命躲闪，撑着最后一点力气，刺中了几头骇鸟的腋窝。落紫云对这些凶鸟的惧怕已经刻进骨子里，在救下阿璇后，瞬间恢复了以前的状态，只是后退，完全没有战斗力。寒霄勉强挡在她前面，挥手砍下一头骇鸟的翅膀之后，再也支持不住，"扑通"跪倒在尘土里。

重伤的骇鸟愤怒得发了狂，拍打着另一只翅膀，叫声像是要把人的耳膜震破。

羽毛和尘土飘舞飞扬，空气里弥漫着浓重的血腥气。

那边的情况也不容乐观。鹮鹳族长胸口被抓伤，陡然跌了下去；几个鹮鹳族人踉踉跄跄，手忙脚乱；沉夜

被骇鸟啄中后脑，重重地扑倒在地上。

骇鸟们蜂拥过去，大声叫嚣着，对准他们的头颅啄下去。

突然，一点金红色的光闪烁起来——是鹍鶾族长。红光将他的头颅耀得近乎透明，他本来已经爬起身，这时惨叫一声又倒在地上，抱着头翻滚个不停。

与此同时，寒霄感到伤口的剧痛突然消失了，极度的疲惫感也陡然减轻，身体似乎又有了力量。他十分奇怪，这跟第一次见到鹍鶾族长时的情况一模一样！

凶鸟们围了过来，铁桶一般，它们瞪着血红的眼睛，看寒霄仿佛在看一只待宰羔羊。

突然，金红色的光芒爆射开来，"嘭——"霞光万丈，如同耀眼的骄阳，凶鸟们被猛地震飞出去，摔到几十米外，瞬间不动了。

抱着头躲在一旁的奴隶们都怔住了，他们仰起脸，难以置信地看着这一幕。

剩余的骇鸟也是一呆，但只是片刻，它们就聚集到一起，再次扑过来。

刚才的一幕重新上演，红光绽放，炸得凶鸟们尖叫哀号，滚落到地上。

骇鸟们终于尝到了恐惧的滋味，它们趔趄着爬起来，不住地往后退，畏惧地看着场中央那个全身笼罩着红光的白衣少年。

寒霄捡回洌寒剑，踉跄着站起身。

刚才，一股巨大的力量突然灌注到他身上，瞬间的冲击力几乎把他压垮，他感觉胸口有些闷，有些胀。他看着自己的手，掌心隐隐拢着一层金红色的光芒，他疑惑着，不明白究竟发生了什么。

痛苦的呻吟声传来，他转过头去，见鹦鹩族长抱着脑袋不住地抽搐。几个鹦鹩族人从地上爬起来，呆若木鸡地看着这一幕，阿璇叫了一声："阿爹！"不顾自己身上还流着血，踉踉跄跄地扑过去，扶起了鹦鹩族长。

她嘶哑地喊："阿爹，你就放手吧，这么多年来，为了这个东西你和阿夜一直互相算计，你过过一天开心的日子吗？"

鹦鹩族长像是没听见一样，只是抓着头发干号，阿璇急得几乎要哭出来了："阿爹，这东西和寒霄有感应，你霸着也没用，不如把它给寒霄试一试，或许，他能帮我们逃出去！"

仿佛是在对阿璇的话进行印证，金红色的光芒愈加明亮，如同一簇火焰，要把鹦鹩族长的脑袋烧破。

鹦鹩族长的身体猛地弹射了一下，瞬间弓成一个大"虾米"，他连声惨叫："我败了，我败了！浑球小子，不是你出现，我也不会有这么多的倒霉事……"他咬牙切齿地说，"阿璇，你来，你扶着我……"

阿璇用力点头："好……"扶住鹦鹩族长的身体。

　　鹍鹟族长从腰带上抽出一把短刀，甩开刀鞘递给阿璇，阿璇接了过去，咬住嘴唇，举起刀对准鹍鹟族长的脑袋。

　　这是干什么？

　　大家似乎忘记了还身处险境，一齐盯住他们，眼中露出惊讶的神色。

　　尖刀探了下去，阿璇小心翼翼地将鹍鹟族长额头上的缝线挑开，下一秒，鹍鹟族长抖着手，白着脸，打开了自己的头颅。

　　光芒有如金红色的骄阳，刺得人睁不开眼，骇鸟们慌乱地叫了几声，纷纷向后躲。

　　奴隶和鹍鹟族人都惊呆了，一个个泥塑似的定在原地。

# 七　麒兽灵石

　　脑颅里，一颗宝石样的东西散射着熠熠光芒，鹍鹕族长向阿璇示意了一下，阿璇抿着唇，小心翼翼地把"宝石"取了出来。

　　阿璇将它交给鹍鹕族长，然后帮他合上头颅，从布袋里拿出一圈干净的布条，结结实实地包扎起来。鹍鹕族长紧紧攥着"宝石"，先是吁了口气："总算不疼了！"然后又叹了口气，对寒霄说："你小子可真是邪门了，我藏了那么多年都没事，你一来它就开始折腾……"

　　他剧烈地咳嗽了几声，阿璇连忙给他捋背顺气，鹍鹕族长看了眼趴在远处一动不动的沉夜，万分不甘地说："既然已经到了这地步，唉，我就跟你说了吧……这叫'麒兽石'，是我在一个偶然的机会得到的……"

　　阿璇的表情有些奇怪，她看着鹍鹕族长的目光明显透着鄙夷，还有一丝愧疚。她嘴唇动了动，终于还是没说什么。

　　鹦鹉族长边咳嗽边叙述，寒霄从他断断续续的话里明白了整件事的由来。

　　麒兽石来自陆兽族，最初是在珍奇谷被发现的。类似的灵石不止一块，各族都有，这小小的石头中蕴藏着巨大的能量，可以瞬间将灵力提升几十倍甚至上百倍，所以人们都对它垂涎三尺，妄想得到它。

　　麒兽石虽然在鹦鹉族长手上，但许多年过去，却从未出现过传说中的能量。占有欲极强的鹦鹉族长不肯放手，又担心人家觊觎抢夺，竟然让人将自己的头颅打开，把麒兽石放了进去。

　　千羽殿不知道从哪里得到了消息，派天翼兵进行搜查，但鹦鹉族长藏匿得巧妙，口风又紧，许多年来竟然一直没有被发现。

　　据说千羽殿已经拥有了好几块灵石，分别是灵虫族的萤虫石、无骨族的绵灵石、两生族的水陆石，以及本族的炎雀石，他们的目的不言自明，当然是为了获取灵力。

　　可就在前几天，因为寒霄的出现，麒兽石竟然第一次出现了反应。但就是这片刻的波动，被附近的天翼兵们察觉到了。

　　他们一拥而入，鹦鹉部族遭受了前所未有的灾难，族人死的死，伤的伤。可无论怎样拷问，鹦鹉族长都死咬着不肯将灵石交出来，于是天翼兵就将他、阿璇、沉

夜，以及剩余的族人抓来了这里。

寒霄忍不住摇头。为了一块在自己手中毫无用处的石头，弄得家破人亡，一个人竟然能冥顽不化到这种地步。

他忽然想到，那天逃出鹦鹉部落时，鹦鹉族长突然从半空中摔了下去，应该就是麒兽石能量突然爆发，损伤到了他的大脑。

不，这个人的脑子用不着损伤就已经坏了。

鹦鹉族长似乎没有察觉到寒霄怜悯的目光，还在摇头晃脑地说着，阿璇却默默地站起来，向沉夜走去。

她用力把沉夜扶起来，试探了下他的呼吸。她轻轻呼唤着，摇晃着，眼神中是满满的愧疚和心痛。

她一只手揽住他，另一只手伸到布口袋里翻找，很快摸出一个黄色的小瓶，拔开木塞，放到沉夜的鼻子下面。没过多久，沉夜张开嘴，发出一串急促的咳嗽声。

这边鹦鹉族长还沉浸在自己的世界中，他死死盯着掌心那块金红色的石头，脸上满是悲痛和不舍，手要伸不伸的，半天，才下定决心，把麒兽石递了出去。

"这么好的东西……唉，没有办法啊！我现在把它交给你，你可要帮着咱们逃出去……"

见寒霄没有反应，鹦鹉族长不满地说："你还不要？要不是只有你能用，我怎么舍得交出来？你捡了个天大的便宜知道吗……"他捂着脑袋催促，"你不是还想去救你的两个弟弟吗，快走吧……"

寒霄冷冷地瞥了他一眼，接过了那块光芒闪耀的石头。

突然，阴冷的风刮过，一道黑影闪电般袭来，寒霄只觉得一阵剧痛，后背像是被什么利器刺中，同时阿璇的声音惊讶地响起来：“沉夜，你……”

寒霄转身，对上了一道森冷的视线。

沉夜的眸子透着发狂般的恨怒，盯着他，寒霄突然觉得手心一空，立即反应过来——麒兽石被抢走了！

“就凭你们，也配拿我的东西！”

鶗鴂族长吃惊地看着他，大张着嘴：“你，你什么时候醒的？”

“我一直都清醒得很，刚才只不过装晕而已。”沉夜满脸杀气，捏着麒兽石不住冷笑：“我一直都忍耐着，像条狗一样卑躬屈膝地活着，就是为了夺回它！”

“你，你……”鶗鴂族长指着他，手抖个不停。

“怎么不侃侃而谈了？你刚才不是演讲得很精彩吗？”沉夜恶狠狠地盯着鶗鴂族长，声音冷厉得像尖刀：“你这个老贼，一张嘴就只会颠倒黑白，什么叫你偶然间得到的？放屁！麒兽石本来就是我们蝙蝠部族的！”

阿璇着急地喊：“阿夜，现在不是争论这个的时候，你先把麒兽石给寒霄……”

“你有什么资格命令我？”沉夜愤怒地冲她吼：“你和你爹一个鼻孔出气，帮着他骗我，你也不是什么好鸟！”

“阿夜……”阿璇的眼眶一下红了，泪水在里面不

住打转。

沉夜指着鹦鹉族长："当初我九死一生逃出来，恰巧遇到你，你假惺惺地说收留我，我还万分感激，可没想到你这个老匹夫贪图的是我的麒兽石！

"你把我抓起来一顿毒打，搜走了麒兽石，要不是……"他看了一眼阿璇，"要不是她拦着，我早就被打死了！这些年我忍气吞声地帮你到处抓人让你吸灵气，厚颜无耻地讨好你，为的就是能安然无恙地待在鹦鹉部族，伺机夺回麒兽石……你以为我真心顺从你了？做梦！"

憋得太久，终于可以一吐为快，他不像是揭露，更像是发泄。

"阿夜，别说了……"泪水顺着阿璇憔悴的脸庞滑落下来，她像是背负了太多，终于承受不住一样跪倒在地上，"是我们对不起你……"

鹦鹉族长哼了一声，喝道："我哪里对不起他？要不是我收留他，恐怕他现在连渣都不剩了！罩了他这么多年，我已经够可以的了！"

沉夜牙齿咯咯直响，他猛地抬手，"嗖！"钢叉飞过去，鹦鹉族长惨叫一声倒了下去。

"阿爹！"阿璇惊叫一声，扑向鹦鹉族长。

"老匹夫还嘴硬！"沉夜怒吼一声，挥起手中另一柄钢叉，刚想要刺过去，但他突然像是想到了什么，硬生

生收住手："你等着，咱们的账还没算完！"他冷哼一声，抓着麒兽石转身就走。寒霄伸手拦他："你去哪里？"

沉夜一巴掌打开他："不用你管！"他脚尖点地，纵身飞了起来，方向竟然是悬鼎之渊最底层的入口。

阿璇抱着鹍鹤族长大声喊："阿夜，你去那里干什么？回来——"

"麒兽石终于出现了……"

突然，上方传来一个低沉阴冷的声音："都站着别动。"

寒霄的心沉了下去，这下，谁也走不了了。

一个身穿青色盘云铁羽铠的高大身影，披风飘扬地落了下来。

青鹏侯。

他身后跟着一个女人，长裙如同水银般曼舞，脸戴银面具——银鹭侯。

银鹭侯俯视着他们，冷冷一笑："都这么紧张干什么？我们这个时候过来，想必你们也都明白是怎么回事——把那块石头交给我。"

谁都没有动，也没有说话。

青鹏侯看向沉夜，命令："把麒兽石交出来。"

沉夜咬牙说："不可能！"纵身一跃，从火红的洞口跳了下去。

银鹭侯冲青鹏侯喊了一声："三哥，你去追，我来

招呼寒霄。"

"你去追麒兽石，"青鹏侯冷冷地说，"这里交给我。"

"可是主上安排我来向寒霄问话，让你去追灵石……"

青鹏侯阴鸷的目光射过来，银鹭侯畏缩了一下，"那好吧。"她顿了顿，有些迟疑地说，"三哥……"

"怎么？"

"这是主上亲口吩咐下来的，那小子很重要……主上自己虽然下狠手，但我们不能把他怎么样……"

青鹏侯冷哼一声，不置可否。

银鹭侯看了他一眼，挥了挥手，带着一队侍卫飞下了第三层。

青鹏侯看向寒霄的眼睛散发着幽蓝的光，好一会儿，才开口："主上派我来问你，还是那件事——天翼族的现状你有其他方法解决吗？"明显地咬牙切齿，完全不是问这个话应该有的语气。

"除了封渊，没有别的办法。"寒霄坦诚地说："不过之后我可以帮手清除空气中的毒素，恢复缺失的灵气。"

青鹏侯似乎并没有在听他说什么，他盯着寒霄，声音阴沉森冷："寒霄，你知不知道，窥探别人的隐私是一件多么恶劣的事？"

"我是无意的，我可以道歉。"

"无意？道歉？现在说什么都没用了。寒霄，我要你以死谢罪，"青鹏侯眼中充斥着浓重的杀意，一步步

逼近，"否则，难以平息我心中的怒火！"

"人命在你眼里这样轻贱吗？"寒霄直视着对方："你姐姐黛罗烟如地下有知，也不想见到你这个样子——看得出来，她希望你做一个正直善良的人……"

"闭嘴！你竟敢提起我姐姐？"青鹏侯陡地怒吼："去死——"他猛地挥动衣袖，一簇湛蓝色的雷电噼啪爆射，寒霄闷哼一声，被击飞出去。

一条淡紫色的光绫飞射过来，卷住了寒霄，紧接着，另一条飞出，"啪"地缠在青鹏侯的手腕上。

青鹏侯冷笑："每被骇鸟啄一次就失去一成的灵力——落紫云，你现在剩下多少灵力，还敢替别人出头？"

落紫云手攥光绫，紧咬着嘴唇不说话，青鹏侯手腕用力，落紫云猛地被带飞出去，重重摔在地上。青鹏侯身形飞快，一个起落来到寒霄面前，把他抓起来抵在石壁上，青鹏侯右手一晃，雷丞斩逼上寒霄的咽喉。

"你知不知道，你揭开了我最痛的伤疤——"

寒霄听到了对方牙齿的磨挫声，也听到了自己骨骼被挤压得快要断裂的咯咯声。青鹏侯猛地扬手，寒霄像一只断了线的风筝，再次被打下悬鼎之渊最底层。

落紫云用力抬起身，痛彻心扉地喊："寒霄——"

浓稠的红浆起伏翻滚，寒霄就要跌下去，浆怪们冒出头，向着他伸出尖锐的爪子。

一条飞抓缠住了寒霄的腰，把他向上拉去，浆怪顿时抓了个空。

"寒霄！寒霄！"

少女呼喊着他，寒霄缓缓睁开眼，见是阿璇，她一只手用力攀在入口处下方一块凸出来的石头上，另一只手紧紧抓着飞抓的另一端。

寒霄意识到自己的处境，他狠狠摇头让自己从混沌中清醒，突然，"哧"的一声，他感到腿上传来一阵钻心的剧痛。

一只浆怪抓进他的皮肉里。

寒霄想挥剑，但他伤得太重，力气接近衰竭，已经连抬手都不能。

浆怪不断冒出来，怪叫着，八只通红的眼睛透着贪婪的光，寒霄的眼前暗了下来，他感到一阵绝望。

"寒霄，接着——"

阿璇尖锐地喊，几乎破音。

寒霄用力抬起头，看到一点金红色的光芒在急速下坠，同时银鹭侯和几个天翼兵也跟着扑过来。

阿璇遍体鳞伤，声嘶力竭地喊："麒兽石……快……"

浆怪把寒霄围得里三层外三层，银鹭侯和天翼兵也已经赶到，寒霄艰难地挣扎着，想要接住灵石，可是银鹭侯的速度更快，鬼魅般地抢到他前面。

眼看石头就要被她抓到手，一把冰剑挥过来，灵石

"嗒"地被拍开，落进一只沾满鲜血的手中。

寒霄拿到了麒兽石，他已经耗尽了最后的力气。

"麒兽石是我的！给我！"沉夜急冲下来，他满脸青肿，血液沿着额头、嘴角不住地往下淌，他愤怒得几乎发了狂，冲阿璇吼："谁让你抢去给他的，啊？"

青鹏侯也从第二层飞下来，银鹭侯看着这混乱的场面，忍不住埋怨："三哥，你想谋反吗？"

青鹏侯冷冷地睨着她："你说什么？"

银鹭侯缩了下肩膀，还是坚持说："虽然我也讨厌这小子，但咱们不能动他，你别看主上好像对他横竖看不顺眼，可谁知道他心里是怎么想的？他费了那么大的力气把人带回天翼，又留到现在……"

"闭嘴！"

银鹭侯被噎住了，她叹了口气："好，我闭嘴。但咱们还是得保住他和麒兽石，这两个哪一个出了事，咱们都别想活了——我那会儿生气他伤了你，没忍住要动手，你是没看见主上那副要发怒的样子……"

"少啰唆！"青鹏侯冷冷地问："麒兽石怎么会在那小贼手里的？"

银鹭侯气闷："本来我就要得手了，谁料到被那个黄毛丫头给趁乱抢了去，真是终日打雁，却叫雁啄瞎了眼！"她观望了一下："这些桨怪真讨厌，低等生物就是低等生物……我得马上去把他弄出来——三哥，你可

千万别插手了，算我求你啦！"

青鹏侯哼了一声，不置可否。

银鹭侯飞过去，还没等靠近，包围圈中突然爆射出一股金红色光芒，如同骄阳万丈，沉夜、浆怪、青鹏侯、银鹭侯及天翼兵都被震飞出去，跌进红浆里！

红浆翻腾，惨叫声此起彼伏。

青鹏侯和银鹭侯飞快地从红浆中站起来，他们一把撕下斗篷和外衣扔了出去，短短工夫两个人身上多处被灼伤。看着胳膊上露出鲜红的肉，还冒着丝丝白烟，银鹭侯控制不住地尖叫："啊！我每天保养三遍的皮肤……"

"别吵了。"青鹏侯呵斥，一把抓起她："走！"两人踩着浆怪的脑袋纵飞到半空中，看到眼前的情景，一时间怔住了。

白衣少年全身光芒爆闪，像是披了灿烂的红霞，悬空立在坳中央，让人不敢正视。

阿璇急促地喘着气，没有半点血色的脸上浮现出一丝欣慰。突然，一只浆怪悄悄地出现在她身后。

"啊——"

一声惨叫，阿璇摔了下去，"砰"地跌进红浆里。她胡乱挥舞着手，眨眼间被浆怪拖了下去。

"阿璇！"

　　沉夜急冲过来，却捞了个空。他挥舞着钢叉逼开几只浆怪，又痛又怒地嘶喊："你是不是有病？谁让你跟下来的？"他两眼发直地盯着不住翻涌的红浆，突然失常地笑起来："这是你自找的……死了，死了好，死了就没有痛苦了！"

　　浆液上只剩下几个泡泡，接着，泡泡也破裂了，沉夜一怔，几乎把眼眶瞪裂。他又喊了一声："阿璇！"

　　没有人回答他，他的面前，只有数不清的浆怪。

　　"哈哈哈哈哈……"沉夜又笑起来，笑了一会儿，他咬牙切齿地喊："你活该，谁叫你把我的东西给他的！"

　　他英挺的面孔变得扭曲起来，胡乱挥舞着钢叉，像是癫狂了一样，浆怪们趁机抓住他的手脚，把他扯进浆液里。

　　渊底一片混乱，傀灵们笨拙地爬上岸，四下逃散，一个红色的影子突然停下来，在翻滚的浆液中转过身。

　　和其他傀灵一样，他没有清晰的五官，不过从佝偻的脊背看得出来上了年纪。

　　他向沉夜"看"过来。

　　像是感应到了什么，沉夜猛地一震，抬起头，瞬间，他如同被雷击中，停止了挣扎。

　　对视了几秒，他突然爆发出一声大喊："阿爹！是你吗？阿爹？"

　　不知道哪来的力气，他竟然甩开浆怪爬了起来。他

的衣服被腐蚀得千疮百孔，皮肉也被烧烂了，但他好像没有一点感觉，抓着双叉，向浆怪连连猛刺。

浆怪们被震住了，纷纷向两旁退开来。沉夜挥动着胳膊如同划水，硬是从红浆中游了过去。

上了年纪的傀灵随着浆液的涌动不住起伏，他努力站稳身体，怔怔地看着沉夜。

沉夜拼命扑过去，"抓"着傀灵的肩膀，眼睛眨也不眨地盯着他："阿爹，是不是你，是不是你？"

傀灵张了张嘴，眼睛部位竟然流出了两行血红的液体。

是的，没错！就算样子已经认不出，但亲人之间的感应却骗不了人！

沉夜把傀灵虚虚地抱在怀里，声嘶力竭地喊："阿爹！我找你找得好苦！"泪水从脸颊上滑落下来，跌进红浆里，化成一丝轻烟。

"阿爹，我带你出去！"沉夜小心地揽着傀灵，狠狠咬牙，拼尽全力跃了上去。他身上全是伤，每个动作都让他痛到面孔扭曲。他已经飞不了了，只能勉强地拖着腿走，两个人踉跄着，来到岸边的一块凝岩上。

沉夜双腿严重腐蚀，露出森白的骨头，傀灵伸手指着他的脚，只剩一个小洞的嘴巴不停地开合着，却发不出任何声音。更多的液体从他的眼睛里流出来，一滴滴落到地上，像洒了一串鲜血。

沉夜摇摇头表示自己没事。身体之痛，哪及得上

心里之痛的万分之一？他哽咽着问："族人们呢？他们……他们难道也在这里……"

傀灵怔怔地看了他一会儿，仰起脸来，发出无声的痛苦的呐喊。沉夜脸色煞白，身体一颤，差点摔倒。他恶狠狠地问："是谁，是谁把您弄到这里来的？是霓凰王对不对？"

傀灵嘴巴翕张着，看上去十分焦急，他用力推沉夜，惊恐地指向他身后。

浆怪们悄悄摸过来，像一群附骨之蛆。傀灵焦急地推着沉夜，让他不要管他赶快离开这里。沉夜死死抱住傀灵，咬牙切齿地说："阿爹，我不会扔下你不管的！这一次，我一定不会放手！"

他转过身，两眼瞪得滚圆，怒吼一声："滚开！"他疯了似的挥动钢叉，极度的愤怒之下，招数已经毫无章法。

突然，一条飞抓射过来，牢牢缠住他们，把他们拉了上去。浆怪们死死抓着猎物不放，金红色的光芒爆射，浆怪们哇哇痛叫，噼里啪啦地掉了下去。

沉夜身体剧烈地颤抖了一下，"阿璇？"他抬起头看过去。

不是。是一个白衣少年，拽着他们，流星般向上冲去。

寒霄拽着沉夜和傀灵很快冲上第二层。出口边缘，落紫云抱着肩膀正在不住张望。寒霄看到她，大声喊：

"四亲侯，快点，跟我上去！"

落紫云猛地抬起头，眼中露出刹那的喜悦，但很快，那点光芒暗淡下去，她轻轻地摇了摇头。

她是在拒绝？她不愿意跟他一起逃出去？

寒霄一阵焦急，腾出一只手，冲着落紫云又一次大喊："快跟我走！"

落紫云依旧没说话，她后退一步，把身体转过去，将瘦削的脊背对着他。

"你……"

为什么？

寒霄心急火燎，但这紧急关头不能耽搁，他只好狠下心来，猛地扭回头向上飞去。这时他突然瞥到，鹦鹩族长瘫坐在一个土堆旁，捶胸顿足又哭又号。顾不得计较那么多，寒霄又喊："族长，和我们一起走吧！"

鹦鹩族长却好像没听见一样，依旧抱着脑袋，声音嘶哑地喊："阿璇！阿璇掉下去了！"

寒霄心里一阵刺痛。他睁开眼睛的时候，阿璇已经没进了红浆里，无法抢救，自己只抓住了她的武器长索飞抓。

少女的音容笑貌在脑海中闪过，那是一张并不美丽，却温暖的、充满善意和希望的脸。可是现在，那抹冬日暖阳却被彻底毁灭在这深渊之中。

双拳紧攥，寒霄咬了咬牙："鹦鹩族长和族人们，

快点跟我走！其余人想走的就跟上！"

鹍鹎族人全部飞了上来，奴隶们不知所措地看着，眼神中露出恐惧和惶惑。寒霄叹了一口气，带着一串人飞上了第一层。

"阿璇啊，我怎么生出你这么个傻闺女哟……"鹍鹎族长又向渊底看了一眼，慢吞吞地爬起来，用力擦了把脸，跟了上来。

来到第一层，寒霄照旧问了一遍，十几个犯人振臂飞起来，跟随在他身后。

终于到了出口。寒霄一手抓紧沉夜，一手抽出冽寒剑。白芒外笼罩着金红色的光，刹那间迸射出巨大的能量，寒霄用力挥剑，劈向机关。

"轰——"

精钢碎片四下迸飞，螺旋状利刃被斩得粉碎，圆形的洞口出现在上方。

淡淡的月光照下来，清凉的微风拂过脸颊，渊外面，是漫天云彩和隐隐星光。

犯人们互相攥紧了手，不敢相信地看着，竟然没有一个人先动身。寒霄提起一口气，首先飞出洞口，大家这才跟着飞了出去。

踏上坚实的土地，大家忍不住欢呼起来，激动之下声音都是颤抖的——这么多年了，他们终于又看到了外面的天空！

# 八 问心镜

青鹏侯和银鹭侯也飞了上来，他们一跃拦在寒霄面前，青鹏侯手握雷丞斩，银鹭侯紧攥银轮钺，两个人对望一眼，却没有做出实质性的动作，只是盯着寒霄。

阿星和安泰正着急地等在外面，看到自家哥哥，顿时欢呼起来，一起冲了过来抱住了他。他们上下打量着，见寒霄没事才放下心来。

"阿爹！阿爹！"

惊慌的声音在他们身后响起，寒霄转过身，见沉夜怀里的傀灵身体蜷缩成一团，脑袋也垂下去，精神十分萎靡。

他已经不适应地面的生活了。

阿星吓了一跳，指着沉夜："这是谁？是人是鬼啊？"

沉夜恶狠狠地向寒霄伸出手，嘶哑地叫："把麒兽石拿出来，快点！"

阿星把腰一叉："你喊什么喊？是我哥哥把你们拉

上来的啊，你不感激他，还冲他这种态度！"他虽然没有下去悬鼎之渊，但从大家出来时候的情景中已经猜出了七八分。

沉夜置若罔闻，从地上爬起来，直扑向寒霄。他的脸被腐蚀得斑斑驳驳，鲜红的血顺着脸颊淌下来，显得十分狰狞。

"快点给我！"

"你要吃人啊！"阿星吓得连连后退，寒霄挡在他面前，向沉夜伸出了手。

麒兽石在他的掌心熠熠生辉。

阿星好奇地拱出头来，小眼滴溜一转，猜出这是个好东西，连忙拉寒霄的袖子："哥哥，你别把它给那个恶鬼！"

寒霄没说话，把麒兽石向前递了递。沉夜一怔，显然没想到他会这么痛快。他狠狠地哼了一声，一把抢过去，寒霄的手掌都被抓出了血。

"什么人啊！"阿星气得直跺脚。

安泰撕下自己衣服上的一条布料给寒霄包扎手，寒霄摇头说不用，他看着手忙脚乱的沉夜，心里五味杂陈。

麒兽石是蕴藏着巨大的能量，但它的性质是攻击而不是治愈，再说只有在自己手上才能激发出能量，在别人那里毫无用处。

这个人的脑袋看来已经不清醒了……不过，谁能对

着久别重逢，却转眼又要离去的亲人不悲痛欲绝？只可惜自己的木灵力已经损耗殆尽，如果还在，一定要试一试……不，这个傀灵太过虚弱，几乎一碰就碎，就算是灵力还在，恐怕也救不回来了。

麒兽石刚被转手，光芒就立刻消失，变成一块灰蒙蒙的普通石头，沉夜却像是没有看到，执拗地把它放在傀灵的头部——没有反应；又放在胸口，也没有任何变化；再放在腹部……

汗水和泪水顺着他的脸颊流下来，将血污冲成一道道沟壑，他回过头来冲着寒霄歇斯底里地吼："救他！你快过来救他！"

寒霄一语不发，蹲下身，从沉夜手里拿过麒兽石，麒兽石再次迸射出金红色的光芒。寒霄把它按在傀灵心脏的位置。

依然没有反应。沉夜大吼一声："拿过来！"又把麒兽石夺了回去。

寒霄差点被撞倒，阿星和安泰赶紧过来扶住他。

寒霄向两个孩子表示没事，他默默闭上眼睛，攥起双拳，好一会儿打开手掌，却只蕴出一点几乎看不见的绿色荧光。

他实在无能为力……

突然，衣服摩擦的窸窣声伴着一阵阴冷的风传过来，寒霄心里一惊，蓦地回头，一道细长的金丝从他面

前闪过。

金丝倏地缠住沉夜手中的麒兽石，沉夜又急又怒，紧紧攥着不放手。不屑的冷哼声响起，一蓬灵力光爆射过来，沉夜发出一声惨叫，身体飞了出去。

一个肩披青色羽毛披肩，头戴半面罩的女人，将麒兽石抓在手中，然后毕恭毕敬地跪下，呈给了悬浮在半空中、披着黑色幔幕的怪人。

七天将缝叶莺和霓凰王。

青鹏侯、银鹭侯及一众天翼兵立即跪地行礼。

"呵……"霓凰王嘶哑的声音响起来，"五块灵石凑齐……"

"还给我，麒兽石是我的！"沉夜挣扎着爬起来想要抢夺，天翼兵们一拥而上，把他打翻在地。

霓凰王向着寒霄、阿星和安泰抬了抬下颌，对金羽卫下令："带他们走。"

寒霄拉过阿星和安泰："去哪里？"

霓凰王冷冷地说："你不用知道。"

"你说过只要找到原因就放我们走！"

霓凰王冷笑："我现在又变卦了，怎么样？"

"你……"

简直卑鄙无耻！

金羽卫飞过来抓住阿星和安泰，两个小孩用力挣扎，寒霄的心紧缩起来。灵力几乎为零，又失去了麒兽

169

石，他根本无法跟他们对抗，不如见机行事。于是他用眼神示意阿星和安泰，叫他们不要轻举妄动。

阿星和安泰向来都听他的，于是只好乖乖束手就擒。沉夜还在嘶吼着讨要麒兽石，金羽卫把他和傀灵也一起抓起来，带着飞离了地面。

天亮了。

霓凰王骑坐在一头巨大的墨色十尾王鸾上。

鸾头高高昂起，睥睨着下方万物；两只翅膀大得像树盖，伸展开来遮住了浓烈的日光；十条尾翎波浪般在空中飘舞，如同浓墨在蔚蓝的天幕上肆意晕染。

阿星从没见过这样威风神异的鸟，忍不住发出一声感叹："好帅啊！"

安泰也挺羡慕，毕竟兵器坐骑这类东西对男孩有着无比的吸引力，只不过他使劲憋着不表现出来。

霓凰王微微侧了下头，冷笑一声。

安泰瞪了阿星一眼，阿星收回目光，回瞪安泰："帅就是帅嘛，我夸坐骑，又不是夸鸟人。"

四个人、一个傀灵被金羽卫抓着，不断升高，沉夜一个劲地大骂，被天翼兵抽了几次脸也不停嘴。阿星听着骂声，小脸上满是愁容，他望向寒霄，寒霄对着他轻轻点了点头，用口型告诉他没事，别害怕。阿星又看看安泰，安泰的眼中是"只要我们三个在一起就好"的神

情，小老鼠的心里立刻安定了很多。

没有人说话，只有风声呼呼作响，云气不断从身边掠过。飞了很久，前方浮云连绵，海浪般起伏，五团灰色、红色、青色、白色、黑色的影子在云团中慢慢显现。

又来到了云中众峰。

十尾王鸾仰头鸣叫一声，拍打着翅膀向下俯冲。金羽卫们也跟着不断降低高度，向位置最低的迷境峰冲飞过去。

之所以取名"迷境"，是因为这座山峰常年缭绕着灰色的烟雾，不到近前根本看不清样貌；不过有时候雾气实在太大，就算到了近前也什么都看不清。

霓凰王拍了下王鸾的脖颈，王鸾再次发出一声鸣叫，挥舞着巨大的翅膀降落下来，载着主人来到一个洞口前。

黝黑的山洞如同没有底的隧道，一阵低沉的呜呜声从深处传出来，像是有凶禽猛兽盘踞在里面。洞前依着山体伫立着一块巨大的石头，石头边缘凹凸不平，表面却异常平整，看上去如同经过了仔细的修整打磨。

寒霄几个人被扔在地上。

"这，这是什么地方？"阿星爬起来靠在寒霄身边，有些害怕地打量着。寒霄没说话，轻轻搂了搂阿星的肩膀以示安慰。

霓凰王从王鸾上稳稳地飞下来，看上去他依旧是那

个阴沉冷漠的怪物。但寒霄却敏锐地发现，他的手在轻微地颤抖。

霓凰王从宽大的袖子里摸出一件东西，缓缓打开手掌，是一个锦缎小包；打开锦缎包，露出四块小巧玲珑、颜色各异的石头来，他把麒兽石也放了进去。

那是……被天翼族霸占的各族灵石！

寒霄忽然心里一动。

刚刚落地的时候他就发现，大石上方有五个小小的椭圆形的坑，这怪物搜集灵石难道是要……

霓凰王一步步走向大石头，面对正中站定，他缓缓抬起手，一蓬五彩光芒托着灵石徐徐升起，嗖嗖几声轻响，灵石飞向石镜，对准小坑一一填了进去。

他专注地看着，像是与外界隔绝了一样。

阿星看看寒霄，又看看安泰，强烈的好奇心让他忘了自己还身处险境，小声问："他这是要干什么？看上去像是要打开什么机关……大石头下面有宝藏吗？"

寒霄沉默了一会儿，说："不是石头下面，应该就是这块石头。"

"啊？"阿星疑惑地问，"石头里有东西？它会裂开吗？"

寒霄没有回答，安泰向他使眼色："别乱说话了。"

阿星瞪了他一眼，不满地撇了撇嘴。

可是过了很久，阿星都没有看到想象中的大石裂成

两半，露出闪着耀眼光芒的奇异兵器和稀世珍宝。灵石还是没有光泽的灵石，大石头也依旧是灰蒙蒙的大石头。

霓凰王难以置信地后退了一步，声音少见地发着抖："不可能，不可能！明明说只要集齐五块灵石，就可以启动……"

话还没说完，只听见"噼啪"几声，灵石直接掉了下来，跌进泥土里。

阿星"扑哧"一声差点笑出来，安泰赶紧捂住他的嘴。

大家面面相觑，没有一个人开口说话，气氛有着说不出的诡异。

霓凰王低着头，尖锐的指甲磨挫得手掌心咔咔作响，他猛地仰起头，刚要发作，一声凄厉的喊叫陡然响起来。

"阿爹——"

阿星吓得一个趔趄差点坐到地上，他和寒霄、安泰转过身，怔住了。

沉夜跪在地上，他怀里的傀灵下半身正在龟裂，裂痕蔓延上去，下一秒，腰胸部变成细沙状，一点点随着风飘散。

傀灵的嘴巴张着，努力地要说什么，他的手艰难地抬起来，抚在沉夜脸上，留恋地不肯拿开。

沉夜脸色惨白，眼中满是惊恐："阿爹，不——"

他撕心裂肺地大喊，胡乱挥舞着双手，拼命抓着，想要把傀灵留住。

"阿爹，我不会让你走，绝不！"他的眼睛像要滴出血来，猛地抬起头冲霓凰王喊："把麒兽石给我，快给我！我要救我阿爹！"

霓凰王正焦躁着，根本不理睬他，几个侍卫扑过来，抓住沉夜，牢牢把他按在地上，喝令他不准乱喊乱动。

寒霄忍不住喝道："把麒兽石给他！"

霓凰王转过身，冷冷地瞥了他一眼："知道自己的身份吗，敢命令我？傀灵必须待在渊底，一旦离开，很快就会变成灰尘——是他自己无脑，怪得了谁？"

安泰也忍不住了，他心痛地说："就算没用，对他来说也是个安慰……那石头您拿去也没有用啊！"

"他算个什么东西，死活跟我又有什么关系，"霓凰王怒喝，"我现在很恼火，不想死就别惹我！"

傀灵的双手也碎成了斑斑点点，沉夜发出不似人声的嘶吼，疯兽般地挣扎，想要摆脱桎梏。

寒霄低吼："他们之所以变成这样，都是因为你的命令，你一个魔鬼又哪里知道失去亲人的滋味！"

"你说什么？"怪物面向他，全身笼着煞气，一步步走过来，"你说谁不知道失去亲人的滋味？"

最后一簇红影也变成粉末随风飞走，彻底消失在夜色中。

沉夜像是被抽掉了筋骨，顿时瘫软了，他被按着趴在地上，泪流满面。

他的两只手仍然保持着前伸的姿势，喃喃地，一字一字地说："我在天翼族忍辱偷生这么长时间，就是要夺回麒兽石，找到你们……阿爹，求求你别走，你走了就剩我一个人了……"

突然一个金羽卫叫起来："快看……哦哦对不起……主上恕罪，主上您看问心镜！"

大家被这声惊叫吓了一跳，不知道发生了什么事，一齐转身，看到眼前的情景，瞬间怔在了当场。

厚厚的灰尘消失了，大石头变成了一面明亮的镜子，并且镜面上隐约浮现出影像来。

原来这块石头叫问心镜，果真不同寻常。

霓凰王颤抖起来，他突然大吼："你们都不准看，滚，滚！"粗哑的声音几乎把人的耳朵震聋。

他的身后迸射出彩色光芒，瞬间凝聚成一只凤凰光影，美丽斑斓，绚烂夺目。寒霄第一次见到这传说中神鸟的样子，那一瞬间的冲击，让他眼睛都难以睁开。

光影张开巨大的羽翼，扬起脖颈冲着天空鸣叫，七彩灵力光猛地爆射开来，像是下了一场光雨。

"轰——"

巨大的冲击波砸下，逃跑已经来不及，寒霄下意识地挡在阿星和安泰前面，灵力光烟花般炸散，强劲的冲

力将三个人撞飞出去。寒霄狠狠摔在地上，头"嗡"的一声，昏了过去。

不知道过了多久，耳边吼叫一声接着一声，刚恢复了一点意识的寒霄，被这声音刺激得牙根泛酸，头皮发麻。

像是霓凰王。

他用力睁开眼睛，发现自己所在的地方漆黑一片，按上地面，凹凸不平的石头将手掌硌得生疼。视线逐渐聚焦，他撑起身体，焦急地四下寻找，忽然看见不远处地上卧着两个熟悉的身影，他心里一沉，爬起来跌跌撞撞地扑过去。几次差点被绊倒。

他扫了一眼，原来踩到的是横七竖八躺在地上的金羽卫和天翼兵。顾不了那么多，他几步扑到阿星和安泰的身边。

他跪下去，颤抖着，将手指伸向他们的鼻孔。

呼吸平稳顺畅，皮肤的温度也正常，又摸索着找到他们的手腕，试探到脉搏也跳得强劲有力。

应该只是被震晕过去了，没什么大事。他松了一口气，一下坐倒在他们身边。

平复了一下心情，稍做休息后，他蕴出仅剩的那点微弱灵力，在阿星和安泰的胸口推拿。阿星哼了一声，翻了个身，嘴里发出一句模糊不清的呓语。

他啼笑皆非，这小子！

吼叫声又响起来，像是恶毒的咒骂，还夹杂着悲愤和绝望。寒霄爬起来，小心地摸过去。

脚下不断踩到人的身体，看来所有人都被震晕了。

雾气缭绕，晦暗不明，他看到霓凰王在问心镜前来回踱着步子，咬牙切齿地叫："这不是我要的，这不是我要的！"像是疯癫了一样，早已没有了一族之主的风度。他指着石镜厉声咒骂："这都是些什么东西？滚，滚哪……"

巨大的石镜上，影像竟然在活动。

一群人簇拥着，像是在举行某种仪式，画面肃穆压抑，寒霄定了定神，仔细看过去，却瞬间怔住了。

他吃惊地发现，站在中间的那个人竟然是……自己！

不，那不是现在的自己，虽然只是侧面，但看得出个子明显高了很多——那是成年以后，二十几岁甚至接近三十岁的自己。

镜中的自己站在一座坟墓前，身后一圈身穿盔甲的人低着头，表情肃然。这些面孔有熟悉的，也有陌生的，看帽盔上的徽识都是陆兽族将士。而距离自己最近的，是……成年后的安泰。

成年安泰身材高大健壮，脸颊上有几道交错的疤痕，那应该是对敌作战留下的。寒霄一阵心疼。

自己是不愿他和阿星受苦的。他们是他唯一的兄弟和亲人，他宁愿自己多受些罪，也不想他们经历这世间

的严酷。他知道这很自私，少年毕竟要长大，长成男子汉，他们不是温室里的花朵，需要经历挫折，才能抵挡风霜严寒。可他就是怀着这样的私心，想着在自己力所能及的范围内，尽可能地多保护他们一些。

望着那画面，他的心里又有了一些安慰，这个时候的安泰，可以看得出已经相当稳重老成，算得上一个合格的兽族儿郎了。

……阿星呢？

竟然不在人群里。

他应该和安泰在一起才对，他们从小混到大，像连体婴儿一样，连自己都是后来才"插"到他们中间去的。

一定是跑到哪儿去玩了，小老鼠爱热闹不受约束，就算长大了也坐不住的。

想象着阿星成年的样子，寒霄忍不住转头朝着两个孩子躺着的方向看了一眼。

这家伙，年龄再大应该也还是一张尖尖的小脸，最多个子长了一些，性格肯定还是和从前一样，调皮捣蛋，嘴巴不饶人。想到这里，寒霄忍不住嘴角弯起一抹淡淡的笑意。

画面移动，寒霄的视线也跟着往下挪，他看到人群向两边闪开，中央显现出一座石墓来。

墓很大，庄重且不失华美，墓前立着一块碑，墓碑的上方，雕刻着一只老鼠。

活灵活现，栩栩如生。

寒霄的心突然一沉，笑容顿时凝固，他下意识地去看墓碑上刻的字。

那是……

犹如五雷轰顶，寒霄全身瞬间僵住了。

墓碑上刻的是 —— 骁勇大将军 阿星

骁勇大将军，阿星……

寒霄的大脑空白一片，已经不能思考。

……是阿星？

不，不！

问心镜上的成年寒霄回过头来，虽然他银冠华服，但双眼盛满忧郁，眉间染尽风霜。他对安泰说了几句什么，安泰却决绝地摇头，转过身，拨开人群走了。

寒霄惊讶地发现，安泰右边的衣袖竟然空荡荡的，被风一吹飘拂起来。

寒霄泥塑似的站着，被动地看着画面。

陆兽族将士们先后散去了，只留下他一个人伫立在坟墓旁……影像突然拉长，接着一道白光闪过，画面消失了。

寒霄猛地惊醒，只觉得后背一片冰凉。

衣服湿透了，是冷汗。

阿星的墓碑、安泰的断臂、成年后自己满是风霜的脸庞，都是那么真实！难道，那是将来要发生的事情，

石镜能够预示未来？

不！他用力摇头，仅仅是几个虚幻的画面，又能说明什么？这一定不是真的，不是！

石镜上光芒又开始闪烁，这次出现的却是沉夜和蝙蝠族长来到天翼后的经历，以及青鹏侯和银鹭侯一起作战，银鹭侯对青鹏侯倍加关怀的画面。寒霄心乱如麻，几乎没有看进去。

一声难听的吼叫响起来，震得寒霄耳膜生疼，霓凰王咆哮："不是这个，也不是这个！"

不是也没有了。

影像再次拉长，白光闪烁，镜子暗淡下来，变成最初灰蒙蒙的样子。

霓凰王像是被抽走了魂魄，他呆呆地站着："怎么回事，这是怎么回事……"

寒霄明白了，这怪物是想从问心镜中寻求一些答案，但是他想要的并没有出现。

他突然想到，问心镜不是因为灵石才显像的，那是因为什么？

# 九　往　事

　　就在这个时候，灰色的烟气徐徐聚拢过来，如同有了灵魂一样，在洞前飘舞缭绕。

　　烟雾一丝一缕地凝聚到问心镜上，石镜竟然再次映出影像来。

　　画面逐渐清晰。

　　一个身穿青纱长裙、头戴金丝镂空凤凰徽识的清秀少女，站在青翠的草地上。少女弯腰摘下一朵小花，放到鼻子下闻着，脸上流露出愉悦的笑意。

　　霓凰王僵住了，他一动不动地看着，仿佛怕一眨眼画面就会消失。

　　青衣少女显然很喜欢嬉戏玩耍，但轻松自在的日子少之又少，每天都有人跟在她身后督促着，或是侍卫，或是王室的嗣傅，她被逼着不停地修习灵力，很不情愿。

　　她很聪明，总是能找到空子，在那些眼睛看不到的时候偷偷溜号。她喜欢做其他普通少女爱做的所有事

情——去看婢女做针线，学刺绣；敷粉画眉梳妆打扮；跑出去采花摘草、逗弄鸟雀，在春日的草地上流连忘返。

她却不知道，那个气势有如魔神的人早已把这一切看在眼里。她目光阴鸷，充满了失望和厌恶。

那个人，就是乌凰王。

终于有一天，侍卫在乌凰王的授意下，将少女抓起来用鞭子狠狠地打了一顿。少女跪在地上，哭着请求乌凰王原谅。

寒霄看着不断变幻的画面，突然想到，这个少女应该就是乌凰王的女儿——青凰公主。

灵州十族的人都知道，上任天翼族主乌凰王有个独生女儿，也是唯一的承嗣，名字叫作青凰，不过年纪轻轻就殇亡了。广为传播的说法是体弱多病，常年卧床不起，后来病重不治，离开了人世。

可是这位公主怎么看也都是身体健康，很有朝气的样子。

镜子上的影像随着烟气的翻涌不住变化。

青凰公主不断受到惩罚，日子过得痛苦又煎熬。好在后来天翼族对外的征战多了起来，乌凰王忙于侵略扩张，放松了对她的管束。

画面突然一转，出现了天翼族同他族作战时的场面。

一个身穿碧绿色鎏金盔甲、肩披孔雀翎披风的人，戴着金色半面罩，手拿双槊，悬浮在半空中。天翼兵在

他的指挥下，宛如天兵降临，将对方打得毫无还手之力。

——孔雀侯。

这位亲侯，也是个男子，而且还位居诸亲侯之首。

天翼族女权天下，以前几朝做侯爵将相的男子也有，但寥寥无几，从没像乌凰王时期这么多，权位这样高。

孔雀侯从少年时期就跟着乌凰王征战南北，为她打下了无数疆土。这样看来，大家口中残忍暴虐的乌凰王也不是一无是处，最起码她是懂得如何用人的，为了天翼族的江山，她可以不计较性别出身，甚至来历，真正做到了唯才是用，人尽其能。

画面一幕幕闪过。

乌凰王对青凰公主满心失望，相反，投向孔雀侯的目光却越来越赞赏。

青凰公主却仍然不知道收敛。没了威慑，修习的时候她要么发呆，要么出神，越发心不在焉。

已经满了十六岁，却不愿像其他贵族王侯那样早早戴上面罩。她毫不在意大家对她的目光，她开始对另一件事情感兴趣起来。

她不时地跟婢女们打听着什么，婢女们被磨得没办法，只好把知道的都告诉了她。

她的脸红起来，眼神中透出向往。

趁着乌凰王远征未归，一天，她脱下王族服饰，换上普通姑娘的衣裙，带着贴身婢女悄悄离开了千羽宫。

　　她们躲开侍卫，飞向众峰中的袅雾峰，两人在袅雾峰上的一座林子前降落下来，林子旁边，石牌上刻着"无双"两个字。

　　寒霄忽然想起来，西海寒潭书库里的《十族地舆志》上记载，无双林是天翼族雄凤居住的地方。

　　雄凤通常被叫作"凤公子"。虽然是"凤"，地位却并不高，他们没有资格和凰王一起住在千羽宫，一直都在无双林生活，并且没有凰王的准许不能离开袅雾峰。

　　青凰公主好奇地张望着。这时，一个身穿浅绯色布衫，发髻上佩戴着一枚小小的凤徽识的少年，扛着锄头，提着满满一篮蔬果从小径上轻快地走过来。

　　《十族地舆志》提到过，凤公子的样貌大多俊美，位于十族男子之首——果然没错，这个少年长得好看极了，比很多姑娘都要好看。

　　那天晴光媚好，微风轻拂，无双林外绿叶如碧，花红似火。

　　蓝衣少女和红衫少年对望了很久，少年采下一朵开得正艳的三月春递到少女手中，少女低头笑了，轻轻将三月春戴在发髻上。

　　从那之后，青凰公主就经常偷偷跑去袅雾峰和少年相会。

　　那时的乌凰王正忙于跟水族争夺风波江以东的地盘，并没有察觉青凰的异常。战争一直持续了将近两年

的时间，天翼族最终胜利，不过死伤惨重；水族虽然臣服，却狡猾地不肯将风波江拱手送上。

付出这样大的代价却没能如愿以偿，乌凰王又恨又怒，但她已经无力再战。一向强硬的她感觉到吃了大亏，满肚子的怒火正没地方发泄，就在这个时候，她听说了青凰荒废修习，偷跑去衾雾峰的事。

乌凰王一掌拍在身旁的案几上，案几顿时"噼啪"碎裂，她当即命令自己的亲信金羽卫卫长带人去把青凰抓回来。

可没想到，金羽卫们扑了个空。

青凰已经听到了风声——她和那个名叫将离的少年怎么可能不明白触犯族规的后果？所以两个人商议了一番后连夜逃走了。

金羽卫最擅长捕风捉影，他们行动如电，很快在天翼族边境的山村里抓获了青凰公主和将离。

同时抓回来的，还有一个冰雪可爱的女婴。

当金羽卫将女婴高高举着送到乌凰王面前时，这位冷血君王怔住了。

女婴已经会说话了，她挥舞着短小的胳膊，哇哇哭着，含混不清地叫："阿娘……爹爹……祥天怕……"

她出生的时候，漫天霞光，彩云缭绕，一派祥瑞的景象，所以青凰和将离给她取名祥天。

青凰公主挣脱金羽卫的挟制，扑过去跪在乌凰王脚

下，哀求乌凰王把女儿还给她。

乌凰王半天没有回过神来。

她沉默着，大殿上静得可怕，一时间像是进入了寒冬。

"青凰啊，等到你继位以后想怎样都可以，你却非要急在这一时……"乌凰王开口了，声音阴冷得能将人冻僵。她站起来，转过身去，背对着青凰和将离做了一个手势。

青凰和将离的脸刹那间变得煞白，青凰跪在地上拼命磕头，鲜血染红了青玉石板。

"不思进取，难成大器！为了一个卑微的雄凤竟然违背我的意志，这样的承嗣，不要也罢！"乌凰王的声音阴沉地响起来，如同死神的宣判。

她像是不经意地挥了挥手，金羽卫飞过来，抓住两人向外拖去。

极度绝望之下，青凰公主哭着骂："你这个暴君，只会让人服从你，从来不理会别人的想法……强迫别人去干不愿意干的事，不会有好结果……"

可是下一刻哭骂又变成了哀求，青凰公主挣扎着，撕心裂肺地喊："我们违反了族规甘愿受死……可是母亲，求求您，求您饶了这个孩子，她来到这世上才只有一年，她的身上也有您的血脉，她也是您的子嗣啊……"

乌凰王充耳不闻，青凰公主和将离被拖出千羽殿，

很快就没有了声音。

乌凰王的目光又落在还哇哇大哭的祥天身上，她一步步走过去，掐着她细嫩的脖颈将她举了起来……

这时，一个人影匆匆飞过来。

雪白的锦袍，墨色羽翎拖地长氅，满头银发用一只嵌着红曜石的发箍箍住，发髻上的徽识，是一只展翅欲飞的仙鹤。

——一人之下万人之上的丞相丹墨雪，人称鹤相。她和鹰帅并称鹤相鹰帅，是天翼族两巨头，传闻这位年近百岁的老人，有着联通上古的能力。

她衣衫飘飘地落下来，跪在乌凰王面前："主上，臣有一言容禀。"

乌凰王咬牙："你也想犯上？"

鹤相恭敬地说："臣不敢。臣只想提示主上，这孩子身体里有非常强的灵力……不知您看到了吗？"

祥天小小的身体氤氲着一层彩色光芒，乌凰王哪会不知道这灵力的强大与奇异，只不过她一向强硬独断，只要决定了的事，就不会轻易改变。

"看到了又怎样？"

鹤相不疾不徐地说："这孩子的灵力比公主强了十倍不止，而且她是您的嫡传血脉……"

乌凰王冷冷地说："你还是不认同孔雀侯。"

"不是的。孔雀侯虽然是人中翘楚，又立下无数战

功，但他权力欲太强，我担心……将来我天翼的江山会落到旁宗别家手里……"

乌凰王的手指僵滞了一下，冷冷地说："可谁又能保证，她长大成人后不会成为第二个青凰？"

鹤相平静地说："有了前车之鉴，您可以更好地引导她，掌控她的人生。"

"旁宗别家，旁宗别家……"乌凰王的铁掌慢慢松开了。

看到这里，寒霄也忍不住松了口气。毕竟这么幼小可爱的生命，谁都不忍心看着被残忍扼杀。

"祥天，祥天……"乌凰王望着手中冰雪美丽的女婴，低沉地说，"不好，改个字吧——叫降天，我凰族子嗣，唯一的使命就是降服天下，统领十族！"

降天活了下来，但此后严酷的训练也加诸于这个年幼的女孩身上。

酷暑严寒不间歇修习、断绝食物和水磨砺忍耐力，最残忍的是进毒气池——用毒气激发潜力的方法自古就有，提升神速，效果明显，但其中的痛苦也不是普通人所能承受的。小女孩刚开始哭着不肯下池子，被推下去就爬上来，一次次反抗，又一次次被推下去，直到小小的身体一点点沉入深不见底的黑烟缭绕中……

降天一天天长大，模样也变得越来越美丽，只不

过性格冷漠阴郁，完全没有同龄女孩的天真活泼。她的灵力提升速度惊人，六七岁的时候就已经超过许多成年人，但乌凰王并不满意，她看着女孩那绝美的面孔，眼神冷厉起来。

坐在凰纹金椅中的君王扶着额头，全身笼罩在一片浓重的阴影中，过了很久，她缓缓站起身，走出千羽殿，飞往天宇峰。在密室里，她亲自动手，用了十七个夜晚，将嗔、怨、妒、怒等恶念凝聚在一起，注入强横无比的灵力，练成一道"黯容锁心咒"。

在一个深夜，趁着降天熟睡，她将恶咒悄悄种到她的身上……

女孩猛地惊醒，痛苦地大叫起来，在石床上不住地翻滚，乌凰王无动于衷地站在一旁。下一刻，女孩雪白的后脖颈上浮现出一只"眼睛"，乌凰王无声地念了句什么，紧闭的"眼睛"陡然张开，放射出妖异的黑金色光芒！

女孩惨叫一声，昏了过去。

从七岁开始，女孩的脸部变得丑陋，全身长出鳞片骨甲，性格也更加冷酷残忍。她彻底忘记了从前的一切，成了一个只知道疯狂修炼的怪物……

寒霄看得全身发冷，心脏紧缩。

他的目光移开，慢慢望向那个跪在地上的怪物。

　　霓凰王的喉咙里突然发出一声野兽般的号叫，她的上身伏下去，用力抓向坚硬的地面，尖利的指甲一只只折断，流出血来。她疯狂地摇着头，发出一声绝望的嘶吼："不——"

　　黑铁面罩"啪"地摔落在地上，丑陋的面孔再次露出来，在极度的悲愤下显得更加狰狞。

　　寒霄忍不住生出了一丝怜悯。看来，乌凰王对她隐瞒了青凰和将离的死因以及恶咒的真相，现在，血淋淋的事实在她面前剖开，她怎么能够接受？

　　这位天翼王在外人看来位极顶峰，权倾天下，但生命中充斥的却都是痛苦和折磨，她活得还不如一个普通人——

　　霓凰王嘶哑地叫着，声音凄厉，这时，突然从半空中传来一个温柔的声音："祥天，好孩子，别难过……"

　　霓凰王的身体一下僵住了，她颤抖着抬起头来。

　　问心镜中，隐约出现了一张脸，虽然不是很清晰，但还是能够感觉出是非常清秀温婉的一个女子——青凰公主。

　　青凰公主眼眨也不眨地看着佝偻地趴在地上的怪物，眼神中满是心疼："你……都长这么大了……祥天，阿娘很想你……"

　　"我……"霓凰王的嘴巴动了动，喉咙里溢出几个不清晰的音节。

青凰公主声音中带着哽咽，泪水难以控制地从脸颊滑落："祥天，别难过，我和你阿爹一直都在看着你……"

霓凰王猛地站起身来，伸出布满鳞片的手，想要去触碰青凰公主，却又犹豫着停在了半空中。

青凰公主用衣袖拭去泪水，强颜欢笑地看着霓凰王："祥天，过去的就让它过去吧，从现在起要振作起来，你的世界不能被阴云遮住，人，总还是要向着有光的方向走……"她的脸上笼罩着一层淡淡的光芒，柔和而温暖。

霓凰王哽咽着，喉咙像是被什么卡住了说不出话来，只是抖着手伸向那束光。

"忘记过去，你会开心很多，枷锁也会解开的……"

"可是我现在……我这个样子……"霓凰王抱着自己的肩膀，"我很孤单、很绝望，不知道该怎么办……"

"阿天，"一只纤秀的手的影子虚虚地从镜子里伸出来，抚摸上霓凰王的头，"人的样子不重要，重要的是内心。你要分辨清楚对错，不要被命运左右，总有一天会变回真正的你……我和你阿爹会一直陪伴在你的左右，你不会孤单的……"

霓凰王偏过头去，依偎着那只手，喉咙里发出一声受伤小兽般的呜咽。

突然，寂静的夜里响起了非常细微的碎裂声。

因为撕扯，霓凰王身上的幔幕大半边都滑落下来。

寒霄惊讶地发现，她肩背上那层厚厚的骨甲和鳞片正在破裂脱落，像是动物脱壳，后脖颈上恶咒的光芒暗淡下来。最后，那只眼睛慢慢地闭上了，在白嫩的脖颈上，像一道浅浅的疤。

一个少女跪在堆叠的骨甲鳞片碎屑上，慢慢抬起头来。

她是背对着这边的，所以只能看到她瀑布一样的长发和后背上露出的一点绸缎般的肌肤。

寒霄怔了一下。

从前他听说乌凰王崩殂后，由她的外孙女继位，但自从确定那满身长着黑色硬甲的怪物就是凰王后，他的印象就不知不觉地被带偏了，认为"他"就是一个丑陋的怪物，根本没把"他"和女性联系起来。

初见时的她跟现在简直天差地别。

寒霄又望向问心镜和跌落在地上的灵石。

原本以为她搜集灵石的目的是霸占灵力，但没想到竟然只是为了让问心镜显像，知晓身世和过往。

问心镜跟灵石毫无关系，那么是什么让它启动的？

那一幕幕痴嗔喜怒、怨妒哀乐在眼前闪过，寒霄忽然产生了一个想法。

假设自己和阿星、安泰代表的是友情；沉夜和蝙蝠族主象征的是亲情；青鹏侯和银鹭侯代表的是爱恋，那

一个少女跪在堆叠的骨甲鳞片碎屑上，慢慢抬起头来。她是背对着这边的，所以只能看到她瀑布一样的长发和后背上露出的一点绸缎般的肌肤。

么，启动问心镜的，应该就是这世间包罗万象、各种各样的——情。

冰冷的石镜，其实是一面有情镜。

青凰公主抹去脸上的哀伤，微笑着，虚幻的手抚过少女的发顶："阿娘最喜欢看到阿天这个模样，真是漂亮极了……阿娘希望你能一直这样美下去……"

降天呜咽着说不出话，忽然，寒霄发现青凰公主的影像正在变淡。

降天惊恐地叫起来："不，不……"她的声音完全变了，清亮婉转，有着少女应有的娇嫩。

画面消失，聚拢在镜子前面的云雾渐渐散开。

"阿娘——"

少女站起来，伸手拼命去抓，可是，最后一丝烟气也消散了。

"既然你已经成为天翼族主……那就带着我和你阿爹的那份希望好好活着，做一个贤明的君王……"

青凰公主的声音带着无比的眷恋和不舍，消失在雾气之中。

少女像是被抽走了所有力气，猝然倒在地上，但她依旧倔强地仰着头望着问心镜，肩膀抖动着："不……"

自始至终都没有放声哭，她压抑着，一些细碎的抽泣从胸腔低低地传出来。她就这样跪坐在地上，秀美的后背透出一股绝望的气息。

不知道过了多久，她的身子突然一僵，停住了抽噎。

她蓦地回过身来，目光正正地对上了寒霄。

刹那间，黑夜被照亮，美丽的容颜耀得他睁不开眼睛。

少女用衣袖狠狠擦了下脸，一双凤眼中，眸子如同剔透的琉璃，可现在，那对眼眸射出的却是阴狠暴戾的光。

寒霄看见，她的脖颈和面颊又发生了变化——细小的骨甲和鳞片再次蔓延上去，那面容，呈现出一种妖异的美丽。

她突然记起了什么，急忙低下头寻找，看到跌在一旁的面罩，弯下腰，一把抄起来戴回到脸上。

摄人的容光被遮住了，夜色又恢复了暗沉。

她直起身来，磨着牙，一字一句地问："你都看见了？"

寒霄没有说话，这个时候说什么都是多余的。

一股彻骨的冷意袭来，寒霄意识到了什么，他有一种不好的预感："他们都还昏迷着，除了我没有第二个人看到。"

降天冷笑一声："好——"

光芒爆闪，一条彩色的长索挟着尖锐的鸣声射了过来，寒霄这才发现，彩索的顶端是一只凤凰的头部——她的贴身兵器凰喙索。

凤鸣声划破天际，七彩光芒轰然炸射，盛怒之下爆发出来的力量仿佛能够碾压一切，寒霄想要躲闪已经来不及，或者说以他现在的状况根本躲不开，那股力量像

195

一座万钧大山，他已经被倾轧其中。

索端的凤凰陡然张开尖锐的喙，刺向寒霄的胸口——

一声闷哼，血花飞溅，在半空中划过一抹弧度，洒在地上，鲜红得耀眼。

那双水波盈盈的眼睛此刻只剩下杀气，降天手腕用力，凰喙索再深入几分。

少年的身体晃了晃，一个趔趄，跪倒在地上。

降天狠狠磨着牙："你必须死——"

痛到了极致接近麻痹，寒霄身体里最后一丝灵力随着这致命的一击消失殆尽。他抓着索，艰难地说："我生死无所谓，但请你放了阿星和安泰……让他们回陆兽族，这是你当初答应的……"

降天冷笑，声音中透着癫狂："妄想！他们一个都活不了！"

血液涌上头部，寒霄一把拽住了脖颈上的兽牙链。

鸽蛋大小的黝黑石块飞了出来，诡异地扭曲着，不断变换着形状。

——魔石。

这是他为陆兽族恢复生息源的时候，在青衣人的帮助下，从方圆千里的地下提炼出来的滓渣凝结成的石头，蕴含着毁灭性的辐射。青衣人用木灵力把它封禁起来，寒霄怕放在别的地方会带来灾祸，就把它带在身上，并不断施加灵力进行禁锢。

只要把封印解开一半，释放出的力量就能轻而易举地摧毁对方，不管那个人的灵力有多强。

但副作用更强，一旦启用，最后残留的辐射会对周围的植物和环境造成永久性的损害。

可降天冷漠残忍的话一出口，他控制不住自己了——谁都不能伤害阿星和安泰，管他什么后果，他就是想杀了这个魔鬼！

但是……

他的手松开了。

还是不行，他不能……

猛地吐出一口血，他的视线开始模糊，呼吸也紊乱起来。他用力抬起头，冷冷地看着那个嗜血的少女，拼着最后的力气说："出尔反尔，枉为一族之王……"

他身子一歪，倒了下去。

阿星，安泰，对不起，是我无能，保护不了你们……

想到还躺在地上的那两个身影，他的心痛得像刀绞一样，忽然辛辣麻痒的感觉蔓延上来——凰喙索上有毒！

这下，想要自救都不可能了……

他全身冰凉，逐渐沉入黑暗。这时，他的脑海中突然映出青衣人的身影。

青衣伯伯……

为什么独独想起了他？

意识模糊起来，下一刻，他坠入了无尽的深渊……

# 十　冰神的考验

　　混沌中，寒霄的身体上下起伏，像被海浪席卷着，进入一片无边无际的亮白。

　　光芒太过耀眼，他睁不开眼睛，但能感觉到刺骨的寒冷。

　　他喜欢这种温度，这让他感到无比熟悉，仿佛回到故里，回到了家。感受着水浪阵阵，冰块撞击的咔咔声传进耳朵，他疑惑着，这是哪里，冰海吗？

　　积蓄了点力量，终于睁开眼，果然，自己躺在一块巨大的浮冰上，周围是一片海水。

　　他侧过头去，看到远处冰山重叠，雪川连绵，是一个美丽的银装素裹的世界。

　　……自己怎么到这里来了？

　　他慢慢坐起来，却发现身体异常的轻，就像……

　　他诧异地看到，自己变成一个虚影飘了起来……不，不是变成影子，自己的身体还僵硬直挺地躺在浮冰

上，飘起来的是……魂魄？

难道自己已经死了？

他僵在了半空中，大脑一片空白。

身体被风吹拂着，慢慢靠了岸。

天空晴明，日光遍洒，在冰原算得上是好天气。寒霄无心欣赏，他挣扎着，努力地向下沉，想要复合到身体上。忽然，一团白光从空中徐徐降落，光亮越来越强，如同一轮耀眼的太阳，锁链撞击的叮当声传进耳朵，而后，从光团中徐徐走出一个人。

一个身穿青色长袍的中年男子，踏着虚空，衣衫翻飞地飘过来。

是他！激动之下寒霄几乎叫出声来——青衣伯伯！

青衣人来到他的面前。这一次，遮挡在他面前的雾气薄了很多，多少显现出一点脸的轮廓，但真正的样貌还是雾里观花。

不过，寒霄能够清晰地看到对方的眼睛。他发现，那眸子中透着极力克制的忧虑、责怪和心疼。

寒霄努力张了张嘴，他听到自己的声音像是来自远方："伯伯，您怎么会在这里，是您把我带到这里的吗？"

青衣人没有回答，他沉默了一会儿，问："这次，你知道哪里错了吗？"

他们第一次见面，他说的第一句话也是"你知道错了吗"。

这次是哪里错了？

按捺下惊喜，寒霄仔细回忆。

在十一渊，霓凰王问他怎样改变天翼族的现状，他的回答是释放被关押的犯人和傀灵，封禁悬鼎之渊。就是那个时候，霓凰王神情突然变了，把他推下坳去。

后来的事态一直朝着恶劣的方向发展，但如果想要改变天翼的现状，方法只有这一个，就算死一万次，他也还会这样说。

鬼门关前走了一遭，他被带到了迷境峰。本来，他可以装作昏迷逃过一劫，但他不愿做缩头乌龟，所以……

要说错，应该是错在这里了。

他微微低下头："知道。"

"谋定而后动，知止而有得。"青衣人说，"你太由着自己的性子了……只有自己安全无事，才能去完成想要做的事，尤其当其他人的性命也掌握在你手上的时候，就更不能任意妄为。"

寒霄垂下眼眸。

其实，在被霓凰王刺中的那一刻他就后悔了。

看到他的表情，青衣人微微叹了口气，不再说什么，他降落到浮冰上，蹲下身，动手掀他"尸体"上的衣服。随着动作，锁链又是索嘟索嘟一阵响。

寒霄的心被这索嘟声坠得沉了下去。

自从在陆兽族见到青衣伯伯，就把他当成无所不能，

神仙一样的人物，这次遇难，没来由地第一个想到的也是他。只是他好像没有考虑过，伯伯自己也正在承受着苦难……他为什么一直戴着锁链，是谁给他的这副枷锁？

心中沉重着，视线从青衣人的手移到自己的身体上，寒霄看到胸膛那里有一个海碗大小的伤口，呈黑紫色，已经严重溃烂。

"伯伯，"寒霄问，"我……是不是已经死了？"

"还没有。"

"那我现在……"

"你以为是灵魂离体了，对吗？不，你和我一样，只不过是识神出窍。"

和他一样？难道他也不是正常状态？

青衣人像是没有看到他诧异的眼神，收回手："那丫头的索上带着怨毒，你的心脏已经完全烂掉了，必须换一个新的。"

换心？

心主神明，如果换掉，那还是他吗？

青衣人似乎察觉到了他的顾虑，语气中透出安慰："如果用和你灵力同源的东西，完全可以。"

"……用东西换？"这更匪夷所思了。

"不过，那东西我未必能得到，"青衣人说，"还得靠你自己去获取。"

"请问是什么？"

"等会儿我会告诉你——跟我来。"

青衣人转身飞起到半空中。寒霄没有再多问，努力地跟上。

两个人一前一后匀速飘行，几片小小的雪花飞过来，穿过两个人的身体。寒霄望着青衣人被风撩起来的袍子，跟围绕在他周围的雾气不断分开融合，暗暗想：第一次见到伯伯的时候他就已经是识神状态了吗？自己竟然没有留意。

他打量着青衣人的背影，产生了要触碰一下的欲望，但他忍住了，那太不礼貌了。

两个人飘飘荡荡地向西飞去，飞了三四里，寒霄忽然感觉到哪里有些不对劲。他抬起头，全身的血液顿时凝固了。

蔚蓝的天空上，不知道什么时候出现了一个巨大的黑洞，黑洞的边缘在不断收缩，就像……有人在极力弥补，但黑洞本身却不停地扩张，两股力量在不断地拉扯。

寒霄看向青衣人，发现他像是没有察觉，依旧淡然地飞行。他加快速度向青衣人靠近，问："伯伯，那是什么？"

青衣人没有回头，回答说："是'灭元'。"

"灭元？"

"灵州大陆外面是什么你知道吗？"

寒霄摇头。他有些惭愧，因为他从未想过这个问

题。是跟灵州接壤的其他大陆，或者是海洋？

"你有没有想过，它的外面包裹了一层东西？"

包裹了东西？是什么？

"是结界吗？"

青衣人摇头。

寒霄抬起头望向天空，地界之上是天空，要说有什么包裹着它，那就是天空了。

"对，不过确切来说叫'寰宇'，那是一个非常大的空间，大到没有边际。"

纵然身处在这样的境地，寒霄仍然对类似的话题无比感兴趣，他凝神听着。

"整片灵州大陆都被一层类似灵气罩的东西保护着，叫作'玄天气伞'。寰宇中存在着无数带有邪佞能量的东西——碎片、灵体，还有许多蕴含辐射的金属渣滓，你虽然看不见，但确实存在，它们都被玄天气伞挡下来了。"

这不是跟结界一样吗？

青衣人说："跟人为制造的结界不一样，那是万万年来自然形成的，是寰宇赐给我们的无价之宝。生灵纪之所以出现这个黑洞，是因为人们过度攫取灵气，导致环境失衡，邪佞力量渗透，玄天气伞被腐蚀破坏……"

没错。

水族、天翼、陆兽都在不同程度地透支灵气，只因为愚蠢的贪欲。人们察觉不到带来的危害和后果，或者

不愿去想，但大自然的报复已经开始了。天翼人咳血、陆兽族土壤风沙化、水族族民畸形……哪一桩不是人类自己种下的恶果？

"你也不用过于担心，"青衣人好像知道他在想什么，"自然界说脆弱也脆弱，说坚强也坚强，她用博大的胸怀包容着一切。虽然灵气在大量损耗，但她也在不断生成，尽量维持平衡。"

"不过真到了无法弥补的那一天，灾难将是毁灭性的。"青衣人望着寒霄，"你从出生的那一天起，就注定将要肩负起常人难以承担的重任。我一再救你，是不想让你……中途殇折，以至于无人担这个担子。"

自己这样重要？自己可以担这个担子吗？一直的愿望就是能够消除邪佞，保护无辜的人类和生灵，不过这个责任太过重大，以自己现在的能力，能担得起来吗？

青衣人似乎有些于心不忍，顿了顿又说："现在还有其他族在干着比掠夺灵气还要邪恶的勾当，这也是灭元在不断扩大的原因。我希望你能将他们找出来，加以阻止。"

寒霄郑重点头："好。"天翼族就是其中一个，女魔头用十二渊奴役压榨族民，所作所为令人发指！其他的自己将来可以到处游历，暗暗查探，所以一定要活下来，阿星和安泰还在等着自己，自己还有很多重要的事要去做！

这时青衣人忽然说："到了。"

一片冰川出现在面前。

高达千米，晶莹剔透，如同一块巨大的没有被开采的水晶，美丽又壮观。

"有个传说你知道吗？"青衣人说，"上古有五位神，居住在寰宇之中，他们的职责是调节天地灵气，维持万物平衡。另外，还有三位雷神、风神、冰神，是副神，但职责同样重要。"

寒霄点了点头。

"冰神守护极南冰原的时候，每天最喜欢的事就是打坐调息。后来他离开了冰原，呼出的气息却沉积下来，吸附天地精华，千年后凝成了一块冰魄。"

这个传说他真不知道。那么神奇吗？

"那冰魄就在冰川下面，"青衣人俯视着，"用它代替你的心脏再好不过，不过需要你自己去拿，我帮不了你。"

"明白了，多谢您的指点。"寒霄恭敬地行礼："伯伯，我能不能问您几件事？"

青衣人沉默了片刻："你问。"

"是您把我从天翼族带到这里来的吗？"

"不是。我的识神不能像从前那样到处游走了，只能待在这里——是鹤相把你送来的。"

"鹤相？"这个答案倒是出乎意料。是天翼族一人之下万人之上的鹤相吗？怎么会？

"这其中的前因后果她会告诉你……你下到冰川最

底就看到冰魄了，这就动身吧。"

"好。"虽然青衣人已经在催促他了，但寒霄还是打算将压在心底很久的话问出来，他怕后面没机会了。"伯伯，为什么每到危难时刻，您就现身相救？您和我是不是有什么……"

……渊源。

他对青衣人有种莫名的熟悉，而且他们拥有同样的原生木灵力。但对方是这样一位神仙般的人物，他自惭形秽，那两个字说不出口。

青衣人像是没有听到他的话，他语气平淡，不带半点感情："你的肉身正在快速地腐烂——你去取冰魄，我为你的身体祛毒，时间紧迫，快去吧。"

他这是在拒绝回答，但也是事实。寒霄明白了，他黯然地说："多谢伯伯，有劳了，我这就去。"他再次行了一礼，转身向冰川下飞去。

青衣人滞了一下，在他身后嘱咐："你现在的形态连魂魄都不如，而那冰魄是'活物'，你要多加小心，千万不要将识神弄散……"

活的？

这些话一句比一句不可思议，如果不是从伯伯口中说出来，他根本不会相信。

寒霄转身点头："是，我会小心的。"

青衣人没有再说话，站在空中看着他，直到寒霄的

身影消失在冰川中。突然，青衣人身体倾斜，一个趔趄差点栽下去，他深深吸了口气，稳了好久才又挺直了脊梁。

寒霄很快到达冰川底，这里寒冷异常，空荡荡的，什么都没有。

脚底的冰面晶莹剔透，光滑得像一面镜子，这时，诡异的事情发生了。

冰面上突然浮起了一张巨大的人脸，面色铁青，双眼紧闭！寒霄连忙飞起在半空中。

仔细看，寒霄发现那张脸是在冰层下面的。他忽然想到，这是不是青衣伯伯说的冰神？

突然，耳边嗖嗖声响起，一股冷寒的气流从背后袭来。寒霄猛地转身，一大片冰刃雨点般射下，他急忙闪避，总算躲了过去。可是，冰刃不等落到地面，又齐刷刷地转弯再次射来。

全身轻飘飘的没有一点重力，寒霄的灵活性比从前差了不是一点半点，"嗖"，一把冰刃斜着斩到，他躲避不及，肩膀被生生削下了一块！

没有想象中的疼痛，识神是没有痛感的，但是强烈的阴寒却从肩胛透了进来，直冲进五脏六腑。

他剧烈颤抖起来。

他记起青衣人的话——千万不要将识神弄散。他不

敢停歇，再次跃起，但冰刃更快，几乎在他跃起的同时直插而下，将他牢牢钉在冰面上。

他的全身瞬间麻痹。

他苦笑了一下，竟然被自己最熟悉的寒冰灵力给击倒了。白光爆闪，他的身体割裂开来，纸片一样零零落落地撒在冰面上。

他忍不住叹息一声，这岂止是弄散啊，都成碎片了。

"呵呵呵呵……"一阵冷笑从冰面下传上来，不屑，冷漠。片刻之后又消失了，周围一片寂静，像是幻听。

寒霄心里一动，自己还有意识，识神就没有散，自己没有输！

他冷静下来，稳定心神。

散落的碎片一点点移过来，慢慢收拢，重新凝聚到一起。只不过，刚合起来的他有些扭曲，甚至一些碎片还在左右拉扯。

"呵呵……"又是一阵冷笑。

"索嘟嘟"冰块撞击声在这空旷的冰川底分外响亮，一条冰雕锁链拔地而起，向寒霄卷过来。寒霄刚刚恢复，哪里躲得开，立刻被牢牢地捆起来，紧接着，又有若干条冰链从冰面上凸出来，带起了无数雪沫冰屑。

寒霄被捆成了一只白粽子。

冰链越收越紧，他被勒得变了形，宛如一串糖葫芦。他感到胸闷头涨，下一刻就要窒息了，难以形容的

痛苦不断冲击着大脑，他闭上了眼睛。

刚才被斩得粉碎都没有一点痛感，这锁链实在不简单。但这次他没有慌，他不跟它抗争，只是默默忍受着，让意念在四肢百骸徐徐游走。他想象着自己是冰海中的水，围绕着坚硬的冰婉转流淌。

他没有看见，他的身体正在变形，就像是一团液体，沿着冰链流动。

一声轻笑响起来，若有若无，冰链索唰唰缩了回去，没进了冰层里。

寒霄摔下来，识神恢复如初，他半跪着，急促地喘息。

没等他喘几口气，偌大的冰川底忽然平地起风，银白色的烟气旋卷着向中央凝聚，瞬间在他面前形成了一颗拳头大小、晶莹剔透的冰块。

阳光投射下来，冰块放射出璀璨的光芒，寒霄被耀得睁不开眼睛。

冰块里面，凝聚着一小团白色的气体，气体有规律地收缩着，使得它看上去像是一个有生命的活体。

难道这就是……冰魄？

经过刚才的一番曲折，寒霄产生了戒备之心，他没有随便动手触碰，只是谨慎地打量着。

冽寒剑还在肉身上，手边没有任何工具。他向四周瞥去，看到不远处冰壁上翘出了一角山石，山石上，长着一株寒地毛篙藤，藤蔓还算粗长。

识神里还残存着一点原生木灵力，非常弱，但召动一棵小小的植物足够了。

他抬起手对着毛篙藤轻轻勾了勾，毛篙藤动了，然后，它沿着冰川纹路缓缓爬下来，向着这边移动。

不一会儿，它来到寒霄脚下，寒霄抬了抬下颌，毛篙藤的藤蔓如蛇一样直立起来，向着冰魄钩缠过去。

寒霄突然终止了指令。

这块冰魄不用看就知道蕴含着强横的力量，一棵小小的毛篙藤能有什么用？说不定还没碰到就被冻成了齑粉。

没有必要白白搭上一条小生命。

寒霄对着毛篙藤轻轻摆了摆手，毛篙藤滞了一下，慢慢缩回去了。

寒霄靠近冰魄，将手小心翼翼地伸过去。

突然，一股巨大的吸力袭来，冰块、雪屑如同被漩涡旋卷着，铺天盖地地砸了过来。他顿时飞了起来，像一片枯叶一样被吸了过去。

"呼吸……"那个冰冷的声音再次响起，这次清晰了很多，"问你一个问题……人类刚诞生时，是先呼还是先吸……"

寒霄半个身体都已经陷进了漩涡，但大脑还尚存着意识。

先呼还是先吸，这不是跟先有鸡还是先有蛋一样的悖论问题吗……

"我来告诉你，当然是先吸……生命体天性自私，

或者说是本能的求生欲……"冷寒的声音说,"冰魄是呼吸产生的气体凝聚成的,它的特性是得不是舍……你怎么可能得到?你被骗了……"

被骗了?

不可能……

伯伯不可能骗自己,绝对不可能……

这是寒霄最后的念头,随后,他的眼前一片亮白,一切都成了虚无。

不知道过了多久,意识慢慢浮上了水面。

还是什么都看不到……突然一个激灵,寒霄心里迸上一个念头:不是自己不存在了,因为自己还能感受,四周全是光亮,所以自己认为是虚无。

既然是这样,就不能坐以待毙。

——冰魄是呼吸产生的气体凝聚成的,它的天性是得不是舍……

——呼吸……呼吸……当然是先吸……

——……你被骗了……

耳边不断回响着那个人的声音。

寒霄发现这段话是自相矛盾的。既然是呼吸,那么有吸当然就得有呼,两者缺一不可,否则生命无法继续,怎能说冰魄的特性是得不是舍呢?对方是想以此来打消自己要得到冰魄的念头,但他没有考虑他举的这个例子不够恰当,并没有说服力。

所以，不是伯伯骗自己，是他在骗自己。

这时，寒霄感觉到一阵有规律的收缩，他被轻轻挤压着，仿佛在一只心脏中。

他放弃挣扎，开始顺其自然。这个空间"吸"的时候他不抗拒，任凭它将自己"吸收"；"呼"的时候他放松自己，循着规律跟着一起呼吸。反正已经到这一步了，还有什么能比这更糟糕？

"呵呵呵呵……"低沉的笑声响了起来，那个人的声音遥遥地传过来，"聪颖冷静，怀有仁爱之心……上面的，这孩子真是不错，别在这里耽搁时间了，该做什么就做什么去吧……"

光亮再度加强，寒霄忍不住闭上了眼睛，紧接着，他感到身体一轻，自己被抛了出来。与其说是"抛"，其实更像是"托"，他被托着徐徐放在地上，脚下踩上坚硬的冰面。

他睁开眼，看到那颗冰魄周围缭绕着白雾，在他面前滴溜溜转动。伸出手，冰魄轻轻落在了他的手掌心上。

他低头看向冰层，却发现那张巨大的脸不见了，他躬身行了一礼："寒霄谢过冰神前辈。"

没有人回应，寒霄再次躬身后，捧着冰魄飞上了冰川。

# 十一　同鹤相的约定

青衣人衣带飘飘地站在川上，看到寒霄上来，赞赏地点了点头。

欣喜是有的，但寒霄一向情绪内敛，脸上看不出太大的变化。他恭敬行礼："多谢伯伯。"

青衣人淡淡一笑："谢我做什么，那是凭你自己的本事得来的。"

寒霄不擅长辞令，所以没有多客套，只是说出了刚刚想到的一个疑问。

"伯伯，我有种感觉，这颗冰魄跟我的洌寒剑气息非常相似。"

"没错。"青衣人的嘴角带着笑意，"这两样东西的确是出自一个人之手。"

"什么？"

"当年冰神路过西海，恰好看到海底火山群喷发，水族像是在沸水中煮，他于心不忍，于是将他珍爱的兵

器'冽寒'投了下去，封住了火山。"

寒霄有些难以置信，他跟冰神竟然有这么大的缘分，先是得了他的兵器，后又得了他的冰魄。

两个人说着话，飞回到停放身体的岸边。

青衣人蹲下身，取出了一把匕首。匕首是透明的，短小精巧，跟冽寒剑的材质非常像，只不过一长一短而已。

拉开沾满血污的衣服，青衣人将匕首对准寒霄心脏部位刺了下去。

锋利的刃拉过皮肉发出轻微的哧声，青衣人小心地拨开寒霄的胸腔，左手探了下去，一会儿，像是握住了什么东西，冰匕首跟着在胸腔里面轻轻切割。

青衣人直起身，手上多了一样东西。寒霄看过去，见自己的心脏已经严重腐烂变黑，看不出本来的样子——怨毒是人的怨气和憎恨凝聚起来的，那个魔头的怨气是有多重！

青衣人把它扔进冰海，然后掬起水清洗胸腔里的血污，不一会儿清理干净，青衣人端详起那片变得黑紫的皮肤来。

他是想解毒吗？

鱼袋里有天净花，是粉蝶部族小公主盈儿给自己的，能解百毒，可以试一试。他刚要蹲下身去拿，就看见青衣人的手上蕴起了莹莹绿光。

灵力光凝成一缕一缕，如同藤蔓般伸展缠绕，将寒

霄全身包裹起来。

毒素在以肉眼可见的速度消退，皮肤的颜色渐渐恢复正常——伯伯的木灵力竟然可以解毒！

寒霄的心底忍不住涌上一阵羡慕，自己什么时候才能达到他的境界呢？

青衣人缓缓地将冰魄放进寒霄的胸膛里。他抬起手，指尖白光闪烁，瞬间凝成一根冰针，他捻着冰针，小心地扎了下去。

针尾拖着银白光线，将胸口一点点缝合起来。

"别看它是由气体凝聚成的，但却坚硬无比。因为是冰神的气息化成，所以有个别名叫'冰神之心'。"青衣人用少见的、调侃的语气说，"以后就算再给人家刺穿胸膛，心也碎不了了。"

寒霄哭笑不得。

青衣人指尖轻轻一挑，冰针消失不见。他对寒霄说："躺回去吧。"

"是。"

寒霄按照他的要求，走到自己的身体旁，站在脚部位置慢慢躺了下去。

青衣人重新蕴起木灵力，在寒霄的经脉中游走，全身循环一周后涌向冰心，和冰心的灵力融合，然后流出，涌向四肢的每条神经。

循环几遍后，寒霄的脉搏开始跳动，体温逐渐回

升，身体各部分机能依次恢复。青衣人收回手，平静地看着他。

"冰神之心蕴含着极其强大的灵力，希望你能好好利用它——你以后路上的磨难还很多，比起来这不算什么。"

为什么这话有告别的语气……难道他要走了？

寒霄想坐起来，却发现身体还动不了。要开口，嘴唇却只能微微开合，发不出半点声音。

青衣人像是没有看到他脸上的祈求，声音没有起伏地说："我不可能每次都帮你，今后你遇事一定要三思而后行……就算你还未成年，也要把自己当成一个男人看，因为你肩上的担子很重，根本没有时间慢慢长大——你要记住，你是一个和别人不一样的人。"

寒霄心里着急，拼命动着嘴唇，却只能发出几个嘶哑的音节。

青衣人看了他最后一眼，目光中露出一丝难以察觉的不舍，但很快那点情绪就消失得无影无踪。

云烟缥缈，青衣人抬脚踏进了白色的光圈中。

寒霄屈伸了一下手指，发现已经能动了，他撑起身体，用尽力气坐起来，张开口喊："请您……"

留步。

青衣人连同光圈一起消失了。

寒霄的心像跌进了空荡荡的谷底，他的手僵在半空中："为什么不给我机会……让我多了解您……"

冷风旋卷着雪屑刮过，没有人回答他，只有风在不停地呜呜。

寒霄从失落中回过神来，他低下头。

胸膛上只留下一道痕迹，很淡，根本看不出曾经被割开过。

现在这里面跳动的，竟然是一颗冰心……他将手按上去感受了一下，搏动强健有力，跟从前没有什么区别。

不同的是，身体里的木灵力在不停地汹涌波动，像是要胀开来。更让他惊讶的是，原来只存在于右胳膊的寒冰灵力，现在竟然转移到心脏，好似百川归海，强悍得如同蓄势待发的冰原风暴。

正如伯伯说的，这颗冰心是一个宝藏，能够源源不断地产生能量。

望着青衣人消失的方向，他的心里涌上惆怅，但他不能让自己陷在这种情绪中，他还有很多事要做。

他强迫自己收拾好心情，召出冽寒剑撑着身体站了起来，伸手摸向怀里，还好，飞翎还在。他环顾了一下四周，青衣人说是鹤相送他来的，可是茫茫冰原不见一个人影。

这里距离天翼族将近万里，他得抓紧时间往回赶。就在这时，一个稳重清雅的声音忽然在他身后响起来。

"恭喜你重获新生——寒霄，我们回去吧。"

他吃了一惊，转过身。

　　一位婆婆无声无息地站在他的身后。

　　雪白的松枝云纹长袍，肩上披着墨色羽毛拖地长氅，脸被银纹面具遮住，满头银发用一只镶嵌着红曜石的金发箍箍着，发髻上的徽识，是一只展翅欲飞的仙鹤。

　　她悬浮立着，衣带飘然，银发白袍和冰雪相掩映，全身笼罩着淡淡的光芒。

　　寒霄在降天的过往中看到过她——鹤相。

　　原来真是她送自己来的。

　　在外族人的印象中，她和另外一位巨头鹰帅都很少露面，神秘感不比凰王差多少。若是别人，见到这样神仙一样的人物，恐怕紧张到话都不会说了，但寒霄天性沉稳，他不慌不忙地行了一个礼："多谢鹤相送我来这里。"

　　"不必客气。"鹤相微微欠身回礼，她望着寒霄，用征求的语气问："那么我们这就启程？"

　　身为丞相，却这样平易谦和，一时间倒让寒霄有些难以适应。

　　鹤相淡淡一笑，向远处招了招手，鸟鸣响起，一队身穿重铠的金羽卫牵着一辆车和一头坐骑飞了过来。

　　他们是跟着一起来的，应该是在自己换心的时候，被命令守在远处的冰丘后面不得靠近，这会儿得到指示才敢过来。

　　车是一辆由四头鬼脸鸷拉着的紫椆车。

鬼脸鹫是大型猛禽，性子高傲，难以驯服，但它四肢强健有力，耐受性好，用来拉车再好不过了；车厢上则雕刻着繁复的图案，并镶嵌了金丝，连帷幔用的都是上好的锦缎，十分奢华。

这样的车驾，是亲侯以上甚至凰族才能乘坐的。

鹤相微笑着抚摸了一下为首的鬼脸鹫："回去的时候也要飞得稳一些啊。"

几头鬼脸鹫垂下头，发出低低的鸣叫声，温驯得像小朱顶雀。

寒霄道谢，问："丞相，我的两个弟弟怎么样了？"

"他们很好，你放心。"

寒霄点点头，再次行礼。这位天翼族三朝元老德高望重，在十族中都有着极高的声誉。虽然他们是第一次见面，但他对她的话却是没来由地相信。

他又问："为什么您会来送我？"他一个无名小辈，而鹤相地位这样高。

鹤相用开玩笑的语气说："怎么，我不够资格吗？"

寒霄连忙说："不敢。"

"我们边走边聊吧，节省时间。"鹤相淡淡地笑了，"除了你的两个弟弟，还有别人也在等着你。"

别人？

寒霄想不出谁还盼着他回去。

他看着鬼脸鹫紫桐车。来的时候乘坐它，那是他不

省人事，无法行动，但现在身体已经恢复，一个大男人再乘坐显得也太……娇弱了。但鹤相在一旁注视着，他只好迈了进去，他不想在这件事上争论，浪费时间。

寒霄轻轻撩开幔帘，见车厢旁的云气化成束束白烟，飞快地向后掠过去，鬼脸鸳紫桐车载着寒霄腾空而起，金羽卫分列在两旁跟随。

人都说天下飞得最快的鸟是雨燕，千里路程喝杯茶的时间就到，可鬼脸鸳的速度丝毫不输它，拉着笨重的车子一路疾飞如闪电。过了一会儿，寒霄啼笑皆非地发现，金羽卫都被甩得没了踪影。

"你才刚恢复，把头缩回去些，当心吹着了凉。"

温和的声音传来，鹤相满眼关切地望着他。

还真把他当成娇小姐了。寒霄有些尴尬，不过看得出来，这位老人是真关心他。

"现在，你有什么想问的就问吧。"鹤相慢条斯理地说。

原来她是故意支开金羽卫。

"是。"寒霄微微欠身，"那我就冒昧了。丞相，您怎么知道把我送到冰原可以救命的？您认识青衣伯伯吗？"

鹤相微微一笑："我不认识他，但的确是他让我把你送来的。"她从容地说："大家都说我有达古通今的能力，你知道吗？"

　　寒霄轻轻撩开幔帘，见车厢旁的云气化成束束
白烟，飞快地向后掠过去。鹤相关切地说："你才刚
恢复，把头缩回去些，当心吹着了凉。"

“知道。”

“其实我哪有那样的神通？不过是在很久以前，我接到过几次神秘的谕示，谕示里的警告后来都一一应验，才让大家认为我能够未卜先知、通晓天兆。而谕示提醒说要保密，不能告诉别人，所以我才枉担了这虚名。”鹤相娓娓道来。

“不过只有这次谕示是让我来救人的——就是救你了。”

是这样？

“神谕通常都是由上古神下达，所以，如果我没猜错的话，这位青衣人就是木神……”

寒霄一阵激动，几乎立即将赞同喊出口。他早就这样想过，因为不管从哪方面看伯伯都不像是普通人。

他很想再打听一些伯伯的情况，可鹤相已经说了不认识，他也就不好多问了。

“丞相，那几次神谕是什么？”

“是七十年前伏地兽族陨石降落，五十二年前水陆双栖族中央地陷，以及花叶族天火降临。”

这几次耸人听闻的天灾寒霄都知道。他突然想到一点：“您说神谕要保密，但您……为什么告诉我？”

“哦，”鹤相眼神温和，姿态娴雅，“因为神谕说，你可以知道。”

寒霄微微吃惊：“真的吗？”

鹤相点头，望着他：“我曾力谏主上留下你，你知

道为什么吗？是因为最让我震惊的一个神谕。"

"什么？"

鹤相抬头望向苍穹，满眼忧虑："神谕说，灵气被掠夺、土地恶化、生息源枯竭……长此以往，不仅天翼，甚至灵州十族、更远的每寸土地，都会生灵灭绝，万物覆没……"

寒霄生生打了个冷战，心中如同经历了一场惊天动地的地震。

埋在脑海深处，一直担忧着却不明朗的那个念头，这时浮出了水面。

从前，当看到被有毒食物、恶劣环境毒害着的族民会心痛，想拼尽全力改变他们的命运，那时还以为是自己天性悲悯，见不得别人受苦。

现在看来，不全是。

那在心底的念头，其实是一种恐惧，是对"如果继续这样下去，人类和人们生活的环境会不会被毁灭"的恐惧。只不过因为自己心智还不成熟，眼界也不开阔，根本不敢这样想，所以那个念头才一直模糊地存在着。

而鹤相的这番话，像是一道亮光，击穿了厚厚的迷雾，原来，自己的预感是真的。

"所以，还请你委曲求全留下来，帮助天翼祛除毒气。我实在不愿看到谕示里的结果……我知道你能做

到，也只有你能做到！"

寒霄沉默了。自从十二渊的秘密被揭开，人们的惨状就总在眼前晃动，他又怎么可能无动于衷？但答应了又怎样，女魔头乖戾蛮横，谁的话都不可能听进去。

见寒霄并没有拒绝，鹤相说："我知道你的顾虑，这个你完全不必担心，只要你留下，我会说服主上封渊。"她微微一笑："其实有些事情真和你想的不一样……这次送你来冰原，是主上立即就同意了的。"

她同意？

寒霄心里冷笑了一下。她几次对他痛下杀手，怎么可能救他？只不过是鹤相从中斡旋的结果——这位老臣在忙于政务的同时还得为女魔头粉饰遮掩，事事打圆场，这丞相做得也是辛苦。

仿佛知道他在想什么，鹤相摇摇头："真不是那样，再说，变成今天这个局面也不是她自己能掌控的。"

见寒霄仍然一语不发，鹤相轻轻叹了口气。

寒霄心里内疚。不是他信不过鹤相，而是女魔头喜怒无常、朝令夕改，他怕她中途变卦，那样受害的还是无辜的族民们。

鹤相忽然将两手叠起按在胸前，向着寒霄深深地弯下腰去。

寒霄连忙说："丞相请不要这样。"

一位百岁老人对着他行这样的大礼，他受不起。他

想阻止，但在高速飞行中也只能隔空做出扶的姿势。

"那么你是答应了？"

寒霄滞了一下，点头："我答应。"

接下来就要面对许多难以预料的困难了。

鹤相黯淡的眸子迸发出一丝光彩："太好了。"但她又忧虑地说："我担忧的是，封渊必须释放傀灵，可傀灵一旦上到地面，很快就会魂飞魄散。"

寒霄说："我考虑过这件事。之前我的想法是让他们待在天翼族生息源附近，那里灵气旺盛，能够滋养他们，只要不暴露在阳光下，还可以存活三年……"

鹤相认真听着，目光专注。

寒霄感受着胸腔里汹涌的灵力："但现在，我有把握为他们再造一层皮肤，将他们的寿命延长到十年，而且大家还可以四处活动，不受任何限制。"

"这是真的吗？"鹤相目光中露出惊喜。

"真的。"

鹤相望着他，久久没有说话。忽然，她做出了一个令人吃惊的举动——她摘下银纹面罩，将面容露了出来："这一次，我替那些无辜的生命谢谢你！"

她的脸并没有想象中耄耋老人的沟壑纵横，而是十分白净光洁、素雅清淡，看上去最多五六十岁的样子，只不过眼角眉间藏着淡淡的忧虑，显得有些憔悴。

这个举动，代表着天翼高层最大限度的信任和亲

近，她已经将他当成了自己人。

鹤相手握面罩深深行了一礼，寒霄连忙说："丞相，您别这样，寒霄实在受不起。"

鹤相直起腰，抹去眼角的泪水："这是应该的，你受得起。"

她喃喃地说："这么多年来，十二渊已经成了我的一块心病，看着大家日夜受苦、他们的家人伤心欲绝，我寝食难安。但是，我竟然让这个炼狱存在了五十年之久……为人臣，我未尽职；于族民，我未尽责……"

寒霄不太会讲安慰的话，只说了一句："丞相，您不必太过自责。"

她的威望再高，也毕竟是臣子，又怎能左右得了一族之王？

鹤相摇摇头，"寒霄，你不知道，你的到来对于天翼有什么样的意义。"她望着他，"你是一个契机，天翼族会因为你发生天翻地覆的变化——"

这评价太高了，寒霄赧然："丞相，您别这样说。"

鹤相淡淡一笑，目光中尽是欣赏。两个人又谈了一会儿天翼族的环境、族史及他族的现状。寒霄感到时间过得特别快，这一番交谈开阔了眼界，连心胸都明朗了许多。

鹤相抬起头看了看前方，戴上面罩："我们到了。"

天翼族已在面前。

　　寒霄发现上方凝聚着大片浓重的黑色烟气，像是被一只巨大的黑锅倒扣着。他明白了，自己的灵力增强，同时探视能力升了级，刚来天翼的时候，这样浓重的毒气他还看不到。

　　穿过结界，鹤相努了努嘴，微笑着说："你的弟弟在那里。"

　　一棵高大的杉树上坐落着一所驿站，木头搭建的房子前，两个身影在向他拼命地挥手，矮小一点的那个上蹦下跳："哥哥，哥哥——"

　　一颗悬着的心终于落了下来，寒霄喜悦万分，也冲着他们挥手："阿星，安泰！"鬼脸鸳紫桐车载着他以最快的速度冲过去。

　　寒霄飞快地跳下车，这边阿星和安泰早就扑上来一边一个把他抱住，寒霄紧紧搂着两个孩子，心潮汹涌，一颗心几乎冲出胸膛。

　　再次见面，恍如隔世，生死轮回，才更清楚地感受到对亲人是怎样的不舍。

　　他松开手，仔细地打量他们："你们还好吗？"

　　"挺好的，安逸着呢，哥哥你放心。"阿星笑着向身后指指，"有吃有喝的。"

　　寒霄顺着他手指的方向看到，驿站门口摆放着一张桌子，桌子上水壶茶杯一应俱全，还堆着好几碟点心和水果。

"就是……"阿星咳了两声，用手扇着鼻子，"我觉得他们这儿的空气有股怪味道，喉咙呛得难受。"

安泰也说："对，有时候挺辣鼻子的，喘气都有点憋得慌！"

"嗯，我知道，"寒霄安抚地拍拍他们的背，"你们忍耐一下，我看看能不能解决，然后我带你们回家。"

"好！"阿星高兴地拍手，"得多久咱们才能走啊？"

寒霄沉吟了一下："我尽快。"

"嗯！"阿星体谅地点了下头，又小声问："哥哥，他们为啥变得这么客气？刚开始吓我一跳，还以为让我们吃饱了就送我们上路呢。"

"寒暄完了吗？"一个声音冷冷地响起来。

寒霄转头，凰王降天悬空站在他们身后。

她依旧遮着墨铁面罩，身披厚重的幔幕，只不过身材明显的纤细高挑了，也……更像个魂灵了。

原本还滋生出来的一丝同情，已经消失殆尽。看着这个几次置自己于死地，最后用凰喙索将自己穿心而过的少女，寒霄的心里只剩下厌恶和提防。总算她对阿星和安泰比较善待，否则他真的会跟她兵戎相见，拼个你死我活。他拼命压制着心中的情绪，表情才不至于那么难看。

"哥哥，"阿星趴在寒霄的耳朵上，"她怎么变了这么多，跟从前完全不是一个人似的。"

人还是那个人，一点也没变，只不过换了个皮囊而已。

寒霄拍拍阿星的头，这个他暂时还不能给他解释。

"你站在那里干什么，"降天呵斥，"不是没死吗，还不行礼？"

寒霄连正眼都没给她。

这个魔头以为没有阻拦鹤相救自己，就是天大的恩惠了吗？她是要自己对她感恩戴德、卑躬屈膝？她这种只知道发号施令、颐指气使的人又哪里懂得人和人之间最需要的是相互尊重！

降天又喝了一句："你耳朵聋了吗？"

寒霄斜了她一眼，刚要反击，鹤相飞过来，在半空中跪下："主上，寒霄的身体刚刚恢复，站立行走都还有些勉强，请主上体谅。"

降天重重地哼了一声，瞪过来："我让丞相送你去冰原换心是因为你还有利用价值，别以为我上赶着救你。否则，别说你的心，就算全身碎成酱我都不会管！另外……之前你看到的一切最好烂到肚子里，要是胆敢透露一个字，我就立即把你碎尸万段！"

寒霄本来就不善言辞，这时被她气得一句话都说不出来。

阿星吐了吐舌头，小声说："这女人真狠啊……"他像是反应过来什么，和安泰对视一眼："哥哥，你换心了？怎么回事？"两个人在寒霄的身上捏来捏去，又

是扒领口又是掀衣服，上上下下地查看。

阿星白着小脸问："我们昏过去的时候发生了什么？哥哥，你没事吧，告诉我们啊！"

安泰也着急地问："哥哥，你现在觉得怎么样，是不是受了重伤？"

"其中发生了一些事，但都过去了，以后我再跟你们说。"寒霄拉住他们勉强地说："我好好地站在这里你们也看见了，先别闹，有正事。"

阿星嘴一瘪："我们哪里闹了，我们是关心你……"

降天冷眼看着他们："我再问你最后一遍——还有别的办法吗？"

寒霄冷冷地回答："没有。"

"十二渊一毁，我们天翼的根基也就跟着毁了，"降天的声音里透着焦躁，"你承担得起吗？有些东西，不是想补就能补回来的！"

这个魔头的思维真是又奇怪又固执，什么叫根基毁了，什么叫补不回来了？

"如果还这样继续下去，"寒霄说，"灵气被掏空，大家在毒气的侵害下疾病缠身，天翼族才是真正地毁了！"

细想起来，陆空两战天翼大败跟这个也有很大的关系。天翼兵如果还和从前一样悍猛，陆兽族哪会那么容易获胜？

降天的目光冰刀似的剐过来，寒霄毫不退缩，直直

地迎上去。本以为她又会像上次那样翻脸，出乎意料，没有。

她站在半空中，厚重的幔幕随风不住摆动，阿星胆战心惊地问："女魔头怎么了，怎么不说话了？不是又要整什么幺蛾子吧？"

好一会儿，降天深深呼出一口气，声音有些低哑地说："你跟我来。"

她摆了摆手，鬼脸鸳紫楣车被牵到寒霄面前，侍卫撩起幔帘，恭敬地做出请的手势。

寒霄心里膈应。鹤相让他坐的时候他没有太多感觉，换了她就不行。

他抬起头，恰好跟鹤相的目光碰到一起。老人的眼中满是歉意和期盼，寒霄的脾气顿时消了。不能意气用事，不为别的，只为了无辜受难的族民们。

他低下头，一弯腰上了车。

说是只让寒霄一个人去，但降天怔怔的像是在出神，于是阿星和安泰也浑水摸鱼地凑了过去，他们见降天并没有理会，高兴了，"噌"地钻进了紫楣车。

十尾鸢鸟跪伏下来，让降天乘坐上去。

# 十二　凰王神愈

鬼脸鸳紫桐车一路上风驰电掣，很快来到天翼族的中心——树塔海。

云中众峰再次出现在寒霄视野中，这里的情形也跟以前大不相同。

无穷无尽的黑气从十二棵望天柏和四面八方涌过来，沿着树塔海一直向上攀升，再从云中众峰呈螺旋状一路簇拥而上，最后汇聚在最高点——天宇峰。

阿星和安泰无比好奇，两个人把头探出来左看右看，阿星脖子伸得老长，两只小眼都不够用了："哥哥，你看哪，云彩竟然是彩色的……安泰安泰，下面的树一层比一层高，像是塔！"

他和安泰是第二次来这里，不过上次刚从十一渊出来，死里逃生惊魂未定，再加上是深夜，看不清也没心情看。而这次是凰王有求于他哥哥，他们也算是客，身份变了，心情自然放松下来，见到这仙境一般的景色哪

232

能放过？

阿星很是兴奋，手上下左右乱指："哥哥，那几座山竟然飘在天上！它们为什么掉不下来？太神奇了！"

安泰忍不住捅了他一下："小点声，好像没见过世面一样。"

阿星反唇相讥，"那你见过吗？你叫得上名字吗？不知道还装什么呀，虚伪！"

"五座山峰从低到高分别叫迷境、仙霞、袅雾、霁云，最高的那座是天宇峰。"降天望着前方冷冷地说。

她这一发声把三个人都吓了一跳，寒霄跟阿星、安泰面面相觑，不敢相信刚才的话是从女魔头嘴里发出来的。

她这是……为他们讲解？

一时间紫楄车里没了声音。

寒霄和安泰都不说话，但阿星是个给点浪花就想拥抱大海的主儿，兴奋和好奇之下暂时忘了外面那位是天翼族王，追问："那……上面都有什么啊？有好玩的东西吗？我们能不能上去看看？"

降天微微抬起头，语气中透出一丝不易察觉的神往："那上面……其实我也没有空闲过去，不过侍女曾呈给我一种果子，是仙霞峰上产的，叫作母鸟果。金黄色，打开后果肉像小崽鸡，吃起来很香……"

这种果子寒霄知道。

母鸟果分为母果和子果。刚长出来的母鸟果非常饱

233

满，但味道酸涩，不能吃。随着时间的推移，母鸟果的怀抱里会长出一个小小的椭圆形子体，这时母果会渐渐萎缩干瘪。子果成熟以后色泽金黄，又香又甜，有些像蛋黄那样沙沙的口感，十分美味，通常大家吃的都是子果。

像她这种一心只想着打打杀杀的人根本不会留心这些，她更不会知道，在子果被摘走的时候，干枯的母果那像眼睛的花纹里，会流出泪一样的液体。

哪知道刚想到这里，就听见她低声说："我听说这种果子分为子果和母果，子果是在母果的怀抱里长大的，母果把养分都给了它……我一直想看看它们真正的样子，可就是没时间……"

她说这话的时候仰着头，眼中有一丝憧憬、一点惆怅。这一刻，让人恍惚觉得她不再是残忍暴戾的女魔头，只是一个满腹心事的普通少女。

"真的吗？我也想吃！"阿星的小眼睛里迸出了光。

"没的给你！"降天像是突然反应过来，她掩饰地咳了一声，不耐烦地说："除了吃，你还会干什么？"

安泰小声说："丢人了吧。"

紫桐车一直飞到天宇峰下，降天摆摆手，十尾鸾鸟和紫桐车一齐停了下来。

"到了。"

降天飞下鸾鸟，踩在云雾上。阿星和安泰也探头探

脑地跟着要下来，但车是停在空中的，他们抓耳挠腮，不知道该怎么办。

"让你们跟来就不错了，"降天冷冷地说，"天宇峰是禁地，你们在这里等着！"

阿星吐了吐舌头，小声说："好凶。"

降天不理他，冲着紫桐车喝道："你还在磨蹭什么？"

大家都明白她指的是谁。寒霄攥紧了拳，站起身。阿星和安泰一齐拉住他，阿星小眼巴巴地："哥哥，她干什么只叫你自己？我不放心，我也要去！"

"再拖拖拉拉的我要发火了，"降天冷冷地喝了一声，"还是不是男人？"

寒霄拍拍阿星和安泰的背："没事，都到了这一步，她不会把我怎么样的。你们等在这里，听话。"

阿星和安泰只好放开他，不情愿地坐了回去。

安抚好两个孩子，寒霄迈出车门，刚要拿出飞翎，突然一条长索飞过来，嗖地缠上了他的腰。

"别用那个，"降天手握凤喙索，厌恶地说，"太慢了！"根本不容寒霄反对，手腕一用力，把他拽了上去。

鹤相驱使着雪松鹤飞过来："寒霄，辛苦你了。"

刚想发作的寒霄把话咽了回去，他忍了又忍，把飞翎重新揣进怀里："丞相，不辛苦。"

天宇峰远看是苍色，等到上去以后才发现是真的

235

黑，比煤和墨还要深的那种颜色。寒霄甚至想，是不是因为毒气常年的侵蚀让它变成这样的。峰上的温度跟下面反差巨大，非常冷，是直透进骨子里的那种阴冷。

"在这里要步行。"降天收回凰喙索，自顾自地走在前面。突然，她停住了脚步，凝视着前方，喝道："谁在那里，出来！"

烟雾缭绕中，无声无息地飘出七个人，在他们面前站定。

后面的四人衣着非常相近，都是头戴幞头纱帽，身穿锦袍，腰系玉带，年龄在四十岁到五十岁之间。

前面三人，两边一个武官打扮，盔帽上嵌着钟雀徽识；一个文官服饰，纱帽上缝着鲸头鹳徽识。中间那个寒霄才刚和他的眼神对上，就忍不住打了个冷战。

暗红色的眼睛，靛蓝色的脸，面颊上两道赤色条纹，表情阴鸷；一身黑色的文官朝服，头上戴的却是一顶不文不武的角质盔帽，徽识是鹤鸵。

七个人向降天躬身行礼："见过主上。"

"你们怎么会在这里？"降天也是一怔，不悦地说："就算几位是我的嗣傅和族中重臣，也不能随便上峰！"

原来都是天翼族的重要人物。寒霄心想，短短几天时间，自己竟然将天翼族的高权贵胄们见了个遍。

别人都还没有开口，佩钟雀徽识、一副尖嘴猴腮模样的武官抢先说："禀主上，小将跟鹤鸵太宰、鹳司空

还有……"

降天呸了一声："你是个什么东西，我面前有你说话的份？"

武官的脸顿时通红，连忙跪下："主上息怒，小将只是向您呈禀……"

"滚。"

武官涨紫着脸退到一边。

"我们只是为了见主上，"鹤鸵太宰躬身说，"鲁莽之处还请主上见谅。"

"大殿上不可以见吗，非得跑到这里来？"降天淡淡地说。

鹤鸵太宰僵了僵，反问："那么，您为什么将他带上来了？"他看都不看寒霄。

"太宰是在指责本王吗？"

"没有没有，"鹤鸵太宰瞬间收起阴沉的脸色，尽量将面部放柔和，"主上，是这样的，老臣今天来，是想请主上三思而后行……"

"三思什么？"相较于刚才对武官不加掩饰的厌恶，降天这时的语气也是变得隐忍。

"封十二渊——此是大事，还请主上慎重考虑，万万不能草率。"

"我什么时候说要封十二渊了？"降天斜睨着他："太宰的消息倒是灵通……只可惜不准确。"

鹤鸵太宰躬着身，态度挺谦卑，说出的话却是一点也不含糊："主上，您把这个叫寒霄的少年带回天翼，不就是想有一番大动作吗？"

"呵呵，你想多了吧。"降天冷笑，"我抓他来是看上他那点偷奸取巧的能力，毕竟也是带领着陆兽兵打败过我族的人，不是吗？想着能在关键时候派上点用场，仅此而已——从外族挖墙脚的事历代先王也不是没做过，怎么到了我这里就成了错处了？"

"不敢，"鹤鸵太宰的腰弯得更低，"主上，老臣不是这个意思……"

"你们有什么不敢的，说起来。"降天漫不经心地说道："我刚刚登基的时候，身边的几个亲信先后被处罚，然后莫名其妙地失踪，请问太宰知道是怎么回事吗？"

鹤鸵太宰耷拉着眼皮："被处罚一定是犯了错，至于失踪……老臣不知，她们都是成年人了，还要别人整日里看着吗？"

"呵呵，"降天冷笑，"好，这个你不知道。那么之后，为什么千羽殿上你们的宗族直系莫名其妙地多了起来，连大殿的史官都变成你的外甥女？"

降天向着鹤鸵太宰走近两步："太宰，我在问你话呢。"

鹤鸵太宰突然变了脸色，一下跪在地上："老臣唯才是用，绝对没有私心啊！"说完不着痕迹地瞥了一眼鹳司空。

鹤司空飞快跪下："是啊主上，我们做任何事都是为了您，我们担心您受到奸人的蛊惑，做出有损天翼的事……"

"放肆！"降天厉声呵斥，"我是一族之主，谁能蛊惑得了我？"

鹤司空脸色煞白，连忙磕头，求降天恕罪。

降天冷冷地斜了他一眼，不再理会。她弯下腰，在鹤鸵太宰耳边说："不要妄想控制天空……鸟儿的翅膀硬了，它自己就是碧海蓝天，几朵乌云根本遮不住，你说是吗？"

鹤鸵太宰的身体一僵，连连点头。

"哼。"降天直起身，"几位是我天翼的有功之臣和一直教导我的老师，你们的功绩我会铭记在心，但不要以为这样就可以左右我，更别想着结党营私、弄权把政——我这个人，有功者可以加倍奖赏；同样，一点污点也可以无限扩大，翻倍处罚！"

一众人伏在地上连呼不敢，降天厌恶地转过身："我看几位累了，都回去休息吧。今天你们私自上峰的事我暂且不计较，以后再犯，绝不姑息！"

鹤鸵太宰还想说些什么，犹豫了一下最终没出口，只是狠狠地瞪了寒霄一眼。一群人爬起来再次向降天行礼后，各自乘上坐骑飞下峰去。

降天望着他们消失的方向，手指关节捏得咔咔作

响。寒霄以为她还要再发作一番，但她什么都没有说，转头向峰上走去。

寒霄看着她的背影，心想这女魔头倒也不是只会杀人。年纪虽然不大，驾驭群臣的手段和魄力还是有的。

冷风吹拂着她的幔幕，猎猎作响，不知道为什么，寒霄竟然看出些落寞和孤单。

两人沉默着，一前一后，很快来到一个山洞前。

跟迷境峰上的一样深不见底，但这座洞要更大一些，而且明显经过人为的修整。山洞昏暗幽深，在沉沉的暮色中，像是有某种魔力，要把人立刻吸进去。

降天站了一会儿，抬脚走了进去。

山洞幽深曲折，越向里走越觉得阴森寒凉。转过两个弯，前面变得开阔起来，并且隐隐透出一些亮光。

洞壁上每隔几步就有一个台盏，台盏上燃着幽幽的冷火，刚才看到的亮光就是这些冷火散发出来的。

火有明火和冷火之分，明火是自然火，冷火则是不正常燃烧，很难自行熄灭的火。

寒霄发现，火焰的边缘呈现出诡异的黑紫色，他立即想到，它们是靠着那股掺杂着毒素的灵气燃烧的。

又走了一段路，转过一面嶙峋的石壁，一个能够容纳上百人的洞窟突然出现在面前。

洞中央，几十米长的圆形墨色凝岩台上，放置着一座巨大的榉木嵌金神龛，神龛里，整齐地排列着几排牌

位，龛前摆放着贡品、烛台、香炉等东西。

寒霄的视线移到排位上，等看清上面雕刻的名字时，忍不住吃了一惊。

火凰王、虹翎橙羽凰王、朱喙黄玉凰王、皓月凰王、翠羽朱纹凰王、湘凰王、鎏羽金凰王……共十二位。

原来，这里是供奉历代凰王的祠庙。

不过，正常的祠庙都是庄重威严的建筑物，大多建在依山傍水的向阳地，天翼族的为什么是个阴森诡异的山洞？

怪不得女魔头说不能随便踏足，但……寒霄这时心里生出了跟鹤鸵太宰同样的疑问：为什么把他带到这里来？

借着幽幽的光线，寒霄发现神龛前的地面上筑了一个半月形的玉石平台，平台上，呈辐射状排列了一圈羽翎，赤橙黄绿青蓝紫……每根羽翎都弯出一道漂亮的弧形，在光线的映射下流光溢彩，美丽非凡。

寒霄知道天翼人有个习惯，就是死后会留下原身翅尖上的羽翎给家人，作为纪念或信仰物。这些，应该是各代凰王的。

突然，他的注意力被王翎台上方的东西吸引住了。

洞窟的顶部，无数管状的叫不出名字的物体缠绕包围着一件东西。寒霄仔细看过去，发现那是一把刀。

刀身又宽又长，十分厚重，上面布满了红色的细小符文，透着一股浓重的杀戮气息。

　　好奇之下，寒霄不知不觉地向前走近了一步，就在这时，刀身突然裂开一道缝隙，缝隙抖动几下，眼睛一样睁了开来！

　　一颗血红的眼珠，透着阴厉的光，在两个人身上来回扫视。

　　不仅寒霄，就连降天也是情不自禁地倒退了一步。

　　"那是什么？"寒霄问。

　　"杀生……"降天颤着声音说，"是祖母的杀生乌魔刀……"

　　血红的眼珠转了几圈，定在两个人的身上。

　　这一眼，瞬间让两个人全身冰凉，像是跌进了冰窖。

　　"乌魔刀是守护神龛的，"降天压低声音说，"祖母曾经说过，动神龛者死，一旦有人要破坏这里，乌魔刀的封印就会自动解除，将来人诛杀。"

　　寒霄有一刹那的晃神。乌魔刀上有眼睛，女魔头后脖颈上恶咒的图纹也是眼睛，是巧合吗？

　　降天不知道寒霄在想什么，她僵硬地说："十二渊的灵气有一部分是供养着天宇峰的，时间久了就和天宇峰变成了一个不可分割的共体。如果封掉十二渊，这里也会被破坏——凤祠是族主世代延续、权位稳固的象征，如果毁掉，后果不堪设想……"

　　原来，这就是她说根基毁了，补不回来了的本意。

　　寒霄直视着她："自始至终你关心的都是权力……你

想过悬鼎之渊下受苦受难的族民吗？你难道不知道，不管什么时候，一个族最重要的就是民众，他们才是根基和支撑？你不会真觉得，族力的长盛不衰是靠着神龛吧。"

"……"降天一下被呛住了，她张了张嘴，恼怒地说："那么，如果陆兽族的神龛被毁掉，你的族人会答应吗？"

"神龛是没有生命的东西，虽然重要但可以重新建造，只要解释清楚，大家不可能不理解。而你是担心刚继位，朝臣和贵族会以此为借口暴动，动摇你的政权，我说得对吗？"

"……"

"说到底，你心里还是只有自己。"

"你知道你在说什么吗？你找死！"

魔眼要合不合地眨了几下，渐渐闭上了。

"戳到你的痛处了？"寒霄冷冷地说。

"我不用你在这里指手画脚，"降天的胸脯剧烈起伏，"我不会毁掉十二渊，我们天翼族要永远屹立在灵州大地！"

寒霄看了她一眼："反复无常，我就知道是这样。"

突然，一道光掠过，头顶上发出"啵"的怪响，随后洞里恢复了平静。寒霄抬起头，发现一团七彩灵力光正正地封住了乌魔刀。

降天缓缓放下手，对他说："快，我们先去第一渊。"

看着她狡黠的眼神，寒霄突然悟过来，原来她刚才

243

是故意和他争吵，麻痹乌魔刀，然后将它封印。

"你决定了？"她的态度转变得太快，寒霄有点难以适应。

"我的决心还不够明显吗？"降天不耐烦地说，"啰唆什么，快走！"

仿佛嫌他慢，降天一把拽起他向洞外飞去。

这招瞒天过海用得真不错！寒霄忍不住赞了一声，同时为刚才的自以为是感到一阵尴尬。不过，他仍然不敢相信降天真的打定了主意。

这么胡乱地想着，也就忽略了她牵着他的手。

飞过曲折的甬道，眼看就要到达洞口，突然危兆袭来，两个人一齐转身，顿时吃了一惊。

一道血红色的光利箭般地射来。

降天急促地叫了一声："不好，封印被解开了！"

寒霄反应非常快，他一把推开降天，同时自己一个转身，贴上石壁，并召出冽寒剑。

降天也不慢，她招手，凤喙索飞了出来，索刃和索尾对接，组成了一把彩光闪烁的短剑。

降天向红光斩过去，猛烈的撞击下迸出无数光点，光点溅到地上，坚硬的黑岩地面竟然被灼烧出了一个个小坑。

寒霄紧随着跟上。他现在的灵力今非昔比，寒冰气强劲又霸道，在两人的联手下红光一时半会儿竟然不能得手。

突然，一阵像是号哭又像是怪笑的声音传了过来，

甬道剧烈震颤，血红色的光芒海浪一般向着两个人席卷过来，一把墨色的长刀从红光中穿刺而出。

乌魔刀！

刀面上三道缝隙咔咔裂开，血红的眼球滴溜溜旋转，狰狞地对上两个人。强悍的力道像是大山倾轧，寒霄和降天同时出手，"哐！"两人的手又麻又痛，剑几乎被击飞出去。

单凭武器恐怕抵挡不住它，寒霄感受着胸膛里汹涌翻滚的灵力，对着乌魔刀抬起了双臂。

"轰——"

气温急剧下降，银白色的寒冰气风暴般卷了过去，乌魔刀被冲击得向后倒飞，极度的冰寒顷刻间覆盖了甬道，连石壁都结上了厚厚的冰层。

刀上的魔眼却依旧顽强地睁着，眼珠像要凸出来。它转动着，怨毒而又阴狠，先是扫了寒霄一眼，然后看向降天。

降天全身猛地一颤，像是遭到了电击。

风暴实在太过强悍，冰冻堆叠过去，魔眼不甘地合了起来，隐没在厚厚的冰层中。

寒霄忍不住看向自己的双手。已经知道冰神之心力量强大，但没想到会强到这种地步，在这短短的时间里，他获得了一个新的技能——冰风暴。

他收回手，对降天说："走吧。"

降天不吭声，寒霄没有多想。女魔头的脾气一向都是捉摸不定，不搭理人也不奇怪。他率先往外走去，可是没走几步，一丝异样涌了上来。

他猛地转身，看到降天的身体趔趄着，厚重的幔幕下，竟然传出了咔吧咔吧的声音。

幔幕在慢慢胀大，她的背佝偻起来，面具后的眼睛变成血红，她发出一声嘶哑的低吼，凰王剑闪着森寒的光芒斩了过来。

寒霄挥剑抵挡，这是怎么了？

攻击如同狂风骤雨，甬道里叮叮当当一阵响，刹那间，寒霄的大脑中走马灯一样闪过许多念头。

在迷境峰的时候，她已经恢复正常，但当青凰公主的影像消失后，鳞片又再次蔓延上她的脸颊。这说明，黯容锁心咒没有解除，而且还会反复发作，她这个样子，很明显是又发作了。

可为什么单单是在这个时候？

不能跟她纠缠。寒霄转过身，故意露出破绽，凰王剑紧跟着刺到，寒霄侧身躲开，影子般地闪到她背后，几个动作一气呵成。

果然，她后脖颈那里，有黑金色的光从幔幕后面隐隐透出来。

寒霄打了个冷战。

凰王剑彩光中挟着黑气紧跟不舍，寒霄一个旋身，

246

顺势抓住降天的手腕，掌心蕴出寒冰灵力。

银白冰凌缠上降天的胳膊，她的上半身瞬间僵硬。她喉咙里发出一声嘶哑的咒骂，想要抬脚踢他，寒霄躲开，手腕用力，她被带了过来。寒霄左掌爆出木灵力，结结实实地拍在她的后脖颈上。

这一下可真是不遗余力，降天差点趴倒在地上。

两个人第一次见面的时候，他就是用木灵力暂时封住了恶咒，现在当然更可以。

莹莹绿光向外荡漾，如同不断生长伸展的树叶。寒霄发现，自己的木灵力不仅增强，连颜色也有所加深。

掌心一阵烧灼，寒霄的眉头皱了起来。他知道这是锁心咒反噬，不敢有片刻放松，将灵力提升到最强。

很快，烧灼感减弱，黑金色光芒消失，降天身体一歪，摔倒在地上，面罩跌落下来，滚到一边。

骨甲和鳞片从她的脸上脱落，摄人心魄的美丽再次显露出来。

成功了。

"喂，喂。"寒霄喊了两声，降天伏在地上没有一点反应，于是他抬起手想要再给她一掌。

"干什么！"降天突然睁开眼睛，喝了一句。她发现自己的脸是露着的，顿时恼羞成怒，一翻身坐了起来，挥手向寒霄打过去："混账！你，第几次了？"

什么第几次？

忽然意识到她是在说自己看到她真面目的次数，寒霄一阵厌恶，抓住她挥过来的手："你以为我想看？"甩开她站起来，"另外，谁给你打人脸的权利？"

"反了！"降天大怒，指着寒霄大声说："从来没人敢这么对我讲话！"

寒霄不理她，向外走去。

降天咬牙切齿："我是一族之王……混账，你给我回来！"

那个人已经自顾自地走远，她站起来狠狠跺脚，捡起面罩，也顾不得拍掉上面的土屑，愤愤地戴回到脸上，抬脚要追过去。

一个阴沉的声音响起来，甬洞被震得嗡嗡作响。

"降天，你对我天翼生二心了——"

降天的身体一僵，脚不听使唤地定在了原地。

# 十三　凤凰王再世

她机械地转过身，忍不住瞪大了眼睛。

厚厚的冰层上、坚硬的岩石缝隙里，甚至脚下的地面……黑烟在一丝一缕地向外渗，蜿蜒游动着，汇聚到一起。

一个巨大的凤凰影子徐徐升起来，立在她面前。

降天情不自禁地后退了一步。

阴鸷的声音在甬洞中回响："你要背叛天翼——"

降天身体剧烈颤抖，这个声音是……

"你为什么会出现在这里？"藏在袖子里的手紧紧地攥起，降天努力让自己镇定下来。

"你还没有回答，却反倒问我。"

"我没有背叛……"降天握着拳，控制着情绪，语调中却仍带着一丝颤音，"我所做的一切都是为了天翼！"

黑影高高在上，一双金色的眼睛散发着森寒的光

一个巨大的凤凰影子徐徐升起来，立在降天面前。

芒，俯视着她。

"找了外族人来，妄图撼动我族两百年的根基……你还敢说没有？"

降天被这强大的气势逼迫，忍不住又后退了一步，却撞上了一个结实的带着凉意的胸膛。

降天蓦地转头——他返回来了！

寒霄望着那个巨大的黑影："乌凰王？"

降天紧紧咬着下唇，没有说话。

"猜到我的身份了？"黑影凝视着他，"……你就是寒霄？"

寒霄不答反问："这是你的魂魄？不，应该是你常年不散的执念，凝聚成的怨魂。"他边思索边说，"你有线报？"

双方的这段对话全部是疑问——聪明人不需要逐字逐句回答。

看到黑影有片刻的愣怔，寒霄知道自己猜对了。

这影子给人的感觉和雷龙王、安泰的太奶奶一模一样，所以他断定是怨魂；猜测她有线报是因为她知道他的名字，而且听她的语气，天翼族的近况她了如指掌。

"呵呵，聪明，有胆识……"乌凰王赞了一句，然后看向降天，"你的眼光，比青凰可强多了……"

"什么？"降天一时间没有听懂她的意思，因为这个时候她分了神，她的心底涌上悲伤和愤怒——她提到

了她的母亲。

"我的父母，是不是你下令处死的？"降天挺直脊背，直视着乌凰王，"因为他们相爱并生下了我？"

"我是你的祖母！"乌凰王喝道，"谁准你这样跟我说话的？"

"不承认吗？"降天盯着她，"你还在我身上种下黯容锁心咒……你想死了以后都控制我，让我彻底失去自由！"

"青凰是我杀的，有什么不敢承认？"乌凰王的声音中透着嫌恶："她违背我的意志，和将离私奔；她放弃凰位，自甘堕落，这对于一个王嗣来说简直是罪不可赦！"

"追求自己的幸福怎么就罪不可赦了？"

"我族历任凰王都以天翼霸业为重，其他可以忽略不计，她为什么就要例外？"乌凰王说，"再说，继承大统后她想怎么样不可以，非要急在一时？心思放在情爱上的人，等同于废人；既然是废人，那也用不着留了！"

这番言论真是令人匪夷所思，为了大业可以牺牲一切，甚至幸福、人权、生命？不过，寒霄很快就释然了，因为乌凰王就是这样性格的人，这种扭曲的理论从她嘴里说出来并不奇怪，甚至同她以往的所作所为相比，简直是小巫见大巫。

关于她的传闻很多，最著名的要数弑嗣夺位了。

上上代老凰王共有五位继承人，乌凰王明里打击暗里陷害扳倒了两位；剩下的大凰女银朱凰不管是心机还

是灵力都不比她弱，眼看老凰王就要敲定新主人选，乌凰王一狠心，使出了杀敌一千自损八百的法子。

在千羽殿上，光天化日之下，她用她独有的黄金魔眼直接冲击对方的大脑。银朱凰已经料到，立刻用灵力波反击，银朱凰以为稳胜，但没想到的是，自己妹妹的狠辣远远不止这个地步。

在银朱凰释放灵力波的一刹那，趁着对方防守空虚，乌凰王将她秘密炼制的怨毒用黄金眼送了过去。银朱凰的大脑当即腐蚀烂掉，倒在大殿之上，而乌凰王自己也因为元神损耗得太厉害，一个踉跄跌了下去，半天爬不起来。

表面看上去两个人只是对视，却不知道她们在这极其短的时间里用性命相搏。

老凰王却对她这种为了目的不择手段的性格非常欣赏，最终将王位传给了她。十族人知道后心肝直颤，全身冷汗，大家又是畏惧又是鄙夷，天翼凰族为了争夺王位不仅里子面子都不要，而且连脑子也可以不要，简直是不以为耻反以为荣的典范。

第二件就是她发明了臭名昭著的毒水牢。

乌凰王上位后的第一件事就是着手整顿天翼。天翼族内有许多侯爵拥有自己的领地军队，称霸一方各自为政，令历代凰王头痛不已，乌凰王却在几年之内，连同散落在偏远地区不愿意归顺的支族一并征讨收服，让天翼达到了前所未有的统一。

之所以能做到这一点，究其原因就是她手段铁血，冷酷残忍——凡是反对她的声音和力量，一律发兵往死里打；抓到的叛军，不管是谁，连带家属一起就地处死；连死都不怕，也不在乎株连的，投进毒水牢。

毒水牢是将二十三种剧毒搅进大水池里，再加入砺盐。犯人用锁链捆着，日夜浸泡，过不了多久，毒素就侵入肌肉乃至五脏，最后连骨头都酥了，滋味可想而知。被投进去的人没有一个不求饶的，非常有效地震慑了反叛异类。

还有就是她对外族的侵犯欺凌，豪夺强取。

天翼族统一稳定后，成了许多小族噩梦的开始。就连陆兽族这样的大族，也深受其害。

乌凰王培养了一批以孔雀侯为首的得力干将，并按功绩赐下优厚的奖赏，当然战败失利者也会受到严酷的惩罚。在奖罚分明的制度下，天翼军队的战力前所未有的强悍，所到之处无不披靡，甚至一些小族根本不用战就望风而逃了。

天翼铁爪所到之处烧杀抢掠，寸草不留，许多族宁静平和的生活被打破，人们陷进无尽的苦难深渊。以至于九族小孩晚上不睡觉的时候，大人只要吓唬一句："快睡吧，再不睡铁爪子就要来叼你了……"孩子就乖乖地闭上眼睛，再也不敢动弹。

这样比较起来，青凰的确算得上一个废人了。

所以她才觉得那是耻辱，才会对自己唯一的女儿毫不留情。

"至于说我控制你……难道不应该吗？"乌凰王一字一句地说："我在位四十三年，把历代凰王做不到的事都做到了，而你只不过是坐享其成，有什么理由摆脱我的控制，又有什么资格说出'自由'二字？"

"可我是凰王，一个王怎么能被别人控制？"降天愤怒地说。

乌凰王呵了一声："别说一个王，就算神也不可能拥有绝对的自由！人从诞生在这世界上，就会有各种各样的束缚随之而来，如果我不指引你，天翼就会变成脱离轨道的马车，走上歧途……"

浓重的黑影逼下来，降天瑟缩了一下，她刚想反驳，却听见寒霄开口了。

"你这是在偷换概念。"寒霄平静地说："束缚不等于强迫，立族建业不是侵略他人，真正的王者应该为族为民，心怀天下。"

"哦？"乌凰王将视线移到他身上，嗤笑，"为族为民，心怀天下？"

"呵呵，看不出来你年纪不大，懂的倒不少。"黄金眼在寒霄身上上下睨视，乌凰王不屑地哼道："不过很幼稚。你的意思是施行仁政？你根本不知道'仁政'这个词在乱世就是一个笑话。当人人都怀有一颗不臣之心

的时候，铁拳打压才是唯一行之有效的办法！"

论调跟降天一模一样。也难怪，女魔头就是她一手抚养长大的，想法和性格已经被她同化了。

"这只是你自己的想法。"

"呵，我自己的想法……没有力量能办到什么？你太年轻，阅历少，根本不懂得如果一味仁慈，善意也会被人当成恶念的道理……如果因此陷入万劫不复之地，还不如你自己来做这个'恶'，先发制人，掌控全局！"

寒霄冷冷地望着乌凰王，不再辩解。他们是不同世界的人，观念和想法天差地别，争论下去根本没有意义。

"我不想在这件事上多费口舌，"乌凰王不耐烦地说，她话头一转，"我听说，你身上有上古灵力？"

寒霄用沉默代替回答。

他的冷淡竟然没有激怒这位前世的魔王，乌凰王像是陷入了沉思，自言自语地说："真的有上古灵力这回事，因为这样，他才背叛我的吗……"

这时，寒霄忽然感觉有道视线胶着在自己的脸上，转过头去，发现降天正看着他。触碰到他的目光，她飞快地躲开了。

"灵力特异、心怀谋略，你迟早会成为人上之人，等到那个时候……"乌凰王眯起了黄金眼，"你再看'仁政'行不行得通。"

寒霄淡淡地说："我只想做一个对得起本心的人，

从没想过要做你说的'人上人'。"

乌凰王呵呵一笑："话不要说得太早……有时候，本心在现实面前一钱不值。在这动荡不安的年代，我们往往会被乱世的洪流挟持着，身不由己地往前走——记着我今天的话！"

就算对她的做法不齿，这个时候寒霄也不得不承认，她是一位有魄力的君王。但个人魅力是一回事，所作所为又是另一回事。这个魔头不但建造十二渊残害无辜，还阻止他封掉魔窟，实在令人发指。

寒霄转头看向降天，见她还僵硬地站着，问："你还没有下定决心？"

难道她动摇了，要改变主意？

乌凰王把视线投向降天："这小子太过聪明，对我们来说是一个祸患，你除掉他，将功补过，我便原谅你。"

又来了，这魔王真是将诱导胁迫玩得溜溜转。

降天沉默了。

寒霄摸上插在腰间的玉笛。

"我，"降天缓缓抬起头来，"不。"

她定定地看着乌凰王："怎么做我自己说了算，没有人能主宰我，我是凰王！"

"你！"

降天决然地转过身，拉起寒霄，向洞外飞去。

黄金眼射出凌厉光芒，乌凰王喝道："反了！"她

仰起脖颈，发出一声低沉的鸣叫，命令道："去，把他们给我抓回来！"

一道碧绿的影子电光一样弹了出去，留下一串重叠的淡金色光圈。

降天拉着寒霄一路疾飞。

寒霄瞥了她一眼，她的脸被面罩遮着，看不到表情，但他感觉到拽着自己的那只手紧绷着。

一阵异样袭来，有人正在追他们！

寒霄感到她的手微微颤抖起来。

"是他！"降天沉着声音说，"他竟然回来了，还在这种时候……"话音中的诧异难以掩饰。

"我不是怕他，"似乎察觉到了寒霄的目光，降天说，"我是……等会儿如果他现出护体光影，并且光影打开尾羽，你千万不要看那些圆形的图纹……听到了吗？"

是谁让她这样忌惮？

寒霄微微皱眉。他感觉到来人的灵力强大且诡异，要超过青鹏侯、银鹭侯许多倍，不同于他见过的任何一个高手。寒霄回忆着天翼族的各个种属，谁的尾羽上有圆形图纹？

见他不应声，降天以为他不屑搭理，忍不住又要发作，突然她语调一变，叫道："不好，快躲开！"

几乎同时，一股强横绝伦的灵力无声无息地砸了过来。

两个人飞快地向旁边闪避，强悍的灵力波带起一片

飓风，将他们的头发和衣服刮得飞扬乱舞。

风息骤然停止，他们面前多了一个人。

碧绿色锦缎长袍，腰上系着金带，衣摆绣满了亮黄色翎羽花纹；头发没有束成髻，而是随意披散着，绸缎一样飘浮在空中；没戴面罩，也没有佩戴徽识，装束乍一看貌似简单，实际上十分奢华侈靡。

不过，跟他的脸相比，衣饰又显得暗淡无光了。

那是一张怎样妖孽的脸啊。

嘴唇嫣红，皮肤却呈现出一种病态的白；双目狭长，眼尾上挑，眸子透出一股难言的妖魅，在对上的时候，仿佛要把人的灵魂吸进去。

空气一时间有些凝滞。

# 十四　孔雀侯

降天在空中站直身子，首先开了口。她冷冷地喝道："孔雀侯，你好大胆子，竟然还敢回到天翼族！"

——他就是孔雀侯？

寒霄在问心镜里看到过他，但那时他穿着一身华丽的盔甲，并且戴着金面罩，跟现在的装扮大不一样。

孔雀侯的嘴角翘出一抹漫不经心的笑，他欠了欠身，很随意地行了个礼："我本来没想回来的，实在是事出有因。"

"什么原因？"降天冷哼，"是上赶着要我治你的罪吗？"

孔雀侯叛逃的事十族人尽皆知。听说他不满乌凰王立降天为继承人，并讨要总兵权不得，所以生了二心。不过孔雀侯能征善战，残忍嗜杀，一柄利器就这样折断，乌凰王是既愤怒又痛心的。

只不过不知道他为什么会突然现身，还心甘情愿地供乌凰王的怨魂驱使。

"治罪？"孔雀侯一笑，"呵，请随意。"

降天一愣，怒喝："你说什么？"

寒霄在一旁冷眼看着。

他的表现太过嚣张了，再怎么说降天是现任天翼族王，握有生杀予夺的大权，作为一个叛逆应该心虚不安才对。是依仗着乌凰王吗？可乌凰王从前再风光，现在也只不过是一个怨魂，哪里还能做他的靠山？

瞥过那双邪魅的眼睛，寒霄的心里突然升起了一股异样。他感到那张面孔的背后，隐藏着什么不为人知的东西。

"呵，不跟你们浪费时间。"

绿色中掺杂着金色的光芒爆闪，他鬼魅般地袭了过来。

银光划过，寒霄紧握冽寒剑抢先攻过去，降天也紧随其上。

"砰！"降天一个趔趄，向后退了一大步，没看清孔雀侯是怎么出手的，似乎都没能靠近，她就被弹了出去。

寒霄忍不住吃了一惊。这个女魔头的灵力有多强他很清楚，但竟然没能挡住这轻描淡写的一击。

降天也是震惊多过了愤怒。

头晕目眩、胸口闷痛，她急促地喘息着。她感到，弹开她的似乎不是灵力，而是一股诡异的力量。

跟寒霄的原生木灵力很相似，都不像是生灵纪能有的。只不过，寒霄的是治愈再生型，而他的却蕴含着强

烈的攻击性和侵略性。

一阵冰冷沿着脊背蔓延上来。很久以前就知道孔雀侯的灵力高深莫测，但却不知道竟然深厚到这种地步。

她忍着疼痛直起身，再次挥起了凰王剑。

再强大她也不会畏惧，不进攻怎么摸清对方的弱点，将主动权揽在自己手里？

"轰！"

绿色和七彩灵力光猛烈撞击，产生的冲击波比刚才强了十倍。可是这次，奇怪的事情发生了——她仍然站在原地，幔幕和头发被刮得激扬飞舞。

正疑惑着，下一秒，她惊怔在了当场。

空气扭曲起来，变成了一片金水一样的东西，凹凸起伏，耀眼生花。这时她突然发现寒霄不见了。

孔雀侯也失去了踪影。

金水在半空中凝结成一团一团的，向她包拢过来。她连忙后退，但金水有着强大的吸力，将她瞬间吸了进去。

周围一片明晃晃的，耀得她睁不开眼睛。命令着自己不要慌，她凝聚起精神，金灵力和火灵力挟着彩光一起射出，金水刹那间被冲击开了一个洞。

但它们很快又聚拢起来。她狠狠咬牙，抛开心中杂乱的念头，开始召唤护体光影。

清越的凤鸣声响起，霞光猛然绽放，一头凤凰的影子在她背后徐徐升起，双翼张开，划出一片绚烂的光

影，美得光彩夺目。

翼像刀锋一样凌厉，挥舞之间，金水炸裂，散落成点点金光，但金光瞬间化成粉状，弥漫着，竟然附着在她身上。

凰影双翼挥动，天地间仿佛刮起了狂暴的飓风，树倒枝折，沙石飞扬。

但这些粉尘却没有受到影响，不住蔓延着，覆盖上她的全身和五官，她拼命挥舞着凰王剑，却像是拳头打在棉花上，没有半点作用。她的嘴巴和鼻孔慢慢被遮住，极度的窒息感袭来，她的眼前开始发黑。

孔雀侯邪魅的双眼闪过，如同无底深渊。

她用力摇头，忽然，一张面孔浮现上来，样子渐渐清晰。

眉毛修长，眸子清透得像冰海，薄薄的嘴唇抿着独有的倔强，脸上是万年不变的沉静……

寒霄！

他是来救自己的吗？

还是……幻觉？

不，她不需要任何人援手，她可以自救。

可如果是他……如果真的是他，她就不拒绝……

如果是真的，他已经救了她三次了……

第一次是她抓到了他，刚飞出陆兽族的时候。

把他带到天翼，是蓄谋已久的。自从听说跟陆兽族

灵水交易被破坏，她就产生了见一见这个少年的念头。因为普天之下，还没有人敢跟天翼对着干，只有这个不怕死的硬骨头，竟然为了没有丝毫关系的陆兽族贱民站了出来。那时她就在想，他究竟是一个什么样的人？

后来，让她意外的事一件接着一件：恢复兽族生息源、怒杀金狮太子、两次大败天翼兵……她的好奇心到了顶点。她想，就算不是为了解决天翼长久以来的难题，她也要把他抓来。这样的人，收为己用也好，毁掉也好，就是不能留在其他族！

所以，用了不入流的手段，以他的两个弟弟作为要挟，强迫他就范。

那天她还是有些得意的。不是说两败天翼吗？不是说诡计多端、料事如神吗？也不过如此！但还没得意多久，就撞上了云开日出……

她是一点儿也不能见光的，因为黯容锁心咒的限制，她只能在黑夜活动。等到回过神来，恶咒已经发作，迎接她的，是锥心裂骨的疼痛。

她从高空坠了下来，正在生不如死的时候，他竟然不计前嫌地给她输了木灵力……恶咒被压下去，他将她从无尽的痛苦中拉了回来。

第二次是……乌魔刀的魔瞳实在是太厉害了，只是跟它对视了一眼，锁心咒就被蛊惑得再次发作。还是他，将她从深渊中救起。

虽然他人疏远冷淡，木灵力却异常温暖柔和……

可是她，却一再对他痛下杀手——

这算不算……以怨报德？

孔雀侯那个叛逆和他的灵力都是一样的神秘莫测，一样的强大，但前者要将她拖进黑暗，后者却给她带来光明。

是的，她太讨厌这种感觉了，漆黑一片，深不见底，她无法反抗，她从来没有这样无力过……

一个清透的声音在她耳边响起，语调沉稳："本体光影护体，灵力全部聚集在光影上。"

她一个激灵猛然清醒——是他，真的是他！

她睁大眼睛向四周扫视，却没有看到半个人影。

你在哪里？

"别磨蹭，快点。"他的声音又一次响起。

"好！"她立刻直起身子，毫不犹豫地照做。彩光闪烁，凰影升腾而起，光芒爆射，照亮了半边天空。

"接收好我的灵力，"声音命令着，"我送你出去。"

她的手被人抓住，一股温润的力量传过来，七彩灵力光外面裹上了一层碧绿的光芒，彩凰光影瞬间暴涨，几乎增大了一倍。

鸣叫声中，凰影挟着降天，破开茧子一样的厚厚粉末，一举冲上天空。

粉尘漫天散落，如同下了一片金雨。降天猛地转过身，向四周逡巡，大声喊："你在哪里？"

寒霄的声音缥缥缈缈地传过来，似乎距离十分遥远。

"你不要管……我可以应付他，你去做该做的事……另外，请你替我照顾好我的两个弟弟……"

面前的金色化作浪潮，翻滚着席卷而去，一切恢复了原状。

"你……"

降天怔住了，她站在高空中，任大风扬起身上的幔幕，飞舞飘摆。

四周全是金色波纹，不住地浮动。寒霄悬空站着，他的对面，孔雀侯唇角挂着一丝不明意味的笑容，上下打量着他。

寒霄一言不发，大脑在飞快地运转。

这应该是幻术，将他同外界隔离开来，但是感觉又和以往大不相同，这个幻境是有实质的。

要问他怎么知道，很简单，他胸前的魔石在不断扭动，那是跟散布在周围的金属粉产生了共鸣。

而另一个发现让他更加意外，他和孔雀侯的灵力非常相似，这一点，几乎是刚见面就察觉到了——他和孔雀侯的灵力都来自上古。

孔雀侯依旧在打量他，目光让人不寒而栗。

许久，对方终于开口："你就是寒霄啊……"他轻笑，"还是个孩子……"

寒霄看着他，不说话。

"知道我为什么会在这个时候现身吗？我是……"

突然，一个浑厚威严的声音透过幻境传进来，打断了孔雀侯："别废话，赶快给我拿下他们……"

是乌凰王。

她的本事也真是大，只剩一个怨魂了，声音竟然还能传这么远。

孔雀侯皱眉，脸上出现了不耐烦的表情。他一挥衣袖，金水又厚了一层，乌凰王的声音听不到了。

"自高自大……以为我这次来天翼族是因为她吗？"

寒霄微微吃惊，难道不是？

寒霄不搭话，孔雀侯也不在意，依旧自言自语。

"你知道吗？十七年前我还只是天翼族的一名普通飞将，那个时候我一心想得到乌凰王的青睐，晋升到更高的位子上，掌握更多的权力。后来我如愿以偿，当上了五亲侯之首。"

他眯起眼，脸上浮现出了一丝跟外表极不协调的怀恋的表情。

"乌凰王唯一的继承人青凰公主是扶不上墙的烂泥，我笃定她会将王位传给我……那时候我觉得日子真是过得有意义。"

他的腔调慢慢变了，字从齿缝间一个一个蹦出来。

"可是后来却发生了翻天覆地的变化……青凰被抓

回来后，乌凰王竟然把她的孽种指为王嗣……那个黄毛丫头何德何能？"

孔雀侯泄愤似的继续说下去，看来他真是憋得太久了："我真恨哪，我付出那么多，为了多争一分外族的土地，讨那老女人欢心，不惜用命去搏，可你看我得到了什么……"

寒霄也皱起了眉。

还真是自负。

他怎么就笃定乌凰王会把王位传给他？她生性多疑，怎么会让天翼旁落别家？就算她再唯才是举，也不可能将几百年来的族规轻易打破。

那么，他今天现身是为了什么？

"我忍气吞声地苟活着，日子变成了煎熬。直到那一天，我接到了一个极其神秘的命令，那个人说，如果我完成任务，就可以成为神使。作为定金，我得到了一份奇异的力量……"

神使？奇异的力量？这段话的信息量够大，他的上古金灵力应该就是在那个时候得到的。能够给予这力量的人只能是……

可是接下来他的话又不着调了。

"但那个时候我仍然对乌凰王一片忠心，我期待着她能回心转意……不，就算她要立小丫头为继承人，我也能接受，但可恶的是，她竟然削去了我大半兵权！我

知道是鹤相那老太婆从中作梗，可是她，不能一味地听信别人的话来怀疑我！我几十年的努力都化作泡影，那之后，我心如死灰……"

　　说到这里，他好像也意识到自己有些跑偏，缓缓呼了口气，表情恢复了正常："你想知道我接到的神秘命令是什么吗？"

　　寒霄沉默着。

　　孔雀侯说："那个人要我找到你，杀了你。"

　　什么？

　　来自上古的命令，命令孔雀侯杀了自己？

　　寒霄看着对方，试图从他的脸上找出说谎的痕迹，但他很快就把这个想法推翻了。孔雀侯的眼神很直接，没有半点遮掩。

　　一时间，寒霄有些恍惚。

　　如果说自己和上古有关联的话，就只有青衣伯伯和冰神了，跟其他的人和事没有任何接触，更别说有什么过节了，是谁要杀他？

　　孔雀侯嘴角翘起一抹诡诈的笑："你知道我找了你多久吗？我得到消息，你十三年前就出生了，可是我却到处都搜不到你的踪迹，原来你躲到西海最深的地方去了……西海寒水深潭常年被一层寒流包裹着，就像天然结界，如果你不出来，谁又能发现？"

　　寒霄在心里苦笑了一下。义父蓝鲨帅把自己关在石

室十二年，无形中竟然又保护了自己一次。

寒霄问："你还知道我多少事情？"

孔雀侯呵呵一笑："你还是关心一下你现在的处境吧！都要死了，问那么多有什么用呢？"

毫无征兆地，他动了，蓝绿色的光芒骤然爆闪，光波纵横，一面巨大的扇形光影徐徐打开，光影上，尾羽呈辐射状排列，无数只眼睛一样的图纹对准寒霄，爆射出金色的光芒。

是他的绝技——千眼魔屏。

千眼魔屏能够强有力地摧毁人的神经，只要看上一眼就会全身瘫痪，这跟乌凤王的黄金魔眼很相似。听说当年他征战的时候，用这一绝技打得敌军大败，一溃千里。

原来，降天嘱咐他"不要看那些圆形的图纹"指的就是这个。

寒霄避开耀眼的光芒，退后一步，寒冰气在全身氤氲缭绕。他五指微微并拢，双手抬起在胸前，灵力瞬间凝聚成一个光团，光团中能量急速流动，像极了冰原上即将来临的风暴。

温度陡然下降，连金水和粉末都瞬间被冻住，变成银白色。寒霄抬手，寒风席卷而起，"轰"的一声，雪屑、冰块呼啸着向孔雀侯席卷过去。

巨大的冲击力使孔雀侯后退了一步，他的眉毛、头发挂上了冰花。

寒霄的最新技能——冰风暴。

没有过多的技巧，冰神之心拥有无穷无尽的灵力，他只要顺其自然将力量释放出来就可以了。

这瞬间爆发的能量，让孔雀侯露出了诧异的表情。"有点意思。"他努力站稳脚步，抬起手来抵挡。

金色光芒爆射，比烈日还要刺眼，两方灵力碰撞到一起，迸出无数光斑和冰屑。

突然，一阵奇怪的碎裂声响起来，很微小，寒霄的脸色变了。

"不看就能避开了吗？"孔雀侯的嘴角上挑，露出一抹轻蔑的笑，"想得倒简单。千眼魔屏可是能随意变换攻击形态的——你的保护层已经挡不住了！"

雪暴竟然停滞，无数细小的金色光针穿过雪暴和冰层射向寒霄。孔雀侯嘿嘿一笑："我这招有形无质，千眼金针，中！"

寒霄脸色煞白，后退了一步，身体剧烈颤抖起来。

孔雀侯碧绿色的眼眸中透出得意，他嗤笑："毕竟还是个孩子啊，我以为你有多厉害……"

突然，他惊愕地瞪大了眼睛。

"轰！"刚才静止了的雪暴陡然爆破，风卷残云般袭击过来，少年冷哼一声，五指猛地攥起。

"呃——"

孔雀侯发出一声短促的叫喊，他感觉有无数牛毛

细针刺进了身体里。随着少年一个简短的指令："封！"孔雀侯的身体顿时冻住，有如一尊雕像。

怎……怎么回事？

千眼魔屏从来没有失手过，那小子明明中了光针，为什么还能好好地站在那里，光针反倒像刺进了自己的身体里？

不不，这不是自己的光针，是……

黑光闪过，寒霄胸前的魔石扭曲几下，不动了。

寒霄冷笑一声。的确，自己挡不了千眼金针，但魔石可以啊！

在短短的一瞬间，所有金针都被魔石吞噬，没有对他造成任何伤害，而他却趁着孔雀侯自鸣得意的时机，用寒冰灵力造出了比光针还细小的冰针，以其人之道还治其人之身，全部刺了过去。

虽然魔石是邪恶的，不能轻易动用，但以恶制恶，就不算是错。

这些孔雀侯又哪里会想得到？

"我没有全部封冻你，你还可以说话，"寒霄冷冷地说，"我想请你回答几个问题。"

孔雀侯愣怔着，短暂的震惊过后，眸子里闪过一抹不明所以的笑意。

他这是什么表情？

寒霄问："谁让你杀我的？"

"真不上心哪！我都说过了，如果完成任务，我就能够成为神使，你说是谁让我杀你的？"孔雀侯漫不经心地说着。突然，他的嘴角诡异地向上弯了弯，下一秒，他的身体一歪，竟然直直地坠了下去。

寒霄下意识地捻动飞翎去抓他，但是飞到一半，他突然停住了。

只不过是冰针就承受不住了？这个杀神纵横灵州十几年，就这样败北也未免太容易了些。

他拽出冽寒剑，警惕地左右扫视。

"有时候我真怀疑，你是不是只有十三岁……"孔雀侯的声音在他身后陡地响起："你是，怎么化去我的千眼金针的……"

寒霄猛地回头。

孔雀侯依旧笑着，眸子里的神色却慎重了。

寒霄不答话。来而不往非礼也，他不说，他为什么要说？

"不回答是吗？我会让你乖乖告诉我的！"他伸出手，虚空一抓，缓缓抽出一柄金澄澄的槊来。

——他的兵器南飞槊。

寒霄抿紧唇，举剑相迎。叮咚声响起，灵力光飞溅如烟花，刹那间两人已经过了十几招。

在凌厉寒气的逼迫下，孔雀侯不住向后退，寒霄有些疑惑，为什么感觉并不吃力，甚至比同青鹏侯交手还

轻松？是自己换了冰神之心，拥有高过从前十几倍灵力的原因吗？

突然，孔雀侯狭长的眼睛闪过一丝狞厉，绿光闪烁，南飞槊瞬间拉长，变成一柄长槊。

紧接着，孔雀侯的身体竟然虚化了，南飞槊同样淡化，寒霄的攻击成了有质对无质。感觉到不对，寒霄连忙后撤，突然，那团绿色的影子带起一连串的金光，向着他投过来。

金光砸下，发出奇异的嗡鸣声，铺开了无数炫目的光晕。

周围的一切都被定格，连时间都好像停止了。

寒霄的脸色变了，苍白得没有一丝血色，他僵在原地，连一根手指头都动不了，眼睁睁看着那串金色的影子穿过他的身体。

"嗡"的一声，一抹淡淡的魂魄被砸了出来。

下一刻，魂魄变成一阵轻烟，随风弥散了。

！！！

寒霄瞪大了眼睛，难以置信地看着这一切。

这，不是幻象……

孔雀侯桀桀地笑起来，笑声无比刺耳，金色光晕中央，他现身了，俊美的脸上浮着一抹阴狠。南飞槊再次举起来，魂魄一次次从寒霄的身体里飞出去，颜色越来越淡。

寒霄的震惊无法形容，这柄南飞槊，要比千眼魔屏厉害十倍——

他感到视觉和听觉开始变迟钝，意识越来越模糊，身体变成一具空壳，飘飘荡荡地浮在空中。

他有些茫然，有些惶恐。

那真的是自己的魂魄吗……他努力抬起眼，看到最后一团影子飘了出来。

他极力地镇定下来，他发现，那团影子呈现出一点淡淡的绿色。

不，不是魂魄，那是木灵力光影——金克木，是南飞槊把自己的木灵力逼出了体外！

寒霄这时才意识到对面那个人的可怕。

不要慌乱，那一点用都没有。他告诫自己只有静下心来想对策才会有转机。

他的大脑努力地思索着。

这其中应该是有虚有实的。

孔雀侯布下了两层干扰：一层是幻术，让他误以为灵魂被砸出窍，丧失希望；另一层是金属质屏障，为的是让他认定那层幻术是真实存在的。

他想要将他的身体和精神一起摧毁。

人外有人，天外有天，对方实在是太强大了。寒霄暗骂着自己的轻敌，咬了咬牙，心想只好再请它帮一次忙了。

孔雀侯挥着金槊，绿色的眼眸射出诡异的光芒，因

为狂热，竟然隐隐透出赤红色。

"我就要成为神使了，我不能让任何人成为我的绊脚石——"

突然，他的身体一滞。

他感到胳膊瞬间僵硬，南飞槊好像被什么给牵制住了。他用力向后拽，非但没能拽动半分，反而被一股强悍的力量吸了过去。

他诧异地看到，寒霄胸前，一团乌黑的光芒包裹住了南飞槊，那柄槊竟然开始变得扭曲起来。

这一惊非同小可。孔雀侯忽然想到，刚才千眼金针消失的时候，也是出现了这样一团光！

熟悉的气息袭来，孔雀侯难以置信地后退了一步。

那是什么……

寒霄不给他思考的时间，他把已经很薄弱的灵力禁制又撤开了一些。

他要赌一把。

魔石凹凸起伏，不断扭曲，如同一张狰狞的嘴巴，南飞槊变得像面团一样柔软，被它一点点吸噬进去，连同周围的金色粉尘也一起旋风般卷入……

孔雀侯脸上的自负褪得干干净净，他明白如果不放手，自己将会被一起吸进去！他只得忍痛后退，眼睁睁地看着最得意的兵器消失在那团拳头大的乌光里。

他忍不住又后退了一步，抬起头死死盯着寒霄。

"你胸前的那是什么？"

寒霄不回答。他凝聚起精神，飘散在空气中的淡绿色光芒聚拢过来，一点点回到他的身体里。

他的脸上有了生气。

他攥起五指，魔石被重新包裹起来。它疯狂地扭动着，十分不情愿，在木灵力的压制下，它不甘心地一点点缩小，最后恢复了平静。

寒霄在空中稳稳地站直了身体："你没有回答我的问题，还想要我回答？"

孔雀侯双拳紧攥，脸色先是发白，继而变青，像是有什么东西在这片刻时间里崩塌。他眼中透射出失落、怀疑和愤怒的神色。

"你必须告诉我，那东西是谁给你的？说！"

寒霄只是冷冷地哼了一声。

"可恶……"孔雀侯的长发在空中乱舞，如同妖魅。他怒吼一声，突然伸出双手，五根手指陡地张开，指甲瞬间伸长并变成金色。

寒霄立即明白，他要使出另一个绝技"千刀万剐"了。

"千刀万剐"，顾名思义就是一刀一刀地处决敌人，传说他指甲划过的地方，一切都会化为碎片。

寒霄抬起手，面前瞬间竖起一道坚硬如铁的冰墙，金光却瞬间穿过，冰墙碎成了屑。

银光闪烁，"咯"的一声，孔雀侯的五指抓上了一

柄透明冰剑。寒霄手腕用力，冽寒剑却再难向前递进半分，孔雀侯竟然凭着一双手挡住了锋利的剑刃。

寒霄淡淡地看了孔雀侯一眼，突然全身缭绕起银白色的冰雾，冰神之心蕴含的强大灵力轰然释放，他一抖手腕，冽寒剑倏地变长，化成了一把冰戟。

银白色的冰花蔓延缠绕，雾气迸散，冽寒剑在这一瞬间进化了，进化成了新的武器——冰戟剑！

"咔嚓嚓！"

十根指甲应声断裂，寒霄右手一扬，金色碎片飞散，孔雀侯疼得大声惨叫。

没有给对方机会，寒霄用力挥戟，暴风夹杂着冰屑雪沫爆射，天地在这一刻都变了颜色。

孔雀侯被斩飞出去，像狂风中的一片羽毛，他双手胡乱挥舞，拼尽力气才站稳身体。这时，修长的冰戟剑缭绕着寒气，逼在了他的喉咙上。

"是谁让你来杀我的，说。"

孔雀侯不回答，他抬起头，两眼发怔，嘴里喃喃地说："不可能，不可能，他说过力量只给了我，为什么，为什么……"

突然，空气绸缎一样皱起来，孔雀侯的身体也跟着扭曲变形。接着，他被"叠"进了空气中，就这么在寒霄的面前消失了。

幻境散开来，一点点露出迷蒙的、黛青色的天空。

# 十五　前往十二渊

"哥哥！"

"哥哥！！"

兴奋的叫喊一声比一声响亮，震得寒霄耳膜嗡嗡直响。他转过头，看见两个小孩从鬼脸鸳紫榈车上探出身子，向他拼命地挥手。车旁，立着两队金羽卫。

寒霄心里一阵高兴，立刻捻动飞翎飞过去。

才半天没见，三个人却觉得像过去了半年。阿星和安泰急不可耐地问他刚才的经历，寒霄简单地说了一遍，两个小孩大呼小叫，阿星更是夸张得要命，不住地夸赞寒霄厉害。

寒霄向周围扫视："凰王呢？"

阿星抢着说："她派了人看着我们，叫我们在这里等着别乱跑——这是在天上啊，我们能跑到哪里去？她自己带着人走了。"

旁边一个金羽卫，应该是侍卫长，对着寒霄躬身行

礼，恭恭敬敬地说："陛下去处理一点事情，她交代说您脱身后请马上赶去第一渊。"

她一定是先行动了。寒霄点点头，对阿星和安泰说："你们……"

"又要我们留在这里是吗？"阿星立刻打断他，气愤地说："习惯性的是吧，一有事情就叫我们留下，哥哥你是不是不把我们当兄弟看哪？"

"怎么可能，你们是我最亲的人……"

"那就是不把我们当男人看！"

寒霄啼笑皆非："本来就不是男人啊，你们还是孩子。"

"哥哥，你这是瞧不起人！"阿星嚷嚷起来："安泰，你说对吧？"

安泰也是一肚子的不满意："对，咱们是兄弟，有事情就要一起分担啊！"

寒霄没有吭声。

如果不是这种情况，他早就带着他们了。他很清楚陆兽人的脾气，重义气、爱为朋友两肋插刀，遇上事情让他们安逸地待着，简直比杀了他们还难受。

但现在不行。

此去封渊必定有危险。天翼族行动都是靠飞，他们两个却只能在地上跑，一旦有状况，他救都来不及。如果他们因此受伤甚至危及生命，他会内疚一辈子。

于是他又耐心地劝他们，可这次两个孩子犯了倔脾

气，怎么说都要跟着，两个也不吭声，只是一人抓着寒霄一只胳膊，眼睛眨也不眨地看着他。

寒霄认输了。他叹了口气："我看看能不能给你们要两根飞翎。"

两个小孩立刻欢呼起来，寒霄嘱咐："不要高兴得太早，你们不能离我太远，而且如果有危险，你们不许贸然向前冲，必须跟我一起。"

阿星和安泰连连答应，头点得像小鸡啄米。

第一渊距离最近，就在树塔海下面。

侍卫长指挥着紫桐车，寒霄跟在旁边，一行人向下俯冲过去。

灵力增长，寒霄的视觉敏锐度也比原来提高了很多，冲出云层后他发现第一渊的入口已经打开了。不仅是第一渊，还有离得比较近的第三、第四、第十渊，仔细望过去，有绰绰人影在地面来回晃动。

寒霄心里生出了一丝钦佩，她践行了诺言。

洞开的渊口向外冒着黑烟，浓稠得像墨汁，可见下面积攒的怨气有多重。尤其第一渊，大团大团地笼罩着，几乎看不见人了。

犯人和奴隶一个个从下面爬上来，颤巍巍的，相互搀扶着，大家都是一脸的不敢相信。有人张大着嘴，迫不及待地呼吸着空气；有人挡着眼睛，努力适应着外面

的光线。

但是，也有人眼中满是怨恨，只不过他们很快将这种表情隐藏起来，换上麻木的神色。

在渊口的另一旁，寒霄看到，一队天翼兵正在用戟和刀背抽打着一群犯人。犯人们被精钢锁链锁着，有人挣扎，却被打得更惨，一刀背砍下去，倒在地上几乎爬不起来。

寒霄忍不住皱眉，仔细分辨，发现那群犯人竟然也是天翼兵，只不过大部分被扒掉了盔甲，一时半会儿没辨认出来。

怎么回事？

收回目光，寒霄疑惑着，和阿星、安泰穿过烟雾从渊口冲下去。降天正在下面，她悬浮着站在半空中，身后整齐地立着一队金羽卫。

凰王现身，骇鸟低垂着脑袋，趴在地上不敢动；浆怪潜到红浆下面，不再露头。

银鹭侯充当临时监守，两个天将做副监，有条不紊地指挥着天翼兵向渊底放绳梯，让大家往上攀。有实在爬不动的，天翼兵飞过去把他们拉上来。

降天看着渊下，不知道在想什么。

见到寒霄，她终于从"石化"的状态中醒过来，不过她的反应很奇怪，先是怔怔地看了寒霄一眼，像是要说什么，却最终没说，用力把头扭了回去。

她恢复了惯有的姿态，嘲讽地说："孔雀侯都败给你了？厉害！"

寒霄很不喜欢她这种语气，但他不想在这种小事上计较："你们又发生内乱了？"

降天哼了一声："是鹤鸵太宰一党。他挑唆别人来阻挠我，以为我不知道……我现在还不能动他，但替死鬼还是要处理，给这帮老家伙一个震慑！"

她咬着牙："等根基稳了，这些绊脚石我会一个个收拾掉……别打岔，问你呢，孔雀侯跑掉了？"

"嗯。"

"你发现了吗？他的灵力很诡异。"

"是上古金灵力。"

降天片刻没说话，过了一会儿，她才开口："原来传闻是真的，我还以为是无稽之谈。"

"？"

"传说他为了得到更强大的力量，做了神秘人的走狗。有人猜测说，那个神秘人是上古恶神……"

"上古神怎么会跟生灵纪有联系？"她像是在问寒霄，又像是在自言自语。

是因为要杀自己。虽然匪夷所思，但是孔雀侯亲口说的。

见寒霄不回应，降天以为他也不清楚，于是改变了话题。她望着不断往上攀的囚犯："放了他们，封掉

十二渊，真的能恢复到从前吗？"

"能。"

降天的身体微微僵了一下："我总觉得没这么简单。"

寒霄也有这种预感："你认为哪里会出问题？"

降天轻轻摇头，没有吭声。

寒霄也有一瞬间的沉默，而后，他平静地说："放出的箭不能回头，而且这件事非做不可。"他指着步履蹒跚的人们："就算为了他们，为了你所有的子民。"

降天沉默了一下，说："好，那就不回头。"她转向阿星和安泰乘坐的紫檀车，抬了抬下颌："他们两个可以回兽族了，我派人送他们。"

阿星耳朵尖听见了，在车里拼命摇手："凰王陛下，我们不回去，我们要跟哥哥在一起，等这件事完了我们一起回去！"

安泰附和说："对，我们不放心他一个人在这里！"

降天怔了怔，目光中流露出一丝难以察觉的羡慕。她在三个人身上来睃视了一圈，冷冷地说："给机会不走，以后可不要反悔。"

阿星和安泰大声喊："不会的！"阿星用力探着身子，不住地向寒霄使眼色，寒霄整理了下表情，轻轻咳了一声："寒霄想跟陛下借件东西……"

"什么？"

"两根飞翎。他们在天翼族行动不方便。"

"真是麻烦。"降天一副不耐烦的样子，向站在远处候命的林鸽双将下令："你们，送两根飞翎过来。"

双将愣了一会儿才反应过来是在喊她们，两个受宠若惊，连连点头："是，是!"立刻在半空中跪下。

银灰色的光芒一闪，两姐妹现出原身，翅膀展开，鸽头扭过去，尖尖的喙叼住翅尖上最长的那根翎毛，用力拔了下来。

变回人身，两个少女托着飞翎，翩翩飞到阿星和安泰身边，双手捧了过去。

没想到这么容易就得到了飞行工具，还是漂亮的姐姐送的，阿星高兴得不知道该怎么办才好，门牙龇着都收不回去了。

降天突然问寒霄："你还用着落紫云的飞翎?"

"是。"

"扔了!"她蛮横地说，"我另给你一根。"

"不用了。"寒霄淡淡地说，"这个还好用。"其实他的意思是飞翎珍贵，没有必要浪费。

可是降天却恼了："不识抬举，多少人跪着求都求不来……不要算了!"

寒霄被噎得说不出话，他不知道她好好的为什么又生气，偏偏他听见提到落紫云，不识趣地跟来了一句："有件事还请陛下通融——圣天鹅家族就算犯了谋反大罪，但族人都被处决，已经得到应有的惩罚……四亲侯

出渊后，哪怕是关进牢狱，也请陛下让她有尊严地活着……"

他并没有考虑别的，只是同情落紫云，想报答她几次救他的恩情。

但是他忽然说不下去了，因为他发现，降天用一种从未有过的异样目光看着他。

"什么叫'就算'？他们是谋逆，被处决是应该的，我没有将他们凌迟已经是天大的恩赐了！"她狠狠地剜了他一眼，声音中泛起浓重的怒意："本来还想手下留情，可现在我改变主意了——我一定会把她关进重牢，三十八种刑具每种都用上一次……"

"……"

寒霄愕然，这时候却见她一甩衣袖，转过去背对着他不再理睬。

寒霄忍不住在心里骂：魔头就是魔头，喜怒无常，不可理喻！

又后悔：早知道就不说了，这下不仅没帮到四亲侯，恐怕还会给她带去更大的麻烦，可他怎么知道这魔头为什么会突然翻脸？

那边林鸽姐妹手把手地教阿星和安泰使用飞翎，这旁，已经有飞鸟车往上运送傀灵了。

这些被困在地狱中的"人"终于可以见到天日了。

看着一个个通红的、透明的影子被送上来，寒霄和

降天都沉默了。

寒霄没有再理会降天，几步走上前去，小心地扶傀灵下车，阿星和安泰也赶紧过来帮忙，他们见寒霄不说话，也识趣地闭紧了嘴。

不久，傀灵们全部被运上了第一层。

寒霄盘膝坐在地上，食中两指并拢，凝聚精神蕴出木灵力。

灵力缠绕在傀灵身上，树根一样丝丝络络地延伸，然后联结到一起，肉红色的皮肤慢慢生长出来，薄薄地、胶皮般地包裹在傀灵身上。

傀灵们相互望着，嘴巴不住翕张，他们的"嘴角"上弯，露出了明显的惊喜的表情。他们用才长出来的手指轻轻地戳着身上的皮肤，小心翼翼的动作让寒霄心里又酸又痛。

他默默地看着这些只有大体五官却满怀喜悦的人，轻声对他们说："你们上去之后，开始几天不能见日光，只能晚上出来活动，也不能吃食物，只能吸取空气中的灵气，以后皮肤变坚韧了就可以在白天走动了——另外很抱歉，你们的生命……最多十年……"

傀灵们用力点头，其中一个蹲下来，用手在沙土地面上一横一竖地写起来，寒霄低下头，看他写什么。

——多谢你，我想回去看看我的老母亲。我被抓走的时候她已经七十多岁了……我还想见我的妻子和女

儿……我拼着命撑到现在就是为了她们，只要能再见一面，活一天都好……

他激动之下用力太大，新长出来的手指竟然被沙子磨掉一节。寒霄默默地看着，没有出声阻止。

受到惨无人道的迫害，却没有一丝怨恨，最大的愿望也只是想再看一眼亲人。原本，他以为水族族民每天吃着有毒素的粮食，呼吸着缺少灵气的海水，得病后被随意丢弃，就已经活得够悲惨的了，没想到天翼族底层的人们更加卑微艰难。灵州第一强族的族民，竟然已经被压迫到了这种地步。

而他们已经习惯了，这才是最大的悲哀。

其他的傀灵嘴巴不住地开合，伸出手拼命向上指。

这是想快点出去了。是啊，他们已经太久没有见到外面的世界了。

突然，刚才写字的傀灵"砰"地跪倒在地上，对着寒霄磕起头来。其他傀灵也纷纷跪下，不住地表达着谢意。

寒霄轻轻地把这位身兼儿子、父亲、丈夫多个职责于一身的傀灵搀起来，蕴出灵力为他补上磨掉的手指，声音沙哑地说："伯伯，我们上去吧……"

他小心地护着傀灵们上了飞鸟车，在经过降天身旁的时候看都没看她一眼，降天罕见地缄默着，没有说一句话。

阿星和安泰很快学会了使用飞翎，两个人兴奋地跟在寒霄身后，进进出出地帮忙运送傀灵。

　　最后一批走完，寒霄跟着飞上去，站在渊口边抬起头。天有些阴沉，太阳被层层乌云遮住，到处都是一片乌蒙蒙的。

　　还有十一个渊的傀灵需要尽快生成皮肤，否则，就算没有日光，他们也会像蝙蝠族长一样很快散成粉末。

　　可就在这时，异象发生了。


　　一阵奇怪的嗡鸣声传来，地面震颤起来。随着嗡鸣声加大，震动越来越厉害，石块、沙粒飞速翻滚，大片烟尘飞扬弥漫。

　　像是地震，但又不像。

　　接着，他吃惊地看到，骇鸟和浆怪从渊下疯狂地蹿上来。

　　骇鸟和浆怪都是只能生活在渊底的生物，尤其浆怪，全靠红浆的灵气滋养，到地面上会像泡沫那样立即消融；骇鸟是消失了万年的鸟类，寒霄后来才知道它们是借着地心灵气假性复活，出渊以后也会因为失去灵气立即倒地不起。

　　按理说它们根本不会上来。这次封渊，也是打算将它们埋在里面的。

　　寒霄捻动飞翎降低高度，凝聚起精神仔细查看。

　　一只骇鸟目露凶光，拍打着翅膀想要扑上来攻击他，但只飞到一半就摔了下去。就在这一刹那，他看见

骇鸟的眼睛里，正在向外冒着黑色细烟。他心里一惊，又望向正在蹿跳的桨怪，见也是这样。

天翼兵们对着它们厉声喝骂，甚至挥起鞭子抽打，但没有一点用处。它们挥舞着爪子，诡异地叫着，向天翼兵扑过来。

骇鸟和桨怪们身后拖着一缕缕黑气和赤红火焰，顿时大地上黑气乱窜，火焰熊熊。

惨叫声响起来，几个天翼兵从半空中摔落下来，他们的嘴巴、眼睛和鼻孔流出了暗红色的血，倒在地上很快不动了。阿星惊恐地叫了一声："哥哥，你看！"寒霄早已看见，每个人的头颅上都留下了一个很深的血洞——他们的脑浆被吸走了！

降天最初也是怔了一下，但她很快就做出了反应，下令各天将指挥天翼兵对付骇鸟和桨怪，将它们就地诛杀。

"四人一组，三人背靠背，下方一名，以防它们从各个方向攻击！拔高高度，不要让它们有可乘之机！"

桨怪不会飞行，只能攀爬和跳跃；骇鸟的身体庞大，翅膀短小，也只能短时间地飞一下。最初的慌乱过后，天翼兵们恢复了以往的战斗力，钩、戟、刀等武器凌厉挥舞，长弓短弩不断发射，骇鸟和桨怪被一只只贯穿，死死钉在地上。天翼兵们一鼓作气，怪物们被压制得不能动弹。

阿星和安泰在得到允许后也投入战斗中。他们暂时

忘记了天翼兵是他们痛恨的敌人，跟他们同仇敌忾起来。

局面反转，天翼兵们占了上风。就在这个时候，怪异的事情又发生了。

空气波动起来，天幕上竟然出现了一个个透明的圆洞，无数黑色的怪鸟从洞中飞了出来。

它们全身包裹着浓烟，如同一团团浓稠的墨汁，向天翼兵俯冲过来。

寒霄的眉头紧紧皱了起来。

地面上是浆怪，骇鸟在中下层，新出现的妖鸟填补了上方的空缺，这看起来不像巧合，更像是人为的。

他向各个方向仔细查看，只看到激烈厮杀的双方，并没有发现指挥者。

他转过头，见降天悬空站在离他不远的地方。她身体僵硬，衣袖下面的手紧紧地攥着。

她应该也想到了这点。

妖鸟的出现立即减轻了骇鸟和浆怪的压力，它们开始抬头，上、中、下三路一起攻击，天翼兵方面顿时吃紧起来。

最棘手的还是新出现的妖鸟。

它们没有实体，被兵器打中后散成一团黑烟，马上又凝聚起来。它们的攻击却可怕多了，被啄中的人发出一声惨叫，面孔扭曲，皮肤瞬间干瘪，变成白发苍苍的老人，全身缭绕着黑烟坠下去，只剩下一口气。

所有人都呆住了，这……这是妖术！

寒霄凝出冰盾，大声喊阿星和安泰回来，两个孩子也是吓了一跳，不敢逞强，立即回到寒霄身边。

降天高声下令："大家向后撤，火箭攻击！"

天翼兵们点火放箭，箭矢雨点般射过去，妖鸟们尖利地叫着四散躲开。

但是作用不大，被射散的妖鸟又重新凝聚起来，只不过时间变得久一点而已。

降天狠狠地骂了一句，银鹭侯疾飞过来，在她耳边小声说了句什么。

降天看了她一眼，点点头，挥手让她去办。

没过多久，鸟鸣声响起，一队天翼兵急速飞来，他们的身后跟着几辆形状奇怪的飞车。

鲸头鹳拉车，鬼脸鸶在下面托举着，几头猛禽全部披着铜盔甲，武装得严严实实。车子是铜铸的，每辆车上都有一只黝黑的大桶，桶上连着胶皮长管。

车旁的天翼兵用油布蒙着脸，戴着胶手套，他们麻利地将胶皮管握在手中，对准了妖鸟，另一名天翼兵拧开了桶上的开关。

"都退开！"

一声大喊，大家立即向两边闪避，"哧——"胶管中突然喷射出黑色的液体，如同下了一阵黑雨。妖鸟们刚一接触，身体立刻化成了青烟，不多会儿就随着风散掉了。

空气中弥漫着难以形容的气味，辛辣中带着浊臭，寒霄忍不住一阵恶心。

液体有毒！

"这些毒水本来是装在池子里的，"降天的声音在他身后响起，"就是我们天翼族重牢里的毒水池。这里面有水族的海底怨果提炼出来的汁液，有从天翼族怨气最浓重的地方收集的'精华'，呵呵，还有用变异了的"芒刺"根熬出来的汤汁……"

她的声音怪异刺耳，寒霄头皮一阵发麻，又听见她嘲讽似的说："真是好用，这么厉害的妖鸟都被腐蚀掉了……"

不是腐蚀掉了，只能说毒水的怨气跟妖鸟以毒攻毒，相克而已。

不过她阴阳怪气的干什么，这不是他们天翼的得意之作吗？

见自己一方受挫，妖鸟们开始疯狂起来。寒霄闪身躲过一只妖鸟的攻击，心想毒水这样厉害，为什么陆空两战的时候他们没有用？如果出现在战场上，陆兽族根本没有胜算。

正想着，忽然听到降天说："本来是打算运去陆兽族的，只不过当时我太自负，以为赢你们易如反掌，哪知道半路冒出你这么个奸诈小人！不过当时还有一个原因……毒水的量还是太少，不能大面积使用，我正想着

以后让人多炼制一些。"

"……"

真是又坏又毒，比毒水还毒。

这样的敌人以前从没遇见过，时间一长，降天指挥起来就有些吃力，于是寒霄默默地担起了协助工作。他性格沉稳，心思缜密，调派起来有条不紊，指令快速且有效，天翼兵们不自觉地服从起来，一时半会儿竟然忘了这个少年就是让他们大败、死伤无数的"陆兽小贼"。

清亮的鸣叫声传来，一头雪白的大鸟载着一位仙气飘飘的婆婆从高空飞来——是鹤相。天翼兵们一片欢呼。

阿星立即把视线从妖鸟那边转移过来，用力戳安泰："快看，是丞相，她要打架了！"

这可是非常罕见的，说是百年一遇也不过分。只见鹤相拈着手指掐了个诀，全身蕴起洁白的灵力光，一排弯月形状的光羽出现在她面前。她右手轻轻一挥，光羽飞了出去，呈环状围住了妖鸟。

啪啪轻响，几只妖鸟当即化成烟气。鹤相连续挥手，无数光羽箭般飞过去，将妖鸟们分割开来，难听的嘶叫此起彼伏，大片妖鸟被消灭。

鹤相的独家秘技——空中画牢。

阿星和安泰看得目瞪口呆，好一会儿才回过神来，一起兴奋地大喊大叫，使劲拍手："丞相太厉害啦！""好精彩，开眼了！"

　　不久，妖鸟所剩寥寥无几，暴乱被压了下去。

　　骇鸟和浆怪的尸体散落得到处都是，一眼望过去触目惊心。天翼兵的伤亡也不少，不过大家的士气还算高昂。降天微微松了口气，寒霄看着凌乱的战场，心中那股不祥的预感却更加浓重了。

# 十六　巨魔鸟

　　在大家齐心合力下，包围圈越来越小，仅剩的几只怪物也很快被击毙了。

　　突然，一个天翼兵惊恐地叫起来："你们看，那是什么！"

　　大家的心里都是一惊，下意识地朝着他指的方向看过去。

　　渊口下，暗红色的灵气冒上来，和空气中弥漫的黑烟纠缠在一起，如同有了灵魂般，向第一渊汇聚过去。

　　树塔海上氤氲起了一朵巨大的蘑菇云，蘑菇云不断上升，在空中海浪般翻滚。

　　在场的人无一不感到头皮发麻，后背冰凉。

　　天宇峰上的云雾猛地炸开，一道道光飞了出来，赤橙黄绿青蓝紫，绚丽斑斓，无比耀眼。

　　灵力光流星般向着蘑菇云投射下来，寒霄看得清楚，一共有十二条，最中间的，是一条非常宽的黑光。

　　蘑菇云受到冲击，产生了剧烈的震动，凝聚成一瓣一瓣的，像是鸟的羽毛，向上包裹过去。

　　眨眼工夫，一个诡异的巨大蛋状物体形成了，卷云状的黑色气体在周围回旋流转，有灵力光不时从云气中迸射出来，像闪电。

　　阿星结结巴巴地问："哥哥，那……那是什么东西……"

　　寒霄没有回答，说："紧挨着我，不要乱跑。"

　　巨蛋开始扭曲变形，突然，顶端破开了一个洞，黑烟中，一个巨大的扇形物体钻了出来。

　　紧接着，"蛋壳"化成流动的烟气，向"扇子"中央部位涌过去。不多会儿，烟气被吸噬干净，"扇子"的下方凹进去两个孔洞。突然，孔洞里射出血红的光，洞下面，伸出了一个钩子形状的……喙。

　　这是一头鸟？

　　没有腿和爪子，没有翅膀，也没有明显的头部，腹部下面是圆筒形状，整个就像是一把大扇子装在了碾上。

　　尾羽扇动着，巨大的"鸟"掉转身体，缓缓滑过来。


　　烟雾和云气翻涌着向两边推开，阴影遮挡了整片天空，光线暗下来，仿佛瞬间进入了黑夜，大家毛骨悚然，忍不住连连后退。

　　嘶哑低沉的鸣叫声响起，魔鸟大山一样压了下来。

　　慌乱中，大家向四下飞窜，但巨魔鸟移动的速度非

　　巨蛋开始扭曲变形，突然，顶端破开了一个
洞，黑烟中，一个巨大的扇形物体钻了出来。

常快，转眼间阴影覆盖了一片人群。人们像是被施了定身法，立即僵在原地。突然惨叫声响起，大家吃惊地看到，白色的半透明状的影子从人的身体里剥离出来，倒着向上飞去。

巨魔鸟的喙陡然张开，将白影吸进肚子里。

更多的人连叫都来不及，被吸到半空中，突然像面袋一样摔下去，脸色惨白地倒在地上，停止了呼吸。

！！

大家骇住了，攥着兵器的手不自觉地颤抖起来。

但天翼兵只能进不能退，这是军规。不过，就算没有这个规矩，天翼人也一直是强硬不服输的。

可眼前这情景太诡异了。

不断有人跌下去，像从树上掉下来的烂果子。几个天翼兵抑制不住害怕想逃，身体刚一动，魂魄就离体而出。

"我天翼男儿什么时候变成懦夫了……"

一个厚重低沉的声音响起来，震得大家的头嗡嗡作响。降天站在半空中，脊背一片冰凉。

是乌凰王的声音！

那声音透着不屑："看吧，这就是逃跑的下场——"

寒霄的心沉了下去。

预感变成了现实。

这头魔鸟，是乌凰王唤醒其他十一位天翼凰王的魂灵，和地底怨气结合在一起化成的产物！

"见到我还不下跪？"乌凰王睥睨着下方每个人，呵斥说："我是天翼族主！"

天翼族除了高权贵胄，普通士兵很多都没见过她，有些就算是见过，变成这副模样谁还认得？

但她的气场太过强大，大家有些被震慑住了，不知道是该信还是不信，站在那里一动不动。

"呵呵，好，好——"

影子徐徐移动，巨大的底盘重重碾压下来，惨叫声骤然响起，距离较近的天翼兵们被瞬间碾进了泥土里。

巨魔鸟低沉地说："怎么，还不臣服？"

降天身体在不易察觉地发抖，她怒喝一声："住手！"

巨魔鸟缓缓转过头来。

"好，你很好……"巨魔鸟说，"你还是背叛了我，背叛了天翼。"

降天昂首说："我没有！"

巨魔鸟的眼神阴鸷，声音中透着浓重的寒意："我命令你，将十二渊恢复原样！"

降天直视着她，清晰地回答："我，不。"

突然，林鸽双将发出惊恐的尖叫，抱着头降落下去，跪在地上向巨魔鸟拼命磕头："凰王在上，我们愿意供您驱使，求您放过我们！"

巨魔鸟上身后仰，发出得意的笑声。她慢慢俯下头去，两只血洞般的眼睛凝视着降天："我再问你一次，

你要违逆我吗……"

降天挺起胸，用力攥住凰喙索："要说违逆也是你违逆我，毕竟我现在是凰王！"

"放肆！"巨魔鸟厉声喝道，"当初我就应该当场掐死你！是谁给你的勇气，嗯？"赤红的眼睛对上寒霄："是他？"

寒霄忍不住皱眉。

降天怒了："这跟他有什么关系？"

"呵呵呵呵呵……"巨魔鸟轻蔑地笑起来，"你想做第二个青凰？你以为他能为你解开黯容锁心咒？"

寒霄的眉头皱得更紧，心里一阵不自在。

自己怎么会解咒？再说那是他们自己的事，他又怎么可能去掺和。

降天一字一句地说："你错了，我从没想过要依靠任何人。"

"你想证明自己的能力？证明你可以跟我抗衡？"巨魔鸟睨着她，不屑地说。

"为什么不能？"

巨魔鸟哧的一声："痴心妄想，你等着看吧！"

巨大的身躯徐徐转动，她面向所有的人，声音像是暴雨前的闷雷："你们听好了，服从我的人现在就站出来，我给你们为我效忠的机会……不愿归顺的，呵呵，自便……"

"自便"两个字语调很重，充满着威胁的味道，场中一时间没有人说话，空气像是凝滞住了，只有风穿过树梢发出的阵阵呜呜声。

突然一个青色的高大身影飞出来，站到巨魔鸟对面。

青鹏侯。

银鹭侯怔住了，她颤抖着喊："三……亲侯，你干什么？快回来！"

青鹏侯置若罔闻。

巨魔鸟望着他，阴森地说："厉惊雷，你，看起来不像要俯首听命的样子啊。"

青鹏侯没有回答，他跟巨魔鸟对视着，像是在极力地压抑着什么。片刻后，他躬身行了一礼："陛下，我能问你一件事吗？"

巨魔鸟冷笑："你的脑子还好吧，这种时候要问事情？"

青鹏侯身体僵了僵，却没有退缩。他执拗地说："我想问，当年我跟阿姐在演武场比试的时候，她为什么放弃防守，被我一斩劈死？"

巨魔鸟冷笑一声，不理睬他。

"我发现了阿姐遗留的信笺，"青鹏侯声调陡然拔高，"你对她说了一些话……"

"要是说话能把人说死，还要军队干什么，还打仗干什么？"巨魔鸟不以为然地说，"她自己软弱无能还

302

要赖到别人头上？"她盯着青鹏侯，"你现在站过来还不晚，你说的话我可以当作没听到。"

青鹏侯滞了一下，朝着巨魔鸟飞过去。

银鹭侯又急又气，大喊："三亲侯，别做蠢事，回来！"

"闭嘴，"降天吼道，"你喊他干什么？这种叛逆不要也罢！"

青鹏侯站在距离巨魔鸟几米的空中，披风随风上下翻飞。

"十年来，我每天都在煎熬中度过，有句话我一直闷在心里没有说出口……"青鹏侯的腔调突然变了，他愤懑地喊："乌凰王，你根本不是唯才是用，你是唯对天翼有利者是用，根本不顾及他人的性命！"

"我是错了，过去的错误无法弥补，"他拔出雷亟斩，指着巨魔鸟，"但是，你将别人珍视的东西踩在脚下，践踏别人的感情，简直不可原谅！今天，我就要替阿姐讨一个公道——"

可是，还没等他出手，空中骤然刮起了一阵黑风，青鹏侯像是被雷击中，身体猛地一颤，竟然直直地坠落下去。

银鹭侯发出一声尖叫，"三哥——"她不顾别人的目光，身形一闪飞扑过去，在青鹏侯将要坠地的一刹那接住了他。

　　银鹭侯大声喊着青鹏侯的名字，摇晃着他，她摘下他的面罩，发现他的脸如死人一样惨白。

　　天地间顿时一片死寂。

　　巨魔鸟的目光缓缓扫过在场的每个人，强大的压迫感让大家不自觉地发起抖来。

　　有人动了。

　　五天将赤霞、七天将缝叶莺，以及刚才跪在地上求饶的林鸽双将和近千名天翼兵飞了过去。

　　巨魔鸟却没有丝毫的得意，相反，它那庞大的面庞阴沉下来。

　　站在降天一边的人仍然占大多数。

　　降天转头，看了一眼自己身旁的鹤相、二天将等人，突然将声音拔到最高："大家听好了，现在我命令你们迅速退走，"她指着巨魔鸟，"这是我和她之间的事，不需要你们插手！"

　　大家都是一怔，她要说的不应该是"站在我这边的都是天翼的勇士，给我上，一举歼灭它"吗？

　　寒霄望着降天，瞬间明白了她的意思。

　　另外一部分站在一旁，还在纠结是投降还是拼死一战的天翼兵，听到这话，脸上顿时露出羞愧的表情，攥紧手中的兵器聚集过来，大声喊："我们不走，我们誓死效忠陛下！"

　　巨魔鸟的脸色更难看了。

"我的命令你们也不听了吗？"降天怒喝。

她猛地转过身，冲着寒霄叫道："你自由了，"伸手一指阿星和安泰，"带着他们离开，不要在这里碍手碍脚！"

寒霄看了她一眼，对阿星和安泰说："我们走。"

降天身子一僵，手指用力攥起来，用力到指节发疼。

安泰迟疑着说："咱们不管凰王了吗，是不是太不讲义气了？"

阿星拽他："哥哥说什么你听什么就行了，哪来那么多废话啊。再说了，女魔……凰王那么厉害，用得着你管！"

"你们已经决定了？"巨魔鸟俯视着下方，"决定站在这个天翼罪人一边？"

将士们一动不动。

巨魔鸟的目光缓缓移到鹤相身上，阴沉地说："丹墨雪，连你也要背叛我？"

鹤相恭敬行礼："不，我只是心向天翼。如果您肯睁眼看一看，就知道如今咱们族的空气和环境恶化成什么样子了……这样下去，天翼将不保啊！"

"借口，你这是在为自己的背叛找借口！"

鹤相依旧躬着身："老臣从来不敢有这样的心思，请您明鉴。"

巨魔鸟冷笑起来："好，让你们高高在上偏不肯，那么，我就把你们碾压进泥土里！"

　　鹤相直起身，喊道："请您不要被怨恨遮住了双眼，站在您面前的都是天翼子民，请您三思而后行啊！"

　　回答她的是一声不屑的冷笑。

　　地面再次震动起来，发出隆隆的响声，沙砾石块四散飞扬，像是刮起了一阵狂暴飓风。

　　巨大的黑影倾轧过来，惨叫声骤然响起，无数人被卷了进去，当场碾死；高高飞起在空中的也不能幸免，灵魂瞬间被吸走，身体跌进尘埃里。

　　"你们这帮蠢货，叫你们走你们为什么不走啊！"降天怒喝一声，爆出七彩灵力，彩凰光影迅速凝结，护住全身。

　　强横的灵力挟着彩光袭到，巨魔鸟的身体只是轻轻一震。降天一怔，但没有退却，她双手举起，在空中划出一面扇形，彩凰光影引颈长鸣，翅膀用力挥舞，灵力光爆射出百里之远。

　　"轰——"

　　风沙飞扬，石块激射，她已经倾尽了全力，却仍然抵挡不住巨魔鸟前进的步伐。

　　第一渊以南．天翼族生息源。

　　灵气罩下，晶格里的光华在一点点流逝，源能以肉眼可见的速度变暗，守护生息源的天翼兵急忙禀报，监守长苍白着脸纵飞上天，赶往第一渊。

306

　　地底灵气冉冉地向外流出，和空中的怨气一起，被巨魔鸟吸进身体里。

　　投降巨魔鸟的天翼兵站在空中，怔怔地看着眼前的情景，如同一具具木偶。

　　降天的手套碎成一片片飘落下来。她手掌血肉模糊，身上的幔幕破裂，细小的血流从皮肤上迸出来。

　　她眼前一阵阵发黑，胸口憋窒开始喘不上气。她控制不住地咳了一声，铁锈味在口腔里弥漫开来。

　　她全身冰冷，心沉了下去。她有些慌乱起来，真的要……顶不住了——

　　突然，她感到身上万钧的重量减轻了。睁开眼，她惊讶地看见，绿色的荧光在面前跳跃飞舞，几乎凝聚成一面光墙，将她护在里面。

　　一阵冰雪般清冷的气息袭了过来，她转过头，看到一个白色的身影。

　　寒霄站在她身旁，有力的臂膀替她抵住了那片浓重的黑暗。

　　"你……"她怔怔地看着他，"你怎么回来了？"

　　"我把阿星和安泰送到了安全的地方……"寒霄答非所问地说。

　　降天的眼睛突然湿润了，她用力扭过头，咬住嘴唇。

　　地面上竟然汇聚出了一片绿色的光的海洋，光波有力地涌动着，徐徐上升，将那片巨大的阴影包裹起

来——寒霄将植被们的灵气激发出来，凝聚到一起，形成了有力的抵抗层。

寒霄转身向天翼兵大喊："大家先撤，然后再做打算！"

大家看向降天，降天提高声音下令："后撤——"

鹤相和几位天将一起指挥着天翼兵，迅速地离开了危险区。

巨魔鸟昂起头，发出一声怒鸣，尾羽扇动起来，带起一阵飓风。寒霄和降天挥起兵器，飞身迎了上去。

白、绿和七彩灵力跟飓风在空中遭遇，轰地炸响，飓风陡然凝聚成刃，穿过灵力劈斩下来，两个人的身体猛地僵住了。

寒霄大脑嗡的一声，他感觉自己被生生截成了两半，灵力也在瞬间被抽空。他低下头，发现身体还是完整的，只不过不能动弹，就像一具空壳。

一丝惶恐涌了上来。

真的厉害……

人外有人，天外有天，这头魔鸟的力量，已经到了恐怖的地步。

他费力地转过头，看到降天就在不远处，也是僵在空中，行动迟缓。

周围没有一点声响，他们下意识地对望一眼，降天原本惊慌的眼神瞬间安定下来。她拼命地抬着胳膊，想要将手伸向寒霄。

　　寒霄吃力地向她点点头。这时，他看见她的眼中露出惊惶的神色，已经可以抬起来一点的右手指向自己……她这是什么表情，是想说自己这边有危险吗？

　　寒霄猛然回头，只见一个黑影长发乱舞，鬼魅般站在身后，高举着一把黝黑厚重的大刀，刀上几只血红的眼睛圆睁着，散发着骇人的光。

# 十七 死 斗

孔雀侯。

他手里拿的是……乌魔刀。那刀不是被自己封冻在神龛洞里了吗？

孔雀侯双眼氤氲着血红，身上的灵力光也透出黑气。他嘿嘿一笑，乌魔刀向着寒霄凌厉地劈下来。

寒霄如同跌进了冰窖。

身体被定住，行动迟缓，要怎么应对？他可真会选时机出现。

寒霄屏住了呼吸。

刀落下的一刹那，他的上身猛地后仰，刀擦着鼻尖削了过去，好险！

孔雀侯一愣，他冷笑一声，第二刀随后砍到。

力气已经用尽，寒霄望着那黑沉的刀刃和血红的魔眼，心里升起了绝望。

突然，他感到身体一轻，像是脱离了桎梏，蓦地向

后飞起，灵力在一瞬间似乎也回到了身体里。

怎么回事？

来不及多想，因为孔雀侯已经再度扑到。

寒霄拽出冽寒剑，手一抖化成长戟。突然他看到，乌魔刀上的血瞳又睁开了一只，孔雀侯全身黑气暴涨，邪佞的力量倾轧过来，让人窒息。

看来，是乌魔刀赋予了他新的力量，多睁开一只眼，力量就会增加一分。

寒霄明白了。

刚才，他的魂魄和灵力被巨魔鸟桎梏住了，孔雀侯偷袭，两方力量相互抵消，恰好帮他脱离了困境。

果然，巨魔鸟的声音嗡嗡传来，透着无比的愤怒："混账，谁让你这时候过来的？"

孔雀侯毫不理会，他的双眼中闪烁着狂热："他的命是我的，只能是我的！"

刀戟相撞，两个人的速度都非常快，转眼已经对了十几招。巨魔鸟的声音渐渐低了下去，因为这时候两个人激斗着，距离战场越来越远。

乌魔刀强悍霸道，冰戟剑也不逊色半分，崭新的兵器快如旋风，在空中留下一片银色残影，锋锐的刃似乎要划破天际。

"咔——"

寒霄的前胸被乌魔刀砍中，鲜血猛地喷溅出来，伤

口黑气缭绕，但戟剑也同时斩过孔雀侯的肩背，划出一道深深的口子。

寒霄急忙按住胸口，孔雀侯却是桀桀笑了两声，一副无所谓的样子。

寒霄吃惊地发现，孔雀侯的伤口里流出的不是鲜红的血，而是金色的液体，如同熔炉里的金属熔液，在伤口处回转流动。下一秒，伤口竟然愈合了。

他没看错，那不是生物的血，就是金属的熔液，所以伤口才能像金属那样熔合，这跟自己的木灵力愈合完全不同！

这一惊非同小可。

突然，一个又尖又细的声音响起来："哥哥，你受伤了？"

寒霄皱起眉，一转头，果然阿星站在他身后，旁边是目瞪口呆的安泰。

"我没事。"寒霄呵斥说："你们过来做什么？怎么这么不听话！"

阿星赶忙摇着手解释："哥哥，不能怪我们啊，你只说让我们暂时躲避，没说后面不能出来啊……"

安泰也跟着点头："是啊，我们在林子里看到你跟这个绿衣服的家伙动起手来，你受伤了，所以……"

寒霄简直想扶额。这还说什么？他摆摆手，告诫两人："孔雀侯已经变成了怪物，你们要小心。"

"他就是孔雀侯？怎么长得这样吓人！"阿星拽出鼠尾链："哥哥你治伤，我们先挡着！"他嘴里豪言壮语，手中攥着的锁链却叮叮哙哙抖了起来。

"挡什么挡？简直是胡闹！"寒霄蕴起木灵力止血并阻拦他们，"后退！"

话刚说完，绿影闪过，孔雀侯扑了过来。他身形一晃，竟然绕过寒霄，直抓向阿星和安泰。

阿星尖叫一声，吓得闭上了眼，把手中的鼠尾链胡乱挥了出去。

孔雀侯看都不看，轻巧抓住，小老鼠顿时被拽了过去。

阿星啊啊叫着抱住了头，寒霄和安泰赶忙去救，这时阿星却现出原身，顺着鼠尾链蹿过去，滴溜溜直扑向孔雀侯的头脸。

小老鼠吱吱叫着，伸出尖利的爪子，抓向孔雀侯的眼睛，孔雀侯冷笑一声，上半身突然现出原形，张开满是利齿的喙，将小老鼠一口吞了进去！

一切都在电光石火之间，根本来不及反应，"阿星——"寒霄和安泰大喊起来。

安泰挥起大盖锅砸过去，孔雀侯的头歪了一下，轻而易举地躲过，翅膀轻轻一挥，"啊！"安泰发出一声痛叫，摔了出去，身上被锋利的翎羽割出了深深的伤口。

寒霄蕴出灵力，浅绿色的光球在两手间凝聚，光

球瞬间胀大，辉芒掠过孔雀侯和安泰，本来摇摇欲坠的安泰，立即稳稳地飞在空中。安泰惊讶地看着身上的伤口，血竟然不流了！

就在这时，孔雀侯的喙里绽放出银灰色的光。他发出一声痛叫，狠命甩头，把一个灰不溜丢的东西吐了出来。

是小老鼠。

同时吐出来的，还有一些碎屑——他的牙齿崩掉了一半。

阿星在空中化出人身，反手挥出鼠尾链，索刃直射向孔雀侯的眼睛。

鼠尾链索刃比之前整整长了一倍，银色光芒耀眼刺目，孔雀侯急忙闪避，脸颊却还是被划出了一道深深的伤口。

绿光掠过安泰的手，大盖锅变得锃明光亮，边缘锋利无比。安泰一脸的讶异，看向寒霄和阿星。

"我竟然得手了？"阿星先是不敢相信，然后兴奋地拍手，"太牛掰了！"他朝着安泰喊："别在那发呆啦，是哥哥的灵力，让咱们的兵器变厉害了！"

刚才，寒霄和阿星合谋用了一计。

阿星现出原身当诱饵，寒霄释出灵力让兵器进化，重创孔雀侯最薄弱的部位。两人的默契不用多说，一个眼神就能心领神会。紧急中两人用口型交换了想法，商

定了这个计划。孔雀侯实在太难对付，这也是没有办法的办法。但过后寒霄心有余悸，如果阿星从孔雀侯的嘴里逃不出来怎么办？那他就成了难逃咎责的罪人了！

金色的液体从孔雀侯的喙里流了出来，他彻底被激怒了，怒吼："敢用阴招，我饶不了你们！"绿光一闪，变回人身。他的嘴唇被染成了金黄色，被煞白的脸一衬，更显得妖异异常。

寒霄明白，虽然伤到了他，但不能致命。要想赢，乌魔刀是关键。

一缕阳光透过云层投射下来，血瞳条件反射似的微微眯了一下。

阿星突然叫起来："我想到办法了！"他一把抄过安泰的大盖锅，迎着那束阳光高高举起，然后对准血瞳。

折射的光线强烈刺眼，血瞳顿时闭了起来。阿星激动地大声喊："哥哥！"

寒霄来不及说夸赞他的话，飞身上前，挥戟斩向孔雀侯的咽喉，"唰！"孔雀侯的头被斩了下来！

"一帮蠢材！"孔雀侯冷笑着，裂开的脖颈和身体又合在了一起，"那点光没用的，砍我的脑袋也是没用的！"他将刀一晃，又一只血瞳张开——五只！

这血液跟万能胶似的，什么都能粘，还真是棘手。

有了！

寒霄不说话，手腕用力，冰戟剑一扬，利刃划过孔雀侯的手臂，一串金色的血液飞出来，在空中划了个弧，溅到血瞳上。诡异的叽咕声响起，血瞳顿时睁不开了。

孔雀侯吃了一惊，怒喝："你——"

冰戟剑快如疾风，挥向孔雀侯的脖颈，孔雀侯桀桀地叫："我已经说过了，没用……"

寒霄丝毫不停，孔雀侯的脸、胳膊、腿……瞬间出现了十几条伤口，而寒霄也不断被乌魔刀砍中，每刀都深及骨头，白衣染成了红色。

孔雀侯起先毫不在意，后来脸色变了。

他的视线盯在伤口上，见伤口那里竟然长出了密密麻麻的枝叶！而且在不断伸展、盘绕！皮肉被阻隔开来，没有办法愈合，孔雀侯瞠目结舌地看着，一句话也说不出来。

原来，寒霄悄悄招来植物的种子，每斩一戟，接着将种子撒在伤口上，再用木灵力催动它们生长。

一阵冷风刮过，孔雀侯的手掌空了。

乌魔刀已经被夺走。

孔雀侯用力地、机械地扭过头望向寒霄，碧绿的眸子漫上一股血色："你，你这小贼……"

冰戟剑挟着寒气高高举起，一股劈山裂海的力量倾泻而下，孔雀侯的身体陡然后仰，天空中洒下一片耀眼

　　孔雀侯的伤口上竟然长出了密密麻麻的枝叶，
而且在不断伸展、盘绕，皮肉被阻隔开来，没有办
法愈合。

的液体，孔雀侯在这片金雨中倒头坠了下去！

他那只剩一半的脸上满是不敢相信。他努力地仰起头，望着灰蒙蒙的天空，喘息了一下，说："你不是说过，我是最接近神的人吗？为什么，为什么……"

寒霄倏地抽回了冰戟剑。

阿星和安泰看得目瞪口呆，半晌，阿星才啜嚅着说："哥哥，你好厉害……你，你快止血吧……"他从小就喜欢看人打架，尤其是高手打架，每到这时候他就特别兴奋，就差搬个小板凳嗑瓜子了。可刚才他非但没有痛快淋漓的感觉，反而一阵头晕目眩，连心尖都哆嗦了。他用力甩甩头，觉得这应该是自家哥哥受伤，而且伤得很严重，自己太心疼的缘故，否则他实在想不出别的原因来。

安泰的心里也是有说不出的滋味。

本来，战胜了这样的大魔头应该高兴才对，但他似乎有点被吓到了。印象中的哥哥虽然内向话少，但一直很温和，从来没有这样冷酷过。他心里忍不住升起了一个念头，是因为哥哥换了冰心的原因吗……不不，不能这样想，孔雀侯可是坏人啊，对坏人仁慈是不对的，哥哥做的一点错也没有！

寒霄撕下衣服的下摆，用力擦掉手上的金色液体。

一个黑影悄悄靠近，来到寒霄的身后。

寒霄蓦地回头，见是降天，但刚才，他分明感觉到

一股陌生又危险的气息。

"你……"寒霄刚想问她的伤怎么样，就看见她五指弯曲成爪状，向着乌魔刀抓过来。

寒霄旋身躲过，降天一滞，再次扑过来。

"你怎么了？"寒霄喝道，"这刀你不能拿！"

寒霄挥起冰戟剑格挡，在这一瞬间他看见，她的手上布满了骨甲和鳞片。还没来得及细想这是为什么，他突然感到小腹上一凉。

一阵剧痛传来，他不敢相信地低下头，发现凰王剑正正地刺进了他的身体里。

阿星和安泰大惊失色，喊叫着扑过来，眨眼间，乌魔刀到了降天的手中。她猛地抽回凰王剑，变回索缠绕在手腕上，紧攥着刀，纵身飞向巨魔鸟。

寒霄一个踉跄向下摔去，阿星和安泰扑过来接住了他。

顾不上自己的伤，寒霄大声喊："不能用乌魔刀，那是魔器，会让人失控——"

降天的背影一僵，但只是片刻，就头也不回地飞走了。

望着那个黑幔飘扬的背影，寒霄疑惑不已，她的锁心咒是什么时候解封的？

阿星和安泰可不管什么乌魔刀，两个人只盯着寒霄的伤，阿星用力压住泉水似的向外涌的血，着急地喊：

"哥哥，你先愈合伤口，快啊！"

血确实流得太急，寒霄只好蕴起灵力按了上去。他探查了一下，创口并不深，没有伤到内脏。

突然一阵打斗喝骂传来，寒霄低头，见一群天翼兵正挥舞着兵器，将一个人围在中间。

那……不是沉夜吗？

阿星叫道："是那小子！他怎么会在这里啊？"

寒霄沉吟了一下："你用锁链拉他上来。"

沉夜全身伤痕累累，根本撑不了多久，如果不救他，恐怕下一秒就会被乱刀砍死。

"啊？"阿星不可思议地看着寒霄，"这家伙是个白眼儿狼，咱们别管他行吗？"

寒霄沉默着。

沉夜再三暗算他，他当然对他厌恶憎恨，但扭曲的性格也不是沉夜一个人造成的，他的生活本来和其他同龄人一样充满着希冀和憧憬，是命运一步步将他推入绝境。是人性的冷漠和残忍扼杀了他，让他彻底跌进黑暗中，如果可以重来，他绝不会是现在这个样子。

见寒霄不说话，阿星又劝："哥哥，依我看，咱们还是趁着这个机会快溜走吧……"

话说到这里他打住了，因为他看到寒霄皱起了眉。小老鼠连忙改口："好好好，是我不对，我救他还不行吗！"

　　沉夜被围在中央，头发散乱，全身是血。他胡乱挥舞着钢叉，像个疯子。

　　"我要杀了那个女魔头，我要杀了你们……"他的声音嘶哑到了极点，不像是人发出的，"我要替我阿爹和族人报仇——"

　　能追到这里，全凭着那股复仇的信念，可以撑到现在，靠的是他的狠劲。混乱中，他的后腰又被砍了一刀，一张嘴，他喷出了一口鲜血。

　　两眼一片赤红，他的视线开始模糊。

　　——阿夜，阿夜……

　　有人在呼喊他，声音缥缥缈缈，温柔极了。

　　他勉强抬起头，一个娇小的红色透明人影出现在他的面前。

　　是个傀灵。

　　——阿夜……

　　仿佛一声叹息，直击心底。

　　他猛地惊醒，低低地喊了一声："阿璇……"

　　傀灵点点头，"嘴巴"一张一合。

　　——阿夜，放手吧，现在还来得及……

　　她抬起手，想拉他，红色的影子从他的胳膊穿了过去。

　　"到了现在你让我放手？"

　　沉夜怒吼，他挥舞着钢叉："我背着一身的血债，你叫我放手？"

突然，他发现阿璇的影子在渐渐变淡，他心里一突，停了下来。

这是傀灵将要消散的前兆。

他当即哑了喉咙，说不出话来。

蓦地，他大吼："你自找的！你非要把麒兽石给那个小贼，你非要救他，这都是你自找的！"

阿璇不说话，血红的泪从脸颊上缓缓流下来。她静静地看着他，等他发泄完才开口。

——是我自找的……我们现在不说这个好吗……阿夜，听我的话，快走吧！你留在这里会没命的……你阿爹要是知道，该有多心痛……

"阿爹和族人死得那么惨，不能给他们报仇，我还活着干什么！"沉夜"嗬嗬"喘着粗气，如同一条被抛到沙漠历经暴晒的鱼。

阿璇抬起淡红色的手，像是要抚摸他的脸。

——可是你现在这个样子能报仇吗？生命中不能只有仇恨，还有很多重要的东西……

沉夜两眼通红，怒喝："你是在指责我吗，啊？"

阿璇看着他，泪流得更快了。

——我没有指责你，我是怕你白白把自己的命搭上……当初你爹爹之所以把你留在密林，他去引开追兵，就是想让你活下去啊……

沉夜哽住了。

　　——阿夜，我要走了，如果……你能见到我阿爹，就转告他，请他老人家原谅我这个不孝的女儿……

　　她的影子越来越淡，沉夜猛地抬起头，大吼："不，你等我一下，我去找寒霄那小贼，他能救你……"

　　可是阿璇开始碎裂，接着化成细沙，一点一点飘散。

　　"不，对不起！"沉夜语无伦次地喊，"你别走……"

　　——要活着呀阿夜，我等着你振兴蝙蝠一族……到那时你一定要来看我，跟我说这个好消息……

　　沉夜用力伸出手，抓到的却是一抹淡淡的粉末。他剧烈颤抖着，眼睁睁看着那点粉末化成光点，消失在空中。

　　"不！不——"

　　他野兽般地吼叫起来。突然叫声中断，他喷出了一口鲜血，昏死过去。

　　一条银色锁链飞射过来，缠在他的腰上，把他拉了上去。


　　空中黑云滚滚，降天手持乌魔刀，呼呼喘着气。

　　她连续出刀，几次砍中巨魔鸟，但它片刻后又凝聚到一起。而巨魔鸟每挥动一次羽翅，她就经受一次魂魄离体的痛苦。

　　她勉强在空中站稳，挺直腰背，看着乌魔刀。

　　长满骨甲的手指缓缓抚过刀身，她感到似乎有颗心脏在怦怦跳动，有无数个声音在叫嚣、召唤。受到蛊

惑，她身体的每个细胞都兴奋起来，指尖缓缓凑到锋锐的刀刃上。

"住手！"

寒霄的声音遥遥传过来："不能解开它的封禁——"

可是已经晚了。"哧"，一声轻响，一串血珠洒在刀身上，"唑唑"，眼睛全部睁开，一共七只！

血瞳瞪得滚圆，带着狂热的杀意扫过每个人。

降天的身体剧烈颤抖了一下，手掌上的骨甲和刀柄磨挫着，发出瘆人的"咯咯"声。片刻后，黑红色的魔气在她身上蒸腾起来。

巨魔鸟昂着头冲天疯狂嚣叫，不仅是十一渊，地面上的灵气也在飞快消失。

南面百里之外，生息源无比暗淡，仅剩的一点源能在底部散发着微弱的光，远远看过去，像是一堆灰色的石头。

人们脸色苍白，惊慌失措，仿佛世界末日降临。

"你还不明白吗？它会反噬！"寒霄飞到降天身旁，喝道："为什么要一意孤行？"

降天的喉咙里发出一声怪异的低吼，挥刀向寒霄劈来，寒霄闪身躲过，降天的声音像是沙砾磨挫，一个字一个字地刺进耳中："你有更好的办法？"她甩开寒霄，

再次向巨魔鸟俯冲过去。

巨魔鸟狞厉地盯着她，发出不屑的笑声。

"你把希望寄托在这把刀上了？笑话——"

降天一声不响，狠狠地劈了下去。

巨魔鸟鄙夷地看了她一眼，翅膀像是两半苍穹，猛地挥动，天地间顿时一片昏暗，黑色的烟气如同一道道利刃，朝着降天和寒霄飞射过去。

寒霄抬起手，冰戟剑银光一闪，再次拉长，旋卷起惊天雪暴。

但也只是抵挡了片刻，黑气轰然爆开，纷纷扬扬的雪花中，两个人被击飞出去，如同狂风中飘零的树叶。

寒霄感到身体被切割成一片一片——这不是实质攻击，是精神摧毁。

拼力稳住身体，寒霄按着胸口急促地喘息，只有一个办法了……

"主上，寒霄——"

一个白色的身影飘然飞到他们身旁，是鹤相。她没有佩戴面罩，老人清瘦的脸上满是焦灼："寒霄，主上已经被乌魔刀控制，这样下去不行……"

"丞相，请您守在这里，"寒霄抬起头向上方看了一眼，"我去去就回。"

"你去哪儿？"

"天宇峰神龛洞。"

"难道你要……"

寒霄点头："破坏神龛洞，是扭转局面的唯一办法。"

鹤相似乎有一刹那的晃神，她幽幽地说："原来，你跟我想到一起去了。"

寒霄有些意外地看着她，心里一阵激荡。作为天翼的三朝元老、忠心不贰的臣子，她竟然没有反对，这位老人的境界山高海阔，根本不是平常人能够相比的。

"那么，我去了。"

鹤相伸手拦住他："不，你留在这里，我去。"

"您……不，还是我去！"

"把危险留给你，我避重就轻，已经算是捡便宜啦！"

这叫什么捡便宜？

身为天翼重臣，这是逆天大罪，不但百年的名誉毁于一旦，还会招致株连九族的重刑。她是在为他着想，她怕他做这件事将来会成为天翼族的公敌，她想把罪名一个人担下来。

寒霄刚要开口说些什么，鹤相却轻轻拍了拍他的肩膀："这是我族的事，你一个外人就不要插手了……"

"……"

她凝重地说："只不过我有个请求。"她望了眼不远处还在挣扎的降天："我希望你能帮她，也只有你才能帮她……只要她走出心魔，天翼也就能够走出黑暗。"

她躬身郑重地行了一礼："寒霄，拜托你了。"说完

转过身，纵身向高空飞去。

"丞相……"

"你要去哪儿啊——"巨魔鸟森冷的声音传来，鹤相全身一僵，但她没有停，雪松鹤飞到她身旁要载她，被她挥手撵开了。她轻声对它说："不要跟过来，去帮寒霄。"

雪松鹤用力摆动头颈，拍打着翅膀不走。

"不听我的命令了吗？"鹤相威严地喝了一声，雪松鹤哀哀地叫着，最后无奈地长鸣一声，掉头飞走了。

"好大胆，你这是谋逆——"

一蓬黑气冲天飞射过去，鹤相不理不睬，反手挥出一排白羽。她右手捏诀，喊了一声："长——"翎羽瞬间变成船桨大小，排列成一圈，羽绒伸展延长，相互交织，挡在她身后。

黑气射过来，"砰！"白羽瞬间粉碎，鹤相接二连三地结成羽盾，羽绒漫天飞扬，像是下了一场大雪，鹤相的身影顿时被遮住了。

"君臣那么多年，我会看不透你那点算计？你不会愚蠢到以为这样就能糊弄我吧！"

一阵风卷过来，凭空燃起了一团黑火，漫天羽绒瞬间化成灰烬。

清越的鹤鸣划过天际，丹顶鹤光影从鹤相身体里飞出来，双翼挥舞着，银白色的光缭绕盘旋，护住鹤相。

"丹墨雪！"巨魔鸟叫着鹤相的名字，歇斯底里，

"你给我站住——"

黑气撞上云团似的白光，竟然像拳头打进棉花里，瞬间被化去了力道。

巨魔鸟大怒，狞厉地号叫着，尾羽扇动，黑气凝结成无数鸟的骸骨形状，张开尖利的喙，向着那个白色身影扑过去。

灵力光罩被穿透，鹤影仰起头凄厉地鸣叫，瞬间烟消云散。鹤相的身体剧烈颤抖，鲜血从银纹面罩下丝丝缕缕地渗出来，一滴滴落下，她却没有丝毫停滞——天宇峰，就要到了！她高声叫道："寒霄，助我一臂之力——"

"好。"寒霄紧紧咬牙，将寒冰灵力汇聚到右手上，向着鹤相猛地挥过去。

无数冰凌迅速生长蔓延，如同盛开的剑兰划过天空。巨魔鸟冷笑一声："妄想！"黑烟迸射，冰凌柱被击得粉碎。

冰屑纷纷扬扬，仿佛钻石撒落，一蓬冰雾从中迸射出来，喷泉一样冲上高空，一举追上鹤相，推着她走完了最后一程。

鹤相成功到达天宇峰。

"你们，该死——"

巨魔鸟尾羽疯狂扇动，发出惊天动地的嘶吼。

寒霄感到大脑一阵轰鸣，被震得仿佛失去了知觉。

一阵隆隆的响声，像是从非常远的地方传来，隐隐约约，听不太真实。过了一会儿，突然一颗小小的石子砸了下来，打在他身上。

紧接着，大片砂砾石头雨点般哗哗落下来。寒霄抬起头，他看见天宇峰在不住地震动，大块山石纷纷滚落，天地都好像在颤抖。

寒霄望向高空——成功了，鹤相已经毁掉了神兔洞！

巨魔鸟愤怒地号叫，一道道光从它的身体里飞出来，赤橙黄绿青蓝紫，无头苍蝇般到处乱窜。那是历代凰王的魂灵。

感觉恢复正常，寒霄惊喜着，捻动飞翎飞了过去。

突然他看到，飞沙走石中，有灰、白、绿、红、金五团小小的光点飘落下来，如同璀璨明亮的星子。那是……

灵石！

灵虫族白萤虫石、无骨族白绵灵石、两生族白水陆石、天翼族白炎雀石、陆兽族白麒兽石。

寒霄全身突然燃起了光芒，白、绿两色光不停闪烁，和灵石交相呼应，在这一片天昏地暗中无比耀眼。

这是……灵石在帮自己？

为什么？自己何德何能？

既然这样，那就再拼一次！寒霄闭上双眼，右手食中二指捏起，竖在胸前，五颗灵石在空中盘旋了几圈，

向着他飞过来。

寒霄五指猛地攥起，灵石瞬间被锁定在他身体周围，他的灵力光和灵石的光芒刹那间连结成一片。

灵力暴涨，寒霄右手一伸，一道白光瞬间拉长，冰戟剑指向巨魔鸟。

巨魔鸟的叫声立刻变了调，双翼用力挥舞，天地间沙石乱飞，树倒屋塌。

灵石围绕着寒霄急速转动，七种颜色的灵力迸发，纷纷投射到冰戟剑上。抬手，挥戟，震彻天地的轰鸣声中，冰戟剑再次拉长，足足有几十米！

天地失色的一击。

巨魔鸟猛地仰起头，叫声震耳欲聋，像是鬼怪在号哭。

它的身体被斩成了两半！

"轰隆隆——"

石块、沙土、断枝残叶从高空砸落下来，天宇峰坍塌了！

不仅是天宇峰，最下方的迷境峰位置刚好和天宇峰上下重合，巨大的石块砸上去，山体一阵颤动，山石纷纷倒塌。

天地间一片混乱。

巨魔鸟疯狂叫嚣："以为这样就能打败我了吗？妄想！"

它快速降落到地面，勉强将两半身体合在一起，扇动尾翼，碾盘一样的身体底部急速转动，沙石尘土被旋

转成漏斗状。

片刻后，它的声音出现了明显的惊慌："为什么，为什么吸不到了？"

寒霄冷冷地望着它："还想吞灵气吗？不可能了。"

巨魔鸟抬起头，尖利地叫："你说什么？"

"你低头看看。"

巨魔鸟疑惑着，两半脑袋低下去，它看到自己的身体下面，一层白光地毯一样，将它和地面分隔开来。

"我生成了隔离层……"

"混账！我要杀了你！"

巨魔鸟面容狰狞，挥动着翅膀想要扑过来。寒霄冷哼一声，右手彩光闪耀，冰戟剑再次斩下。

号叫声响彻云霄，魔鸟巨大的躯体扭动着，不断变换形状，大家心惊胆战地看着，忍不住连连后退。不多会儿，他们看见，它那血红灯笼一样的眼睛渐渐地熄灭了。

烟气从它身体里冉冉冒出来，在空气中不甘地摇摆。寒霄默默地看着那个巨大的黑影分崩离析，被风拉扯成丝丝缕缕，最后消失。

他转过身去，看到了降天。

她佝偻着身体，大口大口喘着气，摇摇欲坠。青鹏侯、银鹭侯以及几个天将焦急地围在她身旁，不知道该怎么办。

突然，她的身子向旁边一歪，坠了下去。

她手里依然紧攥着乌魔刀，刀身上，血红的眸子滴溜溜地转动，散射着狡诈狠戾的光芒。

一簇七色灵力激射而来，准确无误地打在刀面上。

血瞳顿时瞪得滚圆，灵力蔓延，瞬间覆盖过去。

寒霄站在半空中，手心托着灵石，冷冷地看着它。

血瞳几乎要瞪裂，它们发出瘆人的咝咝声，拼尽力气转动着。在灵力的压制下，它们带着愤怒、不甘，还有一丝没来得及褪去的狂喜慢慢合了起来……又是一簇银光挟着寒气落下，霜花和冰凌一路漫卷，魔刀被彻底封禁。

# 十八　矛盾纠缠

降天快速下坠着，拖着浓重的烟气。突然，一只冰凉修长的手抓住了她。

寒霄拎着她，稳稳地降落在一棵高大的云杉上。

她身上的幔幕碎得一片一片的，露出的，是几乎没有一片完好的骨甲，和交错纵横的伤口。她抽搐着，喉咙里偶尔发出一声嘶哑的低喊。

寒霄将她放好，蕴起木灵力，按了下去。

她的身体剧烈颤抖，两只手胡乱挥舞，突然，她触碰到了他的胳膊，立刻像溺水者一样用力抓住，断裂的指甲狠狠刺进他的皮肉里。

寒霄疼得眉头直皱。

黑色烟气越来越淡，降天终于睁开了眼睛。

一片白色衣衫和一个俊秀的侧颜撞进她的视线里，那人的手没有一丝温度，正按在她的后脖颈上。

风吹拂过来，她感觉到脸上空荡荡的。她的大脑有

一瞬间的空白，好一会儿才记起来面罩已经被打碎。

她吃了一惊，挣扎着要坐起来。

"别动。"

手的主人没有半点表情地命令。

她刚要发作，却发现自己的手正紧紧地抓着对方，咒骂的话顿时哽在了喉咙里。她用力抽回手，一声不响地躺了回去，对那人胳膊上涌出的血视而不见。

脸上的骨甲在一片一片脱落，她的视线扫过身上，看到四肢也是。她的脸顿时滚烫，这个样子，一定丑到家了。

一阵冰霜般清冷的气息，随着轻风拂过来。

是他身上的味道……她的心更乱了，把头用力向一边扭过去。

打量了一下，她发现自己躺在一棵云杉上，抬眼，天空一片明净蔚蓝，几片轻盈洁白的云朵飘着，美得令人心旷神怡。

空气好清新。

自从出生起，看到的似乎都是阴霾和昏暗，这样的美景她还是第一次见。她望向远处，见五座山峰只剩下了四座，而且迷境峰也已经残破了。她心里十分可惜，不过觉得就算这样，也是很美的。

那片巨大的阴影终于消失了。

几缕阳光从枝丫间透下来，她眯起眼睛，轻轻抬手

遮住。突然，她心里一颤——她不怕阳光了？现在可是脸上没有遮面罩，身上没有披幔幕啊！

她偷偷看了寒霄一眼，脸腾地红了，难道……

"黯容锁心咒还没有解，我试过了，抱歉，解不开。"那人的声音从头顶平静地传来，"我只是暂时把它封住了而已。"

没有解开，只是暂时封住……

降天的心顿时沉到谷底。乌凰王曾经说过，想让黯容锁心咒完全解开，那个人必须也……

她感到身上有些冷，很冷，温暖的阳光照着也没有用。

原来，不是她想的那样。

"主上！"

"陛下——"

"哥哥，哥哥——"

杂乱的叫喊声传来，降天翻身坐了起来，她挡开寒霄的手，冷冷地说："不用你给我治伤了！"她想了想，撕下身上一块残存的幔幕，包裹住脸，转身飞下树去。

对于她这种异于常人的举动寒霄已见怪不怪，也不理会，站起来回应："阿星，安泰，我在这里！"

阿星、安泰、鹤相以及一队金羽卫和天翼兵一起向这边飞过来。

寒霄一把接住飞扑过来的两个小孩，打量了一下，还好，活蹦乱跳的，没什么异样。顾不上繁文缛节，他

转头问鹤相："丞相，您怎么样？有伤到哪里吗？"

鹤相轻轻摆手："没事，我还好。亏得你助力，多谢啦。"

老人平安无恙，寒霄由衷地高兴，他不愿看到她有任何不测。

天翼将士们看到降天的装扮，先是吃了一惊，然后纷纷低下头，在空中行礼，并向她禀报天翼的状况。降天装作看不见他们的表情，一面听一面做指示。

阿星和安泰则高兴地你一句我一句向寒霄说着发生的事。

原本寒霄是让两个人看着沉夜的，可谁知道那家伙醒来后挣脱他们就逃走了。两个人还告诉寒霄，十二渊的犯人、奴隶和傀灵已经全部释放出来，傀灵们暂时被安排在附近的树林里。

两个小孩和天翼将士们同时说到一件事——生息源。天翼族的生息源本来就已经出现了问题，又被巨魔鸟疯狂地吸噬了大部分灵力，源能已经非常微弱，需要立即修复，时间很紧迫。

天翼族一干人都不约而同地望向寒霄，目光殷切，透出的意思不言而喻：寒霄很重要，寒霄哪儿都不能去，只能去恢复生息源，最好现在就去。

寒霄没说什么，带着阿星和安泰冲飞下去。

大家全部凑过来，跟在后面。

阿星觉着别扭："你们都跟着干什么呢？这一大堆人，跟老鹰抓小鸡似的！"

金羽卫侍卫长飞到前面来，小心翼翼地对寒霄说："生息源在南边，您……飞反方向了。"

阿星哼了一声："感情是来监视我们的！"

侍卫长被讽刺了也不敢反驳，只是尴尬地咧了咧嘴。

寒霄淡淡地说："我要先去救傀灵。"

"他们不是全都被运上来了吗？"

"还需要及时造皮肤，否则很快就会魂飞魄散。"

"可是，生息源快要枯竭了……"侍卫长有些不明白寒霄的思路，"那不应该是最先救的吗？"

降天也跟了上来，她高高地飞在上方，冷冷地说："你，先去生息源那里！"

寒霄对她的这种态度反感透顶，不亢不卑地说："我探知过了，生息源的源能还剩下百分之一，但是他们再拖下去就救不回来了。"

"生息源关系着天翼族的存亡，是几个傀灵能比的吗？"

寒霄突刹住飞势，他蓦地转过身，正在飞着的降天差点跟他撞上。

降天禁不住后退了几步，两人四目相对。

少年脸上的表情大多都是平静淡漠，可这时她却从他的眸子里看到了明显的怒意，她心里忍不住一颤，少有地胆怯起来。但她可不会表现出来，她重重地哼了一

声，色厉内荏地说："瞪什么瞪，我说得不对吗？妇人之仁！"

看到这架势，大家也都不飞了，在空中远远地围了一圈。

寒霄冷冷地看了她一眼，眼神中充满了厌恶："我不会让生息源熄灭，傀灵们十年的生命我也不会放弃！"

他不再多说什么，扭头就走。

"你！"降天怒不可遏地跺脚，却猛地一个趔趄，差点栽下去。她这才想起自己还在半天空上，只气得咬牙切齿。

大家都看蒙了。

好大一个瘾啊！

试问灵州十族谁敢这样顶撞女魔头？应该救哪个先不说，单就这份当众怼她的胆量就让人叹为观止了。

降天猛地回过头，眼神刀片似的扫过来，众人吓了一跳，赶紧都低下了头。


傀灵有几千个，为他们挨个造皮肤当然不可能，但寒霄现在的灵力和从前相比一日千里，同时为多个人一起施术，已经不是什么难事。

为了保险起见，他还是决定分批进行。三百人为一组，一组结束后再接下一组，这样速度既快，生成的皮肤又好——以后他们就指着这层皮肤了，一旦破损，又

得不到及时修复的话，魂魄会一点点泄漏出来，很快散光，再也没办法挽回，所以半点都不能马虎。

寒霄专心救人，阿星和安泰就维持秩序。有天翼兵见降天似乎已经默许，于是也飞过来帮着点人数编队。

这样一来，速度就快多了。

过程还算顺利，除了十几个傀灵太过虚弱死去，其他的都安然无事。傀灵们的家人听到消息，陆续从四面八方赶过来和他们相认。

主要还是傀灵去认亲人，因为他们现在的样子都差不多，都是一身粉色的皮肤，脸上只有三个洞。

等到为最后一批傀灵造好皮肤，已经是第三天的凌晨。

寒霄收回累到几乎没有知觉的胳膊，看着抱头痛哭的人们一言不发。

天翼兵也在一旁沉默着不说话，许多人背转过身，偷偷地擦眼睛。是人就不可能绝情，再硬的心都会有柔软的一面，每个人都有父母兄弟姐妹，他们的痛苦大家感同身受。

阿星和安泰捧来食物，小声地劝寒霄吃点东西，休息一会儿。

三天三夜，寒霄没有一刻停歇，更别说睡觉吃饭了，就连仅喝的几口水，都是阿星和安泰送到嘴边喂给他的。

他本来就不胖，现在看上去更是瘦削，眼窝深深地陷下去，腮也塌了。

寒霄摇头表示没胃口，他再三询问大家有没有发现一个叫阿璇的女傀灵，大家却都说没有见到，寒霄万般失望和心痛，脸色更不好看了。阿星和安泰心疼极了，一个拿出布巾给他擦汗，一个小心地给他捏着胳膊和手腕。

忽然，冰冷的声音从上方传下来。

"你还要磨蹭多久？还不去救生息源！"

是女魔头。

她已经换过衣服，依旧是浓墨一样的幔幕和漆黑的面罩。她居高临下地命令："快点！"

阿星生气了，壮着胆子大声说："凰王陛下，我哥哥也是人哪，你要累死他吗？你不心疼我们还心疼呢！"说完脖子一缩，抱着头躲到寒霄背后，继续小声嘀咕："真是的，帮你是人情，不帮是本分，倒好像我们欠了你似的！"

降天："你……放肆！"

安泰行了个礼，诚恳地说："陛下，我哥哥连着三天三夜都没合眼，请让他休息一会儿……"

"这是他自找的！"降天的声音冷得像掺了冰碴："只救了几个人就顶不住了？是谁口出狂言说生息源和傀灵要一起救的？"

"您……"安泰被噎得直瞪眼，他觉得降天这话有

毛病，但是一时半会儿想不出哪里不对。

阿星从寒霄身后探出头来："凰王陛下，哥哥是说过都要救，可他没说一起进行啊！饭要一口一口地吃，事要一件一件地做，要是太心急，质量可就不能保证了，您也不想看到东西修完了却老是出毛病吧！"他一口气说完又缩了回去，紧紧攥着寒霄的衣服，心里怕得要命，觉着降天下一秒就能把他拽过去撕了。

安泰连连搓手："说得对！"

降天大怒，一句"死耗子再多嘴我就拔了你的牙"才要说出口又生生咽了回去。她觉得自己堂堂一族之主跟只老鼠口角也太没品了，传出去会叫人笑话。

其实，这时她更在意寒霄的态度，因为他自始至终就没理过她。

在他面前，她好像是空气。

降天的手指关节捏得咔咔作响，刚才想骂阿星的冲动忍住了，但这个人，她无论如何都忍不下去！

刚要吐出一大堆难听的话，突然一个急促的声音传来："主上！主上——"

她扭头，见生息源监守长带着一队天翼兵急匆匆地飞过来，脸上是极度兴奋的表情。

"主上……"一路的狂飞让监守长有些气喘。她惊喜地说："禀报主上，生息源亮起来了！晶格里的源能也正在生成，速度非常快！"

降天一怔，语气中满是怀疑："你说什么？"

"臣下不敢欺骗主上，是真的！"

降天并不相信。

在寒霄救人的这段时间里，除了派人填埋渊坑、清理废墟、将一部分犯人遣返回家，她还一次次地去查看生息源，并且命人暂时用灵力灌注着，生怕一不小心就熄灭了。直到发现源能全部都暗下去，她快要急疯了，才一股脑地冲过来。

监守长眼角眉梢都是喜气，殷切地望着降天："请主上移步过去看一看！"

降天说："我这就去。"她瞪了寒霄一眼："敢耍花样，我绝饶不了你！"掉头向南飞去。

看到眼前的情景，降天禁不住瞪大了眼睛。

晶格里，一小洼一小洼液体状的源能正起伏着向上升，并且纯净度比从前高了很多。

蔫蔫地贴在地上的花草挺立起来了，茎叶上透出的，是真正的、富有生机的绿色。植被层层叠叠，海浪一样轻轻波动，但降天发现不是风在吹。

每片叶子都散发出莹莹光芒，灵气沿着根茎飘出来，汇聚在一起，联结成了一张网，笼罩在生息源周围。植被的起伏，是灵气传递的时候带起的颤动。

不只是这里，整个天翼的植物，都在向这边源源不

断地输送能量。

寒霄无声无息地飞过来，降落在一丛不起眼的紫杉旁，他就地盘膝坐下，闭上了双眼。

他本人到场，源能生成得更快了，一个个晶格先后被绿色填满，生息源核心也凝结形成，纯净得如同一块天然宝石。

阿星站在一旁看着，小脸上是掩饰不住的骄傲。他手脚一起比画，向大家解释："刚才我哥哥虽然不在这里，但他在救人的同时把自己的灵力传了过来，命令植物们帮他一起恢复源能……"

天翼族的生息源和陆兽族不同，没有彻底熄灭，因此寒霄一个人就够了，不过能够生成得这样快，得益于他现在强悍的灵力。大家没有想到他竟然可以隔空驱使植物，因为天下植物都隶属花叶族，只有花叶人才能让它们乖乖听令，这实在令人咋舌。

笼罩在绿光中的少年，俊秀空灵，高洁神圣，大家仰望着他，目光中满是钦佩。

降天没有说一句话，心里却已经是惊涛骇浪。

怪不得他一副自信的样子，原来早就胸有成竹！这人实在是可怕，不动声色就能收揽人心，连植物都为他卖命……对了，那五块灵石竟然也帮着他，连炎雀石都卖主求荣，简直混账！

不是传说，只有真正的王者才能启动十族的每块灵

石吗……

不，他这样原身都现不出，族属都不明的人怎么能够成王？

不过，这样的人留在世上，又不能为自己所用，将来必定是个很大的威胁……

——要杀了他吗？

一个声音在她耳边响起来。

她生生打了个冷战，像是掉进了冰窖，半边身子都麻了。

声音一下变成了两个。

——不，他救了我很多次……

——但现在是个很好的机会，错过以后再下手就没这么容易了！

——我已经杀过他不止一次，现在他又为天翼解决掉这么大的难题，族人会怎么想……

——借口，你才是真正的妇人之仁！你是一族之王，要做什么谁敢置疑？千万不要只看眼前，想想将来，你可是要统领十族的！

——让我考虑一下……

——他灵力耗费过多，身体极度亏空，一条命等于掌握在你的手里，还等什么？

她僵硬地站着，如同木偶，身体一阵冷一阵热，是割裂的感觉。

　　黄昏降临，大地铺满金色的光华，晶格中的源能终于充满。

　　灵气罩轻盈透明，晕着柔和的光芒；新生成的源能轻轻波动着，熠熠发光。

　　"太美了！"

　　"真是神奇啊……"

　　生成顺带着净化，这样的事情大家有生以来第一次见到，禁不住发出一阵阵赞叹。

　　"从没觉得空气这么清新，真好闻！"

　　"我的胸口不闷了……"

　　"我的咳嗽好像立刻好了一些呢！"

　　天翼族众人仰着头，大口地呼吸着，有人张着嘴，有人抚着胸，脸上都是一副陶醉的表情。

　　寒霄脸色苍白，他站起来，有些步履不稳，阿星和安泰赶忙扶住了他。

　　四天，已经四天了，没有片刻的休息，就算灵力再强，这样地输出，身体也已经到了极限，这个时候还能走动，完全是靠着顽强的意志。

　　避开人们的议论和目光，寒霄让阿星和安泰扶着来到一个安静的角落。他喝了些水，闭上眼睛又调息了一会儿，极度的疲惫感才减轻了些。

　　一个黑影悄无声息地飘过来，一点点靠近，近到和他只隔着一丛灌木。幔幕下，伸出一把锋利的索刃，对

着他高高地举了起来。

忽然，响起了一阵轻微的沙沙声，阿星发出一声惊叫："哎呀，哥哥你看！"

寒霄睁开眼睛。

周围的花草轻轻地摇晃着，像是在跳舞，淡淡的灵气在叶片上氤氲，凝聚成点点萤光，跳跃着向他飞过来。

温暖柔和的气息从他的毛孔渗进去，微弱却绵延不绝。这些小生灵是在为他输送灵气呵！寒霄的嘴角忍不住微微翘起，对着它们露出一抹感激的笑。他伸出手，指尖轻轻抚摸上一朵小花："你们的心意我领了，我自己可以恢复。"

可是这次，它们却没有听从他的命令，小小的光点依旧从四面八方汇聚过来。

寒霄无奈地摇头："多谢了。"

这一幕温馨的情景，就这样猝不及防地撞进了灌木丛后面那个人的眼帘，高举的索刃顿时僵在了半空中。

少年衣衫破碎，脸带伤痕，但此刻的他却没有半点冷淡疏离，眉梢眼角透出的，是从未见过的温柔。她看着他微微偏着头，修长的手指摩挲着小小的花瓣，仿佛那是一件无价之宝。

第一次看到他笑。

他笑起来，很好看……

　　少年衣衫破碎，脸带伤痕，但此刻的他却没有半点冷淡疏离，眉梢眼角透出的，是从未见过的温柔。她看着他微微偏着头，修长的手指摩挲着小小的花瓣，仿佛那是一件无价之宝。

——快点动手，杀了他！

那个声音骤然响起，她被惊醒了。

可是……

指甲掐进掌心，降天一动不动地站着，温热的液体顺着指尖流了下来，是手攥得太紧导致手指被索刃割破了，但她却没有一点知觉。

是真的，下不去手呵……

# 十九　婉　拒

大半个时辰后，寒霄感到精神好了很多。他再次睁开眼，发现面前黑压压站了很多人。

鹤相、几位天将以及一群金羽卫，静静地立在两旁等候着，见他调息完毕，大家不约而同地站直了身体。鹤相首先走过来，向他躬身行礼："寒霄，再次感谢你！"

其他人一起摘下面罩，按在胸前："恢复生息源之恩，有如再造，多谢——"

寒霄连忙站起来恭谨还礼："大家不必客气。"

阿星和安泰喜气洋洋，阿星最得意，好像感谢的是他而不是寒霄。

又客套了几句，寒霄拉过阿星和安泰，对鹤相说："丞相，既然事情已经了结，我们这就走了。"

"这样着急吗？"鹤相诧异地说，"你帮了咱天翼这么大的忙，再怎样也得好好休息一下，进些饮食再说啊！"

"丞相说得对，"银鹭侯扶着青鹏侯慢慢走过来，

"你可是我们天翼的大功臣呢！"

天翼功臣……寒霄微微皱眉，但他不想多说什么，只想尽快带着阿星和安泰离开。

银鹭侯伸出手，做了个邀请的动作："三位跟我来，先沐浴一下，然后换件衣服——浴汤我都叫人准备好了，有专人伺候，还有各色美食……"

阿星立刻两眼放光，看向寒霄。

"不用了，五亲侯，"寒霄直截了当地拒绝，"多谢。"

"怎么不用？你可千万别客气！"银鹭侯语调中透着殷勤："先前我对你有所冒犯，还没跟你赔个不是呢，怎么，连这个面子都不肯给咱们吗？"

"我有几句话要说，你先闭嘴。"青鹏侯推开银鹭侯，面无表情地说。

银鹭侯连忙随着他："好好，你们讲，你们讲。"

青鹏侯按着胸口走到寒霄近前。

寒霄点点头："你的身体怎么样，我可以给你愈伤……"

青鹏侯摆手打断了他："无关紧要。"

"那好，三亲侯有话请讲。"

青鹏侯语气出奇的平静，他自嘲地说："之前有些事情我一直没想通，今天乌凰王却把我打醒了……你说得对……"

银鹭侯一怔，有些紧张地问："什么打醒了？"

青鹏侯又不说话了，但在这一刹那，寒霄已经明白

350

了他的意思。

他想通了。

——遵从内心，不被名利左右；冲破心魔，放下过去；走出阴霾，带着亲人的希望重新上路。

这可能是他的姐姐黛罗烟最想看到的吧。

寒霄望着他，诚挚地说："恭喜你。"

对于一个人来说，荣耀权力、奇珍异宝未必能够使他快乐，有时反而会成为沉重的枷锁。在历经波折后，心灵的宁静和轻松才是最大的幸福和快乐。

"我们这就告辞了，"寒霄向着大家躬身，同时拍拍阿星和安泰的背，提醒他们行礼，"我弟弟的家人这么久没有见到他们，一定很担心，我们必须马上赶回去。"

"这可不行呢，"银鹭侯拦在他们前面，语调中带出一丝焦急，"我们说了不算，你不要难为我们这些做臣子的呀！"她的眼睛不住地向上瞟。

寒霄不想再做纠缠，拉着阿星和安泰准备起飞。

"我说过让你走了吗？"

降天悬立在半空中，居高临下地说："寒霄，我命令你留在天翼，从此哪里都不准去！"

场中顿时静了下来，大家偷偷交换着眼神，表情古怪。

阿星瞪大了眼睛："可是陛下，本来您说只要找到解决空气毒素的办法，就放我们走，我哥哥不仅找到了办法，还帮您解决了，还顺便救了傀灵，给您恢复了生

351

息源，您可不能狗脸儿亲家——说翻脸就翻脸啊！"

安泰跟着用力点头。

"我什么时候翻脸了？"降天冷冷地说，"我拦着你们两人了吗？我现在就派人送你们回去！"

"我们要跟哥哥一起走！"

"这个你们说了不算！"降天冲着寒霄抬了抬下颌，"从现在起，他就不是陆兽族的人了。"

"啊，什么？"阿星和安泰一愣。

"他本来就不是兽族人。"降天不容分辩地说，"——我宣布，寒霄为我天翼大帅，权位在丞相和鹰帅之下，五亲侯之上！"

人群中顿时响起一阵窃窃私语。

"大帅？这是什么提升速度！"

"简直是一步登天！"

"恐怕从天翼建族起，这是第一份吧。"

"还是个男……"

但是议论归议论，谁也不敢明着说出反对的话，有人甚至觉得没什么不可以，男子居高位也不是第一次，更何况这少年还做下了惊天动地的壮举。还有些人觉得，寒霄不是那种爱争权夺利的人，无欲无求的性格还挺讨人喜欢的。

阿星和安泰目瞪口呆。

"不不，陛下你当时明明说让我们三个人一起回去

的！"阿星急了，看看降天，又看看寒霄。他拉住寒霄的胳膊："哥哥，你可别答应啊！"

小孩不相信自己的哥哥会留下，但心底却莫名地涌上一丝担心，因为寒霄一直没有吭声。说实在的，给个这么大的官儿谁不动心啊，要是他，他也想做！不，天翼的官儿不行，再大也不行，自己可是兽族人！但……寒霄不是……

降天冷哼一声："你觉得以他现在在陆兽族的境遇，回去对他有什么好处？"

阿星的小脸顿时白了。女魔头说得没错，陆兽族人不待见寒霄，尤其是定磐城那一帮老家伙，爷爷也对他有很大的成见。再说，陆空大战时寒霄是从十二重牢偷跑出来的，这次回去，那些主和派老臣肯定还要在这件事上难为他，的确没有半点好处。

他这时候才明白自己真正担心什么。寒霄现不出原身定不了族属，有什么理由非得待在兽族呢？可他就是不想让他离开啊！就算是存了私心，就算为自己着想，那又怎样？反正他就要三个人在一块儿，缺谁都不行！

安泰紧紧地攥起两个拳头，眼睛眨也不眨地看着寒霄："天翼再好，也不是咱们自己的地方，哥哥你说是吧！"

寒霄慢慢伸出手，握住安泰和阿星的，说，"别担心，我怎么可能留在这里？"

阿星顿时松了一口气，小脸上一下子又有了光彩。

他噘嘴："那你为什么一直不说话？吓死我了！"

寒霄刚才沉默，是因为有那么一刹那的恍神。

他承认，降天有句话说到他心里去了。

他始终认为只要以诚待人，别人也会同样对他，做事对得起良心，就不怕误会和诋毁。但现在看来并不是。在陆兽族的遭遇让他寒心甚至失望，他可以不在意自己的付出被忽视，但人格被践踏，他真的很难接受。

所以，想到回去兽族，心里的确有些发冷。但他不会逃避，偷偷出狱的事会他做个交代，不过他也不会留在那里，对于将来的去向他的心里早已有了决定。

阿星用力拍着胸脯："哥哥，你放心，回去我就劝爷爷，让他不要再那样对你了，他再脸不是脸鼻子不是鼻子的我就跟他急！"他捅捅安泰："也叫你爷爷帮着说话啊。"

安泰连忙说："那是肯定的！"

寒霄淡淡一笑："将来，我可能不会待在兽族，我要去北部冰原查探我的身世，你们要一起吗？"

阿星和安泰一怔，然后连连点头："当然，我们陪你！""只要能在一块儿，去哪儿都可以！"

降天怒了："你！"

寒霄再次行了一礼："陛下、丞相、各位，我们走了。"

降天的声音氤上一层冷意："这就是不答应了——知道违背我的后果吗？"

　　"对了。"根本不理会她的威胁，寒霄回过头来，从怀里摸出了件什么东西，托在手上递过去。

　　是灵石。灰、白、绿、红、黄五块石头，在寒霄的掌心散发着熠熠辉芒。

　　寒霄捏起其中的红色灵石，说："麒兽石是陆兽族的，我带回去。另外三块希望陛下能把它们送还到原来的地方。"

　　降天牙齿磨挫得咯咯响。鹤相看了看她，只好上前一步，将灵石接了过来。

　　萤虫石、绵灵石、水陆石瞬间没了光泽，变成普通石子的模样，就连炎雀石的辉芒也暗淡了许多。

　　阿星偷偷看了降天一眼，小声对寒霄说："哥哥，女魔头快要气昏过去了！"

　　寒霄敲了他后脑勺一下，取出飞翎。

　　降天突然发出一声厉喝："你敢迈出一步试试！"

　　寒霄理都没理她。

　　鹤相连忙劝："主上别着急，可能您的谕令太过突然，他没有做好心理准备，让老臣来跟他说说。"

　　降天狠狠地哼了一声："说什么，不必了，我看他今天是不想要这条命了！"

　　鹤相安抚地对着她摇了摇头，给了她一个"少安毋躁"的眼神，然后飞到寒霄身旁。

　　寒霄淡淡地说："丞相您不用劝了，我不会留下。"

355

鹤相拉着他走远了些："我不是想劝你，我只是想问，你怎么知道，在陆兽族北部冰原能够查到你的身世？"

"我义父临死前告诉我的，他说是在那里发现的我。"

"哦，那么，查明身世以后呢？"

以后？

他想尽自己所能，改变灵州大地的恶劣环境，解救更多正在受苦受难的人……不过这听上去太过大义凛然，他不想当众讲出来。

鹤相娓娓地说："有些话我知道你听了以后一定会认为我恶意抹黑，但我还是想告诉你，陆兽族千疮百孔，混乱不堪，不管你是不是兽族人，待在那里对你的将来没有半点好处，说不定还会引祸上身……"

说了这么多还是想让他留下。以她的立场，游说很正常，毕竟为其主，谋其政。

这时，鹤相瞥了降天那边一眼，突然把嗓音压低，用只有他们两个人才能听见的声音说："主上其实也是受害者，她很可怜……黯容锁心咒现在只有你能压制，将来也只有你能解，她需要你留在这里。"

寒霄一怔。

为什么她和乌凰王都说自己能解？自己已经试过了，的确没有办法，她们以为自己在撒谎吗？寒霄看着鹤相，觉得她们不是一般的奇怪。

寒霄摇头。

"你已经决定了吗？"

"嗯。"

"没有转圜的余地？"

"是！"

鹤相的眼中掠过一丝失望和难过。她轻轻喟叹一声："抛开别的不说，我是真的喜欢你……像你这样优秀的孩子这么多年来我还是第一次遇到……"

寒霄垂下眼眸："鹤相谬赞，我很抱歉。"

"那么，"鹤相忽然语气一转，"你走吧，天翼的确不适合你。"

寒霄意外地望着她。

"说起来，现在灵州十族都不太平，生存起来十分艰难。不过，"她温和诚挚地说，"只要你想待的地方，就是最适合你的。"

只要你想待的地方，就是最适合你的。

这句话好像平淡无奇，但寒霄多年以后才明白，它听上去是鼓励，其实却更像一个预言。

——只要他想，就可以把任何一个地方变成他要的样子。当然，这其中经受的挫折磨砺是难以想象的，可是性格使然，没法改变。

"现在的灵州大地已经不是从前，各种天灾人祸，但人为居多，无辜的族民却因此受难遭殃。希望今后你能对得起心中所想，不负众望，用你异于常人的能力给

这个世界带来希望和光明。"

寒霄突然明白了些什么。

之前鹤相的那些话，其实是故意说给降天和天翼人听的；而这，才是真正要告诉他的。

他望着那双慈祥的眼睛，一股暖意涌了上来。一路走来他遇到的拥有智慧和广博见识的老人不止一个——西海的霓虹婆婆仁心仁术；兽族的千年不动仙恶劣强势却十分有趣；而这位鹤相，则是悲天悯人、胸怀天下，让人折服。

他感到，他的许多想法和她是相通的。

鹤相略一沉吟："哦对了，有件事跟你说一下，北部冰原原本属于兽族，但现在大半已经划给了天翼……"

不用说，又是强取豪夺来的。

"……我族驻守冰原的是镇北大将军，原身大海雀，她是我多年的亲信……你去的时候如果想查问什么可以找她，就说是我说的，她一定会知无不答。"

寒霄刚想道谢，鹤相却摇摇手："不用，一点小事。你们走吧，不要做出任何表情，不要回头，她不会把你们怎么样的。"

寒霄感激地向着老人点了点头，然后返回去拉起阿星和安泰，捻动飞翎转身就飞。

"站住！"降天怒喝，她命令："来人，给我抓住他！"

她身后的金羽卫怔了一下，脸上的表情有些尴尬，

降天恨恨地骂："怎么，耳朵聋了？"

金羽卫们一个哆嗦，赶紧虚张声势地要冲过去。鹤相阻止了他们，她向着降天躬身："主上听我一言，是药未必都有效，治病还须对症……操之过急会起到相反作用的。"

降天冷冷地说："你是让我放他走？"

"对。"

"不可能，他是个非常大的隐患，绝不能放虎归山！"

"他的性格吃软不吃硬，强留只会让他反感，这又何苦呢？"

降天压抑着怒气："那你说怎么办？"

"我们可以慢慢来。"

降天语气更冷了："丞相是故意找借口帮他脱身吧？"

"主上为什么会这样想？老臣一心为天翼，主上还不了解老臣的为人吗？"鹤相无奈地一笑，"我有个办法，主上愿意听吗？"

"什么？"

鹤相靠近降天，说了几句话。

降天把目光收回来，望着鹤相："那好，我就试试丞相的法子。"

"不过，"字从她的牙缝里一个一个挤出来，"不能为我所用的东西，我宁愿亲手毁掉！"

鹤相垂下头："老臣相信主上的决断，必定英明正确。"

这时，一队金羽卫押了个人飞过来。

那个人长发披散，遮住了半张脸，淡紫色的长裙洇着血迹，破烂不堪，露出满身的伤痕。已经飞起在半空中的寒霄立刻停住，他叫住金羽卫，自己来到落紫云面前。

于是大家看到，寒霄伸出手，轻轻按在落紫云的肩上。

！！！

大家齐刷刷地扭过头，望向降天。

降天怔住了，一时间竟然不知道该做出什么样的反应。

"四亲侯……"

寒霄轻轻叫了一声，落紫云瘦削的肩膀颤抖了一下。

他心痛地看着她。

这样一个清雅高贵的人，遭受如此的践踏和打击，心中该是怎样一种绝望？女魔头不杀她，是不能破坏"任何族种都不能灭绝，必须留下传衍之人"的祖规，但今后的日子对于她来说活着还不如死去。不知道，她是否能挺过去？

可是，以他的立场，却什么都不能做。

寒霄紧紧攥着的手掌慢慢张开，他蕴起灵力，按在落紫云的肩膀上。绿色萤光波荡开来，笼罩上落紫云全身。

阿星有些着急。他本来还期待着香汤美食、美女服务，但现在好事儿都泡了汤。那也没什么，回家去吃大姐

做的红烧肉，在木桶里泡澡也一样舒服惬意。他盼着快点儿离开这里，可自家哥哥看到四亲侯又挪不动腿了，他这个着急啊，生怕女魔头一声令下把他们抓起来给宰了。

他哆哆嗦嗦地和安泰在一旁等着。忽然，他感到一股杀气袭来，他机械地、一点一点地把头扭过去，于是就看到了降天吃人似的目光。

阿星小脸都白了，他把头掰回去，然后捅了下安泰，安泰不明所以："干什么？"

阿星向着身后指了指，小声说："看见没，女魔头现在恨不得要把咱们生嚼了咽下去……"

安泰偷偷瞥了一眼："是嚯！"他想了想，向降天行礼，诚恳地说："陛下，我们马上就走，不会耽误你们很多时间的，我保证。"

"对对，四亲侯帮过我们，要不是她，我们三个人连命都没了！"阿星又补充："哥哥他只是报恩，我们还是要讲一点人情的对吧陛下，哥哥他一会就完了，您先忍耐一下哈！"

但是这话说完，他似乎感觉到降天更生气了，他吓得脖子一缩，拉过安泰挡在自己前面。

那边，寒霄已经收回了手。

落紫云身上的伤口已经基本愈合，但是骇鸟啄出来的三角形疤痕却怎样都消除不了。

这已经是他能做到的最大限度了。

寒霄轻声说："四亲侯，我们走了。"

落紫云依旧低垂着头，也不知道听见了没有。

"你……要好好活下去。"

一滴晶莹的泪水落了下来。

寒霄一怔，拳头再次攥紧。最终，他没有再说什么，转过身和阿星、安泰一起纵飞上天。

望着他们的背影，站在降天身后的二天将夜枭上前请示："主上，要不要我……"

天翼族对寒霄恨之入骨的也大有人在，二天将夜枭就是其中一个。之前在陆兽族，他和金狮太子勾结，伙同六天将、七天将一起偷袭寒霄，却被反摆一道，连视为生命的兵器金瞳手杖都毁了，最后好歹活着回来，躺了几天身体才算恢复，脸都丢尽了。

降天连眼角余光都没有给他，冷冷地说："凭你？"

二天将的脸一阵青一阵白，悻悻地退到一边。

降天的视线落到落紫云身上，许久，冷笑从她的喉咙溢出："我想到了一个好主意——"

"啊？"二天将愣怔着不知所以然。

鹤相看着降天，目光中漫上忧虑。她张了张嘴，又把话咽了下去。

忽然，传讯官急速飞过来，跪在空中向降天和鹤相禀报。

"主上，丞相，鹰帅巡边结束，明天就要回来了！"

降天突然一僵，好一会儿才开口，声调是从未有过的阴沉："知道了。"

鹤相轻轻叹了一口气。不仅是鹰帅，还有她麾下的雕统、鸷督、隼参、鹭司，都要一起回来了。她们看到天翼变成这个样子，会是什么反应呢……

鹤相抬头望向北面，几片乌云悄无声息地盖过来，天色有些暗淡。她见降天一直僵站着不动，也没有再去劝说，只是有条不紊地指挥天翼兵运送犯人，清理废墟。

忽然降天问："临阵叛变的人呢？"

鹤相心里咯噔了一下。

降天指的是在巨魔鸟威逼利诱下临阵反叛的五天将赤霞、七天将缝叶莺、林鸽双将以及近千个天翼兵，这些人在看到巨魔鸟落败后，一起趁乱逃走了。

"主上，"金羽卫侍卫长禀报说，"已经去追了，很快就能抓到。"

鹤相的心紧缩起来。以降天的性格，这些人的下场只有一个，必须得尽快想个法子……

降天冷笑一声，望着远方的天空，没有再说话。

# 二十　暗与光

　　寒霄、阿星和安泰在云层中穿梭飞行，阿星激动地大叫："啊啊啊，太高兴了！我们终于脱离魔爪要回家啦！"他对寒霄和安泰喊："我刚刚还怕女魔头把飞翎要回去呢，没想到她根本就忘了这茬。"

　　安泰笑骂："看你那没出息的样！"

　　"什么叫没出息？你想想哈，她要是非叫咱们交出飞翎，咱们不得用两条腿走回去啊！"他嘻嘻笑："我还好说，我原身蹿得快，你呢，就你那四条短腿什么时候能走出天翼？"

　　安泰哼了一声："那我也不怕，我一步一步早晚能挪到家。"

　　"你不怕我怕！我就怕又出幺蛾子！"

　　寒霄转头看向云中众峰。

　　天宇峰崩裂，迷境峰被掉落的大石撞得残破不堪。听天翼兵禀报，问心镜已经被砸烂了。

真的遗憾。

他很想从问心镜中知道自己的身世，以及弄清楚安泰的胳膊是怎么没有的，还有……阿星……

想到这里，他全身一阵发冷。

不，身世自己可以查，至于那种情况，他绝不会让它出现！他看向阿星和安泰，两个孩子还在你一言我一语地打着嘴架，闹得正起劲。他暗暗下定决心——一定要变强大，强大到可以为他们挡下一切祸患，不让他们发生任何闪失！

"天翼族的人竟然没有追来，还真是让人意外啊。"阿星已经掌握了飞行技巧，一高兴就不老实起来，在万米高空上仰飞、翻身、打旋儿，"爽啊！"

寒霄呵斥："你干什么，别闹！"风这样大，真怕他一个不小心翻下去了。

他也是隐隐奇怪，的确是太顺利了些。不过，应该是鹤相从中斡旋的原因吧。

安泰说："再出尔反尔，他们还有脸做人吗？"

阿星从鼻子里哼了一声："依我看哪，是哥哥太厉害，他们不敢来了。"

寒霄又给了他后脑勺一下："好好飞！"

阿星吐了吐舌头，把身子摆正，老老实实地跟在后面。

风更大了。

南方地域正处在多风季节，三个人赶路很是费力，

没过多久，前方竟然出现了涡流一样的风带。寒霄说："下降，避开它。"

"好嘞！"

三个人努力平衡着身体，不断降低高度，直到快要贴上树冠，才感觉风势小了一些。

突然，阿星大叫起来："哥哥，安泰，你们看……"叫到这里他又打住了。

安泰奇怪地问："怎么了？"

"不不，没什么，赶路要紧，咱们快走吧！"

"你这人真是，乱喊什么，吓了我一跳！"安泰不满地说。

寒霄其实早看到了，以他敏锐的感官，还有什么发现不了？

一棵老树上，挂着一个黑衣少年，他的身体随着风摆来摆去，像一只破布袋。

是沉夜。

阿星瞥见寒霄的反应，明白了，后悔得直想打自己嘴巴。这下坏了，以自家哥哥的脾气，肯定不能袖手不管！不过又一想，寒霄的视力和听力都比自己和安泰强太多，那么大的一个人，又怎么会看不见？

可他就是不想让寒霄去理那只臭蝙蝠！他拉寒霄："哥哥，咱们快走吧！"

寒霄拍了拍他的手，捻动飞翎降落下去。

　　"你都救了他好几次，已经很便宜他了。"阿星嘟囔着，嘴巴噘得老高。见寒霄不理睬，他眼珠一转，又想，看臭蝙蝠的样子说不定已经死了，死了哥哥就没话说了。于是他不再哼哼唧唧，跟安泰一起飞了过去。

　　沉夜的身体毫无生气地搭在树干上，一阵疾风刮过来，差点把他掀下去。

　　他的脸被腐蚀得厉害，几乎露出骨头，身上糊着厚厚的血痂。当时在战场上，寒霄让阿星把他从天翼兵的手中救回来，由于时间紧张只给他止了血，他竟然还能逃到这里，也算是奇迹了。

　　阿星张望了一下，又去拉寒霄："已经没救了，哥哥，我们走吧……"

　　安泰摇头反对："说不定还有一口气呢，让哥哥看看再说。"

　　"看什么看！"阿星顿时来了气，"你看不到他都已经凉透了！"这两个，一个比一个滥好人，气死他了！

　　他还想劝阻，寒霄已经蹲下身去，动手将沉夜移到粗大稳当的树杈上，然后将手按在他的胸膛上。

　　阿星气哼哼地看着寒霄蕴起灵力，小心地推拿。

　　这次救治的时间明显变长，其间寒霄还停下歇了一次。

　　小老鼠抻着脖子："哥哥，他是不是已经死了？"

　　安泰摆手："有气有气，我看见他的手还动了呢。"

　　"有气有气，有你个头的气！"小老鼠用脚使劲踢

树枝，又揪下一片叶子撕："那哥哥你自己还亏空着呢……行了吧行了吧，差不多就行啦！就剩下那么点儿灵力了，别全用完了……"

沉夜呻吟了一声，醒了。他睁开眼，先是茫然地转动了下眼珠，然后视线慢慢聚焦。他将眼神定住，见是寒霄，嘴里发出一声低吼，第一个动作就是从腰间抽出钢叉，向着他刺过去。

阿星叫起来："看看，我说是吧，这人已经坏到骨子里了！"

寒霄捏住叉尖，指尖一弹，钢叉飞了出去，"笃"地钉在树干上。沉夜拔出另一把，眨眼间又被弹飞。

沉夜恶狠狠地盯着寒霄，大口喘气。

阿星呸的一声，骂："真是狼心狗肺，下次碰见我哥哥绝对不会再救你！"

"我要他救了吗……"沉夜低吼，"我的死活……用不着别人管……"

阿星差点气歪了鼻子："早知道我就应该拦住哥哥，叫你自生自灭！"

安泰也觉得这个人不可理喻："我爷爷说过，从善如登，从恶如崩。你要总是这个样子，老天都不会再帮你。"

——从善如登，从恶如崩。

沉夜像是被铁锤重重地锤了一下，大脑一阵清醒一

阵昏沉。从前好像有人也跟他说过这样的话，是早逝的阿娘，还是严厉的爹爹，还是……阿璇……

但，是他自己想恶的吗？谁生来就是坏种？他之所以变成这样，都是被逼的，被所有人逼的！

阿星拉着寒霄："哥哥，别再理他了行吗？我看到他就讨厌，咱们快走！"

寒霄想了想，从怀里摸出一样东西，弯下腰，递向他。沉夜下意识地向后一躲，挥掌要拍，但当他看清楚时，不禁怔住了。

一团金红色的光芒在寒霄的手心闪耀，像是火焰在烈烈燃烧。是麒兽石。

他抬起头，眼神充满戒备："……你干什么？"

阿星吃惊地叫起来："哥哥，你要把这宝贝给他？不行，我不同意！"

寒霄没有理他，把麒兽石塞到沉夜的手里。

"哎——"阿星气得直跺脚："你给他也没用，麒兽石是认主的，只有你用才行！"

寒霄直起身，安抚地对阿星说："不，他可能更需要它。再说，它最开始就是在蝙蝠部族的。"

寒霄望着沉夜，淡淡地说："世上有很多宝贵的东西，你要看得到，别让仇恨遮住了光明。"他冲阿星和安泰点点头："咱们走。"

"说得容易，我本来就生在泥潭中，心里早就没了

光亮……"

身后传来沉夜的声音，颓废而阴郁。

寒霄装作没有听见，不跟他争辩，阿星却梗着脖子，两只小眼睛死死地瞪着麒兽石，拉都拉不走。

阿星是存着小心思的，他期待灵石的光消失，看沉夜被狠狠打击的样子。但是那团金红色的光芒却一直燃烧着，亮得耀眼。

瞬间，沉夜黯淡的眸子似乎有了一丝光彩，脸上也迸发出了生气。

"怎么会这样？不是说……"阿星感觉脑袋有点不够用了，在他小小的心里，自己哥哥才是世界上最厉害的人，只有他才配拥有灵石，可现在……为什么？

"再好的东西也是身外之物，"寒霄拉起他和安泰的手，带着他们飞上天空，"我有你们两个就够了。"

"那是！"阿星一阵骄傲，但他还是不住地回头张望，安泰喊他："行啦，哥哥说怎么就怎么，他肯定有他的道理。"

阿星这才不情愿地收回视线，随着寒霄和安泰一起冲进云层。


沉夜靠着树干，手捧灵石眼睛眨也不眨地看着："如果你那时也这样……阿爹会不会就……"忽然，他停住了喃喃自语，那丝神采凝固在了脸上。

　　金红色辉芒中，一缕绿色的灵力光时隐时现，柴薪一般，燃烧着希望。

　　原来他……用自己的灵力让麒兽石维持光亮……

　　他猛地抬起头，看到那抹白色的身影宛如星辰，照亮了整个天际。他紧紧攥着灵石，张了张嘴，却只发出一个干涩的音节。

　　他盯着那点柔白的光，直到完全消失。


　　"哥哥，你快看，天翼族的界碑！"

　　一块巨大的翼岗石耸立着，上面刻着两个鲜红的字——天翼。

　　"太好了，我们要回兽族了！"阿星和安泰欢呼起来。

　　十二渊废除，毒气消失，结界也不复存在，边界上巡逻的天翼兵并没有阻拦，他们相互低声说了句什么，像是什么都没看到一样任他们飞越了边界。

　　阿星紧紧拉住寒霄和安泰的手，高兴地又喊又叫："哥哥，咱们就要回家啦！"

　　寒霄点点头，简单地回应："嗯。"

　　三个人加快速度，流星般飞上高空。

# 番外 无瑕

我叫无瑕，是一名裔凤，住在袅雾峰无双林，大家通常叫我凤公子。

天翼族的雄凤全部都生活在无双林。无双林风景很美，屋舍精致，生活上用的东西也一应俱全，我们可以在那里随意活动，偶尔也可以出林子，但就是不能离开袅雾峰。

有时哥哥也会抱怨，抱怨被像金丝雀一样圈养着，没有自由。但他们不敢大肆声张，这属于非议族规，天翼族刑罚很重，他们胆子很小，不敢以身试法。

可我觉得挺好，有遮风挡雨的地方，吃穿也不愁，还奢求什么呢？人哪，不能太贪心。

哥哥们整天不是聚赌就是睡觉，要么就是涂脂抹粉打扮。我跟他们不一样，我的生活非常有规律，甚至算得上自律。每天卯时醒来，起床后洗漱打扫住处，喂我的小囡——哦，小囡是我养的一只鹦鹉，长着彩色的羽

毛，很是漂亮，养了七年，算是大囡了。

吃过早饭后我便去馆舍后面为菜地浇水施肥。菜地是我自己开垦出来的，一是为了能活动活动身体，不至于跟哥哥们一样四体不勤，五谷不分；二是我觉得多会一项技能，就多一份成就感，不会像别人那样空虚。

回来后稍微休息一下，然后做午饭。下午则是练习写字作画，有时候也弹弹琴。我还每隔一天去一次舞馆，跟着师傅学习舞蹈——无双林有舞馆、乐馆、茶艺馆，教授的师傅技艺很不错，都很尽职尽责。

每次我去，晨曦哥哥就已经在那里翩翩起舞了。

堕落的人大有人在，但执着向上的人也是有的，晨曦哥哥就是对自己要求非常高的那一种人。他琴棋书画无一不通，舞也是所有裔凤里跳得最好的，他在我这个年纪的时候，就已经去千羽殿献过舞了。我当然不敢跟他比，我这种笨人是骑了雨燕也赶不上的，只不过我觉得身为一个凤公子，还是应该对自己有要求，最起码做到凰族的体面。

我将每天都安排得满满当当的，没有一刻空闲。儿时的我也不是这样的，那个时候的我喜欢吃、喜欢玩儿，改变是在六岁以后，原因是什么，嗯……一会儿我会说给你们听。

我很喜欢烹饪，常常一个人躲在馆舍里尝试着做各种美食。无双林有专门做饭的厨子，但我很想自己练习

厨艺。我有个小小的愿望，我想着有一天能做饭给那个人吃。

我之所以会有这样大的改变，全都是因为那个人。

我盼望着能够再见她一面，虽然我明白这是痴心妄想……

第一次见到她，是在七年前。

那一年，乌凰王陛下五十寿诞，各族权贵纷纷来祝贺，陛下命令我们去千羽殿献舞。

原本裔凤是不给外族人跳舞看的。虽然说天翼女尊男卑，但好歹也是凰族，地位还是在那里的，听晨曦哥哥说我们的品级是正二品，比得上朝中大臣呢。但听说来祝寿的水族火龙侯提议要看凤公子的风采，陛下沉吟了一下竟然答应了。

风采什么呀风采，自从陛下登位，就一直醉心争战，十几年都没有踏足过无双林，我们像是被打入了冷宫，自生自灭。所谓的凰族公子，大多都成了自暴自弃的废物，连笔都提不动，更别说跳舞了。

哥哥们吓得脸都白了。歌舞技是对公子们的基本要求，凰王可以不看，但大家却不能不会，疏于练习就是欺君罔上，是一项重罪。

当然，这对于尚还年幼的我们来说关系不大，有罪责也落不到我们身上，但看到哥哥们六神无主的样子，

我们也莫名地紧张起来，好像要被一起拉出去接受处罚一样。

这时候晨曦哥哥站了出来，他先是请传讯官在无双林稍等一会儿，他说大家需要更衣梳妆打扮。这个要求在情理之中，传讯官态度恭谨地说了声好的，不过请快一点，因为贵宾们都已经入宴了，晨曦哥哥点头答应。

晨曦哥哥回到大厅，对着其他哥哥们悄悄说了几句话，我看到大家的脸色立刻好了很多，但还是有人满脸疑惑。晨曦哥哥说了一句："你们还有更好的办法吗？"大家立刻闭上嘴巴，按照晨曦哥哥的要求分头行动起来。

我不知道晨曦哥哥说了些什么，但我觉得这个时候的他真的好帅、好有担当，我听说凤主是凰王的后宫之首，如果选凤主，我肯定会选晨曦哥哥。

和我年纪差不多大的小公子有三四个，也被晨曦哥哥要求去做事，去帮着哥哥们涂粉梳头，整理衣服。

一切准备就绪，我们也被要求跟着去，因为还要给哥哥们拎着梳妆盒以及做一些打点工作。按说这些由侍者们来就可以了，但既然是晨曦哥哥说的，我们就不假思索地顺从了。这个时候的他，仿佛已经成了我们的主心骨，我觉得这样挺好，起码晨曦哥哥是为了大家，不像其他哥哥，出了事不是害怕就是想着逃避。

我们乘上银飞车，很快出发了。

　　我是第一次去千羽殿，到现在都忘不了初见它时的震惊。

　　远远望过去，真是太大、太富丽堂皇了。殿顶的翡翠瓦有着金色的镶边，紫玉的柱子像是透明一样。进到里面，到处都是亮闪闪的，晃得我眼睛都睁不开了。

　　我也从来没见过那么多人，他们长得奇形怪状的。比如水族的火龙侯，头发是红色的，眼睛圆得像两只铃铛；灵虫族的虎甲将，壮得像尊黑铁塔，头上竟然竖着两只又黑又硬的大角……一个个妖魔鬼怪的样子，怪不得哥哥们都说我们天翼的男子在灵州十族中是最好看的呢。

　　见到我们进殿，大家都鼓起掌来，陛下坐在高高的品级台上，斜斜地依着金椅，漫不经心地朝我们摆手："开始吧。"

　　哥哥们向陛下行过礼后，缓步走到大殿中央，围成一圈，摆了个漂亮的姿势。他们中间簇拥着的，是晨曦哥哥。乐声响起，大家轻轻摆动着腰肢，晨曦哥哥翩翩起舞。

　　讲真的，我觉得在舞馆里看到晨曦哥哥的舞蹈就已经非常美了，今天更是惊艳，比平时要好看许多倍。

　　其他哥哥的动作虽然简单，但还算整齐，看来晨曦哥哥临时编排了一下队形还是管用的。不过我认为主要是他们身材好，样子美，我想就算哥哥们一动也不动地站在那里，也是非常好看的，就像画儿一样。

一曲终了，掌声雷动。晨曦哥哥没有理会大家赞叹的目光，而是飘飘然飞到品级台上，端起金盉为陛下斟上美酒。陛下没说什么仰头喝下，晨曦哥哥又向旁边走了几步，为别人斟酒。

正羡慕着哥哥的落落大方、应付裕如，我忽然发现，陛下的身旁还坐着一个小姑娘。

那是我第一次见到她。

其实刚开始我并没有看到陛下身边还有人，可能是因为陛下的气场太强了，只要有她在，就很难注意到其他的人。

她小小的一个人儿，端端正正地坐着，目不斜视；戴着金纹面罩，穿一身金丝鸾鸟朝凰绣纹服，凤尾百褶裙铺散在羽绒织毯上，高高在上，贵气逼人。

看她的身量，我觉得年龄应该和我相仿。为什么我对她这样感兴趣呢？因为在无双林，从上到下全都是男子，连个老嬷嬷都没有，更别说同龄的女孩了。我十分好奇，跟我差不多大的女孩儿，长得什么样子呢？

突然，我一个激灵，她……就是陛下的外孙女，天翼族的王位继承人——降天公主！

正惊讶着，突然身旁的朝露哥哥拉了我一把，小声说，"你还呆愣愣的干什么，快走呀！"

原来献舞已经结束，陛下下令，让我们到后殿去休息。我赶紧抱着妆匣跟在哥哥们身后一路小跑，生怕掉

队，因为太着急，突然绊到了一个什么东西。

我的身体猛地向前倾，眼看就要扑倒在地上，手里的妆匣也飞了出去。

我的心脏都要停止跳动了，因为当着那么多外族宾客的面这太失礼了，过后陛下肯定不会饶了我！

突然，一股清新的海水的气息扑面而来，我被一股柔和却又有力的力量托着，竟然稳稳地站在了地上，就连妆匣也飞了回来，落到我的手上。

一个清朗又温润的声音——这是我长大后才想到的形容词，在我的头顶响起："小心别摔了呀！"

我吃惊地抬起头，看到火龙侯身旁坐着一位非常帅气的哥哥，他冲我微微笑着，很娴雅地把手收了回去。随着他的动作，一蓬清澈的水流被他收回到掌心中。

他穿着一身绣着龙纹的蓝色锦缎长袍，很是华丽；鼻子高高的，眉毛很英挺，眼睛是深蓝色……他长得可真好看，刚才我怎么没注意到呢？

身旁的侍者小声提醒我："这位是水族的广块太子。"

我的脸一下红了，连忙躬身，慌里慌张地向太子道谢。这个时候我看到火龙侯在向我瞪眼睛，我吓得一个哆嗦，赶紧转过身，去追赶哥哥们了。

这些外族人的差别可真大啊，有像火龙侯那样又凶又吓人的，也有像广块太子那样英俊又温和的。

临出门时我又偷偷瞟向品级台，却发现陛下身边的

那把金椅已经空了。

　　我来到后殿，刚放下手里的东西，晨曦哥哥就飞了进来，大家纷纷围上去道谢，你一言我一语地说着。

　　"晨曦，多亏了你，我们才免于惩罚。"

　　"好厉害，太佩服了！"

　　"你可真是深藏不露啊！"

　　听着大家的恭维，晨曦哥哥的脸上也露出了笑容。他轻描淡写地说："……其实说起来很简单，我只是投陛下所好而已。"

　　"投陛下所好？"大家很是惊奇，七嘴八舌地让他详细说说。

　　晨曦哥哥慢慢坐下来，接过一旁递过来的茶水，轻轻抿了一口，才开口说："这次之所以叫我们来献舞，起因是东海的广玦太子求婚……"

　　"啊？雷龙王的大儿子广玦吗？"

　　"求婚？跟谁求婚？"

　　晨曦哥哥瞥了他们一眼："当然是降天公主了。"

　　我吃了好大一惊，广玦太子，不就是刚才用水流扶了我一把的那个英俊男子吗？

　　哥哥们又叫起来。

　　"公主才六岁啊，天哪！"

　　"广玦太子至少也得二十岁了吧，这年龄差得也……"

　　晨曦哥哥点点头："陛下当然不答应。但水族也是灵州强族，实力跟天翼不相上下，陛下不好不给他们面子，就左一言右一语地敷衍着。火龙侯脾气上来，赌气叫我们来献舞，陛下不愿意再反驳，于是就同意了。"

　　"原来是这样！"

　　"怪不得没有早下谕令给我们……"

　　晨曦哥哥不紧不慢地说："所以我从传讯官那里知道这些以后，心里就有了打算——陛下只不过是要给火龙侯一个面子，舞就算跳得不出彩也不会有人说的，毕竟我们是凰族……"

　　大家顿时又喧嚷起来，一个劲地夸晨曦哥哥聪明，我也是由衷地佩服。这样的人，到哪里都会成为中心吧。

　　但是也有人小声说风凉话："切，这次只不过是他运气好，歪打正着，太得意了会栽跟头的。""就是，看他那张扬的样子！"

　　我怎么没看出晨曦哥哥哪里得意啊，更别说张扬了。

　　我转过头，看到两个哥哥满脸不屑地在一旁议论着。他们一个叫朝露，一个叫晚暮，平时就和晨曦哥哥不和。我明白了，献舞那会儿他们只不过是慌了手脚才听人指挥的，现在状况已经过去，他们看见晨曦哥哥大出风头，心里就嫉妒了。

　　这个时候侍者们走进来，手上托着一只只托盘，我看见托盘上尽是一些没见过的果子或点心什么的。

　　他们行了礼，说这些是各族进贡的美食，陛下特地赐下来慰劳我们的。

　　大家又是一阵高兴。都说陛下是个杀人不眨眼、冷酷无情的女魔……人，今天见了，好像并没有传说的那样可怕，只不过话少冷漠一点而已。

　　我们虽然平时被禁足，饮食上却从来没有被亏待过，一大堆美味摆在面前，哥哥们也只不过尝个新鲜，而且顾及着形象，没有人大吃大嚼，所以到最后都还剩了不少。

　　我那时候还小，心里眼里满是好奇，虽然也吃不多，但是贪心哪，于是偷偷地抓过来往怀里和袖子里面塞，直到塞不下了为止。

　　吃饱了以后，我的心思活络起来。我瞅瞅哪儿都觉得新鲜，于是贪婪地看着、走着，不知不觉地出了后殿。

　　院子好大啊，到处都种着无双林没有的奇异花草。这里飘着的云朵都是五彩的，还有闪亮的小星星从天上不断落下来。我的眼睛不够用了，就这样离后殿越来越远。

　　忽然，一帮婢女和侍者飞过来，着急地四处寻找着，高一声低一声地喊："公主！""殿下——"

　　没有人回应，他们又往这边搜过来，我吓得赶紧蹲下，躲到一个花池后面。他们喊了一会儿，终于飞走了。

　　我扶着玉石雕栏站起来，突然发现偏殿门口有一个小小的身影闪过去。我心里一跳，两只眼睛紧紧盯住那边。

　　一切恢复了平静。我实在忍不住好奇，一颗心怦怦跳着，贴着地面飞了过去。

　　我打量了一下，殿里空荡荡的，于是轻手轻脚地摸了进去。这时，一阵低低的呻吟声从雕花落地罩后面传了出来。我慢慢凑近，看见一个女孩正蜷缩成小小的一团，跪在地上。

　　——是我刚刚在大殿上见过的小公主，降天。

　　繁复的朝服不知道被甩到哪里去了，只穿着一件湘黄色的百褶裙，她的面罩摔出老远，正巧在我脚下，我差点一脚踩上去。她背对着我，像是喘不过气来一样用力地掐着自己的脖子，大概是想呕吐，却什么也吐不出来。我从没见过别人这种可怕的样子，一时间竟不敢过去。

　　她拼命地咳嗽着，像是要立刻背过气去，突然"哇"的一声，她吐出了一口黑色的液体。她一下怔住了，看着地上的那团浓黑半晌说不出话。又是一阵剧烈的咳嗽冲口而出，她用力捂住嘴，似乎是想用这个法子止住，但没用。她一下接一下地狠咳，并且全身开始向外冒黑气。

　　她小小的肩膀耸动着，我看到她吐出的黑色液体越来越多，并且还掺杂着红色——那是血！我慌得要命，不知道该不该过去帮她。又过了一会儿，咳声终于停息，她狠狠地抓着喉咙，倚着落地罩呼呼喘气。

　　她一定是病了，得了很严重的病。我正思忖着要不要去叫人，突然彩光一闪，一根长长的绳子飞过来，我顿时感到不能呼吸。我的脖子被勒住了！

　　我惊恐地抬起头，正好对上她冷冷的眼神。

　　她五指一抓，掉落在地上的面罩飞到她手里。她戴上面罩，用力一拽，我被拽到她面前，"砰"地摔倒在地上。

　　绳索越收越紧，我几乎窒息了。我手脚拼命挣扎，眼里露出乞求的光。她弯下腰，抓住我胸前的衣服，将我拎了起来。

　　她冷冷地问："我刚才的样子，你都看到了？"

　　我下意识地点头，又慌乱地摇头。

　　"啪！"我脸上挨了一个耳光，她喝道："好大的胆子，明明看到了还想骗我！"

　　"我，我……"我费力地挤出一点声音，"我以为您生病了，我……"

　　她抬手又要打，突然，一连串的咳嗽控制不住地从她嘴里迸出来，她立刻紧紧捂住，勒在我脖子上的绳索顿时松了，我赶紧扯开一点，拼命地吸着气。

　　缓过来以后，我从地上爬起来，去看她。

　　她摘下面罩大口呼吸，我跪在她身边，不自觉地伸出手，轻轻地给她拍背。她哇地吐出一大口鲜血，溅在白玉石铺就的地面上，鲜艳刺目。

　　她僵住了，一动不动，满脸的惊恐和绝望。

　　我真以为她病得厉害，甚至活不久了，于是满怀同情，小心翼翼地问："公……公主殿下，我去给您叫医官来吧？"

　　哪知道她听了这话，脸上的惊恐顿时加剧，一把把我推到地上，骂："你找死！"她的力气明显不如刚才大了，她的手指颤抖着，指着我："今天的事你要是敢说出去，我就把你碎尸万段！"

　　病成这个样子了也不给医官看，她是怎么想的？还不能说出去——凰王陛下知道吗？

　　不过，我看到她凶巴巴的样子还是很害怕的，连忙点头："是，是公主殿下，我一定不对别人说。如果说了……我就是人人喊打的红杜鹃！"

　　红杜鹃是我们天翼族名声最坏的鸟。他们自己懒惰不肯抚养后代，就跑进人家的树屋里，把那家人刚生出来的蛋偷走，换成自己的蛋，而被偷走的蛋，他们转头就丢下树去，摔得稀碎，真是又坏又残忍。

　　她依旧恶狠狠地盯着我。

　　显然这样的赌咒不能叫她满意。我想了想，只好发了个最毒的誓："如果我嘴巴不严，就喝鸩毒烂肚子死去！"

　　她哼了一声，收回了绳索。

　　她倚着落地罩，仰着头，怔怔地看着房梁，也不知道在想什么。我不敢说话，也不敢走，就这么低着头跪

在她身旁。

过了一会儿，她突然用力地擦了下眼睛，然后换了只手，又擦了下。

我突然明白过来，她这是哭了。

但她没有发出一点声音，她只是死命咬着嘴唇，过了好一会儿才停住。

我偷偷用眼角瞥她。她的眼眶红红的，嘴唇被咬出了深深的牙印，她的眼睛亮得像晶莹的琉璃，脸白白嫩嫩的，真的非常漂亮，简直比无双林的三月春还要美，比雨打过的水晶花还让人怜惜。

忽然，一个奇怪的声音响起来。

她的脸一下红了。

原来是她的肚子发出的咕噜噜的叫声。

我想起了什么，连忙在身上摸起来。我把怀里和袖子里藏的糕点果子一股脑地拿出来，递给她。

她先是坐着不动，后来实在抵不过诱惑，伸手捡了几样，放在手掌心翻看着，好像在检查什么。她瞪着我："干净吗？"

我一愣，连忙点头："干净，干净，我刚才吃过的。"

她哼了一声，命令："转过身去！"

我赶紧照办。

过了一小会儿，身后传来窸窸窣窣的声音，有点像……小老鼠。我不知道为什么会联想到这种动物，一

下没控制住笑了。

她立刻停止了咀嚼，喝问："你笑什么！"

我明明没有发出声音啊，她是怎么知道的？我吓得立即摇头："没笑什么，我不敢笑您的。"

她又哼了一声，不再理会我，专心吃起东西来。

没过多久，她吃完了，我听见她拍了拍手："好饱啊。"

我大着胆子转过身，看见她依旧倚着落地罩，屈腿坐着，两只手很随意地搭在膝盖上。

我发现食物还剩了很多，就问："公主，您怎么不吃了？还有呢。"

她轻轻地摇了摇头："不用了。"过了一会儿，她又说："很好吃。"

不知道为什么，我感觉到她这句话有点抚慰的意思。我受宠若惊，心里喜滋滋的。

我有很多话想问她，比如她为什么会发病，吐那些黑东西；为什么不在前殿，躲到这里来？但我不敢问，我紧紧闭着嘴，她也不说话，空气一下子静下来。

我们两个人的视线不自觉地聚到了地上的那些血和黑色液体上。

她那因为刚刚享用了美食的满足的表情一下子消失了。她的脸色沉下来："帮我擦干净。"

虽然是命令，但她没有说"给我擦干净"，而是用了"帮"字，这让我很开心。其实就算是她命令我又有

什么不对的？她本来就是我们的主子啊，现在是，将来也是。我把吃的放到一旁，答应说："好！"

我在长橱后面找到了一大块漂亮的丝帛，不知道是干什么用的。她催促道："快点，你想让人家看到吗？"

我也顾不上可惜了，赶紧拿过来，卖力地擦起来。在无双林的时候，我经常被哥哥们差遣干这干那，所以做起活来很麻利，并不是大家口中的凤公子"只会玩花弄草、遛鸟逗狗"的样子。

擦完以后，我正想着找水洗洗这块丝帛，她瞪了我一眼，皱着眉轻轻地打了个响指，"哧"的一声，丝帛竟然着起火来。

我吓了一大跳，手忙脚乱地扔了出去，眨眼间丝帛就变成了灰烬，飘飘扬扬地落下来。

真是太可惜了，那么好的东西，本来洗洗还可以再用的。

但我不敢说，怕一个不小心惹怒了她，把我也烧了。

我小心翼翼地坐了下来，两个人就这样沉默了一会儿，我看着她，憋了很久的话小心地问出口："您……是生病了吗？"

她先是不说话，后来摇了摇头。我已经做好了被骂"闭嘴"或者"这是你该问的吗"的准备，忽然听见她闷闷地说："是练功……"

我吃了一惊："练功？"

"嗯。"她幽幽地说，"是祖母让我练的，她每天都让我在毒气池里吸收毒气……但是今天又失败了，我没有把毒气收住，全都吐出来了……"

天哪！是什么功夫，需要吸收毒气？还要像吃饭那样咽下去不能吐出来！

真是难以想象。

她的脸色发白，眼睛里又流露出害怕的神色。我不禁又同情又心疼："那……吐出来以后怎么办呢？"

她好一会儿没说话，半晌才开口："还要再去毒气池吸，直到在身体里留住为止……"

我吃惊地张大了嘴巴。那个时候我还不懂得问："留住毒气以后呢？""用毒气怎么练功？"只觉得她好可怜，凰王陛下好可怕！

公主是她唯一的外孙女，也是我们天翼族唯一的承嗣，她怎么能这样对她？

不对，我这是在对陛下不满吗？我一个哆嗦，连忙在心里辩解：不是的我不敢，我没有……

我想了想："陛下今天大寿，一整天都在接待外族使者，应该不会再叫你去练了吧？"

她摇摇头："不可能，只会晚一点，她每天都要检查的。"

我怔住了，不知道该怎么安慰她。她又用力擦了下眼睛，两只小拳头捏得紧紧的，发狠似的说："我不怕，

大不了在池子里面再多待一会儿……"她的声音越来越小，到最后都有些颤抖了。

我没有去过毒气池，不知道吸毒气是什么感觉，但看到她呕吐的样子那么吓人，就知道那滋味一定很难受。

我不愿意她这样，但我一点也帮不了她。我想逗她开心，让她笑一笑，可是用什么法子好呢？我绞尽脑汁地想。

跟她讲无双林里有很多好看的花草？不不，太普通了，无双林最美的花都抵不上这里的草根；那说袅雾峰上空飞着有趣的小鸟？还是算了吧，这边五彩云中的极乐鸟和小金莺比那些鸟仙气一百倍；说哥哥们拌嘴吵架的事吗？更不行了，她是高贵的公主，怎么会喜欢听这些低俗无聊的东西！

那该怎么办——对了！

我捡起一个绿色的果子，对她说："公主，我给你变个魔术，您，您看着哈！"

果然，她的注意力被吸引过来，只不过眼中满是疑惑。

我把果子倒背在身后，两只手开始小幅动起来。

她哼了一声："不是叫我看吗，你藏起来干什么？"

"就好了就好了。"我满头是汗地说，直到她都有些不耐烦了，才把手里的东西托到她面前。

她嫌弃地看向我的手，突然"扑哧"一声笑了：她指着问："你这是什么呀？"

　　"就好了就好了。"我满头是汗地说，直到她都
有些不耐烦了，才把手里的东西托到她面前。

我磕磕巴巴地说："是灵鸟，我变了一只灵鸟……"

我平时就喜欢用果子做成各种鸟的样子，用来装饰菜肴，哥哥们都夸我做得像。我还练习了一项引以为傲的本事——闭着眼睛，不用工具也可以做。其实很简单，就是一个"熟"字，熟能生巧；没有工具，我可以用指甲代替，三两下就能把果皮划开，穿插起来。

"灵鸟？"她笑弯了腰，"你这是秃尾巴鹌鹑吧，哈哈……"

我看着，果然，头上的翎子太小，尾巴太短，笨头笨脑的，不是鹌鹑是什么？

我挠挠头，不好意思地笑了。

唯一可以炫耀的技能也搞砸了，我很难为情，脸上火辣辣的。我偷眼看过去，见她笑得很开心，我顿时高兴起来——目的已经达到了，不是吗？她至少不难过了。

我的胆子大起来，目不转睛地看着她。她笑起来可真好看，眼睛弯弯的，脸颊上还有两个浅浅的酒窝。

就在这个时候，突然殿外传来一个声音："陛下，陛下我没有这个意思，我真的……您听我解释好吗……"

那个人的语调很急促，又拼命压低着，但我还是听出来那声音好熟悉——是晨曦哥哥。他怎么过来了？还有陛下！

她低低地叫了声："不好了，祖母来了！"她迅速向四周打量了一下，一把拉起我，朝鎏金屏风后飞过去。

"陛下，您千万别生气，我是真心为了陛下您啊！"

我们刚窝下身子，陛下和晨曦哥哥就进来了。

我屏住气，从屏风的雕花孔洞望过去。

晨曦哥哥跪在地上，完全没有了平时的自信从容。他满眼惶恐，伸出手想去拉陛下的衣摆。

"为了我？"陛下从鼻腔里哼出一句，"你想什么以为我不知道？你是在无双林待不住了吧。"

"不是的，陛下！陛下将我们安置在那仙境一样的地方，吃穿无忧，用度宽裕，我此生已经满足了，怎么敢有这种想法？"晨曦哥哥微微抬起头，目光却不敢跟陛下接触，"晨曦只是想，陛下您日夜操劳，需要有个妥帖的人来伺候，您才有更好的精力处理族务……"他一边说着，一边把脸靠过去，想贴上陛下的衣服。

我从来没见过这样卑微的他，简直像一只摇尾乞怜的"哈巴狗"——狗这种动物是陆兽族的，我没见过，但听人家说过。

还没等他靠近，陛下就甩了下衣袖，闪开了。

紧接着，我都没看清陛下是怎么出手的，就见晨曦哥哥被一把抓了起来！

陛下扼着哥哥的脖颈，把他抵在柱子上。我吓了一大跳，差点叫出声来，一只软软的小手伸过来，及时地捂住了我的嘴。

"你很聪明，在前殿，舞跳得不错，谄媚也恰到好

处。但你知道吗，"陛下的声音透出一丝寒冷，"我却最讨厌自作聪明的人——你们按照我的命令去做就可以了，在我看来，命令之外的，多说一个字都是逾矩！"

她森然地问："而你，知道逾矩的下场吗？"

晨曦哥哥的脸瞬间煞白，他用力摇头，那只戴着铁手套的手却蓦地收紧。晨曦哥哥的脸渐渐透出青紫，四肢不由自主地抽搐起来。

"陛下，臣下错了……臣下再也不敢有那样的心思了，求您……"他微弱地求着饶。

陛下哼了一声，松开手，晨曦哥哥摔下来，烂泥一样瘫倒在地上。

"禽凤就是禽凤，要清楚自己的本分。"陛下掏出一方黑丝帕擦着手，"你们只不过是我豢养的金丝雀，一只雀儿怎么能飞出笼子去呢。"

陛下把丝帕一扔，飘出了大殿。

直到陛下走远了，晨曦哥哥才敢大口喘气，他的脸上满是恐惧，胸膛剧烈起伏，像是马上要昏厥过去。

他在地上趴了好一会儿才爬起来，失魂落魄、跌跌撞撞地走了出去，活像一只落水狗。

不知道为什么，我的心里也不好受，好像我也被教训了一顿一样。

我转过头去看她，发现她满脸的厌恶和不屑。她哼了一声："这就是天翼族的男人！"

她这样瞧不起……晨曦哥哥吗？

其实在我看来他做的没有什么不对。裔凤是凰王的后宫，本就应该对凰王俯首帖耳、唯命是从，只不过哥哥好像太着急了点，姿态看着让人有点不舒服而已。

我不敢反驳她，试探着问："那你觉得男人应该是什么样子的？"

她怔了一下，想了想："男人应该有男人的样子，像刚才那个，我看着都恶心。"

说了等于没说。我忽然想起刚才在大殿上的情形，问："像广玦太子那样吗？"我第一次见到那样俊朗又有气度的男子，还那么有本事。

"他算什么东西？"她啐了一口，"虚伪。"

"虚伪？"我疑惑地问，"他长得那么好看，又爱帮助人，怎么虚伪了？"

"长得好就什么都好了？脸蛋能当饭吃？"她冷笑，"他第一次来我们天翼，椅子都还没坐热呢，就夸我美……我戴着面罩，他怎么知道我长什么样子？他就是为了结亲才这么说的，不是虚伪是什么！"

那……也可能是因为他不用看你的脸，就觉得你很美呢？我就是这么想的。

听她这么说，我心底里没来由地生出了一丝窃喜。我又问她："为什么陛下不答应你们的亲事呢？他是水族太子啊！"

"太子有什么了不起！"她撇了下嘴，挺起小小的胸脯，"祖母说我生来不平凡，我是要震慑灵州十族，降服天下，做大事的人，怎么能跟人结亲？"

啊，原来是这样……不过，结亲了也不妨碍做大事啊。

接着我又听到她来了句："我比男子强，要说结亲，也得是男子嫁我！"

我觉得打仗啊，天下啊这些事情离我太遥远，我不懂也不想懂。但看到她一脸骄傲的样子，我也为她高兴，连忙拍马："当然了，公主最厉害，公主是女中丈夫！"

当然是男子嫁给她了，她可是将来的天翼之王，这是应该的啊。我又问："那……你想让什么样的男子嫁给你啊？"

"嗯……"她坐下来，咬着下唇思索，"是……顶天立地，不随随便便向人低头的男子汉！"

啊？顶天立地、不向人低头的男子是什么样子的？我没见过。她想要的男子，不应该是听话，善解人意，会哄她开心的吗？反正舞馆的师傅、教书画的先生都是这样告诫我们的，哥哥们平时议论的时候也是这么说的。那种不向人低头的人嫁给她……他们不得整天打架啊。

像是想到了什么，她脸上的神采突然黯淡下来："好了，不跟你说了，"她用力抿了抿唇，把面罩戴回到脸上，站起来，"我要回去练功了。"

我也跟着站起来："你要去毒气池了吗？"

　　她狠狠地横了我一眼，我连忙说："你别生气，我说错了，我只不过是……"只不过是担心你啊！

　　这个时候有人遥遥地喊起了我的名字："无瑕，你在哪里，我们要走了——"

　　是哥哥们来找我了。

　　她没有再看我一眼，脚尖踩地，华丽的衣裙飘舞着，向殿外飞去。我跟在她身后，锲而不舍地问了一句："殿下，你……会去无双林玩吗？"

　　她的身体一僵，没回答我，毅然飞走了。

　　我懊恼地想，她是王嗣啊，哪里有时间来找我这个小凤凰玩？我问的不是多余的吗？可是，我真的还想跟她多说几句话，哪怕一句也行——她连我的名字都还不知道呢！

　　我想告诉她我叫无瑕，是白璧无瑕的无瑕……

　　唉，我快笨死了！

　　我快快地飞出了偏殿，跟哥哥们会合。我看到晨曦哥哥沉默了很多，他把衣领拉高，遮住脖子，强行装出镇定的样子。不过我已经没有多少心思去注意别人了，直到飞出千羽殿，我还在不住地回头，期待她会突然出现在殿门口，或者是云丛中。

　　但是没有。

　　就这样我们回到了无双林。

　　我养了一只长着彩色羽毛的鹦鹉，给它取名小囡，

396

我把它照顾得无微不至。

我常常想顶天立地的男子的样子，可我想象不出来。去问哥哥们，朝露哥哥用鄙夷的眼神看着我："天翼族的男子能顶天立地吗？别说顶天立地了，就算你想站起来，刚抬头呢，就被'啪'地一巴掌拍在地上了……"

朝露哥哥朝着不远处晨曦哥哥的馆舍抬了抬下颌："看到了没，那不就是个榜样？"

看来，他们已经知道了晨曦哥哥被陛下惩罚的事情。

我始终没有找到答案。

但我知道，她肯定是厌恶哥哥们那醉生梦死、萎靡堕落的样子的。是的，我也看不惯，人毕竟是人，不是蛆虫，哪能浑浑噩噩地度过一生？我做不了一个顶天立地的男子，但绝不能做一个废人！

七年来，我时常仰望天空，遥对千羽殿坐落的南方，我期盼着能够再看到那张如花笑靥，但这个愿望每每总是落空。

一年前，我听说陛下崩殂，她已经是新的天翼族主了。

而这个消息，我们是在她登位的前一天才知道的。

原本新王加冕，裔凤们是要和百官一起去朝贺的，按照以前的惯例还要献舞。但不知道为什么，我们等了一整天都没有动静。

那天，我和哥哥们一起站在无双林外，看到天翼族

所有的鸟儿穿过云团飞向千羽殿，看到璀璨的烟火在天空绽放，那景象真是壮观又美丽。

我们和无双林像是被她遗忘了。

原本的喜悦和激动渐渐被失望代替。那天的夜，我的心里空荡荡的，满是失落和黯然。

但我仍然替她高兴，因为我觉得她自己做了凰王，就不用再被别人管束，不用去毒气池，也不用和不喜欢的人结亲，不用去干她不想干的事了。

只是，我真的很想看看她现在变成什么样子了，长高了多少，身材是不是很窈窕，模样……是不是比从前更美了。

就算她不摘下面罩，我只远远地看一眼也是好的。

但我只是个裔凤，什么也办不到，只能把情绪埋藏在心里。

我告诉自己不要太灰心，我开始期待将来。我知道每位凰王成年后，就会选一个或几个裔凤去千羽宫，然后留下子嗣。

以往被选送的裔凤大多是貌美体健、循规蹈矩的，但她欣赏那种不随便向人低头的……我看了一眼哥哥们，那样的人，无双林是找不出来的，整个天翼可能也没有吧。

这些我也只能偷偷地想想罢了，是不能说出来的，一旦被人知道的话，会遭到耻笑，虽然我知道好多哥哥也这样想。

日子就这样飞快滑走，无双林的生活一天和十天、一年和十年都是一样的，毫无波澜。可是就在昨天，我们族发生了前所未有的大事。

我正在收拾屋子，给小囡换新鲜的泉水和碧米，突然，外面传来一阵隆隆的声音，像是打雷一样，我感到地面都震动起来了。我不知道发生了什么事，放下手里的东西冲出了屋子。

天变得异常昏暗，宛如一只黑色的大锅倒扣下来，云中众峰下面尘土滚滚，飞着许多怪鸟。哥哥们都跑出来了，一直闷在馆舍里不露面的晨曦哥哥也在跟着张望。我们慌乱着，推推攘攘地飞出了无双林。

一头巨大无比的怪鸟，全身黑气缭绕，缓缓碾过地面。它的尾羽扇动时，带起一阵飓风，连袭雾峰都震颤了。

我们不敢飞下峰去，只能心惊胆战地挤在一起。

我的心跳得厉害，手脚都有些软了。她呢，现在在干什么？这么大的事她肯定早知道了，以她的性格，一定不会坐视不理的，但巨鸟这么厉害，她可千万不要被伤到啊。

正晕晕地胡思乱想着，我忽然看到缭绕的云气和漫天沙尘中，隐隐约约出现了一个全身披着黑色斗篷的人。因为距离太远，看上去几乎是一个小黑点。

黑衣人稍微近了一些，我分辨出似乎是一个女子，她挥舞着一把冒着红光的刀，跟魔鸟厮杀。她的威力实

在惊人，一刀下去地面似乎都要被劈裂了。她已经非常厉害，但魔鸟的力量更强，她被逼得连连后退，狼狈不已，魔鸟挥起翅膀，她顿时被扇飞出去。

这时，一道亮光闪过，空中出现了一个白衣少年，高高地俯视着魔鸟。少年手中握着一把剑，他的手轻轻一抖，剑蓦地拉长，变成戟的样子，少年凌空旋身，向魔鸟斩过去。

一道新月般的银光贯穿苍穹，魔鸟惨声号叫，顿时被劈成两半！

天地撼动，日月失色。

巨大的石块雨一样砸落下来，我抬头望去，见竟然是天宇峰倒塌了！我们惊惶地向馆舍跑去，躲进里面，藏在床下或者橱柜里瑟瑟发抖，感觉像是世界末日降临。

过后我才想到，大部分石头被上方的雾云峰挡住了，否则躲在哪里都没有用，我们早就被砸成肉泥了。

混乱不知道持续了多久，终于慢慢停息下来，等到一切平静，我们才提心吊胆地走出屋子，看到周围一片狼藉。

过了很久，我们好像才被想起，传讯官带着天翼兵匆匆赶过来，让我们不要怕，更不要乱跑。其实我们谁都没想要跑，跑去哪儿呢？多年的习惯已经让我们自己画地为牢。

朝露哥哥悄悄塞给传讯官一些好处，向他打探消息。

以前，这些都是晨曦哥哥做的，他跟传讯官混得比

较熟。从那之后，朝露哥哥取代了他，成为我们中间消息最灵通、最有主意的人。

传讯官不着痕迹地把钱塞进怀里，小声跟朝露哥哥嘀咕起来，而我们则被要求回馆舍休息。

不多会儿，朝露哥哥回来了，他的脸上带着一些余惊，但同时透着些许得意。

我们纷纷向他打听消息。

他高高地昂起了头，向我们伸出手。

他的意思我明白，这是在索要"询问费"。大家没有办法，只好或多或少地拿出点羽纹钱来给他。说真的，我非常不喜欢他这个样子，还不如晨曦哥哥呢，以前他跟我们说事情从来不要这要那。

我默默地退了出来，一抬头，看见晨曦哥哥坐在角落里，他的表情告诉我他也想知道今天发生的事，但他始终没有凑上前去。

虽然朝露哥哥故意压低着声音，但我还是隐约听到一些。

"是老陛下现身了……那头魔鸟就是，原因是霓凰王陛下想毁掉十二渊……"

魔鸟是老陛下？十二渊……天哪，那可是让人望而生畏的禁地，她想毁掉它？这是怎么回事？

"……陛下从陆兽族带回来一个少年，听说是强绑回来的……"

"什么？"大家的眼睛立即瞪圆了。

我"霍"地站起来，几步走过去。朝露打住了话头，大家也都回过头来，斜睨着我。

我摸遍了全身，半个子儿都没有。钱对我来说几乎没有用处，在无双林我不用买东西，也从不斗飞棋赌禽牌，月俸都是好好地放在那里没有动过。从前我还为自己的节约和自律感到骄傲，但现在我真后悔为什么不带一些在身上！现在回馆舍去拿的话我等不及了，我的手碰到了腰带，想都没想就把它解下来，递到朝露手里。

朝露的眼睛有些发直，大家也都是一脸的不可思议——那腰带上，挂了一只金带钩。

金钩是装饰品，统一发放的，每个凤公子都有，是纯金的，价值比他们拿出来的所有羽纹钱都高。

朝露看着我，露出一个了然的眼神。

他轻佻地笑了笑："嚯，有志不在年少啊！"

大家望向我的目光也是一致的讥诮。他们中有些人年纪已经很大了，明白自己的归宿就是老死在这无双林中，所以只是听个新鲜，图个热闹。但有些人还年轻，比我大个几岁的，和我同龄的人也有不少，在这个时候，其实都抱着一样的心思。

我毫不理会他们的目光，只是盯着朝露，催促说："然后呢？"

朝露把金钩摘下来塞进袖子，将腰带扔还给我，继

续道："那个少年，劝陛下封了十二渊——没想到陛下非但没有发怒，还对他言听计从……十二渊被封，老陛下集结了历代陛下的力量，来向陛下报复，陛下和那少年联手，最后老陛下被那小子斩了两截……"

他说到这里又打住了，结果我们都已经知道，但那个字不能说出来，是大不敬。

原来，我看到的白影子就是那个少年了——而披着黑色斗篷的人是她！我回想起那时的情形，虽然离得远，但依然能感觉到那个少年逼人的气势。我不知道他是谁，可当时我觉得他帅极了、飒极了，那一眼的惊艳无论如何都不能否认，以至于把所有人都盖过去了，让我完全忽视了那个黑色的影子，没有认真去看她……

真的是很遗憾。

不过，我感觉她的本领大了很多，在跟魔鸟打斗时非常有气势，已经很像个君王了。

她……一定不会再像小时候那样爱哭鼻子了。

朝露的话在我耳边响了起来。

——非但没有发怒，还对他言听计从……

我心里的滋味难以形容，她那样骄傲的一个人，竟然会乖乖听人家的话，还是这样的大事……

有人问："那小子是什么来头，陛下为什么对他另眼相看？"

朝露摇摇头："不知道，听说他到现在都现不出原

身。不过前些天的空陆大战，就是他带领着陆兽兵打败的我们。"

馆舍里响起了一片倒吸凉气的声音："真的假的，不会是谣传吧，我们天翼跟外族打仗什么时候输过？"

"就是，听错了吧？这么多年来只有咱们打陆兽族的份，别说还手了，就算明着欺负，他们也一直是乖乖地受着的啊！"

"你们别不信，这还没完，更厉害的还在后面哪！"朝露说："那小子不仅让陛下封了渊，还给返回地面的每个傀灵都做了皮肤，放他们回家，而且他还重造了我们族的生息源！"

大家都呆住了，一个个大眼瞪小眼。

"生息源，天哪，是生息源啊！"

"这是人干的事吗，这只有上古神才能做到吧！"

"陛下就那么听他的？这……怎么可能！"

朝露的脸上也是一副酸溜溜的表情："最后他想带着他的同伴回陆兽族，陛下不放人，还当众要封他做大帅，位置仅仅在鹤相和鹰帅之下……"

又是一阵高低不一的惊呼："那他受封了吗？"

朝露露出一个难以描述的表情："最牛的是他竟然拒绝了，然后和他的两个弟弟头也不回地离开了天翼！"

"……"

"走……走了？"

"天哪，大帅都不当，他以为他是谁啊？"

晚暮哥哥的表情很是夸张："陛下一定气翻了，她有没有叫人去收拾他？"

朝露瞥了他一眼："你觉得陛下还能收拾他吗？"

晚暮哥哥的脸顿时成了条酸黄瓜。

我有那么一刻的恍神。我想如果她要叫我干什么，我是一定不会拒绝的；她不许我走，我肯定会留下来；她要是厌倦了叫我离开，我也半点都不会违拗……只是，我连见她一面的机会都没有……

就这么着，那句话冲口而出，连我自己都不知道是怎么说出来的。

"他……长得好看吗？"

大家一起看向我，眼神里全是嘲笑。

其实我们平时也会在私底下议论别人的长相，我觉得没有人比脔凤更喜欢干这事了，一是我们都挺爱美，二是我们闲。比如我们评价陆兽人强壮但粗鄙；水族人身材瘦长、面相刻薄；花叶族雌性同体的很多，所以他们普遍比较娘……

但这个时候说这话的意味肯定大不一样了。

大家的视线都聚到了我身上，我觉得这辈子都没有受到过这么多的注视，他们一定觉得我傻了——想就想，怎么还问出来了呢？

朝露摸了摸袖子里的金钩，哧的一声："不知道，

大人也只是传讯的，这样的场合他靠不到近前去……不过他好像说过那小子冷冰冰的、硬邦邦的，像个冰块。"

冷冰冰、硬邦邦，这还算是男人吗？

我忽然记起了她的那句话——顶天立地，不随便向人低头……

我的心里"咯噔"一声，似乎有什么沉了下去。

大家的脸上也都是满满的不可思议。

我突然想到，我们认为男子就应该是逆来顺受的，但很少去想，在天翼族之外，有着形形色色的人，或粗鲁，或英朗，或威猛，或像那个少年，凌厉逼人……

我们空长着一对翅膀，却不能飞上广袤的天空，我们被拘囿在这片林子里，连大脑也被拘住了。多少年来，我们的思维已经成了定式，像笼中的金丝雀，难以破笼而出。

我好羡慕那个少年，除了羡慕他能够得到她的青睐，还羡慕他能够挥舞着一柄利戟，纵横天地，击破长空！

而我，却注定只能在这方寸之间写字练画，种菜煮饭……

我生出了深深的无力感，甚至对将来产生了迷惘。我，究竟怎样做才是真正的我？

而那个名叫寒霄的少年，激起了我强烈的好奇心，我想如果有机会，我一定要见他一面！

看一看他究竟是个什么样的人。

# 生灵王

（下）博弈，原身现

# 一　种　子

高空之上飞来三个人影。

左边的男孩身体健壮，方头圆脸；右面的那个瘦瘦小小，下巴尖尖；中间的少年身材瘦削，一身素白的衣服上有好多地方破损了，并且沾染着血迹。

这三个少年当然就是安泰、阿星和寒霄了。

在帮助天翼族封禁了十二渊后，寒霄和阿星还有安泰一路毫不停歇，终于赶回了陆兽族。寒霄俯望下方，见疣猪将军府和飞鼠将军府已经不远了。

首先就是要送两个孩子回家。这次虽然没有像在水族待的时间那样长，但也足有小半个月，阿星和安泰的家人又该担心了。

陆兽族的风沙比第一次来的时候减轻了很多，现在已经能看清地面的一些景物。安泰深深吸了一口气，由衷地说："记得以前，经常是一出门就被扬一脸沙子，

晚上回家一洗，铜盆里的水都是浑的……哥哥，陆兽族变好了可都是你的功劳。"

阿星小脸一扬："那当然，从前我虽然觉得哥哥厉害，可没想到他竟然能恢复生息源！这是神仙才能干得出来的事哪。"

寒霄啼笑皆非地摇头。陆兽族生息源能够再生，是四亲侯落紫云、虎头蜂将军、花章郎以及小藤出手协助的结果，以他那个时候的实力想要一个人恢复生息源简直等于痴人说梦，两个孩子吹捧起来也太不着边际了。

看着下方的情景，寒霄的眉头微微皱了起来。风沙虽然有所减轻，但按正常情况，空气应该更加清新才对，而且地表看起来也有些不对头。

生息源刚恢复的时候，方圆千里之内的土地黝黑肥沃，植被呈现出蓬勃的绿色。而不过十几天的工夫，为什么地表的颜色又苍黄了许多？

遥遥看到一处地方，寒霄心里一动，对阿星和安泰说："我要下去看看，你们是先回家还是……"

阿星和安泰并没有发现有什么不对，但他们早就习惯了事事跟着寒霄走，黏着他，这个时候当然不肯回去。阿星嚷起来："我要跟着你去，我过会儿再回家！"

安泰也点头表示要一起。

寒霄无奈地摇头，指尖轻轻捻动飞翎，下达了下降的指令。

那里是制造灵水的其中一个场地，也是寒霄顺藤摸瓜发现西海污染源头的地方。就是在那里，他第一次知道，庄稼浇灌了灵水以后可以疯狂生长，在短短的时间里抽穗、成熟，变成大家食用的口粮。

——山脚密林。

三个人在旁边的田埂上降落下来。

在虎王的命令下，庄稼已经被拔除，暴露在日光下的土地呈现出病态的苍白，有些地方龟裂着，像是渴极了裂开的嘴，田埂上长着些杂草，稀稀拉拉的。

寒霄蹲下身，捏起一个土坷垃，手指还没用力，土团就碎掉了，化成沙土从指缝漏下来。

阿星不知道他在想什么，好玩儿似的也拿起土坷垃来学着寒霄的样子捏。安泰却说："这么大片的地怎么不种粮食？"

是啊，灵水被禁已经很多天了，现在正好是播种的季节，麦种种下后一般五天到七天就能够发芽破土，快的话只需要三天，为什么到了现在大片的田地还荒着？

寒霄站起来向四下扫望，发现不远的地方，两个黑影正在向这边一点一点移动。

那是一头驴子，身上套着一架辕犁，一个七八岁的孩子扶着木梢，正吃力地犁着地。

阿星搔搔头："不都是牛来拉犁吗？驴子能有多大的劲儿？"他转过头去问安泰："驴子是用来干吗的来着？"

安泰说："拉磨吧。"

一人一驴趔趔趄趄地走着，突然从斜地里冲出来几个人，为首的那个长脸，穿着厚实的皮短袍，贼眉贼眼的，几步过去，一脚踹倒了犁，嘴里骂骂咧咧："驴老七，以为躲到这里来我就找不到你了？快点，把租子交上咱啥事没有，要是今天还不交，看我不扒了你的皮！"

扶犁的男孩矮小瘦弱，一身衣服破破烂烂的，看到这阵仗吓得尖叫一声，抱着头蹲在了地，一下现出了原身。

是一头棕毛小驴子。

拉犁的老驴子飞快返回了人身，一把搂住小驴，跪倒在地上："驴爷，您行行好，吓着娃儿啦……家里实在是一个钱都没有了，这会儿种子也没到，您开恩宽限半年，等有了收成……"

"老东西，前头用灵水种粮食的时候你不也一样交不足？好吃懒做别拿没种子当借口！我这回开了恩，你下次又不知道拖到猴年马月！"

"前头浇灵水那会儿粮食是长得快，可交得也多啊，现在灵水没了，庄稼也毁了，没留下一颗种子……您叫我们拿什么种啊……"

"这我不管，你要怨就怨那个叫寒霄的小子去吧，是他捣蛋让大家都没了活路！"

听到这句咒骂，寒霄心里咯噔了一下。

是自己让大家没了活路？

412

"你交不交？交不交！"驴爷抬腿向老人踹过去，老人一下被踢翻在地，小驴吓得叫唤一声，两只前蹄抱住了头。

"太欺负人了！"阿星"索啷"一声抽出鼠尾链，"还骂我哥哥，我看他是找揍！"

安泰也是气得脸都红了，拽出了大盖锅。

那边驴爷瞪圆了眼睛，骂："嘿，小崽子，想找事？你算个什么东西！"

"你又是个什么东西？你连个东西都不算呢！"阿星牙尖嘴利地还口，声音又尖又细："欺负人还有理了？今天我就让你……"

寒霄一把拉住他，摇了摇头："先别动手。"他本来想说的是，两个人的爷爷都是虎王座前的大员，在这里闹起来没有半点好处。

那边驴爷却以为他们胆怯了，骂骂咧咧："那点胆儿都没有老鼠屎大，还来替别人出头！"扭回头去，依旧盯着驴老七："快交！不然我就……"突然他的目光定在小驴身上，嘿嘿笑起来，"不然这样吧，老七，你要是实在交不上我有个好办法。"

"啊？"驴老七颤颤巍巍地抬起头，"什么好办法？"

驴爷指着小驴："拿他来抵啊，我们老爷家开的磨坊里还缺头拉磨的驴呢！"

"你说什么？"驴老七将小驴搂得紧紧的，"这万万

使不得啊！我就小七这一个宝贝孙儿，他还这么小，他，他怎么能去干畜生干的活……"

"呵呵，"驴爷冷笑起来，"这世道，有钱的就叫大爷，没钱的，可不就跟畜生一样么吗？再说了，你刚才不是已经把自己当畜生犁地了吗？"

"那，那不一样……"驴老七的眼里流下泪水，"我老了，没用了，吃些苦没什么，可我不能叫小七去给人做牛做马……"

"不让娃娃去，那也行，"驴爷的三角眼里闪烁着残忍的光，"你也有六十多岁了吧，拿你的皮去熬驴胶，可正是效用最好的时候。"

"你说什么……"驴老七脸色煞白，一屁股坐在地上。

"来人，给我把他们都绑走！"驴爷一挥手，几个喽啰饿虎一样扑过去，擒住了祖孙俩。

气温骤然降了下来，一阵寒风扑过，卷着雪沫冰屑，驴爷和几个打手瞬间被冻了起来。

寒霄的脸上像是结了冰，他冷冷地看着那几尊还保持着弓腰抓人姿势的冰雕，一语不发。

阿星和安泰："……"

阿星咂嘴："哥哥，你怎么说动手就动手了，也不让我发挥发挥。"

安泰早跑过去扶起祖孙俩。小七浑身发抖，依旧用蹄子抱着头。

　　驴老七望着冰雕一下子傻了，愣怔了好一会儿才抬起头来，哆嗦着说："这……这……"

　　安泰一边轻轻拍着小七的背一边安慰驴老七："老人家，您别害怕，我哥哥把坏人都冻住了。"

　　"哦，哦……"老人显然还没明白过来发生了什么，他被动地点着头，缓了好一会儿，才勉强地搂着小七向寒霄三个人道谢："谢谢，谢谢几位小兄弟……"小七的头窝在驴老七的怀里一个劲地往里钻，不肯返回人身，驴老七抱歉地说："这孩子，给吓坏了……他胆子小，一给吓着就不愿变回人样子……"

　　寒霄说："别勉强他。"三个人一起扶起了祖孙俩，等他们的情绪稳定下来，寒霄把声音放温和了问："老人家，为什么没有种子？"

　　驴老七叹了口气："从前咱们要么用头年留的种子，要么用从天翼族和伏地兽族送过来的……自从禁了灵水，庄稼全都枯在了地里，没打下一颗粮食。更要命的是，天翼族也不给咱们种子了，还不准伏地兽族给……我们没办法就先犁着地等着，可主家还是一个劲地催租，真是叫天天不应，叫地地不灵哪。"

　　"陆兽族先前没有屯下粮食吗？"

　　"听说有，说是粮库里有屯着没有浇灵水的粮食，不多，也不放出来，都是给官家老爷主家们吃的……唉！"

　　听着驴老七重重的叹气声，寒霄也是一阵黯然。粮

食是一族的生存根本，陆兽族作为一个农业大族，竟然落到连种子都需要从他族求购的地步，实在让人不解。

"其实要我说，灵水还不如不禁的好，"驴老七抹了下眼睛，"那个叫寒霄的小伙子真是捣乱哪，从前好赖还能打下粮食来，只要大家能吃饱饭，管他是什么粮食呢，吃不死人就行了。可是你瞅瞅现在……"

三个人都怔住了。

"哎！你这个人怎么不识好歹……"阿星生气了，要跟他理论，却被寒霄拉住了。

寒霄冲着他摇了摇头："咱们走吧。"

阿星的嘴噘得老高，三个人才转过身去，忽然听见驴老七又叹了口气，嘟囔着："你们走了倒是利索了，这些人给冻在这里，主家过会儿来寻人，到时候还不是要找我的麻烦？唉，只怕是整治得更厉害些……"

寒霄站住了。

"嘿，你这个老大爷怎么说话的？"阿星霍地转回身去，指着驴老七说："是我哥哥救了你哪，要不你早就被拉去熬成驴胶……"

安泰捣了他一下："他是个老人。"

阿星气得反捣他一下："老人就可以是非不分、胡说八道了？"

寒霄走到驴老七的面前，蹲下身："老七爷爷，你带着小七先回家吧。如果这期间有人找麻烦，你就说是

寒霄动手打的人，过不了多久我会再来的。"说完轻轻地抚摸了一下小七的头，留下目瞪口呆的驴老七，和阿星、安泰捻动飞翎，一起飞上天去。

# 二 虎王的病

在天上飞着，阿星还愤愤不平："这种人就不能帮他，自私自利，忘恩负义。"

安泰说："千人千脾气，万人万模样……哪能谁都跟你想的一样。"

寒霄说："是我当初没有考虑周到。"

"嘁！"阿星说，"哥哥，你别总是把责任往自己身上揽，说起来这些事本来哪一件都跟你没关系的，只不过你心肠好，拼着命做了——我就奇怪了，这世道，不干的啥事没有，干了的反倒赚埋怨。"

安泰也点头："阿星这话我同意，哥哥你为陆兽族做了这么多，已经是仁至义尽了。"

寒霄没说话，心里却已经翻起了波浪。

两个孩子年纪还是太小了，跟他考虑的完全不在一个层面上。

这件事，仔细想来是有很大隐患的。种子短缺，粮

食供给不上，后面会饿殍遍野也说不定。自己一腔热血禁灵水，却没考虑到这些，这都是因自己而起，怎么能说没关系？

谁都不能帮自己开脱。

心思游走着，安泰叫起来："哥哥，我们家到了！"

阿星兴奋地喊："先去你家玩玩，我都好久没去疣猪府了。"

寒霄提醒他，"你不先回家一趟吗？免得家人担心。"

"没事没事，"阿星摇着手，"我就玩一会儿。我想去看望一下太奶奶，太奶奶对我可好了，这么长时间没见挺想她的。"

寒霄没有再说什么。

阿星得意地一笑，扭过头去小声对安泰说："哥哥的软肋太好捏啦，他最受不了别人说可怜话——我就想着咱仨能多待会儿。要是我一回家，爷爷肯定不让我跟哥哥玩了。"

安泰瞪了他一眼："我还以为你真想我太奶奶了呢。"

阿星腆着脸："当然也想啦，我是那种无情无义的人吗？"

三个人降落下去。

才在疣猪府前面站稳脚跟，门口的侍卫立刻大叫起来："小少爷，您回来了！"看着侍卫们如释重负的表情，安泰明白家人一定是又到处找过他，于是想着赶快

进府把这几天的经历说清楚。

侍卫们纷纷向寒霄躬身行礼，寒霄还礼。接着，他听到侍卫说："老将军走之前嘱咐咱们，说是一看到您，就请你立即进宫。"

安泰刚踏进门的一只脚又收了回来，他大张着嘴："为什么？"

阿星的脸立刻垮了下来："哥哥，这肯定是虎王叫你去的……你跑出十二重牢的事还没了结呢，这可怎么办？"

寒霄淡淡地说："的确是我违背了信诺。本来我也想去一趟定磐城的。"

安泰张了张嘴："可是……"

阿星一挺胸脯："不怕！哥哥，你还大败天翼族，打跑了青鹏侯呢，这么大的功劳陛下他一定不会不记着的。"

安泰点头："哥哥，咱们一起去。"

侍卫们连忙阻拦："小少爷，您不能去，老将军吩咐过我们一定要把您留在府里。"说着伸手要去拉，安泰却捏着飞翎瞬间离开了地面。他冲着下面喊："真是对不起了，我得和哥哥走一趟，我马上就回来……"

话音刚落，人已经飞上了高空，侍卫们只急得在下面用力跺脚呼喊。

寒霄怎么劝都不听，两个人跟在后面很快来到定磐城。

城门那里早有侍卫等着他们了，牵来马匹让他们乘坐，并在前面引路。

阿星偷眼去瞧侍卫，没从他们的脸上看出什么来，又见大家对寒霄还算礼遇，于是稍稍放下心来。

一路来到乾华殿，阿星和安泰满脑子都是怎么替寒霄向虎王求情，正准备跟侍卫大哥说些好话让他们进去，却看见大殿里面闹哄哄乱成一团。

寒霄快步迈了进去，阿星和安泰左右看看，见没人注意到他们，也趁机溜了进去。

殿医、文武大臣、侍女们在品级台上团团乱转，阿星的爷爷老飞鼠将军、安泰的爷爷老疣猪将军以及安泰的阿爹疣猪郎将都在。阿星哧溜一下钻过去，问自家爷爷："怎么了，发生什么事了？"

老飞鼠将军见是他，瞪起眼睛："你来干什么，这是你该来的地方吗？"

阿星吓得一缩脖子，他看见安泰和疣猪郎将已经聊上了，立刻挤到他们面前。

疣猪郎将说："是主上，今天上朝的时候不知道什么原因突然昏倒了……你们怎么来了？别添乱，回去！"

原来虎王已经昏过去好一会儿了，大家心急火燎，却没有一点办法。

疣猪郎将骂完安泰一转头，视线正巧对上寒霄，他的眼睛亮了，立即对老疣猪将军说："阿爹，寒霄来了。"

　　老疣猪将军马上明白了他的意思，他沉吟了一下：
"寒霄，你为主上诊治一下吧。"

　　寒霄还没说话，旁边有个老大臣惊讶地叫起来，眼
神满是厌憎："你怎么在这里？"

　　大家立即看过来，短暂的寂静过后，骂声此起彼伏
地响了起来。

　　"被关在十二重牢的重犯寒霄？"

　　"逃出来的，他一定是越狱逃出来的！"

　　"快来人，把他抓起来！"

　　阿星生气了，大声说："你们怎么不问青红皂白就
抓人？我哥哥还指挥着大家打败了天翼族呢！"

　　老疣猪将军劝道："各位，先把其他的事放一放，
让他给主上诊断一下吧，现在毕竟主上的安危最重要。"

　　"这怎么行？"老大臣们一起反对，"主上的贵体怎
么能让这么一个族属不明、杀人越狱的奸贼来诊治？"

　　"对，他有这个能耐吗？"

　　"他没有你们有啊？"阿星气得直翻白眼。

　　老飞鼠将军呵斥："放肆，这里轮不到你说话！"

　　阿星恨恨地跺了下脚。

　　疣猪郎将向着大臣们行了一礼："各位大人，寒霄曾
经救了我家生命垂危的太夫人，我相信他有这个能力！"

　　"没错，不试试怎么知道？"老疣猪将军加重了语气：

"你们这么拦着，耽搁了主上的病情，谁也担待不起！"

这顶帽子分量够足，扣得够狠，喧嚣声顿时低了下来。老疣猪将军不再理会他们，拉着寒霄走上品级台。

虎王歪斜着靠在金椅上，他的脸色和平常没什么差别，还是健康的红润的样子，只不过四肢软软地垂着，像是没有筋骨。

御医们迅速地讲述了一遍经过。寒霄没有说话，慢慢走了过去。

一股异样感袭来，每近一步，感觉就浓重一分。

从外表上看不出什么，但第六感告诉他，事情很不对。

来到金椅前，他迟疑了一下，小心地抓起虎王的手，将两根手指搭在对方的手腕上，片刻，又按上虎王的胸口，最后将手探到鼻子下面。

他的脸色变了。抬眼看向围在一旁的御医，他发现他们目光闪烁，像是在躲避着什么。

他的疑惑宛如飓风下的海面，不住翻滚。

刚才，他试探到虎王的心跳和呼吸都正常，但没有脉搏，而且身体也没有一丝温度。更诡异的是，他感到虎王的皮肤非常厚，就像……一层橡胶。

从前虎王那怪异的眼神和举动一下浮了上来，寒霄忍不住打了个寒噤。就在这时，金椅上的人突然睁开了眼睛！

森冷的目光如刀刃一般刮在他脸上，寒霄下意识地后退了一步。

虎王扭动着头部，缓慢地活动四肢，关节发出轻微的咔咔声。

起先他的身体很僵硬，但很快恢复了正常。他盯着寒霄，用极其低沉的声音问："查清楚是什么病了吗？"

几个御医、殿官还有老疣猪将军就站在他旁边，不过他的声音既低又模糊，其他人根本听不清。

寒霄一僵，但他很快冷静下来，弯腰行了一礼："陛下，我认为您是因为过度劳累而导致的昏厥。"

虎王盯着他："哦？"

"是的。"寒霄的眼神明朗坦荡，"所以您才会四肢无力，体温过低——这都是身体疲劳到极点的表现。"

大殿上一干人看到虎王醒来，有真高兴的，有假欢欣的，总之都是一派惊喜激动的模样，纷纷跪在地上恭贺虎王。虎王敷衍地挥了挥手，依旧盯着寒霄："听说你让疣猪府太夫人起死回生——你还精通医术？"

"我并不精通，更不能起死回生。太夫人只不过是心情抑郁，被暴饮暴食弄垮了身体，算不上疾病。我只不过给她调理了一下而已。"

虎王审视地看了他一会儿，眸子里的精光消失了。他在金椅中坐好，俯视着下方的文武大臣。

"寒霄私自越狱，杀害太子，本是两罪并举，罪不

可赦。但经本王彻查，太子的确化身毒兽残害百姓，寒霄乃为民除害，因此入狱实属误判，越狱之罪也就等同于无。

"寒霄为本王治好了急病，连同他指挥我族将士大败天翼族，非但无过，反而为我族立下大功……"

大殿上一片哗然。

"主上，这也太草率了吧！"

"是啊，之前还是杀人越狱的奸贼，怎么就变成功臣了？"

阿星惊喜得差点晕过去。他用胳膊肘使劲捅安泰，眼角眉梢是掩饰不住的高兴："原来东辕和千里大哥已经把哥哥参加大战的事告诉了陛下……"

安泰憨笑："陛下也查明了太子的真相，我都没想到事情会这么顺利！"

阿星眉飞色舞："我就说嘛，哥哥吉人自有天相……"

虎王的声音遥遥传来："今日，本王要封寒霄做我陆兽将尉，排位十一——"

"哗——"

议论声更大了，老大臣们纷纷站出来反对。

"主上，就算他无罪，但一个族属不明的人怎么能担任我族武官之职？"

"与天翼之战分明是我族将士上下一心，协力抗敌的结果，怎么能将功劳全归到他身上？"

425

"他一定包藏祸心，想以此为契机打入我族……"

虎王重重地拍了一下金椅扶手，冷哼："你们的意思是本王的判断是错的？"

老大臣们赶忙跪在地上，高呼不敢。

"那诸位就是要违背本王的旨意了？"

老大臣们更惶恐了，连连磕头表示忠心。

"你们要时刻谨记臣子的本分。"虎王冷冷地说，"这件事就这么决定了！"

寒霄的心里简直比龙卷风过后的现场还要乱。

明明不是自己救的他，为什么他会这样说？对于金狮太子之死，他前后的态度天差地别，他留下自己有什么目的？

对方森冷的眼神让他不寒而栗，那层胶状皮肤的触感还留在指尖上——如果没有刚才的经历，他可能真的会在陆兽族逗留一段时间，因为他感觉到陆兽族生息源可能出了问题，他打算去一探究竟，并且他想尽力帮大家种上庄稼，可是现在……

突然，一个乖戾的声音在他身后响起："主上让你留下你就留下，端什么架子！"

寒霄吃了一惊，是老飞鼠将军！他转过身，不敢置信地看着他。

他不是对自己厌恶到极点的吗？

放在从前，他一定会激动得心怦怦地跳。他一直盼

着有那么一天，老飞鼠将军能够抛开偏见，转变对他的看法，真正接纳他……不，接纳太奢侈了，他只求老飞鼠将军对他不再像从前那样反感就好。可是这会儿对方这么说，他心中说不上是什么滋味，于是僵站着迟迟没有做出回答。

阿星也是一脸惊讶地看着自己的爷爷，随后，欣喜漫上了他的小脸。他蹭过去使劲搂住老飞鼠将军的胳膊："谢谢爷爷！谢谢爷爷！"他又跑到寒霄面前，催促他："哥哥，快答应啊，求你了，快答应吧！"

寒霄看着阿星那急得什么似的脸，沉吟了片刻，终于点了点头。

他走下品级台，单膝跪地："谢陛下。"

阿星高兴得差点蹦起来，他在老飞鼠将军身后和同样激动的安泰握紧了手，东辕、千里两位将军和十将尉也是十分开心，他们互相传递着眼神，嘴边露出笑意。

虎王满意地点点头。

寒霄没有起身，保持着刚才的姿势说："寒霄有一件事想请求陛下恩准。"

虎王一怔："什么事？"

"请陛下放出粮仓一半粮食，发放给族民当作种子。"

虎王没有说话，望着寒霄的目光有些意味不明。老疣猪将军微微一笑："我说他为什么这么快就答应下来了。"疣猪郎将不明就里："什么？"

大殿上当即炸开了锅。

老大臣们戳指着寒霄，连同刚才的不满一起发泄出来，言辞慷慨激昂。

"你知道国库官库的粮食是供给谁吃的吗？狂妄！"

"春播秋种自有大司农去安排，你凭什么横插一杠？"

"搞不明自己的身份，弄不清自己的位置，真是放肆！"

东辕、千里连同一干心怀正义的臣子一起站了出来，他们一直以来也是对这件事很忧虑。

"关乎母族的命运和族民的生计，谁都有责任！大司农管不好，还不允许别人提出解决的办法吗？"

"十一将尉说得没错。粮食是一族根本，现在早已入春，我族却仍未播种，这样下去前景堪忧啊！"

"粮食分一半出来做种子，余下的仍然够用……不，与全族的农种相比，个人的得失又算得了什么？主上，我愿意把我全家一年的用度捐出来，助陆兽族渡过此次危机！"说这话的是一名长史，他这一开腔像点燃了引信，请求声此起彼伏。

"主上，我也捐出一年的俸禄！"

"我也是！"

"我也捐！"

寒霄心中顿时波涛汹涌。

这些人大多是职位较低的官员，陆兽族衰败，赋税难收，大家的俸禄已经很微薄，仅够吃穿，并没有过

多富余，这个时候却还是义无反顾地解囊，陆兽族的将来，并不是全无希望！

大家都看着品级台之上的那个人，等待着他的决断。

虎王开口了："准，开仓放粮。"

# 三　变老了的落紫云

　　三个人低低地飞着，阿星一会儿手舞足蹈，一会儿咯咯笑出声，非常诡异。

　　安泰瓮声瓮气地说："我理解你，因为我的心情跟你一样。"

　　昨天下达放粮令后，虎王还给寒霄拨了住处——将尉馆舍，让千里将军亲自领过去安排好一切。阿星和安泰赖着不走，跟寒霄一起洗澡换了衣服，挤在一张床上住了一晚。第二天吃过早饭，寒霄要查看各个地方的农种情况，两个人又非要跟着，于是寒霄只好带他们出来了。

　　阿星嘿嘿地笑："我就是在想，怎么会这么顺利呢？陛下不仅赦免了哥哥，还让他当上了将尉，咱们三个人终于可以光明正大地在一块了！我爷爷竟然也帮着哥哥说话……对了哥哥，他还说你以后可以去我家了呢，真是太开心了！"

　　寒霄没有吭声。

事情哪有这样简单。

虎王处处透着诡异先不说，老飞鼠的突然转变也让他感觉到有那么一丝的不真实。不过两个孩子正欢天喜地，他不想说这些扫他们的兴。

只是本来还想去极北冰原查探身世的，看来只好往后拖了。

将要面对的一切都是未知，但他无惧挑战。他发现其实自己血液中流淌着冒险的因子，这因子太过强大，强大到理智告诉他前方必有危险，可他还是要向险而行。

阿星眉飞色舞了一会儿，见寒霄微微皱着眉不说话，于是奇怪地问："哥哥，你在想什么，你不高兴吗？"

寒霄回过神来，冲着他笑了笑："高兴，这么长时间以来，今天最高兴了。"

"可我怎么觉得你有心事？"

"没有。我只不过在想，种子是发放到大家手里了，现在却已经是春末，怎样能既快又好地播种，让庄稼早些长起来。"

"哦哦，不愧是哥哥，想的事情就是跟我们不一样！"阿星感叹，"我以为今天咱们出来就是随便看看呢。"

寒霄淡淡地笑："是认真看。"又补了一句，"辛苦你们了。"

两个小孩连忙摇手："不辛苦不辛苦，只要跟哥哥在一块，干什么都高兴！"

"从前的时候，我跟着爷爷种过田。"安泰忽然说。

寒霄感兴趣地问："是吗，你还会种田？"

"嗯。爷爷空闲的时候会去我们家附近的村庄里转，他带我去过很多次，耙地开沟我都不在话下。"安泰一高兴话多了起来："听爷爷说，以前咱陆兽族的官兵都是有仗就打，闲着的时候就种地的……大家平时营地就扎在农田边，爷爷还说了个笑话，他说有一回紧急集合，有个兵大哥顺手扛起锄头就跑去了校场。"

看来从前的兽王都相当重视农耕，只可惜灵水之祸让农业生产遭到了空前的破坏。

阿星插嘴说："对对，我爷爷也提起过，不过后来有了灵水，大家就不再苦哈哈地下田了。毕竟能舒服一点谁都不想累着。"

寒霄顺口问："是哪位王实行的耕兵制？"

"是狮王，"安泰说，"我觉得，狮王是一位非常英明的王……"

"那倒是，"阿星说，"只可惜生下金狮太子这么个败类。"

是的。能充分利用人力，最大化提高农兵效率；在位期间人心稳定，万众敬仰，的确算得上是明君了。至于金狮太子，狮王崩殂，王后殉情，是虎王将他抚养长大的，他骄纵暴戾的性子跟虎王的放任有很大关系。

寒霄突然问："你们对现在的虎王是什么印象？"

　　阿星和安泰互相看了一眼，有些奇怪他为什么这样问。阿星撇撇嘴："我觉得他时好时坏，阴阳怪气的。不过他还算向着哥哥你，所以我对他印象还行。"

　　安泰想了想："我不知道该怎么说……但陆兽族现在这个样子，族王不应该负责任吗？"

　　寒霄望着安泰。这孩子看上去憨憨的，对问题却很有自己的见解，这应该跟他悲天悯人的性格有关系吧。

　　"是啊，爷爷说几十年前的陆兽族可是粮食屯满库，族民吃穿足。"阿星挠挠头："哥哥，你怎么突然问起这个来了？"

　　"没什么，只是随口问问。"寒霄将高度降低了一些，看着下方："昨天晚上我想了很久，灵水被禁，族民在短时间内适应不了，我们得给他们想些省力的方法，比如做些能够犁地和播种的机械……"

　　"说得对，哥哥你可真聪明！我看到大家犁地太辛苦，却只能想到自己出力去帮他们。如果能有一种机械代替，肯定会轻松很多。"安泰对这类话题十分感兴趣。

　　阿星一拍手掌："我想想哈……可以做成那种有好多铲铲，一排一排的，前面有东西拖着走……"

　　寒霄点点头："嗯，你说的那个可以犁地。不过现在百姓们最急需的是打井机、灌溉机和施肥机。"

　　"打井机、灌溉机和施肥机？"阿星又挠头。

　　安泰说："灌溉的话我们族早就有了翻车和筒车。"

"但现在陆兽族比较干旱，很多河流都干涸了，必须得打井。"寒霄思索着说："打井机不难造，但井打好后，一桶一桶地担水来不及。我受到天翼兵浇灌灵水的启发，想设计一种机械把井水和肥料带到空中去，然后均匀地洒下来……"

阿星和安泰一齐点头，赞道："这个想法可太棒了！"阿星嘿嘿笑起来："造这些东西的话又要去找他们了……"

寒霄说，"是啊，只能是他们，不过请他们帮忙的次数太多，我都不好意思开口了。"

安泰："噢，你们是说机关宗？"

"是。"寒霄突然发现了什么，视线定在前面某个地方，脸色忽然变了。

阿星和安泰见他停住话头，很是奇怪，一齐顺着他望的方向看过去，忍不住叫出声来："天翼人！"

百米外一片树林上，十几个天翼兵正追赶着一个人，那个人忽高忽低地飞着，十分吃力，像是受了重伤，马上就要坠落下去。

"他们怎么会出现在我们族？"阿星瞪大了眼睛。

"我去看看。"寒霄说，"你们在这里等我。"

阿星举手："我也要去，我也要去！"

寒霄瞥了他一眼："别出声。"

阿星连连答应："嗯嗯！"

　　三个人压低飞势，从密林中穿行过去。交错的枝叶缝隙中，寒霄看到天翼兵们追拿的那个人穿着紫色袍子，身体佝偻，一头白发在空中凌乱地飞舞——是个老婆婆。

　　寒霄一怔，老婆婆的身影竟然有一丝说不出的熟悉。他想了想，将身形拔高到密林之上，不等天翼兵反应，一串立僵冰符从指尖如闪电般弹出。

　　他的灵力和从前相比天壤之别，十几个天翼兵只发出几声短促的惊叫，便一个个摔了下去。

　　老婆婆像是耗尽了最后一口气，倒头向下栽去。寒霄迎面赶上，将她接住。

　　阿星和安泰飞过来，阿星看着寒霄怀里的人："哥哥，你干什么要救她？你认识她吗？"

　　"你们没看出她是谁？"

　　阿星端详了一会儿："看不出来……我见过的天翼族老人家只有鹤相一个。"

　　安泰也摇头："不认识。"

　　老婆婆满脸皱纹，如同核桃皮，两眼紧闭，脸色灰败，脑袋无力地垂在一边。寒霄向四周观望，"必须马上找个安静的地方救治。"

　　阿星追着问："哥哥，你还没说她是谁哪！"

　　寒霄向西面飞去，头也不回地说："四亲侯落紫云。"

　　老婆婆满脸皱纹，如同核桃皮，两眼紧闭，脸色灰败，脑袋无力地垂在一边。阿星问："哥哥，她是谁？"

后来，落紫云问他是怎么认出她的，寒霄开始不说话，在她的再三追问下才回答："我看到了你胳膊上三角形的伤疤。"其实当时距离那么远，他的视力再好也不可能看清楚什么疤痕。他没告诉她，认出了就是认出了，就是一种感觉，说不上为什么。

寒霄在前，阿星和安泰在后，来到西面的九灵山脚下。

这里林木参天，幽密寂静，相当隐蔽。

寒霄把落紫云轻轻放在地上，阿星和安泰看着他忙前忙后，也不知道该怎么帮手，只好干蹲在一旁。

阿星张着嘴，有很多话想问，却又怕打扰到自家哥哥。

寒霄翻看了落紫云的眼睑，又捏开她的嘴巴。他想了想，解下腰上的鱼袋，从里面取出一朵小白花——蝶族九公主盈儿送给他的天净花，是答谢他治好她眼睛的谢礼。他曾用它消除了金狮太子喷出来的毒液。

可是拿到手中才发现花儿竟然枯萎了。

应该是使用过度失去了作用。寒霄暗骂自己，这朵花已经救了很多人，现在还想用它，未免也太贪心了。

他把它放回到鱼袋。

阿星忍不住问："哥哥，四亲侯怎么了？她怎么会一下变这么老的？"

"中了毒。"

阿星惊叫："什么毒这么厉害？"

"现在还不知道。"

突然，寒霄的耳边响起霓凰王降天的话——我一定会把她关进重牢里，三十八种刑具每种都用上一次！

寒霄禁不住攥紧了拳头。

这个女魔头！

但他不擅长解毒……不过现在灵力增长了十倍有余，倒可以试试把毒逼出来。

他将木灵力调整到最轻柔的状态，按在落紫云的胸口上。

莹莹绿光荡起涟漪，水波般扩散，一遍遍冲刷着落紫云的骨骼、血脉。

没过多久，落紫云的皮肤上开始有黑色烟气冉冉冒出来，一丝丝凝聚，形成液体，沿着皮肤滴落下来，空气中弥漫起一股辛辣刺鼻的味道。

是毒水！降天下令攻击妖鸟的时候，胶管中的液体散发出来的就是这个味道。看来，女魔头把落紫云推进臭名昭著的毒水池里去了，简直毫无人性！

寒霄强压着心中的愤怒，收回手，擦了擦额头上的汗。

自觉担任守护工作的阿星和安泰一起凑过来。阿星看着落紫云："四亲侯脸上的黑气好像变轻了，毒解了？"

"还没有完全排出来，不能急躁。"

"哦。"

正说着，一声低哑的呻吟响起，落紫云慢慢睁开了眼睛。

阿星拍起手来："太好了哥哥，四亲侯醒啦！"

落紫云眼神迷茫，好一会儿视线才聚焦，定在寒霄脸上。良久，她的眼珠终于动了动，像是认出了面前的人。

"寒霄……"她沙哑着声音说。

她再度昏迷过去。

落紫云的身体太虚弱，不能长时间躺在露天里。寒霄想了想，打算按照天翼族的习惯给她造一座小木屋住。

他四下搜索，找到几棵合适的树木，然后用洌寒剑砍倒；阿星和安泰也过来帮忙，将树干劈开。三个人忙了大半夜，总算在一棵香樟树上将木屋建好，把落紫云安置进去。

寒霄忙碌起来。白天去找银锋设计制造农耕机，帮助族民春耕；晚上再回到这边，为落紫云排解毒素。阿星和安泰自告奋勇，轮流过来守着，让寒霄省心不少。

到了第七天，落紫云终于醒了。

她脸上的黑气散了一大半，皱纹也没有刚开始那么多了，眸子转动时，带出点淡淡的神采。

她僵硬地抬起手，摸了摸脸颊，既没有惊讶也没有愤怒，她只是麻木地张着眼睛，看向某一个地方。安泰送来食物和水，她半点没动，好在寒霄一直为她灌输木灵力，即使不吃东西对身体也没有什么妨碍。

　　这片林子十分幽静，没有人打扰，寒霄可以从容地治疗。到了后来，落紫云恢复得越来越快，容貌以肉眼可见的速度在变化着。

　　到了第十三天，寒霄为落紫云做了最后一次涤荡，看着她平静地睡着了，寒霄赶阿星和安泰回去休息。这些天来，他们不是在这里守着就是陪着自己到处奔波，他怕他们太累吃不消。阿星见寒霄态度坚决，别扭了一会儿，不情愿地跟着安泰回去了。

　　寒霄则在一棵老树旁坐了下来，借着月光，用一根树枝在地上勾勾画画。

　　一阵窸窣声传来。寒霄抬起头，见落紫云从树上飘落下来，站在他身旁。

　　寒霄站起身："四亲侯，您觉得怎么样了？"

　　她身上的那件破烂的紫色裳裙早就扔掉了，现在穿的是一套陆兽族的粗布衣裤，是寒霄去附近的村庄跟一位农妇买的。她瘦得厉害，衣服的袖口和裤管都空荡荡的，随着风不住摆动。

　　落紫云点了点头："好多了，只是觉得胸口还有点闷……"

　　中了剧毒，几乎到了油尽灯枯的地步，就算已经驱出了大部分毒素，也不可能"只是胸口还有点闷"这么轻松。

　　寒霄以为她会询问谁为她换的衣服，那样他真不

知道该怎么回答，但没有，她什么都没问，只是神色萎靡，两眼空洞地站着。

寒霄记起他们第一次见面的情景。西海之畔，她身披轻纱，衣带飘飘，踏着淡淡的水汽飞过来，高洁得像九天上的云彩，让人觉得靠近一点都是对她的亵渎。

这段时间她都经历了什么？

月光下她的脸色十分苍白。寒霄正想问她要不要回木屋休息，却发现她的视线盯着地上。

寒霄画的，是一幅类似于机械鸟的构造图。

落紫云的眸子似乎有了些生气，她用询问的目光看着他。

"是这样，"寒霄解释说，"我想设计一种携带着水，能够灌溉庄稼并且能在空中喷洒肥料的机械鸟……只不过机关宗造的都是作战型机关，没做过这种的，所以有些困难。"

他用树枝轻轻指着机械的两个翼："……在飞行方面就遇到了瓶颈。样品最多在半空中滑翔，根本无法飞起来。"

落紫云扶着树慢慢蹲下身。她看着那幅图，想了一会儿，然后从寒霄的手里拿过树枝，指着。

"这里……"她的喉咙被严重侵蚀，到现在都没恢复，所以声音沙哑得厉害，"可以把机翼加大一些，然后将两边向上翘……"

寒霄专注地看着："原理是什么呢？"

"就像鸟儿在天空飞行，空气会有涡流……可以削减翅尖涡流……"落紫云讲解得很简单，甚至不全面，但寒霄依旧明白了她的意思。他的脸上通常都没有过多的表情，但频频点头的动作已经暴露出他内心的兴奋。

"原来是这样，多谢四亲侯指点！"

毕竟是天翼人，原理从自身就可以总结出来，天大的难题就这么迎刃而解。

落紫云轻轻摇头："只不过洒水散肥有些难……你可有想法？"

"有。"寒霄伸出手指，在机翼上面圈画，"这里可以加四个到六个轮桨，卷起水以后可以借助这里……"他指着："尾翼上的轮子打散，这样散落得既均匀面积又大……"

"寒霄，"落紫云在他身边坐下来，"……你今年多大了？"

"十四岁，"寒霄微微垂下眼帘，"四亲侯是不是觉得我的想法太幼稚？"

"不。"落紫云摇头，"我只是觉得，你这个年纪，为什么能想到这么多事情……救人、救世……是谁教你的？"

"没有人，可能是与生俱来的吧……我不知道。"

"你，不累吗？"

寒霄没有回答。

"你别多心，我只不过是……"后面的话她没有说出来，化成了一抹轻轻的叹息。

"你的想法很好，设计得也妙，"落紫云把视线移回到图上，"我觉得……如果再改进一下，加大载重的话，都可以载人了……"

"我也有这样的想法，"寒霄脱口而出。这样陆兽兵就可以飞行了，两军作战，天翼兵的优势将会被打破。忽然他意识到自己接话太快，有些不好意思地减慢了语速："多谢四亲侯提示。"

落紫云缓缓摇头。

两个人你一句我一句地聊了下去。落紫云竟然也懂一些机关术，两人从鸟类的身体特点，聊到各族生灵的生理构造优缺点，再说到模仿动物的器械载具。寒霄聊到兴起，忽略了落紫云身体还没完全恢复的事实，直到对方的声音越来越低，他才突然醒悟。

他扭过头，发现落紫云竟然倚在旁边的树干上睡着了。

寒霄惭愧又内疚，他想把她抱回木屋去，又觉得再这么做已经不合适。他想了想，去木屋里取了被子，盖在她身上，自己则走远些，半倚在一块石头上睡了过去。

深夜，地面突然传来一阵震动，寒霄猛地睁开了

眼睛。

震动消失了。

他翻身站起来，向四周观望，感觉像是从九灵山方向传过来的。他又静静地等了一会儿，却再没有异样发生。

# 四　疑　心

　　有了虎王的谕令，寒霄调派起来得心应手，再加上打井机已经到位，陆兽族四十八郡缺水地一个月内全部在农田附近打好水井，速度之快让寒霄都感到意外。

　　木鸟样品随后制造出来，虎王又派来人手协助，人力、物力齐备，立即投入批量制造。试用的那天，阿星和安泰早早跑过来，三个人站在田边，看着一架架木头做的鸟儿扇动着双翼飞过，大大小小的水龙拔地而起，在空中洒下道道甘霖。大家从来没见过这样壮观的景象，农夫停下了手中的活计，张大着嘴怎么也合不上；在田间地头玩耍的小孩子哇哇大叫，兴奋得蹦跳拍手。

　　干旱多时的土地贪婪地吸吮着，慢慢变得湿润柔软起来，已经冒出一点小芽的麦苗仿佛瞬间长高了一些，闪着宝石般的光。

　　阿星和安泰激动得不知道该怎么办好。阿星手舞足蹈地大声嚷嚷："我们陆兽族厉害，天下第一！我哥哥

厉害，也是天下第一！！"

受到感染的族民们也跟着喊，"兽族第一！寒霄第
一——"

寒霄尴尬不已，不许他再喊了。

"我这不是太高兴了吗？"阿星笑着："真是……哥
哥你一个武官，怎么把匠造监和大司农的活都揽过来
了？你这么能干，还叫他们怎么混下去，哈哈哈哈……"


第二天巡视的时候，三个人再次遇到了驴爷和驴老
七祖孙。驴爷那厮正在努力地找一老一小的麻烦，被阿
星恶作剧的呼喝声吓了一跳，刚要发作，扭头看到寒霄
身后跟着一群威风凛凛的侍卫，禁不住目瞪口呆，一时
间舌头打结，连话都不会说了。寒霄身边的侍卫才呵斥
了一句，他和几个喽啰就一下跪倒在地上，无骨族人似
的再也站起不来了。

过后阿星不屑地说："哥哥，你看把那个驴爷给吓
得，就差没叫别人爷爷了，简直丢男人的脸！"

安泰也是满脸嫌弃："丢陆兽人的脸！"


大片麦苗破土而出，看着新绿逐渐覆盖了黄土，族
民们欢呼雀跃，寒霄也是忍不住嘴角上翘，露出一丝
浅笑。

这是近十年来，陆兽族第一次不依靠灵水种植庄

稼。虽然生长速度慢，但新苗葱翠茁壮，叫人心里也跟着蔓延出无数希望。

一切都似乎向着令人高兴的方向发展，但好事不长久，让大家没料到的是，天翼族再次来袭。

其实寒霄是一直提防着的。天翼人嗜血好战，反复无常，就算帮助过他们，他们也未必会记在心上。所以，他很快就和东辕、千里两位将军做好了迎战准备，可是怪异的事情发生了。

没等他们赶到，天翼兵就不见了踪影。

这样的事接二连三地发生了好几次，陆兽兵回回扑空，连手都没有交上。有时候天翼兵还顺带着抓去几十个陆兽族青壮年男女，不用说已经被变成天翼族的奴隶了。最险的一次是他们竟然深入陆兽族腹地，差点破坏了生息源。

寒霄十分焦虑，尽最大力做应对。他把兵力分为几股，在各个地段埋伏，却依旧每次只能看到他们飞远的背影。

这样导致的直接后果就是，陆兽兵风声鹤唳，疲于奔命；族民们一有动静就逃窜，刚刚长成的田地无人管理，大片干黄。

他们是想用游袭术拖垮陆兽军？但这往往是敌强我弱的时候才用的策略——所谓游袭术，就是敌进我退，敌退我进，直到把敌人拖得筋疲力尽才各个击破，分而

杀之。

可他们是灵州第一强族啊！作战方式和陆兽族整个掉了个个儿。寒霄觉得，他们更像是在故意戏耍。

是想破坏陆兽族刚刚恢复的农耕？

虽然不符合他们直接动手、一切以武力来解决问题的风格，但也只能这么解释了。

但问题是，他们进退得也太过迅速了，陆兽兵的行动他们就像是早就洞悉！寒霄忽然想到，应该是陆兽族出现了内奸。

就在这个时候，虎王忽然传下谕令，让寒霄进宫。


"什么，攻打天翼？"

寒霄不敢置信地看着高高在上的王者："陛下，以我族的实力，防御都还有些勉强，怎么能去攻打他族？"

虎王低沉的声音传来："天翼族频频进犯，我族利益被侵害，长此以往，我族颜面何在？"

陆兽族近十年以来从没间断过向天翼族和水族赔地贡物、进献奴隶，怎么没考虑过颜面在不在？

不，不是颜面，是作为一族之王的思路问题……也不是思路，而是这位虎王本身就有问题！

"敌强我弱，贸然踏进别人的主场首先就是大忌，"寒霄当然不可能接令，"而且我族将士行军最快的方法就是骑马，相对于天翼人速度太慢，恐怕还没接近就被

发现，如果远征，失败是必然。"

虎王瞬间怒了，刚要发作，又按捺下来。他慢悠悠地说："陆空两战你不是带着大家打了胜仗吗，怎么现在又推搪了？也是，那时是悍匪们潜进重牢里救的你！"

一个王者怎么能说出这样偏激的话？寒霄看着金椅中的那人，只见他面目模糊不清，表情更是晦暗不明。

寒霄沉默着不说话。

"这是要违抗我的命令了？"

"是。而且寒霄还恳请陛下不要将谕令下给其他将领，"寒霄躬身，"寒霄是为了陆兽族着想，绝对没有半点私心。"

"好个没有半点私心！"虎王喝道："你可知道最近陆兽族的传闻吗？"

寒霄一怔："传闻？"

"传闻你跟天翼族过从甚密，暗中勾结！"虎王话气森冷："所以，这就是你违抗命令的理由吗？"

什么？

自己跟天翼人勾结？这从何说起？

……是落紫云被发现了？不可能，九灵山密林很隐蔽，自己也仔细留意过，并没有生人去过的痕迹。

他平静地说："寒霄从未做过这样的事。"

"没有做？那为什么天翼人每次见到你就撤退，避而不战？"

寒霄吃惊了，这也能扯得上关系？

"你作为领兵指挥毫发无伤，而我族族民被劫，生息源险被破坏。如果不是你们已经勾结，他们怎么会只对你手下留情？"

"这不是手下留情，他们是另有目的！"

"什么目的？"虎王不屑地说，"你是想说他们要打消耗战来拖垮我们？笑话，他们犯得着吗？"

寒霄一滞，他是想这么说来的。这时，一个念头飞快地划过脑际，模糊不清，转瞬即逝。

"还不承认吗？有人在你馆舍附近见过天翼人的踪迹，并且发现了这个。"虎王手一甩，一块金属牌子"咣啷"跌到寒霄面前，紧接着，一片翎羽从品级台上轻飘飘地落了下来。

寒霄将它们捡了起来。

那是一面暗金色椭圆形牌子，上面雕刻着团团云纹，云纹簇拥着的，是一头威风凛凛的鹰。

和天翼人打过交道的寒霄一眼认出这是可以自由进出天翼的通行牌。虽然现在他们族的结界已经消失，但以前这是通过灵气罩的钥匙。

羽毛也不是普通羽毛，上面附着着淡淡的灵力，是天将以上的天翼人才能有的。

虎王目光炯炯地望着他，寒霄的表情却依旧平静："陛下，这不能说明什么。为了嫁祸，谁都可以放在我

的房间里。"

"这是别人嫁祸，那你一直带在身上的那根飞翎又是怎么回事？为何再三问你你都不肯说明它的来处？"

寒霄沉默，这当然不能说，但他问心无愧。他看着虎王："陛下，如果我跟天翼勾结的话，那陆空两战又怎么说？"

虎王冷哼一声："我不否认是你的功劳，但也正是你的这份'才能'，才让天翼族起了拉拢之心！"

简直是颠倒黑白，强加罪名。

"我再问你一遍，接不接令？"

寒霄对着品级台上的那人摇了摇头："抱歉陛下，恕寒霄没办法接。"

"你是不想证明清白了？你铁了心跟天翼族同流合污？"

"陛下，这两者没有任何关系。"

"哼——"

大殿上突然弥漫起一股气味，感官敏锐的寒霄立即察觉到了。他望向虎王，这股气味是从他身上传出来的！

任何生物都有属于自己的信息素，情绪平稳的时候不明显，但在愤怒、悲伤等强烈情绪下，信息素会变得浓重，传播的面积也扩大。

虎王被激怒了。

但是，这绝不是百兽之王老虎应有的味道，而是一股食草类生物的气息，但又不同于东辕、千里将军——

它透着一股怪异的腥味。

寒霄盯着品级台上那个人。自己已经触到了他的逆鳞，否则他没必要这样动怒，又或者，他根本就知道这都是栽赃嫁祸，但为了达到目的，不惜以此来逼迫他。

虎王似乎也意识到了这点，瞬间闭上了嘴，缄默着，像是在掩饰。

气味渐渐淡了下去。

好一会儿，虎王才重新开口，语气依旧森冷："你通敌的事本王还会详加查证。另外，远征天翼的决定本王不会改变，你不要以为本王离了你就无可用之人了——好了，你退下吧！"

寒霄一僵，躬身行礼："是。"

回到将尉馆舍，寒霄没跟任何人提起这件事，他决定以退为进，等待着虎王的下一步动作。但一连几天过去，对方都没有任何动静，像是没有了下文。

寒霄却开始不动声色地查探起虎王的过往来。

他听几位颇有资历的正直官员提到，虎王的性格跟从前相比发生了很大的改变，现在的虎王更威严，更不近人情。

而东辕和千里将军则更直接一些，千里将军压低着声音说："主上看上去每天都在忙政务，但族力还是每况愈下……他做的那些事跟兽族的发展南辕北辙……"

　　东辕将军则皱着浓眉："他根本没在为兽族着想，越来越让人捉摸不透。"

　　老疣猪将军也同意他们的说法，他陈述得更为详细："主上，应该是十年前开始发生变化的。"

　　"十年前？"

　　虽然是在疣猪府，但老疣猪将军还是调整了下音量："对。那年主上按惯例出巡，但在回返的路途中马车突然失控，冲下了悬崖。令人惊奇的是，他被救上来后居然毫发无伤，不过从那时起他就像换了一个人，大家都认为是摔到了头部所致。"

　　"哦？"

　　"马车都摔得稀烂，人却好好的，啧啧。"一旁的太夫人往嘴里送了一块油糕，用鼻子哼哼了两声。

　　"说不定是挂在树上或者落到草丛里了呢？"安泰说："哎，太奶奶，您不能再吃了！"

　　"你当是那种当擦屁股纸都不稀的民俗小说啊，还挂到树上……嘿，你管我！"

　　"主上被救起来的时候是坐在崖下的乱石堆里的，连一起摔下去的象丞都安然无恙。"老疣猪将军回忆着。

　　见寒霄听得仔细，老疣猪将军说："我明白你在想什么，但最近的风声对你很不利，所以先不要乱来，否则让那些爱捕风捉影的小人知道了，少不了又是一场麻烦事。"

"因噎废食！"太夫人哼了一声，"咱们族一个劲儿地倒退，就是被你们这些人害的！"

老疣猪将军问："那您说怎么办？调查一族之王，这等于忤逆犯上了。"

"好不容易有人敢碰这件事，就做下去，只不过得有技巧，隐蔽着来。"太夫人"咯嘣"咬下一块麻花："寒霄你放心，出了事我给你顶着！"

"您给顶什么啊。"老疣猪将军直摇头。

"谢谢太夫人。"寒霄见她又捏起一把糖豆，于是劝："您真的不能再吃了。"

抓着糖豆的手立刻停住了，太夫人尴尬地笑了一下："哦，行，我正好嚼得累了，要歇会儿。"

安泰高兴了："哥哥，你可得常说着点我太奶奶，她最听你的话了！"


寒霄依旧没有放弃搜集虎王的各种信息，当然都是"有技巧、很隐蔽"地进行，但同时对田间农事、陆兽兵的整顿和训练也没有放松。

陆兽兵在阵形和技击方面有明显的缺陷，整顿起来颇费力气。即便是这样，寒霄也没有敷衍了事，而是一点一点地教授纠正。千里之堤溃于蚁穴，正因为前面疏于约束管理，才使得纪律松懈，战力低下。

农事方面也有了转机。最近天翼军的骚扰次数减

少，族民们有了喘息的工夫，大家抓住这来之不易的机会整理田地、重新播种，不久新的希望又冒出了头。

这之后不久，寒霄与敌人勾结的谣传竟然愈演愈烈，就连十将尉也开始对他不满起来，质问他天翼族屡屡进犯，为什么不给予有力还击，还撺掇着东辕和千里将军消极抵抗？寒霄再三解释他们也听不进去。

明显是有人从中作梗。

寒霄原本打算置之不理。浊者自浊，清者自清，时间长了他们自然会明白他这么做的道理。

但他忽然想到，这批人跟为天翼人通风报信的内奸很有可能是同一伙的，于是决定暗中调查。

接下来的日子忙到天昏地暗，竟然分不出身去探望落紫云。等到再见到她，已经是五天后的深夜。

他也曾考虑过太晚不合适，但白天实在没有时间，又记挂着她身体里还有余毒没有清除干净，于是决定还是走一趟。

其间他也听阿星和安泰汇报了几次情况，安泰说她精神好了很多，也按时吃东西了，阿星却说岂止是精神好，有一次甚至不见了踪影，把两个人急得好一顿找，却看见她从外面飞回来，漫不经心地躺回到树屋里。

寒霄心想应该是闷坏了，毕竟这么长时间不能随意走动，接着又担心她别被人发现，惹来麻烦。

刚来到九灵山下，就听见一阵隆隆声传来，像是相

隔很远，又似近在眼前。紧接着，地面又是一阵震颤，地震一样，树都摇晃起来。

寒霄立即纵身飞进树林，来到香樟树上。

树屋里没人，几件日用品散落在地板上，显得有些凌乱。

寒霄四处寻找，但小湖畔、树丛上、山脚下走了个遍，都没有看到她的影子。

正焦急，震动加剧了。寒霄升起在半空中，这次他可以确定，震动就是从九灵山传过来的！

这时，一个影子飘飘然从天上飞下来，降落在香樟树下。

是落紫云。

"四亲侯！"

落紫云转身，见是寒霄，先是意外，接着似乎放松下来，几步走向他，问："我看到地面震动得厉害，发生什么事了？"

寒霄望着九灵山方向："从那边传来的，具体情况得去看过才知道。"

落紫云点点头："是，前些天也有过这么一次，我迷迷糊糊睡着了，还以为是做梦……不如我们去看看？"她按着太阳穴，显得很疲惫。

寒霄问："你觉得怎样，我再给你祛一次毒？"

落紫云摇头："我已经没事了……"

两个人距离得很近，寒霄发现她眼眶通红，脸上还有泪痕，显然刚才哭过。他吃了一惊，扶着她慢慢坐下来。

这时震动停止了。

"你……"寒霄想问她发生什么了，这个样子，不像是身体问题。

她的嘴唇嚅动着，想要说什么，但是话还没出口，喉咙却先哑了。

"我真是……"她用一只手遮住脸，"什么都做不了……"

"不急，离得这么近，等你好些再去看也不迟。"寒霄说。他将手掌按在她的后背上，为她祛毒。

"我不是说这个……"落紫云深深埋着头。

"你说什么？"

落紫云吸了口气："没什么……"她擦拭了下脸，努力让自己恢复平静。

木灵力缓缓输了过去，刹那间，疑惑涌上寒霄的心头，明明上次探查到她的身体里还残留着毒素，为什么现在没有踪影了？

落紫云像是反应过来什么，抱歉地说："我忘记告诉你了……这些天我的灵力恢复了很多，所以自我治疗过……"

"是这样。"

"我没什么了,你别担心。"落紫云倚在树上,微微合着眼,"只不过总感觉有些眩晕,全身没有力气。"

"你大病初愈,恢复得没那么快,"寒霄说,"所以暂时不要到处走动。"

落紫云睁开眼:"我没有走远,只不过在这附近转了转……你放心,我没有让任何人看到。"她恹恹的,脸色很不好看。

寒霄说,"我不是这个意思。"

两个人一时间都没有说话。落紫云仰头望着天空,忽然咬住嘴唇,用手指轻轻擦拭了下眼睛。

她以为这个动作不着痕迹,寒霄却已经看在眼中。犹豫了片刻,他鼓足勇气,递过去一件东西。

落紫云垂下眼眸,见是一方雪白的布帕。她接了过来,却攥在手中没有用。

"你相信命运吗?"她哑着声音问。

寒霄回答:"不信。"

"我从前也不信。"她神色凄然地说:"但是我却被挟裹着,身不由已地走到今天……你不是很想知道我们家族的遭遇吗?那可真是对无常命运的最好诠释……"

寒霄知道她憋了很久,因为有几次她都是话到嘴边又咽了回去。

他缄默着,静静地听她诉说。

"我母亲,也就是上代天鹅侯,因为反对乌凰王对

外扩张，被关进牢狱。我的两个姨娘上下打点想要救她出来，却被诬陷谋反，一直逃亡在外。"她凄凉地一笑，"我没有办法，只好忍辱负重，继承了母亲的位子，一边曲意逢迎，一面暗暗活动，等待着机会为母亲和姨娘平反……后来你也知道了，在为陆兽族复活生息源的时候，我曾经以此作为交换条件，答应千年不动仙留下来，就是因为老神仙在各族都很有些人脉，想请他帮忙……谁料还没等我积蓄起力量，厄运就降临了。

"青鹏侯跟我们争夺三亲侯之位由来已久，后来他得到了我也并没放在心上，母亲还在囹圄中，我对这些事已经没有精力顾及。但之前的仇怨已经结下，站在他那边的二亲侯沙鸵和五亲侯银鹭又进谗言，让本来就艰难的我们更是雪上加霜。

"就在这个时候，乌凰王宾天，霓凰王继位，最惨烈的灾祸就是从这时开始的……

"霓凰王的残忍比乌凰王有过之无不及，她派人四处搜查我的两个姨娘，终于抓到了她们。我姨娘只不过稍微挣扎反抗，就被她冠上忤逆叛上的罪名，打得遍体鳞伤押了回来……"

那个人的确暴戾嗜杀，这一点寒霄也是厌恶反感，但同时又觉得，她变成这个样子，并不全是一个人的过错。在那种黑暗扭曲的环境里长大，自然冷血残酷，和正常人不同。

459

"我着急之下求霓凰王放了她们，我愿一人抵罪。那女魔头根本不理睬我，反倒宣称我'私通亲属，密谋起事'……"

"我母亲和姨娘被用了酷刑，女魔头让她们招供罪状，她们拼死不招。大姨丈冲动之下纠集了五百亲兵去跟女魔头讨要说法，女魔头将我大姨丈和亲兵全部抓起来处死，并连夜将我宗族一百五十九人押到五峰校场……"

刚开始她的语气还算平静，到了后来，声音越来越哽咽，几乎连不成句："可怜我弟弟才十二岁，他临死前一直喊着'阿娘，姐姐，我怕，救救我……'"

林子里一片寂静，只有她痛苦的啜泣声。

寒霄有些手足无措，他不会安慰人，只好看着她哭。过了很久，落紫云的情绪平复了一些，她望着幽深的夜幕，声音沙哑地说："你试过亲人一个个在你眼前死去的感觉吗？那个时候我觉得天都塌了……"

"我恨自己没有能力救他们，那种无力感让我每天都处在崩溃的边缘……"她转过头望着寒霄，眼中满是浓重的哀伤："如果有机会，你会不顾一切地去挽回你最亲的人和最爱的人的生命吗？"

寒霄回望着她："当然会。"说完有些不自然地转过了头。

"抱歉……"落紫云垂下眼眸，喃喃地说。

"为什么抱歉？"

落紫云抹去脸上的泪，用力摆了下头，像是要甩掉什么："我的意思是今晚我啰啰唆唆地说了这么多，让你陪我坐了好久。"

寒霄轻轻摇头："没关系。"

突然，震动又开始了，寒霄站起来："你在这里休息，我去看一下。"

落紫云说："我跟你一起。"手自然而然地伸向他，要他把她拉起来。

寒霄一怔。

他全身僵硬，不知道该做出怎样的反应，落紫云却好似没有任何感觉，抓住他的手从地上慢慢站起来："坐久了，腿都麻木了。"

寒霄的脸蓦地红了。

他下意识地想将手抽回来，可是对方握得很紧，他抬起眼，发现落紫云一脸平静。他感到脸上烫得厉害，定了定神，捻动飞翎，和落紫云纵上天，向九灵山飞去。

两个人落在山脚下，这里的震动更加剧烈，鸟儿惊得飞离了树枝，田鼠、野兔从草丛里蹿出来，山上更是沙石抖落，尘土飞扬。

寒霄忽然记起一个传闻。

九灵山上有九块形状像极了动物的石头：龟、鱼、蛇、牛、马、驼、鸟、鹰和蝙蝠，分别孕育着龙形龟、伞

翼鱼、鸡冠蛇、狮脚牛、踏云马、云峰驼、七首鸟、盘颈鹰和鬼翼蝠九头灵兽，其中鱼、牛、鸟都已经破石而出。

传说九灵山震动，是有灵兽要出石，因为跟它有缘的人出现了，不知道是真是假。

寒霄抬头望过去，见山上雾气缭绕，如梦似幻，看不清真面目。他问："我要上去，你跟我一起吗？"

九灵山是圣山，人们都怕触犯神明，一般走到这里会绕道而行，很少有人敢贸然登上。但寒霄没抱别的念头，只想一探究竟，心无杂念，自然不惧。

落紫云点点头，同寒霄一起纵飞上去。

落紫云说："那个传说我也听过，但三头灵兽到现在没有一点踪迹，很让人怀疑传言的真实性。"

眨眼间两人来到山顶，飘浮的烟气被撩开，兽石现出了它们的真面目。

有三块空缺，只留下碎裂的石碴，其余六块形状各异，虽然只是粗糙的石块，但姿态生动鲜活，一眼就能看出动物的形状，让人不得不赞叹造物之神奇。

寒霄的视线被骏马形状的石头吸引了。它前蹄扬起，神采奕奕，仿佛瞬间就要跃上九天，遨游碧空。他的心里没来由地涌上喜爱之情，忍不住想上前抚摸。

震动再次消失了。

兽石静静地立着，没有半点动静，雾气徐徐靠拢过来，安静得像是从未有人踏足过。

两个人又站了一会儿，始终没有异样再出现。落紫云的眼里露出一丝失望，她对寒霄说："我们走吧。"

寒霄点点头，又看了一眼马石，和落紫云飞下山去。

回到密林，寒霄见落紫云精神萎靡，于是把她送回树屋，又给她输了些灵力才离开。

此后几天，内奸的调查已经有了些眉目，但这时寒霄发现了一件更严重的事。

生息源周围百里之内的农田，不管怎么料理，土质也都是松散粗劣。虽然一直在施肥灌溉，但播下去的种子依然长势缓慢，甚至直接不发芽，还比不上其他地方的一半——生息源真的出问题了。

他当即和阿星还有安泰一起赶去生息源原址，准备一探究竟，监守见到他，却阻拦着不允许靠近。

阿星气愤地质问为什么，整个生息源都是寒霄救起来的，凭什么现在连看都不让看？

监守振振有词地说是虎王下的令，通敌嫌犯没有资格。

阿星气得跳起来，要跟监守理论。寒霄伸手拦住了他。这个时候，他的怀里忽然亮起了淡紫色的光芒。

是飞翎。

落紫云在呼叫他。

监守们的目光更加不屑了。寒霄没有理会他们，他

感到意外的是，这是落紫云第一次主动传呼他。是遇上事情了吗？

他和阿星、安泰立即飞往九灵山。

落紫云早就等在那棵香樟树下，见到他们快步迎过来。她步子不稳，身体有些趔趄，寒霄降落在地，下意识地扶住了她。

她的手冷得像冰，甚至比他的还要凉。她看着他，眼神中有一丝犹豫和慌乱。

阿星和安泰顿时大眼瞪小眼。阿星小声对安泰说："这个情况还真是尴尬，我怎么觉得咱俩有点多余呢？"

安泰低低地咳了两声："好像是啊……"

寒霄问："四亲侯，发生什么事了？"

就在这个时候，一点极其细小的东西忽然闪进他的眼帘。

那是几根蚕丝，正粘在落紫云的袖口，被微风一吹，悠悠地飘荡着。如果换成别人根本发现不了，可寒霄的视力早在深海中练得极其敏锐，异于常人。

话又说回来，谁的衣服上不会粘点儿线头毛絮，又有什么好奇怪的？可这几根蚕丝不同，它上面特意涂了颜色，一截蓝，一截紫，淡淡的。

寒霄抬眼看向落紫云。

她脸上是那种伤心欲绝、接近崩溃的神情，她抓着他的胳膊，指甲甚至深深地掐了进去。

寒霄感到一阵尖锐的痛。

他忽然记起在十一渊下，她看到霓凰王降天突然出现，也是这样紧紧抓着他的胳膊，将他抓出了血。

阿星的眼珠都要掉出来了。

因为寒霄是背对着他们的，从他的角度看就是……落紫云靠在了自家哥哥的肩膀上。

一向聪明伶俐、油滑机变的小老鼠手足无措起来。他磕磕巴巴地说："那什么……哥哥、四亲侯，你们聊，我们先走了哈……"

说着一拽安泰："还不走，看大戏吗？"

"哦哦，好！"安泰也反应过来，脸一下红了。

两个人手忙脚乱地飞上天去。

飞出好一段距离，阿星回头见离得远了，扶着额头叹了一口气："我知道哥哥是到年龄了，但我们陆兽族也不是没有好看的姑娘啊，我上头还有四个姐姐呢，我正想着哪天介绍给他，亲上加亲……但现在你看这情况倒好，真成了勾结天翼了！"


寒霄扶着落紫云："四亲侯，现在你可以说了。"

落紫云猛地摇头，哽咽地看着他，眼中一瞬间掠过无数情绪。寒霄只好说："不然你先到屋里休息一下……"

落紫云突然握住了他的手，那一瞬间，寒霄看到她

的眼睛里满是内疚，还有极难察觉的一丝不舍。突然她抬起衣袖，对着他挥了下。

一片淡淡的紫色烟雾飘过，诡异的暗香蔓延开来。寒霄眼前一黑，倒了下去。

# 五　凤凰与天鹅之争

正午时分，阳光却有些惨淡，一阵风吹过，无数石楠红叶被风旋卷着，飘落下来，像是鲜血洒落。

一个披着黑色幔幕的身影从高空徐徐降落，如同暗夜幽灵。

来人落在山崖上，黑幔拢起，拖在身后。她向四周环望了一圈，喝道："落紫云，我来了，你出来吧。"

风卷着沙尘呼啸而过，没有人回应她。

她的话音里带出了一丝愠怒："落紫云，呼叫我来又不现身是做什么？"

弥漫的烟尘中，一个窈窕的身影出现了。

落紫云脸色苍白，表情怪异，一步步走近："凰王陛下，澜风呢，我要见他。"

这黑衣人，就是天翼族主霓凰王降天。

降天微微一怔，冷冷地说："你的任务还没完成，没有资格跟我提要求——你呼叫我来就是为了这个？"

"我等不及了，我要确认他的安全。"

"我再说一遍，寒霄现在还没到众叛亲离的地步，你别妄想了。"

落紫云向前逼近了两步，直视着降天："我听说，澜风已经被你杀了，究竟是不是真的？"

"是哪个造谣生事？我是一族之王，绝不可能食言。"

"我曾悄悄回去过天翼，在千羽殿外面从日出等到日落，只为向你求证，但你竟然连面都不肯露！"

"你回去过？我怎么不知道。"

"你还佯装！"落紫云悲愤地喊："澜风是我现在活下去的唯一希望，而你连这唯一的希望都要毁掉……杀人莫过诛心，还有比你更残忍的吗？"

"我说没杀他就是没杀他，你啰唆什么？"降天不耐烦地说，"你现在首要做的就是完成任务——你想逾矩抗命吗？"

"你用澜风威胁我，我才委身在兽族的。澜风不在了，我抗命又怎样？"落紫云的眼神冷厉起来，声音也变得尖锐："你让我失去了爱人，你也别想再见到他！"

"什么意思？"降天的声音陡然拔高。

落紫云不住冷笑："你让我散布谣言，逼得他在兽族无路可走——呵呵，我想何必那么麻烦，直接把他杀了不省事？"

降天厉声喝道："落紫云，你好大胆子，你是不想

活了吗？"

"我早就不想活了！"落紫云满腔恨怒地吼："你灭我宗族，屠我全家，我要杀了你——"她伸出右手，一条淡紫色的光绫瞬间凝聚，卷向降天。

降天冷哼一声，手指轻挑，凰喙索挟着彩色灵力光飞射出去。

彩索光绫纠缠在一起，宛如两条绚烂的骄龙，叶片被扫得飘扬飞舞，连同断裂的树枝一起在半空中旋转。灵力光四射迸散，像是点点繁星从空中坠落。

落紫云蕴出天鹅灵力光影，降天的彩凰光影也紧跟着升起在身后。两人都是恨到了极点，出手就是杀招，完全不留余地。

但差距很快就显现出来。降天灵力天生强大，再加上在毒气池里反复淬炼，已经达到惊人的程度；落紫云虽然也不差，可相比之下还是有极大的距离，往来对招中渐渐落在下风，几次差点被凰喙索刺中，天鹅灵力光影也被击散。

落紫云又悲又怒，退后几步，转身飞上高崖树林。

降天冷哼一声追了过去。

落紫云降落到一棵茂盛的杞树旁，右手一扬，光绫飞出去缠上一片树枝。她手腕用力，树叶顿时向两边分开，露出一个人来。

少年一身白衣，横躺在枝杈间，全身被锁链紧紧捆

住，头侧在一边。

随后赶来的降天猛地怔住，颤抖着说："你！你竟敢……"她怒喝一声，"你找死！"

"呵呵呵……"落紫云冷笑起来，"传言果然是真的，我本来还以为……"她眼神阴郁冷厉："他还有一口气，把澜风还给我，我马上放人。"

"你等着，我会将他碎尸万段，连同你。"降天从齿缝中挤出一句，纵身飞过去。

就在她飞上树，要碰到寒霄的一刹那，索嘟声响起，几条紫色的锁链如闪电般蹿出来，缠向她。

"紫晶混金索？"降天吃了一惊。

落紫云冷笑："没错。"

紫晶混金索是天鹅宗族的独有攻击暗器，一条可以分散成几条，从四面八方攻击对手。

猝不及防下，降天被缠了起来。

落紫云怒喝："魔头，你跟你祖母那老魔头都是视信义如无物的小人，小人！"她的牙齿咬得咯咯作响，面庞扭曲可怕，跟往日判若两人："魔头，你的罪行罄竹难书，你把我天鹅一族赶尽杀绝，残忍地将我年仅十二岁的弟弟施以锤刑……现在又一再骗我……"

降天冷笑："你还有没有点新鲜的……"

"我杀了你——"

落紫云右手伸出，一柄水弧般的鹅羽剑出现在手

心，剑身带起一片凌厉的紫光。

降天冷哼："以为这能困住我？"彩色灵力光爆射，荡出层层光弧，瞬间将紫晶索冲击得松懈开来。

落紫云知道她灵力强悍，绝不能给她脱身的机会，因此不敢松懈，鹅羽剑连连刺她要害。

降天飞身后退，用灵力不断冲击锁链，眼看就要摆脱束缚。就在这时，她突然看到，落紫云的唇角露出一丝古怪的笑意。

她暗暗叫了声不好，几乎同时，金属撞击声响起，一只巨大的铁夹从土里翻出来，咔嚓一声，狠狠夹住了她的右脚。

骨头碎裂的声音传进耳朵，彻骨的剧痛袭了上来，可是还没等她有所反应，一阵厉风又袭到，她下意识地挥索去挡，彩索却被锁链缠住，"唰"的一声，鹅羽剑斩在她的胳膊上。

降天的胳膊皮肉外翻，几乎露出骨头，鲜血像泉水一样涌了出来。

落紫云笑起来，声音尖锐刺耳："我全家、我族人还有澜风的仇……今天就一起了结吧——"

她举起了鹅羽剑。


突然，温度骤降，像是进入了三九寒冬。

刺骨的寒气袭来，"咚"的一声脆响，一柄修长透

明的冰剑，将落紫云挡了下来。落紫云的脸色瞬间变得煞白，她僵硬地转过头，看向身后。

少年白衣如雪，静静地站着，任风不断地撕扯他的鬓发和衣衫。

落紫云的身体难以控制地后退，双眼透出惊惧："你……你不是已经昏过去了吗……"

扬向寒霄的是天鹅宗族的祖传迷药，名字叫作"噬梦香"，只要吸进去一点就能昏睡十天，而且她还用锁链把他紧紧捆住……他是怎么挣脱的？

寒霄看着她，一句话也不说。

从一开始就怀疑是她了。

他暗中调查，发现是一股乔装成兽族人的天翼人在陆兽族各处散播谣言，并在他的馆舍附近出没。他悄悄跟踪，见这些天翼人每隔一段时间就会去九灵山脚下跟落紫云会合。

他在门口、床边悄悄拉上了几缕涂过色的蚕丝。就在昨天，他发现蚕丝被扯断，他知道有人进来过，于是在馆舍里仔细翻找，果然从被褥下搜出了一封"通敌信"。他刚把信销毁，虎王的亲卫就到了，说有人举报看见他会见天翼人并私藏鸟人信物。他们把馆舍搜了个底朝天却一无所获……

而现在，那几根彩色蚕丝正粘在落紫云的衣袖上。

落紫云立刻明白他已经知道了一切。她脸色苍白，

声音低哑地说："是我，我对不起你……但我身不由己，当时澜风在她手里，我不能看着他死……"

寒霄平静地看着她，眸子里是极力压抑的伤郁。

她中毒受尽摧残是真的，但逃出天翼被追杀到陆兽族明显是做的圈套，专门等着他来钻的圈套。试想，一个近乎油尽灯枯的人怎么可能逃出那样远？

他当时已经察觉到蹊跷，但还是毫不犹豫地救下她，并耗费大量精力为她祛毒。而她，竟然为了另一个人，再三地陷害他。

其实，也不能都怪她，毕竟是受了胁迫，身不由己。

"这个还给你，"寒霄从怀里拿出一样东西，递过去。落紫云低下头，见是一弯淡紫色的飞翎。

她怔住了，没有接，寒霄将飞翎放到她手里。

"从前多谢你。"寒霄对着她行了一礼，然后背转过身去，"你走吧。"

落紫云攥着飞翎，看着他的背影："可是我……"

"你竟敢放她走！"

降天用力挣扎，咒骂起来："混账，你放她走试试！"

落紫云明白，有寒霄在，今天达到目的的可能性近乎渺茫，但浪潮般汹涌的恨意让她无法罢手。她眼睁睁看着寒霄走向降天，蹲下身去，要为她打开铁夹，瞬间一股情绪冲击上来，使得她的头都眩晕了，是什么，她说不清楚。她狠狠咬牙，蕴出灵力，原本浅淡的灵力光

竟然呈现出暗紫色，尖利的鸣叫声中，天鹅光影再度凝起，鹅眼已经变成了赤红色。

鹅羽剑挟着仇恨和怨毒，凌厉无比，向降天飞刺过去。寒霄骤然转身，挥剑将她挡开。

落紫云喝道："你让开！"

降天也厉声骂："走开，我堂堂天翼之主用得着你帮手？"

落紫云挥剑就刺，突然，"哧"的一声，鲜红飞溅，在半空划过一条弧线，溅落到地上。

弯月般的羽剑，正正刺进了少年的胸口。

落紫云瞬间瞪大眼睛，她猛地松开手，颤抖着向后退，"咣"的一声脆响，鹅羽剑跌落到尘土里。

白衣被血浸透，红得刺目。

"你，护定她了是吗……"

寒霄缄默。

落紫云望着那个瘦削少年，他眸子中深深的伤痛狠狠击中了她的心脏，她的嘴唇颤抖起来。

看了一眼还在挣扎的降天，落紫云狠狠咬牙："好，好……"

她脚尖踩地，转过身飘飘地飞上天去。

那片紫色在天空中越来越小，直到消失不见。寒霄回过身，好像没有知觉般，也不管自己胸口还流着血，动手为降天打开脚踝上的铁夹。

　　"我不用你！"降天狠狠地骂了一声，想要躲开他的手，可是紫晶索还捆在身上，又能躲到哪里去？她咬着牙一声不吭，用灵力拼命挣着锁链。

　　寒霄将手按上，铁夹瞬间结冰，手指一用力，夹子"咔嚓"断裂。

　　几乎同时，紫晶索也被荡开，降天拼着力气猛地一甩，锁链被扔出老远。她愤怒地抬手，凰喙索索刃和索尾咔嗒对接，凰王剑瞬间组成。她将剑尖直指寒霄咽喉："你走！"

　　"你的踝骨已经断了，不及时接好会落下残疾。"

　　"这跟你有关系吗？"降天冷笑："你的四亲侯就这么走了，不后悔？"

　　寒霄直起身，看着她。

　　降天笑了一声，是把人恨到骨子里的那种笑。手臂上的鲜血滴答落下，她却好像毫无知觉。狠狠地收回剑，她想要飞起来，但是刚一离地又重重地摔了回去，她一声不吭，挣扎着站起身，一瘸一拐、漫无目的地向前走去。

　　遍布尘土砂砾的地面上，留下一道殷红的血迹。

　　寒霄忍不住皱眉，喝道："你要去哪儿？"

　　降天充耳不闻，寒霄见她走的方向竟然是前面的断崖，几步追过去，伸手拦她："你干什么？"

　　其实降天也不知道自己要干什么，她只觉得无数情

绪混杂在一起，有说不出的憋闷。她需要尽快找到一个缺口，把它们都发泄出去。她明白自己无法飞行，于是下意识地想找一处比较高的地方，看看能不能靠滑翔飞走，离开这个地方。

原本她不是这样的，她从来都是睚眦必报的性子，人家伤她一分，她必将别人斩草除根，放在从前，她早就把对方大卸八块了！但是面对着他，所有的举动都变得违反常理、无法解释起来。

现在，最让她痛恨的那个人正拦在眼前，表情是那么生硬，声音是那样冷淡，甚至还带了一丝不耐烦。

那股情绪在胸中激荡起来，膨胀着，几乎要把胸膛炸开。她感觉到必须做点什么，否则马上要疯掉了。

已经到了断崖边缘，那个人却依旧碍眼地站在那里。她狠狠地磨了下牙："我叫你走——"伸手猛地推了过去。

他去哪里了，怎么不见了？

她踉踉跄跄地扑过去，看到那个白衣少年像是一只鸟，正向着崖下疾速坠落。

她的大脑顿时清醒了——他没有飞翎！

七彩灵力光瞬间爆射，炫光流转中，一只彩凰陡然出现。

七彩灵力光瞬间爆射,炫光流转中,一只彩凰
陡然出现。

# 六　灵兽踏云马

全身翎毛绮丽华美，额头长翎如同流苏；尾羽呈七彩颜色，在空中丝绸般飘舞。只是，它的双翼被鲜血浸透，黄玉般的脚爪断折碎裂。

她对这些好像毫无感觉，只是奋力展着双翼，向着那个白色的影子扑过去。

就在寒霄坠地的一刹那，她将他接住了，她却狠狠地摔在地上，激起了一片尘土。

光芒闪烁，她返回人身，寒霄来不及反应，重重压在她身上。她闷哼一声，疼得眼前一黑，差点昏过去，脸磕在地上，“哐啷”一声面罩跌下来，弹出老远。

寒霄连忙撑起双臂，一个翻身，滚落到一旁。

她半晌都没有动一下。寒霄知道她这一摔摔得重了，忙去扶，她却伸出手来，用尽所有力气打开他，嘶哑着叫：“不用你管！”

寒霄皱眉。

真是乖戾蛮横，不可理喻。

他不理会，抓住她的肩膀一把拎起来，走向不远处的一块青石，将她按坐在上面。

她痛得差点晕过去："你……干什么，我杀了你！"

寒霄置若罔闻，拽住她身上披着的黑幔，用力一扯，扔在地上。

降天目瞪口呆，连骂都不会了。

虽然知道她伤得不轻，但眼前的情形还是让他吃了一惊。

两只胳膊、胸口、手、脚踝都在流血，胳膊上被落紫云斩过的地方皮肉翻卷，狰狞可怖；手和胸口锁骨那里有一片殷红的划痕，应该是俯着着地，被尖锐的砺石割伤的。

他单膝着地，俯下身去，轻轻抓起了她的右脚。

她全身一颤，抬起左脚猛地踢过来。寒霄侧身躲过，他皱着眉头，指尖闪电般弹出四片立僵冰符。

冰符哧哧射进她的四肢，她顿时滞住，全身开始僵硬。她气恨交加，声音抖得不成样子："你……你……"只说了两个字，脸也被冻僵，发不出任何声音来了。

寒霄触摸到她脚踝的一瞬间，已经探明了情况。

筋脉全部断裂，踝骨粉碎。

伤成这样还能走出那么远，女魔头的彪悍真是世上少有。

他抓住她的小腿，想要脱下鞋子，却发现鞋袜的布料已经和血肉糊在了一起。降天全身发抖，牙齿咯咯作响，不知道是疼的，还是气的，寒霄只当没看到，没听见。

异样的触感从指尖传过来——刚捏上她脚踝的时候，就感觉到有什么东西硌手，那是……他怔了一下，开始剥粘在伤口上的布料。

一点点，小心翼翼，当全部揭下来的时候，他看见，她的小腿上竟然再次覆满了黑色的鳞片和骨甲。

寒霄慢慢抬起头来。

她的额头上全是汗水，几缕头发被濡湿，紧紧贴在脸颊上，而那汗水正在慢慢变白，泛起霜花。她恨恨地瞪着他，眼眶通红，眼神像是要把他生撕了。

自从她现身，他就没有正眼看过她，这时才发现，她的脸颊上也布满了鳞片和骨甲。

他停止了动作，沉默下来。片刻后，好像什么也没发生过，他的指尖放射出柔和的光芒，按在她的脚踝上。

忽然一滴水，砸在他的手背上，发出啪的轻响，凉凉的，顺着手腕滑了下去。

他一下顿住了。

再拿捏时，动作竟然是前所未有的轻柔。


接好了碎骨，又为她愈合了胳膊和手上的伤，寒

霄飞快地瞥了一眼她胸口上的那片红痕，认为不是很严重，于是忽略过去。

他站起身，言简意赅地说："你的骨头碎得太厉害，虽然已经接好，但还不能马上走动。冰符我先不收回了，以防止你乱动。"

她不能说话，只狠狠地盯着他。

他别开目光，转身走了。

她先是错愕，继而变成怨恨。如果她的眼神能转换成实质，怕是当场将他扎成筛子！

看着他头也不回地消失在乱石堆后面，她的眼中流露出失望，最后变成绝望，一口气憋在胸口，差点昏厥过去。

天渐渐地黑了下来。


陆兽族地处灵州北部，昼夜温差非常大，虽然已经是春末，但晚上依然很冷。她常年生活在南方地带，哪受得了这又干冷风沙又大的气候？

而且，冰符还没解开，寒气一阵阵往上涌，她感觉到自己已经变成了一个实心冰坨。

那件幔幕被扔到哪里去了？拿它来披一下也好啊，那是用一百种鸟腋下的绒毛织成的，很厚、很软，这个时候裹在身上一定很暖和……

想到这，她在心里又将那个人千刀万剐了一遍。

　　她试着用灵力冲击冰符，却毫无作用——对了，那个混账换了冰神之心，寒冰灵力倍增，当然难解了。

　　她默念着，再次将寒霄凌迟了一万遍。

　　四周黑漆漆的，没有一点光亮，也没有一丝人声，只有树林被风吹过发出阵阵呜咽。不能动，不能喊叫，灵力也释放不出来，极度的愤恨之下，她差点把牙咬碎了。

　　伤口的疼痛在这时已经变得微乎其微。她抬眼，看到的是一片灰暗，那种感觉，比被外祖母乌凰王推下毒气池还要绝望。

　　突然，轻微的脚步声响起来，由远及近，最后在她身后停住。她的全身已经僵麻，耳朵也被冻木了，还以为是幻听，于是没有半点反应。

　　一件厚厚的衣服落下来，罩到她身上，一只竹筒从她身侧递过来。他的声音清冷平淡："喝点水吧。"

　　她的大脑嗡的一声，心跳几乎在这一刻停止。

　　寒霄提着一筒泉水站在她的面前，衣衫随着风不住飘摆。

　　思绪瞬间炸散成一片烟花。她怔怔地看着他，片刻后，才猛地反应过来面对千刀万剐的混账不应该用这种表情，于是赶忙换上恶狠狠的眼神，顺便不着痕迹地瞥了一眼他的胸口，见血已经止住。

　　寒霄弯下腰，把竹筒搁在她的面前，又将一个用大叶片包着的包裹放在她脚边。

482

　　叶片散开来，翠绿一片铺在地上。她看见，上面堆了一堆山果，红红的，玲珑可爱，还挂着水珠，显然已经清洗过。

　　寒霄伸出手，指尖一勾，银光闪过，两片冰符从降天胳膊里飞出来，被他收回手中。

　　他将竹筒递到她的面前。降天用力呸了一声："拿开！"寒霄不理，要塞到她手里。降天抬起还僵硬着的胳膊，一下打翻了竹筒，叫道："走开！"

　　寒霄看了她一眼，转身又走了。

　　降天喝道："站住，你给我把腿上的冰符解开——"

　　没人回答她，那个人已经消失不见了。

　　山风袭来，她立即裹紧了衣服。她忽然发觉布料的手感非常熟悉，低头一看，原来披在身上的，就是先前被扔在地上的幔幕。

　　包裹着幔幕，她感觉好了一些，身上暖了，其他地方的不适就凸显出来了。她感到口腔里火辣辣的，舔了舔嘴唇，有轻微的铁锈味道，原来是嘴角干裂，血渗出来了。她有些可惜地看着倒在一边的竹筒，和地上漫延开来的水痕。骂人就骂人，干什么把它给打翻啊……

　　她的视线又移到那堆红彤彤的山果上。这时候天已经蒙蒙亮了，在晨曦的映照下，更显得叶子如翡翠，果子赛宝石。她忍不住咽了下口水，硬生生将目光拗开，命令自己不要丢了志气、丧失了自尊。

483

可喉咙像是着了火，肚子也早就饿得咕咕响了，她犹豫了一会儿，把头扭回来，向四周看了看，终于按捺不住，弯下腰，捡起了一个果子迅速放进嘴里。

又凉又甜！她使劲嗫着里面的水分。

其实陆兽族的果子大多皮厚而且肉硬，不像天翼那些柔软多汁、细密绵软的浆果。但这个时候就算再硬，吃起来也是美味无比，赛过仙果。

她吃了一个，没忍住，又拿起了第二个。就在这时，远处忽然传来一阵婉转的笛声，她立刻支起了耳朵。

是……他吹的？

虽然看不到人，但感觉就是。

第一次见到他的时候，他穿着一身白色衣衫，披着青色斗篷，那时就注意到他的腰上别着一把白玉笛子，心里掠过"他还会吹笛子？"的疑问。后来他被自己抓去天翼，关在石牢里，林鸽双将失职让他逃了出去，在审问姊妹两个的时候，她们提到过他会吹笛子，还吹得特别好听。

笛声一阵阵传过来，隐隐约约，好像距离这边挺远。

清亮但不失优雅，像那清冷的月光，慢慢地洒下来；又似穿林而过的夜风，沁过全身。忽然笛声低了下去，缥缥缈缈的，透出难以言说的忧郁，让人心中忍不住上涌上一片痛楚……

降天全身一颤，清醒过来。她狠狠地将果子砸了出

去，用力捂住耳朵："难听死了！"

林鸽双将说得没错，他的笛声有催眠作用。不，岂止是催眠，简直蛊惑人心。

突然，地面传来一阵强烈的震动。降天抬起头来，见树叶簌簌颤抖，地面弥漫起烟尘，山果从树上滚落下来。

她仔细辨认着震动的方向，忽然心里一动，想到了什么。这时一道白色的影子闪过，她转头，见寒霄飞纵过来。

寒霄见她安然无事地坐在青石上，于是别开了眼，两个人不约而同地看向西北方向。

"是九灵山，"降天暂时忘记了心中的愤恨，"看样子，又有一头灵兽要出石了。"

寒霄沉默着没有说话。

"灵兽出石是因为它的主人现身了……"降天望着那在云雾笼罩下有些模糊不清的九灵山，"你听过那个传说吗？"

当年，天翼第九代族主鎏羽金凰王破开九灵山的灵鸟石，七首鸟一飞冲天，成了鎏羽金凰王的忠诚坐骑。鎏羽金凰王去世后，七首鸟也不知了去向。

"你从没想过九灵山震动跟你有关吗？"降天瞪着他。

"什么？"

"就是因为你！"降天没好气地说："我有这种直觉。九灵山几十年都没有动静了，今天你一吹笛子它竟然有

了反应。"

寒霄垂着眼眸，依旧不答话。

在和落紫云登上山顶的时候，这个念头曾在心里闪过。但灵兽平均百年才有一头出世，十分珍贵难得，他哪来的资格得到它？

降天见他一副兴味索然的模样，明白了。她嘲讽地笑了一下，说："把我腿上的冰符解开。"

寒霄手指屈伸，两片冰符"嗖"地飞回到他手里："你的踝骨刚愈合，活动的时候要小心。"

降天冷冷地说："不劳你费心，你还是想你的四亲侯吧。"她捡起地上的面罩戴回到脸上，活动了下手臂，又试着走了几步，没再多说一句话，脚尖点地，飞上天去。

"什么灵兽，什么落紫云，滚，都滚得远远的！"她用力甩头，像是要把一切烦心事都甩掉。她一路南飞，发狠似的穿云破雾，速度从未有过的快。飞了一段，她突然在高空上猛地刹住身子。

"该死！"

她狠狠地骂。

"混账！"

她又骂。

她蓦地掉转过头，往回飞去。


山体依旧在震动，发出阵阵奇异的嗡鸣声。降天穿

过袅袅雾气纵飞过去，她看清楚了，是第四块，灵马石。

石屑、灰土纷纷往下落，引得其他五块兽石也跟着摇晃个不停。

降天降落在灵马石面前。

她小声骂了一句，连自己也不知道骂的是什么。她收拾好情绪，向前走了一步："咳嗯……你也知道你的主人已经来了，只不过，"她恨恨地向着山下看了一眼，"只不过他是陆兽族人，不能像我这样很快赶来。那个……你能不能出石去找他？"

灵马石突然停止了震动。

"他真的很需要你，他不能飞，又没有了飞翎……"她低低地嘀咕了一句，"我给他飞翎他也不会要……"

灵马石冷冰冰的，纹丝不动。

降天期盼地看着，它却始终没有动静。她僵了一僵，忍不住骂出口："混账啊！"用力一跺脚，拧身离开兽石群，向山下飞去。


山下，寒霄已经不在了。

降天又是一顿咒骂，言辞之狠毒、语气之火爆，简直要把树林给烧着了。她迅速拔高身形，在山间丛林中仔细搜索。

没过多久就发现了目标，因为是白衣，很显眼。那个身影正走在杂乱的砺石道上，少年的脊背孤单而忧

487

郁。她没心情理会他的伤春悲秋，一个俯冲飞过去，甩出凰喙索。

寒霄蓦地转身，"唰"地凰喙索已经缠上他的腰。

"你干什么？"

降天手腕一用力，将他带离了地面。

"放开我！"

降天根本不理会，只拽着索向前飞。寒霄喝了几声，突然闭上了嘴。

两个人同时想到了初见时候的情景。

一样的捆绑手法，一样的强迫方式，一样的质问喝骂，但经历了那么多以后，两个人的心境却是完全不一样了。

"我不想去，你别勉强我。"语气还是冷淡，却少了些厌憎。

降天充耳不闻。

"你这样很让我反感。"

降天依旧不理。

"你！"

眨眼间，两个人已经来到了九灵山之巅，一先一后降落下来。降天松开了凰喙索。

两个人刚站定，灵马石就再度震动起来，比刚才强烈了几倍，碎石簌簌往下掉。但过了一会儿，它竟然又停下来，不动了。

降天本来伸长着脖子，满怀期待地盯着，看到这情况忍不住皱眉："难产？"

寒霄："……"

她想了想："你再吹笛子。"

寒霄也皱眉，他实在厌烦她命令的口气。降天又催促了一声："快点啊！"寒霄忍了忍，伸出手。

玉笛倏地飞出来，落到他的掌心。他把笛子搁在唇边，轻轻吹起来。

婉转悠扬的乐声响起，在石群间萦绕荡漾。灵马石轻轻摇晃起来，很惬意的样子，好似一个小幅摆动的不倒翁。

还真管用，这家伙回应了！降天的心一松，轻轻吁了口气。

目光挪开，她转过头，忽然怔住了。

第一次看到他吹奏的样子。

玉笛莹润透明，修长的手指轻轻起落，少年全身氤氲着清浅的白色光芒，如同披了一身银霜。

韵律在耳畔回绕，如幽冷明月、浩浩清风，一直吹进她的心里。

灵马石、九灵山，周围的一切都醺醺然了。

笛声不停不歇，音调蓦地上扬，宛如林间疾风、山涧瀑布，迂回曲折，百转奔腾。突然"咔嚓"几声响，飞马石上出现了树枝状的裂痕，并且隐隐透出白色光芒。

整个九灵山都震动起来。

已经痴了的降天猛地惊醒，寒霄拉着她迅速后退。"轰"的一声，砂石四射，灵马石崩裂开来。

刺眼的白光中，一团云朵飞出来，冲上高空，撒欢儿似的蹿了好几大圈，然后降落下来，在寒霄面前飞快地盘旋。

云团不停地膨胀缩小，宛如一颗跳动的心脏。突然，一声高昂的马嘶声响起，雾气迸散开来，跃出一匹雪白的骏马！

没有翅膀，却能够在空中奔跑；四只马蹄每次踏下来，就会生出一团云雾。它昂着头在碧蓝的天幕上纵情飞跃，身后带起一片白色烟气。

这就是踏云马？

降天撇撇嘴："很普通嘛。"

马儿不停地飞奔，像是被禁锢得太久终于得到释放，十几圈后才收住。踏云马冲到寒霄面前，才踏上地面，蹄下的云气立刻消散了。

它兴奋地嘶鸣一声，突然对着寒霄屈起前腿，跪了下去。

寒霄一怔，降天瞪了他一眼："它在认主呢！"

寒霄俯下身，轻轻摸了摸它的鬃毛，说："快起来。"

踏云马站起来，不住地打响鼻，甩尾巴。

寒霄沉默了一会儿，拍了拍它强健有力的脖颈，低

声说："跟着我，会有苦头吃的——你走吧，去辽阔的大自然……"

降天气不打一处来："灵兽百年难遇，人家都是求之不得，你却要赶它走？"

寒霄奇怪地看了她一眼。女魔头为什么这么执着？自己得到灵兽，对她有什么好处？

踏云马一双琉璃般的眼睛望着寒霄，突然长嘶一声，退后一步，全身漾起银光，瞬间化成一朵巴掌大小的云团，流星般地冲上天空，不见了。

降天怒了："你干的好事，它被气跑了！"

寒霄望着它消失的地方不说话。

从第一眼看到它，强烈的喜爱之情就油然而生。但现在他自己都每每处在困境之中，日子过得如履薄冰，又怎能保证它不会受到连累？

虽然可惜，但也只能放手。

突然，一点白光星星般闪烁，"咻"的一声投射下来，踏云马重新出现在两人面前。

"瞬间微缩和闪电来去……"降天忍不住赞了一声，后面的话她猛地截住，冷冷地瞪了寒霄一眼，从鼻子里发出一声："哼！"

寒霄又惊又喜。这马儿是怕自己赶它走，在炫耀技能——实在是太聪明了。

他再也压抑不住心里的喜欢，轻叹一声，走过去抚

摸那雪白的鬃毛，说："跟着我，可不许叫苦。"

踏云马兴奋地嘶叫起来，不住地打着响鼻，扬着前蹄，十分得意。

降天看着这一人一兽，不屑地哼了一声。片刻后，她清了清嗓子，眼睛望着别的地方不耐烦地说："前面的事我不跟你计较了。还是那句话，我再问你一次——你归不归顺我天翼？"

寒霄淡淡地说："我早就说过了，不想再说第二遍。"

"你！"

他在陆兽族的日子已经很不好过了啊。

虽然落紫云中途反叛，任务没有最后完成，但老病虎已经产生了猜忌；顽固派老大臣也始终对他抱有敌意，不断排挤。而且，陆兽族土质恶劣，在短时间内难以改善……他熬心费力上下都不讨好，还待在这里干什么？他的原身是头蠢驴吗？

看着他那张冷淡的脸，她的怒气一下蹿了上来。

自己不计较他的忤逆，耐着性子、纡尊降贵，一次又一次地给他机会，最后换来的还是不屑和漠视！

她恨恨地说："那好，你听着，我想要的东西没有得不到的。你这样不识趣，别怪我……"

寒霄面无表情地说："你随意。"他抚摸了下踏云马的脖颈，翻身骑了上去。

"……"

　　踏云马摇头摆尾，来回踱着步，跃跃欲试地想要起飞。寒霄看了她一眼，说："还是多谢你帮我得到它。"说完轻拍了一下踏云马。踏云马兴奋地长嘶一声，扬起前蹄，全身云气缭绕，纵上天去。

　　烟雾喷了降天一脸，她愤恨地倒退一步，望着高空中那点雪白，攥紧了双拳："好，你很好。"她一字一字地说，"我发誓，我一定会让你走投无路，生不如死！"

# 七　生息源被盗

　　深蓝的天幕上划过一道白烟，流星般地投下来。

　　寒霄乘着踏云马飞速下降，白色衣衫上下翻舞，鬓发被风吹起，不住地打在面颊上。他的脸上一如往常没有什么表情，心里却如同潮水起伏得厉害。

　　飞翎用着再方便也是别人的东西，而这马儿将陪自己出生入死，经历险难，成为自己一生的伙伴。他抚摸着踏云马的脖颈，踏云马也像是感应到了他的心情，扭过头来嘶叫着。

　　寒霄抬起头，前方就是将尉馆舍了。他拍了下马背，示意它在旁边的树林降落。他不想太过张扬。

　　踏云马低低地嘶叫了一声，轻快着地，然后很懂事地缩成了小云团。寒霄又欣慰又感动，他将小云团捧在手心里，放到鼻尖上轻轻蹭了蹭，把它揣进怀里，步行回馆舍。

才走几步，一阵吵嚷声传来。

"干什么！不要以为你是女人我就不敢打你，我只不过是让着你，别不知好歹……哎哟！"

"别打了，有话慢慢说……"

是阿星和安泰的声音。

寒霄加快脚步奔过去，看到了眼前的一幕。

一个黑衣少女，腰身纤细，手脚敏捷，挥舞着一条玄铁飞爪，向阿星步步紧逼。阿星一直后退，被动地抵挡着，鼠尾链就像是一件摆设，起不到半点作用。

"别打了，再打我可不客气啦！"阿星梗着细细的脖子喊。他的衣服有好几处撕烂了，脸也黑一块白一块的，十分狼狈。

寒霄看得明白，阿星的灵力比少女弱很多，防守都勉强，哪是让着人家。安泰也插不上手，一个不小心被少女的飞爪划破了脸，只急得面红脖子粗。

不知道他们为什么动起手来。寒霄忽然记起在西海雷龙王幻境中阿星说过："我们鼠家跟猫家水火不容，阿敏姐姐是猫家的长孙女，我们平时碰到，不是吵架就是动手……"

少女头上没有佩戴徽识，只扎着一条长麻花辫子。但寒霄的直觉告诉他，她就是阿星所说的猫宗族的阿敏。

阿星被逼得无路可退，一下绊倒在地，阿敏却依旧不依不饶，手中的飞爪灵蛇一样飞舞，"噌"地抓上阿

星的后腰。她腕上一用力，阿星顿时被甩了出去，在地上翻滚了几圈才停下来。看到少女又扬起了飞爪，阿星赶忙爬起来想跑，哪知道才直起身，裤子掉了下来。

原来是腰带被扯断了。

阿星索性豁出去了。他两手叉腰，对着少女喊："你来啊，你过来打我啊！"

他只穿着一条布短裤，露着两条小细腿，肆无忌惮地盯着少女。他以为对方肯定不敢还手了，哪知道少女完全无视，冷着一张脸，一步跃上前，飞爪对准了他的脖子。

阿星吓得两眼一闭，猛地抱住头蹲了下去："妈呀，救命啊——"

一阵清冷的风卷过，白影一闪，寒霄挡在阿星身前，徒手抓住了飞爪。玄铁飞爪打了个旋儿，垂落下来。

他本来以为他们是同族，仇怨也只是上辈结下的，最多不过是在打打闹闹，就没有插手。哪知道到了后面，阿敏竟然使出了杀招，他才意识到事情没有那么简单。

阿星睁开眼睛，看到站在面前的身影，高兴地大声叫："嘿，哥哥！"他一拔身板儿，冲着阿敏喊："臭猫，我哥哥来啦，看你还敢欺负我。"

安泰也几步跑过来，叫："哥哥！"

阿敏两只雪亮的眼睛上下打量了寒霄一会儿，依旧没有说话，只是手上用力，想夺回自己的兵器。

寒霄手一扬，将飞爪扔还回去。阿敏一把接住，但

是下一刻，凌厉的风划过，飞爪向着寒霄再次飞过来。

寒霄挥手，银白冰雾迸射而出，阿敏顿时被击飞，摔出十几米远，飞爪也结上了厚厚的冰冻，当啷掉在地上。

阿敏一声不吭，迅速爬起来，握着几乎冻僵的手，恨恨地瞪了寒霄和阿星一眼，咬着嘴唇退走，几个纵跃，消失在林子里。

"臭婆娘，知道厉害了吧！"阿星冲着她的背影做了个鬼脸，然后手舞足蹈地对寒霄说："谢谢哥哥，今天总算出了一口气！"

寒霄看了他一眼："先把裤子提上。"

"哦哦。"

安泰把阿星断了的腰带捡回来，对寒霄说："哥哥，都没法用了。"

寒霄伸手拿过来，将两截带子打了个结，抻结实了，然后绕过阿星的腰，帮他把裤子系好，又给他拍干净了身上的尘土。

阿星嘿嘿笑："还是哥哥有办法，本来我还想提着裤子回家呢……只要哥哥在，什么问题都不是问题了！"

安泰又拾起鼠尾链递给阿星。寒霄问："你们怎么动起手来的？"

阿星小嘴吧啦吧啦："我和安泰去树屋找你，发现你和四亲侯都不在，我们只好回来馆舍这边，哪知道刚

到就看见臭婆娘鬼鬼祟祟地不知道干什么……哦，哥哥忘了跟你说了，她就是我以前跟你提到过的猫家的长孙女阿敏——我问她是不是来偷看将尉哥哥们的，她不理我。我说有什么可害羞的，都是大帅哥，叫我我也愿意看，她就一下子恼了……"

寒霄看了他一眼，心想这小孩可真是会说话，难怪人家生气。

寒霄给安泰愈合了脸上的伤口，三个人边聊边往馆舍走。

寒霄随口问猫鼠两家除了祖辈那次大战，还有什么过节，阿星挠了挠头："没有了吧，应该……"

阿敏那厌憎的目光又闪现在眼前，那绝不是因为几句调侃生气的神情。即便是上辈恩怨，那次争斗已经过去太久，他们这些玄孙辈的少男少女，也未必会将祖辈的仇恨记得那样刻骨铭心。于是寒霄又问了一遍，阿星一拍脑袋，说："你这么一问，我倒想起一件事来。"

他回忆着："十几年前，我爷爷跟阿敏的爷爷吵过架，他们吵得很厉害，还大打出手……"

"为什么？"

阿星摇头："不知道，爷爷不让我打听……对了，就在一年前他们还闹过一次矛盾，爷爷也瞒着我们不说原因。不过有一次碰巧遇见臭婆娘，她说我爷爷藏着什么不好的东西，又说我们家'包藏祸心'什么的。我听

不懂，去问爷爷，哎哟挨了好一顿骂！"

三个人聊着，路上碰到几队巡逻的陆兽兵。有人用眼睛斜瞟他们，阿星说话的兴致正高，一次两次没理会，后来就觉察出了不对劲。

他一下生气了："你们是怎么回事，用什么眼神看人哪！"他拼命回瞪，惹得几个陆兽兵很是不满。有人从鼻子里哼哼："装什么呢，跟天翼人勾结，还有脸在这里招摇过市！"

阿星愣了一下，立即回怼："说谁勾结，你们有证据吗？拿不出人证、物证就是诬陷！"

一个陆兽兵说："有飞翎不是证据吗？"

"呵，有飞翎就是证据啊？"阿星嘿嘿着说："那你吃完鱼以后嘴巴粘了鱼鳞、我能不能说你和水族人勾结哪？"

"有你这样胡搅蛮缠的吗？"几个陆兽兵目瞪口呆。

"哼，说不过就骂人家胡搅蛮缠，什么尿性！"阿星撇着嘴，哧了一声："再说了，我们用飞翎干坏事了吗？"

陆兽兵们大眼瞪小眼，想要再骂，却碍着他爷爷的面子，哼了一声散开了。

安泰闷闷地说："哪儿的事啊，这不是凭空泼人脏水吗？"

阿星啐了一口："我们又没做过，管他们呢……我从前怎么没发现咱们兽族人这么爱污蔑人？"

寒霄说："他们不是骂你们。"

阿星不解地问："哥哥，你什么意思？"

"他们骂的是我。"

"怎么会，你别瞎想！"

寒霄摇摇头，表情平淡地说："最近的传言你们没听说吗？"都是女魔头的杰作，就这一点来说，她的目的达到了。

阿星和安泰互相看了一眼，阿星豪气地说："什么你啊我啊的，他们骂你就是在骂我！以后他们要是再这么着你就狠狠地怼回去！"他气愤地说："几句没凭没据的胡说他们就信了，你恢复生息源，救下一整个村庄的人他们怎么不说了！你带着大伙儿打赢了天翼人、累死累活地帮大家种庄稼他们怎么不说了！"

他的嗓音又尖又细，一里外都能听到。兽兵们怔了怔，一声不吭地走了。

"真可恶，"阿星愤愤不平着，跟在寒霄后面走进将尉馆舍，"哥哥，你甭跟他们一般见识哈！"

寒霄淡淡地笑了下没说话。阿星突然想起了什么，压低着声音问："对了，四亲侯呢？她不是还没好吗，怎么不在木屋待着了？"

寒霄滞住了，好一会儿才说："她走了。"

阿星奇怪地问："走了？她能去哪儿，离开咱们族了？"

寒霄沉默了。

这下不仅是阿星，连安泰都察觉到了不对劲，阿星

连忙说："走了好走了好，看样子她是没事了。她走了我就放心了，我就怕哪一天她被发现了，到时候咱们可真就说不清了。"

"啊，对了，"安泰一拍脑袋，"哥哥，你吃饭了没有？饭时早过了，我给你从家里带了些吃的，我们也没吃，咱们一起吃点吧？"

一阵暖意涌上来，寒霄说："辛苦你了。"

安泰连忙摇手："这有什么。"三个人走进内屋，安泰把早放在桌子上的一个包裹打开，一阵诱人的香气飘出来。寒霄看过去，见是一堆白白胖胖的包子。

三个人坐下，安泰对寒霄说："哥哥，包子有两种，我知道你不爱吃肉，就少包了几个，素馅的多——哥哥你看，褶子多的是菜的，少的是肉的，你别拿错了。"

寒霄拿起一个包子轻轻咬了一口，馅儿里面加了香菇和鸡蛋，鲜香无比。他赞了句："好吃。"

安泰的眼睛一下亮了，他搓起了手："真的吗？那就好。"

阿星抄起一个肉包子啃下去："真香——安泰啊，幸亏你不是女的，要是个姑娘，得多少人抢着娶你。"

"呸，乱说。"安泰局促起来，他搓着手："我就爱做饭，没办法……"

阿星突然想起了什么，竟然控制不住地笑出声。他对寒霄说："这个我可以做证，他为了完成他爹和爷爷

布置的功课，又不被发现研究美食，连练功的书都抄成了食谱——"他小眼睛一转，探过身去，"唰"地从安泰怀里拽出一本书。寒霄扫了一眼，见是本《灵气运通》。

阿星打开读起来："半热半凉，实质与水都不可过多，以禽类之灵卵加入，提升美好之程度，运用适当之力以回旋之法糅和，层层叠加，造千层神奇，创万物绝妙，试之柔韧绵长，有奇异之气……"

"还给我！"安泰要去抢，阿星转身就跑。

小老鼠在床榻、案几上蹦来蹦去，像只小陀螺。安泰跟不上他十分之一灵活，连书角都摸不到，只气得脸红脖子粗。

阿星跳上机凳，把书举得老高："哥哥，你能想象出他这一段抄的什么吗——是怎么做千层饼！半热半凉就是一半冷水和面，一半热水和面，还禽类灵卵，其实就是鸡蛋，哈哈哈哈哈……"

寒霄一下没忍住笑了，赞道："安泰，你真是手艺好，文采也棒。"

阿星见寒霄终于展颜，更加起劲儿了，一边摇着手里的书，一边做鬼脸，气得安泰呼呼喘气。

安泰愤愤地说："哥哥，你不骂他，还跟他一起笑话我。"

寒霄连忙忍住笑，向阿星要回书，递还给安泰："没有没有，你的这份才华我羡慕还来不及，怎么会笑话？嗯……你除了做饭不想做点别的什么吗，比如当将尉。"

阿星连忙插嘴："我想当我想当，我做梦都想当！"

安泰嘟囔："我这么笨，哪里当得上，我爷爷和阿爹老是骂我……"

"别这么说，你哪里笨了？"寒霄看着手里的包子："只不过你的兴趣跟别人不同，努力的方向不一样而已——人各有志，不用强求。"

一顿嬉闹，半夜才消停，阿星和安泰照例又挤在这里睡。可是床榻太小，阿星又不老实，整晚翻身不停像烙饼子，再加上安泰比较胖，寒霄大半个身子都被挤到了床外面。

半夜安泰又打起了鼾，寒霄本来觉就轻，这下更睡不着了。他看两个人梦正酣，悄悄爬起来，细心地给他们盖好被子，关严窗户，然后轻手轻脚地摸了出去。

他走后，一条矮小精悍的黑影忽然一闪而过，那人影在跳跃的时候，一条腿似乎有些跛。


生息源，灌木丛外。

"你来了。"

一个清朗的声音低低地响起，银锋、无形和一个身穿铁银色护甲、后背背着长钻等工具的英气少年从灌木丛后站起来。

寒霄点点头，对背着工具的少年说："辛苦了，连环。"

这少年就是曾经神不知、鬼不觉地进入第三重牢，

和银锋一起救出寒霄的打隧道高手连环。

陆兽族土地、空气以及植被呈现出来的异样让寒霄始终难以心安，他决心无论如何都要进入生息源看个究竟。三天前，他和银锋会面，秘密商量这件事。

生息源看守严密，他们设计了几个方案都觉得不妥当。银锋提议让无形为大家隐身，但很快又被他自己否决了，因为身体可以隐藏，气味却没法掩盖。生息源外守着几十条嗅觉灵敏的狼狗，恐怕还没接近就被它们发现了。

无形说可以让连环打隧道，从地下走。这样虽然比较慢，但胜在稳妥。

提议立即通过，于是寒霄跟他们商定好三天后三更时分在灌木丛外会合。

这件事他并没有让阿星和安泰知道，两个孩子还太小，他不忍心让他们跟着自己担惊受怕；银锋也没有带逐电来，他怕他那鲁莽急躁的脾气坏了事；逐电见把他撇开极其不满，脸黑得像锅底，嘴里喊着要绝交，银锋也没有理睬他。

顺利会面，大家立刻按照事先商议好的开始行动。

连环的技术确实高超，钻地挖洞的速度既快声音又小，两件工具替换上阵，土石瞬间瓦解，没多久打出了一条隧道，在无形的掩护下，四个人从灵气罩下钻出来。

　　进到灵气罩里，大家稍微放心了一些，虽然犬类两里外的气味都能辨别出来，但灵气罩有很好的干扰作用，狼狗们并不容易察觉。

　　这是生息源再生后寒霄第一次来，他惊讶地发现每个晶格里的源能都无比暗淡，而且少了一大半，有些甚至已经完全消失。

　　心痛涌了上来，仅半年的时间怎么会变成这副模样？是再度衰竭了吗？不像，衰竭的话一般是从底部开始，不是这样斑斑驳驳不规则的缺失。

　　寒霄想了想，蹲下身去仔细查看起来。

　　银锋和无形明白了他的意思，也分头在各处探查，连环则在一边把风。大家小心谨慎，配合默契。

　　但是，忙活了很久都没有发现原因。这时灌木丛外的狼狗突然叫了起来！

　　大家这才注意到有微微的风刮来。糟糕，一定是风将气味传出去了。

　　连环有些着急，他摸过来，无声地问银锋怎么办，银锋示意无形将隐术加强先应付一下。

　　狼狗们叫得越发急促，守卫们开始向这边张望，连环用口型对银锋和寒霄说，情况有些不妙，再待下去恐怕要被发现了，不如以后找机会再来。银锋也是这样想的，他扯扯寒霄，催促他先撤。

　　就在这时，寒霄的眼中忽然划过一丝异样的光亮，

他向大家摆摆手，示意他们少安毋躁。他矮下身去，从沙土里捻起了一点东西。

大家立即围了过去。

那东西非常细小，但有黑幕一样的夜色衬托，大家还是看清楚了。

是几粒浅绿色的光点。

寒霄的视线瞥向生息源，并抬了抬下颌。大家明白了，这是散落的源能光粒。

寒霄用口型告诉大家，这应该是有人，不，是有其他生物破坏了生息源，要把它分成小单位运走时不小心漏掉的。

生物？

寒霄看着他们疑惑的眼神，伸手向地面指了指。

三个人摇了摇头，表示什么都没看到。

寒霄右手蕴起淡淡的灵力光，大家一起凑过去，几乎把眼珠瞪脱眶才发现，地上有几个非常小的洞，每个洞口堆着一点沙土，看上去很像蚂蚁洞。

寒霄点头肯定他们的想法。没错，就是蚂蚁洞。

每个人的脸上都浮现出不可思议的表情——感情寒霄的意思是，生息源被蚂蚁盗走了？

寒霄又伸出手指，大家顺着他指的方向看过去，见地面上有一摊已经干了的黏液痕迹，非常不起眼。三个人不约而同地想，也就是寒霄这种变态的细心才能发现

得了！

狼狗的叫声激烈起来，野兽号叫一样，侍卫向这边一步步走过来。寒霄迅速打开腰上的鱼袋，把光粒放进去，又捏了一撮粘着黏液的沙土，一起放进鱼袋里。

连环催促他们赶快进隧道，寒霄让银锋和无形先走，自己和连环在后。就在他跟着要跳下去的时候，狗吠声突然停止了。

一阵异样袭来，寒霄下意识地扭头。

他看到，灵气罩外面紧紧贴上来一张脸。

在暗淡月光的映射下，那张脸惨白无比，一双眼睛透射出阴翳的光。

——虎王！

站在他身后的连环却没有察觉。他见寒霄不动，心急得一把拽过他跳下了隧道。

连环举起手中的长钻，按动把柄上的机括，长钻钻头裂开，瞬间组合成一把轮子一样的工具。他没有开启机械装置，而是小心地用手慢慢转动，把洞口的土旋转着抹平、盖严。

下到隧道里，寒霄跟在后面向前摸行，脑中却是一片急风骤雨。

虎王这么晚来生息源干什么？

寒霄回忆起第一次来这里，狼狗们也是对着虎王狂吠不止——他突然想到，刚才狼狗们激烈的反应可能不

是发现了他们，而是因为虎王！

思绪纷乱地爬出甬道，银锋问寒霄下一步怎么办，寒霄说先去云天林再细说。

四个人骑上拴在树林里的马，一路疾奔而去。路上银锋提到，根据洒水机械鸟的设计图纸，机关宗的老宗主带着大家就快要把能够载人的飞行器制造出来了。到那时，他们的行动就可以不受地面限制，换句话说，他们可以像天翼人一样在高空飞行了。

正在思索的寒霄听到这个消息也是一阵欣喜。

让陆兽将士飞这个想法早就有了，洒水机械鸟制造成功，让他大大增强了信心。这段时间他为了修改图纸熬心费力、绞尽脑汁，现在设想就要变成现实，他怎能不激动？

云天林到了。

这是位于陆兽族北面的一片森林，郁郁葱葱，遮天蔽日。它本来是悍兽帮的老巢，后来逐渐成了三大匪派的聚集地。据银锋说，之所以取云天林这个名字，一是感觉到林子茂盛，植被浓密得像云朵；二是应了兄弟之情义薄云天的意思。银锋还说，悍兽帮一群糙汉子，百分之百的文盲，能取出这样的名字也是难为他们了。

林外，逐电早就等在那里了。看到他们，急不可耐地迎上来，一连串地问："怎么样，搞明白了没有？"

银锋揶揄他："怎么，不绝交了？"

逐电呸了一声，直翻白眼。

银锋和连环忍不住笑起来。大家清楚，这家伙根本不是关心生息源，他就是爱蹦跶、坐不住，一有事儿就心急手痒地想凑上来。

大家席地而坐，寒霄脱下自己的外衣摆铺在地上，从鱼袋里摸出光粒和黏液痂，小心地放上去，手掌蕴起灵力光，权当照明。

"你怎么确定生息源是被蚂蚁盗走的？"银锋颇有些不认同："它们弄去做什么？它们会有那么大的野心？"

"不是蚂蚁有野心，而是它们背后的指使者。"寒霄捏起痂块："这个，应该就是指使者留下的，看上去像是某些虫类……你们谁能辨别出这是哪种昆虫？"

逐电插话："这你得问无形，他们变色龙就是喜欢蚂蚱啊、蟑螂啊这些虫子，都是当零嘴吃的。他可是相当有研究！"

无形看了逐电一眼，伸手接过了痂块。

他凑过去闻了一会儿，肯定地对寒霄说："尺蠖的。"

"尺蠖？"

无形点头。

几个人相互对视一眼，同时想到了一个可能。

灵虫族。

生息源有很大可能是被灵虫族破坏的。

寒霄微微皱眉："恐怕，兽族早就有了虫族的卧底

509

和暗探。"

银锋、无形和连环点头表示赞同。如果没有暗探的通风报信和接应，以虫族的实力，绝不可能这样猖獗地盗走一族根本——生息源。

这也不是说他们有多么弱。虫族虽然疆土狭小、地处偏远，但他们无孔不入，刁钻狠辣，让其他九族非常头痛和忌惮。只不过一百多年前，他们在和天翼、水、陆兽、花叶四族大战中遭受了重创，从那以后一蹶不振，再也没能抬起头来。而且，天翼和花叶都有克制他们的天然秘技，所以，他们一直不敢轻举妄动。

说起来，四大族里，他们也就不怕兽族而已。

现在的兽族，衰败没落，已经成了三族眼中的一碗肉羹，谁都想沾点好处，甚至啊呜一口吞下去。但三族相互制衡，任何一族先动手，其他族都不会同意。所以，灵虫族虽然不惧兽族，但却不能轻视其他三族。因此，他们这样明目张胆地盗取生息源，一定是早早做好了准备，有倚仗的。

狼子野心，可见一斑。

寒霄望向银锋，见他眉头紧蹙，明白他跟自己是一样的想法。

银锋说："我从前觉得，陆兽族的敌人只有天翼和水族，现在看来，灵虫族也在觊觎着。"

"所以我才想要你们和官家携起手来。如果自己人

510

都散成一盘沙，外人就更容易欺负我们。"

逐电叉着腰哼哼："可是你瞅瞅官家那样儿，又蠢又坏，还喜欢陷害人，联手什么哪！"

"我认为这里面有蹊跷。"寒霄沉思着说。

逐电问："蹊跷？"

寒霄点头："是，定磐城当权层有问题。"他陈述着自己的想法："任何一个当权者都不会自毁长城，除非昏庸到了极点。虎王精明干练，有时候的举动却非常违和，我感觉事情远没我们想的那样简单。"

逐电哼了一声，瞪着寒霄："你不会是想替老病虎说话吧？"

银锋说："你的意思是虎王有问题？"

"是。"

银锋点点头："回想一下有些地方确实违背常理，很难说得通……"他像是瞬间陷入了沉思，片刻后问："那下一步呢，你打算怎么做？"

"我会把一切都弄明白。"寒霄站起身，"但现在首先要查的是灵虫族卧底的真正身份。"

银锋也站起来："怎么能说'你'呢？我们一起！"

"对，没错！"逐电和无形、连环一起围过来，望着寒霄："你说怎么办吧，咱们都听你的！"

寒霄点点头，"好。"他将声音压低，把计划细细地说给几个人听。

# 八　嫁　祸

回到将尉馆舍的时候，天已经蒙蒙亮了，寒霄轻轻走进内室，见两个小孩四仰八叉地躺在床上，他的嘴角忍不住翘出一抹笑意。时间已经不早，他索性不睡了，转身走出屋去打水洗脸。

他自己洗完，又给两个小孩准备好洗漱用水。早饭时间到，他去把饭打来，再叫孩子起床，监督着阿星他们洗脸洗手，三个人一起吃早饭。

饭后，寒霄带着他们去校场，让他们和自己辖下的士兵一起操练。

下午巡查农田，阿星高兴得一路蹦蹦跳跳，又是摘花又是撵兔子，没一会儿是正儿八经走路的。寒霄没怎么说话，他边巡查边四下留意着可能出现的异常迹象。

一连几天都是如此，其他方面都还算顺利，唯独调查没有什么进展。灵虫人，到底隐藏在什么地方？

这边陷入僵局，另一件事也越来越糟糕，甚至出现

了脱离正常轨道的趋势。

寒霄暗通天翼的谣传愈演愈烈，甚至在田间地头都开始有人指指点点。寒霄知道是降天捣的鬼，她的目的没有达到，在丧心病狂地报复。

——他暗暗想，是不是不能再任由她这样捣乱，应该腾出手来还击了？

这天傍晚回营地，没走几步，一个又尖又细的声音陡然响起来："哥哥！"

阿星从灌木丛后面跳出来，一下蹿到寒霄面前："哈，吓到你了吗？"

紧接着，安泰也奔了出来。

寒霄弯起嘴角："吓到了。"

他这样敏锐的感官，怎么会察觉不到林子里有人？而且听呼吸声一个细一个粗，他和踏云马降落后那道细的呼吸立即急促起来，分明又紧张又兴奋，除了他们两个还能有谁？

阿星撇嘴："看你这样子也不像被吓到了……你去哪儿啦，我们等了你一天连个影子都没见着！怎么不带上我和安泰？"

去……

这几天，他和银锋、逐电、无形还有连环暗中探查了陆兽族虫类密集的地方，并且悄悄布下一些灵力阵。这种灵力阵还是早年机关宗老宗主设计的，简单方便，

可以结在地面、草丛、树上等任何地方。一旦有身负灵力的虫类触碰上，他们这边任何一个人都能感知到，非常好用。

这些，他当然不想让两个小孩知道。

见寒霄不说话，阿星耍起赖来，不住地晃着他的胳膊，噘着嘴表示不满，安泰说了他几遍都没用。

就这么着，三个人来到馆舍前面，却发现一大群陆兽兵围在那里，群情激愤，议论声一浪高过一浪，像煮沸了的锅子。

有人看到了他们，立即高声喊："是他，他来了！"

没有称呼十一将尉，而是用一个"他"字代替，敌意非常明显。

嘈杂声立即低下来，大家转过身，一起望着寒霄，目光中有愤怒，有怀疑，还有不屑。

阿星生气地说："你们又怎么了？就那么点破谣言，还有完没完了？"

"谣言？"一个陆兽兵叫起来，"你看看这里！"

顺着他指的方向，阿星瞬间瞪大了眼睛，惊叫道："死，死人！"他扭头望向寒霄，"哥哥，你看……"

寒霄早就看见了。

地上平放着三具尸体，都蒙着草席，其中一张掀开了一角，死者的脸露了出来。

那张脸寒霄认识。

　　陆空两战刚结束的时候，他救下了一个濒死的天翼兵，几个陆兽兵一起谴责他，露脸的是其中的一个，也是当时骂得最凶的。

　　寒霄不说话，一步步走过去。

　　低低的议论声这下也没了，人群安静下来。

　　尸体的脸部呈青黑色，还泛着细小的冰花，很明显是被冻死的。

　　寒霄蹲下身，把草席全部掀开。不出意外，另外两个也是指责过他的兽兵。三具尸体身上有被刀剑斩开的伤口，伤口上泛着冰碴。

　　突然，有人喝骂了一句，声音乖戾而阴狠："还装模作样地看什么哪——你们怎么都尻了，凶手不就在眼前吗？"

　　他指的是谁，已经很明显。

　　寒霄抬起头，看见两个少年将军站在他面前，其中一个宽脸，穿着一套没有袖子的毛边皮衣，露出两条肌肉虬结的胳膊；另一个身材瘦长，嘴凸颧骨高，面相很不讨喜。

　　是三将尉杀晟和五将尉启战，原身分别是蜜獾和鬣狗。

　　刚才说话的是启战。

　　"三个兄弟都是被冰属性的武器砍死的，"启战的三角眼瞟向寒霄，"试问这灵州十族，有几个用寒冰灵力的？"

寒霄慢慢站起来，他想说灵州十族用寒冰灵力的的确不多，陆兽族也只有他一个，但这并不能说明人就是他杀的。

洌寒剑和寒冰气都是外部攻击，封冻由外向内，不像这三个兽兵，寒气明显从肌肉内部往外泛。

刚才他仔细看过，死者的脸部呈现出一种诡异的青紫色，那股阴寒气息到现在还从尸体的毛孔向外渗，只不过太微弱，一般人很难察觉。

使用寒冰灵力的陆兽族只有他自己，天翼族倒有两个：镇北大将军大海雀和冰原将雪鹭。镇北大将军他听说性格正直磊落，但雪鹭却是个阴狠的角色。

加之女魔头正不遗余力地陷害他，凶手会不会是雪鹭？但雪鹭的招数具体怎样他并不了解，没有确凿的证据，哪能妄下结论？

他不理会那些嘈杂的声音，视线再次移回到尸体上。

用了寒冰灵力，又留下醒目的伤痕，这嫁祸的手段也是够低级的。目光再次扫过陆兽兵的上半身，寒霄心里突然一颤，周围的喧嚣声似乎在这一刻停止了。

事情不对。

尸体的脖子明显变粗，而且喉咙处有一个个细小的凸起，乍看上去像是皮肤上的粗糙颗粒，那是……

阿星在一旁等得心焦，连叫了好几遍，寒霄却像入定了一样没有半点反应。

516

阿星急得直跺脚，搞不懂自家哥哥为什么又出现了这种状态。启战在一旁又说起了怪话，陆兽兵们也跟着谩骂起来，阿星只得分出嘴来跟人家争辩。他实在想不通，自己一向视为偶像、无比完美的将尉哥哥为什么会变得如此不讲理。

"我和安泰一直跟哥哥在一起的，他哪有去杀人？"阿星扭过头去看着安泰，"你说是吧？"

"……对，哥哥不会杀人……"安泰绝对相信寒霄的人品，但今天一整天他也确实没有见到寒霄。他不会骗人，所以话说得有些底气不足。

"撒谎也敢撒得这么光明正大！"启战嘿嘿冷笑："今天你们根本没在一块，你们一直在找他，兄弟们看到你们鬼鬼祟祟地来过他的馆舍！"

"……"阿星有些气短："刚开始没见到，那也不能证明后面没一起啊。"他强词夺理着，赶紧转移话题："再说了，哥哥跟他们没仇没怨的，为什么要杀他们？"

他心里突然"咯噔"一下，坏了，一着急好像说错话了！

"没仇没怨？"果然，启战立即接上了话茬："我听说这几个兄弟骂过他，所以他怀恨在心，把人害了泄愤！"

他嘿嘿冷笑："至于他们为什么骂他，"他抬起三角眼环顾了一下大家，"是因为陆空两战那会儿他救了一个天翼兵，还把他放跑了！"

一片哗然。

其实这件事当时并没有多少人知道。几个兽兵骂完后立刻跑去乾华殿禀报了虎王，但东辕、千里和其他几位将军都不相信，一边倒地站在寒霄这边；虎王虽然生气寒霄私自越狱，可他指挥兽军大胜天翼是不争的事实，因此也没有表明态度，只是命令那几个兽兵不要将此事传播。后来寒霄被迫去了天翼族，虎王找不到人，无法查证，于是就这样搁了下来。

不过现在看来，还不如那会儿传开，因为这个时候爆出来，杀伤力要强十倍不止。

阿星张口结舌，恨不得打自己几个嘴巴。但他不知道的是，就算他不说，局面也会向着既定的方向发展。

"你们说是他杀的就是他杀的了？"

突然一阵冷笑响起，人群被拨开，走过两个人来。

前面是一个穿红衣服的少年，头上束了条金色发带，健康的小麦肤色，两只眼睛亮晶晶的异常灵活；后面那个一身黄色短装，背上背着一根黄铜棍，满脸的不苟言笑。

阿星一阵高兴，叫："火焱哥哥！宸义哥哥！"

兽兵们也都躬身行礼。

——九将尉火焱和七将尉宸义，原身分别是火狐和柴狗。

十位将尉里面阿星最喜欢六将尉，再就是这位九将尉火焱了。六将尉温吞和善，无论阿星怎么开玩笑他都

不会恼；九将尉火焱牙尖嘴利，伶俐狡黠，不过却意外地合阿星的胃口。

"是九弟哪，你什么意思？"启战嘿嘿一声："兄弟都死在这儿了你看不见吗？还帮他说话，你安的什么心？"

火焱嘴里叼着一根草叶，噗地吐了："我能安什么心？啧啧，五哥你这副火急火燎非把罪名安在别人身上的样子，倒让我怀疑你安的什么心了！"

启战顿时怒了："你平时就喜欢胡搅蛮缠，现在可不是时候。给我闪一边儿去！"

"我是凭着良心说话的。"火焱抱着肩膀，"五哥，你说几个兄弟是在什么地方被发现的？"

启战哼道："在离他们营房不远的土沟里。"

"对啦，离营房不远。"火焱说，"谁会傻到在大家伙儿的眼皮子底下杀人啊？不怕给人看见吗？"

"……"

阿星忙不迭地说："对，对，火焱哥哥分析得太对啦！"

火焱脸上露出得意的表情："再说了，那是个人来人往的白天，三个大活人怎么可能悄无声息地就死了呢？"

启战怒道："这奸贼用的寒冰气瞬间就能把人封冻，他们肯定是连叫都来不及！"

"哦哦，你也知道他们是会说话、会叫的啊。然同寒霄有过节，他们是怎么被一声不响地喊出去的，提线

木偶吗？那么听话！"

"还有，"不等启战开口，火焱又说，"大家都知道，寒霄动手的时候，周围温度会下降，能冻死个人。那么大家在发现尸体的前后，有没有感觉天儿变冷了呢？"

兽兵们面面相觑——没有，当时气温没有任何异常。

"说得太好、太精彩了！"阿星连连拍手，"我太崇拜你了九将尉，你是最帅的！"

"而且，以寒霄现在的实力，要想杀一个普通士兵，只用武技就可以了，又何必像要昭告天下一样用寒冰灵力？"

"你这叫颠倒黑白！"启战恼羞成怒地喝道："他给了你什么好处，让你巴巴地给他当走狗？你还当咱们是兄弟吗？"

宸义皱眉喝了一声："注意措辞！"

启战一愣："什么？"

宸义："走狗！"

"你也知道兄弟两个字！你拿他当兄弟了吗？"火炎冷哼一声，指着寒霄："你当我不知道吗？自从他加入咱们，你们就事事看他不顺眼，明里暗里排挤他。族里传着天翼人跟他勾结的谣言，你们也跟着煽风点火，唯恐天下不乱。他到底什么地方得罪了你们？扳倒他有什么好处？难不成天翼人再来欺负咱们你们就开心了？"

质问连珠炮一样发出来，启战被怼得张口结舌，直

翻白眼。

"这小子行事邪门，他来咱们兽族就是图谋不轨！"一直没说话的杀晟突然开口了。他上前一步，目露凶光："火焱，你当上将尉才几年？谁准你在我们面前这么张狂的？"

杀晟是个打起架来不要命的狠角色，连东辕和千里都对他颇为忌惮。他一逼过来，危险的气息让周围的人都浑身打了个战，火焱忍不住倒退了一步。宸义拉开火焱，冷冷地说："干什么，想动手？"

杀晟脸上横肉直跳，拳头攥得咯咯响。他盯着宸义："土狗，你是想翻天吗？"

宸义大怒，立即去拽背后的铜棍。突然，一只修长的手伸过来，拦在他们中间。

几个人转头，是寒霄。

"别吵了，这件事我会给大家一个交代。"

"说得倒轻巧，杀了人，轻飘飘的'交代'两个字就完了？"启战歪着嘴冷笑，"我倒看看你怎么交代！"

寒霄弯腰为三个兽兵盖好草席："我先去将他们安葬。"

启战拦住他，嘿嘿一声："你要毁尸灭迹吗？"

寒霄直起身："那么就请几位代为安葬。"说完转身要走。杀晟闪过来，一堵墙一样挡在他面前。

"你走得了吗？"杀晟阴沉沉地盯着寒霄，拽出别在后腰的长柄铜锤，狠狠砸了过来。

寒霄不想和他动手，侧身避开。杀晟怒喝一声，第二锤又砸到，寒霄抬手一挥，淡淡的寒冰气漾开来，脸盆大小的实心铜锤被风拂杨柳般荡开了。

启战气急败坏地叫："三哥，你别手下留情啊！"

杀晟的一张宽脸青一阵红一阵，他朝启战喝了句："闭嘴！"铜锤抡得像急风骤雨。启战见他迟迟不能得手，也拽出狼牙镐，扑了过来。

寒霄冷冷地看着他们，手掌心银光一闪，一片锋利的冰凌从地下嗖嗖钻出来，形成一面巨大的冰墙，挡在他和杀晟、启战之间。

"他娘的，你这个杀人犯！"启战举起镐猛砸冰墙。

"哥哥，人明明不是你杀的，为什么不替自己辩解？"阿星急得直摇晃寒霄的胳膊："这么一来，他们真以为是你干的了！"

寒霄不接他的话茬，压低声音说："你们两个先回去，我今晚有事。"

"啊？"阿星和安泰面面相觑。阿星想大声问寒霄为什么又把他们扔下，为什么这些天都神神秘秘的，感觉不妥把声音压下去，小声说："哥哥你去哪儿？"

寒霄没有回答，他向着火焱、宸义行了一礼："多谢你们。"

宸义抱着肩膀"嗯"了一声，转过头去招呼呆站着的兽兵安置尸体。火焱拱手回礼："都是兄弟，应该的！"

寒霄心里一暖，向着他一点头，往营地外走去。

"小贼！"启战在冰墙里气急败坏地大叫："主上已经知道了，我看你还能嚣张几天？"

阿星赶紧跟上去，吧啦吧啦地说个不停："哥哥，我和安泰可以帮你啊，你别老是拿我们当小孩子，你这是不信任我们，我抗议……"

安泰跟着直点头。

寒霄叫道："踏云马——"

白色的云团"咻"地飞出来，云气炸散，踏云马嘶鸣着出现在寒霄面前。

寒霄认真地看着阿星和安泰："你们先回家，这段时间不要来将尉馆舍了。"这样做是对他们最好的保护。等到将来真相查明，他会跟他们解释清楚的。

"哎，哥哥——"阿星急得都破了音，寒霄一阵愧疚。他狠了狠心，翻身上马："过两天我去找你们，听话！"一带缰绳，踏云马冲飞上天，阿星和安泰瞬间变成了小黑点。

深夜，几条黑影悄无声息地摸出了云天林，然后凭空消失了。

将尉馆舍。

毛树林边一间废弃的库房前，空气水波纹般荡漾了一下，然后恢复了平静。

　　三具尸体被移到了这里，静静地停放在库房中央。

　　幻术构成的结界中，一只修长有力的手伸过去，两根手指轻轻捏起草席的一角，尸体的上半身露了出来。

　　另外两个少年半跪下去，顺着手指的方向，仔细地看着。

　　一个沉稳的声音低低地响起："真的有古怪！"

　　借着破旧窗户射进来的月光，大家看到尸体的脸和脖颈以及胸部十分肿胀。那只修长的手拽出一根白玉笛，化成冰剑，小心翼翼地对准尸体的皮肤割下去。

　　剑刃锋利，黑紫色的皮肉瞬间翻卷开来。

　　沉稳的声音惊讶地叫起来："寒霄，那是什么？"

　　寒霄收回剑，将蕴着白光的右手凑近些，好让银锋和无形看得更清楚。

　　"呕！"银锋把头猛地扭向一边，差点吐出来。

　　无形还好，黄绿色的脸还是一如既往的刻板，没有什么变化。

　　——已经变黑的肌肉上，覆盖着一层密密麻麻的白色小虫子。

　　银锋好不容易才压下强烈的恶心感，强迫自己看过去，无形面无表情地说："冰蠓。"

　　"？"

　　"生活在极度寒冷地域的虫子。"无形难得地解释："冰蠓钻进人的身体，聚集在皮下，皮肤上会凸起一层

524

细小的疙瘩。"

寒霄补充："人死前因为窒息拼命呼吸，冰蠓会顺着血液涌到鼻咽、口腔和胸腔，所以那里的虫子最多；人死后冰晶还在不停地凝结，因此尸体的头脸和上身看起来肿大。"

银锋说："表面上看起来两者没有太大区别，所以他们认为兽兵是被寒冰灵力杀死的。"

寒霄点头，小心地将割开的皮肤覆盖回去，然后将草席按照原来的样子拉好。

"真的是灵虫族……可他们为什么也要嫁祸于你？"银锋皱起了眉。

"他们一直在暗中活动，只不过非常隐蔽。"寒霄有些答非所问。

银锋看着他的脸色，立即明白了他心里在想什么。对方在他们眼皮子底下做手脚，他们却毫无察觉，完全处于被动的境地，这的确让人有很大的……挫败感。

寒霄沉默了片刻，说："我想，我很快就能给你答案了。"

银锋看着寒霄，心中很是佩服，毕竟他也只是个十几岁的少年，却有这样处事不惊、深藏不露的功力。

"所以，你没有急着为自己辩解。你是想蒙蔽对方，让他们放松警惕，你好进行动作。"

寒霄用沉默代替回答。他感觉在银锋和无形这里

不用有任何顾忌，是最为放松的状态，他们之间十分默契，像是相处了多年的战友。

寒霄思索着说："我们必须要再主动一些了。"

"怎么主动？"银锋从鼻孔里呼出一口气："他们原身体积小，行动神出鬼没，要查他们的踪迹简直难如登天。"

"不，现在就有一个机会。"寒霄伏在他和无形耳边，低声说："这样……"

# 九　灵虫人卧底

　　已经是五月中旬。陆兽族虽然大多是干冷天气，但毕竟到了春末，白天也渐渐转暖，田间树林、湖畔山坡，枝桠上的嫩绿一点点冒出来，小草也参差不齐地舒展拔高，植被一片生机盎然。

　　近几天有些闷热，像是要下雨，又憋着下不来的感觉。

　　在这适宜的温度下，花儿开得比往年都要早，尤其是定磐城南面二三十里的一处山坡上，花草连绵成片，香气氤氲，散发出阵阵甜腻的气息。

　　深夜，几丝缕微风拂过，树叶发出沙沙轻响，虫鸣高一声低一声，将夜色衬得格外静谧。

　　几片乌云遮过来，啾鸣声突然停止，在花瓣草叶、茎秆上活动的小虫匆忙地往下爬或飞走，像是感觉到有什么恐怖的东西要来，迫不及待地逃命一样。

　　异样的嗡鸣声响起，几只虫子分别从半空、地面赶过来。

它们的体形比普通虫类大两三倍，样子有说不出来的诡异。领头的虫子一共有四只，后面还跟着二三十只稍微小一些的虫子，身上散发着强弱不一的幽光，很明显是灵力。

大虫子降落到花瓣上，整株植物剧烈地颤了一下，花头深深地垂了下去。大虫子伸出尖锐的口器，刺进花蕊里。

四只大虫子或吸食花蜜，或大口咀嚼嫩叶，场面堪比饕餮盛宴。

跟来的小虫子趴在距离它们较远的地方，一动不动，眼巴巴地看着。等到大虫子差不多吃饱了，小虫子才纷纷去找自己中意的花草，三三两两地凑着，开始进食。

干瘪的肚子胀得浑圆，大虫子抬起头来，发出惬意的嘶嘶声。它们头顶的触角相互碰了几下，然后离开了自己的"残羹剩饭"，双翅打开，飞上了半空。小虫子们虽然还没尽兴，但也立刻停止进食，振翅跟上。

它们离开后，"剩饭"们立刻枯萎了，缩成干瘪的一团。

寒霄看得很清楚，这四只大虫子的外形非常像树枝和树叶，分别是木叶虫、竹节虫、地衣螽斯和尺蠖。它们有一个共同的名字叫作"伪装虫"，只因为它们往植物上一趴，看上去就像是花草树木的一部分，很难被天敌发现，就像是会伪装术一样。

　　这四只大虫子分别是木叶虫、竹节虫、地衣螽斯和尺蠖，它们有一个共同的名字叫作"伪装虫"，只因为它们往植物上一趴，看上去就像是花草树木的一部分，很难被天敌发现，就像是会伪装术一样。

　　几只虫子都不怎么善飞，竹节虫和尺蠖直接在植物间爬行，但速度异常的快。

　　寒霄抬了抬下颌，银锋和无形会意，马上动身跟在竹节虫和尺蠖后面。寒霄轻轻夹了下马腹，踏云马立即扬起四蹄，追上了木叶虫和地衣螽斯。

　　第一次跟着出任务，踏云马兴奋得不得了，但寒霄事先嘱咐过它不要发出任何声音，所以它使劲憋着不嘶叫，不打响鼻，拼命压住速度。但就算这样，它也十分开心，脑袋一个劲儿地左摇右晃。

　　不愧是灵兽，它无声无息地跟在虫子队伍后面，既没有跟丢，也没有贴上。

　　寒霄跟踏云马一共用了五个隐符，寒霄用一个，踏云马体形大，用了四个。毕竟是第一次给兽类用，寒霄还是稍微有些担心，怕任务还没完成就先暴露出来。

　　就这样不紧不慢地飞着，寒霄发现，虫子们的行进方向，竟然是定磐城！

　　一时间无数念头在脑中走马灯一样闪过，过往的种种涌了上来，那个猜测翻腾着、叫嚣着，渐渐清晰、明了。

　　就在这一刹那，虫子们突然转过身，停在了半空中，踏云马差点和它们撞上。

　　虫子们的小眼中闪着绿光，冷冷地盯过来。

　　寒霄心中一突，难道被发现了？他勒住踏云马，让它不要动。

好一会儿，虫子们终于收起视线，掉转过头。寒霄忍不住舒了口气。

虫子们降低高度，在一所隐蔽的宅院的外墙下降落，而银锋、无形跟踪的伪装虫们也赶到了。两拨虫子会合到一起，绿色、褐色灵力光此起彼伏，纷纷现出人身。

竟然是普通兽族侍卫的模样。

他们当然不能以本来的面目出现，要时刻保持着兽族人的外形。

他们警惕地向四下扫视，然后拉出事先拴在这里的马匹骑了上去。其余小虫子也纷纷变成兽兵，跟在"侍卫"们后面，不紧不慢地向城门走去。

来到城门前，士兵禀报郎将，郎将点头，城门轧轧打开，伪装虫们鱼贯而入。

银锋和无形向寒霄使了个眼色，正打算跟进城去，寒霄却伸出手拦住了他们。

寒霄无声地对他们说，人多目标大，容易被发现，不如他一个人进去，他们先找个地方隐蔽起来等着他。

权衡之下，银锋同意了寒霄的提议。他嘱咐寒霄小心，遇到危险千万要退避，一切以安全为先。

寒霄点头答应。他轻轻夹了下马腹，飞进城去。


走了不久，兽王宫到了，伪装虫们进宫门也是如入无人之境，只需要下马亮出虎王令即可。

踏云马按照寒霄的指令着地，瞬间微缩变成云团落在他的肩膀上。寒霄在隐符的掩护下，跟在"侍卫"后面，越过乾华殿，向后方的坤岚宫走去。

宫女和侍卫们都在宫外候着，低垂着头如同一具具木偶。伪装虫们迈进宫门，径直走向内室，寒霄紧紧跟着。

宫里静悄悄的，没几个人影，气氛有着说不出的诡异。

绕过一道屏风，寒霄看到，层层金绡帐后、雕花紫檀椅上，坐着一个穿黄色虎纹长袍、头戴金冠的人。

虎王。

只不过现在的虎王，懒洋洋地倚着椅背，像是生病，又像是发困，闭着眼一动不动，跟前些天在大殿上昏过去的样子非常相像。

伪装虫们停住脚步，垂着手、屏着气地站在帐子外面。

忽然，一只苍蝇飞了过来，轻微的嗡嗡声在这死寂的宫殿里显得十分响亮。就在这时，难以想象的一幕发生了。

虎王突然直起身，做出了一个怪异无比的动作——头向上仰，两只胳膊反转到身后，蓦地红光一闪，嗡嗡声戛然而止。

苍蝇被斩成两半，掉落到地上。

这一切快到是怎么发生的寒霄都没看清。

　　没等他惊讶完，一个侍女端着金托盘来到帐外，颤着声音禀道："陛下……您，您的补汤……"她全身都在抖，抖到托盘上的瓷器都发出叮叮的碰撞声。

　　红光再闪，金绡帐裂开，"砰"的一声，玉盅摔得粉碎，汤水洒了一地。侍女连哼都没来得及哼一声就倒了下去，现出了香獐子原身！

　　红光瞬间收了回去，寒霄这时才发现，虎王的头是转了一百八十度，向后冲着侍女的。

　　"太吵了……"虎王厌恶地说。他慢慢把头转回去，懒散地歪在椅子里一动不动了。

　　四个伪装虫面无表情地站着。过了好一会儿，虎王抬起胳膊打了个手势，伪装虫们像是得到了赦令，小心地撩起金绡帐，先后走了进去。

　　几个人恭敬地行礼，虎王微微掀了一下眼皮，又合上了，好一会儿他才恹恹地说："这种时候不要乱跑，免得给人看出端倪。"

　　竹节虫上前一步，从腰带上解下一个小小的琉璃瓶，双手捧着递给虎王，谄媚地说："……这是专门给您采的蕊尖蜜，每朵花就那么一点！刚采完就赶着给您送来了……"他叫了虎王一个称呼，但太模糊，寒霄没有听清。

　　虎王连眼睛都懒得睁开了："你看我现在还吃得下东西吗？拿开！"

"哦哦，那给您留着以后吃，"竹节虫把手缩回去，小心地收好琉璃瓶，"咱们实在是嘴馋了……陆兽族这个鬼地方，什么都没有，风沙倒是大！咱们见天吃沙子，嘴巴都起疮了。今天好不容易花儿开了，所以没忍住，咱们下次注意……"

虎王不说话，竹节虫又凑近了些，刚要开口，虎王的脸上浮现出一丝厌烦："你们想什么我都知道，但大业未成，那些歪心思先都收起来，否则有什么样的后果，你们应该知道！"

伪装虫们脸上瞬间露出畏惧的神色。几个人互相对望一眼，连连点头，像磕头虫。

"另外，"虎王像不舒服似的动了下，竹节虫赶紧给他把金丝软垫往腰后掖了掖。虎王说："那批'东西'就要运来了，你们接应好。"

伪装虫们连声答应。

"还有，小侯爷也快到了，路上必须做到万无一失，听懂了？"

伪装虫们又是一阵点头哈腰。

伪装虫在灵虫族的地位不低，他们的伪装术跟陆兽族的幻术一样，作用非常巨大，历代虫王对他们都十分看重。但这几个人却对着"虎王"卑躬屈膝、低声下气，这位"虎王"的身份之高可想而知。

虽然他们的声音时高时低，但"那批东西""小侯

爷"几个字，寒霄却听得清清楚楚。

对于灵虫族上层的情况，寒霄还是知道一些的。

传闻早年虫王座下有三位亲王，分别是红龙蜈、异蝎、鬼面蛛。其实这三位亲王都是节体族人，但灵虫族建族初期急需用人，所以虫王并没有像其他族那样排斥异族，而是能者就取，这点跟乌凰王的做派倒很是相似——三位亲王下面就是五侯爵，侯爵的子嗣通常被称为"小侯爷"。

来的是哪个"小侯爷"？

但还是那句话，四族的联手打击让灵虫族一蹶不振，远走西疆，百年来他们的事情很少传进九族，有关的一切还都停留在从前的旧讯息上。现在他们的状况可能已经发生了天翻地覆的变化。

这么多年过去，他们似乎已经被遗忘了。

所以，假虎王及其同党在陆兽族活动了这么久都没有被发现，就算"虎王"性情大变、跟从前判若两人，也没有引起多大的怀疑。

那么，真正的虎王在哪里？遇害了还是……这"假货"的原身是什么虫子？

寒霄的手指下意识地动了一下。

指尖仿佛还残留着几个月前触摸到假虎王胳膊时，那橡胶一样的手感。

当时的判断是对的，假虎王的身上披着一层皮。

另一个疑问又浮了上来。第一次见假虎王的时候，他还是一副精神抖擞、锐利敏捷的模样，为什么现在真的变成"老病虎"了？

就在这时，他忽然看见假虎王背对着他的身体微微动了动，然后他的头再次转了一百八十度，缓缓向后侧过来。

他在向这边看！

那道目光，阴冷而残忍，像是千年森林里藏匿的毒蛇，亮出了尖锐的獠牙。

一股凉气直穿心底，寒霄忍不住打了个寒噤——难道自己被发现了！

如果只是随意一瞥，不会做出这样的动作，更不可能将视线投射得这样精准。但他的心中又闪过一丝侥幸，隐符没有失效，自己就不会暴露，刚才只是凑巧目光跟他碰到一起而已。

但不祥的感觉已经产生，寒霄告诉自己不能在这里继续待下去了。

他立即小心地撤身后退。踏云马不用他吩咐，瞬间扩大，云气将他包裹起来，挟着他飞快地向宫外冲去。

就在飞出宫门的一刹那，一道轻微的、很难察觉的力掠了过来。

"吱"的一声，他感到太阳穴一阵刺痛。

好像有什么东西钻进来了！

很小、很尖锐，瞬间穿破了皮肉，并且还在吱吱向里钻！太阳穴的骨板非常薄弱，这样下去那个东西很快就要突破防护进入大脑！

寒霄的心底一凉，他忽然想到一种可能——蛊虫。

这个时候他已经被托着冲出宫门，"砰"的一声轻响，云团变成踏云马飞上高空。

寒霄的大脑在不停地转。

灵虫族的蛊虫分为四种，分别是附着在人体表面的寄生蛊，潜伏在肠道、心肺里的灵窍蛊，在血管中生存的血蛊以及控制大脑的脑蛊。

脑蛊能够控制人的大脑和精神，所以又有个别名叫傀师虫。

显然，自己中的就是这种。

寒霄伸出右手，食中两指并拢，指尖挑起一团银白色光芒，白光中寒气不住旋转缭绕——极度冰寒，只需要一点，就能把一头上千斤的大象或犀牛冻成齑粉，用来对付一只小小的蛊虫好比杀鸡用牛刀，已经超量了。

手指逼上太阳穴，这时寒霄却突然停住了。

假虎王下蛊就是要控制他，当初把他留在陆兽族也是这个用意，只不过自己没有让他得逞。

假虎王的目的还没达成，不会让自己死，一直以来没有对自己痛下杀手就是最好的证明。就算是刚才自己窥见了他的秘密，他也只不过是派了蛊虫出来。

　　如果自己假装驯服，他很可能会放松警惕，在他不设防的情况下，自己更容易摸到真相。

　　他的手慢慢放下了。

　　蛊虫暂时不能动，他要赌一把。

　　他缓缓收拢五指，紧攥成拳——他跟他之间，一场不见刀兵、没有血光的战斗即将打响。

　　他没有看到银锋和无形。不，就算看到了也不能和他们会合，会给他们带去麻烦。寒霄想了一下，拨转马头，向将尉馆舍直奔而去。

　　云气缭绕，踏云马无声地落地，瞬间缩成小小云团。寒霄迈进屋子，关上门，然后把隐符解开。

　　他拉过一把椅子坐下来，给自己倒了杯水，喝了几口后疲惫地靠在椅背上。

　　他再次挑起一团寒冰气，结成一个微结界，而后，把微结界小心地送进皮肤下，将蛊虫包裹起来。

　　这个用量，既不会冻死它，也不会让它有进一步的活动。

　　这蛊虫顽强得很，还在一个劲儿地蠕动，企图钻破结界。寒霄被它弄得一阵心烦意乱，恨不得立刻一把捏死它。

　　就在这时，书架后面发出了一点轻微的响动。

　　"谁？"寒霄猛地睁开眼睛。

　　"是我，是我们……"

一个细细的声音回答着，从屏风后面钻出两个脑袋。

阿星和安泰站起来。阿星拍着腿上的尘土，讪笑着说："被发现啦，还是哥哥厉害！"

寒霄忍不住在心里叹了口气。

如果平时，他一进门就能察觉到屋里有人，但今天心里太乱，分散了注意力。这蛊虫的干扰力还真是不可轻视。

安泰埋怨道："我都说别这样了，这是哥哥的地方，大大方方地等就行了。"

"就因为是哥哥，才不会计较这些小事啊。"阿星瞪了他一眼，又去看寒霄。他发现寒霄的脸色有些不对，小心地说："我不是有意要这样的，我只是好奇……"

"好奇这些天我都在干什么是吗？"

"对啊，我们老是看不见你人，问你你又不讲去了哪里。"阿星噘起了嘴："前些日子，你甭管去哪儿都带着我们的。"

"事情的确有点多，"寒霄揉着额头，"有时候我自己做会快一点，就没喊你们。"如果他们知道虎王是假的，而且在陆兽族潜伏着很多灵虫人，他们会不会被吓到？

他有一刹那的走神。

刚才在坤岚宫的时候没来得及细想，现在回想起来，他觉得假虎王懒洋洋的模样不像得了病，倒像是虫

族人每隔一段时间的……

阿星见他不说话，关心地问："哥哥，你很累吗？我看你脸色很不好。"

安泰也说："对啊，是不是有哪里不舒服？"他凑过来，"我给你捏一下头吧，这几天我学了不少按摩的手法，我太奶奶都说我捏得很舒服呢！"

思路被打断了。

看着安泰的胖手向自己的太阳穴伸过来，寒霄连忙挡开："不用，我没事。"

"真的哥哥，你相信我，我的手艺不错的。"这小子犟起来就跟毛驴一样。

"好了，"寒霄给两个折腾得没办法，只想求饶，他转头叫了一声，"踏云马，来！"

小云团"咻"地飞出来，云气"砰"地炸散，雪白俊美的马儿出现在屋子中央。

两个孩子立即发出夸张的叫喊声。阿星兴奋地说："前些天我就想问哥哥了，你走得太急了也没来得及问，这仙马是从哪儿得来的啊？"他流着口水蹭过去："你叫踏云马是吗？乖，别动，给我摸摸……真帅啊！"

安泰也爱不释手："好俊的马！"

寒霄扶着额头，简单地把九灵山发生震动，踏云马破石而出被自己得到的事情说了一遍。他没有提降天。阿星和安泰大呼小叫，一阵眼红，直感叹寒霄命好，自

己运气差。

寒霄松了一口气，望着跟踏云马玩得起劲的两个孩子，心想就让它替自己抵挡一下吧。虽然拿它当挡箭牌有些不地道，但如果被这两个家伙缠上，还不知道什么时候能脱身，要是再给安泰按摩上一番的话，蛊虫铁定被摁进脑仁里去了。

闹到半夜两个还不走，寒霄只好赶人。不是别的，因为两家的长辈都明令禁止两个人不得在将尉馆舍捣乱，更不能在外面留宿。寒霄怕小孩回家太晚被骂，于是催促他们快点回去。阿星赖着不想动弹，非得要寒霄送他，寒霄答应了，本来让他们在深夜行走他也不放心。

于是阿星蹦跳着，和寒霄、安泰走出馆舍，有说有笑地来到林子旁的小路上。寒霄刚要叫踏云马载上他们，忽然发现林子里有黑影一闪而过。

阿星和安泰看到他的表情，连忙问怎么了。寒霄低声叫他们先回馆舍等他，他一会儿再送他们。

阿星立刻反应过来寒霄是发现了什么，非得要跟他一起去。寒霄直头痛，再闹下去人都跑不见了！没办法只好让踏云马载上他们三个，向着黑影消失的方向追去。

不愧是灵兽，踏云马很快锁定了目标，低低地嘶叫一声，垂直降落。

那人矮小精悍，行动异常的快，不像是跑，像是在灌木丛上飞。但任他速度再超常，又怎么比得过灵兽？踏云马一个扬蹄，扑到黑影前面，将他生生截住。

阿星、安泰飞快地跳下马，要冲过去，却被寒霄一把拉了回来。寒霄反手挥出一把冰凌，笃笃声响中栅栏一般将黑影围了起来。

阿星大声喝道："哪儿来的小贼，敢到将尉馆舍窥探！还不快把姓名报上来！"

一声冷笑，黑影缓缓转过身。

阿星吃了一大惊，失声叫："爷爷？"

安泰也是满脸的不敢置信："老飞鼠爷爷？"

黑影竟然是老飞鼠将军。

阿星磕磕巴巴地说："爷爷，这么晚了，您……您到这里来干什么？"他想了想，"你是来找我的？"

老飞鼠不理他，直盯着寒霄："还不把你的东西撤开！"

寒霄赶忙将手一攥，冰凌立刻粉碎。

寒霄向他行礼："老将军，如果有事您请讲。"

老飞鼠不答话，只是盯着他："你最近可是忙得很啊！"

寒霄一时不知道该怎么回答，这明显不是关心他的语气。

阿星不大高兴："爷爷您有话就直说，阴阳怪气的干什么？"

542

老飞鼠依旧是一副讳莫如深的样子："前路不好走呵，你可得想清楚了。"

寒霄微微一怔。他这是什么意思，是说自己被造谣冤枉的艰难处境吗？不，不像。

老飞鼠语气阴沉："你现在醒悟还来得及……"

寒霄看着他，感觉他话里有话。他忽然想到了什么，但那丝怀疑马上被否定了。不会是那样的，没有可能。

他摇头："我不懂您在说什么。"

阿星叫起来："爷爷，您别这样行吗？怪话连篇，太难受了！"

老飞鼠仍然盯着寒霄："不要装了，我的话你应该明白。我再说一遍，你想好了选的路，不要后悔。"

寒霄说："如果您说的是我正在做的事……我不后悔。"

老飞鼠冷冷地说："好……好……"他转头朝着阿星喝了一声："在这里杵着干什么？还不快回去！"

"爷爷，你今天晚上好怪啊，鬼鬼祟祟的不说，还……"

"走！"

阿星瘪着嘴："好好好，这不是正要走吗？您就来了嘛！"他不情愿地嘟囔着，偷偷看了寒霄一眼，小声说："哥哥，我和安泰回去了，明天再来找你。"

安泰也向寒霄告别："哥哥，你快回去休息吧，你不是还头痛吗？"

寒霄点点头："已经没事了。"

听到这句话，老飞鼠回过身来，意味不明地看了他一眼。

寒霄被这怪异的目光盯得全身发冷。他望着老飞鼠远去的背影，一丝莫名的不安忽然涌上心头。

# 十　与假虎王的博弈

第二天一大早，殿前大总管人面猿匆匆地赶来了。

寒霄心里有事一夜没睡，他五感敏锐，大总管的车队还没到，他就听到了马蹄踩踏和车轮轧地的辘辘声。他迅速起身，简单洗漱后走了出去。

人面猿笑容可掬地下达了虎王的谕令，请寒霄前往乾华殿。寒霄没有说什么，他神色平静地行礼、接令。

他猜得没错，虎王主动出击了，比他想象得还要快。

没关系，他接招。

侍卫牵过来一匹骊马，寒霄翻身骑上，跟随着人面猿赶往乾华殿。

通传、入殿，寒霄面无表情地半跪在品级台下，身体僵硬，低垂着头。

假虎王久久没有说话——他在审视他。

假货开口了。

"之前，我命你带兵攻打天翼，现在准备好了吗？"

寒霄还没开口，大殿上就响起了一片窃窃私语声。

"攻打天翼？"

"天哪！这是怎么话说的？"

有老臣出列："陛下，我们现在自保都勉强，怎么能够去进攻他族呢？"

假虎王冷哼一声，看他们的目光仿佛在看一群蝼蚁。他又问了一遍："十一将尉，回答本王的话。"

"陛下，"寒霄表情麻木地说，"准备好了。"

一片哗然，声音大过刚才几倍。

东辕和千里将军一齐看向他，惊讶地问："你……什么时候准备的？我们怎么不知道？"

寒霄置若罔闻，他依旧低垂着头，生硬地说："陛下，我需要增加带兵将领。"

假虎王点头，声调中透出一丝征服者的得意："应该的。"他看向东辕和千里："你们一起前往，协助十一将尉。"

这件事，看来是自己赌对了——虎王企图控制他！

东辕和千里望着假虎王："主上，可是……"

"这件事不准再多说，遵从命令即可！"假虎王的脸沉了下来："十一将尉，你还有什么要求？"

寒霄说："还需要流匪助臂。"

虎王一怔，重新审视起来品级台下的少年来，好一会儿，他才说："好。"

老臣们吃惊得眼珠子都要瞪脱眶了，一齐上前躬身："陛下，如果让他们参战，就必须给他们正名，将他们编入正规军，否则官军和匪类……这成何体统？可是这样一来，机关宗和幻形宗往年那些案子就必须翻出来……"

假虎王盯着寒霄，短短瞬间里他似乎确认了什么，表情没有刚才那样紧绷了。他将目光移开，无所谓地说："这有什么，翻案嘛，只要是真被冤枉的，当然可以翻。"

议论声戛然而止，大臣们瞠目结舌。

当年两宗祖上被削官流放是定磐城高权的共同决定，如果翻案，岂不等于打了陆兽族所有权贵们的脸？谕令还是虎王亲自下的啊！

虎王这是怎么了，这么大桩事说得比吐口唾沫还容易，失心疯了吗？

不过他们马上意识到思路不对，不是正在讨论伐天翼的事吗，怎么又说到陈年老案上了？

"本王先给予他们陆兽军身份，等胜利归来，我一定会彻查他们的案宗，倘若有冤屈，一定为他们平反。"

东辕和千里怔怔地看着虎王，千里将军说："主上，您就这样决定征讨天翼，会不会太草率了？"

这时，大总管人面猿突然发声，他一改平常的笑容满面，沉着脸喝道："大胆，竟敢指摘主上的不是！千

里将军，别忘了自己的身份！"

假虎王应声虫一般的老大臣们竟然没有跟风责骂东辕和千里将军，此刻，大家似乎都站到了同一个阵营里。

假虎王的脸上忽然浮上了一丝诡异的笑容。他没有理会众人的目光，依旧对寒霄说："十一将尉，不必拘泥于他人的眼光。古往今来，以少胜多、以弱胜强的战例也是有很多的——更何况，我还特意为你们准备了一批利器，有了它，你一定会如虎添翼，大胜而归！"

假虎王一摆手，人面猿托着一只雕花木盘，走下品级台来到寒霄面前。

"这是我的王令，"假虎王说，"那批利器我已经命人放在军器监，你带着令牌去领即可。"

寒霄一怔。

领兵器还需要王令吗？从前都是带兵的伍长拿将军令就可以了，是什么样的兵器这样重要？

他木然地应道："是，寒霄领命。"

议论声更激烈了。东辕和千里看着寒霄，满眼的不敢置信："为什么这样轻率？你凡事不都是筹划再三、确保万无一失才去做的吗……"

寒霄没有理睬他们，站起身走出大殿。

东辕和千里相互对视，怔在当场。


出了乾华殿，寒霄骑马直奔军器监，他一语不发，

依旧不理会一起前去的东辕和千里。到了后来，两位将军的劝说变成了指责，寒霄却仍然无动于衷。

一族军队开拔不是简单的事。军誓过后，整备盔甲兵器、调配马匹、打点食粮……寒霄忙到头昏眼花，回到馆舍已经是丑时了。

他走进内屋，洗漱都没顾得上，就歪倒在床榻上睡着了。

一只细小的蚊虫跟了进来，无声无息地落在帐子上。

云天林。一蓬白色云团俯冲降落，云气弥散，寒霄从马背上翻身跳下，银锋、无形和逐电迎了过来。寒霄问："屏障布置好了吗？"

无形点头："整个林子都用幻术拉上了结界。"

"有劳。"寒霄说，"今天老宗主扮我，还没顾得上向他道谢。"

无形摇摇头："老爷子说他是心甘情愿的。"

"老宗主幻术出神入化，十族没人能比得上，也只有他才能糊弄那些刁钻古怪的虫子。"银锋微微一笑："放心吧，老宗主别人不放在眼里，但对你的事却非常上心。"

假虎王布下严密的监视网，这一点寒霄早已心知肚明，这种情况无形的幻术就显得不够用了。为防止露出破绽，幻形宗老宗主亲自出马，变成寒霄的模样，留在

将尉馆舍中混淆虫探的视听，为寒霄争取到自由活动的机会。

寒霄心里感激，但时间紧迫，也不再多客套。

"真是万万没想到！"银锋忍不住感叹。

那天银锋和无形没等到寒霄，就返回了云天林，寒霄把在坤岚宫的所见所闻详细地向他们说了一遍。虽然知道虫族已经渗透进兽族，大家早已有了心理准备，但当得知虎王以及亲信都是灵虫人的时候，还是大吃一惊。

几个人越发佩服寒霄，因为他的到来，神奇地化解了多次危机，每一回都如同将兽族再造。这一次如果能将那个假货拉下台，还兽族以清明，就更是空前绝后，说是惊天动地也不过分！

听完寒霄的叙说，大家更坚定了揭穿假虎王，让兽族大权回归的决心。

寒霄点点头，又从腰带上解下了鱼袋。

大家看向他。

寒霄拉开袋子上的结绳，缓缓拽出一只长方形的木箱，小心地放到地上。

他去军器监的时候，原本只想顺一两件研究一下，谁知道"利器"全被密封在一只只木头箱子里，他只好把一整箱都塞到鱼袋里。

大家的目光聚集到木箱上。

银锋问："这就是你说的利器？"

寒霄点头。

很普通，跟平常装兵器的箱子差不多，要说不同，就是铆钉打得十分结实，基本看不到一丝缝隙。

银锋和无形一齐上前帮手，不久就打开了。

木箱里面还装着一个青灰色的金属箱，寒霄轻轻摸了一下，指尖留下了淡淡的灰色痕迹。

"铅箱。"他揉搓着手指说。

"老假货故弄什么玄虚？"逐电伸手要去掀箱盖。

寒霄拦住了他。

银锋和寒霄对望一眼，银锋从腰里拽出一把短刀，按动把柄，刀瞬间伸长了几倍。

薄薄的刀刃插到盖和箱之间极细的缝隙里，"咔嗒"一声，刀尖竟然分开折向两边，将箱盖一下顶了开来。

这工具倒是跟寒霄在寒水深潭的时候设计的那把铁笛剑有异曲同工之妙。

其实银锋也是蛮幸运的。机关宗宗主并不在意他跟自己种属不同，对他十分偏爱，不但将许多看家本领教给他，还送了他不少东西。魔方车和跳弓板都是他的得意之作，却毫不吝啬地都给了这个爱徒。

"当啷"一声闷响，铅质箱盖被掀翻在地上。

大家一齐看过去，箱子里静静地躺着三四十支黝黑铁箭。

逐电又要上手去拿，寒霄再次拦住了他。逐电急得

抓耳挠腮，忍不住瞪寒霄："又怎么啦？"

寒霄不理他。

如果只是普通的箭，为什么要用铅箱装？还是小心些比较好。

寒霄手掌裹上木灵力，小心地探进箱子里，拿了一支箭。

这支箭两尺来长，圆锥形铁箭头，铁杆，没有箭羽，看上去很普通却又透着怪异。

一般的箭用铁打箭头没错，但箭杆大多是竹子或木头的，很少有这种全铁的，因为铁杆太重，发射时会削弱速度和精准度。不过严格来说也不是没有，但那是特殊制造，是给臂力强劲、命中率极高的射手使用的。

这些都还不是主要的，最奇怪的是这箭没有尾羽。

没有尾羽，发箭时的平衡和方向感就不好掌握，命中率会大大降低。两军作战生死存亡，谁会给自己的士兵用这样的东西，那不是自寻死路吗？

见寒霄已经将箭用木灵力包裹好，逐电忙不迭地抓过来，掂了掂，啧啧说："还挺沉！"

银锋说："全铁的，当然沉。"他转头问寒霄："你怀疑这箭有古怪？"

"是。"寒霄说，"假虎王再三提到这东西，肯定不简单。"

"按我们机关宗的眼光来看倒也没什么，因为我们

用的铜矢铁镞也不少。"银锋拿过箭，反手从背上取下银弓，将箭搭在弓上，瞄准远处的一棵枯树："我试试看。"

铁箭"嗖"的一声射了出去。银锋不愧是个中高手，不加尾羽的铁箭竟然没有丝毫歪斜翻滚，平稳精准地射中了目标。

铁箭"笃"地钉进了粗壮的树干中。下一秒，让大家瞠目结舌的事情发生了。

"砰"的一声闷响，枯树爆炸碎裂，木屑飞溅，大家眼前闪过一道蓝紫色光线，随即感觉到大脑"嗡"的一声，一股巨大的力量轰击过来，大家顿时飞了出去，摔出几十米远。

灼烧感袭来，难以描述的疼痛让寒霄一阵窒息，银锋和逐电当即痛叫出声。

寒霄感到不妙，但还没来得及做出反应，胸前的魔石突然颤动起来，发出一圈圈黑金色光芒。

——这箭有辐射，不，是爆破后产生的蓝光有辐射！

不好，危险！寒霄当机立断，摘下魔石，撤去上面包裹着的一部分灵力禁制，对着银锋、无形和逐电高高举起。

黑金色光线掠过，银锋、无形和逐电顿时感觉到极度的灼烧消失了。三个人睁开眼，面前的景物逐渐恢复了清晰。

以恶制恶。

在通常情况下，解除禁制的魔石会释放出辐射，毁灭周围的事物。但如果外界存在着邪佞的力量，它会不顾一切地去压制对方，让对方臣服。这是寒霄在和孔雀侯交手的时候得到的经验，更准确地说是在魔石吸噬"千眼金针"的时候，摸到它的这个"脾气"。

——像极了一个傲视众生的魔王，不容许任何人不敬。

几个人爬起来，惊讶地发现身上的衣服竟然被烧出了大片破洞，皮肤上有坑坑洼洼的腐蚀痕迹，严重的地方露出了鲜红的肌肉。

银锋、无形和逐电也算见多识广的了，这时也是瞠目结舌，说不出话来。银锋想问寒霄是怎么回事，抬起头却不见了他的影子，四下搜索，发现寒霄正站在那棵被当成靶子的枯树前。

银锋的视线移到树上，再次震惊成一尊"雕像"。

剩下的半截树干萎缩成了纤维，树皮呈粉末状簌簌往下掉。"啪啪"两声，有东西跌下来，银锋发现那是两只小鸟，可落到地上后竟然瞬间变成了黑色胶状物体，稀稀软软地摊开来。

再看周围的植被，几乎全部碳化，风一吹，粉尘般飘散开来。

！！

铁箭产生的辐射还在继续显示着它的威力，植物一棵棵萎靡、倒下，寒霄猛地惊醒，上前几步，将魔石对

上爆炸的方向。

魔石蜿蜒扭动，刹那间，黑雾一样的东西从四面八方倒飞过来，被魔石一股脑地吸了进去。

灾难停止了。

粗重的呼吸声此起彼伏，一时间谁也没有说话，树林中静得可怕。

是什么武器暂时还不清楚，但毋庸置疑，它是极度邪恶的。制造者是想利用它大面积毁灭生命！

而它们要被送去的目的地，是天翼族。

寒霄的心里蓦地一亮，之前的疑惑像是阻隔着的壁垒，一下全被打通了。

假虎王在陆兽族卧底十年，将陆兽族治理得日渐衰败、虚弱不堪，但他的目标，或者说首要目标，其实不是兽族而是天翼族。

一百多年前，灵虫族在天翼、水、陆兽、花叶四族的联手下遭到重创，明面上的说辞是他们没有及时向天翼和花叶两族进贡纳奉，但真正的原因十族人心里都很明白——虫族逐渐崛起，想要摆脱天翼和花叶两族的控制，跟他们平起平坐。

一向自负的天翼族既震惊又愤怒，族王拍案而起，誓要发兵征讨。花叶族首先响应，水、陆兽两族相继加入，四族联合将虫族打得惨败，灵虫人死伤大半，几乎到了被灭族的境地。但天翼族非但没有罢手，反而步步

紧逼，无奈之下，灵虫人只好退走西疆。

在他们眼里，天翼族才是最大的仇家，假虎王是想要借着征讨之名，用这可怕的武器报仇雪恨。

十年来，战争频频爆发，天翼、水族的力量都有所削弱，而虫族却一直蛰伏不动，休养生息，慢慢积蓄着力量，这武器就是他们的反击。

如果自己像假虎王谋划的那样赶赴天翼，就算入不了天翼境内，这些箭也可以发射过去。单单一支的威力就这样恐怖，上千支一起在天翼族爆炸，后果可想而知。

而事后大家只会认为这是陆兽族胆大包天向天翼族报复，谁又能想到是灵虫族在背后操纵？到那时，陆兽和天翼少不了又是一场恶战，甚至引发多族大战也说不定。

一箭多雕。

大脑在思索，手上也没停，寒霄蕴出木灵力给银锋他们治伤。

这种伤放在别人基本无解，毕竟沾染的是辐射物质，伤口会一直溃烂无法愈合，但到了他这里就不是问题了。魔石吸去了有害附着物，愈合伤口简直轻而易举。

时间不长，三个人的皮肤都已经恢复如初。寒霄将自己的推断说出来，三个人吃惊之余也是十分信服。

"怪不得老假货非逼你征天翼，"银锋说，"无论成败，他的目的都达到了。"

逐电啧啧说："真够阴的！"

银锋看着寒霄的太阳穴有一点塌陷，担忧地说："你得把蛊虫取出来，这样太危险了。"

无形点点头："没错。是线虫，最擅长钻骨，进到大脑里就不好办了。"

寒霄陷在沉思中，没有答话。

银锋以为他担心技术问题："无形是不擅长取蛊，但他们老宗主是拿虫的老手，我去把他请来……"

寒霄回过神来，他摇头："还没到时机——它在我的禁制下暂时还不能妄动。"

银锋明白过来："你是怕假虎王会察觉，故意不拿的？"

"嗯。"

"我的个乖乖，比我还狠！"逐电感叹。

无形说："是单向寄生蛊。要是母子蛊，早就被发现了。"

逐电"嗤"的一声："用得着这么费劲吗？咱们一路杀进乾华殿去，把那假货揪出来不就行了？"

银锋不屑地看了他一眼："你除了喊打喊杀还会干什么？到现在为止咱们还没有拿到确凿证据，贸然跑过去只会跟定磐城的走狗们发生冲突，把咱们当成叛乱逼宫！更糟糕的是，虫族人有了准备的话，咱们的处境就危险了。"

逐电被噎得直瞪眼，好一会儿才悻悻地说："那怎么办？难道要看着他们在咱们族大摇大摆，作威作福？"

寒霄淡淡地说："我要他自己承认。"

银锋、无形和逐电不可思议地看着他。银锋问："怎么承认？"

逐电眼睛瞪得像铜铃："寒霄，虽然我挺佩服你的，但这件事你可有点托大了。"

"你的计划具体是怎样的？"银锋问："明天可就要出征了，那假货的命令你要执行？"

寒霄表情平静地说："出征，但不是明天，"他抬头望望天空，天边一丝晨曦破云而出，太阳就要升起来了，"时间延后——是后天。"

隔天，陆兽军两万人，天亮拔旗出发，主将寒霄，副将东辕和千里将军，中军护着五十辆木车，车上稳稳地装载着铁箭，浩浩荡荡地踏上了出征的路。

队伍走出上百里，来到半天崖，这里绕山有一条蜿蜒陡峭的栈道，是通往天翼最近的路。

可是还没等登上去天就变了，原本还是艳阳高照、晴空万里，瞬间变得暗淡无光，下一秒竟然乌云压顶，狂风大作。

将士们纷纷后退，或贴在石壁上，或躲到树林里。过了很久，风势非但没有减弱，反而越来越猛烈了。

风呼啸着，像极了鬼怪的哭号声。

闲言碎语在人群中传播开来，大家埋怨说，这是虎

王没有亲自祭旗的缘故。

灵州十族都有这样的习惯，每当有重大战事，开拔前族主都会亲自祭旗，以破除邪祟、庇佑军队顺利出师。

但是这次，虎王推说自己身体有恙，拒不现身，只派了殿前大统管人面猿来，当时就引起了将士们的不满。

几天前还在乾华殿上声若洪钟地下命令，这会儿就病得起不来了？此次去天翼，必定有去无回，只为了一句话，大家把命都要送上了，身为一族之主，竟然连面都不露！

不过大家又敢多议论什么？但问题就在于，临出行前筮官卜了一卦。

是凶卦。

如果没有这一卦，再有情绪大家也都忍了，可这样还不现身，未免也太说不过去了。兽族人直爽豪放，但不是傻子，因此就更加不满了。

果不其然，还没走出自己家的地界，凶兆就显露出来了。

早有驿兵骑快马赶去定磐城送信，可带回来的只有虎王的一句口谕——继续开拔，违令者斩。

不满升级成了愤怒。

但君命不可违，大家只好勉强上路。谁料顶着风歪歪斜斜地登上栈道不久，一个护送着铁箭走在前面的兽兵突然大喊起来："兵器掉到悬崖下面去了！"

栈道又窄又陡，兽兵没有抓牢，一辆木车哐啷翻下了万丈深渊。

后面的仟长吃了一惊，要去禀报寒霄，谁知道这时候风更大了。

乌云像是一口大锅黑压压地扣下来，接着，雨点滴答飘落，不久雨变大，噼里啪啦地砸下来，力道大得像冰雹。

路滑了起来。有人大声喊："不好啦，又有车子掉下去了——"

寒霄高声下令："撤！"

兽兵们如获大赦，纷纷往回跑。寒霄高声强调最重要的是保证人的安全，这样的命令谁不爱听，于是兽兵们争先恐后，从栈道上撤了下来。

混乱中，又有几辆木车不知所踪。

大家来到密林中躲雨。不久雨停了，再上栈道，天又变了。

这还怎么走？

消息传到坤岚宫，坐在金椅中的"虎王"听着伪装虫侍卫的禀报，脸比乌云还黑。

"你查出那个筮官有问题了？"

尺蠖躬着身说："是，侯爷！咱们对他用了蚁刑，那筮官招供说最开始卜出的是平卦，不过……"

"不过什么？"

"是寒霄威胁他，让他说是大凶。"

"虎王"的手掌攥上金椅扶手，关节捏得咔咔作响，又问木叶虫："你说今天的风雨是假的？"

木叶虫说："并不完全是，陆兽兵二次上栈道的时候是真的，之前是幻象。"

"幻形宗的人也造不出这样真实的幻象，所以还得借助天气。"尺蠖说："他一定是预测出今天会有这样的变化才延迟开拔的。"

"虎王"还没开口，忽然侍卫在门外禀报："陛下，驿兵送来消息，说是……装载兵器的车子跌到悬崖下面去了！"

"虎王"顿时变了脸色，眼神凌厉："丢了多少？"

侍卫抖着声音说："回禀陛下，全部……一辆不剩……啊——"

侍卫连同门被劈成了两半。

"虎王"胸膛剧烈起伏，看上去立刻就要昏倒了，伪装虫们连忙劝："侯爷，您现在不能动气……"

"虎王"猝然倒在金椅中，四个人脸都白了，手忙脚乱地蕴出灵力输送过去。半晌，"虎王"才缓过气来，样子却更吓人了。

他的双眼透出赤红色，脸皮也诡异地扭曲着。突然，他右手手背的皮肤里伸出一截锐利的刀刃一样的东西，手起刃落，扶手"唰"地被斩了下来，"哐当"跌到地上。

"他是故意的！"他从牙齿缝里挤出一句话，"这个人，不能再留了……"他沉吟了一下，说了一个名字，对着伪装虫下令："去，把他给我找来！"

伪装虫们应命："是！"

没过多久，一个瘦小却精悍的人一瘸一拐地走上了大殿，听完"虎王"的指示，先是一僵，然后垂下头，跪倒在地上："老臣接令——"


深夜，雨稍歇，风仍然没停，将士们只得依照寒霄的命令露宿扎营，明天绕路再走。

风声呼啸，军帐里，银锋、逐电、无形和寒霄席地而坐。银锋盯着寒霄腰上拴的鱼袋，不敢置信地问："那些铁箭真的都被收进这个小袋子里了？"

寒霄说："是。"

"那可是五十个木箱啊！"银锋说，"我就怕装不下，如果掉到崖下一箱两箱，危害可就大了去了！"

寒霄说："我数过了，不会错的。"

无形也说："我也数了。"

银锋放下心来："那就好。"

寒霄对无形说："还得多谢你的幻术，跟我配合得天衣无缝。"

无形不擅长客套，只是摇了摇手。

逐电问："你这么着逼他他都不露面。你刚才说他

怎么了，得了什么病？"

"是蜕皮。"寒霄淡淡地说："我猜，他应该正处于灵虫人的蜕皮期，而且是最后一次。"

"什么？"逐电瞪大了眼睛，"蜕皮？"

"灵虫人在这个时间段会不吃不喝不动，而且随着年龄的增长，蜕皮用的时间会越来越长。"

无形点头表示赞同。

银锋说："这就解释得通了，否则他怎么会连一次面都不露？"

"到了这种地步，他不露面，会派别人。"

"那几个伪装虫？"银锋问。

"只能是他们。"寒霄说，"这恰好中了我的设计……那假货不能动，他的手下却很棘手，我很头痛他们，这样就等于他自己把他们支开了……"

"那样我们就可以长驱直入，揪出他来！"逐电兴奋了，"寒霄，真有你的！"

银锋瞪了他一眼，逐电不高兴了："又怎么了，我说错了吗？"

寒霄点头："没错。"

逐电立刻喜气洋洋起来。银锋瞅着他说："我没说你错，但我怕你沉不住气，一冲动坏了事。"

逐电哼哼："我是那样的人吗？真是！"

银锋问："如果他们迟迟不露面，那我们该怎么应对？

不可能让这么多人在这里耗着吧，到时候肯定又会被扣上一顶抗命不从的帽子。"

"这个不是问题，"寒霄压低声音说，"现在主动权在我们手里，我们就以栈道无法通过换其他的路为理由下崖，然后左绕右绕慢慢走，三天都未必出得了兽族……"

逐电忍不住哈哈笑起来："三天！老假货都该气到卡在壳子里出不来了，你真损……"

银锋和无形也连连赞他算计得妙。

银锋望着寒霄的太阳穴："那个筮官肯定已经遭遇不测……既然老假货什么都知道了，你赶紧把蛊虫取出来吧，那东西在你脑袋里我总觉得难受。"

寒霄答应："嗯。"

逐电嘿嘿笑："银锋，我发现你自从跟着寒霄就变得事儿起来了。你看看你，像不像个老妈子？"

银锋哼了一声不理他。就在这时，突然营帐外闪过一道黑影，四个人的反应都不慢，一起站了起来。

逐电喝道："谁？"

影子矮小敏捷，不像走，像是跳跃过来的。

能够躲过陆兽兵的巡逻，无声无息地靠近，只这一点就不简单。

逐电铁钩在手，慢慢挑开了帐帘。

昏暗的光线下，黑影的面目隐隐约约地显露出来。

"老飞鼠！"逐电惊讶地叫了起来。

　　寒霄、银锋和无形也都吃了一惊。寒霄问："老将军，您怎么会来这里？"

　　幽暗的夜色中，老飞鼠的表情阴晦不明。他看都不看其他三个人，生硬地对寒霄说："你跟我来一下。"

　　没有半点商量的余地，直接是命令了。

　　逐电呵呵了："寒霄现在是三军统帅，位子多么高你不会不知道吧，凭什么你叫他去他就去？"

　　银锋和无形对望一眼，银锋低声在寒霄耳边说："有古怪，别答应他！"

　　老飞鼠盯着寒霄，再次命令："我有话要问你，跟我过来。"转过身向着树林深处走过去。

　　"嘿！"逐电两条浓黑的眉毛竖了起来，"你这老……"

　　寒霄抬手止住了他下面骂人的话，对他们说："我去去就来。"

　　逐电着急了："那老阴货找你准没好事，你理他干吗！"

　　银锋明白阿星是寒霄的软肋，老飞鼠亲自现身约他，他根本不可能拒绝。于是不再劝阻："我们跟你一起过去。"

　　话刚说完，老飞鼠的声音远远地传过来："你自己来！"

　　寒霄伸手拦住他们："没事，他是阿星的爷爷。"

　　正因为他是阿星的爷爷才会有事，而且是这个时间、这个地点！银锋还要再劝，寒霄不容置疑地说："你们在这里等我。"

# 十一　老飞鼠之死

树林深处，风依旧肆虐地吹着，雨淅淅沥沥，打得树叶噼啪作响。

老飞鼠走出半里地才停住脚，慢慢转过身，盯着寒霄。

寒霄恭谨地说："老将军，有什么话请讲。"

好一会儿，老飞鼠才开口："你的确不应该留在兽族，从一开始就不该。"

寒霄一怔："我不会在这里待太久的，等……"他想说等揭开假虎王的真面目，一切走上正轨后，他会辞掉官职，去查寻自己的身世。

"呵，"老飞鼠冷笑一声，"已经当上将尉，升任大将军也指日可待了，你会舍得离开？假惺惺地做这副样子给谁看？"

这话实在刺耳，寒霄眸子里的光暗淡下去："您误会了，我留在兽族的原因之一也是为了阿星，我没有任

566

何恶意，"他微微垂下眼眸，"请您……不要排斥我。"

他无数次设想能够跟老飞鼠单独相处，把心里的话毫无保留地讲出来，只不过老飞鼠一直对他不冷不热，他曾几次鼓足勇气开口，事到临头又退却了。他怕老飞鼠一怒之下说出决绝的话，将两个人之间最后的伪装都撕破了。

念了千次百次的会面到来，可竟然是在这样的情况下。

"恶意？最开始谁都说自己没有恶意。"老飞鼠冷冷地说，"可是到后来呢？都变了，变得是非颠倒、黑白不分！"

"我真的不会做出伤害阿星和兽族的事，请您相信我！"寒霄的话音有些急切。他多希望老飞鼠能够接纳他，多希望自己能和阿星、安泰一样喊老飞鼠爷爷。如果有那么一天，他不知道自己会开心成什么样子。

"你这个人，注定不会甘于平凡，到那时，就算你是无心也会伤害到他！"老飞鼠的手抚上右腿，"我就是一个很好的例子。"

寒霄发现，他几次摸着腿说出类似的话。他其实很想问，是不是他从前有一段伤心的过往，被什么人给陷害过？

还没等开口，就听到老飞鼠阴沉地说："今天，我来的目的想必你也很清楚了吧！"

寒霄心里一沉。怎么会不清楚，他既然出现在这里，还能做什么？

对方没有错，一族之主的命令不能违背，但自己不想动手，那将是最坏的走向。

之前他还在幻想着，毕竟刚开始老飞鼠也开口挽留过他，当时他还以为他对他的印象有所改观，可没想到，突然间就到了这种境地。

他沉默着，心里还在极力地措着辞，想要说服老飞鼠。他恨自己笨，不像别人那样伶牙俐齿，几句话就能讨得别人的欢心。

"奉主上谕令，"老飞鼠森冷地望着他，"今天，我要就地处决你！"

寒霄退后一步："老将军，您听我说……"

老飞鼠"索啷"一声，从腰上抽出了鼠齿链剑。

寒霄看到了对方眼里闪烁着的决绝，但他依然不想放弃："您受命而来，我无话可说，但是您有没有发现，现在的虎王已经不是从前的虎王了。"他一面后退一面说："他是假的，是灵虫人伪装的！"

老飞鼠厉声喝道："闭嘴！你这是污蔑，就凭这句话，就足以将你处极刑！"

"我不相信这么多年，您没有一点察觉……我已经掌握了灵虫人活动的证据，他们在乾华殿和坤岚宫随便出入，并且……"

"住口！"老飞鼠连连大喝，"你为了逃避滞留之罪，竟然编出这样荒谬的借口！"手腕一扬，银灰色的链剑直抽过来。

寒霄没有亮兵器，他躲闪着："陆兽族已经被他破坏得千疮百孔，如果真的是一族之王，怎么可能这样对待自己的族、自己的族民？"

链剑"哗啷啷"刺到面前，寒霄仰身后翻，避过这记杀招："他的命令您怎么能执行？他是要借您的手铲除异己……"

"我叫你住嘴！"老飞鼠的眼神无比凌厉，"哧"的一声，寒霄的脸颊上出现了一道血痕。

寒霄一怔，眼见又一剑甩来，连忙退开。

是自己太着急了，任谁乍听到这个消息肯定都不会相信，老飞鼠这样的性格当然更难接受。

突然，他的身后有人大声喊："寒霄，你退开，我们来！"

是银锋，还有逐电和无形。

不是说过不让他们跟来的吗？自己还可以忍让，他们根本不可能手下留情，大家动起手来就麻烦了。三个都是正值盛年的小伙子，老飞鼠怎能敌得过？一旦有损伤，不管是谁他都很为难。

他一边躲闪一边制止："别过来。"

三个人哪里肯听，银锋喊："咱们会有分寸的，我

们做他的对手总好过你！"

"老阴货要置你于死地你看不出来啊！"逐电嚷嚷：
"你心肠太软啦，让开让开！"

寒霄明白他们是怕自己下不去手被老飞鼠伤到。但
如果是他们动手，还不如自己先把老飞鼠制住。

他向他们摇了摇头，从腰间拽出玉笛，化成洌寒
剑，正面迎了上去。

"铛！"洌寒剑和鼠齿链剑交击，星芒四溅。

老飞鼠趔趄着向后退了几步，费了好大力气才站稳
身子，脸上露出吃惊的表情。

他不知道的是，寒霄已经不是刚来陆兽族的那个
任人欺凌践踏的少年了。他获得了冰神之心，灵力高
出从前十倍不止，这不是与人对敌胜不胜的问题了，
而是他能够完全掌控对方，就看他怎么去处置敌人的
问题。

老飞鼠是久经沙场的老手，在接触到寒霄的一刹那
已经探出了他的实力。但他并没有后退，寒霄的性格他
已经摸透，他笃定他不会下狠手。

但他必须赶在那三个土匪凑上来之前结束战斗，否
则四个人一起他绝对应付不了。

鼠齿链剑一挺，他再次扑过去。

他猜得没错，寒霄的攻势看上去虽然凌厉，但并没
有用多少灵力。

　　老飞鼠冷冷一笑，果然，他只是在做样子给那几个土匪看。

　　他还在向自己使眼色，意思很明白，他是想让自己停手快点走。呵，不可能了，开弓没有回头箭，自己早已经没有了退路。

　　这小子像是有些高兴起来了，他一定以为自己明白了他的暗示——怎么可能，自己已经为他准备好了陷阱！对，再过来一些，只要到灌木丛后，那记杀招一定能要了他的命。要知道，那一招在战场上曾斩断过无数人的喉咙！

　　想到这里，老飞鼠的心里掠过一丝可惜。

　　这小子还是有些本领在身上的，头脑也远非平常人能比，陆兽族这些少年武将里，没一个能及得上他，自家那个浑小子更是差得太远。

　　可这又有什么用呢？坏就坏在他太固执了。人呐，得懂得变通……

　　就在这时，寒霄突然脸色煞白，身子剧烈地颤了一下。

　　他感觉到头痛得像裂开一样。

　　因为太过匆忙，蛊虫还没有取出来，寒冰灵力启动，太阳穴的微结界也受到波及，控制力变弱，蛊虫趁机钻动，试图冲出来。

　　如果要处理它，就必须停止打斗，静下心凝聚起精神。但这样一来局面马上就会失控，眼前这群人可没有

571

一个是吃素的。

索索，蛊虫已经在钻那层薄薄的骨头，恐怕过不了多久就会进入大脑。

心中快速盘算，寒霄在最短的时间里做出了决定。

制住老飞鼠的同时取蛊虫。

他们已经缠斗到树丛后面。寒霄全身蕴出灵力，他低声念了几句，四周突然响起了沙沙声。

树干上缠绕的藤蔓动了，它们蟒蛇般昂了起来，蜿蜒游走，瞬间缠上老飞鼠的四肢。为了保险起见，寒霄同时弹出寒冰气，沿着藤蔓飞蹿过去。

然后，他指尖捏起一簇极寒灵力，按上太阳穴，准备冻僵蛊虫。

突然，唰唰几声，寒霄抬起头，他看见，缠在老飞鼠身上的藤蔓竟然齐齐地断开了。

老飞鼠的兵器鼠齿链剑是由一节一节鼠齿形状的尖刃组成的，对敌有很大的优势，但要斩开自己身上的束缚却不如刀剑来得好用。他是怎么在这一瞬间将所有的藤蔓都弄断的？

难道……

老飞鼠抖落藤蔓，三角脸上笼着阴森，向寒霄扑过来，他的手掌直直地拍向寒霄刚举起到太阳穴的手指。

寒霄打了个冷战。

——他是不是知道蛊虫在自己身体里？否则为什么

不用链剑而是用手掌？

是故意的，还是巧合？

寒霄看向他。对方的眼神，透着一切尽在掌握的自负——寒霄忽然想起了那晚在将尉馆舍外、林子旁的小路上他怪异的表情，和他说的话。

"想好了你选的路，不要后悔——"

他知道，他什么都知道。

突然，一道寒光闪过，一个人影高高地举着兵器，向老飞鼠的头顶劈下去。

是逐电。

而老飞鼠却没有察觉到危机的到来，他的小眼中透着一副杀之而后快的狂热，周围的事物似乎都感觉不到了。

停手！

寒霄缩回按在太阳穴上的手，冽寒剑翻转，向逐电的铁钩挥过去。

老飞鼠明显是误会了。他吃了一惊，厉声喝骂："好小子，你敢！"

寒霄说："老将军，我不是这个意思。"

老飞鼠哼了一声，手一伸，一道亮白蹿出来，直刺向寒霄的胸膛！

——他的第二把武器，无形短尾剑。

无形剑，其实就是由灵力凝聚炼成，跟落紫云的光

带、赤霞的火绫一样有形无质的武器。

寒霄突然想到，刚才他就是用无形短尾剑斩断的藤蔓。

银锋和无形大喊一声："寒霄小心！"两个人拔地而起，直扑过来。

寒霄反应也不慢，他左手抬起，冰盾瞬间凝起，护在自己身前。但令他没想到的是，无形剑中竟然又蹿出一道白光。

剑中剑！

而那道白光的目标，正是他裸露着的喉咙。

一系列的变更在瞬间发生，已经赶到的银锋、无形和手握被击偏的铁钩的逐电大惊失色。可是接着，让他们更瞠目结舌的事情发生了。

寒霄胸前突然爆射出黑金色的光芒，老飞鼠脖颈上竟然也同时闪耀起银、黑两色光，两相碰撞，迸射出一片刺眼的光斑。

——是魔石！

黑金色光芒闪电般传到寒霄胳膊上，寒霄的手像被一股力量无形地牵扯着，伸向老飞鼠的脖颈。

老飞鼠的领口处有什么东西飞了出来，不，是被魔石吸出来的。

根本无法抗拒，寒霄的手就这样硬生生地扼上了老飞鼠的喉咙。

黑金色光芒闪电般传到寒霄胳膊上，寒霄的手像被一股力量无形地牵扯着，伸向老飞鼠的脖颈。

"咔嚓嚓!"老飞鼠身上的盔甲瞬间扭曲变形,和鼠齿链剑一起,裂成碎片掉落在地上。

老飞鼠的脖颈被扼得咔咔作响,他的脸迅速干瘪塌陷,如同被吸去了血肉。他瞪着寒霄,目光中满是震惊、厌恶、憎恨和不甘,像是要把他生生吞下去。

银锋、无形和逐电保持着刚才的姿势呆呆地看着这一幕,根本弄不明白发生了什么。

寒霄想后退,却发现手粘在老飞鼠的脖颈上,半点都动不了。慌乱涌上来,他大声喊:"银锋、逐电……把我拉开!"

银锋几个人回过神来,答应道:"是,好……"拔脚要冲过来。

寒霄突然意识到了什么,又急忙改口:"不,别动,别过来!"

老飞鼠脖子上的不明物体含有辐射物质,魔石中的含量更是大到难以想象。自己有上古木灵力保护安然无恙,他们却是普通的血肉之躯,哪能抵挡得住?

银锋三个立刻站住了,逐电焦躁地喊:"寒霄,你说现在怎么办啊?"

乌云低压,风声呼啸,树木被吹得歪歪斜斜,断枝残叶四散飞舞,雨突然大了起来,哗哗连成一片。

一道闪电劈过,雷声震耳欲聋,一个尖细的声音陡然响起来,尖锐到像是要划破天空。

"爷爷——"

寒霄的大脑"嗡"的一声。他扭过头，看到了最让他担心的一幕。

阿星和安泰正站在距离不远的地方。

银锋和逐电也是大吃一惊，叫道："你……你们怎么来了？"

阿星像是没有听到他们的问话，他歪歪斜斜地披了一件蓑衣，全身都湿透了。他惨白着脸，跌跌撞撞地扑过来。

寒霄立刻命令银锋三个："拉住他们！"

银锋他们立刻照办了。

阿星的身体好像不听使唤，任由银锋抓着他，他愣怔地问："这是……这是怎么了……"

突然，黑金魔光消失，老飞鼠失去了钳制，像面袋一样软塌塌地倒了下去。

寒霄接连倒退好几步，好不容易才撑住身体。

他看了一眼自己的手，视线又移到老飞鼠身上。

老飞鼠的衣服几乎烂成了渣，全身干瘪，呈现出灰败的颜色；脸颊、脖颈上有些部位竟然出现了腐烂的倾向。

没有了衣物的遮挡，老飞鼠的下半身暴露在大家面前。寒霄看到，他没有右腿，大腿根那里，接着一条木制的假肢。

寒霄下意识地望向阿星和安泰。安泰大张着嘴，满脸震惊，他僵硬地扭过头，眼神透出"发生了什么？"

的疑问。

　　而阿星一直没看寒霄，他被银锋按着，瘦小的身体蜷坐在地上，像木偶一样。

　　寒霄咬牙不去理会阿星，一步步走到老飞鼠身畔，半跪下来，将手指伸到老飞鼠的鼻端。

　　当然已经没有了任何气息。

　　他徒劳地蕴出木灵力，输送过去。

　　雨水肆虐地打在他身上，他的视线有些模糊。有那么一瞬，他似乎看到老飞鼠的身体动了动，像是要坐起来的样子，他一阵惊喜，用力甩去眼睫毛上的水珠，可是看清楚后，一颗心再次跌到谷底。

　　老飞鼠躺在地上一动不动，身体似乎被雨水砸得更瘪了。

　　寒霄颓然地垂下手，心中的惶恐升起来，那惶恐像是薄薄的纸张被烟火烧出一个洞，那洞随着火苗的舔舐越来越大。他抹了把脸，僵硬地转动脖颈去看阿星。

　　阿星突然从地上爬起来，拼命挣脱了银锋的控制，向这边跌跌撞撞地扑过来。逐电几步追上他，刚要伸出手，寒霄摇摇头："不用了……"

　　阿星踉跄着来到老飞鼠身边，他抖着手摸向老飞鼠的脸，喃喃地说："爷爷……"

　　他用力摇晃着老飞鼠，一声声地叫，半晌才抬起头来，看寒霄的眼神像是看陌生人："这是怎么了？爷爷

这是怎么了……"

寒霄张开口，他听到自己的声音哑得厉害："阿星，不是我……"

他忽然说不下去了。

是要辩解老飞鼠不是他杀的，是魔石或者其他什么东西吗？老飞鼠已经死了，那是阿星最亲的亲人啊，这时候他首先想到的竟然是撇清自己……他还是人吗？更别说老飞鼠的死跟他有直接关系！

阿星亮亮的眼睛看着寒霄："爷爷他这是……死了吗……"

寒霄垂下眼帘，点了点头。

阿星猛地抓住寒霄的手："哥哥，你的木灵力不是能起死回生吗？你救救我爷爷，你救救他啊！"

"……"

如果是普通死亡，只要还有一丝气息，他就能救回来。但是老飞鼠的尸体已经开始腐烂……

阿星的手骤然松开了，然后紧紧攥成拳头，盯着寒霄："你为什么，啊？"他突然歇斯底里起来："是不是因为爷爷对你不好，你记恨他，所以……"

他哭得声嘶力竭。

寒霄倒退了一步，全身冰凉。他抬头看到安泰用袖子不住地抹着脸，偶尔瞥过来，眼神中尽是难过和疑惑。

寒霄的心彻底沉了下去。

# 十二　疑云密布

"怎么回事？"随着一声诧异的叫喊，东辕和千里两位将军带着一队陆兽兵冲进林子。他们吃惊地看了寒霄一眼，又望着尸体，不确定地问："这是……老飞鼠将军？"

阿星像是看到了救星，猛地奔过去抱住千里将军的胳膊，哭着喊："千里大哥，求你救救我爷爷！"

东辕难以置信地问："真的是老将军？"

阿星不住点头："是我爷爷……你们快救救他啊！"

东辕摇头说："对不起阿星，已经救不回了。"

千里看看阿星，又看看低垂着头的寒霄，问："老将军是怎么死的？"

阿星看了寒霄一眼，哭得几乎噎住："……是他……"

哥哥换成了"他"，寒霄心如刀绞。

东辕和千里震惊了，问寒霄："他说的是……真的？"

"你什么都没看到，别乱冤枉人！"逐电喝道，"是老飞鼠先要下杀手，寒霄就挡了几下，还没怎么着呢，

他自己就莫名其妙地死了！"

银锋捅了他一下："闭嘴！"

听到这话阿星猛地抬起头，恨恨地盯向他："你胡说！我亲眼看见是他掐住我爷爷的喉咙……"他又呜呜哭起来。

银锋走上前几步，辩解说："虽然老将军是在两人交手时死的，但寒霄跟他无冤无仇，怎么可能杀他？我感觉这其中有蹊跷。"

东辕说："请你把经过讲一遍。"

"好。"

银锋言简意赅地叙述完，又分析："老将军的身体被吸干了，四肢有腐烂的倾向——大家都知道，寒霄有两种灵力，却不会妖法。"

东辕又问："那你认为为什么会出现这样的情况呢？"

"我觉得应该是这里有磁场，他们两个人的灵力碰撞时触发了磁波，将他们吸到了一起……只是为什么尸体会腐烂我不清楚。"他尽量让状况变得对寒霄有利，不过这也是他认为最合理的解释。

千里仔细查看了老飞鼠的尸体，又望向安泰："你也看到了吗？"

安泰一下僵住了，张着嘴不知道该怎么回答。

千里又问了一遍："你看到是不是寒霄……"

安泰用力擦着脸上的雨水，像是有什么不好的东西

粘在脸上，他嗫嚅着："我……我……"打死他也不会相信自己哥哥会杀人，但是……为什么寒霄的手会放在阿星爷爷的脖子上？他的大脑乱得像一团糨糊。

寒霄一语不发，雨水从他的脸上一道道淌落下来。

"杀人凶犯，外族奸细——"

突然，一个阴沉的声音响起来，在呼啸的风声中竟然非常清晰："寒霄，你还不跪地受死？"

大家猛地转身，风雨中慢慢显现出了四条黑影，来人的相貌逐渐清晰，千里意外地说："你们怎么来了？"

——墨勋和易戈，还有三将尉杀晟和五将尉启战。他们的身后，是大队亲兵。

墨勋和易戈是陆兽族四上将之二，原身分别是黑豹和苍狼。他们擢升的时间比东辕和千里晚，但两人性格强势、行事霸道，东辕和千里经常受到他们的排挤，时间一久，大家反倒感觉他们的位置在东辕和千里两个之上了。

逐电呵呵了两声，讥讽说："定磐城的狗还真是尿性不改啊，就算是这样的天气，跑这么远的路也要追过来咬人，哈哈！"

银锋抹了一把脸上的雨水，冷冷地说："寒霄是虎王亲自授命的征军统帅，不是你们叫跪就跪，叫死就死的！"

"嘿嘿，"易戈冷笑，"我叫你们心服口服呵！第一，

他残杀目击他放走天翼重犯的证人，却妄图逃脱罪责；第二，他带领人马滞留不前，这是跟天翼勾通的最好证明！今晚他又害死老飞鼠将军，大家可都看到了，就连安泰也证明人就是他杀的，你们还怎么抵赖？"

安泰摇着头，磕磕绊绊地说："我没说，我只不过看到……"

易戈狠狠地瞪了他一眼："看到就是事实！你敢说寒霄没杀人？"

安泰被他一吼，顿时不知道该怎么回答。寒霄把他拉到身后："有事问我，不要为难其他人。"

银锋冷哼一声："兽族上将的本事就是吓唬孩子吗？那么你们明明看到是天气恶劣，栈道湿滑大家无法通过，却非要说成勾结天翼，这就不说是事实了！"

逐电恶狠狠地盯着墨勋和易戈："别跟他们废话！狗想咬人了再怎么讲道理都会咬，直接动手！"

墨勋鄙夷地说："匪类就是匪类，你们叫唤没用，我要抓的是你们的主人……寒霄呢？怎么吓得连气都不敢出了？"

"你是个什么东西，也配做豹类？"逐电"唰"地抽出铁钩，手腕一拧，每把铁钩瞬间弹射出一把副钩，指着墨勋："闭上你的裤腰嘴！敢不敢拿出真本事来试试？"

"跟我动手，你也配！"墨勋斜睨了他一眼，"我堂堂一族大将军，竟然跟个匪类同属，真是丢脸……"

逐电大怒："呸！屁的将军，连个匪类都怕，真是丢我豹类的脸！"

墨勋怒吼一声，手晃了晃，一柄玄铁长槊出现在掌中，向逐电扑了过去。

墨勋、易戈的亲兵和随后赶过来的陆兽兵一起愣在了原地。陆兽兵是没有听到命令不知道该怎么做；墨勋、易戈的亲兵们本来是要冲上去帮手的，但却像是被定住了一样挪不动腿。

双豹啊！

墨勋在四上将里面排位第三，实力惊人；而逐电是第一大匪帮的二当家，武力值也是爆表。试问，这种档次的对搏谁不想看？

这还不是最重要的。

灵州十族在大陆存在几千年，虽然争斗不断，但为了有利于繁衍，保证最基本物种的存活，十族族规规定同种属之间不得自相残杀。但生物大多骨子里都存留着好斗的本性，因此越是严禁，反而越是期待，光是想想就觉得刺激！

一黑一黄两条身影在半空中翻转腾挪，两人出手迅速凌厉，铁钩长槊狠辣无比，没有一招不是要置人于死地，武器每次交击都斩出一片水花，如同绚烂的银龙。

雨珠四溅中，黑豹和金钱豹灵力光影闪烁起伏，密林里啸声此起彼伏，惊心动魄！

东辕大喊："住手！"

话音还没落，那边银锋跟易戈也交上了手，随后，杀晟扑向寒霄，却被无形拦下；启战想要在寒霄背后下黑手，一条锦红索套飞射过来，红豺女从树上跳下来直扑向他。启战本来不屑于搭理女人，没想到红豺女正眼都不看他，还满脸嫌恶地说："死开，别弄脏了我的索套，我最恶心鬣狗！"启战"哇呀呀"大叫一声扑了过去。

墨勋、易戈的亲兵顾不上大雨淋头，一个个保持着队形看得津津有味，就差鼓掌喝彩了。启战察觉不对，忙乱中回头瞄了一眼，差点没被气死。他大喝一声："愣着干吗？一帮废物，上啊！"大家这才反应过来他们是来抓人的，不是看热闹的，只好恋恋不舍地收回目光，大声喊叫着向寒霄扑过去。

早在一旁等得不耐烦了的悍兽帮一干人哪会让他们放肆？他们也不为自己的二当家呐喊助威了，挥起手中的武器冲向亲兵。

狂风、暴雨，林子里斗成了一团。

东辕、千里连连大吼，但只有少部分陆兽兵停了手，其他人根本不理睬，或者说已经杀红了眼听不见。东辕又急又气，几步奔到寒霄面前，大声叫："醒醒！你看看都乱成什么样子了！"

如同当头一棒，寒霄猛地一震，抬起头来。

透过雨帘，他看到几方人马混战在一起，已经有

不少人受伤挂彩。他又急又痛，立刻大声喝道："住手——"

大家全身哆嗦了一下，停住了。

冻的。

这声呐喊寒霄贯进了寒冰灵力。

淡淡的冰雾瞬间爆开，所有人都感到了一股彻骨的寒冷！

在这威压之下，墨勋和逐电也僵住了。墨勋紧紧攥着长槊，瞪着寒霄，眼神中透出一丝畏惧。

寒霄没想真伤人，灵力控制在仅能阻拦双方动手的程度。否则，以他现在的实力，刹那间就能把所有人的胳膊、腿给冻掉。

不一会儿，墨勋的四肢恢复了正常。他不屑地看了寒霄一眼，狠厉的表情又回到脸上，大声命令："逆贼在此，快抓住他！别怕，他没多少能耐！"

亲兵们你看看我我看看你，抖着手举起了兵器。

"真是，喷我的就这么多！"逐电抖掉身上的冰碴，活动了下僵硬的手腕，用铁钩指着墨勋："好不要脸，还没挨够揍吗？看我打不死你丫的！"

那边红豺女也杀性大起，还没等逐电和墨勋再碰到一块，她跟启战又交上了手；悍兽帮弟兄们的反应比墨勋亲兵快得多，二头领和三姐头刚一动，他们就举起了砍刀，杀得亲兵们惨叫连连。

　　银锋和无形在混战中交换了对手，这次银锋对上的是杀晟。

　　银锋擅长远狙，近战是短处，杀晟又彪悍，没过几招银锋就显露出了败象，被逼得退无可退。寒霄掣出冽寒剑，"当当"几下挡开了杀晟的铜锤，杀晟被击得连连后退，摔出几米远。但蜜獾的性子就是永不服输，他立刻爬起来，身后蕴出灵力光影，再次扑向寒霄。

　　寒霄伫立着，大家自相残杀的一幕幕尽收眼底，他心痛不已。看着扑过来的杀晟和一队墨勋的亲兵，冷厉漫上双眼，他缓缓抬手，寒冰气喷薄而出。

　　大片的人被冻成了冰雕。

　　惊叫声响起来，有人大喊："奸贼又杀人了，三将尉和一帮兄弟们遭了他的毒手啦——"

　　声音又高又尖，大家陡地停手，看到匍匐在地上的冰坨，立刻惊诧地纷纷退后。亲兵们惧怕地盯着寒霄，陆兽兵脸带愤怒，直瞪着他。

　　启战甩开红豺女，乖戾的声音响彻雨林："违抗主上命令、戕害老飞鼠将军、虐杀咱们兄弟，哪一桩都是罪不可恕！此贼不死，天理难……呃……"索套甩过来，他被勒住了脖子，红豺女杏眼瞪得溜圆，下死手收紧绳索。

　　墨勋大声喝道："还不把这个奸贼拿下，别让他跑了！"

　　寒霄想说他们只不过是被暂时冻起来，最多半个

时辰就会解开，却看见一个兽兵伍长紧紧攥着手中的长刀，向着他一步步走过来。

"事实摆在眼前，我们都看到了！"兽兵伍长说："杀害同族是咱们最痛恨的，不可饶恕！"

一个年长的兽兵眼中满是失望："十一将尉，从前有人说你勾结天翼，咱们以为是小人陷害……可是自从陆空两战以来，你总是对天翼的进攻避而不战，叫咱们怎么再相信你！"

紧跟着，又有几个兽兵愤怒地围过来。

"这是诬陷你们看不出来吗？"逐电破口大骂："你们这群瞎眼狗，典型的端起碗来吃肉，放下筷子骂娘，我呸！"

寒霄决定辩解，就算不为自己，还有这么多悍兽帮弟兄，他不想连累他们。

"我只不过是不想让大家再继续争斗，没有伤人之心！"他走上前一步，说。

陆兽兵们眼中的愤怒并没有减少，反而增加了几分厌恶。

寒霄心里一冷，继续说："没有跟天翼人交手是因为他们太过狡猾，避而不战，不是我不想战；还有，那三个兽兵不是我杀的……"

说到这里他打住了。

要说明他们的死因就必须公布灵虫人存在这件事。

证据他有，在查看尸体的时候，他取走了一小撮冰蠓，但尸体不在场，没有说服力。不过就算给他们看了尸体和冰蠓，他们也未必会信。最重要的是，一旦灵虫人潜伏在兽族的消息透漏，就会引起轩然大波，尤其在条件还不成熟的情况下散播，大家很可能会有生命危险。

"怎么办？"银锋将胳膊上的钎弩对准兽兵们，"情况好像有些失控，寒霄，调整计划吧！"

寒霄抬起头，看着依旧在厮斗的逐电和红豺女，以及趴在老飞鼠身上痛哭的阿星，心脏仿佛被撕裂了，胸中升起了浓重的痛楚和悲凉。

这时，乌凰王的话忽然在耳边响起。

——你太年轻，阅历少，根本不懂得如果一味仁慈，善意也会被人当成恶念的道理……如果因此陷入万劫不复之地，还不如你自己来做这个"恶"，先发制人，掌控全局！

他生生地打了个寒噤，全身冰冷。

就在这时，马嘶声传来，一个兽兵大叫着冲过来："主上有令——"

大家的视线一下集中过去，只见兽兵手里高高举着一个包裹："在十一将尉寒霄的住所发现了金翎令！寒霄通敌证据确凿，传虎王谕令，将寒霄就地诛杀！"

包裹上的黄缎滑落，大家仔细看过去，里面露出一面黄澄澄的令牌，距离近的人清楚地看到上面雕刻着一

头展翅欲飞的金凤凰。

在场的兽兵们更是愤怒："诛杀奸贼！""就地正法！"的叫喊声此起彼伏。

逐电跳出战圈，嘿嘿两声，喝道："栽赃是吧，拿过来，让大爷我看看真假再说！"

启战骂道："你算哪根葱，凭什么给你看？"

"我去你的吧！定磐城的人就会弄这障眼法！"逐电冷笑："这下三烂的伎俩你们用了多少回，害了多少人，心里没点数？"

眼见兽兵们握着兵器慢慢逼近，银锋低声说："再解释他们也不会相信，事情有些难办了……走，咱们跟你走；留，弟兄们也不惧他们——你拿主意吧！"

剧痛传来，寒霄手指用力按上太阳穴，忍着钻心的痛，对惊疑不定的东辕和千里说："两位将军，出征是缓兵之计，这之后请你们将大家带回定磐城，千万不能听虎王的命令再出兵……"

他极力克制着自己的情绪，望向安泰："你看着阿星，好好照顾他……"他从怀里摸出一样东西递到安泰手里，"这只信弹你拿着，如果有紧急状况发生，你就将它发出，不管在什么地方我一定会马上赶过来！"

安泰抬起头，脸上雨水混合着泪水："哥哥，你要去哪儿？"

寒霄没有回答，说："我会回来找你们……"兽兵

们已经冲到眼前，寒霄右手蕴上耀眼的银白："银锋、逐电、无形、悍兽帮的兄弟，我们走——"

银锋重复了一遍寒霄的命令。逐电不想走，他还没打过瘾，奈何银锋已经疾言厉色，他只好收起双钩，恨恨地指着墨勋和启战骂："听好了，不是老子打不过你们，是兄弟喊我回家！等到来日，我一定把你们揍到爹妈都不认识！"

墨勋大喝一声："小贼要逃，拦住他——"

兽兵们高喊着冲上来，蓦地白雾弥漫，银光纵横，兽兵们全身瞬间结满了霜花，墨勋、易戈、杀晟和启战被冻成了冰雕。

东辕和千里一齐喊："寒霄留步，我们再商量……"

逐电恶声恶气地打断他们："商量个屁！商量是人干的事，你们是人？"

林子外还有些零散的兽兵，但都远远地站着，不敢凑过来，见寒霄走近，纷纷后退，用惧怕和憎恶的眼神望着他们。

悍兽帮的兄弟们憋了一肚子闷气，都骂骂咧咧的，见到这群兽兵可有地儿撒气了，冲着他们恶言恶语地好一顿骂，还抢了他们的马。兽兵们敢怒不敢言，一帮悍兽利落地翻身上马，在瓢泼大雨中跟着寒霄和银锋疾驰而去。

　　回到无双林的时候天已经亮了，雨也渐渐停下来。一夜飞奔，衣服早已经湿透，大家却没觉得疲劳，实在是因为昨晚的事，都还亢奋着。红豺女气哼哼地跳下马，用厌恶的目光剜了寒霄几个人一眼，换衣服去了。

　　逐电也是满肚子意见，不过只发了几句牢骚，鼻子一哼掉头走开。银锋让无形找他的衣服给寒霄换上，无形点点头去了。

　　银锋刚一转头看到寒霄脸色苍白，手按着头。他吃了一惊，连忙扶住他，懊恼地叫："忘了，你的蛊虫还没取出来！"

　　无形走出不远，听见叫声立即折返回来，两个人见寒霄的太阳穴竟然深深地陷了下去。无形叫了声不好："寄蛊，进大脑了，我去叫老宗主！"

　　寒霄摇摇头："不要惊动他。"他盘膝坐下，交代："别让人过来。"

　　银锋和无形点头："你放心。"

　　寒霄凝起精神，伸出食指和中指，在指尖挑起一点灵力，按在太阳穴上。

　　没过多久，灵力光紧紧缠着一条长着七八条触手的线虫拽了出来。这虫子的触手还扯着寒霄的皮肤做最后挣扎，灵力光圈圈波动，触手终于松开，软软地耷拉下来。

　　寒霄右手一攥，蛊虫立刻被捏成了浆。

　　银锋扶着寒霄坐在一块青石上："假虎王这是铁了心要整死你，不如你最近先不要走动，避避风头再说。"

　　寒霄轻轻摇头："灵虫人什么都能做出来，他们很可能认为自己已经暴露，如果不尽快制止他们在兽族活动，我怕大家会有危险。"

　　逐电拿着几件衣服走过来："大家？你不会是指定磐城那帮人吧？我说你是不是找虐，他们都那样对你了，你还瞎操什么心？"

　　"不止定磐城，"银锋说，"寒霄的意思是陆兽族所有人……话不能这么说，他们也是咱们胞族，这种时候要一致对外，还分什么定磐城不定磐城！"

　　寒霄点了点头，接过逐电递过来的衣服，迅速用布巾擦干脸和头发。

　　银锋低下头凑近寒霄的手闻了闻，忍不住皱眉："逐电，这是你的衣服？怎么这么大的汗臭味？"

　　逐电怒了："我的衣服怎么了？那帮家伙的更没法穿，油灰糊得都看不出本来的色儿了！"

　　寒霄的注意力没在这上边，他一边思索一边脱下湿外衣："我不能在这里坐等……关于真虎王的事情大家还知道多少？"

　　银锋问："你的意思是？"

　　"虎王的性格从十年前开始发生变化，他一定在那个时候被替代了——我听说那年他出城巡视，在回返的途

中，不知道为什么马车突然失控，随行护军拦不住，一直冲向下了崖……但虎王和象丞被救上来后却安然无恙。"

"没错，那件事过后虎王还特地跑到宗祠去烧香跪拜，感谢上古神保佑……"银锋习惯性地摸着下巴，"你说得对，真虎王在那个时候已经死了，被替换成了老假货！"

寒霄问："虎王的马车是在哪个崖坠落的？"

银锋刚要说话，突然一阵咳嗽声在他们身后响起。几个人转身，一位身穿土黄布袍、个子不高的老人走了过来。

年纪有七八十岁，佝偻着背，脸是灰败的颜色，两只小眼却异常明亮。

几个人一齐躬身行礼："见过老宗主。"

这位老人就是幻形宗的宗主，无形的师爷爷。

寒霄说："很感激您在馆舍里代替我瞒过了灵虫人，还没有向您正式道谢。"

"不用这些个客套，"老宗主摆了摆手，"我自己乐意的。"顿了顿，对银锋说："没有亲眼见过的事情不要瞎议论。"

"您是指虎王坠崖的事吗？"银锋说，"这个真不是瞎议论，那座崖虽然没有名字，但我知道在哪里！"

老宗主瞪了银锋一眼，又咳嗽起来。

逐电嘿嘿说："老爷子您老是咳个啥呀，喉咙里长

驴毛啦？"

老宗主"呸"了一声："没大没小！暴震那熊货没教你怎么尊重长辈吗？"

他的表情都落在了寒霄的眼里。

这位老人似乎知道些什么，但他显然不想说。

寒霄草草地换了衣服，从怀里摸出一样东西。

"老宗主，请您看一下这个。"

大家的脑袋一起凑过来，视线聚到他的手上。

他的手心里静静地躺着一枚婴儿拳头大小的圆牌，圆牌上包裹着一层淡绿色的灵力光。

寒霄翻动手掌，大家看到这枚圆牌的一面是灰白色，上面雕刻着类似于"一"的符号；另一面黝黑，也雕刻了字符，笔画异常凌厉，甚至有些扭曲，仔细辨认像一个"灭"字。

"这是我跟老飞鼠将军动手的时候，从他衣服里飞出来的……"老飞鼠临死前震惊、憎恶、不甘的目光在眼前闪过，寒霄心里一阵抽痛："它上面附着着大量辐射，我用木灵力暂时包裹起来了。"

他简单地把事情向老宗主说了一遍，银锋说："当时的情况真的很诡异，看上去就像老飞鼠的脖子把寒霄的手吸过去了一样！"

老宗主"嗯"了一声："是挺邪性……不过我还真不知道是什么。你可以去找千年不动仙问问，那老家伙

见多识广，说不定能讲出个子丑寅卯来。"

寒霄点头："我感觉到老飞鼠将军，像是知道灵虫人的事……"

"哦，何以见得？"老宗主问。

寒霄把几个细节讲了一下。老宗主捋了捋胡子，慢悠悠地说："很久以前，我听说过一桩秘闻。"

银锋和逐电立刻来了精神："什么秘闻？"

老宗主瞪了他们一眼："我听说，老飞鼠和灵虫族人曾经有过勾结。"

银锋和逐电惊讶了："啊？您讲详细一点行吗？"

"详细不了，"老宗主哼了一声，"我只是听说，也没啥确凿证据……再说只是很少几个人提起过，后来很快就销声匿迹了。"

银锋摸着下巴："这怎么可能？定磐城的人最擅长捕风捉影了，这种事就算只是传闻，那帮人也会将它坐实。"

老宗主捋着胡子："……应该是被人故意压下去了。"

逐电喷喷说："是谁这么厉害，勾结外族这么大的事都能压住？"

寒霄的思绪又开始游走。

老宗主短短一句话包含的信息量非常巨大，他感觉这桩秘闻应该是真的——老飞鼠残缺的肢体、不愿启齿的过往都应该跟这个灵虫人有关。而且能够包庇他的，只能是灵虫人！

这也从另一面印证了灵虫人很早就在兽族活动了。

寒霄看着静静地躺在手心里的圆牌。如果能揭开这个秘密，很多事情就迎刃而解了。

他再次向老宗主行礼："寒霄先离开一下。"

银锋问："你要去哪儿？"

老宗主的脸突然沉下来："你要去无名崖？"

寒霄说："是。"

银锋问："你想去查看一番？"

"嗯。"

银锋说："我和你一起去吧。"

逐电叫起来："我也要去！"

无形也连连点头。

老宗主烦躁起来："去什么去？一个个的都这么不省心！"

逐电奇怪地看着他："老宗主，我们就是去看一看，您这反应也太大了吧！"

"你们搞得清状况吗？"老宗主不耐烦地说，"这种时候乱跑不觉得太危险了吗？"

"老宗主，恕我冒昧，"寒霄淡淡地说，"您是不是还知道些什么？"

"我一个糟老头子能知道什么？"老宗主有些恼了，"你这孩子的脑袋怎么这么多弯弯转转？"

寒霄立即躬身赔不是："我言语不当，请您不要

介意。"

老宗主一下不自然起来，他哼哼着说："我说你错了吗，我要你道歉了吗？真是！"

几个人你看看我，我看看你，都觉得老宗主今天很是奇怪。寒霄用眼神示意大家不要再多嘴了，银锋瞬间懂了他的意思，于是一起默不作声地看着老宗主。

林子里顿时一片安静。

老宗主狠狠地咳了两声，哼道："哎呀，走吧走吧，真是麻烦！"

银锋惊喜地问："您……是要跟我们一起去？"

"明知故问！那地方不好找，你们要是跑错了，说不定又得惹麻烦！"

银锋高兴地直向寒霄直使眼色，意思是"你又得逞了"，连无形都少见地咧了下嘴。

现在大家都已经成了灵虫人的眼中钉，一旦活动，很容易被发现。对付无处不在的虫子，无形的幻术力度和覆盖面都不够，如果老宗主亲自出马，那就万无一失了。

# 十三　发现真虎王

无名崖距离云天林不远，大约八九十里路，一行人只用了一个时辰就赶到了。

大家下了马，把马匹拴在一旁树林里，寒霄走上前去，仔细查看。

没有什么特别的。陆兽族以山岭地形为主，这样的崖多如牛毛，要不然怎么会连个名字都没有？只不过让人感到奇怪的是，这里并不是虎王回定磐城的必经之地，而且路线偏离得很远。他们为什么会跑到这里来？

这更证实了他的想法。

这个山崖只不过充当了一个工具，虎王是被人有预谋地引到这里，然后跌落下去的。

寒霄站在崖上探头向下看，发现这里并不算高，徒手爬下去很快就能到达崖底。

这倒是一个难以理解的点。既然想置人于死地，选的地点应该更高一些才对啊！

　　崖下偏西大约一百米的地方，还散落着少量的马车残骸，那应该就是当时虎王的座驾了。

　　寒霄弯下身子开始向下爬，银锋、逐电和无形也紧随其后，只有老宗主还阴沉着脸站在崖上。

　　寒霄停住了。

　　他攀在崖壁上，向老宗主微微欠了下身，然后毅然地爬了下去。

　　老宗主一怔，脸色发白。

　　大家很快来到崖底。马车的车轮、盖、辐等部件被摔得粉碎，只剩零散几块，天长日久都风化了。逐电指着不远处的一堆骨骸："那是不是老病虎的骨头？"

　　银锋走过去辨认了一下："很明显不是，这是马的，虎的腿骨没这么长。"他向四下环望："分散开，看看有什么线索。"

　　寒霄没有说话，他的视线凝聚在一处地方，他的举动立即引起了大家的注意：银锋几个人顺着看过去，见不远处地面上有一道裂缝，大约两指宽，像是地震留下的。

　　银锋问："你发现了什么？"

　　寒霄没有回答，他又进入了自闭状态。这时的他，对于外界的干扰已经完全感受不到，注意力到了高度集中的程度。

　　一阵极其微弱的呻吟声传进他的耳朵，那来自……

地缝深处!

无形接话回答银锋:"我听见地下,有虫类发出的不正常的鸣叫。"避役以虫子为食物,对它们的习性十分熟悉。

"是吗?"银锋凑近裂缝,忽然感觉到有些异样,一转身,发现老宗主不知道什么时候来到他们的身后,表情十分晦暗。

"老爷子,您怎么神出鬼没的!"逐电哼哼,"吓我一跳!"

喧嚷声终于把寒霄从沉思中拉了出来。银锋又问:"有什么古怪?"

寒霄说:"下面有活人。"

"……"

大家震惊成了一尊尊"雕塑"。

"什么?"银锋和逐电吃惊地看着那条两指来宽的地缝,"这么窄,老鼠都钻不进去,人怎么……怎么在里面?"

寒霄笃定地说:"我的感觉不会有错。"

"嘿嘿,"逐电笑了,"就算你说的是真的,要怎么下去?在场的不管是人样儿还是原身没有一个能进得去——你会缩骨功吗?"

寒霄环顾了下四周,左手食指、中指、拇指竖起并拢,瞬间,莹莹绿光从指尖盘旋着飞出来,化成光点从

半空洒落。

地面、崖壁上爬着的藤蔓像是感受到了召唤，缓慢地舞动起来。

藤蔓一点点伸长，沿着地面爬过来，像章鱼触手一样把住裂缝，就连胡枝子、柰木、小黄杨、虎刺梅等非藤蔓植物也都摇晃着匍匐下来，加入了阵列。

所有植物一齐用力，向两边拉拽。

就在这时，一只手抓住了寒霄的肩膀。

寒霄转过头，对上的是老宗主的双眼，寒霄一语不发，平静地和他对视，手上的灵力却依旧向外漾着，没有停下来的意思。良久，老宗主徐徐地放开了手。

只不过是泡了杯茶的工夫，地缝便扩大了五六倍，大家清楚地看到土壤里纵横交错的根须，抓紧了每一分沙土，不断收缩。植物们用自己的力量挤压着土壤，一点点将缝隙打开。

逐电叫道："嘿，厉害啊！"

虽然还不太宽，但已经能够容下人的身躯。一行人跟在寒霄后面，小心地试探着向下爬去。

越往下光线越昏暗，并伴着浓浓的土腥味。土壁陡峭，很难攀住，大家的脚底不住打滑，根茎们很"看眼色"地伸过来，大家连忙伸手把住。

这样一来，行动就容易了很多，大家很快下到底部。

这时，呻吟声却消失了。

　　寒霄抬头打量。周围很狭窄，是一条沟的样子，地面潮湿，又黏又滑，走了几步逐渐宽阔起来，但也只是跟农家院那样大小。银锋他们还在适应光线，寒霄却已经敏锐地发现了目标。

　　十几步外，一棵至少有千年的古树矗立着，古树根部，凸起着两个大包，根须交错缠绕，将这两个大包裹得像粽子一样。

　　寒霄辨认了一下，这是一棵"食人树"，也叫莫柏。

　　大家凑了过来。

　　突然，索索声响起，莫柏的根须蠕动起来，然后像眼镜蛇一样昂着，像是在对他们发出警告。

　　逐电"哧"地笑了："嘀嘀，这是干什么？"他不屑地向前走了两步。

　　根须抖了抖，向他们刺过来。

　　逐电拽出铁钩："也不看看站在这儿的都是些什么人，一棵树也敢在土匪面前耀武扬威！"银锋也抬起臂弩，对准了莫柏。

　　寒霄拦住了他们。

　　"我说的活人，就在这棵树里面。"

　　"什么？"几个人又吃了一惊，逐电上下打量："你说的是那两个大包？"

　　银锋也是满脸怀疑："都这副样子了，还可能活着吗？"

"活着。"寒霄肯定地说,"我能感受到他们的气息,不过很微弱,是濒死状态。"

银锋放下胳膊,装作不经意地看了老宗主一眼,老宗主的表情很奇怪,他死死盯着那两团"包",像是要把它们扎出洞来。

大约是感觉到威胁还在,莫柏的根须又张牙舞爪地扭动起来,发出类似蛇的嘶嘶声。寒霄的手掌蕴起木灵力,淡淡荧光在周围盘旋飞舞,根须立刻僵住了似的一动不动。

寒霄微微闭上眼,面对莫柏站着。没多会儿,莫柏的枝叶上浮起了一层非常浅淡的绿色光芒。银锋立刻明白了,他这是在跟莫柏对话。

银锋又瞥了老宗主一眼,发现他的脸色更难看了。

这次的对峙,时间要比想象的长。看着寒霄像是入定了一样,逐电忍不住嘟囔:"要这么费事吗?把树砍了不就行了!"

银锋说:"人和树长到一起了,把树砍了,人也就完了。"

逐电这会儿好像也明白过来了,看看寒霄,又看看银锋,他指着那两团隆起:"里面的人……是哪个?"

莫柏上的光消失了,根须一根根缩了回去,缠绕在隆包上的虬根抖动起来,向两旁缓缓退开。

　　大家看到，根须在抽回的时候，带出了一丝淡淡的血水。

　　逐电禁不住张大了嘴巴。

　　隆包的样子完全呈现出来。

　　他们嵌在树根里，几乎跟树融为一体。两人一个瘦长，另一个略微矮壮，他们的身体异常干瘪，皮肤布满褶皱，全身纵横着网一样的血痕；两人低垂着头，头发和胡子连成一片，脸上长满了青苔，看不出本来的模样。

　　寒霄将手伸过去，奠柏的根再次挥舞起来。

　　寒霄说："放心，我可以确保你没事。"

　　人的血肉跟奠柏紧紧地长在一起，要完好地救下他们必定会损伤树干，奠柏当然不情愿。寒霄告诉它，等把人弄下来以后，他一定会将它损坏的地方恢复成原来的样子，奠柏犹豫了一会儿，终于答应了——不答应也不行，眼前这人的压迫感实在是太强了，它知道自己不是他的对手。再说，这两个人的血肉已经被榨干，继续留着也没什么用了。

　　两个人的肌肉跟树干纤维你中有我我中有你，像是编织在一起的竹篾。这种情况寒霄第一次遇到，在施救难易程度中已经达到顶级。

　　寒霄忍不住微微蹙了下眉。

　　他先给他们输了些灵力，帮他们增加生命强度。不

　　他们嵌在树根里，几乎跟树融为一体。两人一
个瘦长，另一个略微矮壮，他们的身体异常干瘪，
头发和胡子连成一片，脸上长满了青苔，看不出本
来的模样。

久，两人的心跳变得有力起来，生命体征越来越明显。接着，寒霄蕴出寒冰灵力，凝成一把薄如发丝的冰刀，小心地割了下去。

银锋取出止血药粉，寒霄每分离出一点皮肉，他就及时地撒上一点药粉。莫柏的纤维不时被割伤蹭断，它不满起来，又要嘶嘶地叫，无形赶紧对着它拍出一记"迷魂手"，它立刻像喝醉了酒似的，枝叶歪歪斜斜，根须耷拉下来。

到后来银锋发现撒不撒药粉的关系不大，因为两人的身体里已经没有多少血液，不断渗出来的，是一些淡绿色的汁液，让人看得头皮发麻，汗毛倒竖。

用了半天的工夫，寒霄终于将他们完好地分割出来。

这时，老宗主开口了。他"哼"了一声，冷冷地说："寒霄，我发现我越来越不喜欢你了，明明早就知道却不说，这叫什么，这叫算计！"他抬起头瞪着银锋他们："他们一个是象丞，另一个是老病虎，你们也知道了吧！"

银锋和无形表情尴尬，无形想劝他别生气却苦于嘴拙不会说话。逐电还是觉得不能接受，叫道："真的是啊，这怎么可能？"

寒霄慢慢站了起来："您早就知道真虎王在这里，为什么……"

老宗主粗暴地打断他："为什么装作不知道，还阻

止你们来对吗？"

寒霄不说话。

老宗主满脸怒色，骂道："那假货豺狼野心、祸害兽族，可这真货也不是什么好东西！"

幻形宗和定磐城之间的恩怨寒霄是知道一些的。

幻形宗有过一段鼎盛时期，那时的他们人人身怀绝技，在大战中屡立奇功，风头甚至盖过了一些以元老自居的文臣武将。不过他们都有一个特点，那就是只知道埋头修炼技艺，不懂得趋炎附势。

二十年前，那批小人嫉恨到了顶点，罗织了一堆罪名，其中最大的帽子就是"震主"。虎王思前想后决定将幻形宗全宗流放，以平息权贵们的怒气，保证他们对他的绝对拥护。而幻形宗的人太过刚直，竟然不懂得利用自己的绝技逃跑，于是，在流放途中被权贵们残酷迫害，病的病，死的死，等到风波过去，已经没剩下几个人了。

而那个时候，是真虎王在位。

老宗主的态度恰恰证明了这两个人的身份，寒霄也正是靠着这一点推断真正的虎王还没死，人就在当初马车摔落的无名崖下。

另一位右丞相，原身是草原象，当年是跟随着虎王一起出巡的。

而十年前大家看到的却是象丞也"安然无恙"地跟

虎王一起回了定磐城，后来"告老还乡"了。看来是灵虫人起先还让人伪装了一下，后来认为他纯属多余，索性让他消失了。

老宗主像是反应过来什么，恼羞成怒地说："你又算计我！我们宗和定磐城的过节你也知道！你是不是鬼得太过分了？"

寒霄躬身行礼："寒霄不敢。"

"你还有什么不敢的！"老宗主气哼哼地说："是，你猜得没错！事故发生后不久我恰好路过这里，看到被摔得奄奄一息的虎王和象丞。巧得很，崖下长着一棵千年奠柏，他们毫无反抗能力，被缠了起来……"

他的眼里满是厌恶："当时我就站在一边看着，我看着树根刺进他们的身体，一点点吸食他们的血液，我想正好省得动手了，哈哈！当年老病虎迫害我们宗族何其残忍，真是报应啊，报应……"

逐电忍不住缩了缩脖子："老宗主，您别笑了，真瘆得慌！"他挠挠头："那都十年了，他们的血怎么还没被吸干呢？"

"那是因为象丞的独门技艺——艮兑神通。"老宗主看着树根上的人形凹坑："艮兑神通虽然说不上多么厉害，但能够将伤害反弹，并且把敌方有利的东西为自己所用……"

逐电："嘿，这还不厉害！"

"……当时象丞虽然还昏迷着，但艮兑神通却在他被吸食血液的一刹那自主启动，保护了他和虎王。"

银锋点点头："所以他们的身体里反倒有树的汁液。"

"不然他们早就被吸得只剩一副骨架了，不，连渣都不剩了。"老宗主冷冷地说："这棵莫柏也是真贪婪，自己一直被反吸，却始终不肯放弃这两个'人渣'。"

他瞪了寒霄一眼："但是后来它发现留着也没什么用处，所以才那么痛快地答应放人，可不是因为怕你！"

寒霄立即表示赞同："对，是这样。"只要老人家心里痛快一点，说什么不可以？

老宗主又恶狠狠地瞪了他一眼。

"有一点我没弄明白，"银锋问，"他们是怎么到了地底去的呢？"

老宗主说："是地震。后来这一片发生了一场小型地震，其间产生了地裂，把人渣和这鬼树一起陷了进去……"

寒霄点头，跟他想得差不多。在下崖的时候他发现，土层有下沉时挤压产生的堆叠的痕迹，所以他推断这里曾经发生过一次地震，导致山崖下沉。但巧的是，这个裂缝又没有完全合起来，给虎王和象丞留了可以呼吸的空隙。

逐电啧啧说："这可真是麦芒掉进针眼儿里——巧

大发了！"

是的，正因为这一个个的巧合，才让灵虫人以为他们已经彻底死了，否则君臣二人早就被发现二次灭口了。

寒霄恭敬地说："老宗主见多识广，寒霄受教了。"

老宗主有些得意，但又立刻警惕起来，用"你别拿好话来糊弄我，我已经不相信你了"的眼神盯着寒霄。

寒霄淡淡一笑，没有再说什么。他蹲下身去，左手蕴起灵力光。老宗主喝道："你干什么？"

寒霄说："救人。"必须马上进行第二轮施救，否则以他们现在的状态活不了太久。

逐电恨恨地说："这老贼害死了我们多少人，你不能救他们！"

银锋的嘴唇动了动，想要说什么却又咽了回去，他心底的痛，就这样随着一幕幕过往浮现上来。

他们家族以造弓弩箭镞为生，手艺远近闻名。官家慕名而来，将家族所有弓箭匠都征为官用。十七年前，陆兽族同天翼族在边境起了摩擦，大战一触即发，虎王发下谕令，要他们十天内缴齐所需全部弓箭。

弓四百，箭十万。

就算他们家能人辈出，这也等同于天文数字。

这之前，他们已经在夜以继日地赶制了。但十族人都知道，做一把好弓的工序相当复杂，一般需要一年，就算普通的也得几个月。他们已经完成了两百把弓、

五万支箭，剩下的，十天内无论如何也赶不出来。

那一战兽族被打得大败，其实三十年来同天翼的战事兽族大多都是以失败告终的——可定磐城却将原因怪到他们头上，银猸一宗因此被扣上了"违抗君命，贻误军机"的罪名，整个家族银铛入狱。

宗主想尽办法将嫡长孙银锋和一个老仆人送出了十二重牢，而他和其他族人全部死在了狱中。

过了没多久老仆也重病去世，只剩下银锋一个人。幸亏这时候他已经找到了祖父生前的挚友机关宗宗主，宗主收留了他，并且待他如已出，还教了他一身本事。

这些年来，他无时无刻不想着要替亲人和族人报仇。在知道了树根里的两个人就是虎王和象丞的时候，他是恨不得立刻宰了他们的。

但眼下的情势却不允许他这么做。揭穿假虎王的面目，将他铲除是现在的首要任务，而面前的真货就是最有利的证据！虽然万般不情愿，但他不得不赞同寒霄的做法，因为那是正确的。

他艰难地开口："有些事情，不是用'善必生，恶必死'来界定的，也不是靠杀人就能解决的……"

逐电狠狠地"呸"了一声："别跟我在这儿转文！你就是不想给你冤死的族人报仇了，你胆小直说不就得了！"

"不是。因为我们现在没有更好的对付假虎王的办法……如果任凭他继续坐在那个位子上，兽族迟早会被

灭族……"

寒霄看了银锋一眼，心中的意外多过了欣慰。

——想不到他的想法跟自己竟然这样契合。

原本以为，和自己惺惺相惜的应该是十位将尉。毕竟年龄相仿、志趣相近，见识、视界都差不多在一个程度上。但现在看来，他们跟自己貌合神离，相去甚远，就连东辕、千里两位将军都和自己不同步。

由此可见，一个人的身份并不能代表他的思维境界，银锋混迹匪帮这么多年，竟然半点都没有被同化。

"吓唬谁呢你！"逐电瞪圆了眼睛。

无形看着他，也点了点头。

寒霄问逐电："那么，你想怎么处置？"

"我……"一向敢说敢做的逐电竟然语塞了。

寒霄绕过拦在面前老宗主的手，轻声说："抱歉。"蹲下身去。老宗主的脸色难看到了极点，他僵硬地站着，如同一尊石像。

二次救治更是困难。

两个人的身体里充斥着大量树液，木灵力愈合伤口容易，制造血液的速度却非常慢。更麻烦的是，他们十年来靠着树液活命，已经习惯，就算将血液全部换完，他们也未必能适应得了，这两位可以算得上真植物人了。

此地不能久待，寒霄决定将虎王和象丞带回云天林再说。清醒过来的莫柏以为寒霄要违背承诺，急得张

牙舞爪，嘶啦嘶啦地乱叫。寒霄拍拍它的根须说："放心。"说完手掌蕴起灵力按了上去，荬柏破损的树脉和树皮在一瞬间愈合，直喜得它枝蔓乱摆，跳起舞来。

寒霄唤出踏云马，将虎王和象丞小心翼翼地抱了上去，然后脱下外衣，撕成一缕一缕，将他们轻轻绑在马背上，嘱咐踏云马尽量低飞别颠簸，自己则和银锋他们骑着来时的马上了路。

回到云天林，寒霄一天一夜没有合眼，终于将人不人鬼不鬼的虎王和象丞救了回来。

两个人的呼吸和脉搏都恢复了正常，心跳也算有力，只不过还都昏睡着没醒。

寒霄才要靠着椅背休息一下，突然一道尖锐的、哨子一样的声音骤然响起，撕破了黎明前的宁静。他猛地惊醒，翻身而起，几步跃出屋子。

微亮的天空上，散落了一片冰晶雪雾一样的东西，在晨曦的照耀下晶莹剔透，散发着熠熠光芒。

特级冰凌弹！

特级信弹只有在情况最危急的时候才会启用。在他离开栈道旁密林的时候给了安泰一颗，嘱咐说如果有重大事情发生，就用这个来通知他。

他辨认了一下，是东北方向，那是兽族的要塞——岭关所处的位置。

看起来不像安泰的，那里距定磐城太远，他不可能

到那里去，寒霄的心稍稍放下了一些。那么应该是陆兽军那边出问题了。自己一天一夜都没有停歇，注意力太过集中，否则不会对发生的事毫无察觉。

他看了一眼草屋中的虎王和象丞，他们已经脱离危险期，应该没什么问题了。他带上门，向林子外走过去。

没走多远，他看到银锋和无形远远地站在一棵古杉下，悍兽巡哨正在向他们禀报："咱们兄弟传信来，说是天翼族来攻，老病虎让东辕、千里还有几个将尉带兵迎敌……他们已经在岭关开战了……"

原来是这样。

逐电"嘿"了一声："干得漂亮！这次咱们都别插手，让他们往死里打！"

寒霄召出踏云马，翻身骑上，纵飞上天。他向东北方向眺望，岭关的情况尽收眼底。

他命令踏云马飞回林子，银锋几个还在议论。

"暴震大哥呢？"银锋问，"他怎么说？"

红豺女"哼"了一声："老大说他知道了，然后嘟囔了一句又睡过去了，到现在还没醒呢。"

逐电问："他嘟囔什么？"

红豺女冷冷地说："他叫咱们按兵不动，一切听那个冰块的指挥，哼！"

逐电一下垮了脸："听他指挥？他铁定又要叫咱们去帮那群狼心狗肺的东西，我不去！"

"寒霄还在救人……"银锋问:"天翼人什么原因发兵?"

"说是因为咱们族派兵征讨天翼的消息被霓凰王知道了,都气疯了,所以连夜杀了过来!去探信的兄弟说官家根本抵挡不住,顶了一阵就被打得直往后退。"

听到脚步声,银锋回过头来:"你来了?他们怎么样了?"

红豺女从鼻子里"哼"了一声:"这里没我什么事,我走了。"

逐电嘿嘿说:"欸,怎么啦,寒霄一来你就走?"

红豺女骂:"闭嘴!"

"已经度过危险期,"寒霄对银锋说,"我拜托你一件事。"

银锋看着他,滞了滞:"你说。"

"我必须到岭关一趟,请你代为照顾虎王和象丞。"

红豺女远远地撇下一句:"安的什么心?我话撂在这儿,某些人自己去哪儿都行,别拖上我们!"

逐电的脸也黑了:"你是好了伤疤忘了疼!他们都对你什么样了,你还要上赶着去拿热脸贴人家的冷屁股!"

"我已经猜到了。"银锋说,"虎王和象丞我可以照料,但是我也反对你去!"

他认真地说:"放到从前,别说拦着你,只要你一句话,咱们赴汤蹈火,豁出命去都可以,因为你不是别

616

人，是寒霄，是咱们最亲密的兄弟！但是，对定磐城、对陆兽军咱们已经仁至义尽……我看得很清楚，那帮人再付出多少都不会知道感恩的！"

逐电说："没错，丫就是一群白眼狼！"

寒霄刚要开口，银锋又阻断了他的话："你可能要说，咱们同为一族，要携手一致对外……我哪会不懂这个道理！但我想，这次我们不插手，一是想让他们吃点教训，明白自己的斤两；二是我感觉到一个天赐的好机会来了——"

他抬头望向天空："天翼族这次是动了真格的，我想等他们将陆兽军打得一败涂地，最好威胁到定磐城，咱们正好趁乱攻进去，一举拿下老假货！"

寒霄望着他，没有说话。

之前他也是这么想的。

天翼人来攻，假虎王的力量被分散，这的确是一个好时机。但是刚才他在高空探查的时候，发现事情没那么简单。

按悍兽帮兄弟说的，现在陆兽军早已经溃败了，但他看到的是兽兵还在坚持，不，是天翼兵一会进一会退，像是在……猫逗老鼠。

不过毕竟距离太远，他也是根据两团人影的移动来判断的，真正的情况还得到现场去才能确定。

他轻轻拨开银锋的手，说："我不是要去参战。"

“什么？”

寒霄把刚才查看到的情形说了，银锋禁不住尴尬了：“你怎么不早说？”

“你们的嘴巴一个比一个快，我没机会啊。”

银锋不好意思了：“我还以为……但是两方人对你都不友善，你自己去也太危险了。”他转了下眼珠，“再说你这个人，说是去看看，到时候肯定插手，你哪次是管得住自己的？”

一个苍老的声音突然响起来：“别拦着啦，他有他的主张，我们静观其变罢！”

几个人一起回头，原来是老宗主。

逐电惊奇地说：“嘿，您这是向着他？我怎么觉着不像哪。”

老宗主恼了：“我看你是想找打！”

寒霄向老宗主恭敬地行了一礼，说：“谢谢您。”

老宗主哼哼说：“谢什么，没听见那头豹子说我要害你吗？”

寒霄向林子深处的草屋看了一眼：“我是想拜托您……”

老宗主一愣，明白过来，骂：“你小子哪儿来的这么多鬼心思！”他气愤地说，“快走吧，我的心眼儿还没小到那种程度！”

寒霄说：“多谢。”召出踏云马翻身骑上。

　　银锋知道再多说已经没用，叹了一口气："你自己小心，有事发信弹！"

　　"好！"

　　踏云马嘶叫一声，四只雪白的蹄子缭绕起云气，载着寒霄流星般冲上高空。

　　老宗主喊："把隐符打开啊——娃娃就是莽撞！"

　　银锋奇怪地问："您一直都是反对他的做法的吗，为什么帮他说话？"

　　老宗主"哼"了一声："他这倔脾气，决定了的事谁也劝不动……嗯，不过我倒是觉得……"

　　银锋："觉得他也有他的道理，是不是？"

　　老宗主："我可没这么说！"

# 十四　与灵虫人的对决

岭关距离云天林有近千里的路程，踏云马速度再快也不可能马上就到。飞了一段，寒霄让踏云马降低高度，好随时查看地面的情况。

天空有些昏暗，风不大，薄薄的沙尘弥漫着，在一定程度上阻碍了视线。

突然，前面隐约出现了一个人影，那人笔直地站在半空中，活像一个吊死鬼。踏云马一声嘶叫，前蹄扬起来，生生刹住了飞势。

透过沙雾，寒霄看清楚了那人的样貌。

面无表情，垂着手，身上穿的，竟然是王宫侍卫的服饰。

——伪装虫之一的竹节虫！

果然还是，老宗主不亲自出马的话，只靠隐符瞒不过这些灵虫人。

再伪装下去已经没有任何意义。寒霄在手背上轻轻

一按，黄光消失，现出了身形。

他伸出手，向对方做了一个"请"的姿势。

竹节虫没有多话，他抓住腰部的皮肤，像脱套头衫一样往上一撸，然后又脱下了……裤子。

一张脸是枯树的灰色，身材瘦长，胳膊和腿细得像竹条，两只小眼闪着阴鸷的光。

这现原身的方式还真是特别。

——第一次真正和灵虫人面对面。

原本寒霄还以为时机不到，却没想到来得这样快。

伪装类灵虫人灵力不见得有多高，但是他们刁滑狡诈，必须保持十分的戒备。另外，他们往往是群体活动，所以还得提防其同伙突然偷袭。寒霄看上去注意力似乎都在对方身上，但其实一直在用眼角余光警惕地观察着自己和踏云马的后方。

突然，痛苦的嘶鸣声响起来，几乎同时，寒霄感觉到后背传来一阵辣痛。

有人偷袭！

踏云马前蹄猛地扬起，寒霄顿时被掀翻下去。

身体极速下坠，寒霄右手挥出寒冰气减缓下降速度，他顾不上自己背上的伤，转头寻找踏云马。踏云马嘶叫着想要冲过来，突然，一张巨大的滴答着浓稠黏液的网从天而降，向踏云马兜头罩了下去。

寒霄又急又怒，大叫一声："踏云马——"

　　一个圆形的八条腿的黑影陡然出现，拽住网紧紧收起。踏云马被裹在其中，和黑影一起"砰"地跌进了水波滚滚的河里。

　　寒霄的心脏像被一只大手攥住，狠狠揉捏。

　　冰雾冲击地面，激起一片灰尘。他降落到地上，剧痛一阵阵传来，他感觉后背的皮肤像是被烧焦了，而且创面还在不断加深扩大。

　　一个人缓缓从他身后绕了出来。

　　身穿一套红黑相间、造型诡异的盔甲；头很小，身材却十分壮硕，甚至有些肥胖。让人感到悚怖和不适的是，他的鼻子下面，嘴巴的位置长了一个黑色的镰刀形状的喙。

　　他是……

　　特征很明显——巨刺猎蝽。

　　巨刺猎蝽的喙十分锋利，能够分泌毒液，具有强烈的腐蚀性，可以让人的皮肉瞬间变成泡沫状。

　　不用看就知道，自己的后背现在一定是一片血肉模糊。可他更担心踏云马，它在坠落前遭受的那一击绝对不比自己轻！

　　寒霄蕴起木灵力，凝聚在伤口上，可能祛除不了这种毒，但眼下也没有其他办法了。

　　第一次跟灵虫人交手，他就领教了他们的毒辣习钻。

　　他右手蕴出寒冰灵力，白色的雾气从掌心氤氲出

来，银光闪耀，细小如钻石的冰凌喷泉一样从掌心迸射，分三个方向射向猎蝽、竹节虫以及自己身后。

还有一名灵虫人。

在坠地的一刹那，他感觉到了他的存在。

但让他没想到是，冰凌却射了个空。他们居然轻而易举地躲开了！

他吃了一惊。要知道刚才发出的不是普通冰凌，而是冰凌符，它散布的范围更广、切面更锐利、准确度更高，可以说是立僵冰符的升级版。

"你以为我们没有研究过你的招式吗，临阵对敌怎能不知己知彼？"

悬浮在半空中的竹节虫俯视着他："你的木灵力很强大，但作用是治愈；寒冰灵力虽然厉害，可要对付我们这样反应灵活的虫类就是蚂蚱腿上刮精肉——不好下手哪！"他的声音嘶嘶的，像是蝉叫一样，让人听了十分难受。

寒霄冷冷地看着他。

这时，身后的那个灵虫人也出手了！

来不及看清他的模样，只见一条黑黄色的影子瞬间挪移到他前面，"砰"地射出一片雾状的东西。寒霄立刻凝起冰盾，但想不到的是，黄雾竟然穿透过来，一阵剧痛直彻心扉，他的眼前一片黑暗，什么都看不清了。

寒霄按住双眼，一缕鲜血从他的手指缝流了出来。

他咬紧牙关，分辨着周围的声音，警惕着对方的举动。

从攻击的方式以及"武器"的特点来看，这名灵虫人应该就是有"毒爹十杀手"之称的射炮步甲虫。如果没记错的话，另一个猎蝽也是"十杀手"之一。

竹节虫怔了怔，嘿嘿笑起来："复活生息源、大败天翼族的传奇人物就这样被打败了？"他问射炮步甲虫和猎蝽："你相信吗？你相信吗？"他夸张地说："这真的是寒霄？确定不是假冒的？呵呵呵……"

站在他左面的猎蝽三角脸上也是满满的轻蔑，他嘶嘶地说了几句虫族语言，竹节虫阴恻恻地笑起来："也是，我们灵虫人经历了毁灭性的打击，从一无所有到今天的再度崛起，受到的磨难是难以想象的。我们的武器经过不断进化，杀伤力之强一般人很难承受……"

"侯爷真是太高看你了，当时我说他还不信！"竹节虫望着寒霄："我现在就带着你的尸体回去向他复命，他还等着哪！"

猎蝽和射炮步甲虫嘶嘶叫了几声，冲着寒霄飞过去。两人一个伸出嘴上的镰刀状喙，一个挺起肚子，露出肚脐下面的脐门。

突然，猎蝽的三角脸扭曲起来，他怪叫着，用力按住胸口和腹部。竹节虫脸色一变，飞过来："你怎么了？"

猎蝽嘶嘶几声，竹节虫吃惊了："你说什么？"他低下头，看到对方的胸膛竟然凸起了一个包，那个包动

了动，像个活物一样从上面快速地向下移。

射炮步甲虫和竹节虫对望一眼，满脸诧异。那个包蠕动两下，瞬间将猎蟒的肚皮顶得老高。竹节虫突然明白了什么，叫了声："不好！"

痛叫声像是要把人的耳膜刺破——一根绿芽刀刃一样刺破了猎蟒的肚子，黄色的黏液瞬间喷溅出来。

无数绿芽飞快生长，末端分开了杈，蹿出嫩叶，一根根从猎蟒的胸膛、四肢乃至全身刺出来。猎蟒两手颤抖着，不知道该抓哪里好，他惊恐地望着竹节虫："救救我，救救我……"

竹节虫拔出匕首，"唰唰"斩断了几根藤。突然，猎蟒的脸变得煞白，直愣愣地望着前方，陡地发出一声惨叫。

他的身体被撑破，裂成无数碎块，黄色的液体炸了开来，喷洒了一地。

寒霄缓缓站起来，拿开了挡在脸上的手——他的眼睛完好无损，半点都没有被伤到。

竹节虫忍不住倒退了两步，盯着他："你是装的？！"

寒霄没有答话。

刚才射出的冰凌符只不过是障眼法，真正的暗器是植物种子。

他知道冰凌符很难命中灵虫人，所以事先在冰符里掺杂了一把在路边顺手捞过来的鬼针草和紫藤的种子。

鬼针草种子具有非常强的追踪性和附着性，尤其是

对有生命的人或动物，因为这是它们传播的唯一方式，在几千年的进化中，这已经成了它们的本能。

寒霄同时在种子上附着了木灵力，在木灵力的催动下，种子飞速生长、扩张，一举杀死了猎蝽。

只可惜时间仓促，冰符中的种子分布得不够均匀，大部分都进到了猎蝽的身体里，没能射中竹节虫和射炮步甲虫。

竹节虫和射炮步甲虫愣住了，脸上是难以置信的表情。射炮步甲虫狰狞地嘶叫起来，对着寒霄再次拱起了肚脐。

可是这时，寒霄却失去了踪影。

竹节虫四下搜索，阴森地叫："你的木灵力不是用来治愈的吗？你却用它杀人！这就是你满嘴的爱惜生命，心怀苍生？"手段简直比他们还狠，难道这么久以来他的观察是错误的？

没人回答他。

竹节虫和射炮步甲虫飞起在半空中左顾右盼，竹节虫突然喊："在这里！"他猛地转身，射炮步甲虫挺起肚脐接连射击。

寒霄全身一震，上身后仰，摔了下去。

"击中了！"射炮步甲虫沙哑地叫。

竹节虫感觉不对，喝道："不可能，没这么容易！"他忽然反应过来，"那是幻象，寒霄没有踏云马根本不能飞！"

可是已经太迟了。射炮步甲虫听到他的话，又是一阵喷射，于是竹节虫看到，射炮步甲虫在刚刚射出毒液的一瞬间被冻结，然后冰冻毫不留情地延伸，一直到他的腹部，乃至全身。

冒着危险近距离接触，寒霄以毒液为导体，让寒冰气直达对方体内。

射炮步甲虫叫都没来得及叫一声，一头栽倒下来。但寒霄知道他有一个特点，那就是毒液可以自己加热沸腾，因此他半点都不给他翻盘的机会——银光闪耀，冰凌从射炮步甲虫的身体里泛出来，如同长出了无数利剑。寒霄右拳倏地攥起，射炮步甲虫"咔"的一声身体裂开，"哐当"跌落到地上。

竹节虫的长脸极度扭曲，难看到了极点。不过他很快恢复了平静，缓缓降落下来，站到寒霄面前。

"是我轻敌了。"他从齿缝里挤出几个字。

寒霄淡淡地说："自从知道你们的存在，我也一直在了解你们每个人的特点。"

"呵呵，佩服，佩服。"竹节虫讥讽地说，"你真是比伪装虫还能装啊……"

寒霄面无表情。

竹节虫自言自语地说："他们说你心软溺爱，有妇人之仁，依我看大错特错！"他好像忘了正在对敌，竟然踱起步来："你心狠手辣的程度不亚于任何人，只不过为

了收揽人心掩藏起来了，那些愚蠢的族民都被蒙蔽了！"

"随你怎么说。"寒霄一直担心着踏云马，不想听他啰唆。他手一伸，玉笛落在掌心，化成冽寒剑。

灵虫人虽然原身体积小，不容易命中，但如果灵力涉及面积够大，就逃不出自己画下的死亡区。

寒霄手腕一抖，银光陡地拉长，冽寒剑变成了一柄长戟——冰戟剑。

这把兵器他只在跟孔雀侯和巨魔鸟大战的时候用过两次，没想到现在为了对付一个小小的伪装虫竟然将它再次祭了出来。冰戟剑可以伸展到十几米长，扇形的灵力区绝对可以将对方扫荡在其中。

竹节虫却好像什么都没感觉到，还在絮絮叨叨。

"以前我曾不止一次地想，你怎么会让侯爷整天头疼……现在看来不是没有道理，"他看了寒霄一眼，眼神钉子似的恨不得把他戳穿，"你还真是和那些陆兽蛮子不一样呵……"

寒霄抬手，冰戟剑倏地拉长，挥舞间，如同一杆拖着银芒的纛旗。周围温度陡然下降，枝叶都挂上了白霜。

"不过，"竹节虫依然不慌不忙地踱着步，"毕竟只是陆地动物，体大无脑……"

突然，寒霄感到胸口一阵刺痛，又辣又麻，直入心脏。手腕颤抖，冰戟剑瞬间斩偏。

他暗暗叫了声不好，马上用神识查看，却没发现任何

暗器或者蛊虫。他心里一沉：就是因为这样，才更棘手！

竹节虫灰色的脸上浮起一丝得意："胸口痛对吗，像被马蜂蜇了一下，是不是？"

寒霄不说话，竹节虫嘿嘿一笑："你现在是不是特别担心你的那头坐骑？你是不是很后悔，后悔把它从九灵山上带下来？"

寒霄咬着牙瞥了竹节虫一眼，没错，他的确是这样想的。突然，他感觉刺痛加剧，像灼烧又像是电击，直痛得他全身颤抖！

他再次探视自己的全身，依然没有任何发现。这时，一个念头闪过脑际：对方用的是幻术，或者是摄魂术？是不是这种摄魂术可以读懂自己的心理，然后通过自己的心理活动来控制痛感？

"你以为我用的是摄魂术？不不，"竹节虫说，"所以我说兽族人蠢笨、见识短，只会钻牛角尖。"

他又踱起步来，像一根干瘪的竹竿在来回晃："这是我从小青蜂那里得来的灵感……小青蜂是一种喜欢寄生在我们后代身上的寄生虫，又叫杜鹃蜂，讨厌得很……"

他把灰色的长脸对准了寒霄，看着他，从头到脚打量："它们会偷偷地把卵下到我们后代的身体里，然后一点点从内向外吃掉。是不是很残忍？我们被它们祸害了很多年。直到有一天，我想到了一个极好的主意……"

寒霄哪有心情听他发表心得体会？他忍着痛，握紧

冰戟剑挥过去。

冰戟剑是竖着劈过去的，但寒霄留了后招，没等这一戟劈到底，手腕一翻，转为横扫，荡出冰川般广阔的灵力光弧，将竹节虫包裹在其中。

十字斩，方圆一里内，绝无逃生的可能。

竹节虫终于不蹦了，但他只是站着，甚至连动都没动。

——怎么可能？

在天翼，冰戟剑重创孔雀侯、将巨魔鸟斩成两半，但为什么对这个灵虫人失去了作用？

"你啊你啊，不是说你挺稳重的吗？怎么不听人把话讲完？"竹节虫说，"我从小青峰身上得到了启示——我用我儿子作为诱饵，先后抓了几百只小青蜂……我把它们的螫刺都拔下来，炼成了一根无形无质的利器，用它杀人。嗨，真的特别好用，凡是被刺中的绝对没跑，我给它取名为'心心向背'刺……"

寒霄听得心里发凉，把亲生儿子当作诱饵还说得这样泰然自若，能够钓到这么多寄生蜂，那孩子怎么还能完好无损？这还是一个父亲吗？简直畜生不如！

"一开始其实我也没想到'心心向背'刺这样厉害，我只不过把它当成一件暗器，但它后来的表现却大大超出了我的期望……"

竹节虫突然停住了叙说，饶有兴趣地问："金狮太子欺负你的时候，你是怎么想的？"

寒霄不说话。

心心向背——

取这名字一定有依据！自己中刺后的感觉……如果说是真实的想法会让疼痛加剧，那么反过来想……

哪知道这个念头刚一产生，突然刺痛加深，像是要将他的心脏贯穿。

他下意识地低头，看到胸口的皮肤被一个尖锐的东西顶了起来，皮肤已经非常薄，像是马上就会被刺破。

剧痛之下，他一个趔趄跪倒在地。

不可能，自己的判断不会有错，"心心向背"……问题出在哪里……

真正杀人于无形，是自己低估他了。

这样的对手，武器已经没用了。银白色的光一闪，冰戟剑变回冽寒剑，然后化成玉笛，飞回到寒霄的腰间。

"嘿嘿，想不通是吗？"竹节虫两眼充斥着嗜血的狂热，看着寒霄，"你现在是不是特别恨我，恨不得想杀了我？"

这个问题……回答"不是"，等同于为了活命苟且偷生的懦夫言行；回答"是"，又撞上了自己推断的设定。

竹节虫嘿嘿冷笑："不回答？以为不回答就可以避开攻击？不可能的，只要心里稍微那么一想，嘿嘿，也算是答案呢。就算你想隐瞒，往相反的方向想也没用……"

果然，自己的判断没错，就是自己想的那样。

竹节虫话刚说完，忽然脸色变了，三角眼漫上不可思议——寒霄胸口的毒针依旧保持着刚才的程度，并没有像他想象的那样刺穿胸膛。

他疑惑了，眼珠滴溜溜地转。

寒霄喘息着，强压着剧痛冷冷地问："不明白是吗，想知道原因吗？"

竹节虫先是点头，接着又摇头："不需要！我不用你指手画脚。"

"那好，"寒霄踉跄着站起来，"我来问你，你儿子呢，他现在在什么地方？"这样做很残忍，但这是知道真相摆脱困境最快的方法。

"我儿子？"竹节虫一怔，禁不住后退了一步，但脸上的愧疚也只是一闪而过。他阴笑起来："想拿这个刺激我？不好意思，这根本不能激起我的一丝波澜！"

"好。既然你不在乎自己的儿子，又为什么要杀那么多小青蜂？"

幼虫因为防御薄弱最容易被寄生，而且一旦中招绝无逃脱的可能，死亡只是早晚的事情。寒霄推断，他的儿子早已离世，并且死得很痛苦，所以他才会变得疯狂执拗，言行举止都有些不正常。

他大量虐杀小青蜂，真正的目的是献祭，用害死自己儿子的凶手来献祭。没错，"心心向背"刺本来是献祭的产物，却没想到歪打正着，成了一件杀人利器。

任何一个父母，都不可能残忍到用自己的子女做诱饵，他只不过是用谎言来掩盖内心的痛苦。当然，也不是没有可能，如果是真的，那他就是一个彻头彻尾的魔鬼！

突然，竹节虫惨叫一声，双手按住了胸口，他的脸变得煞白，像是遭到了重创。他拼命摇摆着头部，脸上的表情越来越狰狞。

寒霄胸口的尖刺却缓缓地缩了回去。

反击的方法，已经找到了。

"说不内疚，那为什么变疯魔了呢？"寒霄咬了咬牙。如果不是被逼到了死角，他不会这样恶毒。

"你！"竹节虫的身体剧烈颤抖，不忍、懊悔、痛苦的表情在他的长脸上交替出现，眼中现出癫狂的神色。突然，他抬起头，用力按着胸喝道："我倒想问你，老飞鼠死的时候你心里是怎么想的？好兄弟跟你反目成仇，你一定难过死了吧！"

刀绞般的痛泛了上来，寒霄冷寒地笑："你呢？连肉体都没有了，只用一个魂窍和一根毒刺来为别人卖命，你的主子，把你当作人看了吗？"

"你，你说什么？"

竹节虫的脸瞬间惊恐到变形，他喝问："你怎么知道的？你是怎么知道的！"他的嘴巴大张着，突然发出一声刺人耳膜的惨叫，摔倒在地上。他的胸口的皮肤，赫然出现了一个尖刺的形状。

　　而寒霄的身体已经恢复了原状，他一步步稳稳地走过去："冰戟剑扫荡过的地方没人能躲得过，而你却完好无损，只能说明，你早已不在人世。站在那里的，只不过是你的魂魄而已。"

　　其实，刚看到他的时候，寒霄首先想起的就是那晚他和木叶虫、地衣螽斯和尺蠖一起进食的情形。其他伪装虫都在拼命地吸食花蜜、啃食嫩叶，只有他，始终没有吃一点东西，而他抓着的植物，竟然维持着原来的样子，没有垂下去。当时他就感觉到奇怪，今天一结合实际，瞬间就明白了。

　　"你也是被小青蜂寄生而死的，所以炼成的毒刺会跟你有一种莫名的联系，可以说息息相通。你既恨这件'兵器'，又离不开它，因此给它取名'心心向背'……只不过对错来自你的控制，也来自对方的恐惧，跟内心怎样想没关系，是吗？"

　　寒霄已经完全弄清楚，这种武器和魂魄连成一体，互为寄生者和宿主，只要掌握了主动权，它就可以反过来当"寄生者"，控制宿主。这才是"心心向背"的真正含义。

　　"不，不对！"

　　可是竹节虫胸口的刺却越来越尖锐，眼看就要破胸而出。

　　"你弄成这副人不人鬼不鬼的样子，怕被主子厌恶嫌

弃，所以总是小心翼翼，百般讨好——这种日子好过吗？"

竹节虫捧着花蜜、满脸谄媚地送到假虎王面前的样子犹在眼前，明知道假虎王不会吃，可他依然不肯放弃，丧子的空虚和失去身体的自卑让他不想丢掉这最后的稻草——那看不见摸不着的存在感。

寒霄站在他面前，居高临下，又一次问："好过吗？"

竹节虫颓然倒地，他感觉到那根尖刺已经穿透了皮肤，甚至刺进了手掌。

彼时的一幕一幕走马灯般闪过，他一阵天旋地转。

小青蜂也是"毒豸十杀手"之一，直属灵虫王管辖。不过，如果谁出任务需要十杀手协助，十杀手就暂时听命于谁。

但小青蜂是那种不按套路出牌的人，他喜怒无常，魔性起来谁都敢惹，自己的族人也不放过。

青蜂人从不抚养后代，雌蜂在生育前，一律只找其他虫类幼虫，把后代生在这个倒霉蛋的肚子里。

但他万万没想到，这个虫族匪类竟然将主意打到了自己家人身上。

那个时候他还在陆兽族执行任务，半年后回到家中，那一幕惨景就这样猝不及防地撞进了他的眼里。

幼小的儿子、妻子、年迈的父母全部变成了空壳……他愤恨欲狂，立即找到侯爷控诉小青蜂的罪行。

侯爷沉默了一会儿，禀报到灵虫王那里。

看到侯爷回来，他立刻去询问结果，侯爷却说虫王认为正是用人之际，只给了小青蜂轻微的责罚了事。

侯爷说，小青蜂是顶级杀手，而他竹节虫，只不过是众多伪装虫中的一个而已。侯爷说他没去之前就已经料定，虫王一定会偏袒小青蜂。

侯爷劝他，妻子可以再娶，孩子可以再生，叫他忍下这口气。

这怎么能忍！那是他最亲的人啊！极度的绝望之下，他决定自己报仇。

灵虫族自从那场大灾难后很长时间都处于无序状态，强者生存，弱者淘汰暂时成了大家遵循的"秩序"，只要能生存，用什么方法没人在意。这一点，连灵虫王都是默许的。

他自认为踩好了点，能够做到万无一失，但没想到的是，他刚潜进青蜂人的地盘便被算计了——他也被寄生了。

毕竟乱世，人人自危，每个人都养成了时刻保持警惕的习惯，练成一两项反杀的技能。

他眼睁睁地看着自己被啃食，那种仇没报成，却在仇人口中慢慢死去的痛苦，不经历的人根本无法体会。

他临死之前想的是，自己的亲人面临死亡时，是怎样的一种无助和恐惧。

只是，连他自己都没想到，那刻入骨髓的怨念，竟

然让他的魂魄凝结着不散，并逐渐形成了人形。他忍不住大喊一声上天助我，再次开始了复仇计划。

他将自己的魂魄注入家人的空壳里，将一个青蜂人引诱了来，出其不意地抓住了他。

他的伪装术越来越高，就这样，青蜂人接二连三地落进陷阱。

他用他们的螯针炼成了一把无形的毒刺，从那时起，他拥有了最狠辣的利器，杀人易如反掌，不再像从前那样人微言轻。

但是始作俑者的小青蜂他却始终没有得手。他知道自己还不够强大，于是为了巩固地位，他不择手段地往上爬……

侯爷说得没错，面前这个少年非常不简单，他有着敏锐的观察力和惊人的分析能力，将他的一切都看穿了。

侯爷说他将会是陆兽族甚至十族最可怕的人，并没有言过其实——未来，他必定成为叱咤灵州的角色，不成英雄，便是枭雄……

可是现在，一切都与他无关了。他又一次感到了绝望，彻头彻尾的绝望。

他不甘心，虽然只剩下一具残破的魂窍，他也想拼力抗争到底。他还没有杀了那个……

"哧"地轻响，一道黑紫色的尖锐的光，刺破了那

层并不存在的皮肤，露出了狰狞的锋芒。片刻后，光刺便和怨念凝聚成的躯壳一起，化作一片粉末。轻风吹过，粉末打了个旋儿，消失在天空之上。

一秒也没有停留，寒霄转过身向着踏云马坠落的那条河飞奔过去。

风和着水涛声呜呜咽咽。没有看到踏云马，寒霄心急火燎，他几步跃到河畔准备跳下去，突然马嘶声响起，一个白色的影子挟着云雾迎面冲过来。寒霄抬起头，喜悦顿时充满了胸膛——是它！

它的身后还飞着一个穿黑衣服的人。黑衣人随着风上下颠簸，看上去十分怪异。

仔细看，那人的手里攥着几条粗长的白丝，白丝的另一端粘在踏云马的后背上。踏云马越飞越近，寒霄发现那个人的脖子是歪的，脑袋诡异地向后折过去，像是在拼命仰着头看天空。

再看他的脸……寒霄啼笑皆非，他的额头上有一块马蹄形状的伤痕，还挺深——踏云马踢的。

黑衣人仰着头，腾出一只手来，又发射出几条丝缠上踏云马的脖颈，有些艰难地叫："竟敢变小，从网洞里逃出去……我叫你跑……"

寒霄又愤怒又心疼，手心运起寒冰灵力，几乎是十乘十的分量瞬间贯上右手，打算将那人一掌拍下来。

　　它的身后还飞着一个穿黑衣服的人，寒霄发现
那个人的脖子是歪的，脑袋诡异地向后折过去，像
是在拼命仰着头看天空。

　　而踏云马自从看到寒霄起就一扫萎靡，它亢奋地叫着，尥着蹄子向主人这边冲飞。黑衣人又是喝骂又是猛勒丝绳，让它和寒霄会合的速度大打折扣。它顿时火冒三丈，也不飞了，猛地刹住，转过身去。

　　平时总是一副伶俐仙气的马儿这时候两眼通红，全身的肌肉都暴起了，扬起前蹄，冲着黑衣人猛地踢过去——

　　"啊——"

　　黑衣人视力受限，反应跟不上，只听一声震撼人心的惨叫，竟然直直地飞上天去，瞬间消失不见。

　　连寒冰灵力都省了。

　　踏云马撒着欢儿冲过来，降落到地上，几步跃到寒霄面前。

　　它把头拱到寒霄怀里不住地蹭，"呦呦"地低声叫着，像是受了天大的委屈。

　　寒霄心疼地抚摸着它的脖颈，往它的身上查看。他发现它的后腰那里有一些斑驳的伤痕，但不是很严重。

　　在猎蟒出手之前，他就已经凝聚了冰盾，只不过冰盾覆盖的面积不够，所以他和马的身上多多少少地被溅上了一些毒液。

　　伤口已经变得黝黑，并且还在扩张，他连忙蕴起木灵力为踏云马祛毒，可是没有用。他突然反应过来木灵力是不能祛除这种毒的，于是连连骂自己，一着急竟然

把这茬儿给忘了。

那就用"灵力小吸法"试试。

掌心虚虚地罩在马背上，银白色小飓风旋卷起来，毒液一点点被吸出来。寒霄稍稍放了心，他将墨汁般的腥臭液体甩到地上，又反复吸了几次，直到露出粉红色的皮肉。

愈合伤口轻而易举，后腰那里很快恢复如初，但踏云马依旧不停地摆着头，使劲刨蹄子，呜呜咽咽地叫。

难道还有其他的伤？寒霄皱着眉，仔细查看。

一个细小的黑点闪进他的眼帘，他心里"咯噔"一下，轻轻拨开那短而软的毛。

密密麻麻，黑色的小点连成了片，深深刺进踏云马的皮肉里。

这……像某些动物的刚毛，怪不得它那样烦躁不安。联想到抓捕踏云马的白色大网，寒霄脑中突然闪过一种动物——蜘蛛。这是捕鸟蛛的螫毛！

捕鸟蛛除了撒网，还有一项"毒"技，就是向对手发射自己身上的螫毛。螫毛有一定的毒性，刺进皮肤后又痛又痒，很难拔除干净。

踏云马没有手脚，不能抓，更不会拔，难受程度可想而知。

寒霄心疼万分，运起"小吸法"，一点点将螫毛吸出来。

最后一根拔完，踏云马立刻精神了，尾巴甩得老高，啾啾叫着，眼睛弯弯地看着寒霄，不时地往他身上拱一下。

寒霄放下心来，拍拍它的脖颈："那么我们走吧！"

正想翻身骑上去，踏云马却一口咬住了他的衣服，寒霄问："怎么？"

踏云马琉璃般的大眼睛不住地往他身上的伤口瞟，嘴里大声嘶叫。寒霄明白了，抚摸了下它的背："你放心，我边走边治伤。"

# 十五 鹰 将

　　岭关地处陆兽族西北，在半天崖东，地势险要，是定磐城的第一道门户。但如果是和天翼人作战，这些都变得不重要了，他们可以飞行的优势实在是太明显了。

　　沙尘漫天飞扬，寒霄却已经看清楚了。

　　无数尸体散落在乱石里，胸口插着利箭，手中却依然紧握着长刀。全都是陆兽兵，横七竖八地倒在血泊中，鲜活的生命如同倒下的枯败树木。

　　寒霄的胸口一阵发闷，就算是有古怪，但这些兽兵却是实实在在死去了。

　　战斗并没有结束，几百米外的土坡上，一队天翼兵还在跟陆兽兵对峙。

　　天翼兵飞在半空中，挥舞着兵器，却又不是真打。寒霄看得清楚，他们是在戏弄，没错，就是戏弄。

　　再看他们的盔甲，款式和颜色跟以往见到的有很大差别。

普通天翼兵通常穿灰黑色羽铠，是用羽毛层层编织、浸泡桐油做成的，这也符合在高空飞翔，不能负荷过重的特点。而这队天翼兵的前胸、胳膊和腿部都覆盖着铁甲，与轻盈、简便的要求完全相悖，而且颜色是扎眼的黑白相间的花色。

跟陆空两战的显然不是同一批。

再仔细看，他们的行动并不是散乱无序的，就算戏弄，也是训练有素。更奇怪的是，到现在寒霄都没有看到他们的主帅。

似乎感觉到有不速之客到来，他们更加嚣张起来，看都不向寒霄这边看一眼，嘴里不停地辱骂着，将受伤的兽兵打翻在地，用穿着硬帮靴的脚踩在他们的头上，来回碾压。

明显是在挑衅，对象是谁不用多说了。

兽兵们愤怒地吼着，打得更加没有章法。天翼兵残忍，但很少做出这种侮辱性的举动，这比杀了他们还难受。

寒霄攥紧了拳头，这种境遇他从前经历过，此刻感同身受。他扫视了一眼，没看到东辕和千里两位将军，忽然，远处一个火红的影子跳进了他的视线。

是九将尉火焱。

还有两个熟悉的身影——四将尉易戈和七将尉宸义，刚才他们被天翼兵围住了，现在才杀出包围圈。易

戈盔甲破损，宸义浑身伤痕，火焱好一点，头脸还算整齐，但衣服已经被汗浸透，样子十分狼狈。

宸义仍然奋力挥动着铜棍，但已经只有招架的份儿，没有还手的力；火焱的兵器是五个金环，火焰滚滚，灵活刁钻，天翼兵的盔甲不时被烧着，倒让他们十分头疼。

两个将尉对付一群士兵，竟然只是在勉强抵挡，着实让人意外。

那边易戈的情况更怪，他竟然在跟三把螺旋光刃斗。没错，只有光刃，没有主人。易戈的兵器狼牙镐上的铁刺都被削干净了，只剩下一坨铁疙瘩，显得十分滑稽。

下一秒，光刃抖动起来，旋转出波浪形的灵力光，"唰"的一声，将没有刺的狼牙镐削下一半来，然后向易戈斩过去。

寒霄反手挥出一把冰符，就在这时，光刃瞬间拉长变大，唥唥几声将冰符击得粉碎，顺便将易戈的盔帽削了下来。

易戈顿时披头散发，露出一片光溜溜的头顶。

他的发髻也连带着被削去了。

易戈先是一愣，伸手摸过去，而后发出一声愤怒的嘶吼，挥起只剩一半的铁疙瘩，向着光刃发出的方向扑过去。

被敌人削掉头发在陆兽族是奇耻大辱，还不如直接削掉头。

　　但事实证明，吼是吼不死敌人的。在战场上，只凭实力说话，否则就会被对方玩弄于股掌之间。

　　易戈疯狂地找了半天也没有找到目标，这当口，盔甲又被光刃砍得稀碎，衣服也破烂了，露出两条大腿。他大叫一声，喷出了一口血。

　　踏云马载着寒霄俯冲而下，冽寒剑挟着银光飞斩过来，咔嚓嚓，三把光刃被斩得粉碎。

　　寒霄半秒钟都没有耽误，直扑向旁边的鸡爪槭林中。

　　他判断，主帅和袭击易戈的是同一个人，而这个人就藏在槭林里。

　　果然，才一靠近，无数光刃急速旋转着飞射出来，寒霄手指一动，冽寒剑飞回来挡在他面前，将光刃绞成碎片。寒霄挥手，冽寒剑爆出银白冰气，向树林斩过去。

　　血红的槭叶漫天飞舞，一条身影飞出来，速度堪比电光火石。但那个人的目标不是寒霄，而是——正在苦战的宸义。

　　寒霄叫了声不好，连忙命令踏云马掉头。

　　踏云马速度比雨燕还快，但跟这个神秘人相比竟然慢了很多，眨眼间，宸义已经被对方抓在手中。

　　寒霄总算看清了那个人的大体样貌。

　　全身披着精钢翎甲，连脸都包住了，长什么样不知道，只能从体型上分辨出，是个女人。

　　她的头盔上，嵌着一只猎隼的徽识。

寒霄明白他们是什么人了。

天翼族两巨头之一的鹰帅，手握重兵，拥有自己的文臣武将及死忠战士。她麾下的士兵有自己的专属盔甲，花色款式和天翼兵有着很大的区别。

听说她最得力的四大干将是雕统、鹫督、鹭参、隼司。面前这一位，应该就是隼司了。

寒霄握紧了冽寒剑，却听见隼司冷冷地喝了一声："在那儿别动，否则——"

惊悚的一幕出现了。

一个女人，抓着一个大男人如同拎小鸡，隼司一手捏住宸义的头，另一只手攥住他的腰，向相反的方向拧起来，就像是在拧刚刚洗完的衣服。

宸义竟然丝毫不能动弹！

"啊——"惨叫声中，宸义被拧成了麻花状，灵力一点点从身体里飞出来，消散在空气中。

火焱看到这一幕，眼眶几乎瞪裂了，他大喊："七哥——"

他想要突围，但奈何挡住他的人太多，混乱中看到寒霄，连连喊："十一将尉，你快救他，你快救救他！"

寒霄却像是没听到一样，火焱一面抵挡着攻击一面大喊："你，你怎么了？你是觉得咱们对不起你，所以不肯帮手是吗？"

寒霄依旧无动于衷，火焱又是失望又是愤怒，叫

道：“到今天我才看清你的为人！好，我不用你救，我自己来！”但他始终冲不出包围圈，几乎急疯了。

突然，宸义痛叫一声，火焱猛地转身，看到他的胸前竟然穿出了无数尖锐的冰凌，刺向隼司。隼司连忙后撤，手上一松，宸义跌了下去，他的身上挂着一束细藤。

火焱大喊："七哥！"他有些弄不明白发生了什么。

寒霄也同时喊："踏云马！"踏云马纵飞过去，寒霄伸手接住了宸义，将他放在马背上。

火焱终于摆脱了鹰兵，冲过来，一边喊着宸义，一边急急地吼："你，你用冰凌刺死了他？"

寒霄摇头。

"那他……"

寒霄简单地解释了一下。

原来，他刚才悄悄召来了细藤，藤蔓神不知鬼不觉地缠地上了宸义的脚，将寒冰灵力传送过去。那些冰凌并不是从宸义的身体里刺出来的，逼开了隼司，却没有对宸义造成伤害。

火焱又惊又喜，语无伦次地说："对，对不起寒霄，是我口不择言了！"

寒霄没有说话，他手腕一抖，冽寒剑瞬间拉长变成冰戟剑，向隼司劈过去。

隼司悬浮在半空中，愠怒地伸出手，无数光刃飞旋出来，合成了一柄光斩。

冰戟剑带出一片绚烂的光幕，威压像是大山倾轧。隼司毫不示弱，手上不断蕴出各种颜色的灵力光，灌输到光斩上，"轰！"两方兵刃交击，灵力光繁星一样从空中纷纷扬扬地坠落。

一戟竟然没能将她逼退，对方的实力竟然这样强悍！

想到宸义被绞出体外的灵力，目光又落到洒落的五颜六色的光点上。寒霄断定，她的灵力应该是从别人那里掠夺来的，只看颜色就知道有多少受害者了。

见寒霄有片刻的走神，隼司发出一声嗤笑，刚要凝力发出最强一击，就在这时，她发现自己的钢羽甲上竟然泛起了细小的霜花。

她有一丝的慌乱，身体晃了晃，再次将灵力蕴出，但强度竟然变弱了，颜色也模糊成一片。

"呛！""咔嚓！"

两件兵器再次撞击到一起，隼司的钢羽甲碎裂了。

她愣住了。为什么身上会出现冰冻？明明寒霄没有靠近她啊！

她不知道的是，寒霄从一开始就留了后手。当他将寒冰灵力用藤蔓传递过去的时候，她虽然躲开了冰凌的攻击，但灵力已经接触到了她，一刹那传遍了她的全身，在极低的温度下，钢甲瞬间变脆，兵器相撞，在强烈的震动下，钢甲彻底碎了。

速度快到，她还没来得及感觉到寒意。

寒霄反手挥戟，重重斩下，隼司闷哼一声，从空中坠落，狠狠摔在地上。

易戈和火焱一见，同时怒吼着扑过来。

一声尖锐的鸣叫响起，隼司突然翻身在地上打了个滚，避开了两个人的兵器，勉强爬起来，按着脸上残破的面罩，纵身飞上天去。

鹰兵们也纷纷逼开陆兽兵，跟着起飞。

易戈又恨又怒，猛地向着隼司投出只剩下半截的狼牙棒，却没有砸中她。

寒霄再次挥起冰戟剑，这时没想到的是，本来已经飞走了的鹰兵转回身，冲着他疾速扑下来。

锋锐的戟刃不偏不倚地扫过，天空中顿时下了一片血雨，鹰兵们坠落下来，像是被砍下的谷子。

又有无数鹰兵前赴后继地扑过来。寒霄再挥戟，他们仍然不躲不闪，像是不知道将要面对的是死亡。

他们是在牺牲自己保护隼司！

羽毛纷纷扬扬飘落，在寒霄眼前飞过。

冰戟剑僵在了手中。

易戈挥着拳冲寒霄大吼："砍她啊，你愣着干什么，傻了吗？杀了她，杀了她！"

寒霄没有动，就在这一刹那，隼司带着剩余的鹰兵飞上了高空，消失在云层里。

易戈愤怒得几乎发狂，大骂："你这个奸贼，跟天

翼族沆瀣一气，你是故意放他们走的，你是故意的！"

火焱奔过来拉住他："四将军，你别这样，要不是寒霄，今天我们就全交待在这里了！"

"他是想笼络人心！"易戈红着眼睛吼，"他奸诈得很，想放了同伙还要讨好我们……"

突然一个瓮瓮的声音传来："哥哥，哥哥——"

寒霄心中一阵狂跳，猛地转过身来。

安泰从一片烧焦的树林中奔了过来，他的身后还跟着一队陆兽兵。寒霄张望了一下，没有阿星。

寒霄命令踏云马降落。他翻身下马，将宸义交给火焱，告诉他七将尉只不过失去了些灵力，不久就会醒来，叫他不用担心。安泰这时已经跑到他的跟前。

寒霄看到他的衣服撕破了，脸上和胸前还沾染着大片血迹，他心里一沉，连忙查看他身上，发现只是有几道口子，并不严重。寒霄蕴起灵力给他止血："怎么伤的？"

"我也参战了！"安泰看了一眼自己身上的伤，"没事，哥哥别担心——我放的信弹你看见了？"

寒霄点头。

"这次是东辕和千里大哥带着将尉们迎战的，大家已经尽了力，东辕和千里大哥还发信弹给你了，可是你迟迟不来，我只好发了你给我的那颗……"

那时自己应该在专心救治虎王和象丞，否则不可能看不到。

　　"这一仗我们输得很惨，陛下要治东辕、千里大哥和几位将尉哥哥的罪，他们现在已经……"安泰的嘴巴没有阿星伶俐，说快了就有些磕巴，"他们被押走了……"

　　"被押去十二重牢？"

　　"不是……"

　　围在他身旁的一个陆兽兵看看寒霄，又看看安泰，显然是有些急了。他大着胆子说："十一将尉，他们被押去了定磐城西面的汲神山！"

　　汲神山？这名字听起来好耳熟。

　　另一个陆兽兵补充说："疣猪将军还有几位大人已经上奏过了，但是没用。他们想……"他突然也有些磕巴了。

　　"想让我去救他们是吗？"

　　陆兽兵们一起用力点头，随即脸上又露出羞愧的表情。

　　安泰张着嘴巴看看寒霄，又看看那个陆兽兵，分辩："我爷爷没说让哥哥过去啊……"他对寒霄说："我爷爷叫我过来告诉你，他不想让你掺和这件事！"

　　陆兽兵们的脸更红了。

　　寒霄沉默着没有说话，火焱抱着宸义在一旁说："本来是东辕和千里大哥指挥的这一仗，但后来主上让我们代替他们，我来的时候看到他们是被绑着走的！"

　　寒霄已经明白他们脸上那惊惶恐惧的表情是怎么回事了。

　　这个汲神山，他完全记起来了。

　　早在西海的时候，他就听说陆兽族有一座邪山。

　　传说两万年前，上古神兽狰狞与蛛首狍为了争夺地盘，在天水一带发生战斗。它们打得天昏地暗，最后狰狞胜过了蛛首狍，但狰狞也因为受伤太过严重，濒临死亡。

　　以吸食百兽精元为生的它至死不改禀性，挣扎着吸光了蛛首狍的精气、血肉，最后连皮毛和骨头也不放过，一起吸进了肚子里。

　　不知道是被激起了狂性还是怎么的，它仍然不罢休，张着血盆大口吞噬着一切能够吞下的东西，天地间顿时一片飞沙走石，树木、石块、各种动物……统统被它卷进嘴里。

　　周围空空如也，最后，它竟然伸出几丈长的舌头，把自己的尾巴咬了进去，然后顺着一点一点吃上去，最后只剩下一张狰狞恐怖的大嘴巴。

　　一万年后，嘴巴化成了一座魔山，十族人给它取名"汲神"。

　　汲神山周围盘着一条神圈，相当于边界。一旦进到神圈中，不管是人还是兽，都会被瞬间吸到山上去，无论怎样都挣脱不下来，最后只剩下一具人干。

　　不枉是贪婪之兽的遗骸化成的，变成山也不改它掠

夺吞噬的本性。

三百四十年前，陆兽族第一代族主蟠虎王认为它太危险，就命人在神圈之外设了一道粗大的栅栏，把它圈了起来，并严令任何人不得靠近。

但后来几代兽王，为了震慑反叛，竟然打开栅栏，将犯人推进去。在那之后的几十年，汲神山变成了处置重犯的刑场。不过因为这种方式太过残酷，遭到了无数正直大臣和民众的抗议，于是它又被重新封禁起来，直到现在，一直没有再启用过。

这个假虎王，简直到了丧心病狂的地步！

假虎王以东辕和千里兵败为理由将他们送上汲神山，但天翼族是灵虫族的死敌，隼司不可能跟他合谋设这个局。那他们来又是为了什么？难道只是为了挑衅一下？

不可能。

念头在大脑里走马灯似的不住闪过，但几种设想似乎都相悖。安泰见寒霄不吭声，懊悔地小声说："哥哥，我不是有意要说的，我……"

寒霄抚上他的肩膀："这跟你没关系，我早晚会知道的。"

安泰嘟囔："我不想他们出事，但也不想让你去……"他粗胖的手指用力掰着，像是要把手指头掰断。

"我知道，"寒霄温和地说，"别担心，我会处理好这件事的。你先回家去，另外，要看好阿星。"

安泰说："阿星一直被关在家里，你放心。"

寒霄点点头。

见寒霄没有明确答复，几个陆兽兵急了："只有十一将尉你能救他们了，求你……"

"你们只顾着他们的安危，有想过寒霄的生死吗？"

一阵急促的马蹄声由远及近，几个人勒住缰绳，翻身下马。安泰抬起头，叫："银锋、逐电、无形大哥……"

银锋脸带怒色地走过来："汲神山是怎么回事你们难道不清楚？让他去不是等于送死吗？"

"就是，有事想起他来了，没事的时候就造谣害他！"逐电狠狠地呸了一声，"前些天在半天崖那里，你们不是还叫嚣着他勾结天翼，要把他就地处决吗？我就问你们还要不要脸！"

陆兽兵一个个羞惭得头都抬不起来了。

"还有你！"逐电又冲安泰喝道："你是怎么回事，老是胳膊肘往外拐？前头一大帮子睁眼瞎说他杀了老飞鼠，你憋着连个屁都不敢放，这会儿又叫他去那鬼山，你还是他兄弟吗你？"

安泰满脸通红，用力拗着手指头："我是对不起哥哥……以前还说不让人再欺负他，我没做到，我什么忙都帮不上……"

寒霄看向逐电："跟他无关，有事跟我说。"

"看把你心疼的！是，我不能说他，感情你只拿他

当兄弟，咱们都是外人！"

"闭嘴！"银锋推开逐电，走到寒霄面前："你要来助臂官家我也没非拦着，毕竟是保己对外。但那假货分明就是用他们做饵引诱你过去，你绝不能上当！"

无形也说："对，这次，你要听我们的。"

寒霄缄默。

假虎王的意图他怎么可能不清楚，但事情到了这一步，于情于理他都不能坐视不管。

"我知道你性子倔，但这次我一定要阻止你！"银锋铁青着脸说："一次性处决这么多将官，前所未有。老顽固们不可能让那假货为所欲为，远疆丞相不是还在的吗？"

他说的是原身为河马的左相博远疆。和象丞一样，这位左相文武兼备，很有些本事。

寒霄低声说："如果他也被换了呢？"

银锋顿住了。

其实他也往这方面想过。早年的左相公正廉明，颇具威望，但这些年似乎没了作为，变成了一个存在感极低的工具人。

他也知道这个借口不行，但还是想试一试。

"不去，假虎王一定会拿他们开刀，你要怎么办？"寒霄淡淡地问。

"人各有命，那也没有办法。"银锋低吼，"难道，一有事情你就要去管？你有几条命往里搭？"

　　几个陆兽兵看着他们争执，想上前又不敢，嗫嚅着还想再说些什么。逐电"呸"了一声："滚一边儿去，看见你们就想吐！"

　　寒霄推开了银锋的手。

　　逐电喝道："干什么，不能让他去啊！那山太邪性，老大说过，陆兽族没有他怕的事，除了那东西！"

　　银锋站在寒霄面前，冷冷地说："你要走，就从我的尸体上踏过去吧。"

　　逐电看了一眼银锋："还有我！"

　　无形也上前一步。

　　安泰不知道该怎么办，看看这边，再看看那边，急得眼眶都红了。

　　寒霄不再多啰唆，右手蕴起淡淡的银芒，气温开始下降。

　　银锋立即抬起胳膊，手臂上的银弩"咔嚓嚓"一阵响。他将弩对准寒霄："你要是敢冻我，我就……"

　　一支银钎"嗖"地飞出去，寒霄伸手抓住，银锋一咬牙再次扣动机括。忽然他的身上泛起了银色的霜花，身体瞬间结冰，然后连同破口大骂的逐电以及捏起诀来要施幻术的无形，和木愣愣地还没反应过来的安泰——全部都被封冻起来。

　　还有一群惊愕的陆兽兵。

　　寒霄翻身跨上踏云马，喝道："走！"

## 十六　雪鹿·原身现

定磐城城西，百里之外。

怪石层层堆叠着，黑紫色的荆棘丛错落而生，瘴气状的烟雾四处弥漫。

一座灰黑色的山体森然伫立。

不算太高，呈锥形，山腰悬浮着一圈圈惨灰色的雾环；百米外的地面上，一道黑色光圈时隐时现。

——汲神山。

单这样看也没有多怪异，但还隔着老远，一股邪恶的气息就扑面而来，让人不寒而栗。

粗重的铁栅栏已经被破坏，倒在一边，周围无数人簇拥着，大队兽兵手握兵器严阵以待。假虎王正端坐在明黄流苏华盖下，面无表情地看着侍卫们将五花大绑的东辕、千里等将官们往栅栏那边推。

老疣猪将军以及几位大臣跪在地上，还在苦苦请求着，左相博远疆则一脸淡漠地袖手旁观。

　　东辕和千里仍然是一脸的不敢置信。几位年轻将尉用力挣扎，愤怒而又绝望，侍卫们的脸上也露出不忍的表情。

　　这时的虎王却比从前还奇怪，愣愣地坐在那里，一语不发，如同木雕泥塑。虎王还没说什么，左相却开口了："主上，不必再等了，这些人信誓旦旦地说要击退敌军，到最后却落得惨败，不是欺君罔上是什么？请主上立刻将他们治罪！"

　　虎王像是突然醒悟过来，僵硬地抬起手下令："行刑！"

　　千里将军大声喊："主上容禀！主指挥是我，要罚就只罚我一个！请放过其他人……"他是所有人里面最平静的，并没有过多的反抗。

　　"不，主帅是我，要罚也是罚我，"东辕将军悲愤地喊，"他人无过！"

　　人群中响起了一片议论声，大家又是吃惊又是愤怒。原本都以为只是恐吓罢了，没想到是动真格的杀了他们，还有谁来带兵打仗，保卫兽族？

　　杀晟和启战站在一旁，他们没有参与这次作战，不在处罚范围内。

　　杀晟攥紧拳头，额头青筋突突地跳，低声骂："往年不知道打了多少败仗，也没见过把人押上妖山。这不是处罚，是残害人命！"

　　启战冷笑一声，抱着肩膀说："哎哟，看不出来你还这么有正义感哪！主上亲口下令，你管他是害人还是怎

么！"他看着杀晟的脸色："你不会也想过去为他们抱不平吧？十将尉就咱们两个脱出身来了，你可别犯傻！"

杀晟瞪着眼，盯着汲神山没搭理他。启战往旁边挪了两步，跟他拉开距离："要犯傻别牵连我！"

杀晟猛地扭过头，两只眼睛滚圆。启战吓了一跳："干什么你？"

杀晟狠狠地"呸"了一口："鬣狗就是鬣狗！"

启战不敢跟杀晟刚，没底气地嘟囔了一句："鬣狗怎么了？说得你个蜜獾好像多高尚一样！"

将官们已经被推进栅栏，来到神圈边缘。

一个人突然粗声大气地喊起来："王上，汲神山是妖山，先王有训不得开启，你已经违背祖训了！"

启战吓得一缩脖子，"嗖"地跑开老远："哎哟，这个笨货！"

说话的正是杀晟。

左相厉声呵斥："主上是百兽之王，一族之君，他的命令你有什么资格置疑？"

这话一说完，人们的议论声更大了。左相的脸都青了，看向杀晟的眼神直冒火。杀晟不理他，又冲着假虎王喊："王上，你怎么不说话，为什么只有左相一个人在乱嚷嚷？"

左相大怒，命令："反了反了！把他也给我推进去！"

"住手！"

　　一个声音冷冷地传来。

　　云气缭绕中，雪白的骏马从高空俯冲下来，马上的少年伸出手，指尖银芒闪耀，一排冰凌飞射而出，神圈前激起了一阵沙尘。侍卫们吃了一惊，纷纷后退，杀晟趁机拉着东辕、千里和将尉们退出了铁栅栏。

　　人群一阵喧哗，有人叫："是叛逆寒霄！""他来干什么？"

　　假虎王的脸上依旧没有什么表情，但眼神却透出怪异的狂喜。左相也露出同样的神色，甚至连嘴角都抽搐起来，他叫道："好，好，你终于现身了！"

　　踏云马嘶叫一声，降落到地上，云气弥散，寒霄翻身下马："让陛下和左相等得心急了——请放了他们。"

　　"你这是什么态度？"站在虎王身后的几个老臣怒喝："竟然敢对主上不敬，真是狗胆包天！"

　　左相阴鸷地笑："放了他们？当然可以，如果用你来代替的话！"

　　人群中再次响起了嘈杂声，再迟钝的人这时也明白了，虎王和左相醉翁之意不在酒，他们的目的是寒霄！大家被两位最高权位者儿戏般的举动惊得瞠目结舌。

　　寒霄淡淡地说："我知道，你们早就等着这一刻了。"

　　"是，没错！"左相嘿嘿一笑，"你勾结天翼，残害人命，罪行滔天，这可是你唯一赎罪的机会！只要踏进汲神圈，嘿嘿，你的罪名将洗刷一空——我可是为你好！"

寒霄冷冷地说："谢谢了。"

东辕大声喊："丞相，我是主帅，这一战跟寒霄没有半点关系！"

千里将军也提高声音说："我们不用你替！主上是明君，我相信他会做出正确的决断的！"

寒霄转过头，正好跟千里的目光相撞。寒霄发现千里的眼神很奇怪，像是洞悉了些什么，但尚有疑惑，想向他求证的样子。

寒霄心里一动，难道，他也发现虎王被调包了？

假虎王有没有察觉到这一点？希望没有。如果是这样，事情就更棘手了，因为老假货真起了杀人灭口的心思的话，救人的难度将大大增加。

寒霄转头扫视着场中，揣度着。

几个老臣构不成威胁，但假虎王和左相的身后还站着墨勋、启战以及大队的精悍侍卫，这将是不小的阻碍。

他又将目光转向千里将军。说不定，他能帮上自己。

他用眼神向他示意，这位素有"玲珑公子"之称的将军马上明白了他的意思。他不着痕迹地向后退了一小步，并向东辕、杀晟和其他五位将尉使了个眼色。

不过他又很快垂下眼，望着地面。

寒霄顺着他的视线看过去，发现他们的脚下竟然有淡淡的黑光氤氲流动。他立刻明白了，那是虎王或者左相设下的禁制，所以刚才他逼开了侍卫，杀晟也拉他们

662

了，但他们却始终没有离开铁栅栏。

难怪杀晟一脸的着急和愤怒。

真正狡猾到家了，为了达到目的，什么下三滥的手段都用得出来，连掩饰都不屑掩饰！

但是，今天自己既然现身了，就不会轻言放弃。他既不会听任他们的摆布进神圈，也要救回东辕和千里他们！

东辕却没有觉察到这中间的暗流涌动，依旧恳求着假虎王。

这位牛将军还真是耿直，不过，他这也是在为自己开脱。感激和焦急杂糅在一起，寒霄把情绪压下去，不动声色地说："陛下当然能明辨是非对错，"他顿了顿，"我听说十多年前，陛下也曾想要重罚我族将官，但后来还是收回了成命，让大家戴罪立功，为陆兽族效力。"

他说的是十几年前的一件旧事，兽族人大多都知道。

那一年天翼来攻，陆兽官兵依旧没能挡得住。虎王一怒之下下令将主将、副将以及四个将尉处以重刑，连带着没有参战的两个将军也迁怒了。

但他立即又后悔了。当时人才凋零，武官本来就少，这一声令下，几乎把能用的将领都处罚了。他怕就此失去了民心，没有人再为他卖命——本来，这样的想法也属正常，但离谱的是，他竟然要象丞顶包，让他向大家宣布这项命令是象丞背着他下达的，跟他没有关系……

象丞无奈，只好按照他的话去做了，但后来这件事传了开来，成了十族的笑柄。虎王事后才明白自己的处理多么欠妥，所以十分忌讳别人提到。

但这话说出以后，寒霄意外地发现，假虎王没有半点反应。他疑惑了，就算是假货，也应该知道这件事，也会呵斥一两句维护一下面子啊！倒是左相喝骂起来："逆贼，你这是在拖延时间！你不上汲神山，我就立刻送他们上！"

"我会去的。但在这之前，我还有句话想问陛下。"

寒霄脸色平静地站着，这时，木灵力却已经悄无声息地深入土层之下，催动植物的根须，透过泥土，向铁栅栏蜿蜒穿过去。

"我只是奇怪，以前陛下多么爱才惜才，为什么现在这样绝情？"寒霄不动声色地说，"陛下不怕伤了大家的心吗？"

"主上只要你这个奸贼伏法，其他的……"左相说到这里突然一顿，两眼直盯着寒霄，"小贼，你诡计多端，我不跟你废话，你究竟上不上山？"

"还有，"寒霄冷笑一声，"陛下，您究竟为什么不说话？"

左相大怒，"把他们给我都推进去！"

"我看看到底是谁在这儿兴风作浪，祸害忠良！"

突然，一个苍老的声音响起来，两队女侍卫手握长

戟开路，一个壮硕甚至有些肥胖的身影越过大家来到假虎王和左相面前。

花白的头发利落地挽着，发髻上斜插了七八根钢针，手里拄着一根铁杖。

——安泰的太奶奶。

左相一怔，但很快恢复了先前的嘴脸："原来是疣猪府的太夫人啊，您这是要做什么？"

太夫人不理他，她向虎王行了个礼，说："我今天来，就是想请王上放了这些孩子！"

左相嘿嘿一笑："太夫人，您也是辅佐了三位兽王的老臣了，没想到竟然这样不懂规矩！你有什么权力请主上放人，凭着你的丹书铁券吗？难道你不知道，那张铁券只能保你自己的命吗？"

太夫人冷笑一声，"我不指着那块铁片！"她把手里的拐杖举起来，在杖头上用力一捏。

"咔嚓嚓"一阵响，杖头的外皮突然裂开，铁屑扑簌簌掉了下来。

一根黄澄澄的金杖出现在大家面前，最顶端竟然雕刻了一只虎头。

左相吃了一惊："虎头金杖？是……先王赐给你的？"

太夫人哼了一声："是！我要你把他们放了，还有他！"她指着寒霄，声音铿锵有力，"否则别怪我这根拐杖上打昏君下打奸臣不认人！"

人群中再次响起喧哗声。压抑得太久，她的这一举动恰好成了发泄口，一时间有人竟然控制不住，将不满说出口来。

"几位将军如果死了，为我族效命的人就真没有了！"

"对啊，还指望着谁给咱们打仗抵抗外敌啊！"

"太夫人做得对！"

听到这议论，墨勋和启战的脸都有些变形，此时寒霄的心里却叫了一声不好——这么做，会激怒那假货的！

果然，假虎王从金椅上僵直地站了起来，眼中满是厌恶和焦躁。他厉声喝道："啰里啰唆，把这老太婆给我乱刀砍死！"

人们大哗。

那可是三朝元老，兽族功臣啊！

老疣猪将军几步奔过来，站在太夫人面前，握住了插在腰上的黑金锤。

太夫人向他摆了摆手，嘿嘿冷笑着说："陛下，你不认得拐杖，总认识这上面的字吧！还是你老眼昏花，看不清楚？"

簇拥在周围的陆兽兵和侍卫们望着拐杖上刻的"虎头金杖，如君亲临"八个字，迟疑着不敢上前去。这谁敢把她'乱刀砍死'啊。

"哐！"金杖猛地顿地，太夫人厉声喝骂："虎王，你罔顾纲常、屠戮无辜、不修德政、昏聩误族，你，根

本不配坐在这个位子上！"

大家心里大叫一声，痛快！

寒霄想的却是，坏了，已经来不及制止了！

"够了，什么东西，都给我进去！"

一道邪佞的力量劈过来，挟着浓重的腥味，卷起了狂风，太夫人和老疣猪将军身体顿时向后仰，难以控制地向神圈飞过去。

假虎王出手了！

这时，寒霄的灵力已经到达，淡绿色的光缕破土而出，凌厉地劈向禁制，地下的根须也冲出来，缠向几位将军。

黑光瞬间崩散，禁制消失，大家重获自由。与此同时，寒霄也一跃而起，向铁栅栏扑过去。

太夫人、老疣猪将军、东辕千里和几个将尉被腥风扫得疾速倒飞。寒霄赶到，却只抓住了六将尉，人们禁不住失声惊叫。

飘浮在魔山上的环状云雾突然转动起来，一阵瘆人的号哭骤然响起，哭声越来越大，像是无数鬼魂。

寒霄把六将尉扔出栅栏，反手挥出寒冰灵力，想要将老疣猪将军他们固定住，但封冻竟然瞬间碎裂——吸力太大了！着急之下，来不及多想，寒霄纵身越过大家，蕴出全部灵力，猛地拍了出去！

巨大的冲击力将大家瞬间推了出去，神圈外的根须立即甩出来，将大家紧紧捆住。无数藤蔓飞向寒霄，缠

住了他的腰，但是下一秒，藤蔓"啪啪"全部断裂！在这恐怖的力量面前，它们实在太脆弱了。

寒霄向着汲神山倒飞过去。

踏云马嘶叫着想冲进去，寒霄厉声命令："不准过来，走——"

尖叫声、惊呼声响成一片，"砰"的一声闷响，寒霄被牢牢地吸在了魔山上！

人们全都怔住了。

假虎王和左相的脸上露出狂喜的神色，激动之下，假虎王的脸皮竟然不住地抖动，几乎掉下来。他赶忙用手紧紧捂住。

老疣猪将军悲怒交加，两只拳头陡地攥紧。他望着被根须和藤蔓捆住的东辕千里和将尉们，突然想到了什么。他转脸看向太夫人，太夫人从愣怔中猛地醒悟，抓着金杖用力顿了几下，悔恨地喊："是我错了，我不应该惹怒他们，这下帮了寒霄的倒忙了，娃儿本来是有计划的……"

到了这时候说什么都没用了，老疣猪将军抚着太夫人的背："您不要自责，我们想想办法……"

太夫人"砰砰"捶胸口："没有办法了，你不知道一旦被妖山吸住，就必死无疑的吗？"

老疣猪将军当然知道，刚才的话是安慰太夫人的。他一辈子杀伐果断，这时候心里充斥的，竟然是从未有

过的恐慌。

是的，入圈无救，上山必死。

突然，几个声音同时响起来，无比急促，透着震惊和绝望。

"哥哥！"

"寒霄！"

"寒霄——"

老疣猪将军扭过头，看到安泰、银锋、逐电、无形和红豹女从马上飞快地跳下来。几个人身上都是湿漉漉的，冰封才融化，他们就赶了过来。

安泰魂都飞了，他语无伦次地说："爷爷，这是怎么了，爷爷你快想想办法啊……太奶奶，怎么办？"

逐电狠狠攥拳拳头，咬牙骂："我就知道他准干这蠢事，那会儿就应该把他打晕带回云天林！"

银锋喝道："没用的话别说了，想办法救人！"

逐电和无形一起问："怎么救？"

银锋从后腰上的裹兵囊里掏出一根油棕绳，然后抽出一支银箭拴在绳子的一端，抬手弯弓搭箭，"嗖"的一声，银箭电光石火般向着汲神山射过去。

"笃！"箭深深地钉进寒霄身旁的山石里：银锋用尽力气大声喊："寒霄，抓住绳子，我拉你下来——"

安泰、逐电和无形也一起喊："哥哥！""寒霄，抓绳子——"

　　更多的人涌过来，一起叫着，声嘶力竭，那道白色的影子却只是动了动，就再也没有了反应。安泰两条腿一阵软麻，跪倒在地上。

　　寒霄紧紧贴在森冷的山石上，骨骼被压迫得咯咯作响，身体里的灵力洪水般向外泄去。

　　想要睁开眼睛，可眼皮比石块还要沉重；大脑一片混沌，身体像是在不断地往下坠，如同下一秒就要堕入深渊。

　　果然是妖山，太强横了，根本没有办法与之抗衡。

　　这一刻，他感到前所未有的虚弱和无力。他第一次丧失了斗志，想着就这样任凭摆布，让生命渐渐流逝……

　　只希望他们都平安无事……东辕、千里、将尉们……还有……银锋、逐电和无形……安泰、阿星……

　　已经不能思考了，连脑浆也像是要被吸干……

　　突然，一条细长冰凉的东西缠在了他的腰上，有股力量在拼命地向外拉，微弱却执着。一个尖细的声音传进他的耳朵。

　　"哥哥——"

　　寒霄全身猛地一震，那是……

　　"哥哥，你睁开眼睛啊，我拉你下来——"

　　声音中带了哭腔，虽然隔得远，但每个字都清晰可闻，像是要把人的心脏击穿……

"你应我一声啊——"

激灵灵地，他被从无底深渊中拉回，一股难以言说的情绪在胸膛里激荡，促使着他睁开了双眼。

迷蒙中，他看到一个瘦小的身影跪在神圈外，锁链拴在腰上，两只手紧紧地攥着向后拽——

"哥哥——"

是他。

像遭到了狂风骤雨的冲击般，寒霄胸中泛起惊涛骇浪。他红着眼睛，用尽力气吼："放开手，走——"

阿星置若罔闻，只是死死抓着，像是在抢夺自己的生命。他的身后是安泰，也跟他一起拼命地攥着锁链。少年的脸涨得通红，额头上爆出了青筋。

紧接着，阿敏的飞爪也飞了进来，还有红豺女的锦红索套……凡是用绳、索、链类武器的，都甩上了汲神山，缠在寒霄的腰和四肢上。大家像是听不见虎王和左相的威胁，一齐拼命向后拉。

一股酸痛直冲上鼻腔，寒霄虚弱地喊："不要白费力气，危险——"

惨灰色的妖雾急速旋转起来，夹杂着呜呜的号哭声，如同无数冤魂一齐哀鸣。寒霄的身体瞬间绷起来，他被吸得更紧了。

四肢开始萎缩变形，灵力和血肉就要被吸干了。

"寒霄！！"

　　阿星死死的抓着鼠尾链，像是在抢夺自己的生命。他的身后是安泰、阿敏、红豹女……凡是用绳、索、链类武器的，都甩上了汲神山，缠在寒霄的腰和四肢上。大家好似听不见虎王和左相的威胁，一齐拼命向后拉。

"哥哥——"

鸣叫声骤然响起，一条黑影从高空掠过。

随后，大片乌云压过来，遮蔽了日光，尖锐的鸣叫声中，黑云铺天盖地般倾泻下来。

有人叫起来："是天翼人！"

大家惊愕了，他们来做什么？

天翼兵洪流一样冲下来，拍打着翅膀，纷纷着陆。他们收起双翼，在此起彼伏的灵力光中，先后化成人形。

一青一银两个人影飘飘然站到天翼兵前面，银衣人高声下令："众将士听着！大家对准妖山背面，一齐发力摧毁它！"

是三亲侯青鹏、五亲侯银鹭。

天翼兵们高喊："是——"

无数灵力同时射出，汲神山下顿时彩光爆闪，宛如烟花绽放。

大家再次吃惊，他们这是要救寒霄？难道他们真的有勾结……管他呢，这种时候，只要能救人，爱是什么关系就什么关系！

不过，这真的行吗？

灵力眨眼间消失得无影无踪，银鹭侯又下令："再来！"

灵力光密密地交织在一起，激射过去，妖山肖然不动，连一块石头都没掉下来。

这时，哀号声却变得兴奋起来，越发尖锐刺耳，灰

色的雾环瞬间扩张了几倍，转动得更快了。

已经绷紧到极点的索、链、绳、套这时突然抖动了几下，大家猛地一颤，感觉像是遭到了电击！接着，每个人的脸都变得煞白，因为他们发现身体里的灵力在迅速流失。更糟糕的是，手掌像是被粘在了兵器上，怎样用力都拿不下来，而且他们的身体正在被拉拽着向前移动！

最后一点力气也消失了，寒霄陷入了无尽的黑暗。

突然，尖锐的鸣叫声传来，一个少女的声音在他耳边狠狠威胁："我最看不起孬种，你给我睁开眼睛！"

睁眼？

已经连呼吸都不能够，还说什么睁眼……

"不到最后一刻谁都不能说放弃！你……在我心里什么都能做得到！"

我是人，不是神，怎么可能什么都能做到……

"想想你对付青鹏侯的时候是怎么干的？"

突然间，换上了一个又粗又老、瓮瓮的声音，还透着特有的蛮横……千年不动仙？他也来了？

"你用'灵力小吸法'加无字书小人传授给你的'反推手'，三两下破了他的'惊雷圈'，抢了他的灵力……"

但那是人，这是妖山，怎么能相提并论？

"不试试怎么知道？依着我，天要亡我，我还要蹦跶两下呢，更甭说老天把咱们的命留到现在！你还没有断气吧，对不对？嗳，这不就是了！还有啊，你再不快点，他们可真要为你把命都搭进去了啊！"

他们……

透过重重黑暗，寒霄看到，阿敏、红豺女、老疣猪将军、太夫人、逐电、无形、银锋、安泰被拽着向前滑行，阿星已经被拖进神圈！

妖山却因为吸进了新的灵力，哀号声变得更加兴奋起来。

为了我把命葬送在这妖山上……

不——

圈外的人呆若木鸡、面无血色，假虎王和左相则是一脸诡异的笑，那是欲望得到满足的得意！

假虎王吩咐侍卫："快去禀报侯爷，告诉他小贼已经完蛋了，让他高兴高兴！"他轻狂地笑："就这么个东西，也值当晚上白天睡不着觉？"

"是啊，"左相桀桀笑着，"这回侯爷该把心放到肚子里啦……"

几个侍卫也呵呵起来，丝毫不在意别人诡异的目光。

墨勋和启战一直在观望着汲神山，听到这诡异的笑声，忍不住回过头来。他们看到虎王和左相的脸皮在奇

怪地抖动，样子十分狰狞！两人对望一眼，忍不住打了个寒战，起了一身鸡皮疙瘩。

这时，与神圈内波诡云谲、一片惨烈不同，栅栏外突然安静下来。不是大家的愤怒痛心到了极点，已经说不出话来；也不是假虎王一干人兴奋到了极点，忘记了呐喊喧嚷，而是一切确实停止了——云不动了，风也不刮了，天地间都化为静谧。

假虎王有些奇怪，他问左相——怎么回事？

左相也是一脸迷惑，他摇头——不知道啊，这……我明明在说话，为什么听不到自己的声音？

——那你怎么知道我在说什么？

——看口型……

假虎王无语了，他张着嘴望天，见天空似乎瞬间褪掉了颜色，变成了一块白幕。他望向汲神山，见少年还被牢牢吸在山上，他放心了。但是下一刻，他发现山周围慢慢腾起了一股细沙，沙雾旋转着，如同小型龙卷风，拢向那个白色的影子。

假虎王愣愣地看着，不明白发生了什么，只是感觉周围实在是太静了。

静得可怕。

山被完全笼罩起来，迷蒙一片。突然，一簇银白光

芒亮了起来，像是被点燃的火种。

银光逐渐变强，如同一轮徐徐升起的白色的太阳。哀号声猛地变了调，婴儿一样啼哭起来，听得人直想用头撞地。

急速旋转的妖雾仿佛失去了凝聚力，骤然慢了下来，最后直接停止了，哀号声也在一瞬间消失。神圈里的沙尘旋卷着，蔓延到栅栏外，隆隆的闷响传来，狂风骤起，飞沙走石。

天地间陡然变了颜色。

东海。

湛蓝的天空暗淡下来，黑漆漆的乌云大山般倾轧，海水涌动，浪涛翻滚。突然，海面诡异地向下凹陷，一个巨大的漩涡出现在海水中央。

一道炫目的白光从圣鳞宫飞射而出，风驰电掣般冲出了海面。

白光犹如蛟龙出渊冲上高空，掀起十几丈高的巨浪，向着西北方向疾速冲过去。

陆兽族，汲神山。

白光电光石火般扑下来，投进翻滚的沙尘之中。

地面震颤加剧，连汲神山都跟着抖动起来，碎石哗啦啦往下滚，突然轰隆一声巨响，汲神山土崩瓦解，碎

石块向着四面八方乱飞，沙土弥漫，遮住了半边天空。

剧烈的震动下，大家站立不稳，七歪八斜地摔倒在地上。

大家瞠目结舌地看着这一幕，矗立了万年之久的妖山汲神竟然……塌了？

大家吃惊得说不出话。突然有五颜六色的光团从妖山倒塌的地方飞了出来，分别投进他们的身体里。

老疣猪将军看着自己的手掌，忽然悟过来，那是刚才他们被妖山吸走的灵力。

剩余的没有主人的灵力，在空中游走了一会儿，纷纷向着沙尘中的那团银光飞过去。银光瞬间将所有灵力融合，然后消失了。

不久，一切恢复了平静。

空气中，一些细小的尘埃飘浮着，微风吹拂过来，尘雾散开，不一会儿，竟然下起了毛毛细雨。

大家从沙土中爬起来，对望着，惊喜又疑惑，仿佛做了一场梦。

逐电甩着胳膊，看着银锋和无形："欸？不对，我怎么觉得灵力好像……比原来强了？"

银锋伸出手掌，看到银灰色的灵力光是从未有过的明亮。他难以置信地说："是，没错，的确强了！"他猛地抬起头："寒霄呢，寒霄去哪里了？"

逐电和无形一下清醒了，匆忙地向四下张望。他

们看到有人飞快地奔向废墟，大声呼喊："寒霄！寒霄——"

另一边，两个身影一个瘦小一个矮壮，在拼命扒着石头："哥哥，哥哥你在哪里？"

阿星和安泰不停地翻找，手指很快磨破了。"哥哥，哥哥你应我一声啊！"阿星焦急地喊，声音颤抖着，仿佛要哭出来。

银锋、逐电和无形奔过来，一齐拽出兵器，用力挖掘。踏云马在一旁不住跳跃，一声接一声地嘶叫，眸子都赤红了。

一个全身披着黑色幔幕的人，一言不发，在半空中来回盘旋。青鹏侯、银鹭侯、几位天将以及一干天翼兵紧紧跟在她身后，从空中搜索。

时间一分一秒过去，大家一无所获，气氛变得紧张不安起来。

泪水将阿星脸上的泥污冲得横一道竖一道。他依旧跪在沙砾上，用手拼命地扒着；安泰抬起头，满脸恐慌；"哥哥会不会已经……"

千年不动仙"呸"的一声："臭嘴，死小子命硬得很，哪有那么容易死！"

"可是这么长时间了都没找到……"

安泰的声音不大，但每一个人都听到了。大家默不作声，心却开始往下沉，好像真相已经摆在眼前，下一

刻就会挖出一具少年的尸体来。

"都赶紧的，别傻愣着！"逐电卷起袖子，朝手掌上吐了口唾沫，"我就不信了，我今天就把这片地翻过来……"

他话还没说完，突然被一个女声打断："一半人在这里找，其余人扩大搜索范围，将方圆十里内一寸一寸地翻个遍。我活要见人，死要见尸！"

天翼兵们纷纷应命："是！"

大家有些发蒙，自从这个黑衣人出现他们就觉得奇怪，高高在上、颐指气使，连青鹏侯和银鹭侯都对她俯首帖耳。她是谁，难道……

就在这时，突然有人大叫一声："你们看——"

大家猛地抬起头，看到土石堆叠的废墟上，一点白光闪烁起来，接着，燎原之火般越来越亮，并且伴随着银色的冰雾，不住翻涌蒸腾。

"轰"的一声，废墟上爆射出万道光芒，亮得像极光。大家纷纷用手挡住了眼睛，不知道被光耀得还是怎么，连大脑竟然也好像出现了短暂的空白。

冰雾弥漫，似乎有小小的雪花飘落下来，周围开始变冷。

白光徐徐扩大，变成一个球的形状，随后炸散开来。

光的中央，一头俊美矫健的白鹿四蹄飞扬，跃到了空中。

　　如梦似幻的冰雾中，白鹿全身像是落了一层雪，没有一丝杂质；脖颈修长，仰起时呈现出一个有力的弧度；眼睛亮得像北极星，一对浅蓝色的犄角仿佛玉雕成的小树。

　　它站立在高耸的山石上，双眸俯视着大地，睥睨众生。

　　无数冰晶纷纷扬扬地落下来，璀璨晶莹，衬得它如同九天神兽降落凡间。

　　突然下起了大雪，温度急剧下降，大家感觉像是瞬间进入了严冬，忍不住发起抖来。

　　雪花在白鹿周围飞快旋转，它的四蹄下生长出美丽的冰凌。冰凌一路盘绕上去，白鹿逐渐隐没在流离的银光里。

　　雪下得更大了，天地间茫茫一片。

　　非常冷，但没有人动，大家仿佛在期待着什么。不知道是谁叫了一声，声音不大，小心翼翼的："你们看，那是……"

　　冰雾中，一个修长的身影缓缓站了起来。

　　所有人的呼吸仿佛在这一刻停止。

　　大家看着那个身影踏着雪和雾，一步步走过来。

　　是一个少年。

　　脚踩银靴，身穿冰丝云纹长衣，腰上揽着蓝色玉带；长发被银冠高高束起，银冠上佩着一枚徽识，是鹿首。

　　雪花飘扬，少年衣衫翻飞。

在场的每一个人都觉得他很像一个人。

虽然只是在传说中，谁都没见过，但就是觉得像。

——上古冰神。

踏云马打着响鼻，兴奋地嘶叫着飞过去，在少年身边来回跳跃。

安泰用力揉着眼睛，揉了一遍再揉一遍，喃喃地说："他，他是……"

阿星的泪水汹涌地爬出了眼眶，他用袖子狠狠地擦了下脸，哽噎着："是哥哥……"

# 十七　魔花侯

　　假虎王和左相吃惊地张大了嘴巴。就算有一万种结局，他们也没想到最后会是这样。

　　重生后的寒霄发生了太大的变化，周身充斥着寒冷的气息，像雪山、像冰海，每走一步都是气势万钧，压迫感极强。

　　左相看了一眼假虎王，低声说："不然咱们还是先禀报侯爷……"

　　话还没说完，假虎王却已经站了起来。他重重地哼了一声："有什么好禀报的，装得神乎其神，别被他唬住了！"

　　左相吓了一跳："小侯爷，别冲动，他吸收了那么多人的灵力……咱们还是先退避一下……"

　　假虎王根本不搭茬，提高声音叫："狼蛛蜂、火蚁、蛇蜻蜓、鬼面蛛——"

　　"小侯爷，不能鲁莽！"

　　左相惊惶的喊声中，四个"侍卫"从假虎王身后闪了出来。

　　他们瞪着远处的白衣少年，眼中露出凶光。假虎王一声令下，他们弓下腰，四肢几乎着地地扑了过去！几个人身体鼓鼓囊囊的，像是包裹着厚厚的棉被，速度却异常的快。

　　零零散散站在一旁的陆兽兵看到，下意识地伸手阻拦："你们干什么……"

　　话还没说完，兽兵们就毫无征兆地飞了出去，砰砰摔出十几米远！人群中发出一阵惊叫，大家看见，那几个兽兵的脸瞬间变成了黑紫色，在地上扭动了几下，僵直着身体不动了。

　　假虎王咬着牙，声音极其怪异地说："他今天，必须死——"

　　"侍卫"们已经扑到近前，踏云马嘶叫起来，声音中充满愤怒，显然被激起了不好的回忆。但寒霄现在就站在它的身旁，它很快恢复了灵兽昂扬的精神。

　　银锋、逐电、无形和红豺女立刻拽出兵器，挡在寒霄面前。

　　为首的狼蛛蜂抽出两把形状像螯的奇特兵器，突然双脚离地，向他们斩了下去。

　　兵器顶端蓦地射出来两条透明长刺，以迅雷不及掩耳之势刺上几个人的头顶。

一阵冷风轻轻拂过，狼蛛蜂顿时僵住，长刺被冻成粉末状，哗啦啦撒落下来。

没有任何支撑，狼蛛蜂就这样被定在半空中。大家瞠目结舌，这哪里是封冻，分明是法术！

后面扑过来的火蚁、蛇蜻蜓、鬼面蛛遭遇了相同的命运。

寒霄面无表情地看着他们。

假侍卫们全身开始泛起白霜，突然"噼啪"几声，臃肿的皮肤裂开，烂衣服一样掉落下来。

他们的原身就这样毫无遮挡地暴露在大家面前，在场的每一个人都瞠目结舌，呆若木鸡。

紧接着，大虫子们的脖子奇怪地向一旁扭去，"咔嚓"一声耷拉下来，像是被一只无形的手拧断了，黄绿色的黏液喷溅出来。

"砰砰"几声，尸体跌落到地上。

大家本来满心愤怒，这时候全变成了惊讶，弄不明白发生了什么。

逐电大喝一声："都傻了吗，还没看明白？这一帮人都是假货！"

银锋也叫："没错，咱们应该醒悟了，"他指着华盖方向，"包括金椅上坐着的那个都是假的！"

大家僵硬地转过身，看向虎王。

假虎王的脸色无比难看，突然，他冲着寒霄大吼：

"小贼！你这是在羞辱我吗？！"

的确，最得力的干将，每一个都是毒辣杀手，就这么被瞬间控制住，当着面扒去伪装，轻轻巧巧地拧断脖子。这比直接打他的脸还难受。

寒霄一语不发，踏着遍地银白，一步步走近。

左相望着那个越逼越近的修长身影，眼里露出害怕的神色，对假虎王说："小侯爷，不要逞一时之勇，咱们还是先撤……"

假虎王狠狠地"呸"了一声："我是那种夹着尾巴逃跑的孬种吗？"

"不是……我的意思是咱们先跟老侯爷会合，再做计较……"

假虎王抬起手，一对颜色斑斓、镰刀一样的武器出现在掌中。

弯而扭曲，刀锋上排列着长短不一的尖刺，根本不是正常兵器的样子，和狼蛛蜂的一样，是昆虫的螯。

到了这时，在场的人是个傻子都知道眼前的不是虎王了，但这样的巨变让他们难以接受，有人嗫嚅着："主上是，是……灵虫人扮的？"

逐电怒了："还主上！都别杵着了，一块上，弄死他丫的！"

左相还在阻拦："小侯爷，你听我一句劝……"

假虎王甩开他，身后骤然亮起耀眼的光影，向着寒

霄猛扑过去。

已经到近前，螯刀突然变长，尖刺探出来，刺尖钩着黑色的灵力光，直扎向寒霄的胸膛。

寒霄动都没动，只是轻轻抬起手臂，指尖隔空划过去。

"咯啦啦！"尖刺被全部斩断。寒霄蓦地反手，螯刀瞬间断成两截。

假虎王禁不住倒退了一步，他怔了一下，随即怒吼："可恨，有种接下我这招！"他右手捏了个诀，随后五指并拢，做出刀的形状，再次向寒霄斩下。

左相"嘭嘭"锤自己的头："唉唉，可要害死我了！"他左右看着，偷偷打量，想趁着大家不注意溜走。

假虎王的手掌斩过，空气突然抖动起来，"哧"的一声，寒霄的身体竟然发生了错位，像是被斜着砍了一刀，断成了两截。

人群中发出一阵惊叫。

"寒霄！"

"哥哥！"

寒霄的脚步依然没停，他眼神冷淡，面无表情地走着。空气波动了一下，像是冲破了一层透明屏障，他的身体恢复如初。

假虎王连续挥击，石头树木被斩得四分五裂，地面沙土飞扬，寒霄的身体被"砍"成了几十截，如同破碎

687

镜子里的人影。

安泰、银锋和逐电要冲过来，寒霄喝了一句："这里不用管，你们去拦住左相！"他再向前走一步，镜子般的透明碎片变成了粉末——是幻术。

这种级别的幻术之前还可能会对他造成困扰，但现在已经毫无用处。

银锋先是一怔，随后眼中流露出惊讶和赞叹，连无形也忍不住跷了下大拇指。银锋握起弓，对身后的人说："我们去对付左相！"逐电、无形应了声好，几个人一起跃了出去。

寒霄反手一挥，一蓬冰雾在假虎王身体周围弥散。假虎王猛地僵住，下一秒，他的脖颈也被一只无形的手抓了起来，高高举起在半空中。

假虎王又惊又怒，嘴里发出嘶嘶怪叫，两只还能稍微活动的手拼命挣扎。

霜花泛起来，藤蔓般爬上他的全身，沿着霜线，假虎王的头部开始出现裂缝。裂缝越来越大，他控制不住地发出一声痛叫。

厚厚的、橡胶一样的人皮从头顶滑落下来，一头一米多高、外形诡异、色彩艳丽的巨大虫类出现在大家面前。

长着两根粗长的触角，脸像羚羊骷髅；前肢异常粗壮，跟身体极其不成比例；一对鞘翅怒张着，上面有着魔鬼眼睛一样的图纹。

　　它嘶嘶叫着，用力挥舞着镰刀一样的前肢，可只是一瞬间，它就完全不能动了，一条钻石般的冰晶链，蜿蜒爬上他的全身，将他牢牢地捆住。

　　大家再次呆住。

　　无形说："那是……魔花螳螂！"

　　逐电"嘿"了一声："螳螂？你在说笑吧，螳螂怎么会有这么大个的？"

　　刚刚赶来的老宗主也有些疑惑："是魔花螳螂没错，但……我感觉这家伙好像变异了……"

　　见逃跑路线被完全封住，左相面如死灰，焦急之下伸出手，一大团黄色的雾状粉末在他胸前聚拢起来。他将手狠狠一扬，粉末向着大家劈头撒下来。

　　无形大喊一声："有毒，捂住……"

　　话还没说完，他突然见粉末全部向着左相自己兜头罩了下去。

　　无形怔怔地将后面的话说完："……口鼻。"

　　淡淡的白烟飘过，左相的身体立刻被定住，也是从头部开始，外皮往下脱落。

　　是一只胖大的深棕色枯叶蛾。

　　一片哗然！

　　有人像是如梦初醒，大叫起来："真虎王呢，他在哪里？"

　　"对，虎王陛下呢？"

"不会已经……"

"本来还想把虎王和象丞当成底牌揭发这群假货，"银锋说，"现在看来完全没有必要了。"

老宗主由衷感叹："真是世事无常啊！谁能料得到，这小子居然把汲神山弄塌了，还变得这么厉害……"

站在假虎王身后的那队侍卫煞白着脸，悄悄地向后退，退到一个自以为隐蔽的角落，迅速扒下身上的皮，露出翅膀，想要逃走。哪知道脚还没迈出去，突然一排银箭射过来，猝不及防中，一帮人应声倒地。

一条锦红索套飞出来，将他们套住捆绑在一起。大家一拥而上，将他们摁住。

细微的嗡嗡声响起，几只鹿马蝇闪电般蹿出来，向着西北方向飞去。"哧哧"两声轻响，鹿马蝇掉落在地上，它们的后背正中心，都刺着一根银针。

银锋收起弓和手臂上的机栝，无形说："是去报信的。"

寒霄看了一眼仰面朝天的魔花螳螂，以及倒在地上的灵虫人："东辕大哥、千里大哥，请你们和大伙看守着他们，我必须马上赶去另一个地方。"

说是看守，这些人哪里还能逃得了？只不过防止被一些失去理智的兽族人给殴打杀掉而已。

东辕点头："好，你放心去吧！"

千里问："需要我们帮手吗？"

寒霄轻轻摇头。

他要去坤岚宫，那里有这场戏最重要的角色，速度要快，他一个人行动还方便些。

他抬起头向四周扫望，却没看见那个瘦小的身影。

走了吗？

他……还是不想见自己。

寒霄忍下心中的失望，对依旧处于震惊中的人群说了一句："有谁想弄清楚事情的来龙去脉，就去坤岚宫。"

定磐城，坤岚宫。

宽大的金丝楠木雕花床上，垂着一层层厚重的帷幔，一个低沉而虚弱的声音传出来："汲神山那边有消息了吗？"

木叶虫、地衣蟊斯和尺蠖垂着手站在帷幔前，木叶虫恭敬地回答："侯爷，还没有。"

帷幔里一阵沉默，木叶虫问："侯爷，您是不是察觉到了什么？不如我再派些虫探过去……不，我自己去看一看？"

"不用了。"

声音透着阴郁，侯爷重重地喘息了几声，像是要起身。木叶虫赶紧撩起帷幔要去搀扶，侯爷说："不用理会我，你们去把'丧钟'请出来……"

三个人一怔，相互对视了一眼，尺蠖忍不住上前一

步低声劝："侯爷，再等等吧，别把事情想得那么糟。"

侯爷又喘了口气："我已经预感到了……虫探没有一只回来的，普通小虫的信息素也感应不到，它们一定是被拦截了。听我的，快去……"

三只伪装虫只好领命，转向后殿。

后殿，三个人来到最后一根柱子前面停下，尺蠖张开嘴，向着柱子喷出一蓬黏液，柱子上方突然凹陷下去一块，像是触动了某个机栝，地面上的青玉地砖轧轧打开，露出一个深邃的洞来。

一面黑石台缓缓升上来，石台中央，放着一尊半人多高、水缸大小的东西——青灰色，隐隐透出些黑斑；下半部分圆柱形，上半部分像一个倒扣的锅盖。

三个人小心地抱起它，一点一点抬出来。这东西似乎挺重，三个人的脸上冒出细密的汗珠来。

一阵冷风卷进来，冰凉刺骨，竟然还飘进了几片雪花，轻盈盈的。

帷帐中，侯爷缓缓地说："你来了。"

雪白的长衣下摆随风飘动，一个颀长的身影悄无声息地走了进来。

"魔花侯，"寒霄望着那重重的帷帐，声音没有任何起伏地说，"已经到了这个地步，是我动手还是你自己

现身？"

　　侯爷咳了两声，问："有区别吗？"

　　"有。"寒霄说，"你束手就擒，我留你一条性命。"

　　"哦，是吗？"侯爷像是笑了一下，"那可真是多谢了……留着我的命给你锁上锁链关在笼子里吗？"

　　"不一定，你愿意的话也可以封冻。"

　　"呵呵……"

　　奇怪的窸窣声响起来，帷帐里面有什么在动，将厚重的布料顶得凸了出来。寒霄依旧站在原地，他面无表情地抬起手，轻轻挥了一下。

　　一道细细的白光划过，帷幔整齐地裂了开来，跌落到地上。

　　一团硕大的东西卧在床榻最里面，帐子里光线昏暗，一时半会儿看不清楚是什么。

　　"我来！"

　　没等寒霄动手，一个红衣少年跳了进来，抬起右手轻轻巧巧地打了个响指，指尖顿时燃起了一蓬金红色的火焰。

　　是火焱。

　　光亮如同火把，床上的情形顿时暴露无遗。

　　火焱瞬间瞪大了眼睛，忍不住倒退了一步。

　　紧跟在他后面冲进来的银锋、逐电、无形以及红豺女也是一怔——宽大的床榻上，一头花色暗沉的魔花螳

蝴正在蜕皮，深褐色的半透明外壳已经脱下来一半。

杀晟、宸义以及几个将尉也相继赶到，看到这情景，瞪着眼睛说不出话来。

"嘿，"逐电惊奇地说，"寒霄，你猜得还真准！"

无形少见地插话："是最后一次蜕皮，也是最困难的一次，得不吃不动一个月。"

银锋说："所以他才总不露面。"

杀晟的眼睛瞪得像铃铛，冲着银锋问："为什么会有两只？真王上呢？"

寒霄淡淡地说："真正把持兽族朝政的是他，魔花侯。汲神山那只是他的儿子小侯爷。"

银锋接口："他也明白这段时间非常要紧，自己不能动，所以召来了他儿子顶替。怎奈那个什么小侯爷莽撞冲动，坏了大事。"

宸义喃喃地说："怎么会是这样……就算他躺在王上的榻子上，我还是不信……我不信！"

这时，魔花侯身体一动，想要抓身旁的一团什么东西。寒霄手指轻轻一挑，摆放在不远处的一株金鱼藤盆栽的藤蔓倏地飞过来，将那东西迅速缠住。魔花侯伸出前螯要抢，可金鱼藤速度更快，藤蔓一甩，已经将那团东西送到寒霄手里。

寒霄抬起手，抓着轻轻一抖，那东西清晰地显露在大家面前。

是一张虎王模样的人皮。

宸义先是不说话，下一秒脸色难看到了极点。他脖子胀得老粗，愤怒地吼："可恶，我们犬家世世代代忠心不二，没想到这么多年竟然为了只螳螂卖命！"

杀晟脸发青，喝问："虎王呢？说！你把他弄到哪里去了？"怒火上头，霍地拽出了铜锤。

寒霄伸手阻拦："别急，我有话要问他。"

这时几个声音一起大吼："别动侯爷！""住手！"

三个伪装虫正好返回，不顾一切地冲过来，挡在床榻前。杀晟这可找到泄愤的对象了，抡起锤砸向距离他最近的尺蠖。

尺蠖的小眼里射出了凶残的光芒。

他嘴巴一张，几缕细丝射出来，杀晟的锤和宸义的铜棒瞬间被粘了起来。杀晟和宸义一愣，用力拽自己的兵器，哪知道根本拽不动。杀晟怒了，吼："你是想死得更快吗？快给老子松开！"

他举起了碗大的拳头，尺蠖突然弯下腰，身体像面条一样扭曲起来，他的脊背变得十分柔软，"噗"，杀晟的拳头竟然一下陷了进去。

火焱抬手甩出金环，刹那间燃起熊熊大火。尺蠖冷笑一声避开，同时弹跳起来，身体一缩，竟然化成了一个黑褐色的蛹，套在杀晟的头上。

？！

　　杀晟两手抓住蛹拼命往下拽，蛹却像是长住了一样纹丝不动。

　　火焱刚想放火，却又停住了手，他怕烧到杀晟。杀晟呼吸越来越困难，手脚拼命挣扎，银锋抬起手臂瞄准，银针连连发射，蛹发出嘶嘶痛叫声，抽搐了几下，掉在地上。

　　杀晟大口大口喘气，火焱看他的脸上鲜血直流，赶紧到腰上的袋子里找创伤药。等到找出来要给他敷时一下怔住了——杀晟的半边脸都被腐蚀了。

　　杀晟不耐烦了，抓过药胡乱抹在伤口上，然后向银锋抱了抱拳，说："多谢了！"

　　银锋摆了摆手表示不用客气。

　　那边逐电、无形和地衣蚤斯、几个将尉跟木叶虫也动上了手。

　　地衣蚤斯干脆不伪装了，"哧"的一声撕开皮肤，露出绿色的长满毛刺的身体。他的毛刺尖锐有毒性，一旦被刺到痛痒无比，而且他擅长伪装成地面，很容易从脚下进行偷袭。

　　木叶虫的武器像极了一条尖锐的吸管，能够随时随地吸人血液。他的伪装术比地衣蚤斯更胜一筹，打斗时眨眼间融入周围的环境，无形破解幻术的招数对他丝毫没有用处。

　　首次跟灵虫人交手，大家手忙脚乱。

魔花侯大声叫："不要缠斗，快把'丧钟'请过来！"

寒霄微微皱眉——丧钟？

地衣蝨斯和木叶虫答应了一声："是，侯爷！"

答应得虽然快，但一时半会儿脱不了身，毕竟兽族这边人那么多，再说尺蠖化成了蛹，三个伪装虫只剩了两个，渐渐就有些招架不住了。

突然，滚落在一旁的尺蠖蛹里射出无数道姜黄色的灵力光，蛹壳裂开，一只身披树皮纹的巨大蛾子飞了出来。

尺蛾。

竟然在这么短的时间里就蜕变了！

尺蛾拍打着翅膀瞬间飞上殿梁，全身用力一抖，黄色的粉末铺天盖地地撒下来，旋卷飞舞，如同刮起了一阵小型的沙尘暴。

又痒又辣的感觉袭来，大家呛咳成一片，难受得让人几乎发狂。大家纷纷用手去挠，但没有用，粉末一层层地包裹上来，有人受不了了，痛苦地叫着倒在地上。

火焱的手掌燃烧起来，连五官都冒出了火苗，刹那间，他身上的磷粉被焚成了灰。胡乱抹了把脸，火焱愤怒地向尺蛾挥出火焰，一阵焦煳的味道蔓延开来。

火焱看着紧紧粘在大家身上的毒粉，跟糊了一层厚厚的泥似的，不知道该怎么办。

一阵冷风拂过，大家的衣服和头发随风扬起来，毒粉飞快地从他们身上剥离，大家剧烈地咳嗽着，趴在地

上大口喘气。

火焱转头，看到寒霄正站在他身后，小小的白色旋风在他的掌心不停转动，磷粉被全部吸进旋风团中。

趁着混乱，木叶虫和地衣螽斯冲向后殿。寒霄冷哼一声，旋风团陡然变大，风暴挟着雪屑向他们砸过去，"轰"——

宫室里覆盖上了厚厚的冰层，木叶虫和尺蛾被瞬间封冻起来。

寒霄却微微皱眉，他没有看到地衣螽斯。

他知道地衣螽斯的弹跳能力强，却没想到会强到这种地步，连冰风暴都追不上！

他转过身："你们去搜找地衣螽斯，无论如何都要拿下他！"

大家一齐答应："是！"

火焱这时却瞪大了眼睛，指着他的身后："你……寒霄，你回头看……"

其他人也叫起来："老螳螂他，他竟然……"

寒霄头也不回，平静地说："快去，不要耽误时间。"

大家犹豫了一下，答应："是……"

魔花侯走下床榻，灰褐色的外壳跌落在地上。他六只腿着地，无声无息地来到寒霄面前。

寒霄淡淡地看着他。木叶虫几个还是为他争取到了

时间，让他完成了蜕皮。

全部直立起来将近两米，外骨骼不是灵虫人盛年时斑斓鲜艳的颜色，而是十分灰败，还分布着黑紫色斑痕。更让人诧异的是，它的腋下、脖颈、腹部竟然长着若干葡萄形状的肿瘤。

让人觉得颇有些恶心。

寒霄突然记起老宗主刚见到小侯爷原身时说的话，他说小侯爷像是变异了。

相比之下，魔花侯才更像是变异了，而且变异得不轻。

忽然寒霄又想到，当时自己判断他正处于蜕皮期的时候，其他一切都对得上，唯独年龄这一点不符合——灵虫人最后一次蜕皮是成年，而不是老年。现在看来，很可能是因为变异让时间推迟了。

魔花侯抬起三角形的头，喃喃地说："真是没想到啊……"

寒霄知道他想说什么。按他的计划，自己早就死在汲神山上，他可以继续坐着百兽之王的位子，为灵虫人牟取利益，没想到这一切被自己给打乱了。

"让我的儿子来，是个错误……还是太年轻啊……"魔花侯叹息着说。

猝不及防地，巨大的前螯向着寒霄兜头劈下来。

　　全部直立起来将近两米，外骨骼不是灵虫人盛
年的斑斓鲜艳的颜色，而是十分灰败，还分布着黑
紫色斑痕。

# 十八　魔　石

寒霄闪身避开了。

但身体却像是被狠狠刺中，那种感觉，跟被乌凰王的怨气斩在神经上非常相似，而他，明明没有碰到自己！

但此时的寒霄已经不是之前的寒霄了。他手臂一挥，邪佞的灵力像是琴弦般被斩断，魔花侯再次挥起前螯，结果跟第一次一模一样。

魔花侯脸色不变，步步紧逼，可始终靠近不了寒霄。他嘶嘶叫了两声，魔花螳螂的灵力光影蓬地在背后升起来。

光影不断扩大，足有一丈高，阴影笼罩下来，巨大的口器扫到了寒霄的两只手臂。诡异的事情发生了，寒霄的手臂竟然在一瞬间肿胀起来！

皮肤薄得像油皮，半透明的皮肤下面，肌肉化成了脓水。

魔花侯嘶嘶叫着，灵力光影继续扩大，试图将寒霄

全部包裹起来。

一声冷笑响起，魔花侯感觉像是瞬间跌进了冰窖。这时，一只脚飞起来，他被狠狠地踹了出去！

寒霄对敌，大多用剑，很少用腿脚，因为手臂受到重创，他才抬腿踢的。但就这一下，灵力也是十分强劲，魔花侯被踹出十几米远，身上竟然结起了少见的蓝色冰晶，瞬间倒在地上一动不动了。

寒霄有些动怒，他抬起血肉模糊的胳膊，对上脖颈，胸前魔石黑光闪耀，眨眼间将毒气吸了过去。

他忍不住皱眉。这情况跟乌凰王、孔雀侯不一样，这不仅是精神层面的攻击，身体也确确实实被伤到了。世界之大无奇不有，他一时弄不明白魔花侯是怎么做到的。

突然，一阵"咔吧咔吧"的声音响起来。寒霄抬起头，发现趴在地上的魔花侯的脊背裂开了。

——又一层壳脱落下来，硕大的螳螂拱着脊背，竖起了上身。它缓慢地活动着肢体，像是睡了一个懒觉刚刚醒来。

寒霄一怔，二次蜕皮？

魔花侯更加高大了，头几乎碰到房梁，两眼血红，粗壮的四肢上布满了匕首般的尖刺。

他的视线盯在寒霄的胳膊上，嘎哑地说："竟然完好无损，真是咄咄怪事……"

寒霄冷冷地看着他，心想，没有你的怪事多。

　　魔花螳螂的翅膀"哗"地打开，上面的图纹闪耀着令人心悸的光芒。腥臭的风刮过来，光线突然变得暗淡，寒霄蓦地进入了一个光怪陆离的世界。

　　仿佛是漆黑的夜，无数生物在默默走动。它们奇形怪状，或者耳朵长在肚皮上，或者眼睛生在胳膊上，如同一个个怪物。突然，黑暗中升起了一团巨大的亮白，极光一样，陡地扩大，爆射出万丈光芒。刹那间，天地都只剩下一种颜色。

　　白，刺眼的白。

　　没有声音，寒霄却分明听见惊天彻底的一声巨响。

　　有什么东西爆炸了，发出了极度的冲击波！

　　浓烟滚滚，遮蔽了整片天空。很快一切过去，寒霄惊愕地发现，地面、墙壁上多了许多浅黑色的影子，离他最近的那个影子，屁股上有着一个巨大的角。

　　寒霄感觉自己的身体也在一瞬间炸裂，然后变成粉末，留下一个淡淡的灰影。

　　那些畸形生物统统不见了，原本还有一些生气的世界，瞬间成了一片死寂。

　　如同一片坟场。

　　寒霄打了个冷战，他感觉这不是幻象。

　　更像是一种……折射。从前发生过的事件，被一种媒介折射过来。

　　突然，眼前的景象扭曲起来，如画纸上的颜料般

肆意流淌，混合在一起，世界模糊一片，那乌沉沉的颜色，让人生出无边的绝望。

笑声低沉地响起来，魔花侯一点点显现。他眼神狞厉，身上的每一个肿瘤似乎都在叫嚣，要把对手置于死地！

温度急剧下降，一股极寒的气息倾轧过来。魔花侯冷笑一声："还不死心？"魔眼图纹的翅膀猛地扇起来，空间晃动，带起一片虚影。

寒霄挥手，寒冰灵力爆射。突然，力量被反弹回来，竟然全部轰在了他的身上。

冰块雪屑哗哗掉下来，寒霄脸色发白。被自己的灵力攻击，他感觉到气息逆行，筋脉像是断裂了一样。勉强站起来，他发现周围的景象又变了，无数影子浮现，叠加在一起，就像镜子之中套镜子，绵延纵深。

魔花侯挥起前螯，刀刃带起一片光影斩过去。

寒霄连连后退，寒冰气消失了，腥臭味浓烈起来。寒霄感到自己陷在镜子的虚影中，找不回自己，一点点变成"无"。

魔花侯的三角脸上露出一丝得意的笑。

但没过多久，他的笑意消失了。

耀眼的白光闪烁，世界突然塌了一角。没错，就是他构筑起的世界，万物油彩一样向着那个角倾斜流淌，虚影在迅速消失，最终落实到一个画面上。

那是一面巨大的冰镜。

一股强悍的灵力猛地轰了过来，冷寒刺骨，巨大的响声惊天动地。魔花不住倒退，他的脸换上了惊愕的表情。

但他很快恢复了镇定，再次扇起翅膀，空间波动，虚影出现。不过这一次，似乎很不同。

一个修长的身影从黑暗中缓缓显现，那个少年一步步走着，脚步平缓有力。他伸出手臂，对着魔花侯抓过来。

少年的手掌上缭绕着黑色的烟气。他五指猛地攥起，空间直接被撕裂开来。

魔花侯简直不敢相信自己的眼睛，他忍不住有些发怔。紧接着，一股极度的冰寒压倒性地袭来，魔花侯狠狠咬住颚，蕴出十分灵力对轰过去。

两股力量相撞，那一刻爆发出来的冲击波，让整座宫殿都震颤了。

魔花侯飞了出去，重重摔在地上。

影像消失了。寒霄走过来，站在他面前。

"你……你是怎么做到的？"魔花侯匍匐在地上问。

寒霄冷冷地不回答。

魔花侯全身都透着强烈的辐射，口器里有，四肢上有，肿瘤中有，就连气味里也有。他构筑的这个世界，是通过辐射映射出来的。

寒霄用魔石吸收掉辐射，再凝结出冰镜，用冰镜将这空间中的虚影折射回去，迷惑对方，完成了反击。

寒霄忽然想到，自己看到的那光怪陆离的画面，虽然还不知道是什么，但一定是一段毁灭性的残酷往事！

魔花侯叹了一口气："我又在废话了……"他猛地咳出一口血，那血，也是骇人的灰紫色。他缓缓地倒了下去。

寒霄冷冷地抬起手，准备释放出灵力将他拘围起来。突然，魔花侯的外骨骼再次裂开，寒霄立刻后退一步，蕴出寒冰灵力，却发现，里面飞出了一只小小的螳螂灵力光影。

光影呈之字形飞行，一路蹿向后殿。

寒霄快步追过去，听到后殿一片喧嚷。原来，银锋、逐电、宸义、火焱一群人已经合力抓住了地衣蟊斯，但这虫拼死挣扎，就是不驯服，搞得大家怒气直往上冒。火焱举着拳头，正比画着要烧他。

小螳螂光影直冲向柱子旁的一件灰色的东西。就在它要扑过去的一刹那，寒霄轻轻抬手，五根手指猛地攥起，"哧"的一声轻响，小螳螂影子瞬间碎裂，烟消云散了。

地衣蟊斯猛地抬起头，大喊："侯爷——"疯了似的挣扎起来。他的头和脸被火燎得乌黑，只有两只小眼睛贼亮。突然，他厉叫一声，声调怪异吓人，就在这时，让大家瞠目结舌的事情发生了。

地衣蟊斯猛地一挣，一条大腿飞了出去，直撞向柱

子旁边的灰东西。只听"嗒"的一声闷响，灰东西上的一个圆形按钮陷了下去。

寒霄已经看清楚，那东西半人多高，布满锈一样的黑斑，下半部分呈圆柱形，上半部分像一个倒扣的锅盖。

这就是魔花侯说的丧钟？

按钮陷下去的一刹那，寒霄的眼前突然出现了那段影像，影像中的画面一帧一帧地急速倒放，寒霄感到血液像是被瞬间抽走，全身冰冷。

他这个时候才感觉到，丧钟里包藏着和无羽铁箭同样的辐射——不，它的辐射，要超过铁箭无数倍！

冷汗从后背流了下来，他明白此时不能有丝毫的犹豫，必须立刻做出反应。

他高声命令："大家马上撤开——"毅然挥手，碧绿色的灵力光烟花一样迸散，禁制解开，黑光爆射出来。

完全解封的魔石发出"哧啦啦"的怪异声音，像是一头恶犬，在急切地搜寻食物。

丧钟的顶盖缓缓打开，瞬间释放出极其强烈的光芒。

魔石升起在半空中，它飞快地扭动着，无比兴奋，体积比戴在寒霄脖子上的时候增大了几倍。

黑光乌云一样倾轧下来。

丧钟剧烈抖动，白光竭力扩张，想要突破魔石的压制；魔石哪里肯让，双方接触之下，地面震颤，空气都扭曲了。

极度的挤压之下，白光突然拉长成一条直线，想要突围；魔石急速旋转起来，扭曲程度前所未有。突然，它竟然变成了一个狰狞的人脸的样子！

魔光瞬间增强，丧钟都被压变了形，坑坑洼洼地凹陷下去。突然，钟体上出现了树枝一样的裂痕，寒霄叫了声不好，下一秒，惊天动地的轰响声中，丧钟炸开了！

寒霄伸开双臂，蕴出十分灵力——那灵力光竟然是七彩的！

刚刚经历过的感觉再次出现，寒霄的大脑"轰"的一声，眼前一片黑暗，全身骨骼像是一寸寸断裂，皮肤肌肉似乎都化成了灰烬。

他分明看到，自己的影子跟那头角长在臀部的动物一样，印在了地面上。

很久以后他才明白，他用血肉之躯阻挡了一个什么东西。

那是一件怎样惊天动地的壮举。


"寒霄！"

"寒霄！！"

"哥哥——"

不知道过了多久，一丝意识慢慢苏醒，他听到无数急促的呼唤声在耳边回响。

他吃力地睁开眼睛。

　　安泰、银锋、逐电、无形、老宗主、火焱、宸义……一张张熟悉的面孔出现在他的头顶上方。大家焦急地望着他，看见他醒来，立刻欣喜地叫起来："寒霄醒了！""寒霄醒了！！"

　　他动了一下，头痛得像是要裂开一样，全身没有一点力气。自从离开寒潭石室，他受过无数次伤，好几回都命在旦夕，却从来没出现过这样的情况——不是受伤的程度，而是情绪。

　　心情黯淡、万念俱灰，像是坠进了十八层地狱。

　　他猜测，这应该是被辐射冲击的后果——精神受创了。

　　大家小心地扶着他坐起来，寒霄看到自己是躺在地上的，身下铺着厚厚的锦缎被褥，周围是……变了样的坤岚宫。

　　安泰小声问："哥哥……你感觉怎么样？你……还好吗？"

　　寒霄没有说话，他的视线缓缓扫过四周。

　　柱子倾倒，房梁断裂，到处横七竖八的。墙壁塌了一半，房顶没了，抬头就能看到碧蓝的天空。

　　"这是……怎么回事？"寒霄一开口，发现自己的嗓子哑得厉害。

　　有人小心地递过来一盏水，安泰扶着他喂到他嘴里。

　　逐电抢着解释："那个什么'钟'炸了，好家伙你自己把它摁住了，但那玩意儿实在厉害，冲击波把房子

都给轰倒了！"

千里补充："真的是太强了，一点余波就把我们给掀飞出去……寒霄，没想到你的灵力已经到了这种地步！"

"对，要不是你，咱们大家连同坤岚宫都要给炸没了！"

"那到底是个什么东西？"

银锋一直没有开口。他很是后怕，又无比惊诧。如果不是面前这个少年，别说坤岚宫，恐怕整座定磐城都没了……"丧钟"到底是什么？

寒霄一口气把水喝完，安泰问："哥哥还要不要？"

寒霄摇头。

突然记起一件事，他吃力地将手探向自己的脖颈。他摸到里衣下面，一个东西将布料顶得凸了起来。

魔石……竟然还在。

他低下头瞄了一眼，发现它小了很多，甚至有些"干瘪"。

此时的它，没有木灵力的禁锢，竟然能够老老实实地待着……不，是毫无声息，变成了普通石头的模样。

是跟"丧钟"激撞的时候耗尽了能量吗？

还好……

大家关心地问他感觉，让他有什么不舒服就说出来。老宗主说："我瞧着你脸色很差，你可别逞强，我带你去找疣鼻猿，那老怪物什么病都能治得了。"

安泰也是一脸的焦急："是啊哥哥，有什么不对你

就说，千万别憋着啊！"

寒霄又摇了摇头，示意安泰扶他，大家一拥而上，七手八脚地把他扶了起来。

"魔花侯和地衣螽斯在哪儿……"他哑着声音问。

"你放心，都弄得可利索了，"逐电嘿嘿笑着指向偏殿，"在那儿呢！"

寒霄扶着安泰的手慢慢走，走了几步才发现自己的头发是披散的，衣服也换过了。也是，那样强的爆炸力，发冠和袍子都化成灰烬了吧。

偏殿，魔花侯依然被冰链捆着。冰晶链可长可短，能够随着生物的体形和动作的变化而变化，任谁都无法逃脱。木叶虫和尺蛾还被封在冰冻中，地衣螽斯则被粗细不一的绳索锁链左一道右一道地捆着，结结实实，只露出一个小头。

魔花侯倚着柱子，不睁眼，也不动。逐电骂："刚才还贼忒忒地左看右看呢，这会儿又装死！"抬起脚来要踹，被寒霄拦住了。

魔花侯忽然开口，他轻蔑地说："你们不配跟我说话……"他望向寒霄，"你，过来……"

"你这老贼还敢嚣张！"宸义和火焱怒喝。寒霄对着他们摇了摇头，自己走到魔花侯面前。

喘了口气，魔花侯动了动，银锋和逐电一起喊：

"不要离得太近，小心有诈！"

寒霄淡淡地问："你想说什么？"

魔花侯有些艰难地说："我一直想不通……你的原身为什么突然出现，你丢失的原灵力得怎么回来的……"

寒霄沉吟了一下："我义父告诉我，我的原灵力是被雷龙王夺走的，但怎么回来的我也不清楚。"

魔花侯闭了闭眼："天意啊！那老贼龙掠去了多少灵力，没有人能抢回来，只有你……而且相隔千里……"

寒霄没有说话。

"十年的经营毁于一旦，真不甘心哪……"魔花侯长叹一声，眼神黯淡："你承认吗，如果不是我这个样子……你未必能这么容易得手……"

寒霄点了点头，他说得没错。

魔花侯心机深沉，工于算计，跟他的对弈中自己几次都落在下风，几乎被逼到绝地。如果不是他得了这种怪病，自己不可能那么快发现他的破绽；如果自己没有魔石的帮助和汲神山灵力的加持，恐怕早已被丧钟炸得灰飞烟灭。

魔花侯浑浊的眼中露出欣赏的神色："敢于承认对手，是个男人……"他喘了口气，说："这么多年来，我只佩服过两个人。一位是我主灵虫王，他是个枭雄……当年我们几乎灭族，是他一手将灵虫族从绝境中

救起……

　　……另一位是花叶族前主古榕王，我敬他有胸怀、有魄力、仁厚贤明……"他忽然自嘲地一笑，"这很矛盾……"也不知道是矛盾什么。

　　他望向寒霄："你以为我说的另一位是你，对吗？"

　　寒霄只是冷冷地看着他，没有任何表示。

　　魔花侯又是一笑："其实，我应该佩服你。人们都说勇者无惧，仁者无敌，但我说诛心者才最可怕——你做到了……你还年轻，将来，你会是我灵虫族最大的威胁……"

　　逐电"呸"了一声："你这是夸呢还是贬哪？"

　　安泰看着寒霄的脸色，讷讷地说："我觉得是夸吧……虽然我听不懂……"

　　火焱打着哈哈："是夸，你没听见他都说佩服了吗？"

　　寒霄面无表情："侯爷说完了？那么我有一些事情想请教。"

　　魔花侯没有什么表示。

　　"铁箭和丧钟究竟是什么，是你们灵虫族独有的吗？"

　　魔花侯讥诮一笑："你觉得我会回答吗？"

　　寒霄伸出手，指尖闪烁起寒光："不然先试试寒冰针？"

　　"不要弄这些没用的。"魔花侯呵了一声，脸上没有半点畏惧，他的眼里闪着狡黠的光芒，话头一转："老

病虎已经死了，你这么卖力，敢说没有主宰人极，登位兽王的想法？"

大家顿时怔住了，慢慢转头，向着寒霄看过去。大殿上瞬间安静下来。

在场的每个人都知道寒霄不是这样的人，看他只不过是下意识的动作，就像有人被议论到的时候，旁人都会不自觉地注意他。

银锋厉喝："住嘴，你不要妄想污蔑他！"

火焱也骂起来："胡说八道，龌龊！"

寒霄的脸色微微变了，他的眼角闪过一抹寒光，手攥成了拳。老姜还是老姜，不但滴水不漏，临终末了还能反将一军。

他满脸冷意："你自己怀揣野心，就以为人人都那样想吗？"

魔花侯嘿嘿笑了一声："好，好，那咱们就走着瞧……"他讥讽地把眼睛一闭，不再说话。

寒霄蹲下身，靠近他，将手探进怀里，摸出了一样东西。

那是一面圆牌，一面刻着一个"一"的符号，另一面是个"灭"字。

寒霄背对着大家，这个位置，只有他和魔花侯能够看见牌子。

"再给你个机会。"寒霄压低声音说，"你一定知道

这是什么。"

"……"

"不说是吗？"寒霄站起来，"别忘了，你儿子还在我手上。"

魔花侯睁开双眼，一丝痛苦的神情闪过，他的脸难以控制地抽搐起来，不过很快，他就恢复了平静。"不用多说了，怎么处置随你吧……人各有命，为了母族，牺牲是光荣的。"他将所有的情绪都抹去，冷笑："倒是你，这么聪明的一个人怎么就犯了糊涂！"

"哦？"

"陆兽族和灵虫族合并有什么不好？我们用这广袤的疆土栖身，你们倚仗我们强大的头脑崛起……我主虫王爱才如命，他一定会赏识你，将你送上权位巅峰……"

到了这时候还没忘记游说。

"谁会蠢到引狼入室？"寒霄冷冷地说，"你们的算盘打得真不错。"

魔花侯斜着眼："不跟我们合作，以陆兽族现在的状况能够支撑多久？水族、天翼族都对你们虎视眈眈，过不了多久，他们就会和花叶以及其他族分裂吞并你们——除非……你来做王，说不定还会有转机……呵呵……"

寒霄的右拳再次握紧，白芒骤然亮起。

"你看，一提到这个话题你就胆战心惊，还说心里没有鬼……"魔花侯讥讽地说。

寒霄冷冷地看着他。

他是想激怒自己，引自己上当。他哼了一声："既然谈不来，那就没必要再耗时间了。我一向对敌人仁慈，我不杀你，给你时间想想清楚要不要说出我想要的答案。"

他转过身："火焱、宸义大哥，把他们吊到城门上示众三天。"

火焱、宸义应声说："好！"

"好主意，"逐电抢着去拉魔花侯，"我来吊这位！"

其他人一拥而上。

"恶贯满盈，应该把他们吊到死！"

"这里有绳子。"

"给他们每个人的脖子挂一个木牌，写上'恶贯满盈、窃族罪人'。"

"头上再戴顶'虫族巨奸贼'的帽子！"

魔花侯的眼里闪过滔天愤怒，几乎将他烧着了。他盯着寒霄，恨不得在他的身上扎出几个洞："杀人不过头点地……真狠哪……"他凄凉地一笑，"……胜者为王，败者为寇，怨不得谁……"

他仰起头，模糊地叫了一个名字，喃喃地说："让你来陆兽族实在是个错误……不过，我任务失败，就算你不来，主上也未必会放过你……我先走，相信你不会

丢我们虫族的脸……来世，你还是我虫族的好儿郎！"

寒霄冷笑："想死？不可能！"银色光芒闪耀，冰晶链又增加了几条，春藤一样缠绕在魔花侯身上，将他束缚得更紧。

可是，"砰"的一声闷响，魔花侯的身体突然爆裂，一团黄黄绿绿的液体流了出来，遇到冰链，立刻冻结了。

老宗主破口大骂："呸，什么玩意儿，竟然自爆了！"

话音还没落，"砰砰！"又是两声，大家转头，见木叶虫、地衣螽斯以及封冻中的尺蛾先后自爆，黄绿色液体流了一地。

逐电颇为恼火："呸，真晦气，便宜他们了！"

突然，传信官在宫门外高喊："求见寒霄将军——"

寒霄说："进来。"

传信官飞奔过来，禀报："将军，小魔花侯和他的手下全部自爆了！"

"我知道了。"

传信官有些愣怔，又听到寒霄说："告诉东辕和千里大哥等在原地，我马上过去。"

传信官躬身行礼："是！"

寒霄攥着的手指节发出几声轻微的咔咔声，大家忍不住去看他的脸色。寒霄沉默了一会儿，转过身，向着丧钟的位置走过去。

　　地面被炸出了一个大坑，几块丧钟的残片散落在坑边。寒霄蹲下身，捡起一块。

　　看不出是什么材料，却依附着惊人的辐射。

　　灵虫族一定不会只有这一个，如果他们用这些杀器偷袭，后果不堪设想。这次他们受挫，但等到时机一定会卷土重来，实现扩张领土、再次崛起的野心。

　　对于这个总是藏匿在阴暗中的种族，不能再抱着逃避和侥幸的心理了。必须严加防守，并摸清他们的动向，以保证兽族的安全。

　　只不过，他们的栖身地偏远隐蔽，地势复杂险峻，原身又小，躲藏方便，想要在博弈中获得胜利必将异常艰难。

　　寒霄略一沉吟，问银锋："他们现在到哪里了？"

　　银锋立刻明白了他指的是谁，说："我请悍兽帮的兄弟们送的，他们速度快。"他看向逐电，逐电撇嘴，满脸的不情愿："咱的弟兄，只有早到的，没有晚来的——他们已经等在汲神山北面的树林里啦。"他对寒霄说，"都是看在你的面子上！"

　　寒霄拍了下他的肩膀表示感谢。

　　老宗主翻了个白眼："既然已经没事了，我这个糟老头子待在这里也没多大意思，这就走啦。"

　　寒霄明白他是不想跟那两个人打照面，于是点头，向他行礼，诚恳地道了谢。银锋、无形和逐电也表示要

回云天林，寒霄挽留不住，只好同意。他本来还想当面为他们平反冤情，恢复名誉，现在看来这件事不能一厢情愿，更不能心急。

老宗主一行人向宫外走去，红豺女也不说话，跟在他们后面，很快消失在门外。

寒霄探知了下，感觉到大殿内外并没有残留的辐射，暗暗奇怪，猜想应该是被魔石吸摄了。于是将丧钟的残片仔细装进鱼袋，又封冻了破碎的尸体，让侍卫妥善放置，自己翻身上马，赶往汲神山。杀晟、宸义、火焱等将尉也紧随其后，一路追着他而去。

# 十九　封　将

东辕和千里正在翘首以盼，看到寒霄连忙向他请罪，说没能看住小魔花侯。寒霄说请罪当不起，安慰了他们几句，也封冻了尸体，让人保管起来。

他轻轻招手，树林里立刻转出一辆马车，向着这边飞驰而来。

两匹马嘶叫一声，顿住四蹄，稳稳地停在大家面前。侍卫挑起车帘，寒霄走过去，亲自从车上扶下了两个人。

他转过身，提高声音向着在场的人宣布："这就是大家一直想要的答案，请看清楚了！"

烟尘一点点散去，那两个人的脸清晰地显露在日光下。

场中顿时一片寂静，下一刻，爆发出一阵惊讶的低呼声。

两个人看上去平平无奇。

一个五十岁上下，面庞瘦长，脸皮发黄，是烧纸的

那种颜色；上半身佝偻着，眼神有些躲闪，畏光似的用袖子遮着脸。

他身旁的老人身材很高大，但看得出经受了长期的折磨，瘦骨嶙峋，面颊塌陷得厉害，只能大体看出原来的轮廓。

"是……是虎王和象丞啊！"几位老臣激动地喊叫起来。

"是他们，没错！"

"天哪！"

这两人就是寒霄从地裂下，千年冥柏的根中救出的虎王和象丞。

很多年轻的将尉和陆兽兵都没有见过真正的虎王，他们疑惑地对望着，有些无所适从。他们心中的虎王，不说顶天立地、威风凛凛，最起码也得不输那个假货才对，为什么眼前这个人既萎缩又猥琐，没有半点王者的样子？

老臣们之所以立刻认出来，那是因为他们实在太熟悉和了解虎王了。

形象再变，气质也难改啊。

十年前那个突然龙行虎步、威风八面的人到现在他们都没适应过来——这个就是真的！

一帮老臣纷纷扑过去跪倒在虎王脚下，号啕大哭起来。年轻的将领和侍卫们面面相觑，但是见老臣们哭得那样情真意切，于是大家都一起跪下了。

　　一会儿哭主上，一会儿哭丞相，老臣们好半天才止住眼泪，颤巍巍地扶着虎王问这些年来的经历。

　　虎王也是不住地抹眼睛，十年没开口，乍说话磕磕绊绊的，几乎是一个字一个字地向外蹦。象丞稍微好一些，虎王讲，他就在一旁补充，加上老臣们自己的理解，总算弄明白了自家主上受的苦、遭的罪，于是又是一顿好哭，痛骂自己没能早早发现虫贼并将其铲除，将主子搭救回来。

　　好不容易才止住，象丞扯扯虎王的衣服，虎王蒙了片刻恍悟，连忙请寒霄过来，对着大家宣布。

　　"是……是十一将尉救了我……"他拉着寒霄："多亏他……我才能站在这里……"

　　象丞又扯扯他的袖子，虎王连忙说："他还铲除了虫族恶贼，呃……"

　　象丞："还恢复了我族生息源。"

　　"对……"虎王努力地挺起胸，抬起头，宣布："我听说……我族的农事在寒霄的主持下也……也大有起色……我还族的第一件事，就是要封寒霄……做我兽族的辅族大帅，统领所有武官……"

　　话说到后面顺溜了很多，有点君主的气势了。但是接着，他的肩背又塌了下去，这位兽族之王转动着眼珠，观察着大家的表情。

　　直接封帅？所有人都吃了一惊。水族有龙宫三大

帅，天翼有鹰帅，但陆兽族的最高武官百年来都是大将军，还从来没有大帅这个衔位哪！

但这时候谁都没有再发出反对之声，因为寒霄原身已经现出，并且他做的每件事单拎出来都惊天动地，等同于再造兽族，现在就算单独为他设立一个官衔，也是丝毫不为过的！

几个老臣偷偷看了虎王一眼，又瞄了瞄寒霄，喉结滚动几下，闭紧了嘴巴。

年青一代的将官们很是激动，他们被寒霄从神圈中救出来，心里满是感激。本来对他通敌的说法就不相信，现在发生的一切让谣言不攻自破，他们对寒霄的敬佩之情更是瞬间暴涨，认为他得到这个位置是理所应当的。

安泰一颗心怦怦跳着，像是擂鼓一样，不知道该怎么才好。他又是激动又是骄傲，但又有些遗憾。他眼睛眨也不眨地望着寒霄，小小地叹了一口气，心想这么重要的时刻，要是阿星也在就好了。

大家一齐跪地喊："谨遵王命！"

虎王浑浊的双眼顿时有了光亮，他下意识地挺了下脊背。

每个人的目光都聚在寒霄身上，等待着他受封。

寒霄迈出一步，单膝跪地："多谢陛下厚爱，不过不必为我开先例，若您不弃，寒霄愿为将，和东辕、千里大哥一同为兽族效力！"

又是一片哗然。大家都是一万个意外，从前是现不出原身有顾忌，现在都名正言顺了，这么好的事情为什么还不应承下来，还要自降一级？

"这……"虎王语塞，象丞的眼里却闪过一丝了然的笑意："寒霄，你厥功奇伟，不必过谦，请受封吧！"

虎王："对。"

寒霄却坚定地摇头。

身在高处不胜寒，现在答应下来必定会遭人嫉恨，这件事不能太着急。他躬身行礼："请陛下恩准。"

象丞苦口婆心地劝，大家也小声叫他接令，但他始终不松口。象丞只好对虎王说："主上，既然十一将尉主意已定，那就遂了他的愿吧。"

虎王点头："……好。"

象丞弯腰扶起寒霄，温和地说："待到以后再立功，就不能拒绝了啊……我和主上的命都是你救的，按说无论封赏什么都不过分的……"

寒霄再行一礼："是。"

大家都很兴奋，不管怎样寒霄已经正式成为兽族的一员，有他在，好像一切艰难险恶都可以迎头而上，都不算什么了。

就在这时，一个阴沉的声音响起来："主上，残害同族，勾结外族的人怎么有资格做大将军？"

场中顿时安静下来。

　　一个身材精悍，披着黑色盔甲的男子从人群中走了出来，径直来到虎王面前，跪地行礼："主上，寒霄品性邪恶、心怀不轨，根本不能担当此任，请主上三思！"

　　是上将军墨勋。

　　"……勾结外族？"虎王望向象丞，象丞摇摇头，一脸坦然地说："这件事我已经了解过了，是天翼人故意陷害，谣言已经澄清……"

　　"如果是谣传，在汲神山，他们为什么会千里迢迢地来救人？连亲侯这种级别的都出动了！"

　　象丞的话音温和却不容置疑："这只不过是他们一厢情愿……他们想拉拢寒霄，被拒绝后就想尽各种法子陷害，是他们一直没断了对寒霄的念想……"

　　虎王也用力点头："……没错。"

　　墨勋磨了一下牙，依旧不松口："那么他虐杀老飞鼠将军，大家都看到了——主上，这件事不能不了了之，杀人犯必须给大家一个交代！"

　　象丞一怔，眉毛皱起来，"我刚回来，并不了解……"他望向寒霄："这是怎么回事？"

　　场中更是安静。这事棘手，所以谁都不想提起，墨勋还真是会找小辫子揪啊。

　　虽然当时的情形十分怪异，但在场的人都看到老飞鼠是死在寒霄的手上。有人想为寒霄说话，但搓着手想了半天也不知道该怎样开口。

　　虎王和象丞望着寒霄，期待他为自己辩白一下，寒霄却沉默着没有说话。

　　墨勋得意了，用挑衅的目光扫视着每个人。

　　有人却是另一种想法。

　　他们觉得墨勋蠢、不识时务。寒霄现在的灵力和手段高得惊人，在兽族几乎没人能跟他匹敌。更何况他还救了一族之主，就算这些罪名都属实，作为救命恩人，虎王也不可能治他的罪。跟他为敌，岂不是自找麻烦？

　　墨勋蠢吗？一点也不。

　　他当然是忌惮寒霄的，他的眼睛又不瞎，别人看到的，他也看到了；别人想到的，他也想到了。但畏惧解决不了问题，寒霄留在陆兽族已成事实，梁子早就结下，他将来必定会受到严重的排挤。那么，他就要当缩头乌龟，见到对方就退避三舍吗？不，陆兽族他也要待，他必须在尘埃落定之前再努一把力，找到对方的薄弱点进行打击，否则等对方根基稳了以后再想动作就难了。

　　他不识时务吗？怎么可能。

　　他们黑豹家族世代武官，他的父亲为虎王效命几十年，一家人早就将虎王的脾性摸得一清二楚——虎王从不肯得罪对自己真正忠心的人，将来攘外安内还得靠大伙，不可能只靠寒霄一个，他自然不能偏袒得太厉害；更何况他刚还族，必定想在大家面前树立明君的形象，

这些事拿到明面上说，他反而不好糊弄了。

还有一点，寒霄坐上将军的位子，看情形，少不得是众将之首。他跟东辕和千里一个鼻孔出气，自己的势力必定会被削弱，所以自己一定要横加干涉，不让这帮人心想事成！

大家一时不知道怎么办才好，突然一个苍老的声音响起来。

"交代？"声音铿锵有力，震得人耳膜疼。"寒霄心地善良，从来都只会救人不会杀人，这就是交代！"

大家纷纷转头，见疣猪府太夫人在女侍卫的搀扶下拄着拐杖走过来。

墨勋冷冷一笑："老夫人，您是三朝元老，本来您的话我不敢反驳，但您不能凭着感情偏私护短，掩盖他杀人的事实，这叫谁能服气？"

启战在一旁附和："就是，咱们大家都看到是他……"

太夫人先向虎王行了礼，然后回过身，冲着启战"呸"的一声："你是个什么东西？黑豹头都不够资格跟我说话，你算哪头大瓣蒜！"

启战的脸青了又红，红了又青，他张了张嘴，最终没敢出声。他偷偷向人群看了一眼，发现大家的眼神都是鄙夷和不屑。

这一刻他突然明白了自己的处境——在大家眼里，他就是个只会背后偷袭，掏敌人肛肠的卑鄙小人，陆兽

族没人看得起他，他甚至比过街老鼠还不如！

他的脸一下垮了下去。

太夫人又对着墨勋骂："不敢反驳你还反驳呢！偏袒？你哪只眼睛看见我偏袒了？我还要说你因妒生恨，一个劲地针对寒霄呢！"太夫人越说越气，"咱们陆兽族就是被你们这群善妒的小人给搅浑了，一个个的不务正业，只会陷害忠良，背后插刀！"

大家一齐在心里喝彩："好！"平时慑于墨勋的威势，大家都不敢说什么，这时候听太夫人骂出来，都直喊痛快。

墨勋的脸顿时黑了："你！"

太夫人哼哼："你什么你，你有意见吗？"

寒霄走过来，向太夫人躬身行礼，然后环望着人群："我正想向大家交代这件事。"

这些天来，负疚感压得他快要喘不过气了，就算墨勋不提起，他也会向大家说明，给所有人一个交代，也是给自己交代。

人群静了下来。

惊讶、怀疑、钦佩……大家看着寒霄，想听听这位行事一向出人意料的少年怎么解释，毕竟他们也想知道真相到底是什么。

"老飞鼠将军是我杀的。"寒霄说。

一片愕然。

大家你看我，我看你，一时间不知道该做出什么样的

表情。

太夫人吃惊地喝道："寒霄！"

寒霄一脸平静。

老飞鼠死在他手上是很多人眼中的"事实"，这一节粗暴地带过是没办法让大家心服口服的，说出来反而坦诚一些。

太夫人说："寒霄，我知道你的为人……要是有什么不得已的苦衷，你就讲出来！"

"多谢您。"寒霄感激地望向她，但魔石和圆牌现在还不能公布于世。退一步讲，就算说出来，又有几个人能相信？

"但这是误杀。"寒霄的眼神清明透彻，慢慢扫过人群，"我在跟老将军交手的时候误杀了他，信不信由大家。"

"你的意思是手滑吗？"墨勋"哧"的一声："真轻巧，没有证据的事谁会信，我还说是蓄意谋杀呢！"他依旧跪在虎王面前，"请主上明断！"

虎王一下噎住了："这……"他的眼睛又瞟向象丞。象丞沉吟了一下："寒霄，我刚才了解了一下……你是掐着老飞鼠将军的脖颈将他杀死的？一般来说，双方在用兵械对击的时候容易发生误杀……你不解释一下吗？"

在场的人心里都是一沉，这一点对寒霄相当不利。

寒霄摇头："不解释。"

象丞怔了一下，轻轻叹了一口气："那么你想怎样

处理这件事?"

寒霄说:"我自裁抵罪。"

场中哗然,像煮沸了的锅。

有人可惜,怪寒霄太实诚,把事情往自己身上揽;有人怀疑,不相信这就是真相;墨勋、启战一伙则满腹狐疑,弄不明白寒霄的葫芦里卖的什么药,他们打算再添把火,逼虎王降下重罚;东辕、千里等一干将尉则焦急万分,纷纷劝寒霄,让他考虑清楚,不要这样草率地下决定。

寒霄不为所动。

他如果真想为自己开脱,也不是没有证据。那晚他的手被吸上老飞鼠咽喉的时候,树林里闪过几个人影,他知道是值夜的陆兽兵,那一幕他们应该都看到了。但是,他不想强人所难让他们出来为自己做证,那样,跟墨勋一伙有什么区别?

还有一个原因。

他对阿星的愧疚寸积铢累,他迫切地想要做些什么来补偿。说他不理智也好,说他冲动也罢,他希望能借此减轻阿星的怨恨,他不想他们之间变成今天这个样子。

墨勋"哧"的一声:"自裁?你会吗……"话还没说完,下半截生生噎在了喉咙里。

人群发出了一阵惊叫。

冽寒剑正正地刺进了寒霄的胸膛,鲜血很快洇流出来,将雪白的锦袍染红了大片。

大家怔住了，场中鸦雀无声。

站在墨勋旁边的狼将军易戈却冷笑一声："嘿，他自己会愈合伤口，这明摆着是做样子堵别人的嘴的！"

将士们听到这阴阳怪气的嘲讽，控制不住地对他们怒目而视，有人就要张口开骂。

火焱又气又急，压着声音喊："四将军，寒霄还救过你呢，你怎么能这样说？"

"我不自愈。"寒霄轻轻咳嗽了一下，细小的血点溅出来，落到衣襟上。

墨勋阴鸷地说："呵呵，你根本没有刺到致命部位，这点伤回头就能长好！"

启战看了看墨勋和易戈，鼓起勇气说："我来，我来刺他！"他转动着眼珠偷偷扫着人群，向寒霄走过去。

"下作东西，滚一边儿去！"一根拐杖挥过来，启战当场被抡飞出去，跌在地上爬不起来。

太夫人指着骂："你那脏手敢碰他一下试试！"

咒骂声响起来："真不要脸，只会落井下石！"

"对敌打仗不见你，祸害自己人倒是回回跑在前面！"

"一肚子坏水，从来见不得别人好！"

太夫人推开女侍卫，几步来到寒霄面前，心痛无比地望着他："阿霄，好孩子，我相信你，你，你快别这样了……你拿开剑，跟我回家！"

"呵，"墨勋乖戾的声音再次传来，"怎么，这就完

了？你这算自裁？"

寒霄平静地说："没错，不算。"

他突然拔出剑，对准心脏再次刺了下去！

惊呼声响成一片。

"哥哥！"安泰什么也不顾了，几步冲过来，死死抓住寒霄的手，喊道："哥哥，你别刺了，求求你停下！你听太奶奶的话，咱们回家上药……"

东辕和千里奔过来，千里将军叫："你的身体这个样子……你不能再这么下去了！"

墨勋却阴狠地盯着这边："还好好地站着，自裁就没有完成！食言而肥不算男人！"

易戈也附和："对！"

"你找死！"太夫人怒到了极点，眼中已经泛起了杀气，她将拐杖指向他们："再说一句试试？"

东辕、千里和其他将士们也紧攥双拳对他们怒目而视，墨勋和易戈禁不住倒退了一步："你们想要干什么？你们眼里还有主上和丞相吗？"

寒霄的嘴角露出一丝凄凉的笑意："说的是……"拔出剑就要刺第三次。

安泰急得快要哭了，嘶哑着声音喊："哥哥！！"

太夫人又急又怒，手抖着，拐杖不知道该打墨勋还是寒霄："你这娃儿，再敢糟践自己我就发火了！"

"寒霄将军不要再动手了！"

　　突然，有人急促地喊了一声，拨开人群挤了过来，"扑通"跪倒在地上，语气坚定地说："陛下，小人可以作证，那天晚上在栈道密林，小人看到的确是老飞鼠将军把寒霄将军吸过去的！"

　　紧接着又有陆兽兵出来跪下："小人也为寒霄将军做证！"

　　"小人也做证！"

　　"陛下，我也可以做证！"

　　墨勋先是一愣，接着满脸怒气地喝道："你们几个胡说八道什么！"

　　人群中响起了嘈杂的议论声："你们怎么不早说？"

　　"早干吗去了，人都伤成这样了才冒出来？"

　　几个陆兽兵忍不住一阵哆嗦，为首的那个嗫嚅着说："我们，我们起先怕……"他们看向墨勋，"怕被人报复……"

　　墨勋和易戈的脸顿时黑了。

　　易戈喝道："你说就说，看我们做什么！"

　　几个陆兽兵吓得又是一哆嗦。

　　太夫人一顿拐杖："你们别怕，尽管说出实情！要是有人想害你们，我一拐打烂他的脑瓜子！"

　　"是……"为首的陆兽兵大着胆子说："刚开始我们不敢说，但后来看到寒霄将军一剑一剑地刺自己，心里实在是……我们不想再隐瞒下去了！"

象丞点点头："你们知情不报，我之后会重罚！至于为什么会发生这种情况，我会查明原因。"他上前扶寒霄，"快来人，拿创伤药来给将军敷上！"

寒霄脸白得像纸，摇头说："多谢丞相，不用了。"

"既然如此……那这件事就此了结。今后谁也不准再针对寒霄将军……"虎王宣布，说完扫视了大家一眼。

大家立刻跪在地上，高声说："遵主上谕令！"

墨勋的脸上又是一阵发青，正愣怔着，象丞的声音传过来："墨勋将军、易戈将军？"

墨勋和易戈只好叩首："是！"

寒霄步履不稳地向着虎王行礼，说："寒霄还有事请求陛下。"

虎王赶忙伸手做扶的姿势："不必如此，先止血再说……"

寒霄不动："经过末将调查，悍兽帮、机关宗、幻形宗，还有其他若干忠臣良将，都存在着冤假错案的嫌疑，恳请主上将他们的卷宗重新彻查，还他们一个公道。"

虎王顿时哽住了，他看看象丞，又看寒霄，"你怎么在这种时候……"

人群中也发出一阵嘈杂的议论。

寒霄依旧坚持："请陛下彻查。"

"……"虎王的脸色有些难看了。

象丞点点头："你放心，主上一心要做贤明君主，

假如那些案子的判定有失公允,他一定会重断的。"他望向虎王:"您说是吗,主上?"

"对对……"虎王连连点头,"我会详查,我会详查……"

寒霄垂首跪地:"谢陛下。"

忽然墨勋那阴沉的声音又响了起来。

"主上,末将还是不服!"

虎王皱眉:"老飞鼠的事不是了结了吗……"

墨勋强硬地说下去:"主上,寒霄受封,我族上将军中有三个就是食草属了,但食肉属却只有两位,这不公平!"

虎王和象丞都是一愣。

虎王的脸色更不好看了。今天刚还朝,王座都还没坐上,麻烦事就一桩接着一桩,一桩比一桩难办,人也一个比一个难缠,一个比一个刺儿头!

象丞也是大皱眉头。这个黑豹子还真是刁钻啊。

陆兽族自从建族,食肉兽和食草兽之间的明争暗斗就没停止过。伊始是食草兽占上风,因为数量实在庞大;其后食肉兽呈现出压倒性的优势,再到后来两方势力轮换更替,互相牵掣。历代兽王也都会很谨慎地处理这一关系,大致不会太过向哪一方倾斜,以防怨声四起,发生暴动,最不济面子上的工作要做到位,毕竟不管食草兽还是食肉兽,都是陆兽,都是一族同类。

但现在墨勋的危机感相当严重。

寒霄的原身是鹿，是典型的食草兽，现在站在他身后满脸激动和雀跃的，都是食草属，当然，还有宸义那种杂食的。这事说起来就是这么玄妙——自然站队，多少年来刻在骨子里的，是难以改变的天性。

拥护寒霄的力量如此强大，自己今后的日子将更加难过。扳不倒他，那就尽量为自己争取一些有利的条件！

虎王有些卡壳："这……你说要怎样……"

"食肉兽也要提拔一名上将！"

虎王："啊？"

象丞哭笑不得，他左右看看："食肉兽里面……还能擢升谁？"

墨勋也是暗恨。早年食肉兽猛将多得像岭上的石头，到了现在竟然青黄不接，想要拉拢个自己的势力都找不出来！

他将目光定在远处身材精瘦、面容猥琐，还趴在地上的男子身上，忍不住叹了口气。

"主上，启战可以做第六位将军。"

人群中立刻爆发出讥诮和谩骂声。

"鬣狗也能当上将？"

"他是什么德行，谁不清楚啊！"

"就算选只貂也不能选他！"

启战当初被提拔为将尉的时候大家也是非常不满，

但好在是最末等的武官，大伙骂一阵也就算了，但上将是众兵之首，陆兽族的威严所在，怎么能让这种人担任？

听到墨勋的提议，启战心里一阵激动，一用力从地上爬了起来，捂着小腹，满脸希冀地看着虎王。但是虎王迟迟不吭声，大家的议论又针扎似的传进耳朵，他刚刚挺起来的肩膀顿时又塌了下去，表情比刚才更加沮丧。

墨勋咬牙："请主上恩准！"

启战这种人确实上不得台面，但他有自己的优点。他唯利是图，比较容易控制，不像杀晟那个二愣子，根本不听人摆布；还有就是他的族人数量庞大，对于自己的势力是一个很好的补充。

"好，好……准了……"虎王半天憋出几个字，望向大家的目光有些瑟缩。

象丞一怔，看了一眼虎王。

他有些意外。

自从重见天日后，不论什么事虎王都是和他商量后再做决定，这次为什么……大约他是想维持所谓的平衡吧……既然话已经出口，他怎能驳一族之主的面子？只能先这样了。

但他心里却产生了一丝异样，他转过头，见虎王并没有像往常那样跟他进行眼神上的交流，而是做出极其疲惫的表情，用手扶住了额头。

那丝异样化作了不安。

象丞收回目光，沉默了。

一片哗然，大家议论纷纷，不满之声不绝于耳。

启战的小眼里却射出兴奋的光芒，他赶紧拍拍身上的尘土，一瘸一拐地走到虎王面前，跪下："末将谢过主上，谢过丞相！末将定会为主上赴汤蹈火、粉身碎骨、一往直前、万死不辞……"

虎王摆了摆手："行啦，行啦……"

启战又喜气洋洋地对着墨勋连连作揖。

墨勋嫌弃地别开了脸。

虎王不再理会他们，或者说顾不得了。他身体摇晃着，像是下一秒就要倒下去。

象丞赶忙和侍卫一起扶住他。象丞深吸一口气，问："主上，您觉得哪里不妥？"

虎王不作声，无力地摆了摆手。

象丞抬起头宣布："主上遭受的创伤太严重，现在还没恢复，需要回宫休息。今天到此为止，大家散去吧！"

在象丞和侍卫的搀扶下，虎王颤巍巍地上了马车。

马蹄声起，车轮辘辘，车辇刚离开，年轻的将领们就涌过来，劝寒霄赶快敷药治伤。

墨勋看着寒霄，心想他这个样子，不死也是元气大伤，今天总算是没白争取。他有些满意，转过头见启战还杵在那儿，重重地哼了一声："还不走干什么，等着开席吗！"

　　启战连忙颠颠地过来，跟着他和易戈离开了人群，临末，还不忘向太夫人以及老疣猪将军投去一瞥，那一眼，尽是憎恨和恶毒。

　　大家开始你一言我一语地骂，发泄着心中的怒气，太夫人、老疣猪将军和安泰的注意力都在寒霄身上，根本顾不得别的。太夫人说寒霄还没有正式受封，将军府也没拨下来，所以现在哪里都不能去，必须马上跟她去疣猪府养伤。

　　寒霄摇头拒绝，他说不想打扰他们，自己先住将尉馆舍就可以了。三个人一再劝说都没能让他改变主意。

　　安泰执意跟寒霄走，要去照顾他。寒霄看着他那比自己都要白的脸，伸手抚上他的背，低声说："别担心，你忘了我的心已经换过了？"

　　安泰错愕地望着他，寒霄努力挤出一丝笑："我的心是冰做的，伤不到……"

　　安泰恍悟，就在这时却看见寒霄身子一歪，倒了下去。

# 二十　难相见

　　太夫人怒了，谁说也不听，叫人立刻把寒霄抬去了疣猪府，同时把兽族最好的大夫也都弄了过去。一堆珍稀伤药和泥似的往寒霄身上抹，各种名贵补品不要钱一样往寒霄嘴里灌，仆人婢女十二个时辰轮流值班伺候，两天以后，寒霄终于醒了过来。

　　全府上下都非常高兴，安泰告诉他这期间虎王派人送来不少药材和滋补品，丞相也亲自来探望过，寒霄点点头表示知道了。

　　这之后他被照料得更加仔细，全府供神一样供着，在太夫人的亲自监督下，他每天只能躺着不动，连饭都是弄成小婴儿吃的那种羹糊，由婢女或安泰一口一口地喂，这让他颇受不了。

　　他很过意不去，表示想回将尉馆舍。太夫人只是霸气地回了两个字："不行！"再问，没门，想都别想！

　　东辕、千里和将尉们也不停地来探望，大家见他的

身体每天都有好转，都异常高兴。

又过了半个月，大将军府修葺打扫完毕，寒霄的伤也好了个七七八八，虎王亲自派人来接他过去，疣猪府全府出门相送。太夫人把吃的用的装了满满一车，甚至还挑了十个最漂亮能干的婢女要送给他，被寒霄委婉地拒绝了。

大将军府距离疣猪府二三十里路，马车一路飞驰，不久就到了。

寒霄下车，一座比他想象中还要庞大的府第出现在面前。

像是按照他的喜好来整修的。墙砖一律是素净的青色，连瓦也不是其他府第的朱红色，而是黛色烧瓦；铜门上面悬挂着一面匾额，上书"凌云府"三个字，是虎王赐名，象丞亲笔题写，一是暗喻他超凡脱俗的品行，二是彰显他崇高的地位。

这里本来是前陆兽族主狮王的爱将白狼将军的府第，开始虎王的意思是重新建一座，但被寒霄婉拒了，于是就将这里赐给了他。

府中宅院相通，曲径幽深，寒霄沿着小路慢慢走过去，看到竹林深处有一个池塘。这时候已经是初夏，周围碧树环绕，池塘水清见底，浓郁的荷叶层层叠叠，一两枝白荷探出头来，景色既素雅又幽静。寒霄非常喜欢，他静静地站着，过了好一会儿才转身离开。

他向府里的侍从仆役简单地安排了一下，说今天不在家，叫他们不用准备他的饮食，然后出了门。

他先是去了坤岚宫，向虎王禀报自己的伤已经好了，并谢过虎王和象丞多日来的关照，然后请示出城有事情要办。虎王哪里可能不放行，嘱咐他不要误了三天后的复位大典，便挥手让他走了。

寒霄马不停蹄地赶往水间戈壁。

有了踏云马，千里距离近如咫尺，很快，他就在戈壁旁的酸棘林里找到了他。

千年不动仙。

在汲神山，灵力快被吸干的时候寒霄明明听到了他的声音，但后来却没有看到人。他猜老人家一定是带着小藤悄悄溜走了，这老人孤僻乖戾，他见怪不怪。

老人家正架着火，在一张黑漆漆的铁鳌子上烤着什么东西，小藤则蹲在一旁小心地往火里塞着酸棘枝。

踏云马俯冲着陆，寒霄翻身下马，牵着缰绳轻轻走近。

鳌子上烤的，是一颗颗滚圆的石果。

往日的回忆瞬间涌了上来，和阿星、安泰一起烤石果的画面浮在眼前，酸痛不可遏止地漫进眼底，如同僵冷的外壳蓦地破裂，苦涩喷薄而出。

石果年年有，可有些东西还能回来吗？

小藤看见他，惊喜地站起来，挥着手喊："寒霄，你来啦！"

千年不动仙抬了抬眼皮，嘟囔："杵在那儿干吗，还不快过来给我开石果！怎么，架子大了是吧！"

"不动爷爷，小藤哥。"寒霄走过去，恭敬地行了一礼，"汲神山多谢你们。"

千年不动仙翻了个白眼："哼，我要那妖山谢我干什么？"

"在汲神山，寒霄多谢您的引导。"

"我没引什么导，跟我没关系。"千年不动仙不咸不淡地说。

寒霄淡淡一笑，也不和他争论。

小藤尴尬地笑了笑，摇手说："别客气，再客气可就见外啦……那会儿我和爷爷走得太急，也没跟你说一声。来，快来坐。"小藤想拉寒霄，却见他锦衣玉带，衣服白得像雪，他看了看自己污黑的手，不好意思地缩了回去。他四下望望，找了一块平整干净的石头，搬到寒霄脚下："寒霄，你将就一下……"

千年不动仙瞪了小藤一眼："瞎客套什么，爱坐不坐！"

寒霄把那块干净的石头让给小藤，自己随便找了块，拉小藤一起坐。

小藤只好坐下了，他有些局促："自从在生息源那里分开，我都大半年没见到你了，在汲神山也不过远远地望了你一眼，你现在本事可真大……都不像原来的你了。"

"我从来没变过。"寒霄掌上蕴起绿光，握住了小藤

的右手。

小藤窘迫地想往回抽："不用了不用了，我这样挺好的！"

寒霄说："跟我还客气吗？"

灵力沿着那树根枯藤一般的胳膊传了过去，包裹住小藤全身。

千年不动仙哼哼两声，撇嘴："石果。"

寒霄用另一只手去捏已经烤好的石果，小藤连忙喊："你别动，很烫，一会儿我来弄……"

千年不动仙哼了一声："胳膊肘往外拐！"

寒霄手上包裹了寒冰气，石果滚烫却伤不到他分毫。他两根手指轻轻用力，只听"噼啪"一声，焦黑的果壳掉落到地上，铁鳌子上只剩下又粉又白的果肉。

——哥哥，咱们有吃的了！

——哥哥，你打小在水族长大，都是吃生的东西，我告诉你啊，这叫作火……

寒霄轻轻捏起堆在一旁的酸棘虫，将它们身体里的汁液挤上去，铁鳌子吱啦作响，石果肉慢慢变得晶莹润泽起来。

——哥哥，给你……怎么样，好吃吧？

——那可不，安泰的手艺可不是盖的！

寒霄一阵恍惚。

"哼，看把你给愁的！"千年不动仙不屑地说，"不

就是老飞鼠死了，小耗子跟你闹掰了，怎么，这就把魂儿丢了？"

寒霄轻轻摇头："毕竟阿星的爷爷死在我手上，就算解释清楚了，他也不可能释怀……"

"不试一试怎么知道？你被吸在汲神山上那会儿，他不是还去救你了吗？"

可是过后他却悄悄溜走了，连见自己一面都不肯。

"你那眉毛都快拧成疙瘩了。"千年不动仙说，"那小子看上去记仇，其实心肠挺软，多哄两次就好啦！"

"真的吗？"寒霄心里燃起了一丝希望，连胸膛都热了起来，"好，我试试。"可是，他不会哄人啊！

"咻！"千年不动仙嫌弃地说："还将军呢，一会儿发愁一会儿高兴的，幼稚！"

寒霄有些不好意思，他放开小藤的手："小藤哥，先到这里，以后我再给你修复。"

"谢谢啦！"小藤看着自己的手，又摸摸脸，"其实不用麻烦了，这样已经很好了！"

千年不动仙捏起一块石果肉扔进嘴里，慢悠悠地咀嚼："这次你来，是还有别的事吧？"

寒霄点点头。跟老人家不用多客气，他从怀里掏出那块圆牌，递到千年不动仙面前。

千年不动仙接过去，突然像是烫到手一样把圆牌扔还给了他。

"这是哪来的?"

"阿星爷爷身上的。"

"他身上怎么会有这么邪性的东西? 这牌子好像……"

"有辐射。"寒霄说。

"有辐射你还给我?"

"我用灵力把它包裹住了。"

千年不动仙使劲翻了个白眼:"那我也觉得浑身不得劲儿!"他抠了抠脚指头,"你弄好再给我!"

寒霄又在圆牌上包裹了好几层灵力,这才递到千年不动仙手中。

千年不动仙翻过来覆过去地看,一向漫不经心的脸上居然露出了一丝凝重。

"有很多陈年往事都被掩埋了……有的就那么着没声没影了,有的却被封着,碰也碰不得,更不能提起……"

寒霄抬眼:"您知道?"

千年不动仙叹了口气:"也不能说知道,毕竟我不能随口胡说……"他沉默了一下,"我看,你还是自己亲力亲为才能摸索到真相……"

他说话向来都是直来直去,这副欲言又止的样子实属罕见,别说寒霄,就连小藤也觉得颇不适应,起了一身鸡皮疙瘩。

千年不动仙注意到寒霄的表情,瞬间明白他在想

什么，瞪了他一眼："别瞎猜了，我是真不清楚。"他把圆牌递回去，让小藤揽着坐了起来："那什么，这样吧，你去花叶族走一趟。"

他不是不清楚，而是有难言之隐。寒霄问："花叶族？"

"嗯，你去找牡丹王……那爷们儿，不，那娘们儿……小藤你们那不男不女的主子叫什么名字来着？"

"叫绯华。"小藤撇了撇嘴，"爷爷，好歹我也是花叶人，您能不能别这么说我们陛下！"他抱歉地对寒霄笑笑："我们花叶人有很多都是雌雄同体，陛下也是，所以爷爷……"

这个寒霄早就知道，天下人都说十族美人在花叶——亦男亦女的基因，让他们的样貌比其他族的人都要秀妍美丽，但这并不是一句褒奖的话，它是带着一丝不屑的意味的。大家还是觉得男人就要有男人样，女人要有女人样，不男不女的像什么！在这一点上，九族人的观点倒是十分统一。

"你去找牡丹王，他肯定能说出个子丑寅卯来……不过他未必会见你，因为他有一个怪癖……"他的小眼睛斜睨着寒霄："别看我啊，我可没有什么信物给你带着，这得完全凭你自己的本事。"

小藤想了想："爷爷，我陪寒霄去吧！"

千年不动仙瞪了他一眼："这会儿你也不怕丢下我

747

一个糟老头子孤孤单单的了？不是不让你去，而是你去了没一点用。"

小藤低着头掰手指头："爷爷，我哪是丢下您不管啊，我只不过觉得我也是花叶人，或许能帮上一点忙。"

"牡丹王可不管你是本族还是外族，他脾气怪着呢……他做事一向看心情，跟他不对付的，天王老子都不理。"

寒霄问："他有什么怪癖？"

千年不动仙诡异地笑起来，小藤吓了一跳："爷爷，您这样笑是要干什么？"他见寒霄眼神中满是疑惑，连忙摇手："你别想多了，真的！其实陛下就是喜欢考验外族人……"

寒霄点头表示理解。这是应该的，谁都不可能让陌生人随便进出自己的地界，对外族人有防备很正常。

"咳嗯，那个，"千年不动仙摸着下巴，"要是你能见到牡丹王，入得了他的眼，他能引荐你去见那个人，就更好了……"

寒霄看着他那神秘的样子，问："谁？"

"不能说，不能说。"千年不动仙摇着头抠起了脚。

寒霄打住了话头。他知道这位老人的脾气，他要是不想说，再怎么问都没用。

他站起来行了一礼："多谢您。"

"对了，"千年不动仙支棱起身子，"那块牌牌，你

不能给人看到。"

寒霄说："幻形宗老宗主、银锋、逐电和无形已经知道了。"

千年不动仙"哧"了一声："那群山野莽汉你给他们看什么，他们懂个屁！以后你可要留心了……连阿星都不能让他知道，懂不懂？"

"我明白。"寒霄说，"不动爷爷、小藤哥，我走了。"

小藤连忙站起来："不多待一会儿吗？石果都烤好了……"

千年不动仙说："他现在可不比从前啦，忙得脚跟打后脑勺，哪有闲工夫在这里吃东西。"

"小藤哥，"寒霄抱歉地说，"以后我再来看你。"

千年不动仙又翻了个大大的白眼，使劲挥手："走吧走吧，赶紧走，别假惺惺的，我腻歪！"

小藤依依不舍地送他。寒霄知道他年龄虽然比自己大，但也还是个少年，也渴望跟同龄人一起谈天说地、促膝交心，只不过由于样貌的原因，他羞于跟人交往。只是这一阵事情实在多，他思忖着等到有空闲，一定来陪陪这爷孙俩。

他轻轻握了握小藤瘦削的肩膀，踏云马立刻凑了过来。他翻身上马，踏云马长嘶一声，扬起四蹄飞上天去。

三天后，复位大典如期在乾华殿举行。说是大典，

其实仪式非常简单，没有奏丹陛大乐，没有阶下鸣鞭，只在午门上鸣了钟鼓，虎王落座接受了文臣武将的跪拜。虎王当众表示族力尚未恢复，一切从简，请大家理解。群臣一阵高兴，经过这一番波折，自家主上终于不像从前那样任性而为，懂得爱惜民力了。

倒是册封大将军的过程还要显得隆重一些。象丞宣读了册文，虎王亲手将代表着武官最高权力的兽王符授给寒霄，百官一齐向寒霄道贺。启战的册封也是一样，只不过不赐兽王符，墨勋和易戈一帮人也不好再说什么，毕竟虎王只答应提升启战为上将，没有允诺其他的。他们怕要是再有过多的要求，会激怒虎王和群臣。

虎王欣然接受了寒霄大力发展农业、集全民之力中兴兽族的建议。让寒霄更欣慰的是，虎王昭告全族，当年的冤假错案一并平反，恢复受害者名誉以及先前职位，这对一位君王来说，等于让他承认曾经犯下的错误，已经非常不容易了。

但暴震、银锋、逐电、无形以及老宗主并没有接受回定磐城任职的旨意，他们说已经习惯了无拘无束的日子，适应不了当官的生活，担心做不好冲撞了虎王。虎王表示十分惋惜，但也随他们去了，群臣惊讶虎王的巨大变化，个个回不过神来，差点惊掉了下巴。

现在，让寒霄唯一郁结在心的就是阿星了。

他两次到飞鼠府都是大门紧闭，根本见不到人。对

他来说翻墙而入易如反掌，但他怎么可能那样做？

听千年不动仙的意思这件事简单得如同捅破一层薄纸，但临到眼前才发现是隔了一座山。寒霄心里黯然，自从记事起经历了多少艰难阻碍，却没有哪次像这样难。

毕竟是最亲的人惨死，任谁一时半会儿都不可能原谅和忘却，若放在自己身上，必定也是这样的反应。

后来事务一件件压下来，他连气都喘不匀，这件事就暂时被搁置了。

农事虽然有了起色，但推行播原种、勤农耕的命令依旧困难重重，隐藏在胜利之下的矛盾开始显现出来，并随着时间的推移越来越尖锐。

伊始大家的干劲儿还是挺足的，灵水被禁，毒粮没收，大家知道这是百年之计，是从根子上为大家好，都表示服从。但陆兽族自古以来土地贫瘠，风沙肆虐，对种植非常不利，许多人习惯了"灵水一浇，粮食满仓"的获取方式，懒惰和依赖心理已经形成，再让他们下苦力做农活，在短时间内又见不到成效，他们自然就受不了了。

于是一时间怨言四起，牢骚满天飞。

尤其是那些好吃懒做的人私底下都把过错归咎到寒霄身上，抱怨为什么生息源已经恢复，陆兽族的环境还这样恶劣，种点庄稼都这么难！

将尉们被派遣去督促农耕，都气得不轻，脾气火暴的杀晟忍不住要动手打人，幸好被大家给拦下了。将尉

们把族民的恶劣言行一一禀报给寒霄，牙尖嘴利的火焱忍不住骂，说陆兽人有一个千百年来都改不掉的劣性，那就是吃的时候是顺碴，干的时候是戗碴。宸义木着脸补充了一句："还有吃完饭骂厨子，穿上新衣打裁缝！"

寒霄一语不发。

生息源提供给一族灵力和生机，动物和植物同样也要回馈和滋养生息源，这样才能形成良性循环，让源能长盛不衰。而族民们只会索取，不想付出，实在让人心冷。

但这个念头也只是转瞬即逝。族民们只是些普通人，世代跟泥土打交道，眼里心里只有自己的一亩三分地，最大的愿望就是吃饱肚子，过平静安定的生活。如何能达到那么高的境界？

其实，这一点他也早就感到疑惑了。

——生息源的确出了问题。

封将后，他将被灵虫人盗走的源能重新生成，又不止一次地催动它，想跟它互动，但它异常懒惰，从不主动配合。

寒霄十分奇怪。在天翼族时，他们的生息源几乎熄灭，他照样一手就救了回来，更别说他的灵力比从前又提高了若干倍。

所以，陆兽族的气候和环境越来越糟糕。

最初寒霄认为是生息源被破坏得太彻底，导致再生的源能不能很好地跟土壤以及植被结合，而灵虫族的破

坏正好是一个引发点，让先前并不牢固的根基再次崩溃。

但仔细探查后却又感觉不是，这让他百思不得其解，寤寐难眠。

还有一件事让他没想到。

"苦练兵，勤农耕，中兴兽族"的谕令是下达了，虎王却并没有事必躬亲，理由是身体不适。这样一来，王令实施期间产生的矛盾大部分就集中在了他一个人的身上，这让他忍不住生出了猜疑，但他很快将念头压了下去。他是陆兽人，吃王朝的俸禄，就要尽职尽责，为族除忧解难，又怎能随意揣测，锱铢必较呢？

虽然没能见到阿星，但每隔一段时间安泰就会跑来跟他说小孩的情况。

安泰请他放心，说阿星虽然没有以前那么活跃了，但精神还不错。他告诉寒霄，小孩最近和他一样，都在苦练技艺，提升灵力，只不过自己有爷爷指点，进步得快一些，而阿星只是自己闷头练，有些不得要领。他再三劝说，小孩才肯走出家门，到疣猪府来，让老疣猪将军指点一二。

寒霄心里一阵酸痛，他忽然想到，自己可以在阿星去疣猪府的时候悄悄看他一眼，于是把这个想法跟安泰说了。

安泰立刻同意了。

　　其实他早就跟阿星说过这是个误会，连自己爷爷都曾劝过他，要他不要再记恨寒霄。但每到这时小孩总是沉默，说得急了掉头就走。眼见三个人弄成这个样子，安泰也是又着急又难过，却毫无办法。

　　半个月后的一个下午，疣猪府上的一个长随骑着马匆匆来到大将军府，向寒霄禀报说阿星现在在他们府上，安泰正陪着。

　　寒霄立即赶了过去。这一次，他动用了隐符，骑着踏云马越墙而入。

　　汲神山一别三个月，他终于见到了阿星。

　　虽然隐着身，但他还是小心地站在树后面。他看到小孩正逼着安泰给他喂招，正像安泰说的那样，他的精神看上去还不错，只是人瘦了，小脸巴掌大，下巴尖得可以戳人了。

　　寒霄忍不住一阵心疼。

　　这家伙还是从前那副蛮不讲理的样子，明明灵力和武技已经不如安泰，嘴上却一点也不服输，过招的时候不断地使坏耍赖，想尽办法赢，每次安泰吃瘪，他的小脸上都会忍不住露出一点得意。

　　看着他泼皮无赖的样子，寒霄的嘴角忍不住微微翘了起来。以前这家伙和人吵架在口舌上占到便宜，或者被人追打溜得快没有被揍到，又或是做了什么事被表扬，都会露出这种表情。

突然小孩把鼠尾链“哐啷”扔到地上，“霍”地蹲了下去：“不打了！”

安泰赶紧收住手，走过去问：“好好的，怎么不打了？”

“没意思，你以为我看不出来吗？”阿星噘着嘴，气哼哼地说，“你净让着我，还打个什么劲！”

“哪有，”安泰哭笑不得，“喂招嘛，还得往死里打啊！”心说不让你吧，你不高兴；让着你吧，你还不高兴。

“不是！”小孩把身体都转过去了，背对着安泰和寒霄，“你从前不这样的，你是不是因为我爷爷不在了可怜我？”

“没有没有，怎么可能？”安泰连连摇手，“你看你，又不是小孩子了，还耍脾气……”

“你就是可怜我，我不用你可怜！”

寒霄站在树后，看着他那瘦小落寞的背影，冲动之下就想立刻走过去安慰他，但是脚抬起来了，这一步却怎么也迈不出去，此刻，他感觉这段距离好似相隔千里。

突然，“咔”的一声响，阿星猛地转过头，喝道：“谁在那里？”

寒霄一惊，原来他握住树干的手太用力，把树枝掰下来了。

“没有谁啊！”安泰连忙说，眼睛不由自主地向寒霄藏身的方向瞟过去。

"不，你骗我！"小孩慌乱地站起来。

寒霄再也按捺不住，他褪去隐符，从树后面走了出来："阿星，是我。"

阿星像是见到了鬼一样连着退了好几步，小脸煞白，眼睛瞪得溜圆。

寒霄没想到他的反应这样大，心里一慌，想要去拉他，却听到小孩尖叫起来："安泰，是你，是你叫他来的对不对……"

安泰一个劲地搓手："是我……但你和哥哥不能再这样下去了。你爷爷不是哥哥杀的，你听他解释好吗？"

阿星却一个劲地往后退，寒霄不敢再逼他，只好站在原地急声说："阿星，老飞鼠将军……"

阿星尖叫起来："你别说，你别说！"用手紧紧捂住了耳朵。

"你别这样，就听哥哥一回行不行？"安泰一着急，抓住了他的胳膊。

"我不，你别拉我！"阿星拼命挣扎，"我要走，你放开我，我要走！"

寒霄飞快地盘算，如果错过这次机会，下一次见面还不知道什么时候，于是一咬牙，将这些天日思夜想的话凝练成一句喊了出来。

"当时我的手被吸到老将军的喉咙上，是……"

　　安泰一着急，抓住了阿星的胳膊，阿星拼命挣扎："我不，你别拉我，我要走！"

他再次哽住了。

这段时间自己反复挣扎：阿星和安泰不是外人，是自己的弟弟，这块圆牌的主人还是阿星的爷爷，就算告诉了他们，也不能算"说出去"，阿星看到，说不定会相信自己。

但是他又想到，如果可以透露，老飞鼠为什么会对阿星隐瞒这么多年？万一这块牌子藏着不可告人的秘密，会不会害了他们？

他的手紧紧攥着圆牌，用力之大，几乎要将它捏碎。

阿星见怎么挣都挣不开，心急之下，灵力光一闪现出原身，小老鼠飞快地跳到地上，吱溜一下，头也不回地钻进灌木丛逃走了。

寒霄伸出的手僵在了半空中。

安泰搓着手，歉疚不安地说："哥哥真是对不起，我没拦住他……"

寒霄摇摇头："应该是我说对不起，明知道他不愿见我，却非要强求。"

"哥哥，你别难过，早晚有一天他会知道真相的。"

寒霄没有说话。其实，小孩应该早知道了，迎回虎王那天，陆兽兵站出来做证，虎王和象丞当场为他平反，这么大的事，他不可能听不到一点消息。

他之所以不想见自己，是还过不去那道坎，那道眼睁睁看着至亲死在兄弟的手上的坎。

收起落寞的表情，寒霄将手伸进怀里，取出一样东西，递到安泰面前。

安泰低头看过去，忍不住惊叫了一声。

寒霄的掌心，静静地卧着两块浅绿色的水晶一样的东西，晶莹剔透，璀璨夺目。仔细看，里面似乎还有水流在缓缓转动。

"这是什么？"安泰惊奇地问。

"灵力核。"寒霄示意安泰接着，"是用我的灵力凝聚成的，可以让人的力量迅速提升……你用一块，另一块交给阿星——可以直接吞下去，也可以贴在紫宫穴上慢慢吸收。"

安泰急忙拒绝："哥哥，我不要，我自己可以修炼的，虽然慢，但我一直在努力，我爷爷说我进步很大的。"在他心里，一直认为凡事不能投机取巧，一步一步扎实地获得的才是自己的东西。

他的态度十分坚决。寒霄知道他有自己的原则，认定的事不会轻易妥协，于是不再勉强。

安泰看着自家哥哥的表情，很是不忍，想了想："那……我把另一块给阿星吧。"

"嗯。你为难的话就不用了，我另想办法。"

"不为难，不为难。"

安泰将灵力核攥在手里："我会亲手交给他的，不过那家伙心眼活，要是被他知道是你给的……"

"这样，"这一点寒霄早有准备，他取出一个小小的绣花药囊，"你把灵力核装在里面，就说是太夫人让侍女给他做的，叫他天天戴在胸前，可以强身健体、祛病消灾……"

"哈哈哈，"安泰忍不住笑了："这还真挺像老年人说的话……哥哥还是你有办法，连这都想到了。"安泰由衷地赞叹。他接过药囊，把那块漂亮的绿色水晶塞了进去，收紧囊口的拉绳，"我一定让他贴身戴着！"

"我还有东西要给你们。"

寒霄打开腰上的鱼袋，拽出了两件武器，安泰瞬间瞪大了眼睛。

其中一件是一条银色的锁链，锁链一端是呈啮齿形状的利刃，另一边是呈"S"形、像鼠尾的短镖。寒霄手指轻轻一捏，锁链上的机钮被触动，短镖飞射出去，"哧"地插进厚重的墙壁中。机关再动，锁链飞回来，一阵咔嗒声响，锁链收起，组合成一把既像剑又像短枪的兵器。

安泰的眼睛亮闪闪的，嘴里发出"啧啧"惊叹声。神兵骏骑是每个少年的向往，他也不例外。

安泰的视线又移到另一件兵器上。

那是两把黑色的大盖锅，不知道用什么材料做成的，看上去像金属，但又给人很轻巧的感觉。斜阳下，寒霄稍微一晃，光折射过来，明光锃亮，安泰赶紧闭上

了眼睛。

"它可以折射光,"寒霄说,"这是从咱们跟孔雀侯交手时得到的灵感,遇到危险说不定能助你一臂之力。"

安泰张着嘴,两只手不知所措地比画,指指兵器,又指指他自己:"这个是,是……"

看着他憨憨的样子,寒霄的嘴角泛起一抹非常浅的笑意:"你好好看着——"他的手指按了下锅柄上的机钮,只听咔嚓嚓一阵轻响,盖锅竟然折叠起来,插、扣、卯、翻转,瞬间变成两把板斧;再对接,双斧变成长斧,锋锐的斧刃在落日余晖下熠熠发光。

"这,这是给……"安泰的脸涨红了,他结巴着,又搓起手来。

"是给你的。"寒霄淡淡一笑,将长斧递过去。

安泰的手本来已经伸出来,忽然又缩回去:"哥哥,这太贵重了,我怎么好收?"

"我既然是你哥哥,送把兵器有什么不对吗?"

"可是……"

"拿着。"

"……啊,好,谢谢哥哥!"安泰开心得脑门都出汗了。他手忙脚乱地接过来,寒霄教他怎样掌握开关的力度,并告诉他:"这是请机关宗锻造高手为你和阿星量身打造的——因为要变形,所以比较轻,对敌的时候需要将灵力灌输在上面,给它加些力道。灵力越多,它

的威力越大。"

"明白！对了哥哥，它们有名字吗？"

"有。"早就替他们想好了。寒霄说："流星索和斗斧。"

"流星索和斗斧？"安泰连连点头，高兴得手舞足蹈："好名字！"

寒霄微笑着没说话。

安泰爱不释手地摸着，忽然想到了什么："我给阿星的时候又该怎么说啊？这个我太奶奶可真打不出来……"

"你就说是你爷爷请机关宗做的。"寒霄指点他，"这段时间机关宗、悍兽帮跟疣猪府的关系不错，这样说他会相信的。"淡淡的笑又泛上他的唇角，"说不定他一高兴，都忘记问了。"

这两件兵器可是他不眠不休花了十几个夜晚设计出来，又请机关宗第一锻造师把图纸修改完善，再用两个多月的时间打造出来的，阿星一定会喜欢。他的灵力和武技这段时间进展得慢，流星索必定对他大有帮助。想到小孩拿到兵器眉开眼笑的样子，寒霄的心底一片柔软。

"那好，"安泰把阿星的兵器也接过去，"这可真谢谢哥哥啦！"

# 二十一　地底怪灵

在嘱咐安泰怎样把话说得更圆，确定不会露馅后，寒霄骑上踏云马，离开了疣猪府。

虽然遗憾，但心里总算有了些许安慰。

回到将军府，寒霄连夜处理堆积的公务，因为第二天还得赶去别的地方。

时间少得可怜，族务却繁重得像座大山——北部暴乱镇压后还没有做妥善的安抚，若处理不到位，后面将是个隐患；木镰农割机设计完毕，需要监督制造使用；新近招募的士兵训练不到位，也得他亲自过去把关督练……未来的日子他真的会忙到"脚后跟打后脑勺"，想要得闲还不知道得哪一天。

有时候他会问自己，这样的生活是自己想要的吗？

之前在陆兽族一再逗留，除了完成未完成的愿望，洗刷背负的冤屈，心底深处总有种感觉，感觉自己和这片土地有着莫名的联系。

汲神山崩塌，现出雪鹿原身，那个萦绕在心头十几年的结终于打开，但也正因为如此，刚从阴谋的漩涡中脱身而出，就又陷入繁杂纷扰的事务之中，连半点喘息的机会都没有。如果说只是劳累奔波也没关系，可人与人之间的妒恨猜忌、倾轧陷害让他不胜其烦，深感厌恶。

他起初的想法很简单，查明自己的身世后，走遍危难困苦之地，救死扶伤，治病医人；空暇提升灵力，强健体魄，老了就隐居山林，平平淡淡地度过一生。但现在的生活，跟当初的设想相去甚远。

其实也是自己的原因。难道是陆兽人就非得入朝堂吗？不，起先他认为不是，他觉得可以靠自己的力量铲除邪恶，扭转乾坤，可是后来他发现自己错了，他明白了就算有一身的本事最多也只能改变一隅片瓦，掌控不了大局；如果想要将达成愿望，还需要拥有——权力。

没有什么是想象得那样容易，既想过平静的生活又要完成那近乎执念的愿望是根本不可能的，两者之间必须牺牲一方。

提笔落下最后一个字，盖上印章，寒霄站起身来走到窗前。天幕有些暗淡，但最亮的那颗星依然在北方熠熠生辉，他轻轻甩头，将困意从大脑中甩去，叫了声："踏云马——"

小云团倏地飞过来，云气炸散，踏云马出现在他面

前。寒霄走出房门，翻身上马。

今夜他感到格外不安，他必须要再走一趟。

不多会儿，目的地到了，不等寒霄吩咐，踏云马俯下身，迅速降低高度。

——生息源。

踏云马一个漂亮的俯冲着地，摇头晃脑，扬蹄摆尾。

寒霄将手指比在唇上做了个"别出声"的姿势。

这家伙越来越爱显摆了。寒霄平时管束得比较严，它大部分时间都呈云团状态，寒霄知道它又闷又无聊，心里很是内疚，感觉它跟了自己很受委屈，可今晚情况特殊，还是谨慎些比较好。

他没有让踏云马在生息源旁边停下，而是选择停在一百米外的槭树林旁。

周围一片静谧，只有残缺的源能散发着微光。寒霄刚要走过去，突然，一阵强烈的异样感袭来，踏云马急促地叫起来，叫声中透着浓重的恐惧，并向着南面方向使劲刨蹄子。

寒霄转过身，刹那间全身的血液都凝固了。

距离生息源十几米远的地方，从地下缓缓冒出一个东西，先是"头"，然后是"肩膀"，最后是"全身"。

很难形容那是什么——像一座小山，呈墨绿色、半透明状，大小不一的黑紫色斑点分布其上。它的"身体"看上去有些残破，似乎不能站立，行动起来一颠一

颠地像在爬。

踏云马还在刨着蹄子叫，寒霄连忙抚摸它的背，冲它摇头，踏云马立刻安静了，可这时候那个怪物也缓缓回过身来。

它的"脸"部没有眼睛，几条皱皱巴巴的纹路挤在一起，像是没有眼球、塌陷下去的眼窝。

它在"看"自己和踏云马。

这一"眼"，让人不寒而栗，仿佛堕进冰窖里。

自从出海登陆，寒霄经历了太多的事情，能让他惊讶的已经不多，哪怕在天翼，乌凰王的出现都不曾让他有过这种感觉——那是一种来自灵魂深处的畏惧和震撼！

踏云马的眼眸瞬间紧缩，它向后退了一步，全身瑟瑟地发起抖来。

寒霄向它打了个手势，命令它变成云团。

可它却用蹄子刨着地，不住地打着响鼻，第一次没有听他的指令。

寒霄明白它不愿躲起来，想跟自己共进退，但这怪物太过诡异，他怕它会受到伤害。他丢给它一个冷冷的眼神，踏云马犹豫着，琉璃般的眼睛可怜巴巴地看着他。寒霄提高声音喝道："不听话了吗！"

踏云马委屈地嘶叫一声，白光一闪，缩成了小小云团。

　　这时候，那个怪物缓缓回过身来。小山一般，呈墨绿色、半透明状，"脸"部没有眼睛，几条皱皱巴巴的纹路挤在一起，像是没有眼球、塌陷下去的眼窝。

　　怪物的身体起伏着，像是泥石流，缓慢地向这边爬过来。寒霄告诫自己不能轻举妄动，他连退几步，突然，后背撞到了坚硬的树干。这时，他看到那怪物的前肢抬了起来，透明的手爪慢慢伸长，尖利的指甲戳到了他的额头上。

　　眼看就要刺下来，寒霄身形一动，侧身闪开，怪物的爪子"笃"地插进树干，"咔嚓"一声，大树瞬间爆裂开来，尖锐的木屑四散迸飞。

　　怪物这个时候突然做了一个奇怪的动作，它俯下身体，两条前肢拢起来，罩住了地上的什么东西。

　　寒霄看到，那是一丛刚刚抽芽的嫩草，中间还点缀着几朵不知名的小花。

　　怪物又抬起头，看向刚才还好好的，现在只剩一个树桩的树。

　　它像是怔住了，突然爆发出一阵"空空空"的叫声，如同山谷中无尽的回音。它"望"着树桩，前肢大幅摇摆，像是在跳舞。

　　寒霄忽然醒悟过来，它这是在发怒！

　　它伸长前肢再次抓过来，寒霄迅速躲避。怪物虽然凶悍，但行动并不灵活，或者说肢体非常不协调，再加上林子里树木繁密，不一会儿又有两棵树被生生打断。

　　怪物扑过去，捧起断裂的树干，仰起头，又"空空

768

空"地号叫起来。刹那间，树木花草簌簌抖动，林子里响起了一片下雨般的沙沙声。

怪物放下断树，转回头"看"向寒霄，寒霄下意识地伸手，玉笛化成剑飞到掌上。

怪物盯着他，脸上慢慢现出一个嘴巴一样的洞，洞不规则地扩张着，越来越大，如同一个漩涡，要吞噬一切。

冽寒剑银光爆闪，迸射出刺眼的光芒，护在寒霄身前。

意想不到的事发生了。

寒霄感到自己的灵力在迅速地向外泄，更让他心惊的是，冽寒剑竟然变软了，面团一样被吸过去，粘在怪物的"嘴巴"上。

不过只是片刻，那个洞合上了，吸力消失，寒霄猛地向后退去，趔趄了几步才站稳脚步。

短短工夫，原本灵力充沛的他，竟然出现了亏空，而冽寒剑的光华完全消失，变成了一把"石剑"！

反观怪物，在吸收了自己的灵力后，身体里的黑色素少了很多，连皮肤上的斑点都变浅淡了。

这一惊非同小可。

怪物的触手再度袭来，无声无息。

"砰！"寒霄被击飞出去，摔出十几米远，但这次，就在要撞上植被的时候，他拼力就地一滚，躲开了。

刚刚愈合好的伤口却迸裂开来，他猛地吐出一口

769

鲜血。

怪物低沉地叫着，慢慢爬过来。

白光骤闪，云团炸散，踏云马腾空出现，它高声嘶鸣着，扬起前蹄向怪物踢过去。

"踏云马，回来——"寒霄忍着痛爬起身，焦急地大喊。

他挥手射出冰符，可冰符却穿过怪物的身体，笃笃钉在地上。怪物那尖锐的触手，已经逼到踏云马的头颅上。

心跳在这一刻几乎停止，寒霄全身冰凉。

这时，怪物却停住了。

它一动不动，凹陷的眼窝似乎在分辨着什么。踏云马朝着它大声嘶叫，前蹄飞踢，一下穿过了它的触手。怪物没有发怒，它没有感觉似的佝偻着背，头向前探，"鼻子"部位耸动着，像是在嗅闻味道。过了一会儿，它慢吞吞地收回了触手。

它转过头，望了望寒霄身旁那丛完好的灌木，又对着他"看"了好一会儿，然后掉转过身体，缓慢地向远处走去。它的每一步都像是有节奏，随着这节奏，地表浮起了一层深绿色的光芒，光芒一圈圈地向外荡漾，植被波浪般伏起来。

折断的大树迅速衰败腐朽，化成粉末撒到土壤里；寒霄发现，残存的树桩上竟然冒出了新的枝丫，枝丫蜿蜒蠕动，迅速生长，不断有嫩绿色的叶子花朵一样绽放

开来。

"踏云——"

见踏云马还在冲着怪物的背影嘶叫，寒霄喝了一声，踏云马看怪物始终没有再回头，于是转身向寒霄飞奔过来。

它不住地刨蹄子，用脑袋蹭寒霄，寒霄知道它是担心自己，于是一面给伤口止血，一面安抚它："没事，我这就愈伤。"踏云马这才闭上嘴，停止了躁动不安的举动。

寒霄看着那个小山一样的影子，心"怦怦"跳个不停。

那种压迫感实在惊人，在它面前，他感觉自己如此的渺小，渺小得像大海里的一粒沙。不过，这怪物绝对不是恶类，这个他分辨得出，只是它好像非常易怒，以致将它自己毁坏的植物都算到他头上。

地面的光向着怪物离开的方向涌去，像是大海退潮，在经过寒霄的一刹那，一股力量沿着他的脚底涌进身体——刚才失去的灵力，竟然回来了。

洌寒剑光华流转，比从前更加璀璨夺目，寒霄抚摸过剑身，发现锋锐更胜过从前。当他再抬起头时，发现怪物已经没了踪影。

突然，踏云马又叫起来。

声音比刚才还要急促，它转了几个圈，衔住寒霄的

衣角，拼命地拉扯，似乎想让他看什么东西。

寒霄跟着它走过去。

刚才怪物爬出来的地方，被带出了一些新鲜的泥土，泥土里，几根长长的灰白色的东西静静地躺着。

那是……

人类的骸骨！

踏云马"嗒嗒嗒"跑过去，伸出前蹄用力刨了几下，又有几块骨头从土里被翻了出来。寒霄俯下身，捡起了一块。

那是一块腓骨，中间外凸，踝向里面拧，扭曲变形得厉害，大块不规则的黑紫色斑块分布在上面，令人触目惊心。

再看其他骸骨，都是大同小异。

它们就埋在这里，为什么提炼地下渣滓的时候没有发现？难道是怪物后来搬运来的？

他仔细查看了片刻，然后又捡了几块放进鱼袋里，最后把土层掘开，将其他的骨头小心翼翼地埋进去，掩上土。

一个谜团还没解开，又一个接踵而至，寒霄思索了一会儿不得头绪。怪物明显和植物有密切的关系，这些骸骨又是怪物离开后出现的……牡丹王会不会知道答案？

看来，应该把去花叶族提上日程了。

接下来，寒霄开始为动身做准备。

他建议虎王新提拔了几位可靠的文官督促农耕；又派遣处事稳妥细心的六将尉佐城和十将尉非影前去协助

农用机械的生产；接着，命令杀晟、宸义、火焱对新兵进行训练，并将自己编排的最新作战阵形教给他们，让他们操练演习；尚未结束的对北部暴乱地区的绥靖事务他则委托给了东辕和千里。

他经过请示，让阿敏升任了十一将尉。阿敏出身将官世家，从十岁起跟着玄猫老将军进军营，和士兵们一起操练，弓射搏击都很出色，胆识也远非平常男子能比。他还开始有意锻炼安泰，让他参与到各种事务中，他打算等到安泰处事能力和武技灵力都提升后，就提拔他做十二将尉。

每到这时他总会感到遗憾。

阿星缺席了。

他和安泰两个从小崇拜少年将尉，能够成为其中一员是他们的愿望。可当自己有能力帮他们圆梦的时候，阿星却不给自己这个机会……

一切安排妥当，他赶往坤岚宫向虎王禀明情况，说要去花叶族探询生息源衰败的原因，想离开兽族几天。

虎王的眼珠转了几转，收起了审视，说了一句："那边，景美人也美……"

寒霄抬起头，这是什么意思？

他按捺下心里的不适，躬身说："寒霄是陆兽族人，不会被繁花美景迷了眼，请陛下放心。"

虎王嘿嘿一笑："我说笑呢……你别当真，去吧，

早些回来！"

寒霄行礼拜别，离开了坤岚宫。

踏云马降落在一座灰墙红瓦的建筑群前，寒霄下马，驻足而立。

他还记得第一次看到这建筑物的感受，真是气派又亲切，因为这是……弟弟的家。他当时心里很是忐忑，担心自己现不出原身，弟弟的家人不喜欢自己。

虽然做了心理准备，但后来发生的事还是让他始料未及。先是被金狮太子的侍卫钢爪打伤，这也没什么，最让他难过的是，老飞鼠将军决绝地赶他走。当他看着阿星被拖进去，大门对他紧闭时，感觉天空都灰暗了。

从回忆中走出来，他打量着。

飞鼠府灰败了很多，墙头长满了杂草，门前落叶遍地，就连房顶的红瓦也失去了往日的鲜艳，乌蒙蒙的。

老飞鼠将军过世，府上连守门的侍卫都没有了，门前空荡荡的，一阵风卷过，枯叶和尘土不住地打旋儿。他默默站了一会儿，拾级而上，抬手叩门。

他可能要离开好一段时间，他想，他必须来跟他道个别，就算他不见他。

没过多久，门开了，一个上了年纪的仆役探出头来，见是他，脸色立刻变了，他喊了句什么，门都不管了，一路小跑着进去报信。

寒霄站在门外，没有越雷池一步。

一阵利落的脚步声传来，寒霄先是一阵惊喜，随后又失望了——不是阿星。阿星走路轻得几乎没有声音的。

寒霄稍微向旁边让了让，两个少女快步走了出来。

一个十八九岁，另一个年纪小些，最多十五六岁，两个人都是小脸，薄嘴唇，尖下巴，跟阿星十分相像。寒霄明白了，她们是阿星的姐姐。

阿星说他有四个姐姐，不知道这是他几姐。

年纪偏小的那个开口就骂："你这个杀人凶手，我们没找你呢，你倒自己送上门来了，还知道廉耻吗？"

年纪大的少女喝道："四妹，别跟他废话，动手！"说着"哐啷"一声抽出了兵器。

四姐答应了一声："我知道打不过你，但你既然来了，我们也不怕……喂，你听到没有？亮兵器吧！"

寒霄刚要开口，注意力却被一个影子吸引了。

他看到一个小小的脑袋在门里探了一探，又马上缩回去了。

他立即喊："阿星，我要离开一段时间……我知道你在，你出来，我有话跟你说！"

没有人回答他，里面没有了任何动静。倒是两个姐姐又骂："你害死我爷爷，还想见我弟弟，做梦！"提着兵器扑过来。

两人一个用九节钎，一个用钢索，虽然是姑娘家，

兵器却挥舞得灵活有力，每一招都颇有技巧，应该是受过老飞鼠的亲自指点。

寒霄没有动，"砰砰！"兵器结结实实地砸在他身上，雪白的衣服顿时洇出了鲜艳的红色。

寒霄垂下双眸，说："对不起。"

就算不是他杀的，但人死在他手上却是事实，这句道歉已经晚了。

两个少女一怔，显然没料到他竟然不还手，而且躲都不躲。

四姐求救似的看向年纪略大的少女："三姐，怎么办……"

三姐竖起细长的眉毛："怕什么！他不躲就是心虚，正好，往死里打，打死给爷爷偿命！"

四姐脸白了："啊？好……"

这时，突然有人喊："都停手吧！"

是个稳重的女声。

一个穿着淡青色长裙、外罩薄毛皮坎肩，二十多岁不到三十，出现在门口。

三姐一跺脚："大姐，他自己来的，不趁着这个机会报仇，还留着过年吗？"

大姐不理她，也不看寒霄，命令："你们两个回来。"见三姐还杵在原地，她皱眉说："他能自愈，等于不死身，有用吗？"

"那也不能白饶了他！"

大姐的下一句话像一盆冰水从寒霄头上直浇下来："等以后吧，咱们都还得拼命长进哪！"

意思是这个仇不是不报，而是等她们练好本事以后再报。

三姐狠狠地剜了寒霄一眼，跟在四姐后面往里走。寒霄还是不想放弃，他上前一步，从怀里取出一封信笺，双手递给大姐："请代为传递，我想要对他说的话都写在上面了。"

大姐还没出声，三姐一把夺了过去，"哧哧"几下撕个粉碎，朝着寒霄劈头盖脸地砸下去："我们不要，别脏了我们将军府！"

纸片纷纷扬扬地落下来，对于一个男人来说，这已经是莫大的羞辱了。但寒霄只是沉默着，片刻后他抬起头，对着风沙不断卷过的门口说："阿星，那么我走了。"他转过身，迈下台阶，踏云马冲着老飞鼠家三姐妹大声嘶叫，狠狠地刨蹄子，寒霄喝住了它。踏云马凑过来，低下头在他的胸前轻轻蹭。

寒霄拍了拍它的脖颈："我们走吧。"踏云马载上他，扬起四蹄，向着高空冲飞而去。

"哼！"三姐叉着腰骂，"再敢来，我见一次打一次！"

四姐嗫嚅着说，"我怎么觉着，他不像坏人……"

三姐"呸"的一声："你才见过几个人？他是好是

坏，脸上写着吗？你可别被他的外表给骗了！”

大姐淡淡地说：“我要关门了，你们进不进来？”

三姐又狠狠地呸了一口才作罢。朱漆大门发出沉重的吱吱声，缓缓合上了。

风卷着沙尘不断刮过，突然，一个小小的黑影从门缝里溜出来，左右看看没人，灰光一闪现出人身。

他飞奔过去，蹲在地上，一点一点地捡碎纸片，有些被风刮跑了，他就跟着去追，手忙脚乱地摁住，小心地攥在手里。

他仔细地辨认着纸片上的字，认真地看，然后用袖子擦下眼睛。再捡，捡一会儿再擦下眼睛。

“啪”的一声轻响，一条细长的鞭子甩向远处，卷住了两片即将飞走的纸片。

“你这又是何苦呢，都碎成这样了，能看出些什么？”

大姐走过来，收回软鞭，将纸片递给他。

阿星劈手夺过来，站起身：“不用你管！”

“不要我管？那好，下次他再来，你可别求我拦着你三姐了啊。”

阿星一僵，紧紧攥着拳，低着头不说话。

过了一会儿，一滴泪水滴下来，砸进尘土里。大姐叹了一口气，搂住他的肩膀：“真是……瞅瞅你这没出息的样儿。”

阿星狠狠擦了下眼睛，望着大姐，眼神中满是期

待："我听说，爷爷他不是……不是他杀的……"

"别人说没用。"大姐的脸上瞬间挂了冷意，"他现在风头正劲，是虎王和丞相面前的大红人，少不得一群捧臭脚的为他掩盖事实、颠倒黑白。"

阿星说："可是……"

"我这会儿谁也不信，就只相信咱们自家人。"大姐转过身，望着门上的牌匾，"飞鼠府"三个鎏金大字在落日的余晖下散发着微微辉芒。"我一定会查清楚爷爷的真正死因，我不会让飞鼠府没落！"

阿星眼神黯淡，头又垂了下去。

大姐牵着他的手："都捡完了吗？咱们回家。"

阿星答应了一声："嗯……"

当天下午，寒霄让千里代替自己出面，给飞鼠府派遣了侍卫和家丁，并找了最好的泥瓦匠为他们修葺房舍。次日凌晨，踏云马载着他和无形，银锋带着安泰的飞翎，三人一马悄悄地离开了陆兽族。

路上，寒霄一直沉默，银锋和无形于是也不说话，三个人闷头在云中飞行。

寒霄任思绪流转。

花叶人看上去阴柔脆弱，不堪一击，因此九族人总是轻视他们，实际上他们却比任何一个族类都要强大——试问哪种生物离开植物能够存活？世界上的事物

都是如此，相互制约，又相互弥补和平衡；强的未必是真强，拥有武力和灵力也不能代表强大；弱的未必真弱，被忽略的东西可能正好是他们的撒手锏。

十族中，花叶族最早建族，也最早出现了生息源。如果把花叶族说成文明古族、众族之首也毫不为过，只不过后来人太过狂妄无知，忘记了这一点而已。

所以千年不动仙叫他去找牡丹王。

此刻，寒霄更体会到了禁止与外族交往、闭关自守这条族规的劣性。如果能够解禁，十族互通有无、学习技术和文明，生活会更加方便富足，各个方面的发展一定比现在要快得多、好得多。

他抬头望向前方，默默揣度未来在花叶族将会遇到的状况。

不管遇到什么，他都不会畏惧，他拥有前所未有的底气，他会让一切尽在掌握。

# 番外　蓝鲨帅

这不是他们第一次来冰原，却是头一回遇上这样恶劣的天气。

天空阴沉得像是打泼了的墨，风利得如同刀子，雪花夹杂着雹子不住地往身上砸。

在海下，即使是冬天也是暖和的。有海水的包围，湿润又惬意，哪像这酷寒之地！

水龙一召出来就结冰，根本没法用，大家已经在这无边无际的冰原上徒步走了大半天，都有些受不了了。

受不了也没办法——他们迷了路。

前方好像怎样都看不到尽头，只剩下一片茫茫银白，两条腿沉重得如同灌了铅，全身麻木，几乎失去知觉……但是谁都不敢开口抱怨，他们的前面，正走着一尊煞神。

蓝鲨帅。

大家偷眼看，只见他脸色发青，不知道是生闷气还

是冻得，又或是两者兼有。

这次他们目的是到各族搜集婴儿——主子雷龙王练成了一种邪法，能够吸人的灵力为自己所用。有人溜须说婴儿的灵力最纯净，也最好融合，于是雷龙王每隔一段时间就要凑齐四十九个灵力旺盛的婴儿供自己使用。后来那个人又吹风说还必须每个族的都要有，这样的灵力才够丰富、够醇厚，于是雷龙王便派人到各族去搜刮。

任务落到鳞甲兵身上，大家满肚子牢骚。他们是水族的战士，平时练的是行军打仗，怎么就成了偷孩子的贼了呢！

抓婴儿这活儿，并没有想得那么简单。每找到一个不能立即带走，需要探查有没有灵力，灵力是强还是弱，这一点有的时候光凭肉眼看是看不出来的，要上手。但这么一来就必须要凑近过去，但大多时候旁边都是有父母或者看护者的，结果通常就是看护人失声尖叫，没办法，只好一刀毙命。

就算看护人临时离开，他们刚摸过去，孩子就被他们凶神恶煞的模样给吓得哇哇大哭，看护人听到哭声赶过来，没办法，又只能一刀解决。

不是说杀人怎么样，他们是鳞甲兵，杀个人如同家常便饭，但感觉不好。

——憋屈。

鳞甲兵憋屈，带队的海尉更憋屈，偏偏还不敢说什

么。雷龙王疑心重，你什么都不说都有可能遭到杀身之祸，更别说说了。

不过再憋屈，恐怕都比不上前面的那位。

那可是圣鳞宫第一大帅啊，现在却成了人贩子头头。

平时，四海水族谁见到他不是全身发抖，四散逃命，那可是名副其实的死神！就因为威名太盛，所以雷龙王对他进行了全方位打压——派他来搜集婴儿，就是打压的手段之一；除此之外，他的兵权还被削去，就连这次出任务分配的手下都不是他的亲兵。雷龙王的手段，不可谓不绝！

天气太恶劣了，但大家不能停，一旦停下来说不定就倒在这茫茫冰原上，再也起不来了。

本来就满心焦灼和绝望，身后传来的锁链的叮当声更是让大家心浮气躁。

——临走前主子还给他们加上了一项押送的活，让他们把陆兽族进贡的奴隶给捎带回来……唉！

他们也曾喝问过奴隶这路该怎么走，但奴隶们说一直生活在内陆，从没来过冰原，真的不知道。没办法，大家只好拉着装着婴儿的木车，凭着一股狠劲，顶着风雪一步一步地往前挪。

走了一段，大家突然看到前方的冰层上，出现了一个隆起的白色的东西，靠近一些，才发现那竟然是一座冰屋。

冰屋孤零零地坐落在风雪之中，在昏暗中散发着熠熠光芒。

一行人来到近前，蓝鲨帅打量了一眼，衣袖一挥，冰门轧轧打开，蓝鲨帅在前，海尉子绞及几个鳞甲兵在后走了进去。

冰屋里空无一人，没有照明器物，却挺亮堂。大家仔细分辨，发现光亮是从墙上散发出来的，原来筑墙的冰块每个边角都经过了巧妙的切割，呈现出好几个面，每个面都可以折射光线。

靠墙摆放着几件简单的家具，都是用冰雕成的。一张冰几上搁着一个水晶大花瓶，花瓶里插了许多枝怒放的白梅，散发出一股清冷的香气。

冰几旁拉着一块白幔，把屋子隔成里外两间。大家正在打量，突然，幔布后传出来一声清脆的碎裂声。

大家一齐盯过去。

子绞张开嘴，唇部卷成奇怪的筒状，一缕白丝射出来，卷住布幔向后一扯。

没有了遮挡，里面的情形暴露无遗，大家愣住了。

一张不大的冰床上，坐着个三四个月大的男婴，男婴全身赤裸，脖子上挂着一串白色兽牙串成的项链，手里玩着几块冰凌。

子绞和几个鳞甲兵都是一脸的惊讶。

大家都穿着从兽族人那里抢来的棉袄和皮衣，里三

层外三层，还觉得冻得要命，这娃娃身无寸缕的，竟然没有一丝怕冷的样子。

猛地看到这么一群人闯进来，男婴先是一怔，然后咧嘴笑了。他的小脸红润润的，一双眼睛清澈透亮，十分可爱。

他只是看了他们一眼就不再理睬，自己找东西玩去了。他爬动的时候，左胳膊上有一片皮肤银光闪闪的，十分耀眼。

那是一片雪花纹身，呈六边形，每一瓣都尖锐得像戟或剑。

子绞对蓝鲨帅说："大帅，您瞧出来了吗，这个娃娃可不一般！"

蓝鲨帅冷着一张脸，没有说话。

几个鳞甲兵心说你这不是废话吗，这么明显，谁都看得出来。

子绞往前凑了凑，低声在蓝鲨帅耳边说："大帅，把他抓回去，主上一定很高兴，他一高兴，说不定……"

其实他是好意，起码在这个时候是没有一点别的想法的。但蓝鲨帅却冷冷地看向他，目光中透出一股浓重的嫌恶。

子绞全身打了个寒战，不由自主地闭上了嘴。

他退后一步，悻悻地想：怪不得主子忌惮你，这脾气搁谁谁不膈应？

蓝鲨帅当然知道这个孩子不一般。

男婴的两只眼睛异常明亮，两眉之间一层绿色辉芒若隐若现，全身包裹着一层根须状的灵力光。

仔细看，绿芒里竟然还氤氲着白光，两种灵力交叠，不住地环绕流转。

这么小怎么会拥有这么强的灵力？这是十族巅峰者都及不上的啊——不，这根本不是灵州大陆的灵力！

男婴仍然自顾自地玩着，完全不知道自己已经处在危险之中。蓝鲨帅沉默了一会儿，终于开口："带走。"

子绞迟疑了一下："呃……"

蓝鲨帅面无表情地说："还太小，不懂事，尽管动手。"

子绞不敢再多话，答应："是！"

蓝鲨帅转身走出冰屋。

风雪更加肆虐，狂风如同无数只大手猛烈地拍击着大地，四周一片混沌。

过了好一会儿，直到蓝鲨帅要皱起眉头的时候，子绞才和几个鳞甲兵走出冰屋。蓝鲨帅瞥了一眼，见男婴被白丝层层捆着，茧子一样。

子绞悻悻地说："这娃娃太难搞了，我们费了好大的劲才把他弄起来……"

蓝鲨帅低沉着声音下令："走。"

子绞赶紧命令鳞甲兵掀开木车上保暖用的毛皮，打开车门把男婴放进去。

将毛皮包裹好后，大家继续赶路。

走了没多久，突然一阵"唰唰"声由远及近，大家停下脚步回转过头，看到一片雪雾迅速地卷过来，四下顿时迷蒙一片。几声鹿鸣响起，雪雾爆开，四头雪白的驯鹿从里面飞驰出来！

大家赶忙躲闪到一旁。

这四头鹿一样高矮，一样的俊美矫健，像是经过千挑万选挑出来的，让人忍不住心生赞叹。

但在这种天气出现，目标又是如此明确，大家都明白来者不善，几十双眼睛紧紧盯着，谁也不敢有"这鹿真俊，我也想要一头"的想法。

转眼驯鹿奔到眼前，大家这才看见，它们的后面还拉着一架雪橇。

雪橇上，站着一个人。

兜帽罩住了脸，看不清长什么样子，身材修长窈窕，身披白色毛氅，同色衣裙在漫天雪雾中猎猎飞舞。

寒风卷过，一股清冷的梅花香气飘了过来，沁人心脾。

是个女子。

她的身姿也像极了挺立在酷寒中的梅花，白梅。

她望向木车，隐藏在兜帽后的眸子射出愤怒的光。她一句话也不说，轻飘飘地跳下雪橇，向着木车飞扑过来。

大家瞬间明白了她要干什么。子绞冷笑一声："要抢吗？也不睁开眼看看咱们是谁！"

　　鳞甲兵一扫萎靡，狠厉地挥起长刀。突然，大团雪雾聚拢过来，鳞甲兵眼前顿时一片迷蒙。"啪"的一声脆响，一条银色长鞭甩过来，雪雾骤然炸散，鳞甲兵们痛号一声，高高地飞了出去，七零八落地摔进雪窝里。另一队鳞甲兵僵了一下，不等子绞下令，大吼着一齐扑了过去，谁知道还没跑几步，也被抽飞出去，摔得比之前那些人还重。

　　子绞怒喝一声："好你个臭婆娘！"抽出鱼尾软剑，直刺女子脸部。

　　女子不退反进，竟然飞身而起直抓过来。子绞吃了一惊，一时间竟然有些不知所措。他看见她一双纤秀的手掌，突然变得晶莹剔透，像是冰雕的一样，在这瞬间，女子一把攥住软剑，向后扯去。

　　刺骨的寒气传了过来，子绞浑身打了个哆嗦，软剑顿时脱手而出。女子两手一攥，软剑竟然被捏成了一个冒着白气的铁疙瘩，女子随手一扬，铁疙瘩飞了出去。

　　子绞目瞪口呆。女子没有理会他，转过身，几个飞跃扑到木车旁，伸手去抓盖在上面的毛皮。

　　子绞反应过来，狠狠地骂了句脏话，张开口，闪电般地射出一蓬丝。

　　可没承想，银白灵力光爆闪，黏丝瞬间冻在了他的嘴巴上。女子手腕一扬，银鞭"唰"地抽过来，子绞一声惨叫，皮开肉绽，滚到了地上。

突然，一道蓝光如同幽冥鬼火，挟着阴冷凌厉的气息，凭空出现在女子身后。女子的心思都在木车上，没有顾及，瞬间被劈中，一串血红划过半空，溅到雪地上。

她没有发出一点声音。

雪白的长氅上鲜艳刺目，女子握住鲜血淋漓的肩膀急忙躲闪，脚不沾地向后飞纵，宛如一只轻盈却有力的白鸟。

女子手上氤氲起银白色的灵力光，按在肩膀上，冰花泛起来，血顿时止住。女子站立在一座雪丘上，手握银鞭，缓缓抬起头来。

兜帽下，清凌凌的一对眸子罩上了寒冰，她冷冷地看向蓝鲨帅。

蓝鲨帅青白色的脸上没有一丝表情，他甚至连眼角余光都没有给她。


女子将银鞭抬起在胸前，衣摆突然飘舞翻飞——她动了。

银鞭蜿蜒似蛇，白衣如同丽花，玉屑似的雪沫旋卷起来，鞭梢锋锐得像刀刃，甩向蓝鲨帅。

蓝鲨帅纹丝不动，只是缓缓抬起了右手。

海底巨兽的嘶吼声隐约传来，蓝光凌厉无匹，倏地划过！

鲜血迸射，绽出一片猩红。

　　女子站立在一座雪丘上，手握银鞭，缓缓抬起头来。

白衣纷飞，银鞭断成两截，女子猝然倒了下去。

子绞趔趔趄趄地爬起来："没见过这么横的婆娘，差点给我打残了！"他抹了下脸，手掌上都是血。

他一瘸一拐地向蓝鲨帅那边凑："还是您厉害，只一招就放倒了……这女人肯定是来救她的小崽子的！"他看了看女子，又看了看木车，"她的崽子是不是那个……"

蓝鲨帅阴沉着脸转过身，子绞讨了个没趣，只好讪讪地笑了两声，下令："都别装死，快起来赶路！"

鳞甲兵七歪八斜地从雪窝里站起来，相互搀扶着。有人押上奴隶，两个鳞甲兵拖起了木车，走了没几步，后面那名鳞甲兵忽然感觉到有些异样。他低下头，竟然发现白衣女子不知道什么时候爬了过来，伸出一只沾满鲜血的手，死死抓住了车轮。

她的身后，拖出了长长的血痕。

纵然是这帮穷凶极恶之徒，看到这情景也是忍不住一愣。

女子扶着车厢拼命爬起来，去扯毛皮。

大家都有些毛骨悚然的感觉，忍不住看向蓝鲨帅。

蓝鲨帅缓缓转过身，他的脸色极其阴郁，突然，衣袖拂动，他决绝地挥了下手。

女子仰面倒下，不动了。

子绞看了一眼："这婆娘是哑巴吗？从头到尾不说

791

一句话……"他捡起一把刀，将女子的兜帽挑开了一些，他啧了一声："嘿，长得还真不赖……"

冷哼声传来，子绞一个哆嗦，赶紧收起刀冲着鳞甲兵们喊："看什么看！拖上车，押好奴隶快走！"

不多会儿，一帮人走了个干干净净。

女子躺在雪地上，身下，鲜血渐渐洇散开来，很快结成了一片红冰。她的手执拗地伸着，身体却慢慢变僵硬了。

那股梅花的幽香弥散在空气中，很快消失了，只剩冷厉的风刮过。

大雪纷纷扬扬洒落，将女子的身体一点点掩埋起来。


寒风挟着雪霰不断砸在脸上，大家一声不吭，缩着脖子往前走。子绞望着前方，感觉出一丝熟悉，他定睛看了一会儿，终于辨认出是来时的路。他激动地喊："再翻过这座雪山，就走出冰原了！"鳞甲兵们听了，都是一阵振奋，脸上露出了难得一见的笑容，脚下仿佛也有了力气。

这时的天阴得越发沉，冰海随着飓风翻滚，发出野兽般的啸声。大家看着这诡谲的景象，忍不住心惊肉跳。

突然，几块冰块掉下来，砸在鳞甲兵的头上。

子绞抬起头来，他的脸有些发白。

他扭过头去看蓝鲨帅，见蓝鲨帅眉头紧锁，也是一

脸的凝重。突然，地面传来一阵震颤，更多的冰块坠落下来。蓝鲨帅喝了一声："是雪崩，快走！"

已经来不及了。

"轰隆"一声巨响，大片冰雪从山上崩落，挟着沙土、石块铺天盖地地砸下来。

蓝鲨帅索性站住，喝了一声："蕴灵力！"

湛蓝色的灵力光"砰"地爆射，一条鲨鱼光影升起来，巨大的鲨尾一摆，把他和木车保护起来。

子绞和鳞甲兵也纷纷凝神聚力，但他们根本不能和蓝鲨帅比。冰块很快将他们的护体光影砸穿，惨叫声此起彼伏，鳞甲兵和兽奴被狠狠砸倒，子绞也淹没在万马奔腾般的雪浪中。

蓝色灵力光在不断减弱，蓝鲨帅双手猛地紧攥，海兽的嘶吼声响起，鲨鱼光影瞬间变大，游走在大家上方，试图挡住不断滚落的冰块。

只听惊天动地的一声响，整座雪山似乎都摇晃起来，巨型雪块倾轧而下，足足有一座小山那么大！

蓝鲨帅的脸白了，他的灵力再强悍，也抵挡不住自然的恐怖力量。

突然，停在一旁的木车晃动起来，"嘭！"车上包裹的毛皮崩裂了，车门"砰"地打开，被捆成茧子状的男婴竟然飞了出来，飘浮在半空中。

他紧闭的双眼忽然睁开，全身迸射出耀眼的白光，

捆缚的丝绳断裂成无数截，掉落下来。

男婴小小的拳头紧握着，胳膊上的雪花文身银光闪耀，光芒一圈圈向外波荡。突然，白光变强并扩张，形成一个巨大的光球，把尚还幸存的人护在其中。

大片的冰雪、沙石砸在光球上，都被一一弹了开来。

轰隆声不断，天地都像是塌陷了。

不知道过了多久，这场灾难终于停止。

蓝鲨帅爬了起来，顾不得抖掉身上的雪屑，抬起头向四周逡巡。

远处，男婴趴在雪堆里，一动不动，只露出一片背和一个后脑勺。蓝鲨帅深一脚浅一脚地蹚过去，把他抱了起来。

他将手指探到他的鼻子下面，感觉到还有呼吸，而且还很平稳。仔细看，他的小脸依旧红润，跟刚见到的时候没多大差别，只不过眉间的灵力光变弱了一些。

饶是蓝鲨帅见多识广，也是无比诧异，三四个月大的婴儿，只身对抗这样大的灾难，消耗了这么多灵力，却对身体没有多少影响，简直不可思议！

蓝鲨帅拢了拢披风，没有把婴儿再放回车里。

队伍终于在第二天清晨走出了冰原，每个人都是连伤带累，差不多只剩下一口气。不久前方出现了河流，

子绞把水龙召出来，自己拖着车子，赶着兽奴乘了上去。

水龙风驰电掣，一路赶回了东海。

把兽奴送到监奴司，蓝鲨帅押着木车去往圣鳞宫。

还隔得挺远，水族们就惊慌失措地四下逃散，前面水路顿时清净起来。转过珊瑚礁，是一片岩石群落，群落中间有一条宽敞的通道，通道旁站立着两排身穿玄青色鳞甲、手握利戟的侍卫。听到有响动，侍卫们转头瞥过来，眼神中尽是冷厉的杀气。

再往前走，海岩群变得突兀起来，地势也随之陡转急下。礁石环绕中，出现了一个巨大的海底深坳，深坳中央，盘踞着一座气势逼人的分部合筑宫殿。

千年玳瑁为梁，百年铠甲鱼鳞做瓦，殿檐下面没有悬挂匾额，只嵌着十八颗人头大的珠子，散发着暗绿色鬼火一样的光芒。

内侍总管荣至站在高高的台阶上，弯腰向蓝鲨帅行礼，他一笑，脸上的肉都抖动起来："大帅这趟辛苦了，把车子交给老奴就行啦！"

这位荣大总管的原身只不过是污水烂泥里的一条水蛭，却凭着一条如簧巧舌和谄媚功夫成了雷龙王的心腹。对于这种货色，蓝鲨帅从来都是不屑一顾，但今天，他却第一次正眼瞧他。

因为这水蛭用肥短的胳膊拦住了他。

蓝鲨帅冷冷地问："什么意思？"

荣至笑得皮肉乱颤："没什么意思，老奴就是觉着大帅您长途奔波不容易，心疼您，体谅您，想请您尽快回去休息罢了。"

蓝鲨帅看着他的脸，明白了。

雷龙王只想要婴儿，不想见他。

那人已经对他忌惮防备到这种地步了吗？

无所谓。

只是今天……

他不自禁地微微低头，朝着臂弯看了一眼。

荣至这才注意到他怀里还抱着一个婴儿。他眨巴眨巴小眼，看看蓝鲨帅，又看看婴儿，叹了一声："哎呀，真是稀奇，这娃娃多大的福气啊，还劳驾大师您亲自抱着！快给我，别累着您！"

蓝鲨帅往旁边轻轻一闪。

荣至抓了个空，胖脸有一瞬间的僵硬，但他很快恢复了惯有的表情，依旧笑嘻嘻的，凑近过去压低着声音说："大帅啊，主子可在等着哪！您送过去，到时候老奴再替您说些好话，主子一定会记着您的功劳！"

蓝鲨帅冷冷地哼了一声，眼中露出厌恶的神情。

荣大总管却一点也不以为意，他笑得眼角都起了褶子："您看，主子已经知道您回来了，咱麻利地交了差，大家都好说话不是？"

他第二次要去抱男婴，却又扑了个空，他的小眼转

了转，嘿嘿着说："您不会是临时动了心思，想自个儿留着吧？这要是给主子知道了……"

蓝鲨帅冷冷地越过他，走到木车旁，打开门，把男婴轻轻地放了进去。

"这不就是了！"荣至笑着说，"大帅，您请回吧，老奴一定为您多多美言！"说着向站在两旁的鳞卫一挥手。

车子被拖了过去，玄黑色的殿门轧轧打开，荣至指挥着鳞卫，拉着车子游了进去。

殿门缓缓关上了。

海水忽然波动起来，殿檐下涟漪般闪过三个暗金色的大字——圣鳞殿。

只是一瞬间，字就消失了。

蓝鲨帅伫立在殿前，很久没有动，如同一尊石刻的雕像。正当他转身准备离开时，沉重的殿门忽然又打开了，荣至颇有些着急地游了出来，看到他，脸上露出讶异的表情。

"您还没走哪！"他飞快地游过来，身上的肥肉都一颤一颤的，"大帅，我还以为您回去了，这下好了，不用去请啦！"他弯着腰一伸手，"大帅，主子请您过去呢！"

蓝鲨帅滞了滞，一语不发，游进殿去。

圣鳞殿的内里和外部感觉差不多，都是昏黑一片，绝不是外族人想象的白玉地板珊瑚柱、黄金雕窗水晶帘，到处堆满夜明珠、金碧辉煌的样子。

　　殿墙、地面、柱子都是清一色的黑色海底熔岩，大殿上几乎没有装饰。没有人注意到，墙壁和地面分布着许多沟线，还有若干浅浅的凹槽。

　　荣至一路引着蓝鲨帅往后走——雷龙王吸取婴儿的灵力，一般都是在后殿进行的。

　　后殿同样空旷压抑，大殿尽头，高高的台阶之上，立着一面巨大的龙纹浮雕屏风。

　　蓝鲨帅在台阶下站住，不多会儿，屏风后面渐渐浮起了一道黑影。

　　既不是龙形，也不是人身，而是一个半人半龙的诡异形状。

　　蓝鲨帅冷冷地哼了一声——欲盖弥彰。就算不现身，很多人也早已经知道你这副模样！

　　乖戾的声音遥遥地传过来："寒无极，你这趟辛苦了。"

　　蓝鲨帅单膝跪地行礼，面无表情地说："主上言重。"

　　"你抓回来的'储罐'很好，我很满意。"雷龙王慵懒地、像是很随意地说。

　　储罐……

　　以前听到这个词没有一点感觉，去搜集"储罐"的时候也无动于衷，可为什么这次，心脏会紧缩？

　　雷龙王突然不说话了，蓝鲨帅僵硬地跪着，大殿上出现了短暂的空白，本来就压抑的气氛更加沉闷了。

　　雷龙王的声音再次响起:"那个'储罐',你是从哪里抓的?"

　　蓝鲨帅立刻明白了他指的是谁。

　　"陆兽族北部冰原上。"

　　"哦?我听说他竟然救了你们……"

　　蓝鲨帅沉默着没有说话。

　　"那个'储罐'跟旁的大不相同,你不得跟别人透露……子绞,我也已经做了交代……"雷龙王低沉地说,"好了,你去把'废罐'倒掉吧!"

　　蓝鲨帅的身体一震,手指竟然有轻微的颤抖。

　　屏风后面的黑影动了一下,似乎在看过来。

　　"怎么,这辱没了你?"

　　"不敢。"

　　"呵……"

　　鳞卫拖着木车,无声无息地来到蓝鲨帅面前,蓝鲨帅站起身,机械地接过来。

　　"你看,这不是做得挺顺手吗?"魔咒般的声音响起,"那就一直做下去罢!"

　　蓝鲨帅攥紧了双拳。

　　片刻,拳头松开,他行了礼,沉默着拉上车子,转过身,退了出去。

　　刚来到前殿,荣至就迎了上来,笑道:"怎么样大帅,主上是不是很满意?"

蓝鲨帅冷着脸，像没听到一样。

"依我说，这是一件好事，是主子对您的信任哪！"

蓝鲨帅径直游出殿外。

"祝大帅万事顺遂！老奴就不远送啦——"

游了很久，前方的光线越发昏暗，一条巨大的海沟出现在面前。

黝黑阴森，深不见底，沟边礁石的罅隙里，密密麻麻地生长着海葵、海绵、海笔等海底生物，颜色比其他地方的要艳丽许多，这种外表，就算不熟悉的人也能看出来，它们是带有剧毒的。站在沟上仔细倾听，竟然能听到低沉的、让人毛骨悚然的呼吸声。

蓝鲨帅来到海沟旁，突然，一头巨大的海兽猛地跃了出来，它全身遍布斑点花纹，嘴巴又长又阔，几乎和身体一样宽，一双小眼外翻，闪着阴森的光。

是一头鲸鲨。

蓝鲨帅突然惊醒，万鲨坑到了。

当然没有上万条鲨鱼，但形形色色、各种各类少说也有几百头。鲨鱼是大海中最凶猛的生物，这个时候却不敢游出海沟——它们惧怕沟边的海葵、海笔，一旦游出来，这些剧毒生物就会伸长了触手，对着它们射出毒刺。

鲸鲨见到蓝鲨帅，愣了一下，落下去，接着又跃出来，冲着蓝鲨帅摇头摆尾。下一刻，海沟里像开了锅

一样翻腾起来，白鲨、双头髻鲨、长尾鲨……不住地纵跳，拍打双鳍。它们望着蓝鲨帅，像是宠物见到了久违的主人。

它们以前，都是蓝鲨帅豢养的。

十几年前，蓝鲨帅将它们亲手挑选出来，并进行了严格的训练，因此它们的啮咬力、攻击力和凶残程度都要比普通鲨鱼强许多倍。蓝鲨帅率兵作战时，常让它们充当先锋部队冲在前面，它们也不负厚望，立下不少功劳，蓝鲨帅也是非常优待它们。

现在蓝鲨帅兵权被夺，这支鲨鱼部队也被缴走，但它们十分忠诚，从来不听别人的命令，因此雷龙王下令将它们囚禁在这条海沟里。时间一长，大家竟然忘记了它们曾经是作战的利器，不再理会它们，再到后来，这里变成了处决犯人和异族俘虏的刑场。

雷龙王用过的"废罐"都被丢弃在这里，成为鲨鱼们口中的美食。

蓝鲨帅将车停在沟边，动作僵硬地打开车门，手一抬，将"废罐"倒了下去。

全都是现出原身的幼小尸体，鸟雀、猫狗、虫子……鲨鱼们兴奋地一拥而上，海水翻滚起来，几十具小小的尸体立即不见了。

突然，一点银白色闪过，散发着微微光芒。

蓝鲨帅全身一震，仔细看过去，那是……男婴的雪

花纹身！

一头鼠鲨张开满是利齿的大口，就要将那点银白吞下。蓝鲨帅脚踩沟坡，纵身跳了下去，毒海绵、海葵刚要伸出触手，又畏惧地缩了回去。

是那个男婴，他竟然还没有现出原身！

蓝鲨帅一掌拍在鼠鲨头上，鼠鲨被打得翻了个跟头，"呜呜"地摆着尾巴，缩在一旁委屈地看着蓝鲨帅。

蓝鲨帅将男婴抢到手中，鲨鱼们纷纷向后退，不明所以地望着旧主人，没有谁再敢向前挤。

蓝鲨帅抱着男婴游了上去。

男婴双眼紧闭，灵力光忽明忽灭，突然，他眉间仅剩的那点光暗淡下去，小脸呈现出灰败的颜色，一只模糊的动物的影像忽隐忽现——这是要现出原身的前兆！原身一旦现出，就算有通神的本领也没办法救他了！

蓝鲨帅立即把男婴放到礁石上，为他灌输灵力。

可男婴像是自闭了一样，无论怎样都输不进去。蓝鲨帅一阵心焦，就在这时，他发现周围起了异样。

一株马尾藻的叶片上氤氲起淡淡的光，很快光芒凝聚成一个点，冉冉升了起来。其他的植物也有韵律地摆动起来，更多的光点飞出来，在海水中旋转飘舞。

光点汇聚过来，先后落到男婴身上，没入他的身体。

植物们却萎靡了，叶片低垂下来。

男婴的脸上渐渐有了血色，蓝鲨帅将手指探到他鼻

孔那里，发现他的呼吸恢复了正常。

蓝鲨帅怔住了。

男婴不是花叶族人，植物们却倾尽灵气来救他，他竟然还能吸收！简直是闻所未闻。

他想起了那个许久以来的传说。

上古，有五位主神、三位副神共八位灵力神，他们的职责是共同维护寰宇间能量物质的平衡。其中，木神的能力是再生，所有植物均听他号令，因此他对灵力和灵气的操纵更胜过其他几位神。

这男婴会不会和木神有关系……不，别说那只是传说，就算八神真的存在，也不可能，那可是神……

蓝鲨帅摆摆头，将脑中杂乱的念头甩去，小心地抱起男婴，揣进怀里，再拉过披风遮住，脚下踩水，向着西方游去。

他兵权被削，只剩下大帅的空头衔，帅府也被收回，改在西海寒水深潭居住。于是，他将男婴带到了那里。

没有避水珠，外族人不能在水中存活。他往男婴嘴里塞了一颗最好的珠子，但很快珠子被吐了出来，再塞进去又吐出来。

蓝鲨帅暗骂自己糊涂，他还这样小，怎么懂得含住？再说，就算一时半会儿不吐出来，也有可能不小心咽下去，这样非但不能避水，还会对身体造成极大的伤害，有可能把命送掉。

　　他沉吟了一下，捻诀凝出一个水泡，将男婴放在里面，带着他连夜出潭，赶往北海。

　　在北海海底，他找到了"一指神医"，要他为男婴做植腮手术。

　　"一指神医"是水族顶尖的大夫。跟霓虹婆婆不同，他擅长制毒，也很会为人开刀缝合伤口，移植内脏器官这种高难度的手术也不在话下。

　　"一指神医"见蓝鲨帅亲自登门，吓了一大跳，脸色煞白，不知道自己怎么惹到这位煞神了。当听明白来意后，禁不住松了口气。

　　但随后他又吓了第二跳，因为蓝鲨帅把披风一脱现出了原身，命令他撕下他的一边鱼鳃，给男婴装上。

　　"一指神医"半天没说出话来。

　　他瞅瞅男婴，清秀可爱，小脸粉团子似的，再瞅瞅蓝鲨帅那张棺材脸……不能够哇，没有半点相像的地方，这娃娃是……

　　蓝鲨帅不耐烦了，喝令他动作快点，"一指神医"吓得一哆嗦，赶紧请蓝鲨帅躺好，取出了刀具。

　　这种程度的手术对于他来说不难，只用了不到半个时辰，男婴就能顺畅地呼吸了。

　　那片腮被植到了男婴的鼻咽里。

　　蓝鲨帅一语不发，抱起孩子离开了，留下满脑袋乱七八糟念头的"一指神医"。

不久，"一指神医"莫名其妙地失踪了，惹得水族一片猜测和议论。

蓝鲨帅没有带小婴儿的经验，又讨厌女人，就命令自己的老奴青蛙来照料。

他用了好几天的工夫，给男婴取了个名字——寒霄。

取他名字寒无极中的"寒"字，"霄"则是希望他将来不受任何约束挟制，自由自在，像鸟儿一样在高空翱翔。

他希望他将来能够有所作为，无所畏惧，直冲云霄。

但是，他苦笑一下，这大概也只能想想罢了。

蓝鲨帅闲暇的时候喜欢吹笛子，等到寒霄稍稍长大一些，他派人给他送去竹笛和乐谱，隔三岔五冷着脸去指点一二；他还大量搜集各种书籍，运到寒潭书库，供寒霄阅读。

他看着男婴一天天长大，变成男孩，又嫩竹拔节似的蹿高，长成一个俊秀坚韧的少年。

虚往不复还，一去是经年。

当初为什么要一路抱着这个男孩回水族，他不知道；又为什么将他从鲨鱼口中抢下来，他也说不清。他只知道后来为了他叛逆忤上，与整个水族为敌，甚至最后殒命海底，他没有一丝后悔。